千首清人绝句校注

上册

陈友琴 校注

浙江古籍出版社

图书在版编目(CIP)数据

千首清人绝句校注 / 陈友琴校注. —杭州:浙江古籍出版社, 2019.5(2024.1 重印)
ISBN 978-7-5540-1520-9

Ⅰ.①千… Ⅱ.①陈… Ⅲ.①绝句-诗集-中国-清代 Ⅳ.①I222.749

中国版本图书馆 CIP 数据核字(2019)第 059055 号

千首清人绝句校注

陈友琴 校注

出版发行 浙江古籍出版社
(杭州市体育场路 347 号　邮编:310006)
网　　址 https://zjgj.zjcbcm.com
责任编辑 刘　蔚
文字编辑 周　密
封面设计 刘　欣
责任校对 余　宏
责任印务 楼浩凯
照　　排 浙江大千时代文化传媒有限公司
印　　刷 浙江全能工艺美术印刷有限公司
开　　本 850mm × 1168mm　1/32
印　　张 33.625
字　　数 874 千
版　　次 2019 年 5 月第 1 版
印　　次 2024 年 1 月第 2 次印刷
书　　号 ISBN 978-7-5540-1520-9
定　　价 168.00 元

弁　言

宋洪迈有《万首唐人绝句》，清王士禛因之有《唐人万首绝句选》；清严长明有《千首宋人绝句》，毕沅替他写序，叙述编者编撰的始末，并且把他的书刻印出来。

有这些选本的先例，对于清人绝句的编选工作也应该接踵而起。

近体诗的体裁，以五七言绝句为最可尊爱，律诗次之，排律最下。因为绝句最宜于写情写神而韵味不匮。唐宋人绝句，编纂者论列很多，不必赘引。这里单就清人绝句谈谈。有清一代，文学大昌，自顺治而下至于光、宣，中间诗人辈出，搜罗不尽。五、七言绝句之闪耀文坛、传为佳话者尤夥。在这个选本里，容量有限，当然难免有遗珠之憾。但有此一脔之尝，亦可稍稍自慰。

清初大家，除钱谦益、吴伟业等而外，王士禛绝句，自应首屈一指，秦淮杂诗，众口所传。并时作者，如查初白烟波钓徒之章，查德尹燕京之咏与题画之作，赵秋谷阊门口号以及登州之什，朱锡鬯鸳湖之歌，各引一端，同声相应。蒲松龄《告灾》《田间口号》《蜚虫害稼》诸作，关心民瘼，尤为难得。乾、嘉以还，则有随园读史，心眼入微；瓯北论诗，品评出众；樊榭悼亡（悼亡姬月上），缠绵悱恻；仲则怀人，风神宛肖，都算得是上品。至于蒋士铨（心馀）的婉约，严长明（冬友）的孤高，杭世骏（大宗）的豪放，地位还在其次。其他若郭麐（频伽）、王昙（仲瞿），亦擅长斯制。王文治（梦楼）、钱大昕（竹汀），不无逸响；龚自珍（定盦）、黄遵宪（公度）《己亥杂诗》，皆为士林传诵。晚清谭献、文廷式、苏曼殊等亦多佳作。以上只是随便举例，当然不免于挂一漏万。如果读者以此为起点，触类旁通，按图索骥，自不难“豁然开朗”，有“桃花源”中“土地平旷，屋舍俨然”的境界。

现在这个选本是在三十年代开明书店版《清人绝句选》基础上扩充发展起来的，在篇目上作了较大的调整，增选了一批作者；原编限于篇幅，注释未能详尽，兹为初学者方便起见，试加铨解；作家小传也参考多种材料写成。其中存在的问题一定很多，希望读者予以指正。

友人陈振藩、段占学、王学功同志以及孙女万宁在校阅和抄写上有所协助，学功用工最勤，特此志谢。

陈友琴

一九八五年十二月

《清人绝句选》序

闻之诗法多端，体莫难乎绝句；时风各致，清人兼有诸长。盖后来居上，掞藻而新奇竞呈；前事可师，披简而观摩不乏。清人绝句之所以清新绝伦，抑由此欤？间尝论之：清初诸家，阮亭为上，秦淮杂诗，众口共传。并时作者，若初白竹枝之章，德尹燕京之咏，秋谷登州之什，锡鬯鸳湖之歌，各引一端，同声相应。乾嘉以还，则有随园读史，心眼入微；瓯北论诗，品评出众；樊榭悼亡，缠绵悱恻；仲则怀人，风神宛肖，皆其选也。至于心馀婉约，冬友孤高，幼鲁幽微，大宗豪放，则其次也。他若恻伽、仲瞿，亦娴斯制；梦楼、竹汀，不无逸响。定盦既出，始空群骥；以工绮语，好者尤多。要之，庄谐异趣，妙谛则同，自郐而下，无当褒讥。

予友陈子友琴，究心丽则，托志华妍，枕秘搜奇，露抄雪纂，复于耽闲之馀，追踪集锦之选，上自牧斋，下逮静庵，凡千馀首，旁采闺阁，间及方外，皆清绝之上乘也。书成，以余略识途径，授简征叙。自念寡昧款启之身，方作绝人逃世之想。诵诗知政，深有愧夫季札；王者迹熄，亦致慨乎子舆。烹鱼在釜，鸣鸟不闻，淠彼舟流，莫知所届，而琴庐犹得消摇海上，流连文酒之会，集清绝之大成，为词林之韶濩，亦足乐矣。呜呼！秋风容易，杜陵之茅屋同倾；来日大难，垓下之楚歌四起。举世混浊，清绝谁知？藏诸名山，传之其人，殆亦有旷百世而相感者乎！是为序。

查猛济

一九三四年一月

序

刚才读查先生的序文,开头说"诗法多端,体莫难乎绝句"。我以为绝句一体固然最难,可是也最完整,说得明白点,就是这一体比较能够成功一首完整的诗,不用拼凑,不待噜苏,刚好传达出一个浑凝的诗感。这自然指能手而言。若是律诗,那就虽然是能手,也很难达到完整的境界。律诗在格式上有腹部的两联;有了上一句或者下一句,必须找一句给它配上;可是意境里并没有这么一句,怎么办呢?勉强去找,当然总可以找到;然而浑凝的诗感就给破坏了。并且,作者既在腹部的两联费了力,写到末了两句,往往气势衰竭,随便说一些算数。这种毛病跟格式一同存在,所以能手也不免。绝句一体却没有这先天的病根;句数不多,音节轻清,正好捉住那涌现在脑里的一个印象,所谓浑凝的诗感。陈先生在例言里说的"绝句最宜于写情写神而韵味不匮",大概就是这个意思。

陈先生这个选本,所选有四百家光景,清代的重要诗人差不多都在这里露脸。我们取来讽读,就好比跟一代的诗人促膝谈心,听他们诉说浑凝的诗感,确是快事。

二十三年(1934)十二月十五日　叶绍钧

目　录

五言绝句

七言绝句

五言绝句

林古度

林古度(1580—1666),字茂之,号那子,福建莆田人(一作福清人),居金陵。晚年贫甚,冬夜眠败絮中,其诗有“恰如孤鹤入芦花”之句。所作诗不为明人钟惺、谭元春竟陵派所囿,风华处尽有六朝遗韵。方尔止寄诗云:“积雪初晴鸟晒毛,闲携幼女出林皋。家人莫怪儿衣薄,八十五翁犹缊袍。”

立春日过万松①

万松通曲岭, 残雪覆寒池。
今日已春色, 深山犹未知。

【注释】①万松庵:今天津蓟州区西北盘山有万松寺,即旧时卫公庵。

绝　句

客来自何处? 为言南山头。
昨夜片时雨, 新添春涧流。

钱谦益

钱谦益(1582—1664),字受之,号牧斋,又号蒙叟,常熟(今江苏常熟)人。万历进士。崇祯初,为礼部尚书。降清后,仍受原职,兼秘书院学士。后归乡里,以文章标榜东南。著有《初学集》《有学集》《投笔集》及《绛云楼书目》《杜工部诗注》《列朝诗集》等。

题柳枝春鸟图

婀娜黄金缕①,春风上苑西。
灵禽能笑侣②,先拣一枝栖。

【注释】①婀娜(ē nuó):轻盈柔弱貌。《孔雀东南飞》:"四角龙子幡,婀娜随风转。"

②笑侣:一本作"啸侣"(《清诗初集》卷一)。

题　画

橹背指青山,　浪打船头上。
曼声时一啸①,聊答江涛响。

【注释】①曼:长也。《列子·汤问》:娥(韩娥)还,复为曼声长歌。

萧伯玉春浮园十四咏(录四首)

柳　溪

烟著层层柳，　云生面面溪。
欲寻垂钓处，　咫尺使人迷。

芙蓉池

莲叶何田田[1]，花香荡疏绮。
惆怅采莲人，　歌声隔秋水。

杯　山

山如一酒杯，　湖水尝灌注。
我好杯中物，　还乘此杯渡。

浮　山

浮山山下水，　尽带梅花馥。
似怜梅清寒，　十里赐汤沐[2]。

【注释】①田田:鲜碧貌。《江南曲》:“江南可采莲,莲叶何田田。”陈造《早夏》诗:“凉荷高叶碧田田。”

②汤沐:指汤沐邑。古时诸侯朝见天子,天子赐以斋戒自洁之地。后世帝王有以地为己之汤沐邑,皇后公主亦有之。汤沐,谓沐浴也。

张光启

张光启，字元明，山东章丘人。明诸生。入清，隐居白云湖上，不履城市。享年八十馀。王士禛为删定其诗。

池　上

倚杖池边立，　西风荷柄斜。
眼明秋水外，　又放一枝花。

熊文举

熊文举，字雪堂，江西新建人。明崇祯进士，官吏部郎中。曾附李自成。顺治初降清，累官兵部右侍郎。有《雪堂集》。

见子瞻、子由绝句清迥[①]，偶过伯兄延清阁戏书

偶尔看山去，　徘徊气韵清。

为何西岭月，常送暮钟声？

【注释】①苏轼字子瞻，苏轼弟苏辙字子由。

红　叶

花落愁风雨，何人为叶怜？
羡他丹片片，无泪洒啼鹃。

匡公庐[1]

名山亦众矣，著姓复名庐。
中有六朝僧[2]，烟云可伴居。

【注释】①匡公庐：指庐山。传说古代有名匡俗者，结庐此山，故名庐山，亦名匡山。庐山在今江西省九江市南。此山三面临水，西临陆地，万壑千岩，烟云迷漫，自古为游览胜地。

②六朝：指吴、东晋、南朝宋、齐、梁、陈六个时代。按庐山东林寺为东晋佛教中心，高僧惠远（一作慧远）于此结莲社，倡净土宗。其《庐山东林杂诗》有“崇岩吐清气，幽岫栖神迹”，“有容独冥游，径然忘所适”诸句。

孙奇逢

孙奇逢（1585—1675），字启泰，号钟元，容城（今属河北）

人。晚居河南辉县西北苏门山之夏峰,学者称夏峰先生。明万历二十八年庚子(1600)举人。入清,屡征不起。有《夏峰先生集》,存诗二卷,皆随事寓怀,有闲淡自适之趣。

偶　题

程日多清课，　操功不厌深。
看云消妄相，　调鹤息机心[①]。

【注释】①"看云"两句:谓看浮云变幻无常,可以消除妄念;调养仙鹤,可以止机巧之心。《庄子·城地》:"有机械者必有机事,有机事者必有机心。"

瞿时行

瞿时行,字见可,号止园,江都(今江苏扬州)人。明诸生。著有《止园集》。

弄　孙

曝背晴檐下，　呼孙戏膝前。
耄年朋辈少[①]，赖尔伴馀年。

【注释】①耄（mào 冒）年：《礼·曲礼》："八十、九十曰耄。"《盐铁论·孝养》："七十曰耄。"是七十以上皆称耄也。

洪　斌

洪斌，字简民，号方崖，福建闽县（今福州）人。官参将。有《鹿溪草》。

上都送别

涿鹿山多雪[1]，桑乾水不流[2]。
与君此地别，　无限古今愁。

【注释】①涿鹿山：在今河北涿鹿县东南。

②桑乾：永定河上游部分的名称。源出今山西省北部管岑山。流经涿鹿县。

马苏臣

马苏臣，字湘灵，桐城（今属安徽）人。诸生。有《偶景斋诗钞》。

棉　花

五月棉花秀，　十月棉花干。
花开天下暖，　花落天下寒。

徐　缄

徐缄（？—1670），字伯调，浙江山阴（今绍兴）人。有《岁星堂集》。生于明季，祁彪佳延之课子。勤于学问，每日以半治经，限三页；以半治史，限二十页。所著经史传注，凡数百万言。

估客乐①

自作樊邓客②，不着扬州纻③。
至今衣上泪，　多于道旁雨。

【注释】①估客乐：乐府西曲歌名。《古今乐录》曰：估客乐者，齐武帝之所制也。帝布衣时，尝游樊邓。登祚以后，追忆往事而作歌，使乐府令刘瑶管弦被之教习，卒遂无成。有人启释宝月善解音律，帝使奏之。旬日之中，便就谐合。敕歌者常重为感忆之声，犹行于世。北周庾信《贾客词》、唐张籍《贾客乐》等均是。

②樊：古地名。故地在今河南省济源市境。邓：今河南省邓州市。

③纻(zhù):指苎麻纤维织物。

寄书怨

欲题尺素书[①],昨夜秋风起。
此去到巴陵[②],三千三百里。

【注释】①尺素:古时以绢帛书写,通常长一尺,故称短笺为尺素。后多指书信。蔡邕《饮马长城窟行》:"客从远方来,遗我双鲤鱼。呼儿烹鲤鱼,中有尺素书。"

②巴陵:旧县名。清为岳州府治。故治即今河南省岳阳市。

冯 班

冯班(1602—1671),字定远,号钝吟老人,常熟(今属江苏省)人。冯舒弟。明亡,佯狂避世,游于钱谦益之门。不事家人生产,沉酣于诗。著有《钝吟集》《钝吟杂录》等。论诗反对江西派,也不满严羽(沧浪)诗说,但仍以"诗教"为其立论根据。

俗人怪予饮酒揉杂聊答之[①]

横目尽同群[②],何言有非类。
遇酒但饮之, 君醒我自醉。

【注释】①揉杂：指同饮的人品类不齐，《世说新语·任诞》：刘公荣与人饮酒，杂秽非类，人或讥之，答曰："胜公荣者，不可不与饮；不如公荣者，亦不可不与饮；是公荣辈者，又不可不与饮。故终日共饮而醉。"

②横目：泛指人类。《庄子·天地》"夫子无意于横目之民乎？"注：成云："五行之内，惟民横目。"

愁　眉

双双桂叶聚，　愁态满香台。
不遇张京兆[1]，无因扫得开。

【注释】①张京兆：张敞，汉河东平阳人，字子高。宣帝时为太中大夫京兆尹。尝为妻画眉，时长安有"张京兆眉怃"之说。

手巾有赠

裁纨作手巾，　寄与独眠人。
若有相思泪，　莫教沾路尘。

自君之出矣[1]

自君之出矣，　尘色满鸣琴。
思君如漏水[2]，怕随夜浅深。

【注释】①自君之出矣：乐府杂曲歌辞名。郭茂倩《乐府诗集》第六十九卷有《自君之出矣》二十首，宋孝武帝作。略谓汉徐幹有《室思诗》五章，其第三章云:“自君之出矣,明镜暗不治。思君如流水,无有穷已时。”《自君之出矣》盖起于此。

②漏水:古以铜壶盛水,滴漏以计时刻,谓之“铜壶滴漏”或“铜壶刻漏”。

乐府体

别日花盈盈,　今来虫啧啧[①]。
苍苔满阶前,　封君去时迹。

【注释】①啧啧(zé):虫鸟鸣声。李贺《南山田中行》:“塘水漻漻虫啧啧。”

王崇简

王崇简(1602—1678),字敬哉,宛平(今属北京市)人。明崇祯十六年癸未(1643)进士。清世祖时授内翰林国史院庶吉士,累官礼部尚书。熟于历朝典故,时论颇为推重。工画米氏云山。有《青箱堂文集》。

行唐驿舍[①]

默坐息君念,　何处起欣戚[②]。

门闭又黄昏，　鸟鸣庭院寂。

【注释】①行唐：今河北省行唐县。
②欣戚：欣喜和忧愁。

春　感

云暗春犹冷，　一帘烟雨斜。
旧怀千万绪，　墙角见桃花。

送方密之[①]

旷野聚凉烟，　霜天落孤骛[②]。
送君如梦中，　不识归来路。

【注释】①方密之：方以智，字密之。见七绝部分方以智小传。
②孤骛（wù）：野鸭。文同《汉中》诗："断烟横沔水，孤骛入洋州。"

自白茅山入广德道中[①]

晓来时雨歇，　行迈梦难闲。
路路闻流水，　田田围断山。

【注释】①白茅山：今安徽广德有白茅岭。广德：州名。故治在今安徽省广德县。

李　楷

李楷，字叔则，号岸翁，陕西朝邑（今属大荔）人。明举人。入清官宝应知县。学者称"河滨夫子"。

飞　鑿

一鑿非人间，　乃在云之半。
不知履齿声①，却被飞云乱。

【注释】①履齿：谢灵运寻山登岭，必访幽峻，常着木履，上山去其前齿，下山则去其后齿。

阎尔梅

阎尔梅（1603—1679），字调鼎，一字用卿，号古古，又号白耷山人，沛县（今属江苏省）人。明崇祯举人。工诗，长于七律，镕铸史事最工。明亡后，奔走国事，为人告发，祸将及，顾横波匿之侧室中，始得免。有《白耷山人集》，后人辑有《阎古古全集》。

农家乐

农家不惜力，早起斮田间[①]。
耕罢呼酒来，晴村看远山。

种秫酿新酒[②]，养蚕织新丝。
但愿无饥寒，不知有乱离。

【注释】①斮(zhuó)：砍，削。此指田间锄耕。
②秫(shú)：高粱。《说文》：秫，稷之粘者。

暑　中

科头卧北窗[①]，小阁静无暑。
疏竹引微风，梦回疑秋雨。

【注释】①科头：不冠曰科头。王维《与卢员外象过崔处士兴宗林亭》："科头箕踞长松下。"北窗：陶潜《与子俨等疏》："常言五六月中，北窗下卧，遇凉风暂至，自谓是羲皇上人。"

邳州道中[①]

万山深处行，尽日无人影。
桔槔近石梁[②]，声落山泉冷。

【注释】①邳州:清属徐州府,今江苏省邳州市。

②桔槔:井上汲水器,在井旁木柱上支一杠杆,一端坠重物,一起一落,借以汲水。《庄子·天运》:"且子独不见夫桔槔者乎? 引之则俯,舍之则仰。"

万寿祺

万寿祺(1603—1652),字介若,号年少,晚年僧服,改名慧寿,铜山(今江苏徐州)人。明崇祯三年庚午(1630)举人。有《隰西草堂集》。工书画,精篆刻,旁通他艺。诗工整精密。朱彝尊称"年少多才艺"。

西　峰[1]

西峰上方处[2],台殿隐蒙茏[3]。
远船秋山里,清猿古木中。

【注释】①西峰:在今山西省五台县北之五台山,自金阁寺至镇海寺道中可以看到,于五台各山中,最为雄伟。

②上方:犹言天界。虞集诗:"王母上方回。"注云:阳气所萌生,故为上。

③蒙茏:草木茂密貌。孙绰《游天台山赋》:"披荒榛之蒙茏"。

傅　山

傅山(1607—1684),字青主,初字青竹,别署公之它,又号老蘖禅,别字啬庐,山西阳曲(今太原)人。青主萧然物外,自得天机,长于金石遗文,著有《霜红龛集》。诗文而外,并善书画,又精歧黄之术。

古意二首

乾坤即有郎，　不可郎无妾。
请郎腰下剑，　看妾颈上血。

郎有万里行，　不得随郎去。
郎若封侯归，　一盏酹侬墓。

题澈上人扇

画我白莲花，　换若红莲藕。
妙法互权实①，佛性各含有。

【注释】①权实:佛家语。佛之说法,有权实之判:适于一时权宜之法名为权,究竟不变之法名为实。《法华经》:“若应机设教,教有权实浅深不同。”

王　庭

王庭(1607—1693),字言远,浙江嘉兴人。顺治六年己丑(1649)进士,历官山西布政使。诗品甚高,直抒胸臆,其神似陶(潜)、韦(应物)处,非从摹拟得之。《咏潼关》云“代更千战少,势在一夫多”,感慨无尽。

晓　雨

独鸟鸣南园，　晓来雨初息。
空庭生秋阴，　莓苔长寒色。

马世俊

马世俊(1608—1667),字章民,号甸丞(丞一作臣),溧阳(今属江苏)人。顺治十八年辛丑(1661)一甲一名进士,官翰林院侍读。有《匡庵诗集》。因在中进士前应考近三十年之久,诗多侘傺不平之气。善画山水,好作巨嶂,奇逸纵横,声誉颇盛。

古　意

紫塞三千里[①]，征夫去不还。
帘前新月上，似为寄刀镮[②]。

【注释】①紫塞：鲍照《芜城赋》："北走紫塞雁门。"《古今注》："秦筑长城，土色紫，汉塞亦然。"

②刀镮：一作刀环。刀头有环，"环"借作"还"义。《玉台新咏·古绝句》："何当大刀头。"《乐府解题》："何当大刀头者，何日当还也。"

金人瑞

金人瑞（1608—1661），原名采，字若采，又名喟，号圣叹，长洲（今江苏苏州）人。少补长洲博士弟子员，及科试，又顶金人瑞名就试，拔第一，补吴庠生。入清后，无意仕进。顺治十八年辛丑（1661）二月，世祖遗诏至苏，人瑞与诸生控诉吴令贪污不法事，群哭于文庙，集千馀人，进揭帖，被捕入狱，以震惊先帝，聚众倡乱等罪处决，史称"哭庙案"。刘献廷选其诗为《沉吟楼诗选》。人瑞喜批书，曾以《庄子》《离骚》《史记》、杜诗、《水浒》与《西厢》为六才子书，并对后两种进行评骘。

深秋即事

野士心无染，秋泥满户扉。
沙寒鱼散去，巢落燕归飞。

赋得春江花月夜①

可怜春岸动，不觉夜江平。
隔水通花气，兼寒受月明。

【注释】①赋得：以古人诗句为题作诗，题首多冠以“赋得”。春江花月夜，乐府吴声歌曲名。相传为南朝陈后主所作艳歌之一，原词今已不传。唐张若虚一首，颇有名，但为拟题作诗，已非原有曲调。

吴伟业

吴伟业(1609—1672)，字骏公，一字梅村，太仓(今属江苏)人。明崇祯进士，官至中允谕德。南京立福王，与马士英、阮大铖等不合，假归。顺治时，被迫入都，累官国子祭酒。著有《梅村集》《太仓十子诗选》等。今人董康刊《梅村家藏稿》五十八卷，年谱三卷。

古　意

欢似机中丝，织作相思树。
侬似衣上花，春风吹不去。

题　画

乱瀑界苍崖，松风吹雨急。
石廊虚无人，高寒不能立。

子夜歌六首[①]

白玉绛罗围[②]，枝头荔子垂。
待侬亲用手，缓缓褪红衣。

郎来索糖霜[③]，莫持与郎吃。
郎要口头甜，不如自尝蜜[④]。

榕树参天长[⑤]，郎栖在何处？
随郎不见榕，累侬望乡树。

绿叶吐红苗，纱窗月影高。

待郎郎不至，　落得美人蕉⑥。

佛手慈悲树⑦，相牵话生死。
为郎数还期⑧，就中屈双指。

橄榄两头纤，　终难一个圆。
纵教皮肉尽，　肠肚自然坚。

【注释】①《子夜歌》：乐府吴声歌曲名。《宋书·乐志》：子夜歌者，有女子名子夜，造此声，故名。《乐府解题》曰：后人更为四时行乐之词，谓之《子夜四时歌》。又有《大子夜歌》《子夜警歌》《子夜变歌》，皆曲之变也。内容多写儿女之情，常用双关谐隐语。

②白玉：白居易《咏荔支》诗："紫罗裁衬縠，白玉裹填囊。"

③糖霜：《陈藏器本草》：沙糖中凝结如石，破之如沙，透明者为糖霜。洪迈《糖霜谱序》：糖霜之名，唐以前无所见，自古食蔗者始为蔗浆。宋玉《招魂》谓"胹鳖炮羔，有柘浆些"是也。大历中有邹和尚者，始来小溪之伞山，教民黄氏以造霜之法，遂宁王灼作谱七篇，名《糖霜谱》。

④尝蜜：《佛说四十二章经》："譬如食蜜，中边皆甜。"自尝蜜：一本作"是尝蜜"。

⑤榕树：谢肇淛《五杂组》：榕木惟闽广有之。其木易长，折枝倒埋之，三年之外，便可合抱，柯叶扶疏，上参云表，大者蔽亏百亩，木理邪而不坚，十围以上，其中多空。

⑥美人蕉：《群芳谱》：美人蕉生福建福州府者，其花四时皆开，深红照眼，经月不谢。蕉，谐"焦"。

⑦佛手：《群芳谱》："佛手柑实如人手，其指有长尺馀者。"

⑧还期：一本作"归期"。

采石矶[1]

石壁千寻险， 江流一矢争。
曾闻飞将上， 落日吊开平[2]。

【注释】①采石矶：又名牛渚矶。在今安徽省当涂县北江滨，距城约二十里。《明史·常遇春传》：兵薄牛渚矶，元兵陈矶上，舟距岸且三丈馀，莫能登。遇春飞舸至，太祖麾之前，遇春应声，奋戈直前，敌接其戈，乘势跃而上，大呼跳荡，元军披靡。诸将乘之，遂拔采石，进攻太平。

②开平：指常遇春。常遇春封开平王。开平，府名，元置，治所在今内蒙古正蓝旗东。明初改府为卫。

萧　何

萧相营私第， 他年畏势家[1]。
岂知未央殿[2]，壮丽只栖鸦！

【注释】①“萧相”两句：《史记·萧相国世家》：(萧)何置田宅，必居穷处，为家不治垣屋。曰：“后世贤，师吾俭；不贤，毋为势家所夺。”

②未央殿：汉宫殿名，周围三十八里。故址在今陕西省西安市西北。

黄宗羲

黄宗羲(1610—1695),字太冲,号梨洲,浙江馀姚人。少袖长锥,锥许显纯等,庄烈帝叹为忠义孤儿。鲁王以为左佥都御史。康熙中,举博学鸿词,荐修明史,均力辞。有《南雷文定》《南雷诗历》《宋元学案》《明儒学案》,又有《明夷待访录》等数十种。学者称南雷先生。

江　村

江水绕孤村，　芳菲在何处?
春从啼鸟来，　啼是春归去。

抱病南窗下，　孤吟苦雨题。
往来词客少，　次韵有红闺[①]。

【注释】①自注:“女徽音。”按“次韵”句是说女儿依他的诗韵作和诗。

张履祥

张履祥(1611—1674),字考夫,号念芝,又号杨园,浙江桐乡人。明诸生。所著之书,切于日用。颇能诗,朱彝尊称其诗无头巾气。有《杨园诗集》。

同游不同意

鸿鹄举四海[①],雁鹜争稻粱[②]。
岂不号同群,所愿非一方。

【注释】①汉高祖《鸿鹄歌》:“鸿鹄高飞,一举千里,羽翼已就,横绝四海。”

②杜甫《同诸公登慈恩寺塔》诗:“君看随阳雁,各有稻粱谋。”

宿山中

明月不改色,青山留旧颜。
故人零落尽,卧听水潺潺[①]。

【注释】①潺潺(chán):象声词。形容流水声。

双马二绝赠赵公简

海内无争战，　芳郊骋薄蹄。
何颜随朔产[①]，昂首学长嘶。

岂有千里心[②]，所戚唯穷老。
屡鞭腹自饥，　蹢躅悲荒草[③]。

【注释】①朔产：朔，北方也。朔产，北方所产马。
②千里心：曹操《步出夏门行》："老骥伏枥，志在千里。"
③蹢躅（zhí chú）：徘徊不进貌。一作"踯躅"。

方　文

方文（1612—1669），字尔止，又名一来，一字明农，桐城（今属安徽）人。明诸生。尔止诗陶冶性灵，流连景物，不屑为章绨句绘之学。有《嵞山集》。

夜　坐

残暑不成眠，　一夜长数起。

山深月色高，　坐看松阴徙。

高　珩

高珩(1612—1697)，字葱佩，一字念东，晚号紫霞道人。山东淄川(今属淄博)人。明崇祯进士。入清，官至刑部侍郎。诗近元、白。有《栖云阁集》。

南行杂诗[①](录四首)

行人到武昌，　已作半途喜。
那识武昌南，　烟水五千里！

两岸层层嶂，　孤城面面山。
横襟凭一叶，　睥睨洞庭间[②]。

几月舟行久，　今朝倦眼开。
万峰飞舞处，　一片大江来。

南岳云中尽[③]，东流海上忙。
他年图画里，　著我在潇湘[④]。

【注释】①题一作“祭告南行杂诗”。

②睥睨(pì nì):眼睛斜视。《后汉书·仲长统传》:“逍遥一世之上,睥睨天地之间。”

③南岳:湖南衡山,为五岳之一。

④潇湘:湖南有潇水、湘水,后人因以潇湘指代湖南。

闻舟师相语

天风争顺逆， 人事有参差。
昨我停舟处， 知君得意时。

顾炎武

顾炎武(1613—1682),初名绛,字宁人,号亭林,自署蒋山佣,昆山(今属江苏)亭林镇人。明亡后,不仕清,载书籍,周游四方。著作极富,有《九经误字》《左传杜解补正》《日知录》《音学五书》《天下郡国利病书》《亭林诗文集》《菰中随笔》等。

旧沧洲[①]

落日空城内， 停骖问路岐。
曾经看百战， 惟有一狻猊[②]。

【注释】①沧洲：旧址在今河北省沧县东南四十里。明清时沧州属河间府，移治长芦（今沧州市）。

②狻猊（suān　ní）：传说中的一种猛兽。此处指沧州开元寺前铁狮子。

海　上

海上雪深时[1]，长空无一雁。
平生李少卿，持酒来相劝[2]。

【注释】①“海上”句：汉苏武使匈奴，被徙北海上无人处，廪食不至。时大雨雪，武卧啮雪与毡毛并咽之。

②李少卿：汉李陵字少卿。初苏武与李陵俱为侍中。后陵降匈奴，单于使陵至海上，为武置酒设乐。因谓武曰：单于闻陵与子卿（苏武字）素厚，故使陵来说足下。详见《汉书》苏武、李陵传。

五　岳[1]

五岳何时遍，行游二十春。
谁知禽子夏，昔是去官人[2]。

【注释】①五岳：东岳泰山，西岳华山，南岳衡山，北岳恒山，中岳嵩山。

②自注：《汉书·王贡两龚鲍传》：“禽庆子夏儒生去官，不仕于莽。”

王紫绶

王紫绶，字金章，号蓼航，河南祥符（今开封）人。顺治三年丙戌（1646）进士，改庶吉士，历官浙江督粮道布政司参政。有《知咫堂诗集》。

喜孙征君复归夏峰①

月出夏峰空，　风高乔木冷。
夜来雪色多，　门外添人影。

白云不在山，　松顶一巢闲。
昨夜海风至，　翩翩带鹤还。

【注释】①夏峰：孙奇逢隐居之所。见前孙奇逢小传。征君：士经朝廷征聘者谓之征士，美称之则曰征君。《后汉书·黄宪传》："举孝廉，辟公府，暂到京师而还，时号征君。"

李鸿勋

李鸿勋，字勤王，号长六，磁州（今河北磁县）人。顺治三年丙戌（1646）进士，官阳城知县。

过先贤闵子骞故里[①]

数十间茅屋， 人传闵子家。
秋风吹不断， 满地有芦花。

【注释】①闵子骞：名损，春秋鲁国人，孔子弟子。少为后母所苦。冬月，后母衣损以芦花，衣二子以絮。父知，欲出妻。损告曰："母在一子寒，母去三子单。"遂止。后母感悟，待三子如一。

宋 琬

宋琬（1614—1674），字玉叔，又字荔裳，山东莱阳人。顺治四年丁亥（1647）进士，官浙江宁、绍、台道。山东登州于七起兵时，琬遭同族后辈诬陷，被关进牢监，后经查明无罪，复出，为四川按察使。晚岁回京。琬诗感时伤事,多凄清激宕之音,与施闰章齐名,世称“南施北宋”。有《安雅堂集》,又未刻稿《入蜀集》。

狱中八咏(录五首)

芦席片

愁心不可卷, 假寐聊相资[①]。
莫厌籧篨贱[②],犹能出范睢[③]。

折足凳

朝暄入牖来[④],炙背还复卧[⑤]。
穷鬼去无时, 延之居上座。

砂锅盆

禹鼎今则亡[⑥],饕餮斯可镜[⑦]。
再拜老瓦盆, 吾以汝为命。

土火炉

孤灯霭幽室, 老仆垂头睡。
自起炙残壶, 颠倒着犊鼻[⑧]。

苦井水

病渴限重扃[⑨],寒浆汲辘轳[⑩]。

笑问江南客，中泠胜此无[11]？

【注释】①愁心不可卷:《诗·邶风·柏舟》:“我心匪席,不可卷也。”假寐:不脱衣冠而睡叫假寐。《诗·小雅·小弁》:“假寐永叹。”

②籧篨(qú chú):《淮南子·本经》:“若簟籧篨。”注:籧篨,苇席。按《说文》:籧篨,粗竹席也。

③《史记·范睢蔡泽列传》:范睢,魏人,使齐,须贾以为睢持魏国阴事告齐,归告魏公子魏齐,魏齐大怒,使舍人笞击睢,折肋折齿。睢佯死,即卷以箦(苇席),用以裹尸,置厕中,宾客饮者醉,更溺睢,故僇辱,以惩后,令无妄言者。睢从箦中谓守者曰:公能出我,我必厚谢公。守者乃请出弃箦中死人。魏齐醉,曰:可矣！范睢得出。

④朝暄:指早晨温暖的阳光。顾瑛诗:“初暾散朝暄。”

⑤炙背:太阳晒背。炙,本是煎烤之意,引申为晒。

⑥禹鼎:《史记·武帝纪》:禹收九牧之金,铸九鼎,象九州。

⑦饕餮(tāo tiè):相传是一种贪食的恶兽,古代铜器多刻其头部作装饰。

⑧犊鼻:指犊鼻裈,即围裙,形似犊鼻,故名。《汉书·司马相如传》:相如身自著犊鼻裈。王先谦补注:刘奉世曰:犊鼻穴在膝下,为裈裁令至膝,故习俗因以为名。据此形制,但以蔽前,反系于后,而无裤裆,即吾楚俗所称围裙是也。

⑨扃(jiōng):自外闭关门户之环闩。《礼·曲礼》:“入户奉扃。”

⑩辘轳:井上汲水器具。其制,井上立架置轴,贯以长毂,其顶嵌以曲水,人乃用手掉转,缠绠于毂,引取汲器。

⑪中泠(líng):泉名。在今江苏镇江西北。《中朝故事》:李德裕居庙廊日,有亲知奉使于京口。李曰:“还日,金山下扬子江中泠水,取一壶来。”

杨 炤

杨炤(1616—1692),字明远,常熟(今属江苏)人。少以诗受知于钱谦益,被称为高才盛年。炤自谓其诗学乐天、东坡,实似汪水云,词浅意深,质而有文。生平有诗千五百首,身后诗刻为《怀古堂诗选》十二卷。

客自燕归者为余略悉地震时情形纪五绝句[①]

高天忽阴惨, 厚地频震荡。
声如崩轰雷, 势若翻巨浪。

万姓房屋倾, 三门城楼倒[②]。
生灵争顷刻, 性命多不保。

连日鳌极翻, 大小四十震。
天昏黄沙走, 地裂墨水迸。

马争出马坊, 象争出象坊。
人亦争出屋, 盗贼乘时忙。

於戏通州城③，荡尽如旷野。
地裂人忽陷，往往骑在马。

【注释】①燕：指燕京。

②三门：德胜、安定、西直三门。

③於戏：叹辞，同“呜呼”。《诗·周颂·烈文》：“於戏，前王不忘。”通州：明清属顺天府，世称北通州。故治即今北京市通州区。

宋徵舆

宋徵舆（1619—1667），字直方，又字辕文，松江（今属上海）人。顺治四年丁亥（1647）进士，官至副都御史。有《林屋诗草》。徵舆少与陈子龙、李舒章齐名，亦“几社”后劲。歌行沈郁，沈德潜亟称之。

长信草①

青青长信草，无意学逢迎。
不厌凄凉地，春来还自生。

【注释】①长信：汉宫名，为太后居所。《三辅黄图》引《通灵记》：“后宫在西，秋之象也。秋主信，故宫殿皆以长信、长秋为名。”

施闰章

施闰章(1619—1683),字尚白,号愚山,宣城(今属安徽)人。顺治六年己丑(1649)进士,历官江西参议。康熙十八年己未(1679)召试博学鸿词,授翰林院侍讲,迁侍读。有《愚山先生学馀集》。愚山文章醇雅,而于诗学尤邃,体气高妙,格律深稳,锵然而玉应,盎然而春温。与宋琬齐名,有"南施北宋"之称。

山　行

野寺分晴树,　山亭过晚霞。
春深无客到,　一路落松花[①]。

【注释】①自注:"松至三月花,以杖叩其枝,纷纷坠落。"

至南旺[①]

客倦南来路,　河分向北流。
明朝望乡泪,　流不到江头[②]。

【注释】①南旺:在今山东省汶上县西南三十里运河东岸。
②流:一作"寄"。沈德潜曰:"此言过南旺分水,水俱向北,泪滴水中,

不复到江也。宛似唐人声口。”

夜坐天游峰得月①

微雨仍留月，　千峰洗更明。
仙云真可数，　片片掌中生。

【注释】①天游峰：在福建崇安县武夷山仙掌峰之北。顶有天游道院，其前为览台，自台远眺，接笋、玉华在对面，九曲溪潆洄足底，气度开展，堪称胜境。

吴嘉纪

吴嘉纪(1618—1984)，字宾贤，号野人，泰州(今属江苏)东淘人。闭居蓬蒿土室，每岁水至，常及半扉，井灶尽塌，苦吟不辍。其作诗，工为严冷危苦之调。沈德潜谓《陋轩诗》以性情胜，不须典实而胸无渣滓，语语真朴而益见空灵。

扬州杂咏(八首录四)

玉钩斜①

莫叹他乡死，　君王也不归。

年年野棠树，花在路傍飞。

第五泉

山人不可遇[②]，石甃久萧条[③]。
我乞僧家火，时来煮一瓢。

平山堂[④]

荒丘青草深，永叔没已远。
日落荷花香，长堤一僧返。

梅花岭[⑤]

步出广储门，见草不见树。
陌头往来人，遥指花开处。

【注释】①玉钩斜：在扬州戏马台下。为隋炀帝葬宫女处，一名宫人斜。

②第五泉为张山人品次。

③甃（zhòu）：井泉壁。

④平山堂：吴绮《扬州鼓吹词序》：平山堂在府城西北五里。宋郡守欧阳修（永叔）建。以江南诸山皆供揖于槛前，与此堂平，故曰平山。

⑤梅花岭：《扬州鼓吹词序》：梅花岭在广储门外。明万历中太守吴秀开河积土而成。旧名土山，后树以梅，故名。岭前有史可法祠墓。

税　完

输尽瓮中麦，税完不受责。

肌肤保一朝，　肠腹苦三夕。

送贵客

晓寒送贵客，　命我赋离别。
髭上生冰霜，　歌声不得热。

宗　谊

宗谊(1619—1688),字正庵,浙江宁波人。先世歙县。浙东义师迎鲁王监国,谊罄家财十万金供饷,又卖出田宅以供取求,遂至赤贫为童子师,而耿介不改。生平萃其力于诗,有《愚囊稿》《南轩草》《南园草》《湖上吟》等。其事略见全祖望《宗征君墓幢铭》。

苦旱歌

入网鱼涕泣，　脱网鱼踌躇。
三日水不发，　踌躇复何为！

王夫之

王夫之(1619—1692),字而农,湖南衡阳人。学者称船山先生。明崇祯十五年壬午(1642)举人。永历时官行人司行人。曾武装抗清,兵败,隐居不出。有《姜斋诗集》。船山志行超卓,学问正大,体用明备,著述宏富,当与顾亭林、黄梨洲诸公相颉颃。平生精研六经,诗其馀事,但其作品词旨深远,气韵沉郁,读之使人穆然神肃,翛然意远。

绝句三首(癸卯①)

乍暖回亭午②,云生叶叶低。
轻云将雨足,侵入夕阳西。

弱柳垂新润,春风款款中③。
縠纹飘一晌,绿影过池东。

转转春条缓,粼粼野水低④。
疏云飘雨白,缭绕鹭丝飞⑤。

【注释】①癸卯:康熙二年(1663)。

②亭午：中午。《梁元帝纂要》："日在午曰亭。"孙绰《天台山赋》："羲和亭午。"注："亭，至也；午，日中也。"

③款款：徐缓貌。杜甫《曲江》诗："点水蜻蜓款款飞。"

④鳞鳞：风吹水成文如鱼鳞也。何逊《下方山》诗："鳞鳞逆去水，弥弥急还舟。"苏轼诗："曲池流水细鳞鳞。"

⑤鹭丝：即鹭鸶，鸟名。有白鹭、苍鹭等。

咏百合（丙午①）

莲瓣浓含粉，　药房素养胎。
繇来千种束②，　不放寸心开。

【注释】①丙午：康熙五年（1666）。

②繇（yóu）：同"由"。

昭山（乙卯①）

曲曲见昭山，　孤青不相舍。
湘水送千帆，　凝眸几人也？

【注释】①昭山：在湖南长沙南六十里，接湘潭县东，一名马山，截江而起，仄立万仞，怪石磅礴，夙推异境。《寰宇记》："昭山以周昭王曾至此，故名。"乙卯：康熙十四年（1675）。

避乱石鸡村同载谋小憩（己未①）

苍壁不受春，　转入溪流曲。

桃花影外天，　微波动新绿。

飞鸟随风叶，　梨花漾碧晶。
溪山得圆净，　鸡犬亦萧清。

不知身忽轻，　已度茸茸表②。
疏雨何妨飞，　林端露清晓。

仇池九十泉③，桃源千万树④。
古人丧乱中，　自造林泉住。

【注释】①己未：康熙十八年(1679)。

②茸茸：丛生貌。令狐楚诗："细髯缘颔绿茸茸。"卢仝诗："相逢之处花茸茸。"

③仇池：《世说》：仇池有地穴通小有洞天，中有神鱼，食之者仙。杜甫诗："万古仇池穴，潜通小有天。"

④桃源：桃花源。陶渊明有《桃花源记》并诗。

吴　绮

吴绮(1619—1694)，字薗次，号丰南，一号听翁，又号红豆词人，江都(今江苏扬州)人。寄居歙县。顺治拔贡，任湖州知府，治豪猾，多惠政。四方名流过从文宴无虚日，号"三风太守”,谓多风力,尚风节,饶风雅也,卒以是去官。工诗及四六文。有《林蕙堂集》《艺香词》《宋金元诗选》《岭南风物记》。

题　画

茅屋净无尘，　溪树青疑雨。
中有卷书人，　坐与春山语。

长安一片月

车马尘初歇，　笙歌响又新。
长安好明月，　却照利名人！

雪　望

一夜江南雪，　高楼独闭关。
兴亡天不管，　埋尽六朝山。

方竹杖

未遭规与漆[①]，留得觚棱在[②]。
以此孤直心，　登高幸无殆。

【注释】①规:正圆之器曰规。漆:漆树之脂,用以髹物者。此句说方竹杖不圆也没有上漆。

②觚棱:宫阙上转角处之瓦脊。此处形容竹杖是方形。

赵 湛

赵湛,字秋水,号石鸥,邯郸(今属河北)人。魏裔介选其诗入《溯洄集》,称为"萧然冲适,不可攀跻",备极推许。撰有《玉晖堂诗集》五卷。诗学少陵,时杂幽燕之气。事具《畿辅先哲高士传》。

次汤阴武穆祠口占①

大义申千载, 奇功困一时。
衣冠尊异代, 不敢谒公祠②。

【注释】①汤阴:今河南省汤阴县,宋将岳飞(谥武穆)故里。县南有岳武王庙。口占:作诗不起草稿,随口吟成谓口占。

②"衣冠"两句:作者以明代衣冠入清而无反抗行动,在诗中隐寓自遣的慨叹。

孙枝蔚

孙枝蔚(1620—1687,一作1631—1697),字豹人,陕西三原人。世为大商。反对李自成,被击败,只身走江都,折节读书,遂以诗名。康熙中举博学鸿词,授中书舍人,辞归卒。有《溉堂集》,李天馥作序。

筑城曲(怨抽丁也)

城昔未尝坏, 问汝从何入?
城今筑更高, 愁汝安得出!

芭　蕉

纵有看花伴, 愁多那易消?
寸心长得展, 吾最爱芭蕉。

中宵长失寐, 僮仆竟谁知?
惟有芭蕉树, 同惊风雨时。

夜　坐[1]

园中鸟不鸣，　邻女静弹筝。
只道东墙下，　无人看月明。

【注释】①此题后有评云："此学太白《静夜思》，忽然妙境凑泊不得，大奇大奇！"按李白《静夜思》云："床前明月光，疑是地上霜。举头望明月，低头思故乡。"

怨　情

为嗔秋夜苦，　不敢上床迟。
床上还多梦，　行人知未知？

秋　热

秋日如朱夏[1]，老来如少年。
人皆恶秋热，　吾意独相怜。

【注释】①朱夏：谓夏也。《尔雅·释天》："夏为朱明。"故云。孔平仲《宫松》诗："中有清风发，能令朱夏寒。"

潘 高

潘高(1623—1677,一作 1625—1678),字孟升,号鹤江,金坛(今属江苏)人。家贫,工诗,撰《南村诗稿》二十四卷,起顺治十三年丙申,迄康熙十六年丁巳,先后二十二年,有诗千馀首。少历关河,志存经世,知无可为,始寂寞自苦。早岁受知于钱谦益。王渔洋《感旧集小传》卷四云:"潘孟升五言学韦柳,余爱其清真古淡,谓可与邢孟贞、王言远颉颃,陈其年与余书亟称之。"《南村诗稿》中诗以淡雅胜,七言绝句尤有风致,陈其年盛称"黄鸦谷谷"一篇,然集中似此者尚多,非其至也。(按潘高《寒食》诗云:"寒鸦谷谷雨疏疏,燕麦风轻上鲎鱼。忆得往时寒食节,全家上冢泊船初。")

秦淮晓渡①

潮长波平岸②,乌啼月满街。
一声孤棹响, 残月满清淮③。

【注释】①秦淮:秦淮河,源出江苏溧水,流经南京入长江。

②潮长:即潮涨。长,读为涨。

③清淮:何逊《与胡兴安夜别》诗:"露湿寒塘草,月映清淮流。"杨谏《月映清淮流赋》:"念居者已赋乎露湿寒草,悲行者则想乎月映清淮。"

谭吉璁

谭吉璁(1623—1679),字左羽,又字舟石,浙江嘉兴人。康熙八年己酉(1669)举人,历官礼科给事中。与朱彝尊为中表,相友善,《曝书亭集》中彝尊与吉璁酬唱甚多。吉璁著有《延绥志》《肃松录》《尔雅广义》《嘉树堂集》。(按"吉璁"《清诗别裁集》作"吉瑄")。

吊战场

祁连山下草[①],寂寞少人烟。
魂魄千年后,还思渡酒泉[②]。

【注释】①祁连山:在甘肃西北部,绵亘千里。一名南山,亦名雪山、白山。

②酒泉:今属甘肃省,在祁连山阴。应劭《风俗通义》:"酒泉郡其水若酒,故曰酒泉也。"此诗言故鬼犹不忘归。前人以"可怜无定河边骨,犹是春闺梦里人"为善作苦语,此篇正复相似。

毛奇龄

毛奇龄(1623—1717),本名甡,字大可,又字齐宇,浙江萧山人。康熙十八年己未(1679)召试博学鸿词,官翰林院检讨。著有《古文尚书冤词》《春秋毛氏传》《四书改错》《西河集》等。

览镜词

渐觉铅华尽, 谁怜憔悴新?
与余同下泪, 只有镜中人。

三洲歌[①]

不到姊归县[②], 须到婿归乡。
姊归寻旧欢, 婿归不可量。

解裙作帆去, 一幅一丝连。
丝丝满侬幅, 载上巴陵船。

【注释】①三洲歌:乐府西曲歌名。《通典·乐·杂曲歌》:三洲歌者,诸商客数由巴陵三江口往还,因共作此歌。

②姊归：今湖北省秭归县。《地理志》曰：归子国也。袁崧曰：屈原有贤姊，闻原放逐，亦来归，喻令自宽全，乡人冀其见从，因名为秭归。秭与姊同。

汪　琬

汪琬（1624—1691），字苕文，又字钝庵，学者称尧峰先生。长洲（今江苏苏州）人。顺治十二年乙未（1655）进士，授户部主事。康熙十八年己未（1679）召试博学鸿词，授编修。著有《钝翁前后类稿》《尧峰诗钞》等。其诗大致脱去唐人窠臼，而专以宋为师，于宋人中所心摹手追者石湖居士而已。七绝时露俊警，古体圆融浏亮，间闯入香山之室。

阻　风

独卧孤篷底，　长途此夜穷。
殷勤解留客，　惟有石尤风①。

【注释】①石尤风：相传石氏女嫁尤郎，情好甚笃。为商远行，妻阻之，不从。尤出不归，妻忆之，病亡。临亡长叹曰："吾恨不能阻其行，以至于此。今凡有商旅远行，吾当作大风，为天下妇人阻之。"自后商旅发船值打头逆风，则曰："此石尤风也。"遂止不前。见《江湖纪闻》。

陈维崧

陈维崧(1625—1682),字其年,号迦陵,宜兴(今属江苏)人。康熙十八年己未(1679)召试博学鸿词,授检讨。著有《湖海楼集》《妇人集》《箧衍集》等。其年诗纯以气胜,七言古体开阖驰骋,出入浣花、眉山,最为擅场;七言近体雅近唐贤,超隽可诵。词至千八百首,尤凌厉光怪,变化无穷。

花　朝①

晚渡雨初歇,　故园书未来。
今朝花有意,　休傍客窗开。

【注释】①花朝:俗传农历二月十二为百花生日,称花朝。按《诚斋诗话》,东京以二月二日为花朝节。《熙朝乐事》又以二月十五日为花朝。

题种瓜图

瓜塍沿老屋①,　三两荷锄去。
各自有经营,　窅然不相顾②。

【注释】①塍(chéng):田间之土埂。

②窅(yǎo):目深貌,引申为远望之义。谢玄晖《敬亭山》诗注:"窅,远望也。"

计　东

计东(1625—1676),字甫草,号改亭,吴江(今属江苏)人。年十五补明诸生,以才略自负,尝著筹南五论,上阁部史可法,可法奇之。顺治中举顺天乡试,旋遭奏销案被黜,浪游四方。所至结交贤士大夫,对客议论风发,时或愤激怒骂,人目为狂。诗文纵横跌宕。有《改亭集》。

壬子三月朔渡江行淮泗间口号十首[①](录三首)

京口樱桃花[②],可怜白如雪。
杏花夹杂开,春阴自相结。

江南渡江北,十里初击节[③]。
江北望江南,浮云心断绝。

柳条无改色,不似江南春。
东风莫摇曳,愁杀忆乡人。

【注释】①壬子:康熙十一年(1672)。

②京口:今江苏镇江市。

③击节:击掌拍节以示慨叹或赞赏。《三国志》注引王郎答曹操书:“承旨之日,抚掌击节。”

黄　云

黄云,字仙裳,号旧巢,泰州(今属江苏)人。布衣。有《悠然堂集》《桐引楼集》。

前　溪

渚滩汇前溪，　奔腾下岩壑。
二月落山花，　随流到南郭。

沙张白

沙张白(1626—1691),原名一卿,字介臣,号定峰,江阴(今属江苏)人。诸生。有《定峰诗选》《读史论略》等。当时诗家推重其乐府之作。吴伟业为介谒龚鼎孳,龚赠以二律。归著书以老。

淮阴市[1]

报辱犹官尉，酬恩忍见疑[2]。
区区酬报意，或冀汉皇知。

【注释】①淮阴:《史记·淮阴侯列传》:“淮阴侯韩信者,淮阴人也。”

②“报辱”句:《史记·淮阴侯列传》:召辱己之少年令出胯下者,以为楚中尉,告诸将相曰:“此斗士也。方辱我时,我宁不能杀之耶?杀之无名,故忍而就于此。”见疑:汉六年,有告韩信谋反者,高祖乃伪游云梦,执之,降为淮阴侯。事详《史记·淮阴侯列传》。

韩信城[1]

项氏犹全族，韩信竟灭门[2]。
可怜带砺誓[3]，不及属镂恩[4]。

【注释】①韩信城:即淮阴。见前《淮阴市》注①。

②项氏:楚霸王项羽,为刘邦所败。韩信竟灭门:《史记·淮阴侯列传》:吕后使武士缚信,斩之长乐钟室。信方斩,曰:“吾悔不用蒯通之计,乃为儿女子所诈,岂非天哉!”遂夷信三族。

③带砺:《汉书·高惠高后文功臣表序》:封爵之誓曰:“使黄河如带,泰山若砺,国以永存,爰及苗裔。”注引应劭曰:封爵之誓,国家欲使功臣传祚无穷也。带,衣带也;砺,砥砺石也。河当何时如衣带,衣当何时如砺石,言如带砺,国犹永存,以及后世之子孙也。

④属(zhǔ)镂:剑名。吴王夫差拒子胥之谏,使赐之属镂以死。事详《左传》哀公十一年。

王士禄

王士禄(1626—1673),字子底,一字西樵,山东新城(今属桓台)人。顺治九年壬辰(1652)进士,官吏部考功员外郎。西樵为渔洋(王士禛)长兄,沈德潜谓渔洋诗学所自出。渔洋序其诗谓“出新意于法度之中,寄妙理于豪放之外”。引其《过襄阳》诗云:“鱼鸟云沙见楚天,清诗句句果堪传。一从时世矜高唱,谁识襄阳孟浩然。”指为微旨所在。有《考功集》《然脂集》《十笏山房集》等行世。

庭　梅

索笑怜窗晓，　流光照砌春。
那须江上见，　宛似弄珠人[①]。

【注释】①弄珠人:张平子《南都赋》:“游女弄珠于汉皋之曲。”王适《江滨梅》诗:“不知春色早,疑是弄珠人。”

石门县[①]

落日石门路，　语溪明夕波。
女墙才几尺[②]，　一半入藤萝。

【注释】①石门县:清康熙元年改崇德县为石门县。今属浙江桐乡市。语溪为当地河流名。

②女墙:城上之矮墙。《释名·释宫室》:城上垣,亦曰女墙,言其卑小,比之于城。

王士禧

王士禧(1627—1697),字礼吉,山东新城人。监生。有《十笏草堂集》《抱山集选》。王渔洋曰:余兄弟少读书东堂,皆好为诗,先后成进士去,独仲兄家食以老,有诗数百篇,暇乃择三之一刻之,曰抱山者,兄少日所居堂,因以自名其诗。盖取诸孟东野句云。五言小绝,导源盛唐,摹形者病,神合者难,顺、康之间,犹沿古制,琅玡群从,特标雅音。观渔洋选仲兄诗,斯体为工,殆与“微雨过青山,萧条秋雨夕”诸篇同一得髓也。七绝好作俳体,则远逊矣。

微云移时月出

乍散还乍聚, 疑烟复疑水。
清光出云中, 皎皎如初洗。

松

老干化虬龙，赏心惟胜友。
年来须鬓斑，宜伴支离叟[①]。

【注释】①支离：《庄子·德充符》：“闉跂支离无脤。”释文引崔云：“支离，伛者也。”

汤　斌

汤斌(1627—1687)，字潜庵，又字孔伯，一字荆岘，河南睢州(今睢县)人。少避兵，流寓衢州。顺治九年壬辰(1652)进士，官工部尚书。著有《洛学编》《睢州志》《潜庵语录》及诗文集等。

题　画

秋林不厌静，高士自能闲。
尽日茅亭下，开窗到远山。

夏宗沂

夏宗沂,字约千,号兰台,江阴(今属江苏)人。诸生。兰台少有文名,召试不遇,客游皖江。诗有格韵,蕴藉天然,谢去雕饰。有《浣花集》。

闺　情

庭树暮栖鸦，　秋风入楼角。
谁遣落叶声，　空闺先独觉。

叶　燮

叶燮(1627—1703),字星期,号已畦,时称横山先生,吴江(今属江苏)人。康熙八年庚戌(1730)进士,知宝应县。有《已畦集》及《原诗》内外篇四卷。

淢水道上①

我行淢水边，　一望苍烟路。
时有古皇风，　耕凿安朝暮。

【注释】①淢水:淢河,即古泄水。在安徽霍邱县东南二十五里,源出香和岭,北注东河。

题希文莲子石榴册

人言榴子甜，　更说莲心苦。
甜苦各自知，　相逢两相许。

朱彝尊

朱彝尊(1629—1709),字锡鬯,号竹垞,浙江秀水(今嘉兴人)。康熙十八年己未(1679)举博学鸿词科,授检讨,与修明史。其学长于考证,工古文。诗与王士禛称南北两大宗;又好为词,与陈维崧称“朱陈”。著有《曝书亭全集》,又辑有《明诗综》《词综》《日下旧闻》等。

缙云杂诗十首[1]（录二首）

仙岩寺

咫尺仙岩寺，　云峰望转亲。
夕阳钟磬发，　犹有未归人。

积翠亭

孤亭云木暝，　众壑哀猿啸。
空翠湿衣裳，　夕阳忽来照。

【注释】①缙云：山名。在浙江省缙云县，即仙都山，其脉来自括苍，因枫岭山脉而至缙云，屹然突起。黄帝时夏官缙云氏所封。顶有湖，为火山遗迹。

永嘉杂诗二十首[1]（录三首）

春草池

谢公去已久[2]，　空馀池上楼。
春风园柳色，　朝夕使人愁。

谢客岩[3]

朝看白云飞，　暮看白云宿。

闻有山阿人， 曾歌白云曲。

斤竹涧

谷口啼清猿， 岩花泫深露[④]。
美人兮不来， 风篁自朝暮[⑤]。

【注释】①永嘉：郡名，晋置。今浙江温州市。

②谢公：南朝宋谢灵运，曾为永嘉太守。郡有名山水，灵运素所爱，肆意遨游，遍历诸县，所至辄咏诗致意。后人建谢公楼等，以示纪念爱慕之意。又灵运《登池上楼》诗有"池塘生春草，园柳变鸣禽"名句传世。池上楼，在永嘉郡。

③谢客：谢灵运幼时寄养于外，族人因名为客儿，世称谢客。

④泫（xuàn）：露水下滴。谢灵运《从斤竹涧越岭溪行》诗："岩下云方合，花上露犹泫。"

⑤篁（huáng）：竹林，泛指竹子。风篁：风吹动竹子。

迟汤右曾上舍不至[①]

柽叶绿如繖[②]， 藤花紫满檐。
望君君不至， 惆怅下厅帘。

【注释】①迟（zhí）：等待。汤右曾（1656—1722）：字西崖，浙江仁和（今杭州）人。康熙年间进士。与彝尊并为浙派领袖。有《怀清堂集》。

②柽：落叶乔木，高丈馀，枝细长，叶小，密生如鳞，一年开花两次。繖，伞本字。《晋书·王雅传》：遇雨，请以繖入。

临淮口号①

鲜鲫临淮美，　传闻尺半强。
只供津吏索，　不放老夫尝。

【注释】①临淮：地名。在今安徽省凤阳县东二十里淮水南岸。口号：即口占，作诗不打草稿，信口吟成。诗题有口号者，始于梁简文帝，至唐，遂袭用之，如张说《十五夜卫前口号》即是。

怀朱山人扉①

别时桂树秋，　相送衡门夜②。
不见所思来，　春水生堂下。

【注释】①朱扉：字开仲，浙江嘉兴人。少有文，自以多病，不娶，好览方书，知医，旁通释氏旨。朱彝尊《曝书亭集》卷七十四有《朱开仲墓志铭》。

②衡门：横木为门，言浅陋也。《诗·陈风》有《衡门》篇，朱熹集传谓为隐居自乐而无求者之辞。言衡门虽浅陋，然亦可以游息也。

读曲歌①

素藕生池中，　红荷浮水面。
与汝同一身，　本自不相见。

【注释】①读曲歌：乐府吴声歌曲。按《乐府诗集》："《宋书·乐志》曰：读曲歌者，民间为彭城王义康所作也。《古今乐录》曰：读曲歌者，元嘉十七年，袁后崩，百官不敢作声歌，或因酒宴，止窃声读曲细吟而已，以此为名。"内容多写儿女之情，善用双关谐声。

小长干曲①

江水东流急，　风波正未安。
郎今何处去？　留妾小长干。

【注释】①小长干曲：古辞有《长干曲》。长干，金陵里巷名，故址在今南京城南。《小长干曲》亦儿女言情之作。

屈大均

屈大均（1630—1696），字翁山，又字骚馀，广西临桂人。生于南海（今广州）之西场。明诸生。遭乱弃去，为浮屠，名今种，字一灵。中年返初服，更今名。有《道授堂集》《翁山诗略》《翁山诗外》《翁山文外》《广东新语》《四书补注》《成仁录》等书。语出忌讳，多削版。清吴翌凤选《国朝诗》用翁绍隆之名，绍隆即屈大均。

绝　句

美人揽明月，　盈手似瑶华。
欲赠离居者，　徘徊秋汉斜[1]

【注释】①秋汉:秋夜之银河。

燕京述哀

阴雨煤山树[1]，　君臣各一枝[2]。
内城吹角急，　前殿击钟尺。

【注释】①煤山:今北京景山。明李自成攻破内城,崇祯自缢于山麓树干上。

②君:明崇祯皇帝(思宗)。臣:指太监王承恩。《明史》第二十四卷庄烈二:“帝崩于万岁山,王承恩从死。”万岁山即煤山之别名。

蒲松龄

蒲松龄(1640—1715),字留仙,号剑臣,又号柳泉,山东淄川(今属淄博)人。弱冠应童子试,受知于施闰章。性朴厚,笃交游,重名义,与同邑李希梅、张厤友诸名士结为诗社,以风雅道义相切磅礴。新城王士禛素奇其才,谓非寻常流辈所及。家所藏著述颇富。作有《聊斋诗文集》《聊斋俚曲》数种,尤以《聊斋志异》为脍炙人口。

扫　径

扫径迎嘉客，　霜寒敝帚温。
西风时一过，　落叶拥柴门。

听青霞吟诗(辛亥[1])

曼声发娇吟，　入耳沁心脾。
如披三月柳，　斗酒听黄鹂。

【注释】①辛亥:康熙十年(1671)。

夜　渡(壬午[1])

野色何茫茫，　明河低欲坠[2]。
水月鳞鳞光，　马踏月光碎。

渡水近前村，　水流光闪闪。
遥遥望板扉，　灯火灿星点。

【注释】①壬午:康熙四十一年(1702)。

②明河:银河。

微　雨[1]

一月不生云，　田间透尺五。
可怜豆根枯，　空降豆花雨。

【注释】①此诗作于康熙四十一年(1702)。农民苦痛呻吟,跃然纸上。

凤　仙[1]

新时如花开，　旧时如花谢。
珍重不曾着，　姮娥来相借[2]。

【注释】①见《聊斋志异》卷九《凤仙》篇中。

②姮娥:即嫦娥。神话中的月中女神。相传为后羿之妻,羿请不死之药于西王母,姮娥窃以奔月。见《淮南子·览冥》。

水　仙[1]

曾经笼玉笋，　着出万人称。
若使姮娥见，　应怜太瘦生[2]。

夜夜上青天，　一朝去所欢。

留得纤纤影，　遍与世人看。

【注释】①同见《聊斋志异》卷九《凤仙》篇中。为水仙代祝之辞。

②太瘦生:欧阳修《六一诗话》:李白诗“太瘦生”,唐人语也。至今犹以“生”为语助,“作么生”“何似生”之类皆是。

李经垓

李经垓,字性符,号烛庵,任丘(今属河北)人。诸生。以荫补国子监博士。有《东园集》。事寡母,绝意进取。工书画,敲棋弹琴,皆入妙品。尝于东园莳析种药,筑“艳雪居”,著书其中。庞雪崖检讨为作集序,谓其才气奔放,一往莫御,少加锤炼,当与何、李抗衡。

惜　花

喜雨催花开，　怨雨催花谢。
问雨雨不知，　花开花陵藉[①]。

落花飞满衣，　似有留人意。
何处无情风，　依然吹落地。

昨朝花正好，　今日花已老。
借问爱花人，　落花扫不扫？

【注释】①陵藉：侵陵蹈藉。此处指花受蹂躏。

蒋一桂

蒋一桂，浙江奉化人。诸生。

卜　筑

卜筑旧溪头，　清虚趣自幽。
临流望新月，　濯足惊晚鸥。

葛元福

葛元福，字响五，号谦斋，山东德平人。举人。官安徽当涂县知县。有《种花主人稿》。

晓　起

起看庭前花，　渐欲舒红萼。
不嫌缓缓开，　但愿迟迟落。

周宝生

周宝生，字晋斋，吴县（今属江苏）人。官龙湾司巡检。有《养云轩诗稿》《长青阁诗钞》《半帆亭稿》《晚晋堂饮稿》《希白斋近稿》《无倦书屋吟稿》《扫篨山房存稿》。

书　怀

小草雨露偏，　欣欣便得意。
才吐一枝花，　临风学妩媚。

严锡康

严锡康，字伯雅，浙江桐乡。江苏候补知府。著有《餐花室诗稿》十二卷,诗馀一卷,《滇海雪鸿集》一卷。

钓　台[1]

不愧神仙婿，　桐江把钓来。
从龙让诸将，　图画到云台[2]。

【注释】①钓台:汉严光(子陵)钓鱼高蹈处。在浙江桐庐西富春山临江处。

②从龙:《易·乾·文言》:“云从龙,风从虎。”旧以龙为君象,故称从帝王为从龙。按严光为光武帝故人。云台:汉时台名。在南宫中。永平间,明帝追念前世功臣,图邓禹等二十八将像于此。台高干云,故曰云台。《淮南子·俶真训》:“云台之高,堕者折脊碎脑。”

周　浩

周浩,字晓徵,号谨堂,浙江嵊州市人。诸生。著有《石鼓山樵诗钞》。

秋　怨

凉月多情甚，　深宵上画栏。
何曾似明镜，　照见妾心难!

赵祖欢

赵祖欢，字喜孙，号兰畤，会稽（今浙江绍兴）人。广东候补县丞。著有《蝶庐诗稿》。工篆刻，年三十五卒。

题画二首

春色满湖漘①，春风长白蘋。
雨馀新水足，三两出游鳞。

一燕花外来，一燕花梢立。
有意话相思，满身香雾湿②。

【注释】①漘（chún）：水边。《诗·魏风·伐檀》："寘之河之漘兮。"
②杜甫《月夜》诗："香雾云鬟湿。"

浦鸿钧

浦鸿钧，字石安，浙江嘉善人。诸生。著有《梅里吟稿》。

子夜冬歌[1]

雨雪征途恶，　风霜客路多。
远行君自惯，　无奈妾愁何！

窗外一枝梅，　花开白如雪。
梅花信已来，　君归鲜消息[2]。

【注释】①子夜冬歌:《子夜四时歌》的一种,由《子夜歌》变化而来。郭茂倩《乐府诗集》卷四十四《子夜四时歌》七十五首(晋宋齐辞)中有冬歌十七首。另有梁武帝及王金珠《冬歌》各一首。唐崔国辅、郭元振、李白、陆龟蒙等均有《子夜冬歌》。

②鲜(xiǎn):少。

谢芳连

谢芳连,字皆人,宜兴(今属江苏)人。国学生。著有《香祖诗》,皆人工短篇,品第在色香嗅味之外。新月在天,残雪在地,可以想见其诗。

宿山园

小雨松径寒， 人归夜深火。
宿鸟栖未安， 惊飞落山果。

密云望行人①

人行犬更吠②，密云迷村影。
欲扣酒家扉， 山桥一蓑冷。

【注释】①密云：县名。清属顺天府。今北京市密云区。

②人行犬更吠：一作“人近犬寒吠”。刘长卿《逢雪宿芙蓉山主人》：“日暮苍山远，天寒白屋贫。柴门闻犬吠，风雪夜归人。”

田　登

田登(？—1695)，字春帆，又字梅岑，江都(今江苏扬州)人。家贫游食四方。三藩之变，投笔从军，转战湖湘。诗多沉雄矫鸷之音，五律尤精到，如《重晤沈天士》云：“月明沙路净，雨歇稻花香。”《雨夜》云：“鬓冷窗侵雨，园荒灯引虫。”《秋杪过雪公》云：“院静松声细，山寒鸟语稀。”《春日怀人》云：“峰翠犹含雨，江声欲上潮。”皆可入摘句图。撰《埋照集》二卷。傅泽洪以之与潘问奇诗合刻为二家诗,登与问奇穷困同而工诗亦同,远游及所主皆略同。所与唱酬者尚有杜茶村、冒辟疆等八人,皆穷士也。

江村杂感

驱犊上东皋①,草枯豆苗死。
苗死犊不肥,秋粮何所抵?

东邻解柳枝②,西邻送皇木。
东邻卖男行,西邻无女鬻③。

采薪薪有主④,钓鱼鱼有税。
归来枕书眠,青天竹扇闭。

【注释】①犊(dú):小牛。《说文》:牛子也。东皋:指田野。《文选·潘安仁〈秋兴赋〉》:"耕东皋之沃壤兮。"李注:水田曰皋,东者取其春意。

②解(jiè):解送。与作解说之解(jiě)者不同。

③鬻(yù):卖。

④采薪:砍柴。

毕际有

毕际有,字载积,山东淄川(今属淄博)人。官江南通州知州。有《存吾草》。

秋　夕

隔户度轻砧[1]，空阶鸣络纬[2]。
此处少梧桐，不知落叶未？

【注释】①砧(zhēn)：捣衣石，此指捣衣声。入秋，女子为远戍的亲人备置寒衣。

②络纬：虫名，多栖于草间，至秋则鸣，俗称络丝娘。

李念兹

李念兹，字屺瞻，号劬庵，陕西泾阳人。顺治戊戌十五年(1658)进士，官天门知县。康熙十八年己未(1679)举博学鸿词，放归故里。有《山谷口山房集》。渔洋怀人绝句云："日华宫址蔓寒烟，雅乐销沉绝可怜。今日李郎行部去，风流家在大秦川。"念兹兼以画著称。

云

片片浮云去，愁人正望乡。
东风吹汝急，几日到咸阳[1]？

【注释】①吹汝急:一作“吹送汝”。咸阳:今陕西咸阳市。诗人故乡近此。

汪征远

汪征远,字扶晨,徽州(今安徽歙县)人。《渔阳诗话》:新安汪征远工于诗,古体尤闲淡,有王、韦之风,若黄山诗:“不见庵中僧,微雨潭上来。”真乃不愧古人。

凌云道中

箬帽凌山雨[1],烟中支一筇[2]。
流云不相待,先上天都峰[3]。

【注释】①箬帽:箬叶与篾编成的帽,用来遮雨。

②筇(qióng):本作邛,竹名。《史记·大宛列传》:“骞(张骞)在大夏时,见邛竹杖、蜀布。”《正义》:“邛都邛山出此竹,因名邛竹。节高实中,或寄生,可为杖。”按邛都在今四川省西昌市东。

③天都峰:安徽黄山三大主峰之一。屹立于万峰丛中,气势磅礴,雄伟瑰丽。

坐狎浪阁[1]

高阁临溪水,薄暮轩窗开。

不见庵中僧，　微雨潭上来。

【注释】①狎浪阁：在黄山人字瀑对面山上，坐阁上观瀑最宜。

早发莲沟[1]

名声辨新晴，　游人期晓发。
凉风穿壑来，　吹落山头月。

【注释】①莲沟：在黄山莲花峰下。莲花峰高耸于黄山中心部分，中间主峰突出，周围为许多小峰拥抱，极似一朵初放的莲花，故名。

邵嗣尧

邵嗣尧，字子昆，猗氏（今山西临猗）人。康熙九年庚戌（1670）进士，由知县历官参议道。

谷口观云

万壑晨云白，　联翩出岫扶[1]。
不知为雨后，　还到故山无？

【注释】①联翩：亦作连翩，原形容鸟飞，此指云出不绝。岫(xiù)：山洞。陶渊明《归去来辞》："云无心以出岫。"

缪　彤

缪彤，字歌起，长洲(今江苏苏州)人。康熙六年丁未(1667)赐进士第一人，官侍讲。

渡　江

凉月漾中流，　金山隐隐浮[1]。
尚馀残醉在，　和梦到扬州。

【注释】①金山：在江苏镇江西北。原屹立长江中，每风涛四起，势欲飞动，故亦称浮玉山。今山已与南岸相接。

陈恭尹

陈恭尹(1631—1700)，字元孝，一字半峰，晚号独漉子，广东顺德人。明亡，父邦彦殉难时，恭尹才十馀岁。及长，遂隐居不仕。自号罗浮布衣。工诗,与屈大均、梁佩兰称“岭南三家”,而恭尹为之冠。有《独漉堂集》。

明妃怨[1]

生死归殊俗， 君王命妾来。
莫令青冢草[2]，生近李陵台[3]。

【注释】①明妃:即王嫱,又名昭君。《西京杂记》:(汉)元帝后宫既多。不得常见,乃使画工图形,案图召幸之。宫人皆赂画工,独王嫱不肯,遂不得见。匈奴入朝,求美人为阏氏,于是上案图,以昭君行。及去,召见,貌为后宫第一。乃穷案其事,画工皆弃市。

②青冢:汉昭君墓。在今内蒙古呼和浩特南。《图经》:边地多白草,昭君冢独青。杜甫《咏怀古迹》:“一去紫台连朔漠,独留青冢向黄昏。”

③李陵:汉陇西成纪人,字少卿。名将李广之孙。武帝时任骑都尉。天汉二年,率步兵五千人击匈奴,战败而降。李陵台旧在匈奴国境内。《新唐书·地理志》:云中都护府燕然山有李陵台。《大同府志》:李陵台在府城北五百里,台高二丈馀,盖陵不得归,登此楼望汉,其近有拂云堆,堆上有祠。

崔　华

崔华(1632—1698),字不雕,太仓(今属江苏)人。顺治十七年庚子(1660)举人。有《樱桃轩集》。不雕为渔洋分校江南所得士，以“丹枫江冷人初去，黄叶声多酒不辞”句得名，人目为“崔黄叶”。渔洋又举其“一寺千松内，飞泉屋上行”，“欹墙坐清昼，薄冷出蘋间”，“溪水碧于前渡日，桃花红似去年时”，语皆清异出尘。兼工画。

绝　句

影落台千尺，　光连水一隅。
我来亦爱此，　不独是狂奴①。

【注释】①狂奴：《后汉书·严光传》：司徒侯霸与光素旧，光武帝遣使奉书。光不答。乃投札与之。口授曰：“君房足下，位至鼎足，甚善。怀仁辅义天下悦，阿谀顺旨要领绝。”霸得书封奏之，帝笑曰：“狂奴故态也。”

吴　历

吴历（1632—1718），字渔山，号墨井道人、桃溪居士，常熟（今属江苏）人。工山水画，以白居易《琵琶行》长卷及《消夏图》等最为有名。亦工诗，写人民流离生活，尤深切感人。

兵过后南阳道中①

林空惟落日，　地僻少残春。

欲问南阳路，　前村未有人。

【注释】①南阳：府名。故治在今河南南阳市。

恽　格

恽格(1633—1690)，初字寿平，以字行，后改字正叔，号南田，又号白云外史、云溪外史、东园客、草衣生、横山樵者、巢枫客，武进(今江苏常州)人。早年入灵隐寺为僧，后还俗。工山水花卉，赋色之妙，为古今绝艺。诗亦超逸。有《南田集》《瓯香馆集》。

晓　起

连夜深山雨，　春光应未多。
晓看江上草，　绿到洞庭波①。

【注释】①洞庭：湖南境内之洞庭湖，为湖南众水之汇，是我国五大淡水湖之一。又太湖中有洞庭山，太湖亦名洞庭湖。

岁寒三友①

予独爱此三种，喜其积雪凝寒之候，能表贞素之华，矫然有以自异，可方遁世之君子，因为图。

以尔为三友， 真能傲众芳。
自留苍翠色， 努力饱风霜。

【注释】①岁寒三友：松、竹、梅称岁寒三友，见《月令广义》。明程敏政有《岁寒三友图赋》。

王士禛

王士禛(1634—1711)，字贻上，号阮亭，又号渔洋山人，山东新城(今属桓台)人。顺治十五年戊戌(1658)进士，官至刑部尚书，谥文简。士禛以诗闻名海内，而诗中尤以绝句见长，人称一代正宗。著有《带经堂集》《渔洋精华录》《香祖笔记》《居易录》《古诗选》《唐贤三昧集》《唐人万首绝句选》《五代诗话》等。其谈艺四首：曰典、曰远、曰谐、曰则。钱谦益年八十，序其《精华录训纂》，以为"今得于身亲见之，岂不有厚幸哉！书之，以庆余之遭也"。

即　目

苍苍远烟起， 槭槭疏林响①。
落日隐西山， 人耕古原上。

【注释】①槭槭(qī):形容木叶飘落之声。潘岳《闲居赋》:"庭树槭以洒落。"

江上寄程昆仑[①](二首)

白浪金山寺[②], 青山铁瓮城[③]。
故人今不见, 杨柳作秋声。

江北望江南, 只隔江津水。
日暮寒潮生, 愁心满扬子。

【注释】①程昆仑:程康庄,字昆仑,山西武乡人。《陈检讨集》:"昆仑旧判镇江,升任安庆同知,有文名。"

②金山寺:在江苏镇江之金山上,原名泽心寺,唐时开山得金,因改称金山寺。《九域志》:唐时裴头陀于江际获金数镒。李锜镇润州,表闻赐名。

③铁瓮城:江苏镇江子城,传为孙权所筑。明洪武元年改筑,旧城遂废。程大昌《演繁露》:"雉堞缘岗,弯环四合,其中州治诸廨在焉,圆深之形,正如卓瓮,予始知喻以为瓮者,指子城也。"

红　桥[①](二首录一)

舟入红桥路, 垂杨面面风。
销魂一曲水, 终古傍隋宫。

【注释】①红桥:在江苏扬州北门外。吴绮《扬州鼓吹词序》:"红桥在城西北二里。崇祯间,形象设以锁水口者。朱栏数丈,远通两岸,虽彩虹卧波,丹蛟截水,不足以喻。而荷香柳色,雕楹曲槛,鳞次环绕,绵亘十馀里,春夏之交,繁弦急管,金勒画船,掩映出没于其间,诚一郡之丽观也。”

②隋宫:金镇《扬州府志》:“隋宫在城西七里大仪乡。”

题赵澄画为周栎园侍郎题①

烟柳南朝寺②，风流建业城。
年年春尽日，玉笛唤愁生。

【注释】①赵澄画:周栎园《读画录》:“雪江为余仿旧二十馀幅,余归之王逸庵侍郎,后为琉球国王所得,永作海外之珍矣。”雪江:赵澄字。栎园:周亮工字。《渔洋精华录》卷六有《赵澄画》诗云:“江南春意到寒梅,曲崦回汀几树开。铜井铜坑风雪里,曾欹乌帽跨驴来。”

②南朝寺:宋张表臣《珊瑚钩诗话》卷二:“杜牧诗云:‘南朝四百八十寺,多少楼台烟雨中。’帝王所都,而四百八十寺,当时已为多,而诗人侈其楼阁台殿焉。”

大堤曲四首①

何处白铜鞮②，相逢大堤曲。
樊城多酒家③，郎在谁家宿?

送欢凤林关④，别欢桃林岸⑤。
红桃作花时，与欢复相见。

汉水绿头鸭，　朝朝自呼名。
何时觅欢去，　附书到江陵[6]。

东汉房陵来[7]，南流武昌去。
西汉下巴陵[8]，会是相逢处。

【注释】①大堤曲:乐府西曲歌名,出自襄阳乐。郭茂倩《乐府诗集》卷四十八有梁简文帝《大堤》。唐张柬之、杨巨源、李白、李贺等有《大堤曲》。大堤,为襄阳胜迹。

②白铜鞮:一作《白铜蹄》。梁武帝所作歌曲名。《隋书·音乐志》:梁武帝之在雍镇,有童谣云:"襄阳白铜蹄,反缚扬州儿。"识者言白铜蹄谓马也。白,金色也。及义师之兴,实以铁骑,扬州之士皆面缚,果如谣言。故即位之后,更造新声,帝自为之词三曲,又令沈约为三曲,以被弦管。

③樊城:在湖北襄阳北,南临汉水,与襄阳城隔汉水相望。商贾往来,以此为要道,故乡多卖酒之家。

④凤林关:在湖北襄阳东南十里。

⑤桃林岸:在湖北咸宁县东北三十里桃林港之南。

⑥江陵:今湖北江陵县。

⑦房陵:今湖北房县。

⑧巴陵:今湖南岳阳市。

自龙游渡江辄为小诗书于船窗[1](六首录三)

新妇岩前月[2]，初三夕影垂。
江流荡明镜，　上下双蛾眉。

腊雪冻犹积，　春波浅未生。
龙丘人不见[③]，　两岸辘轳鸣。

兰溪水最清[④]，　桐庐山更好[⑤]。
置身山水间，　何妨行路老。

【注释】①龙游：清属浙江衢州府。今浙江省龙游县。

②新妇岩：《南史·徐伯珍传》：宅南九里有高山，班固谓之九岩山。后汉龙丘苌隐处也。山多龙须柽柏，望之五彩，世谓之妇人岩，伯珍移居之。

③龙丘人不见：《后汉书·循吏传》：吴有龙丘苌者，隐居太末山中，志不降辱。王莽时四辅三公连辟不到。

④兰溪：在浙江西部，有婺港、衢港二源，至兰溪市合流而称兰溪。岸多兰茝，故名。北流兰江与新安江会合。

⑤桐庐：今浙江省桐庐县。

泊夏家口二首

秋浦猿声夜[①]，　孤舟客乍听。
星星见渔火，　已到卸帆亭。

已近梅根冶[②]，　江流更几湾。
明朝风日好，　应见九华山[③]。

【注释】①秋浦：河名。在安徽省池州市贵池区西南。李白爱其胜，有《秋浦歌》十七首，其四云："两鬓入秋浦，一朝飒已衰，猿声催白发，长短尽成丝。”

②梅根冶：在池州市贵池区东五十里。亦曰梅根篮。自六朝以来，皆鼓铸于此。

③九华山：在安徽省青阳县南四十里，旧名九子山。唐李白以九峰如莲削成，改为九华山。今山中有李白书堂基址。

石城桥示倪雁园太史①

昔作秦淮客，　朱楼赋洞箫。
白头故人尽，　重上石城桥。

【注释】①倪雁园：倪灿，字雁园，清上元。

雨后至天宁寺①

凌晨出西郭，　招提过新雨②。
日出不逢人，　满院风铃语③。

【注释】①天宁寺：在今北京市广安门外。元魏孝文时建，名光林寺，明宣德中改天宁寺，正统中又改万寿戒坛。今仍名天宁寺。

②招提：梵语。指寺庙。本作拓提。《玄应音义》：招提，正言拓斗提奢，此云四方，译人去斗去奢。拓，经误作招。《涅槃经》：“招提僧坊。”《慧琳音义》：招提僧坊，此云四方僧坊也。自魏太武名伽蓝为招提，招提遂为寺院之异名。

③天宁寺塔，每级缀数十百铃，风动声急，如万马奔骤可听。其殿堂门隙中处处皆现塔影。见蒋一葵《长安客话》卷三《郊西杂记》。

宋 荦

宋荦(1634—1713),字牧仲,号漫堂,又号西陂,河南商丘人。康熙间累擢江南巡抚,在官持大体,以清节著,官至吏部尚书,加太子少师。精鉴藏,善画。深通典籍,练习掌故。诗与王士禛齐名。有《西陂类稿》《筠廊随笔》《沧海小志》《绵津山房诗集》等。

落 花

昨日花簌簌[①],今日落如扫。
反怨盛开时, 不及未开好。

【注释】①簌簌(sù):茂盛貌。元稹《连昌宫词》:"风动落花红簌簌。"

焦山次王阮亭韵三首[①]

山势何崚嶒[②], 江流自平远。
坐向海云堂, 闻钟日将晚。

山下有残碑, 千年传瘗鹤[③]。

侧足向荒崖，　奔涛几时落？

洞壑不可识，　披云共山樵。
夜深松响发，　疑是海门潮。

【注释】①焦山：在江苏镇江东北。孤峙长江中，与金山相对。东汉焦光隐此，故名。王阮亭：王士禛号阮亭，前见王士禛小传。

②崚嶒（léng céng）：山势高峻貌。

③瘗（yì）鹤：即瘗鹤铭。梁天监十三年华阳真逸撰文，上皇山樵正书。华阳真逸，或谓顾况，或谓陶弘景，其字或谓右军书，均不可考。铭原刻江苏镇江焦山西麓崖石上，后摧落江中。宋淳熙中尝挽出，不知何年复堕江中。清康熙间陈鹏年募工曳出之，计五石。

将至都门寄阮亭祭酒

旷望长安道，　春风啸咏还。
故人如问讯，　袖里有盘山[1]。

【注释】①盘山：在今天津市蓟州区西北二十五里。为京东第一名胜。旧名四正山，一名徐无山。三国时魏田畴隐此，故名田盘山，省称盘山。或曰其山峻削，盘而登之，故名盘山。

题王翚画[1]

疏林开径曲，　远岫带村孤。
粉本余曾见[2]，浮岚暖翠图。

【注释】①王翚(1632—1717),字石谷,号耕烟,又号乌目山人,晚称清晖老人,常熟人。尝绘《南巡图》称旨,卒年八十有六。有《清晖尺牍》《清晖赠言》。画有《虞山十二景》《西湖烟柳图》《南巡图》等。

②粉本:汤垕《画论》:古人画稿,谓之粉本。前辈多宝畜之,盖其草草不经意处,有自然之妙。宣和、绍兴所藏之粉本多有神似者。按王绂《书画传心录》谓以粉作地,布置妥帖,而后挥洒出之,使物无遁形,笔无误落。方薰《山静居画论》:画稿谓粉本者,古人于墨稿上加描粉笔,用时扑入缣素,依粉痕落墨,故名之也。

王　敔

王敔,字虎止,湖南衡阳人。诸生。船山先生子,与兄攽(曷功)齐名。禀承庭训,勤问学,笃行谊。晚筑湘西草堂,学者称蕉畦先生。诗朴老,亦有夕堂遗范。有《蕉畦存稿》《笈云草》。

待　友

小立闲阶外，　凝眸日已西。
稻苗深一尺，　中有水禽啼。

王乘箓

王乘箓，号钟仙，山东诸城人。有《钟山遗稿》。

送人从军

系马官道傍，　沽酒石桥北。
不敢再淹留①，为君壮行色②。

【注释】①淹留：久留。《离骚》："时缤纷其变易兮，又何可以淹留。"王逸注："淹，久也。"。

②行色：行役时之状况。《庄子·盗跖》："车马有行色。"岑参《送宇文舍人出宰元城》诗："马带新行色，夜闻旧御香。"

施　相

施相，字赞伯，号石农，浙江仁和（今杭州市）人。顺治十三年丙申（1656）移居河渚张村，名曰幽居。康熙二十四年乙丑（1685）遣妻子返湖墅故居，独与狷次（徐介）啸傲烟雾，往返无定。

著有《周易大家集解粹言》《幽居草》《梅花诗》《歙游杂咏》。

中秋对月有怀徐孝元介

久依河渚住，　老逐市廛行[1]。
月色浑无异，　偏伤今昔情。

忆昔泛扁舟，　长空万里秋。
醉吟多逸兴，　何日更同游？

清光淡碧天，　永夜月初圆。
独坐空庭迥，　知君应未眠。

【注释】①市廛(chán)：闹市。谢灵运《山居赋》："山居有异乎市廛。"

陆　藩

陆藩，字介人，号匪莪，浙江镇海人。官广西郁林知州。

秋　夜

高柳疏于我，　明河淡在楼。

不成千里梦，砌蛩正鸣秋[①]。

【注释】①蛩：同蛬。《说文》作蛩。蟋蟀也。砌蛩：石阶间之蟋蟀。

许虬

许虬，字竹隐，长洲（今江苏苏州）人。顺治十五年戊戌（1658）进士，官绍兴知府。著有《万山楼集》。

折杨柳枝歌[①]

柳条三尺长，明日清明节。
江南少儿女，采作流苏结[②]。

千树宫墙柳，万朵道旁花。
折柳在侬手，花飞到谁家？

居辽四十年，生儿十岁许。
偶听家乡音，问爷此何语？

【注释】①折杨柳枝歌：汉乐府横吹曲名。《乐府诗集》："《唐书·乐志》曰：梁乐府有胡吹歌云：'上马不捉鞭，反拗杨柳枝。下马吹横曲，愁杀行客儿。'此歌辞元出北国,即鼓角横吹曲《折杨柳枝》是也。《宋书·五行志》曰:晋太康末,京洛为《折杨柳》之歌,其曲有兵革苦辛之辞。"按唐教坊有《杨柳枝曲》,盖后人本此另创新声,遂入教坊耳。

②流苏:古以五彩羽为垂饰,谓之流苏,凡车马、楼台、帐幕等多饰之,以为美观。《文选·张衡〈东京赋〉》:"飞流苏之骚杀。"善注:"流苏,五彩毛杂之,以为马饰而垂之。"挚虞《决疑要注》曰:"凡下垂为苏。"

邹祗谟

邹祗谟,字讦士,号程村,武进(今江苏常州)人。顺治十五年戊戌(1658)进士。有《远志斋集》。

折杨柳①

美酒白玉壶②,高树白头乌③。
壶空乌不去, 弹尽大秦珠④。

【注释】①见前许虬《折杨柳枝歌》注①。

②白玉壶:白居易《送陈许高仆射圤镇》:"翠钿花绕黄金印,丝管行随白玉壶。"

③白头乌:白居易《阿崔诗》:"几时能反哺,供养白头乌。"

④大秦珠:《魏略》:"大秦国出明珠、夜光珠、真白珠。"辛延年《羽林郎》诗:"头上蓝田玉,耳后大秦珠。"

邵长蘅

邵长蘅(1637—1704),一名蘅,字子相,别号青门山人。武进(今江苏常州)人。诸生。被黜,复入太学,考授州同,不就。有《青门集》。子湘北游,名动京师,施愚山、王阮亭皆折节与交。顾黄公评其诗不名一家,七古之流畅顿挫,七律之苍秀沈雄,尤为诸体之冠云。

津门官舍话旧

对床通夕话，　官舍一灯红。
十年存没泪，　并入雨声中。

申涵盼

申涵盼(1638—1682),字随叔,号定舫,永年(今属河北)人。顺治十八年辛丑(1661)进士,改庶吉士,授检讨。有《史籁定舫诗草》。定舫早岁从其兄凫盟学诗。凫盟称诗河朔间,所与游者皆一时名士,定舫与之追逐。宋玉叔谓其乐府言远而旨赅,论严而语隽,不独音节之妙。

黄竹子歌[①]

江边黄竹子， 风雨夜悲鸣。
不堪截作笛， 亦有断肠声。

【注释】①黄竹子歌:乐府吴声歌曲名。《乐府诗集》:唐李康成曰:《黄竹子歌》《江陵女歌》,皆今时吴歌也。无名氏《黄竹子歌》云:"江边黄竹子,堪作女儿箱。一船使两桨,得娘还故乡。"

吴雯炯

吴雯炯,字镜秋,歙县(今属安徽)人。有《笙山草堂诗》。镜秋居南昌,少与饭牛友,又从吴藺次学倚声,有《香草词》。

吴山寓楼[①]

松林卧一峰， 檐隙窥千嶂。
榻冷下方云， 寒潮月初上。

【注释】①吴山:在今杭州城南。春秋时为吴南界,故名。

王又旦

王又旦(1639—1689),字幼华,别字黄湄,陕西郃阳(今合阳)人。顺治十五年戊戌(1658)进士,由知县历官户部给事中。有《黄湄集》。姜西溟谓今京师以诗名家称两先生,一为新城阮亭少詹,一为郃阳黄湄给事也。

太史祠隔河望孤山[1]

绝巘连云山，　秋风隔水多。
韩原中缺处[2]，山翠压黄河。

终日山头坐，　看山兴未阑。
秦山看不厌，　犹借晋山看。

【注释】①太史祠:即司马迁祠,在陕西韩城芝川镇南原上。东依梁山,西临芝水,形势壮丽。内有司马迁衣冠冢。历代文士题咏甚多。

②韩原:古地名。《左传》僖公十五年:(秦晋)战于韩原。故城在陕西韩城西南。

张增庆

张增庆，字川如，号损斋，又号缄庵，山东淄川(今属淄博)人。诸生。有《独树庵诗》。

溪　上

轻阴带斜日，　杳霭前山夕①。
双鹭忽飞来，　点破一溪碧。

【注释】①杳霭：深远貌。韦应物《往云门郊居途经回流作》诗："明灭泛孤景，杳霭舍夕虚。"

庞　垲

庞垲(1639—1707)，字霁公，号雪崖，任丘(今属河北)人。康熙十四年乙卯(1675)举人，十八年己未(1679)召试博学鸿词，授检讨，历官建宁知府。有《丛碧山房诗集》。论诗主抒写性情，从胸中自在流出，几于无日不诗。诗隽修洁绝，冲融归于雅正。

渡易水[1]

叹息荆卿去，　萧萧易水秋。
定知遗恨在[2]，不肯向西流。

【注释】①易水：在今河北易县一带。《史记·刺客列传》：荆轲辞燕太子丹，至易水之上，既祖取道。有歌云："风萧萧兮易水寒，壮士一去兮不复还。"

②遗恨：荆轲为燕太子丹客，受命刺秦王，诈献樊於期首级及燕督亢地图，藏匕首图中，秦王展图，图尽而匕首现，轲左手把秦王袖，右手持匕首刺之，不中，被杀。见《史记·刺客列传》。

文　点

文点（1642—1704），字与也。号南云山樵，吴县（今属江苏）人。文肃公震孟之孙（震孟为文徵明曾孙）。文点隐居竹坞，城市罕见其迹。有《南云诗文集》。朱彝尊《处士文君墓志铭》作年七十二，则生于崇祯六年（1633），可备一说。

渡　江

青山如故人，　江水似美酒。

今日重相逢，把酒对良友。

方殿元

方殿元，字蒙章，广东番禺（今广州）人。康熙三年甲辰（1664）进士，官郯城，江宁知县。有《九谷集》。

征　怨

怯把金钱卜①，春残不道归。
昨宵看月晕②，枨触几重围③。

【注释】①金钱卜：以金钱问卜。唐于鹄《江南曲》："众中不敢分明语，暗掷金钱卜远人。"王士禛《灞桥寄内》诗："闺中若问金钱卜，秋雨秋风过灞桥。"

②月晕：月亮四周云气。庾信诗："星芒一丈焰，月晕七重轮。"

③枨触：感触、触动。李商隐《戏题枢言草阁三十二韵》："君时卧枨触，劝客白玉杯。"

沈　晙

沈晙,字田子,吴县(今属江苏)人。

荒　亭

荒亭古墓南，　远见车尘灭。
墓前双石人，　送尽人离别。

九　日[①]

有酒赏重阳，　无烦白衣至[②]。
恐惊邻舍翁，　谓是催租吏[③]。

【注释】①九日:指农历九月九日,重阳节。旧时有饮酒登高习俗。

②白衣:古未仕者着白衣。徐坚《初学记》:陶潜九月九日无酒,于宅边菊丛中摘盈把,坐其侧久,望见白衣人至,乃王弘送酒,即便就酌而后归。

③“恐惊”两句:《冷斋夜话》:宋潘大临闻搅林风雨声,题壁曰:“满城风雨近重阳”,忽催租人至,遂败兴而止。

吴雯

吴雯(1644—1704),字天章,蒲州籍,辽阳(今属辽宁)人。诸生。康熙十八年己未(1679)举博学鸿词,不遇,游食南北,足迹几遍天下,博览群籍,旁及释老内典。尤工于诗,峻洁微远,自露天真。王士禛目为仙才。有《莲洋集》。

见山色不断口号①

芳草正萋萋，　垂杨丝不齐。
青山如送客，　直过雁门西②。

【注释】①口号:见前朱彝尊《临淮口号》诗注①。

②雁山:山名,在山西代县西北三十五里。有雁门关。以两山对峙。雁度其间得名。《山海经》:雁门山者,雁飞出于其门。

向邻僧乞白秋海棠种

缁流无物累①，　佳种或能分。
他日思君处，　秋斋一砌云。

【注释】①缁流:僧着缁衣,故谓之缁流。按缁一般谓黑色。《僧史略》:“问:缁衣者何状貌? 答:紫而浅黑,非正色也。”据此则僧服之缁,并非正黑。

刘 臻

刘臻(1645—1690),字山蔚,河南商丘人。诸生。有《虚直堂诗》。

饯 春①(录二首)

年年饯春归， 试问春归处。
东皇笑不言②，潜逐飞花去。

春归春径归， 归亦有馀情。
还从清梦底， 唤我树头莺。

【注释】①饯春:犹言送春。饯,设酒食送行。

②东皇:东方青帝。司春之神。杜甫《幽人》诗:“风帆倚翠盖,暮把东皇衣。”

张实居

张实居，字宾公，山东邹平人。著有《萧亭集》。

桃花谷

小径穿深树，　临崖四五家。
泉声天半落，　满涧溅桃花。

洪　昇

洪昇（1645—1704），字昉思，号稗畦，浙江钱塘（今杭州）人。著有《稗畦集》。又有《长生殿》《回文锦》《节孝坊》等传奇。昉思因著《长生殿传奇》被斥革受辱，又遭家难，坎壈终身。五十九岁堕水而没。

将游大梁①

匹马嘶荒野，　群山拥乱云。

迢迢二千里，　去哭信陵君[2]。

【注释】①大梁:即汴梁,今河南开封市。战国时魏都。

②信陵君:战国魏昭王少子,名无忌,封信陵君。仁而下士,食客三千人。秦围赵,赵平原君以夫人为信陵君姊,乃求救于魏王及信陵君。魏王使晋鄙将十万众救赵。既而畏秦强,使人止之,留军观望。信陵君用侯嬴言,夺晋鄙之军,救赵却秦。秦伐魏,信陵君率五国兵大破秦兵,使将将其军归魏,而公子独与客留赵。秦使人毁之于魏王,王中谗疏之。信陵君乃谢病不朝,与宾客饮醇酒,多近妇女,病酒卒。

山　居

朝看岭上云，　夕卧松间月。
醉起复开樽，　山花飞不歇。

途中晓望

烟含深树迷，　月上远天曙。
渺渺白洋河[1]，前年落帆处。

【注释】①渺渺:形容水势浩大。白洋河:源出山东栖霞县东南灵山,折东北经福山县,会大姑河,北入于海。

征　兵[1]

万里妖云气，　千家夜哭声。

朝来羽书下[2]，主将又征兵。

【注释】①康熙十二年(1673)，耿精忠、尚之信叛应吴三桂，三藩乱起，云南等地征兵甚急，本诗即指此而言。

②羽书：与羽檄同。征兵之书。檄者以木简为书，长尺二寸，用征召也。其有急事，则加插羽毛，示速疾也。

送梅耦长归宣城[1]

卧病闭虚馆，忽闻君远行。
离心不可道，树树秋蝉鸣。

【注释】①梅耦长：梅庚，字耦长，安徽宣城人。参见七绝部分梅庚小传。

王鸿绪

王鸿绪(1645—1723)，字季友，号俨斋，松江(今属上海市)华亭人。康熙十二年癸丑(1673)进士及第第二人，官至工部尚书。著有《横云山人集》。

闺　思

抱得朱丝琴，临风弹别鹤[1]。

愁如江潮生，　不若江潮落。

【注释】①别鹤：指《别鹤操》，一作《别鹤怨》。乐府琴曲名。《古今注》：《别鹤操》，商陵牧子所作也。娶妻五年而无子，父兄将为之改娶，妻闻之，中夜起，倚户而悲啸。牧子闻之，怆然而悲，乃援琴而歌。后人因为乐章焉。其词曰：将乖比翼隔天端，山川悠远路漫漫，揽衣不寝食忘餐。

采莲歌

采采江水滨，　荷花照脸新。
莫愁西日晚，　明月解留人。

刘献廷

刘献廷（1648—1695），字君贤，号继庄，宛平（今属北京）人。迁于吴。生禀异质，读书一目二十行，三教百氏、外国之书，无所不窥，著作等身。其后周游无定所，尝寓尧峰之胡巷。年仅四十七（一说四十五），忽鼻柱下垂而逝。弟子辈葬之陆墓山麓，会者数百人，皆痛哭失声，有生平未谋面而拜其墓称弟子者。著有《广阳杂记》《广阳诗集》等。

关山月

晓角鼓声哀，边风卷地来。
十年征戍客，不上望乡台[①]。

【注释】①望乡台:王勃《蜀中九日》诗:“九月九日望乡台,他席他乡送客杯。”

艳　曲

不道巫山远[①]，翻成眼底人。
折花趁烛照，流影旁君身[②]。

【注释】①巫山:在四川省巫山县东南,北与大巴山相连。形如巫字,故名。大江流经其中,成为巫峡。相传有十二峰。宋玉《高唐赋》序称楚怀王游高唐,有神女荐枕席。临去自谓居巫山之阳,后人因借巫山为男女幽会之词。

②旁:通“傍”。

别后作

独立征河岸，苍茫北去舟。
谁怜此时意，日日到心头。

题　画

意随流水行，　却向青山住。
因见落花空，　方悟春归去。

孔尚任

孔尚任(1648—1718)，字聘之，又字季重，号东塘，又号云亭山人，山东曲阜人。康熙间授国子监博士，累官户部员外郎。博学有文名，通音律。《桃花扇》传奇颇负盛名，时人以之与《长生殿》并论，号称“南洪北孔”。有《岸塘文集》《湖海集》等。近人汪蔚林辑有《孔尚任诗文集》。其诗名《长留集》，各体均备，颇多佳作。辽海刘廷玑在园选。

秦淮渡口看月

烟波一万重，　明月浮金盏。
顷刻失前波，　月随行处眠。

剪

乡梦结千肠， 春愁书万纸。
得君快剪刀， 乱丝得须理。

白云梯①

白云厚且浓， 石磴斜相倚。
终古有莓苔， 登天愁滑履。

【注释】①自注："牛首山磴道。"按牛首山在今江苏南京城南。山有东、西二峰，双峰角立，形如牛首。亦称牛头山，又称天阙山。

涵虚阁①

一阁凭高秋， 五窗绝世境。
长江何处来， 杯里摇光景。

【注释】①自注："牛首山东峰上。"

隋　堤①

一道垂柳堤， 日日人走马。
无限古今愁， 付与送行者。

【注释】①自注:“炀帝筑堤种柳,故址犹存。”

二十四桥①

不见旧时桥,　仰问当年月。
何处一声箫,　半夜犹凄绝。

①自注:“炀帝行幸之所,今废。”按《方舆胜览》谓扬州二十四桥在府城,隋置,并以城门坊市为名,后韩令坤别立桥梁,所谓二十四桥不可参矣。《补笔谈》载有桥名,唯不足二十四之数,亦未可尽信。一说即吴家砖桥,一名红药桥,古有二十四美人吹箫于此,故名。杜牧《寄扬州韩绰判官》诗:“青山隐隐水迢迢,秋尽江南草木凋。二十四桥明月夜,玉人何处教吹箫。”

题画一绝

叶落万林疏,　山堂斜照朗。
寻诗句未成,　凭几听茶响。

扇头梨花画眉鸟

梨花雪满枝,　春风帘幕晓。
画眉人尚眠,　且看画眉鸟。

赵与梗

赵与梗，字楚材，福建龙溪人。有《珠谷剩草》。

九日杂咏

寒食吊之推[1]，端阳悲郢客[2]。
如何重九日，不祀陶彭泽[3]？

【注释】①之推：介之推，春秋时人。从晋文公出亡，凡十九年。文公还国为君，之推不言禄，禄亦不及，乃与母隐于绵山。其后文公求之，不出；文公复焚山以逼之，之推竟抱木死。清明节前一日为寒食节，不举火，以纪念介之推。

②端阳：农历五月五日为端阳节，又称端午节。郢客：指屈原。《续齐谐记》：屈原五月五日投汨罗江。楚人哀之，至此日，以竹筒贮米，投水以祭之，后改作粽，并带楝叶五花丝，以避蛟龙。

③重九：农历九月九日重阳节，有赏菊、饮菊花酒习俗。陶彭泽：晋陶渊明曾为彭泽令。渊明性爱菊，诗中屡言及之。

冯廷櫆

冯廷櫆(1649—1700),字大木,山东德州人。康熙二十一年壬戌(1682)进士,二十三年甲子(1684)授官中书舍人。诗名震海内。有《晴川集》《雪林集》《曹郕集》等。赵执信为《冯舍人遗集》作序。阮葵生《茶馀客话》卷九云:"冯大木舍人于九月十六日中煤毒死。"

题徐道冲观泉图二首

巨石如抱犊①,虬松如屈铁②。
何处涌神泉? 晴飞太古雪。

七十二泉边③,三十六峰顶④。
灵仙时往还, 石上幻形影。

【注释】①抱犊:《元和志》:昔有隐者抱一犊上山耕种,名抱犊谷,又作抱犊崓。在今山东省枣庄市北。

②虬:"虯"俗字。龙之有角者曰虯。虬松谓松木盘曲如龙虬。屈铁:杜甫《戏为双松图歌》:"两株惨裂苔藓皮,屈铁交错回高枝。"白居易《鸡距笔赋》:"染松烟之墨,洒鹅毛之素,莫不画为屈铁,点成垂露。"

③七十二泉:在山东济南,金人所订之《名泉碑》载有七十二泉名。九

灵山长徐献忠著《水品全秩》卷下《济南诸泉》云:论者以瀑流(即趵突泉)为上,金线次之,珍珠又次之。

④三十六峰:在河南登封嵩山。李白《九赠嵩山焦炼师序》:“余访道少室,尽登三十六峰。”又《元丹邱歌》:“三十六峰常周旋。”清王琦注列有三十六峰名称。

查慎行

查慎行(1650—1727),初名嗣琏,字夏重,又字悔馀,号初白,浙江海宁人。康熙中以举人召直南书房。四十二年癸未(1703)赐进士,改庶吉士,授编修。以诗受知于康熙。五七言古体,丽藻络绎,宫商抗坠,往往有陈后山、元遗山之风。尝因赐鲜鱼为纪恩诗,其中“笠檐蓑袂平生梦,臣本烟波一钓徒”句最受称赏,宣召时呼“烟波钓徒查翰林”。世以比唐韩翃之“春城无处不飞花”,传为玉堂嘉话。蒙赐御书“敬业堂”额,因名其集曰《敬业堂集》。又著有《周易玩辞集解》《苏诗补注》《人海记》等。

夜宿养素堂东偏①

袅袅一枝藤, 疏疏几行柳。
篱落吐灯光, 邻家犹卖酒。

【注释】①养素堂:武威张澍,字时霖,有养素堂。官玉屏知县,改永新县。文章巨丽,为时所称。

五更发高碑店[1]

久作京华客，　乡程梦易迷。
分明茅店月，　犹误早朝鸡[2]。

【注释】①高碑店:一名高密店。在今河北省高碑店市,为燕赵分界处。昔有“燕南赵北”四字高碑,今废,地因此得名。

②茅店月:温庭筠《商山早行》:“鸡声茅店月,人迹板桥霜。”早朝鸡:《石林诗话》:常秩居汝阴,有盛名,屡召不至,欧阳文忠公亦重之,所谓“笑杀颍川常处士,十年骑马听朝鸡”者是也。此处言“犹误早朝鸡”是说误了早朝鸡,未去上朝。

二月朔日碧桃盛开[1]

无数绯桃蕊[2]，齐开仲月初。
人情方最赏，　花意已无馀。

【注释】①朔日:夏历每月初一。

②绯:红色。《玉篇》:绯,绛练也。《广韵》:绯,绛色。

客　来

与世了无竞，　并教棋局闲。

客来无一事，　篱下看南山[1]。

【注释】①陶潜《饮酒》诗之五："采菊东篱下，悠然见南山。"

舟夜书所见

月黑见渔灯，　孤光一点萤。
微微风簇浪，　散作满河星。

黄河中流见月出口占一绝

谁谓河流浊，　吾疑彻底清。
一眉残月影，　镜里看初生。

晓起回望西山

好山隔黄沙，　隐隐一重雾。
雾敛日红时，　螺青出高树[1]。

①螺青：谓山峦状貌似螺髻。皮日休《缥缈峰》诗："似将青螺髻，撒在明月中。"

不寝枕上作

雷雨轩窗动，　孤灯耿夜深。

老人浑不寐，　大有惜花心。

查嗣瑮

查嗣瑮(1652—1733),字德尹,浙江海宁人。初白之弟。康熙三十九年庚辰(1700)进士,官翰林侍讲。有《查浦诗钞》。

夹竹桃和望楚[1]

映竹两三桃，　坡翁有真赏[2]。
我今取其似，　得一且兼两。

竹含四时绿，　桃竞三月红。
贞冶本殊性[3]，花叶安可同?

人言潮州桃[4]，原从腊月开。
拟乞返魂药[5]，雪竹同时栽。

【注释】①夹竹桃:常绿灌木,叶对立或三枚轮生,披针形。夏季开花,花桃红色或白色,可供观赏。望楚:作者友人,平生不详。

②“映竹”两句:苏轼《惠崇春江晓景二首》有“竹外桃花三两枝”句。

③贞冶:贞洁、妍美。

④潮州：府名，故治在今广东潮安。

⑤反魂药：《本草纲目·木部》引《汉武帝内传》云：西海聚窟洲，有返魂树，状如枫柏，花叶香闻百里，根煮汁，炼之如漆，乃香成也。凡有疫死者，烧豆汁熏之，可再活。故曰“返魂”。

姜顺龙

姜顺龙，字见田，号麟壁，大名（今属河北）人。历官四川按察使。有《壬寅存稿》。

自君之出矣[1]

自君之出矣，　不复理朱颜。
朱颜为谁好？　对镜空自怜。

自君之出矣，　不看高楼月。
月缺有圆时，　人生长离别。

自君之出矣，　寂寞酴醾架[2]。
妾自看花开，　妾复看花谢。

自君之出矣，　忍见临歧路。

昔日双车轮，良人从此去。

【注释】①自君之出矣：乐府杂曲歌辞名。见前冯班《自君之出矣》注①。

②酴醾（tú mí）：落叶小灌木，攀缘茎；羽状复叶，初夏开花，花白色。《岁时记》：酴醾，本酒名，以花色似，故名。

曹寅

曹寅（1658—1712），字子清，号荔轩，又号楝亭，满洲正白旗包衣人。父玺，康熙元年（1662）以郎中差江宁织造。母孙氏，为康熙乳母，故寅深得康熙帝信任。康熙二十九年（1690），以郎中差苏州织造，改江宁织造，连任二十年之久。二女均被选作王妃。《红楼梦》作者曹雪，即寅之孙。寅于康熙五十一年（1712）自编其诗为《楝亭诗钞》八卷。主持刊刻《全唐诗》。

葺治亭后竹径和牧仲中丞韵①

我本荷锄人，何妨负锄与。
跬步春园空②，苍然隔林语。

辟草古径出，汲水冰池开。
此君烦洒扫，不厌数能来。

老竹折不回，　迸根满左右。
瓦砾亦何常，　夕阳空负手。

虚亭尚无名，　馀霭阴交加。
个人虽见小，　坐看四时花。

水竹赏无时，　疏篱防一匝。
朝驱白项乌，　夕栅绿头鸭。

官闲一事幽，　竟日可淹留。
幸不求吾是，　栖栖元道州③。

【注释】①牧仲元丞：宋荦，字牧仲，见前宋荦小传。

②跬(kuǐ)步：一举足的距离，半步。《大戴礼·劝学》："是故不积跬步，无以致千里。"

③元道州：唐诗人元结，字次山，天宝进士。肃宗召诣京师，上时议三篇，帝悦之。累迁水部员外郎，晚拜道州刺史。栖栖：忙碌不安之貌。《后汉书·苏竟传》："仲尼栖栖，墨子遑遑。"

蒋锡震

蒋锡震(1162—1739)，字契潜，宜兴(今属江苏)人。著有

《清溪诗存》。

梅　花

竹屋围深雪，　林间无路通。
暗香留不住，　多事是春风。

赵执信

赵执信(1662—1744)，字伸符，号秋谷，山东益都人，康熙十八年己未(1679)进士，授编修。著有《饴山堂集》《声调谱》《谈龙录》及其他诗馀杂著若干卷。

小舟晓入阊门至葑溪口号四首[①]

阊门进船处，　星没远鸡鸣。
舟子暗相唤，　遥分荡桨声。

太阳欲上时，　比户人未起。
一点晓光鲜，　先落侬船里。

皋桥犹众桥[②]，岂有云虹驾？

苦为梁伯鸾[3]，低头出其下。

燕垒向空悬，　蜂窠临水聚，
山门一一关，　不辨垂竿处。

【注释】①阊门：在苏州城西北。《吴越春秋》："阊门者，以象天门，通阊阖风也。阖闾欲破楚，楚在西北，故立阊门以通天气，复名破楚门。"葑溪：在苏州城东葑门外。

②皋桥：在阊门内。其侧为汉议郎皋伯通居所，梁鸿曾寓此。

③梁伯鸾：梁鸿，字伯鸾，平陵人。因家贫到吴地谋生，依富家皋伯通。为人舂米，每归，妻为具食，举案齐眉，相敬如宾。

吴承泰

吴承泰，字让三，乌程（今浙江湖州）人。

山行柬周炼师[1]

苍峰落日寒，　万壑秋声起。
白日逐雪初，　行人犹未已。

【注释】①炼师：《唐六典》："道士德高思精者，谓之炼师。"周炼师，不详其生平经历。

史　夔

史夔，字胄司，溧阳（今属江苏）人。康熙二十一年壬戌（1682）进士，改庶吉士，官至詹事府詹事。

采莲曲

拨棹里湖去，　连堤种芰荷。
折来与郎嗅，　香比外湖多①。

【注释】①杭州西湖向有里湖、外湖之分，夏季满湖莲花，芳香四溢，夙称“芙蕖万斛香”。

李　谟

李谟，字采臣，四川富顺人。康熙二十三年甲子（1684）举人，官太康知县。讲学以“求放心”为要。

梅花落[1]

春风吹明月，　夜落梅花里。
相对两忘言，　清香淡如水。

【注释】①梅花落:汉横吹曲名。《乐府诗集》:梅花落,本笛中曲也。按唐大角曲亦有《大单于》《小单于》《大梅花》《小梅花》等曲。今其声犹有存者。

傅作楫

傅作楫,字济庵,四川奉节人。康熙二十六年丁卯(1687)举人,历官左副都御史。有《雪堂》《燕山》《辽海》《西征》《南征》诸集。诗以高健雄浑胜。近体高朗谐适,尤擅胜场。

塞上曲

雁度金河水[1]，风生玉塞秋[2]。
误人成白首，　还说未封侯。

【注释】①金河:在今内蒙古呼和浩特市南二十里,今曰大黑河。古之白渠,亦曰芒干水。柳淡《征人怨》:"岁岁金河复玉关,朝朝马策与刀环。

三春白雪归青冢，万里黄河绕黑山。”

②玉塞：指玉门关。李白《愁阳春赋》：“明妃玉塞，楚客枫林。”

冯　壅

冯壅，字敬南，号竹窗，山西代州（今代县）人。康熙二十七年戊辰（1688）进士，由中书历官南宁同知，有《芋宁堂诗草》。敬南精研经史，旁及百家，与万斯同、孔尚任、李塨、王源等相与论学。卒于京邸，年未四十，时论惜之。

衡阳路①

我家雁门下②，与雁俱南来。
今日衡阳路，雁回人未回。

【注释】①衡阳：在湖南省中部。从前有鸿雁飞到衡阳就不再北去的说法。

②雁门：在山西代县西北。参前吴雯《见山色不断口号》注②。

陈　仁

陈仁，字惕存，福建侯官（今福州）人。康熙四十四年乙酉（1705）举人。有《铁砚斋遗稿》。

月桥行秋

秋色凉如水，　湖光掩映间。
往来幽意惬[1]，随月上青山。

【注释】①惬（qiè）：快心，满意。

翁志琦

翁志琦，字式金，吴县（今属江苏）人。康熙五十六年丁本（1717）副榜。

白　发

朝来揽明镜，　白发感蹉跎。
毕竟无公道，　愁人鬓畔多。

谢道承

谢道承，字又绍，号古梅，福建闽县（今福州）人。康熙六十年辛丑（1721）进士，官至内阁学士。善书。著有《小兰陔诗集》。

送友南归口占

亲老偏为客，　家贫却在官。
百端俄顷集①，岂独别离难！

【注释】①俄顷：顷刻，一会儿。《晋书·王戎传》：阮籍每适王浑，俄顷辄去，过视戎，良久然后出。

江　恂

江恂，字于九，仪征（今属江苏）人。昱之弟，贡生。官徽州知府。有《蔗畦诗钞》。

春水步①

蒲芽短于发，　花鸭肆游漾。
痕没系船桩，　桃花夜来长②。

【注释】①步：水边停船处，通作"埠"。
②长：此处读作"涨"，桃花浪涨也。

茹纶常

茹纶常，字文静，号容斋，一号簇蚕山樵，山西介休人。监生。有《容斋诗集》。

姑恩曲二首

维女知有母，　维妇知有姑。
悠然生孝思，　哑哑闻慈乌[①]

姑自餍粱肉[②]，妾自甘藜藿[③]。
何为不仁鸟，　声声谓姑恶[④]？

【注释】①慈乌：白居易《慈乌夜啼》："慈乌失其母，哑哑吐哀音，昼夜不飞去，经年守故林。"

②餍（yàn）：吃饱。

③藜藿：藿，豆叶，藜，似藿而赤。多指粗劣的饭菜。《文选·曹植〈七启〉》："予甘藜藿。"

④姑恶：鸟名。苏轼《五禽言》第五首，自注："姑恶，水鸟也。俗云妇以姑虐死，故其声云。"又陆游诗："君听姑恶声，无乃遣妇魂。"世俗因有姑恶为遣妇所化之说。

德　普

德普，姓爱新觉罗，字修庵，号香松室主人。清宗室，封镇国公，任宗人府右宗正。

中秋无月

谁道秋云薄，中宵掩桂轮[1]。
姮娥开镜懒[2]，愁杀倚楼人。

【注释】①桂轮：谓月也。唐太宗《三藏圣教序》：“澄桂轮而含影。”
②姮（héng）娥：即“嫦娥”。

博尔都

博尔都，字问亭，号东皋主人。清宗室，封辅国将军。著有《问亭诗稿》。

雁

零露冷汀洲，归鸿度小楼。
秋心齐唤起，不止动边愁。

慎郡王

慎郡王，姓爱新觉罗，号紫琼主人。清宗室。著有《花间堂诗钞》。

邦均野寺①

僧罢夕阳钟，　客怀正孤绝。
山鸟下空林，　自啄茅檐雪。

【注释】①邦均：镇名。在今天津市蓟州区西三十里，路通三河市。

顾于观

顾于观，字万峰，号澥陆，兴化（今属江苏）人。诸生。有《澥陆诗钞》。万峰精书法，与李复堂、郑板桥友善。一生坎坷，刻意为诗，纵其才力之所至，流丽雄超，不落窠臼。

长　桥

长桥跨通川，　明星动川底。
风吹桥上人，　云随衣带起。

徐　兰

徐兰，字芬若，亦字芝仙，常熟（今属江苏）人。流离北通州以终。著有《出塞诗》。诗长于白描人物。

塞下曲

万骑从天下①，边人拭目看。
长城无限窟，　饮马一时干。

【注释】①骑（jì）：一人一马谓之骑。

王　玖

王玖，字次峰，号二痴，常熟（今属江苏）人。诸生。次峰为石谷（王翚）曾孙，画守家法，能世其传。

为王兰泉作《三泖渔隐图》并题绝句①

打桨入空明②，横桥出秋屿。
人在钓鱼汀，　如闻隔烟语。

【注释】①王兰泉：名昶，字德甫，号述庵，学者称兰泉先生。乾隆进士。官至刑部右侍郎。湛深经学，精考证。有《春龙堂诗文集》《金石萃编》《青浦诗传》《湖海诗传》《湖海文传》《明词综》《清词综》等书。三泖（mǎo）即泖湖。在今上海市松江区西，有上中下三泖。晋陆机云：三泖之水，冬温夏凉。北为上泖，亦曰圆泖；中曰大泖；南曰下泖，亦曰长泖。上承淀山湖，下合黄浦江入海。今大半淤为平地。

②空明：指湖水通明澄澈。韩愈《祭柳州李使君文》："航北湖之空明。"苏轼《前赤壁赋》："击空明兮泝流光。"

大　宁

大宁,字石湖,桐城(今属安徽)人。云游为僧。

杂　咏

峰顶屋三间，　松边石一片。
早晚云飞来，　只有樵夫见。

翁　格

翁格,字去非,吴县(今属江苏)人。

暮　春

莫怨春归早，　花馀几点红。
留将根蒂在，　岁岁有东风。

周永铨

周永铨，字昇逸，浙江钱塘（今杭州）人。苏州籍。著有《东冈诗钞》。

京口闻雁[①]

楚雨迷红树，　吴霜老白蘋。
一声京口雁，　愁杀渡江人。

【注释】①京口：今江苏省镇江市。

张廷玉

张廷玉（1672—1755），字衡臣，号研斋，安徽桐城人。张英之子。康熙三十九年庚辰（1700）进士，官至太学士。谥文和。《明史》纂修人之一。有《澄怀园全集》《传经堂集》。

山中暮归

林端鸦阵横，　烟外樵歌起。
疲驴缓缓行，　斜阳在溪水。

王文清

王文清，字廷鉴，号九溪，湖南宁乡人。雍正二年甲辰(1724)进士。乾隆元年丙辰(1736)荐举博学鸿词，十七年壬申(1752)荐举经学，历官宗人府主事。有《锄经馀草》《锄经续草》。寿九十馀。

偶　见

云去山色青，　云住山色白。
去住云不知，　空山自成色。

赵宗猷

赵宗猷，字相如，号龙池，河南西平人。雍正七年己酉(1729)拔贡。有《龙池居士诗集》。

旅宿安陆答李柱石①

客路缘花病，　愁人雨正多。
相思一夜梦，　明月半床过。

【注释】①安陆：县名，今湖北安陆市。李柱石：作者友人，生平不详。

沈德潜

沈德潜(1673—1769)，字确士，号归愚，江苏长洲(今苏州市)人。乾隆元年举博学鸿词科，四年成进士，值上书房，擢礼部侍郎。著有《竹啸轩诗钞》，编有《古诗源》《唐诗别裁集》《明诗别裁集》《国朝诗别裁集》。论诗有《说诗晬语》。

明妃词[①]

毳帐琵琶曲[②]，休弹怨恨声。
无金酬画手[③]，妾自误平生。

【注释】①明妃：汉宫女王嫱，称明妃，亦称昭君。见前陈恭尹《明妃怨》注①。

②毳（cuì）帐：即毡帐。

③画手：见前陈恭尹《明妃怨》注①。

翁　照

翁照（1677—1755），字朗夫，江苏江阴人。与沈德潜有唱和，著有《赐书堂诗文集》。

梅花坞坐月[①]

静坐月明中，　孤吟破清冷。
隔溪老鹤来，　踏碎梅花影。

【注释】①梅花坞：在江苏宜兴县南三十里。唐陆希声有诗咏梅花坞："冻蕊凝香雪艳新，小山深坞伴幽人。"

马翮飞

马翮飞(？—1756),字震卿,号一斋,安徽桐城人。乾隆初,举孝廉方正。有《翊翊斋诗文钞》。

太白楼①

黄叶一天秋，　青山百尺楼。
楼头旧明月，　夜夜照江流。

【注释】①太白楼:又名谪仙楼、青莲祠。在安徽当涂北之采石矶。李白晚年寄寓当涂,多次来此漫游。后人建楼以为纪念。楼依山而筑,前临大江,风光绮丽,素称“风月江天贮一楼”。

邵锦潮

邵锦潮,字赐笏,宛平(今属北京)籍,浙江吴兴(今湖州)人。雍正元年癸卯(1723)举人。

江　上

向夕起遥怨，　何人调玉琴。
秋来江上望，　都是别离心。

叶以照

叶以照，字青焕，号东白，浙江钱塘（今杭州）人。有《黄山游草》。

山亭新霁

林下雨初霁，　山亭空翠飞。
绿萝长几许，　着地扫苔衣。

黄　任

黄任（1683—1768），字于莘，又字莘田，人号十砚翁，福建永福(今永泰)人。年二十,举于乡,屡摈礼节,出宰四会,至则以经术饰吏事,民咸安之。乾隆二十七年壬午(1762)乡试,时年八十,典事者谓公巨人长德,使重与鹿鸣之宴,里党荣之。初学诗于王新城,后游吴越,与顾侠君、汤西涯、姜西溟交而诗益进。诗初名《十砚斋集》,继名《秋江集》,最后总名《香草斋诗》,陈廷魁为之笺注。又有《销夏录》若干卷。《四库全书总目》录《秋江诗集》,并云:大致古体不如今体,大篇又不如小诗,故《榕城诗话》独称其七绝,盖才分各有所长云。

长干曲①

晓镜开催别,　长眉染未干②。
无情是两桨,　断送过江欢。

【注释】①长干曲:见前朱彝尊《小长干曲》注。
②长眉:《古今注》:"魏宫人好画长眉。"

题画兰

何来尔室香?　四壁即空谷①。
一拳古而媚②,　美人伴幽独③。

沅澧多所思④,　远道我心痗⑤。
纸窗招香魂,　貌之不敢佩⑥。

磁斗养绮石[⑦]，源清者香远。
君从辋川来[⑧]，而得此粉本[⑨]。

【注释】①空谷:《琴操》:“孔子自卫反鲁,隐谷之中,见香兰独茂。”

②自注:“画兰盆中有绮石。”

③苏轼诗:“春兰如美人。”

④沅澧:《楚辞·九歌·湘夫人》:“沅有芷兮澧有兰,思公子兮未敢言。”

⑤痗:病也。《诗·卫风·伯兮》:“使我心痗。”

⑥《离骚》:“纫秋兰以为佩。”

⑦《汗漫录》:“王维贮兰蕙必以黄磁斗,养以绮石,累年弥盛。”

⑧辋川:王维有辋川别墅,在陕西蓝田县。

⑨粉本:见前宋荦《题王翚画》注②。

陈灿霖

陈灿霖,字雨岩,江苏长洲(今苏州)人。

古　怨

独卧绣窗静，月明宿鸟啼。
不嫌惊妾梦[①]，羡汝是双栖[②]。

【注释】①惊妾梦:金昌绪《春怨》:“打起黄莺儿,莫教楼上啼。啼时惊妾梦,不得到辽西。”

②双栖:沈佺期《独不见》:“卢家少妇郁金香,海燕双栖玳瑁梁。”题一作《古意》。

叶肇梓

叶肇梓,字季良,安徽和州(今和县)人。

横江词①

人道横江恶, 侬道横江好。
不是浪如山, 郎船去已早。

【注释】①李白有《横江词》六首,第一首云:“人道横江好,侬道横江恶。一风三日吹倒山,白浪高于瓦官阁。”

沈彤

沈彤(1688—1752),字冠云,一字果堂,江苏吴江人。诸生。乾隆元年丙辰(1736)举博学鸿词,有《果堂集》。

钓鱼歌题凌支南真

爱钓非爱鱼，　无鱼心已足。
闲把一竿行，　回塘泛秋绿。

陈　撰

陈撰，字楞山，号玉几，浙江宁波人。布衣。乾隆元年丙辰(1736)荐举博学鸿词，不就。楞山为毛西河弟子。工写生，以墨晕之，若不经意者，而萧疏简远，品格极高，亦不苟作，故时人宝之。楞山诗有晚唐人风韵。著《玉几山房吟卷》《绣铗集》《陈玉几诗集》，刻于康熙丙申，盖其中年所作。诗皆戛戛独造，如其为人，虽未及古，要能离俗。

涨

木落烟江涨，　沙崩古树根。
汀洲芦苇没，　系艇到柴门。

筇①

白帢清秋客②，苍藤碧玉纹。
醉扶三径月③，吟倚万峰云。

【注释】①筇(qióng)：竹名，筇竹可以作杖。见前汪征远《凌云道中》注①

②帢(qià)：古代士人戴的便帽，状如弁而缺四角，用缣帛缝制。相传为曹操所创制。

③三径：陶潜《归去来辞》："三径就荒。"李善注："《三辅决录》曰：蒋诩，字元卿，舍中竹下开三径，唯求仲、羊仲从之游，皆挫廉逃名不出。"

簟①

净展桃笙滑②，凉生薤叶秋③。
横琴山月浸，欹枕水云浮。

【注释】①簟(diàn)：供坐卧用的竹席。

②桃笙：谓席也。《文选·左思〈吴都赋〉》："桃笙象簟。"刘注：桃笙，桃枝簟也。吴人谓簟为笙。按《方言》云："簟，宋魏之间谓之笙。"

③薤(xiè)：《本草纲目》："薤气如葱，根如小蒜，叶如韭。惟韭叶中实而扁，有剑脊，薤叶中空，似细葱叶而有棱。"

萤

月黑秋林昏，映水忽明灭。

微光聊自照，　不假因人热[①]。

【注释】①因人热：后汉梁鸿，家贫，尚节介。少孤，尝独止，不与人共食。比舍先炊已，呼鸿及热釜炊。鸿曰：童子鸿不因人热者也。灭灶，更炊之。见《后汉书·梁鸿传》。

厉　鹗

厉鹗（1692—1752），字太鸿，号樊榭，浙江钱塘（今杭州）人。康熙五十九年（1720）举人，乾隆元年丙辰（1726）召试博学鸿词。熟于宋元以来丛书稗史，诗词精深峭绝，自成一家。著有《辽史拾遗》《宋诗纪事》《南宋院画录》《樊榭山房集》《绝妙好词笺》《东城杂记》等。

过微山湖[①]

青山去迟迟，　风柳吹靡靡[②]。
湖空生白云，　何处吊微子[③]？

【注释】①微山湖：在山东省微山县南。

②靡靡：风吹草偃貌。陆机《青青河畔草》诗："靡靡江离草，熠熠生河侧。"

③微子：名启，封于微（今山东梁山西北），商纣庶兄。纣淫乱，数谏不

听，遂去之。周灭商，称臣于周。周武王灭纣，复其官。周公既诛纣子武康，乃命微子代殷后，国于宋。

题秋玉佩兮街南书屋十二首（录五首）

觅句廊

步櫊何逶迤[①]，　昼静无剥啄[②]。
好句忽圆时，　花荫转斜桷[③]。

看山楼

青山复何在？　烟雨晦平陆。
待得晚秋晴，　徙倚阑干曲[④]。

七峰草亭

青峭落窗中，　翛翛竹风举[⑤]。
悠然欲揖之，　恍见林下侣。

梅　寮

绕舍玉梢发，　嫩寒先起探。
绝胜尘土客，　落月梦江南。

清响阁

横琴小阁间，　希声寄弦指。
萧寥不可名，　松风乱流水。

【注释】①步櫩(yán):同“步檐”,屋外之走廊也。《文选·司马相如〈上林赋〉》:“步櫩周流。”李善注:“步櫩,步廊也。”逶迤(wēi yí):绵延曲折貌。

②剥啄:象声词,叩门声。

③桷(jué):榱也,椽方曰桷。

④徙倚:流连徘徊貌。《楚辞·哀时命》:“然隐悯而不达兮,独徙倚而彷徉。”注:“徙倚,犹低徊也。”

⑤青峭:一作“青琐”。翛翛(xiāo):此处形容竹迎风而舞之貌。

湖楼题壁

水落山寒处，　盈盈记踏春。
朱栏今已朽，　何况倚栏人！

题嶰谷半槎南庄七首(录二首)

卸帆楼

空楼晴亦雨，　桐竹风披薄。
飞来北固云①，帆影窗中落。

庚辛槛

水气入虚棂②，幽淡心自领。
鱼行无所依，　旁穿高柳影。

【注释】①北固:山名。在江苏镇江北。山临长江,形势险固,故名。

②棂(líng):窗或栏杆上雕有花纹之木格子。

郑 燮

郑燮(1693—1765),字克柔,号板桥,江苏兴化人。乾隆元年丙辰(1736)进士。官维县知县,有惠政。为人疏宕洒脱,工画兰竹。书法以隶、楷、行三体相参,别成一格。诗近香山、放翁。有《板桥全集》。

题游侠图

大雪满天地， 胡为仗剑游?
欲谈心里事， 同上酒家楼。

落 拓

乞食山僧庙， 缝衣歌妓家。
年年江上客， 只是为看花。

秋 荷

秋荷独后时， 摇落见风姿。
无力争先发， 非因后出奇。

题　画

一节复一节，　千枝攒万叶。
我自不开花，　免撩蜂与蝶。

任　瑗

任瑗（1693—1774），字东涧，江苏山阴（今淮安）人。乾隆元年丙辰（1736）举博学鸿词。有《六有轩集》。

田　家

柳阴荷锄归，　豆荚未出土。
呼儿夜饭牛，　昨宵有微雨。

郭　楷

郭楷，字仲仪，甘肃武威人。乾隆六十年乙卯（1795）进士。

官河南省原武县知县。有《梦香草堂诗稿》。

金山寺晚望[①]

朝日照河干， 茅屋炊烟起。
时有晒蓑人， 依稀红树里。

【注释】①金山寺：在今甘肃兰西北白塔山中。俯瞰黄河，其下波涛壮险，名“龙堆浪势”，为兰州八景之一。

边连宝

边连宝(1699—1768)，字赵珍，一伯肇畛，号随园，任丘(今属河北)人。雍正拔贡。乾隆初，试博学鸿词不遇。后复举学经，辞不赴，人劝之行，答曰：“吾自审未能如汉伏生、董仲舒，敢矫诬以幸取哉！”随园诗以韩、元为宗，直达胸臆，才力纵恣。著有《随园诗草》，戈涛、蒋士铨为作序。

侠客行

赠君一古剑， 两刃明霜雪[①]。
莫将龙虎精[②]，轻染庸人血。

【注释】①"两刃"句:贾岛《剑客》诗:"十年磨一剑,霜刃未曾试。"这句说古剑白光凛凛,似有寒意。

②龙虎精:《春秋繁露》:"剑之在左,青龙象也;刀之在右,白虎象也。"

题梅蛰庵

松

虬龙倒下来,　坚瘦如铜石。
笔锋未到间,　还有二千尺。

莲

红衣半欲残,　露冷莲房老[1]。
一鸟飐风芦[2],馀势犹袅袅。

【注释】①杜甫《秋兴八首》:"露冷莲房坠粉红。"

②飐(zhǎn):凡风吹物与物之受风摇曳者,皆谓之飐。见《正字通》。韩愈《陪杜侍御游湘西两寺独宿有题因献杨常侍》诗:"夜风一何喧,霜桧屡磨飐。"

牡　丹

既貌隐逸态,　何必避富贵[1]。
妙于台阁间,　仍带烟霞气。

【注释】①"何必"句:宋周敦颐《爱莲说》:"予谓菊,花之隐逸者也;牡丹,花之富贵者也;莲,花之君子者也。"

边中宝

边中宝，字识珍，一字适畛，号竹岩，任丘（今属河北）人。乾隆三年戊午（1738）举人，官遵化学正。有《竹岩诗草》。

出　山

出山频顾山，　山亦神交熟。
今夜山间云，　相随窗外宿。

杭世骏

杭世骏（1696—1773），字大宗，号堇浦，晚自号秦亭老民，浙江仁和（今杭州）人。雍正二年甲辰（1724）举人。乾隆元年丙辰（1736）召试博学鸿词，授编修。堇浦才力雄赡，著述甚富，旁及绘事。有《道古堂集》《榕城诗话》《桂堂诗话》《两浙经籍志》《诸史然疑》等。

沙口守潮

泼火微微雨，推篷静候潮。
春风斤竹色[①]，吹绿过沙腰。

【注释】①斤：斫木斧，此处作动词用。《说文》王注：“斤之刃横，斧之刃纵，其用与锄钁相似。”

张大受

张大受（1699—1769），字若谷，一字可之，号蔚园，江苏常熟人。诸生。有《蔚园诗钞》，又有《毛诗翼注》《黄河图说》《读仪礼述》等。

桐　庐[①]

县小浑成市，山多半入云。
空江烟雨里，何处问桐君[②]？

【注释】①桐庐：清属严州府。今浙江省桐庐县。

②桐君：人名，朝代姓氏不详，尝采药至今桐庐县之东山，结庐桐树下。或问其姓，则指桐示之，世因名其人曰桐君，名山曰桐君山。

吴敬梓

吴敬梓（1701—1754），字敏轩，一字文木。安徽全椒人。诸生。善诗赋，以所作小说《儒林外史》著称。有《文木山房集》。诗善白描，近体尤工。

题白沙翠竹江村

见山楼

隔江岚翠重，　高寝画图展。
疑是仙人居，　蓬莱水清浅[1]。

耕烟阁

北舍飞仓庚[2]，南村鸣布谷[3]。
细雨试开轩，　绿蓑覆黄犊。

【注释】①蓬莱：海上仙山名。《汉书·郊祀志》：使人入海求蓬莱、方丈、瀛洲，此三神山者，其传在渤海中。又《列子·汤问》：渤海之东，有五山，五曰蓬莱。

②仓庚：即黄莺、黄鹂。《诗·豳风·七月》："春日载阳，有鸣仓庚。"《陆玑诗疏》：黄鹂留或谓之黄栗留。幽州人谓之黄莺。一名仓庚。

③布谷：鸟名。形似杜鹃而体稍大，每至谷雨后始鸣，夏至后乃止。农家以为候鸟，以其声似布谷，故名。

钱载

钱载（1708—1793），字坤一，号萚石，又号瓠尊，浙江秀水（今嘉兴）人。乾隆十七年壬申（1752）进士，改庶吉士，授编修，官至礼部侍郎。有《萚石集》。郭频伽曰：萚石斋诗淳音古意，自成一家，视曝书亭较深，视樊榭山房较大，集中古今体各有极至之处，亦有颓放自适者，终不得不推为大家。萚石论诗，取径西江，去其粗豪，而出之以奥折，用意必深微，用笔必拗折，用字必古艳，力追险涩，绝去笔墨畦径。

宿黄坝①

三更好梦难，　万里新愁独。
杜甫祠前江②，薛涛井上竹③。

【注释】①黄坝：黄田坝，在四川成都西郊。

②杜甫祠：在成都浣花溪畔，为唐杜甫故宅旧址。宋元丰间，重建茅屋，立祠宇。后又屡经改建修葺。

③薛涛井：在成都东望江楼下。唐乐妓薛涛汲井水制作诗笺，色泽鲜艳，世称“薛涛笺”。后人称此井为薛涛井。

叶舒璐

叶舒璐，字景鸿，江苏吴江人。岁贡生。著有《分于诗钞》。

读杜白二集

子美千间厦①，香山万里裘②。
迥殊魏晋士， 熟醉但身谋③。

【注释】①杜甫字子美，其《茅屋为秋风所破歌》云："安得广厦千万间，大庇天下寒士俱欢颜。"

②白居易号香山居士，其《新制布裘》云："安得万里裘，盖裹周四垠。稳暖皆如我，天下无寒人。"

③魏晋之士如嵇康、阮籍等，饮酒赋诗，醉而忘怀世事，或为避祸全身考虑，或为求仙入道打算，私而忘公。

宋　乐

宋乐（1703—1736），字玉才，号大宋，江苏常熟人。玉才诗天才超逸,笔无点尘。著有《愿学集》二卷。

送　别

别路风光早，　江南芳草天。
人心似春色，　千里逐君船①。

【注释】①参见王维《送沈子福归江东》:“惟有相思似春色,江南江北送君归。”

潇湘曲①

枫落早鸿过，　洞庭无限波。
相望终不见，　只是白云多。

【注释】①潇湘曲:《乐府诗集·近代曲辞》四载刘禹锡《潇湘神》二曲。

袁　枚

袁枚(1716—1798),字子才,号简斋,又号随园。浙江钱塘(今杭州)人。乾隆四年己未(1739)进士。著有《小仓山房诗文集》《随园诗话》等。论诗以“性灵”为宗。与沈德潜“格律论”、翁方纲“肌理说”有本质差异，在清代诗坛上影响较大。

选　诗

消夏闲无事，　将人诗卷看。
选诗如选色，　总觉动心难。

午　倦

读诗生午倦，　一枕曲肱斜[1]。
忘却将窗掩，　浑身是落花。

【注释】①曲肱(gōng)：手臂自肘至腕部分曰肱。《论语》：“曲肱而枕之，乐亦在其中矣。”

蝇

山顶蚁虻尽，　萧然绝点尘。
苍蝇偏不断，　高处有谗人[1]。

【注释】①“苍蝇”两句：《诗·小雅·青蝇》“营营青蝇，止于樊。岂弟君子，无信谗言。”蝇污秽能变乱黑白，故以比谗谤之人。

古　墙

古墙庭院角，　经岁树阴遮。
幽绝无人见，　青苔作小花。

晚　眺

窗里卷帘波，　人间奈晚何。
登山立高处，　贪得夕阳多。

十二月十五夜

沉沉更鼓急，　渐渐人声绝。
吹灯窗更明，　月照一天雪。

偶作五绝句(录二首)

偶寻半开梅，　闲倚一枝竹。
儿童不知春，　问草何故绿。

好学原为福，　无情不是才。
吟诗推客去，　开阁放山来。

夜立阶下

半明半昧星，　三点两点雨[1]。
梧桐知秋来，　叶叶自相语。

【注释】①辛弃疾《西江月》词："七八个星天外，两三点雨山前。"

箸

笑君攫取忙，　送入他人口。
一世酸咸中，　能知味也否？

雨　过

雨过山洗容，　云来山入梦。
云雨自往来，　青山原不动。

吴　镇

吴镇（1721—1797），字信辰，号松厓，狄道（今甘肃临洮）人。乾隆十五年庚午（1750）举人。历官沅州知府。关中诗人盛于清初，而陇外较逊。至乾隆间，松厓崛起，与泰安胡静庵（钍）并执骚坛牛耳。静庵诗尚朴健，名位未显；松厓则才格并高，研求声律，故其诗音节尤胜。有《松花庵诗草》。

杜　鹃

怨鸟忆三巴[①]，啼痕湿露花。
休言归去好[②]，归去亦无家。

【注释】①三巴：东汉末，益州牧刘璋置巴郡及巴东、巴西三郡，时称三巴。李白《宣城见杜鹃花》："蜀国曾闻子规鸟，宣城还见杜鹃花。一叫一回肠一断，三春三月忆三巴。"

②杜鹃鸣声如曰"不如归去"。

赵关晓

赵关晓，字开复，浙江归安（今湖州）人。

踏　雪

踏雪访山樵，　山樵踏雪去。
一路草鞋痕，　寻入松深处。

胡德琳

胡德琳，字书巢，广西临桂人。乾隆十七年壬申（1752）进士，历官简州知州，有《碧腴斋诗存》。

泊瀑布塘

维舟向古塘，晚唱回柔橹。
渔火一江星，瀑声终夜雨。

王鸣盛

王鸣盛（1722—1797），字凤喈，号礼堂，又号西庄，嘉定（今上海嘉定区）人。乾隆十九年甲戌（1754）一甲二名进士，授编修，历官内阁学士，兼礼部侍郎，降光禄寺卿。有《西沚居士集》。其诗博雅安翔，敛才就范，不染牛鬼蛇神之习。惜诗名为他学所掩，不甚著耳。

秋风引

秋风一何怒， 吹折江头树。
寒衣犹未成， 风莫向郎处。

清越馆

竹色如我闲， 松风与人语。
山霭入空帘， 流云自飞去。

蒋士铨

蒋士铨(1725—1785)，字心馀，一字苕生，号清容，又号藏园，江西铅山人。乾隆二十二年丁丑(1757)进士，授编修。二十七年充顺天乡试同考官。乞休后，主绍兴戢山书院，营修越中富家池三江闸。偶扫墓归铅山，又为邑人建坝浚渠以通水利。高丽使臣尝饷墨四笏求其乐府以归。著有《忠雅堂全集》《铜弦词》《藏园九种曲》等。

题王蔗邨镜影图三首

抱影冰壶中①，置身明镜里。
相对久忘言，即此是知己。

一轮涵太虚②，中有满月相③。
平生自照心，涌作光明藏④。

鉴空无我相⑤，水静波亦止。
手拈幽兰花，妙香乃如此。

【注释】①冰壶：盛冰的玉壶，比喻洁白。《文选·鲍照〈白头吟〉》：“直如朱丝绳，清如玉壶冰。”唐李周翰注：“玉壶冰，取其洁净也。”

②太虚：天空。《文选·孙绰〈游天台赋〉》：“太虚辽阔而无阂，运自然之妙有。”

③相：质也。《诗·大雅·棫朴》：“金玉其相。”传：“相，质也。”疏：“其质如金玉。”

④藏（zàng）：佛教道教经典的总称。光明藏：文天祥《赠涂内明诗》：“此中一片光明藏，嗜欲浅处人机深。”

⑤无我：佛家语。亦云非我。我者为有常一之主体。无我有人无我、法无我两种。人身为色、受、想、行、识五蕴和合而成，无常一之我体，是为人无我；五蕴亦由诸种因缘和合而成，无常一之自体，是为法无我。《金刚经》：通达无我法者，如来说名真是菩萨。

题吴莲洋遗像三首[①](录一首)

隐居中条南[②]，埋骨华山东[③]。
留此卷中影，是为河上公[④]。

【注释】①吴莲洋:吴雯,字天章。工诗,有《莲洋集》。详见前吴雯小传。

②中条南:莲洋家于中条山南永乐,故唐县,玉溪在焉,李商隐居之,故号玉溪生。莲洋晚买圃于郑谷之口,对太华,面雷首,有竹有梅,将以终老,而迄不得。

③华山:在陕西省华阴市南,亦曰太华山。世以为五岳中之西岳。

④河上公:汉仙人,莫知其姓氏。文帝时结草为庵于河之滨,因号河上公。解《老子》经义旨。时帝喜读《老子》,有所不解,常遣使问之。见《神仙传》。今所传老子《道德经》有河上公注本。

申兆定

申兆定,字图南,号铁蟾,山西阳曲人。少时清羸多病,弱不胜衣。乾隆二十五年庚辰(1760)举人。官定边知县,历官湖南衡阳、河南长葛及陕西大荔、朝邑。能诗善画。

玉笥山[①]

岧岧上玉笥[②]，直下窥汨罗[③]。
山风激潭水，呜呜闻九歌[④]。

【注释】①玉笥山：在湖南省湘阴县东北，亦名石帆山，俗称地脚山。《湘中记》：屈潭之左玉笥山，屈平既放，栖于此而作《九歌》。

②岧岧（tiáo）：形容高耸。《文选·张衡〈西京赋〉》："状亭亭以岧岧。"

③汨罗：江名。发源于江西修水县西南汨水，流入湖南湘阴县东北与罗水汇合，乃称汨罗江。战国时楚大夫屈原投汨罗江死。其沉水处称屈潭。

④九歌：屈原所作，上陈事神之敬，下见己之冤屈，托以讽谏。共十一篇：东皇太一、云中君、湘君、湘夫人、大司命、少司命、东君、河伯、山鬼、国殇、礼魂。

钱大昕

钱大昕（1728—1804），字晓徵，号辛楣，又号竹汀，嘉定（今属上海）人。乾隆十九年甲戌（1754）进士。累官少詹事。督学广东，历主钟山、娄东、紫阳书院。精研群籍，有《唐石经考异》《廿二史考异》《十驾斋养新录》《竹汀日记钞》《金石文跋尾》《元诗纪事》《潜研堂诗文集》等。

雨花台[1]

说法雨曼陀[2]，高风宛如昨。
坐久寂无人，惟有松花落。

【注释】①雨花台：在江苏南京聚宝山上。相传梁武帝时云光法师讲经于此，感天而雨花，故名。

②曼陀：《法华经》：天雨曼陀罗花。《翻译名义》：曼陀罗此云适意。又曰白华。苏轼《太平寺观牡丹》诗："醉中眼缬自斓斑，天雨曼陀照玉盘。"张翥诗："曼陀雨散天花落，熏陆烟生石乳香。"

雾

雾重了无山，衣沾若有雨。
遥见三板船，摇橹云中去。

雨　止

天改云容淡，人欣雨脚停。
依依远村外，忽有数峰青[1]。

【注释】①依依：隐约可辨貌，陶潜《归园田居》："暧暧远人村，依依墟里烟。"数峰青：钱起《省试湘灵鼓瑟》："曲终人不见，江上数峰青。"

题淮阴钓台[1]

试问真王贵[2]，何如守钓矶？
生惭哙等伍，那至结陈豨[3]！

钟室谋何极，平城计已穷[4]。
暮年思猛士，太息掷良弓[5]。

【注释】①淮阴钓台：传为韩信钓鱼处。《史记·淮阴侯列传》：始为布衣时，贫无行，钓于淮阴城下。

②真王贵：汉四年，韩信使人言汉王曰：齐伪诈多变，反覆之国也，南边楚，不为假王以镇之，其势不定，愿为假王便。汉王大怒，后听张良言，乃改口曰："大丈夫定诸侯，即为真王耳，何以假为！"

③"生惭"两句：韩信尝过樊将军哙，哙跪拜送迎，言称臣，曰："大王乃肯临臣！"信出门，笑曰："生乃与哙等为伍！"结陈豨：陈豨为钜鹿守，豨欲反，与信言，淮阴侯挈其手，辟左右与之步于庭，仰天叹曰："子可与言乎？欲与子有言也。"豨曰："唯将军令之。"淮阴侯曰："公之所居，天下精兵处也；而公，陛下之信幸臣也，人言公之畔，陛下必不信；再至，陛下乃疑矣；三至，必怒而自将。吾为公从中起，天下可图也。"陈豨素知其能也，信之。汉十年，陈豨果反。上自将而往，信病不从。阴使人至豨所，曰："弟举兵，吾从此助公。"信乃谋与家臣夜诈诏赦诸官徙奴，欲发以袭吕后太子，部署已定，待豨报。其舍人得罪于信，信囚，欲杀之，舍人弟上变，告信欲反状于吕后……吕后与萧相国谋，诈令人从上所来，言豨已得死，列侯群臣皆贺，信入，吕后使武士缚信，斩之长乐钟室。事见《史记·淮阴侯列传》。

④"平城"句：《史记·高祖本纪》：七年，匈奴攻韩王信马邑，信因与谋反太原。高祖自往击之。会天寒，士卒堕指者什二三，遂至平城，匈奴围

平城,七日而后罢去。按《括地志》云:朔州定襄县,本汉平城。

⑤思猛士:汉高祖《大风歌》:“大风起兮云飞扬,威加海内兮归故乡,安得猛士兮守四方。”良弓:韩信捕钟离昧,持其首谒高祖于陈。上令武士缚信,载后车,信曰:“果若人言:狡兔死,良狗烹;高鸟尽,良弓藏;敌国破,谋臣亡。天下已定,我固当烹!”事见《史记·淮阴侯列传》。

水乐洞①

水石相撞击,　善鸣假以鸣②。
何必丝与竹,　太音无亏成③。

【注释】①水乐洞:在杭州南高峰西烟霞岭下。《咸淳志》:岩石嶓峙,有洞虚坳,泉味清甘,声如金石。熙宁二年,守郑獬名曰水乐。

②“善鸣”句:韩愈《送孟东野序》:“乐也者,郁于中而泄于外者也,择其善鸣者而假之鸣。”

③太音:明朱权有《太和正音谱》,取大乐与天地同和之义。

菜　花

近觉桃花懒,　翻输菜早开。
天公太豪富,　遍地布金来。

高　安①

一水贯城流,　连村草树稠。
琅玕千万个②,不枉唤筠州③。

【注释】①高安:今江西省高安县。

②琅玕:竹子。苏过《从范中信觅竹》诗:“十亩琅玕寒照坐,一溪罗带恰通船。”

③筠州:唐置,即今高安县治。筠州产竹,名筠竹。

文信国祠[1]

颠沛求仁得，　从容取义真。
浚仪元具眼[2]，　科第得斯人。

生祭祠徒壮[3]，　知音世界稀。
黄冠倘南返[4]　何减首阳薇[5]。

【注释】①文相国祠:宋文天祥(1236—1283),封信国公。天祥与元军战,兵败被俘,不屈,作《正气歌》以见志,囚于燕京四年。元世祖十九年十二月被杀,年四十七。祠在北京西裱褙胡同。

②浚仪:南宋王应麟,浚仪(今河南开封)人。官至礼部尚书兼给事中。按《宋史·文天祥传》:年二十举进士,对策集英殿。时理宗在位久,政理侵怠,天祥以法天不息为对,其言万馀,不为稿,一挥而成,帝亲拔为第一。考官王应麟奏曰:“是卷古谊若龟鉴,忠肝如铁石,臣敢为得人贺。”

③生祭:刘考威《公无渡河》诗:“绀盖空严祠,白马徒生祭。”文天祥尚在时,有人写《生祭文丞相文》。

④黄冠:道士之冠。《宋史·文天祥传》:时世祖皇帝多求才南官,王积翁言;南人无如天祥。遂遣积翁谕旨。天祥曰:“国亡,吾分一死矣。傥缘宽假,得以黄冠归故乡,他日以备方外顾问,可也。”

⑤首阳薇:《史记·析夷列传》:伯夷、叔齐不食周粟,隐于首阳(山),采薇而食。

敦　敏

敦敏(1729—1797?),字子明,号懋斋,满洲旗人。任宗学总管。有《懋斋诗钞》。乾隆、嘉庆之际,宗人能诗者,樗仙、嵩山、臞仙三家鼎立,迭相酬唱。懋斋兄弟稍后起,取径晚唐,颇具逸趣。

晓起望雨

片云作段飞，　宿露沉花圃。
微风雨未来，　一鸟过前浦。

姚　鼐

姚鼐(1731—1815),字姬传,又字惜抱,号梦穀。安徽桐城人。乾隆进士,散馆主事,迁郎中告归。主讲钟山书院。卒年八十五。性恬淡,不慕荣利。其论学主集义理、考证、辞章之长,不拘汉宋门户。桐城自方苞、刘大櫆倡为古文,而鼐继之,选《古文辞类纂》以明义法,世因目为桐城派。有《惜抱轩全集》《九经说》《三传补注》等书。学者称惜抱先生。

楞伽寺①

上方云气上， 寺塔上方巅②。
杖策层层石， 凭栏面面天。

【注释】①楞伽：佛经名。楞伽原为狮子国（今斯里兰卡）之山名，佛在此所说，因称“楞伽经”。寺以楞伽称者，即说《楞伽经》之寺宇也。地址不详。

②上方：犹言天界。

汪　中

汪中（1745—1794），字容甫，江苏江都（今扬州）人。乾隆四十二年丁酉（1777）拔贡生。精六书金石之学。晚年专治经术。著有《述学内外篇》《容甫遗诗》等。

相见曲

相见复相见， 君心一朝变。
杯酒定人情， 身危易恩怨。

大堤曲①

东风吹江水，花开照颜色。
相思人未归，日暮堤止立。

【注释】①大堤曲:乐府西曲歌名。见前王士禛《大堤曲四首》注。

食　菹①

早秋尝旨蓄②，数茎味犹正。
酸咸历四时，终存岁寒性。

【注释】①菹(zū):酸菜,腌菜。《周礼·天官·醢人》:“馈食之豆,其实葵菹。”

②旨蓄:有甘美之味的蓄积。《诗经·邶风·谷风》:“我有旨蓄,亦以御冬。”

汪　璐

汪璐(1746—1813),字仲连,号春圃,又号九一翁。浙江钱塘(今杭州)人。乾隆五十一年丙午(1786)举人。著有《松声池馆诗存》四卷。

闻　钟

古刹华鲸吼[①]，楼居日日闻。
馀音留不住，　又逐过溪云。

【注释】①刹：佛寺曰刹。华鲸：指雕琢华美的寺钟。张经《烟寺晚钟》诗："鲸音送残照，敲落楚天霜。"黄庭坚诗："催粥华鲸吼夜阑。"

洪亮吉

洪亮吉（1746—1809），字稚存，号北江，江苏阳湖（今常州）人。乾隆五十五年庚戌（1790）一甲二名进士，授编修。嘉庆时以上封事言词切直，贬戍伊犁，不久，得赦还家，改号更生斋居士。博览群籍，尤精舆地学，诗文有奇气。少与黄景仁齐名江左，号"洪黄"。其后沉研经史，与孙星衍论学相长，人又称"孙洪"。著有《洪北江诗文集》等。

早发龙里县道中杂诗[①]（六首录三）

濛濛四山雨，　中有一山晴。
漏得朝暾影[②]，林鸠复怪鸣。

绝巘疑无路[3]，云窗一径斜。
野花随意放，不复有人家。

全家三五辈，种药此山中。
开牖摘生果，朝霞满袖红。

【注释】①龙里县：清属贵阳府。今贵州省龙里县。
②暾（tūn）：初出之日。《楚辞·九歌·东君》："暾将出兮东方。"
③巘（yǎn）：山峰，山顶。绝巘：极高的山顶。

春睡

春睡觉来美，窗桃发数枝。
无人自开卷，初日上帘时。

元夕侍母坐命作

阿姊邀题句，慈亲偶破颜。
十年风雪里，始觉有春还。

射堂即事[1]（四首录二）

出郭濛濛雾，林鸟背客啼。
梨花三百树，白到射堂西。

隔岸坡陀好，　人希马作群。
过桥飞矢急，　穿破一溪云。

【注释】①射堂：即射宫。古代帝王行大射礼的处所。

严长明侍读归求草堂十二咏[①]（录二首）

思话轩

我爱思话轩，　默然久无侣。
香草一尺深，　秋虫自相语。

过云室

一室名过云，　签轴纷满架。
掩卷看青天，　云生亦如画。

【注释】①严长明（1731—1787）：字道甫，又字冬友。累官内阁侍读，博通古今。历充《通鉴辑览》《一统志》等纂修官。有《归求草堂诗文集》杂著二十六种，又有《千首宋人绝句》，毕沅为之印行。

悯　旱（录二首）

镇日帷车坐，　偏愁云气晴。
客来殊望雨，　敢说为苍生！

百车汲井华，　缏断水亦竭[1]。
辛苦野人言，　残冬已无食。

【注释】①缏(gěng)：汲井的绳索。《庄子·至乐》："缏短者不可以汲深。"

毛会建

毛会建，字子霞，江苏武进（今常州）人，侨居武昌。诸生。能文章，尤工擘窠书。尝摩岣嵝碑，立石大别山巅。有《客山诗略》。

回雁峰[1]

山到衡阳尽，　峰回雁影稀。
更怜归路远，　不忍更南飞。

【注释】①回雁峰：在湖南衡阳县南一里，衡山七十二峰之首，回雁谓峰势如雁回旋也。相传雁至衡阳不过，遇春而回。唐宋以来，诗人遂以为故实。

汪学金

汪学金(1748—1805),字敬箴,号杏江,晚号静崖,镇洋(今江苏太仓)人。乾隆四十六辛丑(1787)一甲三名进士,授编修。历官左庶子,有《静崖诗稿》。

泊舟千墩①

小艇缘溪行,　系缆垂杨坞。
绿野炊烟微,　人家在春雨。

【注释】①千墩:镇名。在江苏昆山市东南三十六里千墩浦西岸。浦水经此入吴淞江,为昔时苏松往来要道,亦作茜墩浦。

黄景仁

黄景仁(1749—1783),字汉镛,一字仲则,江苏武进(今常州)人。诸生,议叙县丞,未及选,卒,年仅三十五。工诗,以奇肆新警见长,出入北宋诸家,其所诣与青莲为近,与洪稚存(北江)齐名。常客安徽督学朱筠幕,上巳日,会采石(在今安徽当涂县)之太白楼,授简赋诗者十数人,景仁年最少,顷刻数百言,坐客为之搁笔。性好游,遍历九华、匡庐、彭蠡、洞庭之胜。后又自京游陕,卒于解州。有《两当轩集》。

空　馆[1]

寂寞谁家院，　凭来客梦家[2]。
吟声振高阁，　落得瓦松花[3]。

【注释】①空馆:潘岳《怀旧赋》:"今九载而一来空馆,阒其无人。"张籍诗:"孤客到空馆,夜寒愁卧迟。"

②客梦家:黄庚诗:"易醉愁边酒,频归梦里家。"

③瓦松花:多年生草本植物,花白色,多生在屋垄上或岩石间。韩偓诗:"睡起墙阴下药栏,瓦松花白闭柴关。"

别　意

别无相赠言，　沉吟背灯立。
半晌不抬头，　罗衣泪沾湿。

夜与方仲履饮[1]

细酌向明月[2]，含情问柳条[3]。
春人俱欲去[4]，直是可怜宵。

【注释】①方仲履：又名仲介，景仁之友。爵里未详。

②细酌：白居易诗："细酌徐吟犹得在，旧游未必便相忘。"

③含情：杜甫诗："渐衰那此别，忍泪独含情。"李商隐诗："桃绥含情依露井。"

④春人：春天的游人。庾信《望美人山铭》："禁苑斜通，春人常聚。"

秋风怨

枯草摇天黄，　白杨醉霜紫。
骢马嘶不归[1]，秋风葬罗绮。

【注释】①骢（cōng）：马青白杂毛也。见《说文》段注。

花前曲

巡檐花满地[1]，倚槛香留枝。
看花易肠断，　攀树最相思。

水流既入海，　月缺能重圆。
花落树犹在，　花前人可怜。

【注释】①巡檐：往来视察曰巡。杜甫诗："巡檐索共梅花笑，冷蕊疏枝半不禁。"范成大《甘雨》诗："今朝健起巡檐看，恰似庐山看水帘。"

江上夜望

推篷失孤鹤，　双桨倚兰皋[1]。
云净江空处，　无人月自高。

【注释】①兰皋:《离骚》:“步余马于兰皋兮。”王逸注:“泽曲曰皋。”洪兴祖补注:“皋,九折泽也。一云泽中水溢出所为坎。”

新凉曲

闻道边城苦，　霏霏八月霜。
怜君铁衣冷，　不敢爱新凉。

问　渡

道逢渔父来，　指点停舟处。
只在小桥边，　风吹着溪树。

冬　夜

空堂夜深冷，　欲扫庭中霜。
扫霜难扫月，　留取伴明光。

乌栖曲①

老乌守巢啼，　日暮雏不归。
羽翼各自有，　知他何处飞？

【注释】①乌栖曲：乐府清商曲辞西曲歌名，内容多写游乐事。《汉书·朱博传》：庭中常有野乌数千栖其上，晨去暮来，号曰朝夕乌。后世遂有《乌栖曲》。

新安滩

一滩复一滩，　一滩高十丈。
三百六十滩，　新安在天上。

【注释】①新安滩：新安江上游地段。

戴　亨

戴亨（1758—1828），字通乾，号遂堂，辽阳（今属辽宁）人。乾隆六十年己卯（1795）进士，官齐河知县。著有《庆芝堂诗集》。

雨后山斋

山斋雨乍晴，　新月照茅屋。
万籁寂不喧[①]，残声滴疏竹。

【注释】①万籁：自然界各种声响。常建《题破山寺后禅院》诗："万籁此俱寂，惟闻钟磬音。"

张问安

张问安，字亥白，四川遂宁县人。乾隆五十三年戊申（1788）举人。有《亥白诗草》。亥白为问陶（船山）兄，同致力于诗。其诗骨格遒上，声律安谐，而一出于雅正。张槎仙（沆）辑《蜀诗略》，谓亥白造诣在船山上，惟名气不及船山耳。

涪江道上[①]

疏林摇嚥黄，　天寒远沙退。
旷野不逢人，　昏鸦立牛背。

【注释】①涪（fú）江：在四川省，古称涪水，亦曰内江、内水。源出松潘县东北雪栏山，东南流经平武、江油、绵阳、三台、射洪、遂宁、潼南诸县，至重庆市西，折南注嘉陵江。

刘嗣绾

刘嗣绾(1762—1820),字醇甫,又字简之,号芙初,江苏阳湖(今常州)人。嘉庆十三年戊辰(1808)进士,官编修。在翰林十馀年。归主东林书院,有《尚䌹堂诗文集》。芙初相门子,年十三学为诗,少作明艳,后乃沉博排奡,进为清遒骏厉,而心力已衰。诗分四十三集,集各有小序,可作年谱。曾宾谷刊其诗,郭频迦序之,谓其身世荣悴,心灵之感兆,胥于是见,而其辞能工,足以传矣。

寒　塘

今夜寒塘立，　萧然一钓矶。
白云无宿处，　闲绕鹭丝飞。

张问陶

张问陶(1764—1814),字仲冶,号船山,四川遂宁人。生于山东馆陶。幼有异禀,乾隆五十五年庚戌(1790)进士,授检讨。

官至吏部郎中，寻复授莱州知府。逾年以病免，遂侨寓吴门。其诗生气涌出，沈郁空灵，于从前诸名家外，又辟一境。著有《船山诗草》。论诗绝句有曰："论到宫商谐畅处，此中消息几人知。"又曰："敢为常语谈何易，百炼功成始自然。"其自道如此，且深以刻意新巧、模唐规唐为非，可谓知言。

辛亥春日读班昭《女诫》有感[①]（十首录二）

纷纷邯郸倡[②]，数钱夸向客。
静女如英雄，千金不能吓[③]。

细草绿濛濛，弓鞋滴小红。
任人窥宋玉，无语立墙东[④]

【注释】①班昭：东汉安陵人，字惠姬，一名姬，彪女，曹世叔妻，早寡。博学高才。兄固著《汉书》，其八表及天文志未及竟而卒。和帝诏昭就东观藏书，踵而成之，号曰大家，世称曹大姑。尝作《女诫》七篇。

②邯郸倡：《古乐府》："有上双樽酒，作使邯郸倡。"吴少微诗，"可怜窈窕女，不作邯郸倡。"邯郸，郡名，故治在今河北邯郸市。倡，同"娼"，歌妓。

③吓：《庄子·秋水》："……于是鸱得腐鼠，鹓雏过之，仰而视之，曰：吓！"司马云："吓，怒其声，恐其夺己也。"

④"任人"两句：宋玉《登徒子好色赋》："……然此女登墙窥臣三年，至今未许也。"

阮　元

阮元(1764—1849),字伯元,号芸台,江苏仪征人。乾隆十四年己酉(1789)进士。道光时官至体仁阁大学士,加太傅,历官中外,所至以提倡学术自任,在史馆倡修儒林传,在粤设学海堂,在浙设诂经精舍。又辑《经籍纂诂》校刊《十三经注疏》,汇刻《学海堂经解》。诗出入中晚唐和两宋。有《揅经堂集》。卒谥文达。

山左学署八咏[①](录四首)

四照楼

落日城头雨,　东风泉上春。
湖光复山色,　齐向倚栏人。

濯缨桥

落落桥上人,　泠泠桥下水。
顾影独整冠,　清歌怀孺子[②]。

钟　楼

台迥烟波阔,　檐虚夕照间。

蒲牢静无语③，霜气满秋山。

积古斋

吉金与乐石④，齐鲁甲天下。
积之一室中，证释手亲写。

【注释】①录自《小沧浪笔谈》卷一。

②孺子歌：《孟子·离娄》：有孺子歌曰："沧浪之水清兮，可以濯我缨；沧浪之水浊兮，可以濯我足。"孔子曰："小子听之，清斯濯缨，浊斯濯足矣，自取之也。"

③蒲牢：兽名，性好鸣。此指钟。《后汉书·班固传》："于是发鲸鱼铿华钟。"注：海中有大鱼名鲸，又有兽名蒲牢，蒲牢素畏鲸鱼，鲸鱼击蒲牢，蒲牢辄大鸣呼；凡钟欲其声大者，故作蒲牢于其上。

④吉金：祭祀之礼，古称吉礼，故祭祀所用鼎彝之属称曰吉金。《韩城鼎铭》："坚久吉金，用作宝尊鼎。"乐石：可做乐器的石料。《古文苑·秦始皇峄山刻石文》："刻此乐石，以著经纪。"后来亦泛指碑碣。参阅唐颜师古《匡谬正俗》八《乐石》，清赵翼《陔馀丛考》三二《乐石》。

钱　杜

钱杜（1764—1845），初名榆，字叔美，号松壶，钱塘（今浙江杭州）人。览胜好游，足迹遍天下。工诗，深通画法，人物、花卉无不精，尤擅山水。有《松壶画赘》《画忆》《诗赘》《诗存》。

湖上望林岫间积雪清寒萧瑟之意南田能写之[1]

夕霭忽沉冥，　湖风忽骚屑[2]。
坐待理庵僧，　溪钟寒送客。

【注释】①南田：恽格号南田。见前恽格小传。

②骚屑：风声。刘向《九叹·思古》："风骚屑以摇木兮，云吸吸以湫戾。"

慕王叔明松风琴趣图[1]

横琴乱松里，　疑有山猿听。
醉呼黄鹤翁[2]，　弦上秋冥冥。

【注释】①王叔明：王蒙（1308—1385），字叔明，元湖州人。工诗文，擅山水画，境界幽密。

②黄鹤翁：王叔明号黄鹤山樵。

杜　堮

杜堮（1764—1859），字石樵，山东滨州（今滨县）人。嘉庆六年辛酉（1801）进士。改庶吉士，授编修，官至礼部侍郎，加尚书衔，谥文端。有《遂初草庐诗集》。集中以视学畿辅、两浙时行役咏古之作为多，神韵不匮，犹守新城遗轨。

入　剡[1]

秋霜下南国，　红尽江边树。
终日不逢人，　十月剡中去。

东船与西舫，　橹声如秋鸿。
对面不得语，　回帆各趁风。

【注释】①剡（shàn）：古县名，在今浙江嵊州市。县南有剡溪，旧时文人在此吟咏甚多。

舒　位

舒位（1765—1815），字立人，号铁云，小字犀禅，大兴（今属北京）人。幼承家学，工诗及古文。逾冠，举乾隆五十三年乡试。屡试礼部，不第。年五十，丧母，以哀毁卒。当乾隆之际，海内诗人相望，归愚守家法，随园主性灵，独铁云以奇博闳恣之才，横绝一世。所著曰《瓶水斋诗集》。

雨过湘潭县[1]

烟水十万家，　家家住春雨。
我欲问湘人，　湘水深几许？

【注释】①湘潭县：清属湖南长沙府。故治即今湖南省湘潭市。

宋小茗

宋小茗，字咸熙，仁和(今浙江杭州)人。茗香助教大樽之子。有《思茗斋集》。

秋　砧[1]

夫容泣寒露[2]，欲堕半规月[3]。
清砧不敢停，　昨梦关山雪。

【注释】①砧(zhēn)：指捣衣石。入秋，妇女为戍边亲人赶制寒衣。杜甫《秋兴》："寒衣处处催刀尺，白帝城高急暮砧。"

②夫容：亦作"芙蓉"，语带双关。

③半规：半圆。谢灵运诗："密林含清辉，远峰隐半规。"黄庭坚诗："新月吐半规。"

陈文述

陈文述(1771—1843),字退盦,号云伯,浙江钱塘(今杭州)人。嘉庆举人,官全椒知县。工西昆体,门下女弟子颇多彦秀。所著有《碧城仙馆诗钞》《诗髓》《颐道堂集》《秣陵集》《西泠怀古集》《西泠闺咏集》,又辑有《兰因集》等。

云绘园消夏杂咏[1](十首录四)

树顶凉烟幂[2],蜂声聚早衙[3]。
园丁侵早起,和雨扫槐花。

意行随所适,披衣足不袜。
晓凉花露香,竹床坐晞发。

竟日潇潇雨,虚堂暑易消。
凉云如水绿,窗外有芭蕉。

仰面青天远,夜乌啼早秋。
银河花外转,时有一星流。

【注释】①云绘园:仁和孙均所建。

②幂(mì):覆盖、遮被之意。

③早衙:旧时官府早晚二次坐衙治事,受群吏参谒,故有早衙、晚衙之称。此处指群蜂聚集而言。

春　闺

画眉啼彻曙，　红泪湿春衣。
送郎马蹄去，　梦与落花飞。

白山秋雪[①]

巍巍长白山[②]，千盘元气结。
仙人走不到，　上有太古雪。

【注释】①自注:“题朱素人东游画册。”

②长白山:在今吉林长白朝鲜族自治县北。四周百泉奔注,三江(鸭绿江、图们江、松花江)之源由此而出。每年八月至翌年四月,大雪封山,行人绝迹。

庚山草堂题壁(六首录二)

层台凭曲栏，　风急秋衫冷。
濛濛云树外，　空江辨帆影。

西风断雁声，　落叶回风舞。
人坐夕阳亭，　空翠下如雨。

刘　开

刘开(1784—1824,一作1781—1821),字明东,一字孟涂,号方来,安徽桐城人。诸生。年十四,以书谒姚惜抱(鼐),因著籍门下。工骈散文,与方植之、管异之、梅伯言齐名,时称方、刘、梅、管。道光初卒于亳州。有《孟涂诗文集》。

偶　成

日饮长江水[1],谁知江上心。
烟波渺无极,　只为别离深。

【注释】①日饮长江水:宋李之仪《卜算子》:"我住长江头,君住长江尾。日日思君不见君,共饮长江水。"

顾廷纶

顾廷纶，字凤书，一字郑乡，浙江会稽（今绍兴市）人。嘉庆三年戊午（1798）优贡。官武康训导。有《玉笥山房要集》。

兀　坐[①]

兀坐浑无赖[②]，秋心何处同？
无端万杨柳，　都在月明中。

【注释】①兀（wù）坐：独自端坐。宋之问《自洪府舟行直书其事》诗：“愚以卑自卫，兀坐去沉滓。”苏轼《客位假寐》诗：“谒入不得去，兀坐如枯株。”

②无赖：意同“无聊”，不乐也。

傅　霖

傅霖，字雨莼，浙江山阴（今绍兴市）人。有《兕笋园剩稿》。

送友人出塞

白草屯边路，　黄花戍里程。
西风三万里，　吹满别离情。

曹元询

曹元询，字灵悬，山东安丘人。嘉庆十八年癸酉(1813)举人。道光初举孝廉方正。有《梦月山房集》。

绝　句

鸡鸣窗欲白，　无计留春住①。
纵使后当来，　何如今不去。

【注释】①欧阳修《蝶恋花》词："门掩黄昏，无计留春住。"

曹葆琛

曹葆琛，字献臣，号啸兰，浙江慈溪人。贡生。著《学易堂诗稿》四卷。

冬日山行

空山寂无人， 惟有寒泉咽。
回风入高松， 濛濛落晴雪

袁　澄

袁澄，字一泓，浙江象山人。岁贡生。著《池塘春草集》。一泓所遇不偶，以诗歌陶写性情，无惊恐、慷慨、愤激之词。昔人论诗云："境开得长年，韵远多厚福。"信然。

拟　古

少妇入朱门， 粉黛恣妆饰。

侬自掩深闺，生来好颜色。

东邻有娇女，罗绮艳衫袨[①]。
不自行嫁衣，倩侬压金线[②]。

【注释】①袨（xuàn）：盛服也。《文选·邹阳〈上吴王书〉》："夫金赵之时，武力鼎士袨服丛台之下者，一旦成市。"注："袨服，大盛玄黄服也。"

②秦韬玉《贫女》诗："苦恨年年压金线，为他人作嫁衣裳。"按"压金线"，用金线绣花，是刺绣的一种。

陆授诗

陆授诗，字苍雅，嘉定（今属上海）人。诸生。能诗，旁及音律、刺绣、饮膳，无不工巧绝伦，尤长于画，惜未及三十而殁。

题　画

树凋秋已深，山近风尤劲。
夕照下亭西，照见飞凫影。

陈一策

陈一策，字尔忱，福建晋江人。诸生。有《香雪斋集》。

五　夜①

五夜入孤村，　冒寒人语少。
鸡鸣三两声，　残月挂林表。

【注释】①五夜：一夜分甲、乙、丙、丁、戊五段，即五更。《文选·陆倕〈新刻漏铭〉》："六日无辨，五夜不分。"

龚自珍

龚自珍（1792—1841），又名巩祚，曾改名易简，字璱人，号定盦。浙江仁和（今杭州）人。道光九年己丑（1829）三甲十九名进士，官礼部主事。后就任丹阳书院讲席，因暴病逝世。其学出入于诸子百家，而自成一家之言；为文幽渺深邃，诗不主格律家数，境界独辟，以奇才名天下。著有《龚定盦诗文集》《无着词》《怀人馆词》《影事词》《小奢摩词》等。

夜读《番禺集》书其尾①

灵均出高阳，万古两苗裔②。
郁郁文词宗③，芳馨闻上帝。

奇士不可杀，杀之成天神④。
奇文不可读，读之伤天民⑤。

【注释】①《番禺集》:屈大均诗文集名。屈大均,广东番禺人,详见前屈大均小传。

②灵均。屈原字。屈原所著《离骚》自称“帝高阳之苗裔兮。”《楚辞集注》云:高阳,颛顼有天下之号也。苗者,草之茎叶,根所生也;裔者,衣裙之末,衣之馀也。故以为远末子孙之称。按灵均与大均同姓屈,故称两苗裔。

③郁郁:盛也。《论语·八佾》:“郁郁乎文哉。”朱注:“郁郁,文盛貌。”

④天神:指不朽的名声,有如天神,永远受人尊敬。

⑤天民:谓有道者全尽天理,故曰天民。

又书一首

卷中觌幽女①，悄坐淡妆束。
岂无红泪痕②，掩面面如玉。

【注释】①觌(dí):见也。见《尔雅·释诂》。

②红泪痕:《拾遗记》:郅奇,字君珍,居丧尽礼,以泪洒石则成痕。又王嘉《拾遗记》:薛灵芸,常山人,谷习出守常山郡,聘之以献魏文帝。灵芸闻别父母,泪下沾衣,至升车就路之时,以玉唾壶承泪,壶则红色。及至京师,壶中泪凝如血。

暮雨谣三叠

暮雨怜幽草，　曾亲撷翠人。
林塘三百步，　车去竟无尘。

雨气侵罗袜，　泥痕黦画裳[①]。
春阴太萧瑟，　归费夕炉香。

想见明灯下，　帘衣一桁单[②]。
相思无十里，　同此凤城寒。

【注释】①黦(yuè):污迹。周处《风土记》:"梅雨沾衣服败黦。"

②桁(héng):衣架。古诗《东门行》:"盎中无斗储,还视桁上无悬衣。"

王正谊

王正谊,字筱佺,号小泉,四川达县人。道光十二年壬辰

(1832)进士。历官户部郎中。有《惜心书屋诗钞》。符南樵曰：王筱佺郎中诗，感抒时事，寄意殊深，慨叹之馀，流为愤激。有句云："名下士无名下士，眼中人半梦中人。"两语道尽古今。

春夜闺词

久别霓裳曲[①]，春情一半灰。
不堪灯下坐，重检旧罗衣。

灯市朱门女，香熏绣袜浓。
归来偷看镜，渠貌不如侬[②]。

【注释】①霓裳曲：即《霓裳羽衣曲》。唐宫廷乐舞歌辞。《乐府诗集》：唐逸史曰：罗公远多秘术，尝与玄宗至月宫，仙女数百皆素练霓衣，舞于广庭，问其曲，曰：霓裳羽衣。帝晓音律，因默记其音调而还。明日召乐工，依其音调作《霓裳羽衣曲》。

②渠：她，指朱门女。侬：吴人自称。

黎吉云

黎吉云，原名光曙，字樾乔。道光十三年癸巳(1833)进士。由翰林院编修转言官，道咸间名御史。所为诗深博清超，亦负盛名。有《黛方山庄诗集》。

题　画

树古云阴积，　岩深石气寒。
知音若可遇，　试取鸣琴弹。

魏　源

魏源(1794—1857)，字默深，湖南邵阳人，道光进士，曾任高邮州知州。文笔奥衍，熟于掌故，尤精舆地之学。有《古微堂集》《诗古微》《书古微》《元史新编》《圣武记》《海国图志》等著作。

别　内

湖南将分地，　星河欲曙天。
他年相梦处，　君越我幽燕。

代　内

历历云山头，　梦君自来去。
晚来云气深，　欲返不知路。

初　雪

小屋灯尚明，　前溪冻未结。
不知前山中，　已是一夜雪。

天台赠僧二首[①]

松下访山僧，　言向石梁去[②]。
又携寺涧云，　去作何峰雨？

别山已十日，　遥望空徘徊。
举头望白云，　知从师处来。

【注释】①天台：山名。在浙江天台县城北。山中有隋代古刹国清寺。清雍正间重修。

②石梁：在天台山中方广。梁上有瀑向下喷坠，高数十丈，直泻谷底，声如雷鸣。米芾称“第一奇观”。

居庸关三首[①]

连峰不断青，　断处一关夹。
无复战场悲，　但寻响琴峡。

登高忽地缩，　百里见秋毫。
忽忆前朝路，　松林度夜櫜②。

一登巴达岭，　回视如窥井③。
何意塞门关，　更成云外境。

【注释】①居庸关：在今北京昌平西北。

②櫜(gāo)：收藏甲衣或弓箭的袋。《左传》昭公元年："伍举知其有备也，请垂櫜而入。"注："櫜，弓衣也。"

③顾炎武《昌平山水记》：自八达岭下视居庸关，若建瓴，若窥井。昔人谓居庸之险，不在关城而在八达岭。

江人镜

江人镜，字云彦，号蓉舫，江西婺源人。道光二十九年己酉(1849)举人。历官两淮盐运使。有《知白斋诗钞》。

有　待

雨泣枝上花，　风搅丝边絮。
之子期不来，　点点鸦飞去。

袁保恒

袁保恒，字小午，号筱坞，河南项城人。道光三十年庚戌(1850)进士，改庶吉士，授编修，官至刑部侍郎。诗不多作，俊伟中见悱恻。

山　行

我非巢许流[①]，到此涤凡想。
青山无古今，　白云自来往。

【注释】①巢许：巢父、许由，尧时之隐士。尧以天下让巢父，不受。又让许由，亦不受，尧又召为九州长，由不欲闻之，洗耳于颍水滨。

陈世镕

陈世镕，字大冶，安徽怀宁(今安庆)人。举人。有《求志居集》。

寄家书

归雁空将信，　寒梅又过花。
恐添慈母泪，　不敢说思家。

潘慎生

潘慎生，字子春，怀宁（今安徽安庆）人。咸丰初主讲济南沂水卜里书院。著有《微息斋遗诗》。

南湖遇雨

竹居绕回溪，　沙行到南浦。
瑟瑟水烟寒，　满地青萝雨。

徐　韦

徐韦（1803—?），字仲韦，湖北孝感人。有《一钵诗钞》《洪乐集》。

对 月

愁心化为水，荡漾明月光。
将心寄明月，堕地忽成霜[①]。

【注释】①李白《静夜思》:“床前明月光,疑是地上霜。”

罗泽南

罗泽南(1808—1856),字仲岳,号罗山,湖南湘乡人。咸丰元年辛亥(1850)举孝廉方正。历官浙江宁、绍、台道,加布政使。好性理书。率兵与洪、杨为敌,中炮卒。

喜 雨

茅檐一夜雨，农家百万粟。
清晨荷锄出，长歌渌水曲[①]。

【注释】①渌水曲:乐府琴曲歌辞名。《乐府诗集》卷五十九有齐江奂,梁吴均、江洪,唐李白等《渌水曲》。

古　剑

仗剑天下游，　延津不可渡[1]。
不平事尚多[2]，莫使化龙去。

【注释】①延津：即延平津，一名剑津，即今福建南平东之建溪。晋惠帝时张华见斗牛之间有紫气，问豫章人雷焕，焕曰："丰城宝剑之精上彻于天耳。"帝令焕为丰城令，掘得双剑，一曰龙泉，一曰太阿，精芒炫日。乃一以送华，一自佩之。华得剑，复焕书曰："详观剑文，乃干将也。莫邪何复不至？虽然，天生神物，终当合耳。"华诛，失剑所在。焕卒，子为州从事，持剑过延平津，剑忽跃出堕水，但见二龙蟠萦有文章，水浪惊沸，于是失剑。见《晋书·张华传》。

②不平事：贾岛《剑客》诗："十年磨一剑，霜刃未曾试。今日把示君，谁为不平事！"

曾国藩

曾国藩（1811—1872），字伯涵，号涤生，湖南湘乡人。道光十八年戊戌（1838）进士，授翰林院检讨，官至两江总督、武英殿大学士。有《曾文正公全集》。

读李义山集[1]

渺绵出声响，奥缓生光莹。
太息涪翁去[2]，无人会此情[3]。

【注释】①李义山：李商隐，字义山，唐怀州河内人。有《李义山诗集》。清顺治朱鹤龄笺注《李商隐诗集》：义山之诗，乃风人之绪音、屈宋之遗响，盖得子美之深而变之者也。

②涪翁：黄庭坚，字鲁直，号山谷，又号涪翁，宋分宁人。涪翁与苏轼齐名，世称“苏黄”，诗歌风格奇崛硬涩，形式上模拟杜甫，讲究技巧，讲究学问，提倡“无一字无来处”“安排一字有神”，提倡“点铁成金”“夺胎换骨”以及创作拗律等理论，开创江西诗派。直至明清两代尚有人继承其衣钵。

③无人会此情：按涪翁诗出于义山，而涤生实出于涪翁。一脉相传，故涤生有此慨叹也。

戴移孝

戴移孝，字无忝，安徽和州（今和县）人。

石城乐[1]

双桨渡桃叶[2]，随欢望夫矶[3]。

催送来秋浦[4]，夜夜听猿啼。

【注释】①石城乐：乐府西曲歌名。《唐书·乐志》：石城乐，宋臧质所作。石城在竟陵，质为竟陵郡，于城上眺瞩，见群少年歌谣通畅，因作此曲。其辞有"生长石城下，开窗对城楼。城中诸少年，出入见依投"，云云。

②桃叶：晋王献之妾名。献之有《桃叶歌》，缘于笃爱而作。《隋书·五行志》：陈时江南盛歌王献之《桃叶词》云："桃叶复桃叶，渡江不用楫。但渡无所苦，我自迎接汝。"

③望夫矶：在今安徽当涂县西北。《寰宇记》：当涂县望夫山，昔有人往楚，累岁不还，其妻登此山望之，久乃化为石。

④秋浦：在今安徽贵池西南。见前王士禛《泊夏家口二首》注①。

游智开

游智开，字子代，湖南新人。咸丰元年辛亥(1851)举人。曾任无为、和、泗、滦、深诸州及永平知府，历官广西布政使。恺悌爱民，一时称循吏。卒年八十有五。有《藏园诗钞》。初官永平时，朝鲜使臣卞元圭、吉云道经其地，与相酬唱，乞其稿归，为序而刻之。晚自定稿删存二百馀篇，芬芳悱恻，有元次山《春陵行》《贼退示官吏》诸篇遗意。

叵罗词[1]

固安县城南柳市，每赵五日，贩竖麇集，皆柳器也。叵罗尤工致，日中一哄，千万立尽。贫家夫妇多昼夜编造，藉资糊口。

折尽杨柳枝，　绾尽杨柳丝[2]。
与郎作叵罗，　绾郎无别离。

离家长苦思，　在家长苦饥。
与郎作叵罗，　杨柳郎生涯。

【注释】①叵(pǒ)罗：即笸箩。
②绾(wǎn)：旋绕打结。

王维翰

王维翰(1828—1890)，字哨林，浙江黄岩人。诸生。著《彝经堂诗钞》六卷。

雁山杂咏[1]

老僧岩

行行谢公岭，　伛偻瞻仿佛。
不知老瞿昙[2]，何年可成佛。

听诗叟

龙钟一老叟，侧首状如塑。
自无李长吉，惊天乏奇句[③]。

天柱峰[④]

造物弄狡狯，欲弭东南缺。
屹然数千丈，孤峰撑日月。

【注释】①雁山：即雁荡山，在浙江乐清县境。属括苍山脉。沈括谓天下奇秀无逾此山。号称东南第一山。

②瞿昙：释尊之姓，亦称乔答摩。曹伯启诗："眼中梵刹如比栉，焉知晓事无瞿昙。"此指老僧岩。

③李长吉：晚唐诗人李贺，字长吉，有奇才。为诗驰骋想象，炼词琢句，险峭幽诡。其《李凭箜篌引》有"女娲炼石补天处，石破天惊逗秋雨"句，可以想见其诗。

④天柱峰：在乐清城西白石山，为雁荡山奇峰之一，峻伟撑天，艰于攀登。

冯季莹

冯季莹，字子哲，一字蕙襟，大兴（今属北京）籍，浙江兹溪人。咸丰二年壬子(1852)举人，历官员外郎。有《蕙襟集》。诗文卓然成家，尤工倚声。配沈仲懿，唱和相得，甫十年而殁，蕙襟不再娶，名其斋曰守雁山房，作悼亡诗至数百篇。

春　晖

昨夜一花飞，　今朝一骑归。
归飞如有约，　辛苦是春晖。

赵世昌

赵世昌，字鳌侯，浙江归安（今湖州）人。著有《韵学指南》《补情吟草》。

望　信（四首录二）

塞雁南归日，　频将尺素裁。
如何同鹤杳，　飞去不飞来？

喜鹊朝传报，　书灯夜放花。
偶然闻剥啄①，有信到邻家。

【注释】①剥啄：叩门声也。韩愈《剥啄行》："剥剥啄啄，有客至门；我不出应，客去而嗔。"

李慈铭

李慈铭(1830—1895),字悉伯,号莼客,浙江会稽(今绍兴)人。光绪六年庚辰(1880)进士。官至山西道监察御史。有《越缦堂集》《越缦堂日记》《白华绛跗阁诗集》《湖塘林馆骈体文钞》等。

三里河道中

青林红秫里，时见野人家。
一水曲相绕，沿堤荞麦花。

晚　霞

手弄垂杨影，回头见晚霞。
殷勤如有意，红不到邻家。

谭　献

谭献(1830—1901),字仲修,号复堂,初名廷献,后改今名,浙江仁和(今杭州)人。同治举人,官含山知县。通古今治乱,言天下得失如指掌。诗文均得古法,家藏前人词曲甚富,词尤有名。有《复堂类集》。

秋　风

人事年年改，　秋风日日来。
黄花吾羡汝，　只向故枝开。

衢州城下感旧寄曾佑卿、章斐泉[1]

拄笏匡庐下[2]，行车瘴海堧。
十年中酒地[3]，零落旧觥船[4]。

【注释】①自注:“曾任南康知县,章任台湾知县。”衢州:今浙江省衢州市。

②拄笏(hù):《世说新语·简傲》:王子猷(徽之)作桓车骑(冲)参军,桓谓王曰:“卿在府久,比当相料理。”初不答,直高视,以手版拄颊云:“西山朝来,致有爽气。”手版,即笏。后以拄笏看山喻虽在官而有闲情雅致。

苏轼《次韵胡完夫》诗:“老去上书还北阙,朝来拄笏看西山。”匡庐:即庐山。

③中酒:酒半酣。中读去声。杜牧诗:“残春杜陵客,中酒落花前。”

④觥(gōng)船:大容量之饮酒器。杜牧《题禅院》诗:“觥船一棹百分空,十岁青春不负公。”

紫阳书院十六咏同长孙琴西先生作(录四首)

乐育堂

大木日阴阴, 鸟飞欣在林。
但容养毛羽, 何必入山深。

校经亭

虫鱼亦名物, 何必非磊落[①]。
寥寥子云亭[②], 有酒试斟酌。

凌虚阁

高阁倚晴空, 山光面面通。
平生列御寇, 于此御天风[③]。

观澜楼

八月枚乘笔[④], 澄江千里开。
登楼送秋色, 月满夜潮来。

【注释】①韩愈诗:“尔雅注虫鱼,定非磊落人。”此处即针对韩愈而发。

②子云亭:扬雄(子云)居西蜀,有玄亭。左思《咏史》:“寂寂扬子宅,门无卿相与。寥寥空室中,所讲在玄虚。”刘禹锡《陋室名》:“南阳诸葛庐,西蜀子云亭。”

③列御寇:即列子。战国郑人。《庄子·逍遥游》:“夫列子御风,泠然善也。”

④枚乘:汉淮阴人,字叔,善属文。景帝时仕为吴王濞郎中,濞怨望谋逆,乘谏不纳,去而仕梁孝王,作《七发》以寓讽谏。按《七发》中写八月观涛一段,淋漓尽致,惊心动魄,最为精彩。

玩月和庄中白[1]

明月照瑶草,　瑶草已如结。
一别江南花,　来看燕地雪。

【注释】①庄中白:庄棫字中白,丹徒人。治《易》《春秋》。少以输饷得部主事。嗣后家道中落,校书淮南、江宁。曾国藩礼为上客。光绪间卒。有《周易通义》《东庄读诗记》《静观堂文》《蒿庵堂集》。

潘日嘉

潘日嘉,字子陶,湖北蕲水(今浠水县)人。有《青石山斋遗草》。

湖上远望

野外风萧萧， 烟波淡将夕。
不知明月生， 但见前山白。

王至甸

王至甸，号徒南，甘肃静宁人。诸生。工琴，能诗。年二十，弃家入道。

画梅一枝赠潘恂九还巴陵[1]

秋风满襟袖， 归棹洞庭阴。
一醉写疏影[2]，岁寒盟此心。

【注释】①潘恂九：生世不详。巴陵：今湖南岳阳。范仲淹《岳阳楼记》以为巴陵胜状，在洞庭一湖。

②疏影：林逋《山园小梅》：“疏影横斜水清浅，暗香浮动月黄昏。”

傅肇修

傅肇修，字砥人，福建仙游人。咸丰十一年辛酉（1861）拔贡。有《醉竹园诗集》。

樵　径

朝穿半岭云，　暮踏斜阳路。
不觉负薪劳，　歌声破烟树。

钓　矶

蓑笠大乾坤，　生涯一石存。
雨馀人独立，　家在隔溪村。

朱嶲瀛

朱嶲瀛，字芷青，大兴（今属北京）人。同治元年壬戌

(1862)举人。历官河南知府。有《金粟山房诗钞》《续钞》等集。

广王维《西施咏》[①]

多少蛾眉去，吴宫颦未伸。
不知尝胆辈[②]，可念捧心人[③]。

【注释】①王维《西施咏》："艳色天下重，西施宁久微。朝为越溪女，暮作吴宫妃。贱日岂殊众，贵来方悟稀。邀人傅脂粉，不自着罗衣。君宠益娇态，君怜无是非。当时浣纱伴，莫得同车归。持谢邻家子，效颦安可希。"

②尝胆：《史记·越王勾践世家》：越王勾践返国，乃苦身焦思，置胆于坐，坐卧即仰胆，饮食亦尝胆也。

③捧心：《庄子·天运》：西施病心而矉（颦）其里，其里之丑人，见而美之，归亦捧心而矉其里。

张佩纶

张佩纶（1848—1903），字幼樵，丰润（今属河北）人。同治十年辛未（1871）进士。光绪间累官侍讲学士，署左副都御史，以敢言称。中法战争期间，会办福建军务，佩纶狃于和议，应敌无方，受革职充军处分，后释回，任李鸿章幕僚。有《涧于集》。

响水梁

百折终归海，　徐徐浊亦清。
如何微搏激，　便作不平鸣[1]。

【注释】①不平鸣：韩愈《送孟东野序》："大凡物不得其平则鸣。草木之无声，风挠之鸣；水之无声，风荡之鸣。"

樊增祥

樊增祥（1849—1931），字嘉父，号云门，别号樊山，湖北恩施人。光绪进士，官至江宁布政使，护理两江总督。入民国，尝任参政院参政。少倜傥，擅驳辩，才气充沛。其诗、词、骈文清丽浮艳。有诗集、词集、文集、政书判牍等行世。《樊山全集》较完备。

伦叔惠卿招同乙庵散原诸君集小万柳堂纵观书画杂记以诗[1]（二十四首录八）

再见廉家柳，　春风万万条。
月明携弄玉，　楼上坐吹箫[2]。

到门客未知，　系马紫藤架。
坐我绿阴中，　主宾俱入画。

云林神仙骨[3]，生气得清空。
我欲携行卷，　焚香芦苇中。

奇采发朱铅，　南田画里仙[4]。
真花有此色，　应更得人怜。

吾蜀论前辈，　船山一代奇[5]。
山光浓似酒，　画笔好于诗。

读画如读诗，　贪多苦难记。
烟云过草窗[6]，十仅忆三四。

写经今胜古，　燕瘦压肥环[7]。
石室敦煌本[8]，风神逊彩鸾。

雨过本山初，　新茶绿更腴。
主人今陆羽[9]，亲手扇风炉。

【注释】①小万柳堂：廉泉所筑。廉泉住杭州西湖，在苏堤南端筑别墅。著有《南湖集》。

②弄玉：春秋秦穆公女。有萧史善吹箫作凤鸣，穆公以弄玉妻之。萧

史遂教弄玉吹箫，后弄玉乘凤、萧史乘龙飞升去。事见《列仙传》。

③云林：元代倪瓒，字云林，擅书画。所谓“神仙骨”盖指其品格高超，迥异凡庸也。

④南田：恽寿平，名格，号南田。见前恽格小传。

⑤船山：张问陶号船山，四川遂宁人。见前张问陶小传。

⑥草窗：宋周公谨，号草窗，有书画评著《云烟过眼录》。

⑦燕：指赵飞燕。环：指杨玉环。飞燕以瘦而美，玉环以丰腴称。此处所谓“燕瘦压肥环”盖指书法之秀美与丰泽而言。

⑧敦煌：甘肃省敦煌市东南之鸣沙山，有石室无数，俗称千佛洞，石室之一为书库，内藏唐人手写佛教经典及其他美术品等甚富。

⑨陆羽：字鸿渐，唐竟陵人。性嗜茶，著有《茶经》。后世奉为茶神。

秦绶章

秦绶章（1849—1925），字佩鹤，号蕚盦，晚号恒庐，嘉定（今属上海）人。光绪九年癸未（1883）进士，改庶吉士，授编修，官至兵部侍郎，改镶黄旗满洲副都统。有《佩鹤吟稿》。

祢衡墓①

北海真爱才②，一疏荐公府。
当年怀刺归③，那得逢黄祖！

【注释】①祢衡：字正平，东汉平原人。少有才辩，性刚傲。孔融疏荐之，并称述于曹操，操欲见之，衡称疾不往。操召为鼓吏，因大会宾客，使为鼓吏之饰，欲以辱之。衡为《渔阳参挝》，音节悲壮，复在操前裸体易衣，仍参挝而去。融退而数之，使往谢操，衡佯诺之，而赴操门大骂。操怒，遣人送与刘表，表见其傲慢，又送黄祖，终为黄祖所杀。时年仅二十六。作有《鹦鹉赋》。祢衡墓在湖北汉阳西鹦鹉洲上。

②北海：东汉曲阜孔融，汉献帝时为北海相，故称孔北海。

③刺：名刺，名片。建安初，祢衡游许下，始达颍川，乃阴怀一刺，既而无所之适，至于刺字漫灭。

严　复

严复（1854—1921），字又陵，号幾道，福建侯官（今福州）人。有《瘉壄堂集》，译有《天演论》《原富》《社会通诠》等书。

绿珠词①

情重身难主，　凄凉石季伦②。
明珠三百琲③，空换坠楼人。

【注释】①绿珠：晋豪富石崇之爱妾，美而艳，善鸣笛。孙秀求之，崇不许。秀矫诏收崇，绿珠自投楼下而死。

②石季伦：石崇字季伦。

③琲（bèi）：珠十贯为一琲。《文选·左思〈吴都赋〉》：“珠琲阑干。”刘良注：“琲，贯也，珠十贯为一琲。”

文廷式

文廷式(1856—1904),字道希,号芸阁,又号纯常子,江西萍乡人。光绪十六年庚寅(1890)进士,官至翰林院侍读学士。以劝慈禧变法褫职,戊戌变法失败后流徙江湖以死。工骈体,文词超拔,诗歌意境尤高,并备各体,陈三立、陈诗、叶恭绰等均盛称其诗。有《文道希先生遗集》《云起轩诗词集》。

新　秋

梦破千山月，　凉生一榻风。
便思乘薄暝，　倚杖看鸡虫[①]。

【注释】①鸡虫:本杜甫《缚鸡行》:“家中厌鸡食虫蚁,不知鸡卖还遭烹。虫鸡于人何厚薄,吾叱嗷人解其缚。鸡虫得失无了时,注目寒江倚山阁。”

途中杂诗之一

三泖凉波动[①]，　五湖飞雁多[②]。
萧然江海意，　一为扣舷歌[③]。

【注释】①三泖:在今上海市松江区西。见前王玖《为王兰泉作三泖渔隐图并题绝句》注。

②五湖:此指太湖。《后汉书·冯衍传》:虞翻曰:太湖有五湖,故谓之五湖。滆湖、洮湖、射湖、贵湖及太湖,并太湖之支俱连太湖,故太湖兼得五湖之名。

③扣舷:敲击船边以为节拍。苏轼《前赤壁赋》:"于是饮酒乐甚,扣舷而歌之。"

临　帖

不似何必临,　太似恐无人。
遗貌取其神,　此语庶几可。

易顺鼎

易顺鼎(1858—1920),字实甫,一字中实,号哭盦,湖南龙阳(今汉寿)人。光绪元年乙亥(1875)举人,历官广东钦、廉道。实甫童年奇慧,早负诗名。足迹几遍天下,所至成集,随地署名,合编为《哭盦丛书》《琴志楼集诗》。其诗初学谢灵运、谢惠连,后又学唐代各家,山水诗最佳,但有浮艳之弊。

粥饭寮

人生何营营,　百年事此腹。

惭愧山中人，　一月饭几熟。

飞虹梁

伟哉祖龙鞭[①]，能叱鼋鼍起[②]。
我醉亦跨虹，　游戏四海水。

【注释】①祖龙:秦始皇。语出《史记·秦始皇本纪》。集解云:祖,始也,龙,人君象。

②鼋鼍(yuán　tuó):爬行动物,一名鼍龙,通称猪婆龙。

藏舟壑

藏山尚可负，　何况藏此舟[①]。
愿乘六气辨[②]，　元化以为桴[③]。

【注释】①“藏山”两句:《庄子·大宗师》:藏舟于壑,藏山于泽,谓之固矣。然而夜半有力者负之而走,昧者不知也。集解云:舟可负,山可移,宣云:造化默运,而藏者犹谓其故处。

②六气:风、热、湿、火、燥、寒。又《左传·昭公元年》:六气曰阴、阳、风、雨、晦、明。

③元化:造化,大自然之发展变化。陈子昂《感遇诗》之六:“古之得仙道,信与元化并。”

松滋渡[①]

纱帽随鸥鸟[②]，　渔歌激楚词。

诗人何处所，　惆怅过松滋。

【注释】①松滋：县名。故治在今湖北松滋县城以北四十里。

②鸥鸟：喻漂泊无定。杜甫《旅夜书怀》："飘飘何所似，天地一沙鸥。"

题道旁红梅

艳色空绝世，　荒山犹冠春。
頩颜不可犯，　似遇高唐人①。

【注释】①頩(pīng)颜：敛容貌。宋玉《神女赋》："頩薄怒以自持兮，曾不可以犯干。"按宋玉《高唐赋序》："昔者先生尝游高唐，怠而昼寝，梦见一妇人曰：妾巫山之女也，为高唐之客。"

郑孝胥

郑孝胥(1860—1938)，字太夷，号苏盦(一作戡)。福建闽侯(今福州市)人。有《海藏诗》。

二十夜待月

峰明月未上，　流碧满庭除。
空山独吟人，　百虫来和余。

夜色不可画，　画之以残月。
幽人偶一见，　复随清景没。

谭嗣同

谭嗣同(1865—1898)，字复生，号壮飞，湖南浏阳人。能文章，好任侠，善剑术。自甲午战争后，发愤提倡新学。官江苏知府，以徐致靖荐，加四品卿衔，充军机章京，与杨锐、林旭、刘光等同参预新政。慈禧垂帘听政，被诛。为戊戌六君子之一。有《仁学》《石菊隐庐笔识》《寥天一阁文》《莽苍苍斋诗》《远遗堂集外文》。

淮阴侯墓①

得葬汉家土，　于君已厚恩。
黥彭俱化醢②，暴露莽秋原。

【注释】①淮阴侯：汉韩信封淮阴侯。有大功于汉，后为吕后所诛。

②黥彭：黥布、彭越。彭越，汉昌邑人。初事项羽，后归汉，多建奇功，封梁王。高祖击陈豨，征兵于梁，越称疾，使将将兵往。高祖怒让之，其将扈辄劝越反，越不从。梁太仆走汉告之，高祖收诛越，夷三族。黥布，即英布，坐法黥，故称黥布。初从项羽，后从高祖，破项羽于垓下，封淮南王。及彭越、韩信见诛，惧祸及己，遂反，兵败死之。醢(hǎi)：肉酱。

章炳麟

章炳麟（1869—1936），一名绛，字太炎，号枚叔，浙江馀杭（今属杭州）人。初任《时务报》撰述，因参加维新运动被通缉，流亡日本。1903 年与邹容同被捕入狱。1906 年出狱后，为孙中山迎至日本，主编《民报》，与改良派展开论战。1913 年宋教仁被刺后参加讨伐袁世凯，为袁所禁锢，至袁死后被释放。晚年愤日本侵略中国，赞助抗日救亡运动，1936 年在苏州病逝。章氏生前鼓吹革命的诗文，曾传诵一时，影响甚大，但文字古奥难解。有《章太炎所著书》及《章氏丛书三编》等。

短简歌八章（录三首）

华膏炳明烛[①]，督护行传箭[②]。
鸡鸣天欲曙，羞与良人见。

阊阖郁崔嵬[③]，天关不可开。
水深泥淖浊，牛羊下山麓。

天汉至南箕[④]，相间三千里。
宁啖箕中糠，不食汉中鲤。

【注释】①华膏:点燃发光的油膏。

②督护:武官名。起于西晋。南北朝时,凡居方面镇将,其部将有督护。北魏、北齐三公僚属亦有督护。见《隋书·百官志》。传箭:《五代史·唐明宗纪》:“天成二年冬十月乙酉,如汴州,是月传箭于霍彦威。”杜甫《赠哥舒开府》诗:“青海无传箭,天山早挂弓。”范成大诗:“边城晏闭休传箭,村巷春游未荷锄。”

③阊阖:紫薇垣之南门也。《离骚》:“吾令帝阍开关兮,倚阊阖而望予。”王逸注:帝谓天帝也。阊阖,天门也。令帝阍开门,将入见帝,更陈己志,而阍不肯开,反倚其门,望而拒我,使不得入,盖求大君而不遇之比也。崔嵬:高貌。

④天汉:银河。《诗·小雅·大东》:“维天有汉,监亦有光。”南箕:星名,即箕宿。共四星,二星为踵,二星为舌,踵窄舌宽。

刘毓盘

刘毓盘,字子庚,浙江江山人。光绪二十三年丁酉(1897)拔贡,官陕西知县,有《濯绛宧诗》。子庚为彦清大令之子。光绪五年己卯(1879),彦清摄嘉定县事,暴卒于官。子庚年甫十三,读书有夙慧。既长,工诗赋,尤精倚声。晚游京师,任大学教习,以词授徒,其讲义人皆宝之。

太　湖

寒雁不成字，　远山将化烟。

大圜生脚底[①]，摇梦入秋天。

【注释】①大圜：天。《管子·内业》："人能正静，皮肤裕宽，耳目聪明，筋信而骨强，乃能戴大圜而履大方。"

胡友兰

胡友兰，字馨谷，江西庐陵（今吉安）人。诸生。有《蓼虫集》。

乡 思

窗外潇潇响，孤灯淡五更。
乡思如碧草，一夜雨中生。

王 玮

王玮，字蕴斋，汾阳籍，浙江山阴（今绍兴）人。官草堰场盐大使。有《小兰亭诗稿》。蕴斋官草堰时，值光绪辛巳夏，海啸巨灾，倡捐施赈缮，治庐舍，沿海筑墩避潮，如前明旧法；修范公堤，缘堤垦植，凿河渠，储仓谷。灾民赖之，立石志焉。诗出入陶、白、苏、陆诸家，多适性之作。

舟行书所见

明月照澄波，　上下一轮映。
邻舟小儿女，　借作妆台镜。

何乃莹

何乃莹，字润夫，一字梅叟，山西灵石人。光绪六年庚辰(1880)进士，改庶吉士，历官左副都御史。有《灵樵仙馆诗草》。

偶　成

抛书午梦凉[1]，竹翠侵纱幕。
深院悄无声，　白莲自开落。

【注释】①陆游《闲适》诗："八尺风漪午枕凉。"蔡确《登车盖亭作》："纸屏石枕竹方床，手倦抛书午梦长。"

黄　节

黄节(1873—1935),字晦闻,广东顺德人。有《曹子建诗注》《蒹葭楼诗》等。陈三立称其诗:“格淡而奇,趣新而好,造意铸语,冥辟群界,自成孤诣……杜陵称‘一洗万古凡马空’,诗境似之。……必欲比类,于(陈)后山为近,然有过之无不及也。”

秋　至

畏暑望秋转，　秋来日苦短。
堆几齐山书，　不见如今乱。

林　旭

林旭(1875—1898),字暾谷,福建侯官(今福州)人,光绪举人。官内阁中书。德宗锐意革新,特加四品卿衔,入军机参预新政,十日之中,所陈奏甚多。孝钦后垂帘,被诛。为戊戌六君子之一。有《晚翠轩诗集》。

北行杂诗(录四首)

杨村一夜雨①，张湾三尺泥②。
向来戎马迹，能畏鹧鸪啼③。

东风复北风，广野号众窍④。
岂无白日光，吹土翳清昼。

客店骡马滚，公徒何振振⑤。
皆言防帝畿，那复愁行人。

绝似乌龙浑，陂地相映带。
可惜好西山，蹉跎斜日外。

【注释】①杨村:镇名。在今天津市武清区,滨临运河,为入京大道。

②张湾:即张家湾,在今北京市通州市南十五里,以元时万户张瑄督海运至此而名。

③鹧鸪:鸟名,俗像其鸣声曰:“行不得也哥哥。”晋崔豹《古今注·鸟兽》:“南山有鸟名鹧鸪,自呼其名,常向日而飞,畏霜露,早晚希出。”

④众窍《庄子·齐物论》:厉风济,则众窍为墟。……子游曰:地籁则众窍是已。

⑤振振:信厚貌。《诗·周南·殷其雷》:“振振君子,归哉归哉!”

颐和园葵花[1]

瀛海分馀润，　秋晖亦圣恩。
抚心无愧汝，　飘落复何言。

【注释】①颐和园：系慈禧太后移用海军经费修建，诗中第一句即已说明原委。作者用葵花向阳作比喻，婉而多讽。

秋　瑾

秋瑾(1875—1907)，字璿卿，一字竞雄，号鉴湖女侠，浙江山阴(今绍兴)人。1904 年留学日本。1907 年皖浙起义事败后被捕，在绍兴古轩亭口慷慨就义，葬杭州孤山西麓。孙中山手书“巾帼英雄”四字以旌之。有《秋瑾集》。

春暮口号

春从何处来？　春向何处去？
杜宇尽催归[1]，向之无一语。

【注释】①杜宇：周末蜀主。《成都记》：杜宇死，其魂化为鸟，名杜鹃。又《寰宇记》：蜀主杜宇，号望帝，后因禅位，自亡去，化为子规。子规鸣声作“不如归去”，甚凄厉，能动旅客归思，故亦称思归、催归。

寄徐伯荪[1]

十日九不出，　无端一雨秋。
苍生纷痛哭，　吾道例穷愁。

【注释】①徐伯荪：徐锡麟之字。徐锡麟（1873—1907），浙江山阴人，光绪间游学日本，力谋革命。归国后以道员发安徽，办巡警学校。击毙巡抚恩铭，起义失败，与其党陈伯平等均被害。

马君武

马君武（1882—1939），名和，字贵公，广西桂林人。1910 年留学日本，参加同盟会革命活动。1911 年冬归国，曾任南京临时政府实业部次长、广西省省长、广西大学校长等职。其诗不拘格律，气势雄阔。曾以歌行体译拜伦、歌德、席勒诗。著有《马君武诗稿》。

别英伦[1]

百族贡鲜血，　庄严饰帝都。
王旗日出入[2]，国运自盈虚。

地老煤将尽，　民穷畜正肥[3]。
登斯河畔水[4]，匆促送人归。

【注释】①此诗作于光绪三十三年(1907)。英伦:英国首都伦敦的简称。

②王旗:指英国国旗。英国为君主立宪国,有君主,故称王旗。当时英国海外殖民地甚多,曾自夸为“日不落帝国”。

③自注:“英本国地属数千地主,多不种植而牧牛羊者。”

④登斯河:英国河名,今译为泰晤士河。

苏曼殊

苏曼殊(1884—1918),原名玄瑛,字子穀,曼殊是其僧号。广东香山(今中山)人。父日本人,早亡,随母归广东苏某为子。能诗善画,精通英、法、日、梵诸种文字。曾译过拜伦、雪莱等诗篇和雨果名著《悲惨世界》,创作小说有《断鸿零雁记》《绛纱记》等六种。又有《梵文典》《文学因缘》《潮音集》《燕子龛遗诗》等。柳亚子为编《苏曼殊全集》。

南楼寺怀法忍叶叶

万物逢摇落，　姮娥耐九秋[1]。
缟衣人不见[2]，独上寺南楼。

【注释】①姮娥:即嫦娥。传为月中女神。

②缟(gǎo)衣:《诗·郑风·出其东门》:"缟衣綦巾,聊乐我员。"按此指代日本女子法忍叶叶。

简法忍

未醉金茎露①, 胭脂画牡丹。
落花深一尺, 不用带蒲团②。

【注释】①金茎:铜柱,用以擎承露盘。《文选·班固〈西都赋〉》:"抗仙掌以承露,擢双立之金茎。"杜甫《秋兴》诗:"承露金茎霄汉间。"

②蒲团:用蒲编织成的圆垫,为僧人坐禅及跪拜时所用。唐许浑《送惟素上人归新安》诗:"寻云策藤杖,向日倚蒲团。"

周风章

周风章,字雪吟,浙江钱塘(今杭州)人。有《懒仙自定诗》。

登六和塔①

目极去帆遥, 身随飞鸟举。
日落大江寒, 风吹塔铃语。

【注释】①六和塔:在杭州钱塘江边月轮山畔。《翻译名义》:"僧伽云,和合众和有六义:戒和同修,见和同解,身和同住,利和同均。口和无争。意和同悦。此六和塔定名之原意也。”

顾若朴

顾若朴,字和知,浙江仁和(今杭州)人。明上林苑丞友白女,副榜黄茂梧之妻。著有《卧月轩诗稿》。

自君之出矣三首①

自君之出矣,　不理钗玉头。
思君湘水深,　啼痕犹在竹②。

自君之出矣,　鸾镜不曾开③。
思君如璧月,　皎皎照妆台。

自君之出矣,　罗幔月娟娟。
思君如络纬④,辗转一丝牵。

【注释】①自君之出矣:乐府杂曲歌辞名。见前冯班《自君之出矣》注。

②“啼痕”句:相传舜南巡不返,葬于苍梧,舜妃娥皇、女英思帝不已,泪下沾竹,竹悉成斑。二女死后,为湘水女神。

③鸾镜:妆镜。李商隐《李卫公》诗:“鸾镜佳人旧会稀。”又《陈后宫》

诗："侵夜鸾开镜。"冯浩注引范泰《鸾鸟诗序》：罽宾王获彩鸾鸟，欲其鸣而不能致。夫人曰："尝闻鸟见其类而后鸣，可悬镜以映之。"王从其言，鸾睹影悲鸣，哀响中霄，一奋而绝。

④络纬：虫名，多栖草间，至秋则鸣，声如纺线。俗称络丝娘。

吴　山

吴山，字岩子，当涂（今属安徽）人。江宁卞琳之妻。善画写意山水，工草、楷书。著有《青山集》四卷。

徙　倚①

自伤蓬迹远②，常羡旅鸿归。
昨得家人信，青山满蕨薇。

【注释】①徙倚：徘徊，低徊。

②蓬迹：飞荡之草。古人用以形容漂泊无定所之人。

题　画

雪意满前山，苍云落寒树。
扁舟人不归，想在溪中住。

李国梅

李国梅，字芬子，一字韫庵，兴化（今属江苏）人。著有《林下风清集》。

竹西亭①

烟雨扬州路， 游人说竹西。
春风馀蔓草， 日暮鹧鸪啼。

【注释】①竹西亭：一名歌吹亭。在今江苏扬州北。杜牧《题禅智寺》诗："谁知竹西路，歌吹是扬州。"后人以此名亭。

钱凤纶

钱凤纶，字云仪，浙江钱塘（今杭州）人。黄式序之妻。著有《古香楼集》《散花滩集》。

西　窗

雨过芳花润，　风来绿叶柔。
研朱读周易，　更觉小窗幽[1]。

【注释】①周易:《易经》,儒家经典著作。宋叶采《暮春即事》诗:“闲坐小窗读周易,不知春去几多时。”

林以宁

林以宁,字亚清,浙江钱塘(今杭州)人。进士纶长女,御史钱肇修之妻。著有《墨庄诗钞》《凤箫楼诗集》。

得夫子书[1]

经年别思多，　得书才尺幅。
为爱意缠绵，　挑灯百回读。

【注释】①夫子:古代妇女称其夫为夫子。《孟子·滕文公》:“往之女家,必敬必戒,无违夫子。”

王采薇

王采薇,字薇玉,一字玉瑛。武进(今江苏常州)人。阳湖孙星衍之妻。工书善画。著有《长离阁诗集》。

山中偶作二首

夜松何濛濛, 月小飞不起。
知有抱瑟人, 垂光碧帘底。

露气明曲岩, 花光照虚夜。
一片白云声, 飞泉隔烟泻。

许燕珍

许燕珍,字俨琼,一字静舍,合肥人。龙溪知县其倬女,无为州诸生江镇之妻。工词赋及南北曲。著有《鹤轩诗集》《黹馀小草》。

春　闺

无语立阶下，　低头弄素衣。
怪他花上蝶，　偏作一双飞。

纪　琼

纪琼，字蕴玉，湖北汉阳（今武汉）人。钱塘陈松之妻。著有《绣馀小稿》。

咏竹二首

风来笑有声，　雨过净如洗。
有时明月来，　弄影高窗里。

袅袅复袅袅，　随风东西吹。
但见宛转态，　贞心谁得知？

杨惺惺

杨惺惺，字柳枝，江西德化（今九江）人。著有《吟香摘蠹集》。

冬闺怨

人言冬夜长， 妾愁冬夜短。
如何睡到明， 不得衾温暖。

吴 巽

吴巽，字道娴，浙江嘉兴人。郑联之妻。

奉怀两大人幼弟已亡

复抱西河痛[①]， 遥知泪不干。
可怜双白发， 谁与劝加餐？

【注释】①西河痛:《史记·仲尼弟子列传》:孔子既没,子夏居西河教授,为魏文侯师。其子死,哭之失明。

宋凌云

宋凌云,字逸仙,长洲(今江苏苏州)人。李博之妻。

偶　成

天外鱼书绝[1],征人岂念家?
可怜小儿女,　夜夜看灯花[2]。

【注释】①鱼书:书札也。《娜嬛记》:试莺以朝鲜厚茧纸作鲤鱼函,两面俱画鳞甲,腹下令可以藏书,此古人尺素结画之遗制也。

②灯花:灯芯馀烬结为花形曰灯花。古人以之为喜事之兆。"可怜"两句,言小儿女痴心,一心以为有亲人将至。

宋绀池

宋绀池,松江华亭(今上海松江)人。

早　起

宿雨散凉色，竹林夜未醒。
流莺三四语，啼破半窗青。

陈　珮

陈珮，字怀玉，天长(今属安徽)人。江宾谷之妻。

瘦菊为小婢作

菊瘦依阶砌，檐深承露难。
莫言根蒂弱，翻足奈秋寒。

姚益敬

姚益敬，字元吉，乌程(今浙江湖州)人。世钰女，进士董暨妻。元吉幼诵《木兰诗》，向父曰："'朔气传金柝，寒光照铁衣'，着色大雅,若铺排过多,恐近小说。”父大奇。元吉卒,父哭云:“十岁言诗有性灵。”有《芬陀利居小稿》。

岁暮大雪书怀

富家无俭岁,　贫室少丰年。
何用征先兆,　吾心只泰然。

兀　坐

兀坐觉宵沉,　萧骚竹风发①。
雪意到残灯,　虚窗半明灭。

【注释】①萧骚:风排竹叶声。韦庄《南省伴直》诗:“满庭风雨竹萧骚。”

王瑶湘

王瑶湘,广东南海(今广州)人。诗人王隼女。李孝先之妻。

拟送别

孤舟暮归去，　别路江南树。
烟外有钟声，　故人在何处？

张凌仙

张凌仙，字学舄，吴县（今属江苏）人。沈某之妻。以苦节闻。

杂　咏

家住青山侧，　青山断尘迹。
浮世几兴亡，　依旧青山色。

明镜如满月，　朝朝弄妆靓[①]。
一自弃尘埃，　不照孤鸾影。

夙昔爱鸣琴，　流泉指下生。
子期今已殁，　谁听断肠声[②]？

【注释】①妆靓(Jìng):以脂粉妆饰。

②“子期”两句:《列子·汤问》:伯牙善鼓琴,钟子期善听。伯牙鼓琴,志在高山,钟子期曰:“善哉,峨峨兮若泰山!”志在流水,曰:“善哉,洋洋兮若江河。”子期死,伯牙不再鼓琴。

吴永和

吴永和,字文璧,武进(今江苏常州)人。董玉苍之妻。

虞　姬①

大王真英雄，　姬亦奇女子。
惜哉太史公，　不纪美人死。

【注释】①虞姬:即虞美人,秦末项羽姬妾。汉兵围羽垓下,羽夜起饮帐中,悲歌慷慨,虞以歌和之,有云“大王意气尽,贱妾何聊生”,遂自刎。

张佛绣

张佛绣,青浦(今属上海市)人。进士张梁女,姚惟莲之妻。有《职思居诗钞》。

题　画

飞鸟去不息，　反照在东岭。
樵人归未归？　松风半山冷。

张　芬

张芬，字紫蘩，一字月楼，吴县（今属江苏）人。云南学政张学庠孙女，举人曾彙女，直隶同知夏清和之妻。著有《两面楼诗稿》。

秋　露

香凝桂影寒，　风漾荷珠坠。
滴遍断肠花，　疑是悲秋泪。

张　藻

张藻，字于湘，长洲（今江苏苏州）人。镇洋毕礼之妻，毕秋帆(沅)之母。著有《培远堂诗集》四卷。

雨　夜

向晚花冥冥[1]，独坐理琴谱。
一缕花烟生，疏帘散春雨。

【注释】①冥冥：昏晦也。杜甫诗："风吹客衣日杲杲，树搅离思花冥冥。"韦应物诗："冥冥花正开，飏飏燕新乳。"

朱景素

朱景素，字菊如，上元（今江苏南京）人。著有《絮雪吟》。

舟中遇雾

濛濛大江去，不辨烟云路。
遥听橹鸣声，知是邻舟去。

方芳佩

方芳佩，字藏斋，一字怀蓼，号凤池，浙江钱塘（今杭州）人。湖北汪勤僖之妻。工古文。著有《在璞草堂诗稿》二卷。

西湖雪

湖水莽无痕， 云峰失故态。
猗欤苎萝女[①]，遽尔施粉黛[②]。

【注释】①猗欤（yī yú）：叹美词。亦作猗与、欤与。《诗·周颂·潜》："猗与漆沮。"苎萝女：指西施，即苎萝（今浙江诸暨南）鬻薪者之女。苎萝山下临浣江，江中有浣纱石，相传为西施浣纱处。

②施粉黛：指雪景。此诗用西施比西湖。参见苏轼《饮湖上初晴后雨》诗："水光潋滟晴方好，山色空濛雨亦奇。欲把西湖比西子，汝妆浓抹总相宜。"

金若兰

金若兰，字者香，安徽歙县人。知县翀女。著有《花语轩诗钞》。

四时闺怨四首

春尽不知春，海滨春易老。
不见海棠花，斜阳照芳草。

泠泠七弦琴，弹罢熏风起[①]。
欲采芙蓉花，长江渺烟水。

明月入罗帏，新凉已如许。
四壁尽秋声，蛩语人无语[②]。

灯烬漏沉沉，窗稀风烈烈。
绣被冷如冰，昨夜三更雪。

【注释】①熏风：和风。《吕氏春秋》：东南曰熏风。
②蛩（qióng）：蟋蟀。

塞下月

烟暝月笼沙[①]，征夫最忆家。
劳君远相照，清泪落鸣笳[②]。

【注释】①月笼沙：杜牧《泊秦淮》："烟笼寒水月笼沙。"
②笳：乐器。胡人卷芦叶吹之也。见《集韵》。

朱 镇

朱镇，字静媛，广西临桂（今桂林）人。况祥麟之妻。著有《澹如轩吟草》。

春 词

春来草成茵，春去花如雨。
去来人易衰，东风自千古。

宋鸣琼

宋鸣琼，字婉仙，江西奉新人。著有《咏雪楼诗》。

夜 坐

寒夜寂无声，清幽心独领。

窗前月自浮，荡去梅花影。

煮茗

呼鬟汲水泉，兽炭红炉热[①]。
推出落梅风，关门煮香雪[②]。

【注释】①兽炭：用木炭夹着香料做成兽形的炭，较贵重。
②煮香雪：喻凫《送潘咸》诗："煮雪问茶味，当风看雁行。"

孙云凤

孙云凤，字碧梧，浙江仁和（今杭州）人。四川按察使嘉乐长女，与妹云鹤、云鸾、云鸿、云鹇并工诗画。著有《玉箫楼诗集》。

晓行

残月晓霜钟，马蹄黄叶路。
日出不见人，溪声隔烟树。

古意

银灯结双蕊[1]，蟢子上裙带[2]。
早起洗啼妆，凝欢画长黛。

【注释】①双蕊:灯芯馀烬结为花蕊,花外曰萼,内曰蕊。

②蟢子:蜘蛛之一种,一作喜子,又名喜蜘。陆玑《毛诗草木鸟兽虫鱼疏》:“此虫来着人衣,当有亲客至,有喜也。”权德舆《玉台体》诗:“昨夜裙带解,今朝蟢子飞。”

金逸

金逸,字纤纤,长洲(今江苏苏州)人。吴县诸生陈基之妻。早卒。著有《瘦吟楼诗草》四卷。

秋词

瑶阶浸月华，心怯花铃警。
鸳鸯知未眠，不定枯荷影。

王　倩

王倩，字雅三，一字梅卿，浙江山阴（今绍兴）人。吴县陈基维之妻。著有《寄梅馆诗钞》。

病　起

匝月恹恹病[1]，琴书堆满床。
芭蕉能解意，替做一窗凉。

【注释】①匝（zā）月：满月。恹恹，精神不振貌。欧阳修《六一词·定风波》："把酒送春惆怅甚，长恁，年年三月病恹恹。"

万梦丹

万梦丹，字篆卿，江西德化（今九江市）人。翰林院编修蔡殿齐之妻。著有《韵香书屋吟稿》一卷、《彤管新编》四卷。

莲峰道中[1]

入山不厌深，　尽日得幽趣。
村鸡隐隐啼，　知有人家住。

【注释】①莲峰：即莲花峰，在今江西九江市南庐山中，望之如芙蓉，故名。

月　夜

凉风悄然来，　竹影窗前碎。
何人带月归，　隔溪闻犬吠。

山　家

父老爱山居，　垣墉勤补葺[1]。
桃花一角红，　篱落重重入[2]。

【注释】①垣墉（yuán　yōng）：《书·梓材》："既勤垣墉。"按墙之高者曰墉，卑者曰垣。

②篱落：篱笆。重重：层层。

李　媞

李媞，字安子，号吏香，上海人。嘉庆元年丙辰（1796）进士、户部员外郎松林女，桐城方传烈妻。有《犹得住楼遗稿》。

咏　雪

呵冻咏飞花，　推敲何太苦。
不及谢庭人①，一语留千古。

【注释】①谢庭人：指晋谢道韫。按谢安尝内集，与儿女讲论文义，俄而雪骤下，公欣然曰："白雪纷纷何所似？"安兄子朗曰："撒盐空中差可拟。"安侄女道韫曰："未若柳絮因风起。"此即所谓"一语留千古"也。

宗　粲

宗粲，字倩宜，一字茝生，江苏常熟人。长洲陆清泰妻。有《茧香馆吟草》。

刺　绣

春日正迟迟，　当窗理彩丝。
鸳鸯慵不绣，　只绣女贞枝[①]。

【注释】①女贞：木名。以其凌冬青翠不凋，故名。或以为即冬青，实非一物。古代诗文中多用以比喻有节操的女性。

草衣道人

草衣道人，字修微，扬州人，王氏女。有《远游篇》《闲草》《期山草》。常往来西湖，遨游楚粤，急人之困，挥数千金无所吝惜。工画山水花卉，好金石。适太仆许誉卿，后为女道士。

冬　夜

独坐浑无语，　含颦应有思。
私心自不寐，　何事倩君知。

了　亮

了亮,字智永,洛阳寺僧。有诗名,何子贞太史游嵩山,偕览诸胜。唱酬甚欢。

写兰石有寄

一片空山石，　数茎幽谷草。
写寄风尘人，　莫忘林泉好。

自　成

自成,本姓方,号莲溪,江都(今江苏扬州)人。翠屏洲荻秋庵僧。

横　桥

横桥拂柳丝，　春在画图里。

终日送行人，　只有桥下水。

来季奴

来季奴，浙江萧山人。海宁白衣庵尼。顺治初，周司检过桥时，有土贼劫夺，季奴过之，贼邀劫，季奴出袜中刀五寸许，直前击刺，毙二人，追杀逃者三人，因到县中自首，县官搜捕馀党，尽歼之，民赖以安。事见《花溪补志》。

同洵芳航海作

浊浪翻天地，　微躯付海风。
恨他精卫鸟，　衔石竟无功①。

【注释】①精卫鸟：《山海经·北山经》："发鸠之山，有鸟焉，名曰精卫。其鸣自该，常衔西山之木石，以堙于东海。"按《述异记》："炎帝女溺海化精卫，一名冤禽。"

智　生

智生，浙江仁和（今杭州）人。黄氏女，原名埈，同县陆钫聘之妻。智生事详见顾若璞孙女埈儿《往生纪实篇》，末称女严持家秉，雅爱琴书，从伯氏学诗，亦有隽句，勤于记录，时帷灯伏枕，手书成帙，所存《金刚经注解》及古今诗歌若干卷。

春日风雨

何事催春去，　残红逐雨飞。
飘风无处所，　来岁可能归？

德　月

德月，江苏泰州人。原名蕙，字玉洁，号雪峦，葵女弟。玉洁与女兄冰心祝发为尼，同参净业。诗多凄楚之音。

送花女兄

遥想娉婷态①，晓装梳裹鲜。
玉英三四朵，　送缀绿云边②。

【注释】①娉婷（pīng　tíng）：姿态娈貌。陈无己诗："当年不嫁惜娉婷。"

②绿云：形容女子发黑而多。杜牧《阿房宫赋》："绿云扰扰，梳晓鬟也。"

镜 明

镜明，字定安，浙江仁和（今杭州）人。陈氏女。孝义庵尼。示寂时年八十有二。

口占示徒

庭中卓刹竿[①]，悬幡更悬灯[②]。
灯明大千界[③]，幡引最上乘[④]。

【注释】①卓刹竿：庵寺前卓立之竿柱。

②幡（fān）：旗幅之下垂者。清时卤簿旗帜之外，有龙头幡、豹尾幡、绛引幡等，以缎为之，其幅长。见《清会典》。

③大千界：佛家语。原称三千大千世界，略称三千世界。谓一佛教化之世界也。一世界之中央，有须弥山，七山八海交互绕之，海中有四大洲，七山八海外，更包以大铁围山，是曰一小世界。合一小世界一千曰中千世界，合中千世界一千曰大千世界。见《智度论》及《俱舍论》。

④上乘：佛家语，大乘之异名。《宝积经》："诸佛如来正真正觉所行之道，彼乘名为大乘，名为上乘。"《世亲摄论》："如是三藏，下乘上乘，有差别故，则成二藏。"

慧　机

慧机，浙江钱塘（今杭州）人。谭氏女，慈孝庵尼。

答觉罗赫舍里夫人

山云归自山，　水云归自水。
问云云无心①，还问看云子。

【注释】①云无心：陶潜《归去来辞》："云无心以出岫。"

千首清人绝句校注

中册

陈友琴　校注

浙江古籍出版社

七言绝句

林古度

见五绝部分作者小传。

入白门[1]

白门迢弟夕阳间[2]，千里闽天一日还。
依旧客情无别事，逢人都问武夷山[3]。

【注释】①白门：指白马门。在福建省福安县。

②迢递：远貌。《文选·嵇康〈琴赋〉》：“指苍梧之迢递，临回江之威夷。”

③武夷山：在福建崇安县南三十里，为福建名山之一。相传昔有神人武夷君居此，故名。

钱谦益

见五绝部分作者小传。

霞老累夕置酒，彩生先别，口占十绝句启事，兼订西山看梅之约①（录四首）

酒暖杯香笑语频，军城笳鼓促霜晨。
红颜白发偏相殢，都是昆明劫后人②。

促别萧萧班马声③，酒波方溢烛花生。
当筵大有留欢曲，何苦凄凉唱渭城④。

会太匆匆别又新，相看无泪可沾巾。
金樽红烛浑如昨，但觉灯前少一人。

国西营畔暂传杯，笑口懵腾噤半开⑤。
数日西山梅万树，漫山玉雪迟君来⑥。

【注释】①霞老：许霞城，名誉卿，字公实，明松江华亭人。万历年间进士，历万、泰、启、祯四朝，给事黄门，好直谏，屡罢归。居乡侃侃，郡邑长及缙绅俱惮之。入清，削发为僧。彩生：为松江妓女，姓王，名不详。或谓为谦益弟子。西山：指常熟西北之虞山，谦益有拂水山庄在。

②殢（tì）：困扰，纠缠。昆明劫：《北齐书·樊逊传》："昆明池黑，以为烧劫之灰。"慧皎《高僧传·竺法兰》：昔汉武帝穿昆明池底，得黑灰，以问东方朔。朔云："不委，可问西域人。"后法兰既至，众人追问之，兰云："世界终尽，劫火洞烧，此灰是也。"

③萧萧：马鸣声。《诗·小雅·车攻》："萧萧马鸣，悠悠旆征。"班马：

《左传》:“有班马之声。”杜预注:“班,别也。”李白《送友人》:“挥手自兹去,萧萧班马鸣。”

④渭城:即《渭城曲》,一名《阳关曲》,王维所作,其辞云:“渭城朝雨浥轻尘,客舍青青柳色新。劝君更尽一杯酒,西出阳关无故人。”

⑤懵腾:醉态朦胧貌。韩偓《马上见》诗:“去带懵腾醉,归成困顿眠。”噤:不作声。

⑥迟:待也。

读豫章仙音谱,漫题八绝句,吴太虚宗伯,并雪堂、梅公、左严、计百诸君子①(录三首)

重城珠翠照邗沟②,玉树歌声荡玉钩③。
明月二分都卷去,误人残梦到扬州④。

云蓝小袖尽倾城,逐队灯前谢小名⑤。
莫道扫眉才子少⑥,墨兵酒海正纵横。

舞艳歌娇烂不收,南朝从此果无愁⑦。
笑他寂寞新亭客,掩面悲啼作楚囚⑧。

【注释】①豫章:台观名。张衡《西京赋》:“豫章珍观,揭焉中峙。”仙音谱:在台观上所谱奏之乐歌集。太虚:李明睿,字太虚。按《江西通志》:李明睿,南昌人。天启二年进士,历坊馆,罢闲六七年,廷臣交荐,用官允起田间。顺治初,为礼部侍郎,未几以事去官,卒年八十有七。雪堂:熊文举之字。见前五绝部分熊文举小传。梅公:梅清,宣城人,顺治举人。左严:黎元宽,字左严,一字博庵,南昌人。明崇祯进士,历浙江提学副使,以忤温体仁罢归。明亡，筑草庐于谷麟洲，与生徒讲学。顺治初有荐之者，以母老固辞，有《进贤堂稿》。计百：生平不详。

②邗(hán)沟：春秋时吴于邗江筑城穿沟，以通江淮，后因名邗沟。今江南运河，自扬州西北抵淮安三百七十里，即古邗沟水。

③玉树：即《玉树后庭花》，乐府吴声歌曲名，陈后主作。《隋书·五行志》：祯明初，后主作新歌，辞甚哀怨，令后宫美人习而歌之，其辞曰：“玉树后庭花，花开不复久。”时人以为歌谶，此其不久兆也。玉钩：玉钩斜。见前五绝部分吴嘉纪《扬州杂咏》注①。

④“明月”两句：唐徐凝《忆扬州》诗：“天下三分明月夜，二分无赖在扬州。”

⑤谢小名：刘禹锡诗：“捻丝花下呈新曲，放拨灯前谢小名。”

⑥扫眉才子：谓有文学之女子也。《云溪友议》：“薛涛，成都乐妓也。韦南康宠之，赠诗云：‘万里桥边女校书，枇杷门下闭门居。扫眉才子知多少，管领春风总不如’”《柳亭诗话》谓此诗为元稹作，又有谓为王建或胡曾所赠者。

⑦无愁：无愁天子，北齐后主高纬，骄纵无道，盛为无愁之曲，自弹琵琶而唱之，时称无愁天子。

⑧“笑他”两句：《世说新语·言语》：“过江诸人，每至美日，辄相邀新亭，藉卉饮宴。周侯中坐而叹曰：‘风景不殊，正自有山河之异！’皆相视流泪。唯王丞相愀然变色，曰：‘当共勠力王室，克复神州，何至作楚囚相对泣邪！’”按新亭，亦名劳劳亭，三国吴筑，故址在今江苏南京市南。

棹歌十首为豫章刘远公题扁舟江上图①(录三首)

卯金之子有文章，太乙燃藜下取将②。
百道光芒吹不尽，散为光火照沧浪。

吴江烟艇楚江朝，濑上芦中恨未消。
重过子胥行乞地，秋风无伴自吹箫[③]。

扁舟惯听浪淘声，昨日危沙今日平。
惟有江豚吹白浪[④]，夜来还抱石头城[⑤]。

【注释】①豫章：汉郡名。故治即今江西南昌。刘远公：名画家，南昌人。明礼部尚书刘一燝（季晦）之孙。

②卯金之子：俗以卯金刀为劉（刘）姓之代称。太乙：一作"太一"。《星经》："太一星在天一南半度，天帝神，主十六神。"《拾遗记》卷六：刘向于成帝之末，校书天禄阁，专精覃思。夜有老人，着黄衣，植青藜杖，登阁而进，见向暗中独坐诵书。老父乃吹杖端，烟燃，因以见向，说开辟已前。向因受《洪范五行》之文，恐辞说繁广忘之，乃裂裳及绅，以记其言。至曙而去，向请问姓名。云："我是太一之精。天帝闻卯金之子有博学者，下而观焉。"乃出怀中竹牒，有天文地图之书，余略授子焉。按此以刘向比刘远公。

③子胥吹箫：《史记·范雎列传》："伍子胥至于陵水，无以糊其口，鼓腹吹篪，乞食于吴市。"徐广注："篪，一作箫。"

④江豚吹白浪：许浑《金陵怀古》："江豚吹浪夜还风。"

⑤石头城：故城在今南京市清凉山。简称石城。

题沈朗倩石崖秋柳小景[①]

刻露巉岩山骨愁，雨株风柳曳残秋。
分明一段荒寒景，今日钟山古石头。

【注释】①沈朗倩：沈颢字朗倩，号石天，清吴县人。诸生。性豪放好奇,工书画诗文。《有枕瓢》《焚砚》等集。

金陵杂题绝句二十五首继乙未春留题之作(录四首)

淡粉轻烟佳丽名,开天营建记都成。
而今也入烟花部,灯火樊楼似汴京①。

顿老琵琶旧典型,檀槽生涩响丁零②。
南巡法曲谁人问,头白周郎掩泪听③。

金陵惜别感秋萤④,执手前期鬓易星。
君去我归分赠处,劳劳亭是短长亭⑤。

旧曲新诗压教坊,缕衣垂白感湖湘。
间开闰集教孙女,身是前朝郑妥娘⑥。

【注释】①樊楼:宋代汴京中著名酒楼。本为商贾卖白礬(矾)之所,因名白礬楼,又谓之礬楼。或谓以楼主姓樊,故称樊楼。刘子翚《汴京纪事》二十首之十八:“忆得少年多乐事,夜深灯火上樊楼。”

②檀槽:檀香木做的琵琶、琴等弦乐器上架弦的格子。

③自注:“绍兴周锡圭,字禹锡,好听南院顿老琵琶,曰:此威武南巡所遗法曲也。”

④自注:“丁酉秋日与龚孝升言别金陵。”按龚鼎孳字孝升。见七绝部分龚鼎孳小传。

⑤劳劳亭:在今南京市南。为古代送别场所。梁元帝《送西归内人》:“昔时慊慊愁里去,今日劳劳长别人。”亭以此得名。李白《劳劳亭》诗:

"天下伤心处,劳劳送客亭。"释皎然《塞下曲》:"劳劳亭上春应度,夜夜城南战未回。"短长亭:即短亭和长亭。为古时行人休憩及饯别之处。十里为一长亭,五里为一短亭。

⑥原注:"郑如英,小名妥。诗载《列朝诗集》闰集中。今年七十二矣。"

灯下看内人插瓶花戏题四绝句①(录二首)

水仙秋菊并幽姿,插向磁瓶三两枝。
低亚小窗灯影畔②,玉人病起薄寒时。

浅淡疏花向背深,插花重折自沉吟。
剧怜素手端相处,人与花枝两不禁。

【注释】①内人:钱谦益妾柳如是,号蘼芜君,世亦称柳河东。工词翰,能书画,格高高绝,与谦益同居绛云楼。酬唱甚欢。谦益故明遗臣,明亡,如是劝其殉国。不从。后谦益死,如是殉之。

②低亚(yà):低垂貌,亚通"压"。杜甫《上巳日徐司录林园宴集》:"鬓毛垂领白,花蕊亚枝红。"

王　铎

王铎(1592—1652),字觉斯,河南孟津人。明天启二年壬戌(1622)进士,累官礼部尚书。入清仍原官。王铎与戴沧洲论诗曰:“不奇不古,不深不厚,不创不难。”其诗警亮沉炼,亦从(李)空同、(何)大复入,而出以雄浑,能副其所论。有《拟山园诗集》。

送客入延绥[1]

秦山东接太行山[2],山外黄河天际还。
绿树连云看不尽,雁声飞过玉门关[3]。

【注释】①延绥:明代九边之一,治所在今陕西榆林。防地东起黄河,西至定边营,清初废。

②秦山:此指秦岭。在陕西中南部,东接河南北境。太行山:起河南济源市,北入山西晋城市,迤向东北,跨山西、山东、河北境。

③玉门关:故址在今甘肃省敦煌西北一百五十里地,古时通西域要道。

刘　城

刘城(1598—1650),字伯宗,贵池(今属安徽)人。明诸生。伯宗与吴次尾齐名,称贵池二妙。入清,隐居峡山,身不入城市。诗才骏发,晚益激楚郁律,五言尤胜。

题王公俨石泉[1]

甘洁寒流滴沥来，石魂冰魄绝纤埃。
莫将一勺通渔棹，才到人间不复回。

【注释】①王公俨：王心睿，字公俨，贵池人。曾为复社成员。石泉：在安徽池州市。

陈洪绶

陈洪绶（1599—1652），字章侯，号老莲，一号老迟，浙江诸暨人。明监生。有《宝纶堂集》。章侯工画人物，懒于题咏。所作皆于真率中见风趣。朱彝尊称其诗颇饶韵致，惜流传颇少。

即　事

一百五日春郊行，三十六溪春水生。
千秋馆里逢雨急，射的峰前看晚晴[1]。

【注释】①射的峰：即射的山，在浙江绍兴城南。《水经注·浙江水》：又有射的山，远望山的，状若射侯，故谓射的。

偶　成

茭草青青水满湖，湖边鹅鸭自相呼。
日长睡起卷帘坐，闲听渔舟唤卖鲈[1]。

懒听门前长者车[2]，有田堪种水堪渔。
是非不入松风耳，花落花开只读书。

【注释】①鲈：属鱼类硬鳍类。体狭扁，鳞小，口阔大，背淡苍色，腹白。苏轼《后赤壁赋》："巨口细鳞，状如松江之鲈。"

②长者车：《史记·陈丞相世家》："家乃负郭穷巷，然门外多有长者车辙。"

丁耀亢

丁耀亢（1599—1671），字西生，号野鹤，山东诸城人。历官惠安知县。有《逍遥游》《陆舫》《椒邱》《江干》《归止》《听山亭》诸集。诗逸宕有风致，兼通词曲，有《赤松游》《表忠记》诸传奇传于世。

瓜　洲[1]

水外苍烟一鹭明，长天雨歇半江晴。

双舟对过如梭急，爱听船娘转舵声。

【注释】①瓜洲：镇名。在江苏扬州南，大运河入长江处。张祜《题金陵渡》。“潮落夜江斜月里，两三星火是瓜洲。”

冯 班

见五绝部分作者小传。

越 鸟[1]

无聊自捻鬓边丝，日照残春午景迟。
每对茅檐惭越鸟，为伊情性恋南枝。

【注释】①越鸟：《古诗十九首》：“胡马依北风，越鸟巢南枝。”潘岳《在怀县诗》：“徒怀越鸟志，眷恋想南枝。”

舟中见

晓风催发木兰舟[1]，拟托微波又自休。
满眼金阊好光景[2]，水窗鸾镜见梳头[3]。

【注释】①木兰舟：用木兰树木材造的船。南朝梁任昉《述异记》：木兰洲在浔阳江中，多木兰树。昔吴王阖闾植木兰于此，用构宫殿也。七里洲中，有鲁班刻木兰为舟。诗家云木兰舟出于此。后代用为船的美称。

②金阊：苏州城西阊门外，旧有金阊亭。后世以金阊为苏州之别称。

③鸾镜：妆镜。见五言绝句部分顾若朴《自君之出矣三首》注。

朝歌旅舍①

乞索生涯寄食身，舟前波浪马前尘。
无成头白休频叹，似我白头能几人？

【注释】①朝歌：古都邑名。帝乙所都。周武王灭殷，封康叔为卫侯，都于此。此城在今河南淇县。

书歌者便面①

多情深赖使君知，歌舞筵中已不宜。
白发满头尘满袖，惭君诵我少年诗。

【注释】①便面：扇之一种。《汉书·张敞传》："自以便面拊马。"注："便面，所以障面，盖扇之类也。不欲见人，以此自障面，则得其便，故曰便面。"

题友人听雨舟

篷窗偏称挂渔蓑，荻叶声中爱雨过。
莫笑陆居原是屋，如今平地有风波。

鸡　声

花落兰釭万种情[①],玉柔香暖月胧明。
凤冠夜冷啼应懒,恐是秦关过客声[②]。

【注释】①兰釭(gāng):釭,灯也;谓用兰膏所燃之灯也。谢朓诗:“但愿置樽酒,兰釭当夜明。”

②秦关过客声:《史记·孟尝君列传》:秦昭王囚孟尝君,欲杀之。孟尝君使人抵昭王幸姬求解。幸姬曰:妾愿得君狐白裘。孟尝君有一狐白裘,入秦,献之昭王。客有能为狗盗者,乃夜为狗吠,入秦宫藏中取所献白裘,以献幸姬。幸姬为言昭王,释孟尝君。孟尝君得出,即驰去。夜半,至函谷关,昭王后悔出孟尝君,求之,已去。即使人驰传追之。孟尝君至关,关法:“鸡鸣而出客。”客有能为鸡鸣者,赚开门,始得脱。

次韵王娘咏春雪[①]

梅花如玉月如银,青琐窗前几样春[②]。
比絮比盐俱未得[③],知君须用洛川神[④]。

【注释】①王娘:善诗,身世不详。此诗为冯班和王娘咏春雪之作。

②青琐:古门窗之饰。《汉书·元后传》:“曲阳侯根骄奢僭上,赤墀青琐。”师古注:青琐者,刻为连环文而青涂之也。

③如絮比盐:谢道韫故事。见前五绝李媞《咏雪》注①。

④洛川神:洛水女神。传伏羲女宓妃溺死洛水,遂为洛水之神。曹植有《洛神赋》。

衲　衣[1]

镜里衰残换旧身，貂裘敝尽衲衣新。
襟前坏帛君知否，犹带歌梁一月尘[2]。

【注释】①衲(nà):补也。按《新方言・释器》:今淮南吴越谓刺绣为纳绣,直隶谓粗缝曰纳。纳,通“衲”。

②歌梁:《列子・汤问》:韩娥鬻歌,馀音绕梁欐,三日不绝。

见吴妓慨然(时崇祯末年)

歌舞吴宫自旧传，馆娃遗迹已翛然[1]。
不愁繁盛无西子[2],但问从今得几年。

【注释】①馆娃:宫名。西施至吴,吴王夫差筑以馆西施。吴人谓美女曰娃。故曰馆娃。《文选・左思〈吴都赋〉》:“幸乎馆娃之宫。”即指此。故址在今江苏苏州西南灵岩山上。翛(xiāo)然:《庄子・庚桑楚》:“能翛然乎?”注:无停迹也。

②西子:西施。春秋越美女,苎萝山鬻薪者之女。越王勾践为吴所败,退守会稽,知吴王夫差好色,得西施,饰以罗縠,教以容步,三年学服,乃令范蠡献之。吴王大悦,果迷惑忘政,卒为越所灭。见《吴越春秋》。

六月不雨至七月夜闻富家歌乐

朱弦风脆清疑玉，画鼓声干噪似雷。
裂石焦金浑不管，绮筵惟要月光来。

芭　蕉

罗窗影动绿云深，爱得苔阶片片阴。
昨夜乱声珠溅泪，晓来更展一重心。

镜

盘龙为背明珠鼻，曾与佳人慰别离。
取次莫教潘岳见，嫌伊惊怪鬓边丝[1]。

【注释】①取次：任意，随便。寒山《诗三百三首》："平侧（仄）不解压，凡言取次出。"潘岳，字安仁，晋中牟人，少有才，美姿容，常挟弹出洛阳道，妇女遇之者皆连手萦绕，投之以果。《昭明文选》卷十三潘安仁《秋兴赋》序云："晋十有四年，余春秋三十有二，始见二毛。"

故人话旧

西日东波去去新，萧萧空逐陌头尘。
无端却论平生事，大似同君话别人。

无　题

丛桂风多起夜迟，柔肠已到九回时。

琉璃窗外姮娥影，喘杀吴牛自不知[①]。

【注释】①喘杀吴牛:《世说新语·言语》:满奋畏风,在晋武帝坐,北窗作琉璃屏,实密似疏,奋有难色。帝笑之,奋答曰:“臣犹吴牛,见月而喘。”注:今之水牛唯生江淮间,故谓之吴牛也。南土多暑,而此牛畏热,见月疑是日,所以见月则喘。

王崇简

见五绝部分作者小传。

西山即事[①]

忽地风吹乱壑云，杏花望里倚斜曛[②]。
垝垣败瓦山边殿[③],尽是前朝王子坟。

无复探奇水尽头，却因退谷擅清幽[④]。
主人何事登临少，一任亭前溪自流?

老来常喜得闲身，招友看花岁岁春。
向夜来青轩上坐[⑤],几回默数昔游人。

功德寺前蛮子营⑥，稻畦麦垄递纵横。
绿杨篱落多茅屋，若在江南岸上行。

远望湖光十里明，青龙桥去倍澄清⑦。
青凫白鹳飞无数⑧，却少扁舟渔唱声。

【注释】①西山：北京西郊一带山名。

②杏花望：杏花繁盛处有酒家悬望子。望：酒家之标识也。斜曛(xūn)：斜阳，夕阳。

③垝垣(guǐ yuán)：倒塌的墙壁。《诗·卫风·氓》："乘彼垝垣。"

④退谷：在北京西郊卧佛寺旁樱桃沟。清初学者孙承泽以吏部左侍郎退职，于此筑室以居，自号退谷。

⑤来青轩：去西山之道路旁有轩曰来青。纪映钟《游西山六首》之三，即咏来青轩。朱彝尊亦有《来青轩》七绝一首。明蒋一葵《长安客话》谓轩在佛殿东，五楹，下临绝壑，不识抬举诸峰按伏其前。清吴长元《宸垣识略》云：来青轩，有圣祖御书。西为妙高堂，北为无量殿。

⑥功德寺：旧名护圣寺，建自金时，修于明宣德二年。正殿及方丈凡七进，拟掖庭制度，费数十万缗。蒋一葵《长安客话》有详细记载。

⑦青龙桥：《长安客话》卷四"青龙桥"条云："翁山迤北五里为青龙桥，元时白浮堰之上游也。"

⑧凫(fú)：泛指野鸭。鹳(guàn)：形似鹤，亦似鹭。又名鹳雀，又作冠雀。

冬　夕

懒慢观书诵考槃①，闲阶鹤过叶声干。
邻钟初动黄昏后，满屋梅花伴晚寒。

【注释】①考槃:《诗·卫风》篇名。赞美贤者隐居涧谷之间,而硕大宽广,略无戚戚之意。其第一章云:“考槃在涧,硕人之宽。独寐寤言,永矢弗谖。”

晚　坐

深门曲径似山家，寂历高林听暮鸦[1]。
细雨黄昏春尚冷，疏窗坐对水仙花。

【注释】①寂历:犹寂寞。韩偓《曲江晚思》:“云物阳寂历,竹木寒音苍。”

春　园(三首录一)

亲健家安无异愿，年年拜酒看花时。
最怜幼女多奇好，笑指人攀高处枝。

朝　起

日高梦里怯闻莺，帘幕风微雨后清。
蛱蝶飞来深径外，奚童花下学吹笙[1]

【注释】①奚童:古者从坐男女没入县官为奴。其少才知以为奚。后混称仆役曰奚奴或奚童。

卖珠易书

闻有奇书落上方[①],归谋诸妇解明珰[②]。
购来且向清宵坐,字字翻开明月光。

【注释】①上方:佛寺的方丈,住持僧所居。温庭筠《月夜宿云居寺上方》诗:“众星中夜少,圆月上方明。”

②归谋诸妇:苏轼《后赤壁赋》:“归而谋诸妇。”明珰:珠玉制成的耳饰。曹植《洛神赋》:“无微情以效爱兮,献江南之明珰。”

万寿祺

见五绝部分作者小传。

过冰上人退院

退院残钟日易斜,维摩饭罢坐邻家[①]。
双飞蛱蝶过墙去,闲却一园诸葛花[②]。

【注释】①维摩:即维摩诘。释迦同时人,曾向佛弟子讲说大乘教义。此处泛指僧侣。

②诸葛花:诸葛菜所开的花。诸葛菜,即蔓菁,亦称芜菁。俗称大头

菜。传诸葛亮行军所驻处即种蔓菁,以为军食,故称蔓菁为诸葛菜。见韦绚《刘宾客嘉话录》。

题　画

朱藤花发乳莺飞，草满前湖人未归。
莫向浦西西畔立，断肠春色在斜晖。

阎尔梅

见五绝部分作者小传。

朱渚山夜咏①

江烟漠漠透松棂，隔岸何人唱采菱?
莫更燃犀惊水怪，朱衣紫马现精灵②。

罗袂微凉白露滋，松阳得月小船移。
江天寥落租佣睡，谁唱袁宏咏史诗③。

【注释】①自注:“山在太平府北二十五里。”按太平府故治即今安徽当涂县。《寰宇记》:朱渚山突出江中,谓之牛渚圻。

②原注:“温峤事。”按《晋书·温峤传》:“峯至牛渚矶,水深不可测。世云其下多怪物,峤遂燃犀角而照之。须臾,见水族覆火,奇形异状,或乘马车着赤衣者。”

③袁宏:《晋书·文苑传》:“袁宏有逸才,为咏史诗。谢尚时镇牛渚,秋夜乘月,微服泛江,会宏在舫中讽咏,遂驻听。久之,即迎升舟,与之谈论,申旦不寐。”李白《夜泊牛渚怀古》:“登舟望秋月,空忆谢将军。余亦能高咏,斯人不可闻。”

游莫愁湖①

欲采芙蓉近晚秋，微醺斜倚望江楼。
人生都向愁中老，谁解闲行问莫愁②。

【注释】①莫愁湖:在今江苏省南京市水西门外。明时为徐中山园。相传六朝时有女子莫愁远嫁江东卢家,居此,因名。实则六朝时其地尚为大江所淹,莫愁故事当系后人假托或比附。

②莫愁:《通考》:石城女子名莫愁,善歌谣,按莫愁,一见梁武帝《河中之水歌》,为洛阳莫愁,一见《旧唐书·音乐志》,为石城之莫愁。梁武帝《河中之水歌》:“河中之水向东流,洛阳女儿名莫愁。莫愁十三能织绮,十四采桑南陌头。十五嫁为卢家妇,十六生儿字阿侯。”《旧唐书·音乐志》二:莫愁乐,出于石城乐。有歌云:“莫愁在何处?莫愁石城西,艇子打两桨,催送莫愁来。”

初入庐山

浔阳彭蠡汇星辰①,山北山南好避秦②。
不是桃花源内路，何妨说与外间人。

【注释】①浔阳:今江西省九江市。彭蠡:鄱阳湖古称彭蠡,隋时始名鄱阳,以接鄱阳山而名。

②避秦:陶渊明《桃花源记》:村中闻有此人,咸来问讯,自云先世避秦时乱,率妻子邑人来此绝境,不复出焉,遂与外人间隔。问今是何世,乃不知有汉,无论魏晋。此人一一为具言所闻,皆叹惋。馀人各复延至其家,皆出酒食,停数日辞去。此中人语云:不足为外人道也。

瀑　布[1]

香炉峰顶落冰花,　玉女抛梭匹练斜[2]。
风雨初晴添夕照,　庐山无处不光华。

环穿松竹走银浆,　跌落悬崖万丈长。
声到山根光四射,　漂红满涧出鄱阳[3]。

【注释】①自注:"记云:庐山瀑布数十里,惟出自香炉峰者独长,乃真瀑布。"

②玉女:仙女。《神异经·东荒经》:东王公恒与一玉女投壶。这句形容香炉峰瀑布有如玉女抛梭织练。

③鄱阳:指鄱阳湖。在江西省北境。庐山在鄱阳西北。

香城采菱[1]

芙蓉深处鼓渔刀[2],唱采菱歌奏管璈[3]。
更有朱弦风外度,　满天明月访琴高[4]。

【注释】①自注:“即琴高旧宅,在泗水中。”

②刀:同舠(dāo):小船,形如刀。吴均《赠王桂阳别三首》:“行衣侵晓露,征舠犯夜湍。”

③璈(áo):古代乐器名。《汉武帝内传》:“上元夫人自弹云林之璈,歌步玄之曲。”

④琴高:周末赵人,能鼓琴,为宋康王舍人。游冀州、汲郡间,后与诸弟子期,入涿水取龙子,某日当返,至期,弟子候于水旁,琴高乘鲤而出。留一月,复入水去。事见《列仙传》。

湖　上

湖心几处见垂杨，但有风时八面香。
此际怀人何所似，蒹葭秋水叠三章[1]。

【注释】①蒹葭:初生的芦苇。《诗·秦风·蒹葭》:“蒹葭苍苍,白露为霜。所谓伊人,在水一方。”共三章,章八句。

宿　州[1]

徐南风景最苍凉[2],宿子城边草更荒[3]。
偏是我来新雨后，山花村酒一齐香。

【注释】①宿州:今安徽省宿县。

②徐南:徐州以南地区。

③宿子城:即今宿县。

栖贤寺[1]

百道寒泉夹路松，经堂尽日白云封。
听经顽石头皆点[2]，吼碎当门狮子峰[3]。

【注释】①栖贤寺：在江西庐山五老峰下。南齐参军张希之建，清康熙六十年重建。为房山五大丛林之一。

②“听经”句：生公（一作道公）在平江（今江苏）虎丘山为听徒讲《涅槃经》，至阐提有佛性处曰：“如我所说，契佛心否？”，群石皆点头。

③“吼碎”句：佛说法，音声震动世界，如狮子作吼，群兽慑伏，故云狮子吼。《传灯录》：释迦佛生时，一手指天，一手指地，作狮子吼云：“天上天下，惟我独尊。”

九奇峰石门[1]

鬼斧何年夜凿开[2]，当门一步即悬崖。
生成天险无人到，愁杀山僧铁草鞋。

【注释】①九奇峰：在庐山。李洞《游庐山记》：“攀援侧足，历九奇峰，谓之九叠云屏，而泉出其后。”

②鬼斧：极言制作之精巧，若有鬼神施以斤斧。吴莱《大食瓶》诗：“晶荧龙宫献，错落鬼斧镌。”

香山花径[1]

山花开比外山迟，但看东风一到时。

满路皆香谁作主，大林三月啭黄鹂。

不知名树百千林，步步风香数里深。
猜是何香无觅处，落红流水下西岑。

无边松竹两行分，日色穿成锦绣文。
此景非关人布得，映山红染一溪云[2]。

【注释】①香山花径：自注：“自佛手岩东抵大林寺数里皆是。”按花径在江西庐山牯岭西谷，今辟为花径公园。香山，唐白居易号香山居士。相传白居易登山游览，漫步花径，适值山下桃花已谢，大林寺桃花盛开，即兴作《大林寺桃花》诗：“人间四月芳菲尽，山寺桃花始盛开。长恨春归无觅处，不知转入此中来。”

②映山红：杜鹃花之别名。

朱朝瑛

朱朝瑛(1605—1670)，字康流，浙江海宁。崇祯十三年庚辰(1640)进士。除旌德知县。遭兵乱，遂隐居，息交游，以穷经为事。著《正谊堂诗集》《金陵游草》。

题　画

钓竿三尺寄浮楂[1]，漂泊萍踪一水涯。

日暮可怜红蓼岸，秋声一夜绕渔家。

【注释】①楂(chá)：木筏，通“槎”。

白孕采

白孕采，字居实，山西平定人。明诸生。入清，弃举子业，居渔村，行吟泽畔，时为诗以自娱，悲歌慷慨，以见其怀抱。有《测鱼集》。

雪夜归即事

登台作赋事成空，闭肆围棋技未雄。
天连白色疏星淡，狭巷无人一火红。

傅　山

见五绝部分作者小传。

临街楼上

临街楼上材官家[①],抹额元绡紫髻衺[②]。
白马少年楼下过,关窗滴沥弄琵琶[③]。

【注释】①材官:指古代武将。《史记·韩长孺传》:“太中大夫李息为材官将军。”

②抹额:束额巾,也称抹头。古时武士多用之。李贺《画角东城》诗:“水花沾抹额,旗鼓夜迎潮。”元:同玄,清人避康熙帝玄烨讳,改“玄”作“元”。元绡,黑色丝绸。衺(xié):同邪,不正之貌。

③滴沥:水珠下滴也。此处形容琵琶声。

月　画

月画槐枝作老梅,离奇一笔拂窗开。
解衣画史三更醒,梦自罗浮香里来[①]。

【注释】①罗浮:山名,在广东增城县东,跨博罗县界。山口有梅花村,人多以艺梅为生,牛羊之所践皆梅也。见《广东新语》。苏轼《松风亭下梅花盛开再用前韵》诗:“罗浮山下梅花村,玉雪为骨冰为魂。”

晋祠杂诗五首[①](录二首)

濛腾阴雾湿如泥,陇阪雷轰燥老脾。

药饵方书停越婢[2],春风花酒闹吴姬[3]。

茅亭自得陶公笔[4],尽日光芒动白虹。
山泽不烦通地气,片云时起墨花中。

【注释】①晋祠:在山西太原市南二十五公里悬瓮山下晋水发源处。始建于北魏前,为祀晋国君主唐叔虞而筑。叔虞封唐,子爕因晋水更国号,后人因以名祠。郦道元《水经注》:“际山枕水,有唐叔虞祠。”即此。唐高祖起兵,祷于祠,贞观时太宗御制晋祠之名,勒碑祠内。

②越婢:祠内有对越坊,旧说是表扬邑姜氏母德可风。傅山斥之为“越婢”。庙中旧有用药饵方书骗人钱财者。邑姜是周太公望姜尚之女,武王之后,成王和唐叔虞之母。

③闹吴姬:圣母殿内除邑姜氏像外,还有侍女像四十二尊,雕塑精美。

④陶公笔:祠外八景之一“桃源春雨”,据陶潜《桃源花记》而名。茅亭中塑碑刻文。

无　题

老来无事可相关,饭后支筇沙草间。
野鸟一双红蓼外,垂阳影里看西山。

绿云绿雾绿珊珊[1],冷侵幽人彻骨寒。
嚼雪滩头松桦下,一峰青插半天看。

【注释】①珊珊:露珠明洁貌。程泌《玉泉遇雨词》:“风泚泚,露珊珊。”

青羊庵[1]

紫云青树石廜䕸[2],花插牵牛小胆觚[3]。
一缕沉烟萦白牖,先生正著养生书。

【注释】①青羊庵:亦称青羊宫、青羊观,道观名。在四川省成都市西南。

②廜䕸(tú sū):庵也。见《广雅·释宫》。

③小胆觚:谓细腰之插花瓶。

叶承宗

叶承宗,字奕绳,号泺湄,山东历城人。顺治三年丙戌(1646)进士。著有《泺函》。未第时,闭门读书,雅擅文誉。迁社、郢社皆推为主盟。及知临川,值金声桓、王得仁之乱,被执,不屈,自经以殉。

赵埠口[1]

长堤密柳板桥连,红蓼花中系钓船。
渔父狂歌归酒市,高竿挂网夕阳边。

【注释】①赵埠口:即赵北口,亦作赵堡口,“堡”读若“埠”。在今河北省任丘市北五十里。为诸党政之水所汇。旧有堤,长七里,有桥七,通南北孔道,桥上题曰“燕南赵北”。

徐　缄

见五绝部分作者小传。

流萤篇

井榦新萤数点流[①],美人腰细不禁秋。
水精帘外梧桐月[②],几度黄昏便白头。

【注释】①井榦(hán):同“井幹”。楼名。汉武帝建。积木而高为楼,若井幹之形,故名。按井幹,井上木栏也。王禹偁《黄冈竹楼记》:“井幹丽谯,华则华兮,止于贮妓女,藏歌舞。”

②水精:即水晶。《晋书·大秦国传》:“琉璃为墙壁,水精为柱础。”

胡承诺

胡承诺(1607—1681,一作1613—1687)字君信,号石庄,湖北天门人。明举人。入清隐居不仕。有《菊佳轩》《檄游草》《青玉轩》《颐志堂》等集。

复州词[①]

草青烟白若为秋，行客遥怜古复州。
最是荒亭宜牧马，材官多住市西头[②]。

竟陵太守罢从征，白发老人出郭迎。
万姓流亡谁与哭，却留燕语吊空城。

【注释】①复州：北周置，故治在建兴，唐宝应后移治竟陵，即今湖北天门，作者故里。

②材官：谓武将。

金人瑞

见五绝部分作者小传。

春 宵

莫怪春宵苦怨嗟，春宵可奈客骄奢。

万条银烛千条尽，只照金樽不照花。

月夜独坐

水晶宫殿寂无人，古寺疏窗月一轮。
独鹤林中偏自去，乱萤墙外故来频[1]。

【注释】①频：屡次。《列子·黄帝》：“汝何去来之频。”

窗前古梅

高士推窗对古梅，冰人铁干共徘徊。
凡花总欲争春去，疏蕊偏能忍冻开。

上已日天畅晴甚，觉《兰亭》“天朗气清”句为右军入化之笔。昭明忽然出手，岂谓年年有印板上巳耶！诗以纪之[1]

三春却是暮秋天，逸少临文写现前。
上巳若还如印板，至今何不永和年？

逸少临文总是愁，暮春写得似清秋。
少年太子无伤感，却把奇文一笔勾。

【注释】①上巳:魏晋以来以三月初三为上巳节。晋王羲之《兰亭集序》有“是日也,天朗气清,惠风和畅”句。王羲之,字逸少,官右军参军。昭明:指梁昭明太子萧统。统编《文选》不录《兰亭集序》,或谓以文中有“天朗气清”句之故。

病中无端极思成都忆得旧作录出自吟

卜肆垂帘新雨霁[①],酒垆眠客乱花飞[②]。
馀生得到成都去,肯为妻儿一洒衣。

【注释】①卜肆垂帘:《汉书·王贡两龚鲍传序》:严君平卜筮于成都市,裁日阅数人,得百钱,足自养,则闭肆垂帘而授《老子》。

②酒垆:《史记·司马相如列传》:相如买一酒舍酤酒,而令文君当垆。酒垆旧址在今四川成都市。

柳

陶令门前白酒瓢[①],亚夫营里血腥刀[②]。
春风不管人间事,一例千条与万条。

【注释】①陶令:陶潜曾为彭泽令,故称陶令。陶潜《五柳先生传》:“先生不知何许人也,亦不详其姓字,宅边有五柳树,因以为号焉。”

②亚夫营:汉周亚夫为将军,屯军细柳以备胡。卢纶诗:“诸戎拜柳营。”

程先贞

程先贞(1607—1673),字正夫,山东德州人。有《海右陈人集》。诗汲古起雅,为牧斋所称。渔洋谓:“正夫《火莲》一篇,声调句格,初不墨守旧蹊而饶有逸气。”

送舍弟典游东蒙别业①

蹇驴秋尽度荒原②,东下颛臾有旧村③。
流水斜通樵径远,寒山万木一柴门。

【注释】①东蒙:即蒙山。在山东蒙阴县南,接费县界。《论语·季氏》:“昔者先王以为东蒙主。”邢疏:山在东鲁,故曰东蒙。

②蹇(jiǎn):跛足。苏轼《和子由渑池怀旧》诗:“往日崎岖还记否?路长人困蹇驴嘶。”

③颛(zhuān)臾:春秋时小国名,为鲁之附庸。故城在今山东省费县西北。

丘象升

丘象升(1608—1668),字曙戒,又名南斋,山阳(今江苏淮安)人。顺治十二年乙未(1655)进士,官翰林院侍讲。终大理寺副丞。与弟象随并称二丘。著有《白云草堂集》。另有《入燕》《岭海》诸集。

江上杂兴

白门霜落柳条枯①,谁买银鳞过酒垆。
万里行人千里雁,夕阳相对下菰芦②。

【注释】①白门:《南齐书·王俭传》:宋世外六门设竹篱,有发白虎樽者,言:"白门三重门,竹篱穿不完。"此言刘宋都门事。刘宋都建康,即今南京市,后世因称其地曰白门。

②菰芦:菰,一名蒋,俗称茭白。《史记·司马相如列传》:"莲藕菰芦。"索隐:郭璞云:菰,蒋也;芦,苇也。

刘子壮

刘子壮(1609—1652),字克猷,号稚川,湖北省黄冈人。顺治六年己酉(1649)一甲一名进士,授修撰。诗以秀逸擅胜。有《屺思堂诗集》。

富池口①

初日沧江宿雨醒,乱山无数一峰青。
锦帆宫馆灰飞尽,几点寒鸦送客舲②。

【注释】①富池口:在湖北阳新县东六十里长江西岸,富水入口处,为沿江要地。

②舲:有窗牖的小船。《楚辞·九章·涉江》:"乘舲船余上沅兮。"王逸注:"舲船,船有窗牖者。"

顾大申

顾大申,字震雉,号见山,华亭(今上海松江)人。顺治六年己丑(1649)进士,历官工部郎中,有《鹤巢诗存》。佳句有"地随督亢依山尽,河控桑乾入塞来""荒城野戍鸣秋柝,海峤孤臣冷葛衣"。沈德潜谓:"云间自陈子龙后,诗格渐衰,鹤巢古今体诗,气足神完,可以接武。"

送纪伯紫入闽①

短褐科头故国遗②,五言新体旧景诗。
多情愁对青溪柳③,老向南荒擘荔枝。

玉帐牙门异昔时④,怜君万里赴戎机⑤。
渡江裘马多零落,今日参军尽布衣⑥。

【注释】①纪伯紫:纪青之子,名映钟,字伯紫,一字擘子,号戆叟,自称钟山遗老,移居仪征。工诗善画,有《真冷堂诗稿》。

②褐:粗衣。《孟子·滕文公》:"许子衣褐。"科头:结发不戴冠。《战国策》韩一:"秦带甲百馀万,车千乘,骑万匹,虎挚之士,跿跔科头,贯颐奋戟者,至不可胜计也。"注:"不著兜鍪。"

③青溪:在今南京市东北,即三国吴时所凿东渠,晋郗曾施尝泛舟于此,每溪一曲,作诗一首。

④玉帐:古代征战时主将所居之帐。牙门:古代军帐前立旗为门,称牙门。

⑤万里赴戎机:用《木兰辞》句。

⑥参军:官名。东汉灵帝时,陶谦以幽州刺史参司空车骑张温军事,晋以后军府王国乃置为官员,有单称参军者,有冠以职名者,如谘议、记室、录事及诸曹参军皆是。

吴伟业

见五绝部分作者小传。

临清大雪[1]

白头风雪上长安，短褐疲驴帽带宽[2]。
辜负故园梅树好，南枝开放北枝寒。

【注释】①临清：州名。故城在今山东临清县。
②帽带：李贺《出城》诗："关水乘驴影，秦风帽带垂。"

阻　雪

关山虽胜路难堪，才上征鞍又解骖[1]。
十丈黄尘千尺雪，可知俱不似江南。

【注释】①骖（cān）：一车驾三马。《诗·小雅·采薇》："载骖载驷。"此处泛指马车。

感　旧

赤阑桥护上阳花[1]，翠羽雕笼语绛纱。
羡杀江州白司马，月明亭畔听琵琶[2]。

【注释】①上阳：唐宫名。唐高宗上元时建。在河南洛阳皇城西南，洛水、谷水之间。

②白居易《琵琶行序》：元和十年，余左迁九江郡司马。明年秋，送客湓浦口，闻舟中夜弹琵琶者。其声铮然有京都声，问其人，本长安倡女，尝学琵琶于穆、曹二善才。年长色衰，委身为商人妇。遂命酒，使弹数曲。曲罢憫然，自叙少时欢乐事；今飘零憔悴，转徙于江湖间。予出官二年，恬然自安；感斯人言，是夕始觉有迁谪意，因为长句歌赠之。

题二禽图

旧巢虽去主人空，剪雨捎风自在中[1]。
却笑雪衣贪玉粒[2]，羽毛憔悴闭雕笼。

【注释】①剪雨捎风：指二禽在风雨中飞行，自由自在。捎：拂掠。

②雪衣：状羽毛之色。玉粒：指主人喂养之米粒。此诗有以禽喻贪恋爵位者不得自由之意。

虞　兮[1]

千夫辟易楚重瞳[2]，仁敬居然百战中。

博得美人心肯死，项王此处是英雄。

【注释】①虞兮：项王（羽）有美人名虞，常幸从；骏马名骓，常骑之。及遭垓下之围，乃悲歌慷慨，自为诗曰："力拔山兮气盖世，时不利兮骓不逝。骓不逝兮可奈何，虞兮虞兮奈若何！"歌数阕，美人和之。项王泣数行下，左右皆泣，莫能仰视。见《史记·项羽本纪》。

②辟易：惊退。《史记·项羽本纪》："是时，赤泉侯为骑将，追项王，项王瞋目而叱之，赤泉侯人马俱惊，辟易数里。"重瞳：谓目有二瞳子。《史记·项羽本纪》：太史公曰：吾闻之周生曰"舜目盖重瞳子"，又闻项羽亦重瞳子。

听朱乐隆歌①（六首录三）

少小江湖载酒船，月明吹笛不知眠。
只今憔悴秋风里，白发花前又十年。

一春丝管唱吴趋②，得似何戡此曲无③？
自是风流推老辈，不须教染白髭须④。

楚雨荆云雁影还，竹枝弹彻泪痕斑。
坐中谁是沾裳者，词客哀时庾子山⑤。

【注释】①朱乐隆：《集览》：钱陆灿曰："乐隆，吾里中老人也。盖常熟人。"

②吴趋：即《吴趋行》，吴地歌曲名。崔豹《古今注》："吴趋行，吴人以歌其地。"

③何戡：唐长庆时著名歌唱家。刘禹锡《与歌者何戡》诗："旧人唯有何戡在，更与殷勤唱渭城。"

④染髭须：刘禹锡《与歌者米嘉荣》诗："近来时世轻前辈，好染髭须事后生。"

⑤庾子山：庾信字子山，新野人。初仕梁，为太子中庶子。元帝时使西魏，值大军南讨，遂留长安。累迁骠骑大将军，开府仪同三司。时南北流寓之士，各许还其旧国，独信与王褒，帝惜其文才，留而不遣，因有乡关之思，作《哀江南赋》。有《庾子山集》。作者吴伟业听朱乐隆之歌而联想到庾信的身世，深有感触，发出哀时之叹。

山塘重赠楚云①（四首录二）

家住横塘小院东②，门前流水碧帘栊③。
五茸城外新移到④，傲杀机云女侍中⑤。

月夜分携几度圆，语溪芳草隔云烟⑥。
那知阊阖千条柳⑦，抛撇东风又一年。

【注释】①原注："楚云，故姓陆，云间人。"山塘：在今江苏苏州市西北。唐白居易守苏州时所开。山塘水上承运河，北绕虎丘，而仍入运河。自苏州城往游虎丘者皆取道于此。今称濒于山塘水之街市曰山塘。

②横塘：在苏州西南，风景绝胜，旁有横塘镇。梅村《圆圆曲》："门前一片横塘水，横塘双桨去如飞。"

③栊：窗户。《说文》段注：言横直为窗棂通明。

④五茸城：在今上海松江区西。陆龟蒙《奉和袭美吴中书事寄汉南裴尚书》："五茸春草雉媒娇。"注：五茸者，吴王猎所，茸各有名，故称五茸城。《方舆胜览》：陆逊子孙游猎于此，又名陆机茸。

⑤机云：晋陆机、陆云兄弟，名将陆逊之孙，吴郡吴县华亭（今上海市松江）人。并擅文才，时称二陆。女侍中：北朝女官名。大臣的母、妻和宫人的称号，相当二品。此处指楚云，誉之可与二陆媲美云。

⑥语溪：《一统志》：语溪在浙江省崇德县（今桐乡）东南，一名女儿泾，又名沙渚塘。下入运河，春秋时为吴栖兵之地。

⑦阊阖：《吴越春秋》："立阊门者，以象天门，通阊阖风也。"《苏州府志》："西北曰阊门。"

可中亭[①]

白石参来共此心，一亭矫立碧潭深。
松间微月窥人淡，似识高贤屐齿临。

【注释】①可中亭：《虎丘山志》：可月亭，唐刘梦得有"一方明月可中庭"之句。因以可月名亭。后俗误为可中亭。《佛门统载》：宋文帝大会沙门，疑日过中，僧律不当食。帝曰："始可中耳。"生公乃曰："白日丽天，天言可中，何得非中？"遂举箸而食。案：刘诗用"可中"，本此。

熊文举

见五绝部分作者小传。

灵石县记英雄奇遇处闻即李卫公遇虬髯也[①]

落落风尘将相姿，丰碑犹自傍相知。

却怜四海同青眼，尚有临轩执拂儿[2]。

【注释】①灵石县:属山西省。汉介休县地,隋析置灵石县。县北门外有灵石,一名瑞石。李卫公:唐李靖封卫国公,世称李卫公。有《李卫公兵书》。虬髯客:隋末张仲坚,赤髯而虬,号虬髯客。时世方乱,欲起事争天下。会李靖携红拂奔经灵石,客遇之于旅邸。与靖至太原,得见李世民,识为英主,乃举家赠靖别去。临行语靖曰:"此后十年,东南数千里外有异事,是吾得志之秋也。"贞观中,南蛮入奏,谓有海船千艘,甲兵十万,入扶馀国,杀其主自立,靖知为虬髯客所为,与红拂沥酒贺之。事见张说《虬髯客传》。

②执拂儿:隋杨素侍妓,姓张名出尘。李靖以布衣谒素,姬妾罗列。出尘执红拂,有殊色,独目靖。其夜靖归逆旅,出尘奔之,曰:"妾杨家红拂妓也。丝萝愿托乔木。"乃与俱适太原。明张凤翼撰有《红拂记》。

偶　书(二首录一)

曾从天上看花过，记得香风似大罗[1]。
说与山农俱不信，人间无恙只樵柯[2]。

【注释】①大罗:宋陈岩肖《庚溪诗话》:陈柟尝从诸大将为谋议官,颇好修养之方,且自以为得道,常题于所居曰:"神仙多是大罗客,我比大罗超一格。"唐李商隐《赠韩畏之》诗:"空记大罗天上事,众仙同日咏霓裳。"《云笈七签》:上一天名曰大罗,在玄都玉京之上。

②樵柯:《述异记》:晋王质入山采樵,见二童子对奕,童子与质一物如枣核,食之不饥。局终,童子指示曰:"汝柯烂矣!"质归乡里,已及百岁。

王宏撰

王宏撰，字山史，陕西华阴人。明诸生。尝东游吴越，逾十年始西还。榜其门曰："迹似云归岫，心如日在天。"山史归后将所为文辞，评注刻行，题《西归日札》。是时山史年已七十有七矣。

春　兴

海云遥接赤城霞[①]，春满平原百万家。
珍重晓来风起处，莫教吹落玉兰花。

晴和天气看花来，踏遍山阿与水隈[②]。
可信春风惬幽兴，红红白白一齐开。

【注释】①赤城：山名。在浙江省天台县北。山土色赤，状似云霞，望之如雉堞。西有玉京洞，即天台山之南门。孙绰《游天台山赋》："赤城霞起而建标。"

②阿：山边。《九歌·山鬼》："若有人兮山之阿。"隈（wēi）：水曲处。

黄宗羲

见五绝部分作者小传。

不　寐

年少鸡鸣方就枕，老人枕上待鸡鸣。
转头三十馀年事，不道消磨只数声。

过法相寺[①]

不到名蓝数十年[②]，重来风景觉萧然。
山中幸喜存长历[③]，劫冷能留不坏烟[④]。

【注释】①法相寺：在杭州南高峰下。五代晋时建，旧名长耳寺。境颇清幽。

②名蓝：蓝，伽蓝，指佛寺。《佛游天竺本记》曰："达亲国有迦叶佛伽蓝。"名蓝，名寺也。

③长历：《晋书·杜预传》："预耽思经籍，作盟会图，春秋长历，备成一家之学。"

④劫：劫火，佛家语，坏劫中之火灾也。《仁王经》："劫火洞然，大千俱坏。"劫冷，指劫火过后。

书壁绝句

倦钩帘幕昼沉沉，难向庸医话病深。
不信诗人容易瘦，一春花鸟总关心[1]。

【注释】①张维屏《国朝诗人征略》卷三《听松庐诗话》评此诗云："先生孝义纯挚，经术湛深，而诗情乃尔婉丽，所谓'老树着花'也。"

铜　陵[1]

飞流草屋一青灯，已作山中无事僧。
犹有未完行脚债，白头浪里下铜陵。

【注释】①铜陵：清属池州府，今安徽省铜陵市。

偶　成(丁未[1])

江村无事发鬅鬙[2]，信步斜流与断塍。
香到梅花刚欲尽，娓人鼻观又甜藤[3]。

【注释】①丁未：康熙六年(1667)。

②鬅鬙(péng　sēng)：发乱貌。曾巩《看花诗》："但知抖擞红尘去，莫向鬅鬙白发催。"陆游诗："夜分到家趋篝火，稚子惊起头鬅鬙。"

③娓：软缠之意。此句是甜藤的香气又撩人鼻观。

思寿儿[1]

世路相看真两厌，闭门匡坐只寒灰。
去年记得娇儿在，一日相呼有百回。

红林半月好追攀，因过剡中第一湾。
只恐骨寒眠不得，老夫清泪浸南山。

【注释】①寿儿：作者死去的幼子。

张履祥

见五绝部分作者小传。

闻　禽

寒光已逗人慵起，鸡声未已鸟声催。
凡物有知皆乐旦，因思百蛰候行雷[1]。

【注释】①百蛰：冬眠的各类动物。苏轼《次韵舒尧文祈雪雾猪泉》诗："行看积雪厚埋牛，谁与春工掀百蛰。"

史可程

史可程，字赤豹，号蘧庵，大兴（今属北京市）人。明崇祯十六年癸未（1643）进士，改庶吉士。有《浮叟诗集》。

大佛谷

万叠千盘势渐增，涂穷无复怯崚嶒①。
偶然穿峡闻人语，虎豹窠中一老僧。

【注释】①崚嶒：山高峻也。杜甫《望岳》诗："西岳崚嶒耸处尊，诸峰罗列似儿孙。"

方以智

方以智（1611—1671），字密之，号鹿起，一作曼公，桐城（今属安徽）人。巡抚孔炤子，为"明季四公子"之一。明崇祯十三年庚辰（1640）进士，授翰林院检讨。博学工诗。著《通雅》《物理小识》《药地炮庄》等书。晚年避清为僧，改名弘智，字无可，别号“药地和尚”。有《浮山全集》。

听黔调《山坡羊》

调自边关到石城，此方弦管更多情。
游人借得东风力，吹入江南后一声。

犹忆秦淮赛竹枝①，青楼沉水易相思②。
眼看到处生离别，何故多弹子夜辞③。

【注释】①竹枝：乐府近代曲辞。唐刘禹锡依民歌改作，后人效其体，多咏土俗琐事，亦谓之竹枝词。

②青楼：指妓院。刘邈《万山见采桑人》诗：“倡妾不胜愁，结束下青楼。”杜牧《遣怀》诗：“十年一觉扬州梦，赢得青楼薄幸名。”

③子夜辞：即《子夜歌》。乐府吴声歌曲名。见五绝部分吴伟业《子夜歌六首》注。

冒　襄

冒襄（1611—1693），字辟疆，号巢民，如皋（今属江苏省）人。明崇祯十五年壬午（1642）副贡。授台州府推官，不就。有《朴巢诗选》《水绘庵诗集》《影梅庵忆语》。巢民高才任侠，与侯朝宗、陈定生、吴次尾诸人标榜南都坛坫，晚为遗民诗，益萧寥跌宕。刘公勇谓读其集如听绣岭宫前翁唱开元曲，哀感顽艳，足以动人。

小秦淮曲

何处能令客思消？沿流出郭到红桥[1]。
再无丽瞩堪娱悦，隋苑风光是柳条。

千丝吐尽尚如蚕，花月心情事事堪。
前夕家园争乞巧[2]，穿针小妇忆江南。

游侠髯麻柳敬亭[3]，诙谐笑骂不曾停。
重逢快说隋家事，又向河亭一日听。

【注释】①红桥：在扬州北门外，一名虹桥。见前五绝王士禛《红桥》注。

②乞巧：旧时的一种风俗。《荆楚岁时记》：七月七日，牵牛、织女会天河，是夕人家妇女结彩缕，穿七孔针以乞巧，或以金银鍮石为针，陈瓜果于庭中以乞巧。有蟢子网于瓜上，则以为得。

③柳敬亭：明末泰州人。本姓曹，避仇改姓柳，善说书，擅长《隋唐演义》等书，先后游左良玉及松江马提督军幕，以养气、定词、审音、辨物为揣摩，后世说书者多宗之。因面麻，被称柳麻子。吴伟业为作《柳敬亭传》。

张光启

见五绝部分作者小传。

对　菊

种菊丛丛傍石根，凌晨坐卧近黄昏。
沽来新酿经秋醉，开尽寒花未出门。

周亮工

周亮工(1612—1672)，字元亮，一字减斋，号栎园，河南祥符(今开封)人。明崇祯十三年庚辰(1640)进士，官御史。入清，历官户部右侍郎，坐事罢，后复官江安粮道。栎园豪迈好士，嗜画及印章，风流涤荡，盖出天性。诗如其人，权奇磊落，语语皆见性情。有《赖古堂诗钞》《栎园诗文集》。

挽杨秀才[1]

唾地新词破锦囊，高楼君自拜沧浪。
文人命薄将军死，谁赋城南旧战场！

【注释】①刘海峰《历朝诗选》载有此诗，而集中未见。杨秀才，生平不详。

寄野鹤[1]

仙霞岭外鹤飞还[2]，著尽奇书但看山。
不识尘沙何自至，劳劳客度穆陵关[3]。

【注释】①野鹤：丁耀亢号野鹤。详见前丁耀亢小传。

②仙霞岭：在浙江省江山市南，蟠屈闽、浙、赣三省间。

③穆陵关：在山东临朐县南一百里大岘山上。又湖北麻城北亦有穆陵关。

示　友

海水群飞百丈高，同君城上拥弓刀。
战瘢莫向灯前看[1]，恐惹霜华上鬓毛。

【注释】①战瘢（bān）：战时受伤之疤痕。

孙廷铨

孙廷铨(1613—1674),字道相,别号沚亭,山东益都人。明崇祯进士。入清后累擢吏部尚书。掌铨六年,恪守旧章,吏不敢上下其手。康熙初拜尚书秘书院大学士。卒谥文定。有《颜山杂记》《汉史亿》《归厚录》《琴谱指南》等。康熙十七年戊午(1678)高珩序其《沚亭自删诗》。集中有与龚贤等唱酬之作。

暑中久雨新晴

槐阴满径午窗清，雨后疏蝉断续声。
塞上微风寒近早，夏晴天气似秋晴。

暑雨初晴过赵北湖口[1]

细雨初过湖上晴，晚峰明灭断烟生。
飞来何处衔鱼鸟，乱点沧波殢客情[2]。

微风剪剪动新荷[3],雪鲙银鳞入市多。
十里烟堤翻柳浪，数家茅屋挂渔蓑。

忆昨江湖汗漫游[4],垂杨是处有扁舟。
无端更听沧浪曲[5],却对横波起暮愁。

【注释】①赵北湖口:赵北口在今河北省任丘市北五十里,濒白洋淀。

②殢(tì):滞留。罗隐《西京崇德里居》诗:"进乏梯媒退又难,强随豪贵殢长安。"

③剪剪:形容风轻微而有凉意。

④汗漫:谓广泛无际也。杜甫诗:"复见陶唐理,甘为汗漫游。"孟浩然诗:"应是神仙子,相期汗漫游。"

⑤沧浪曲:《孟子·离娄》:"沧浪之水清兮,可以濯吾缨;沧浪之水浊兮,可以濯吾足。"

忆山园

小园香径枕山斜,瀡瀡寒溪漾浅沙[1]。
细柳疏梧遮未尽,更添亭子倚梅花。

城上青山屋后泉,落庭空翠照高眠。
行吟不辨秋多少,自筭馀粮备酒钱[2]。

【注释】①瀡瀡(guó):水流声。《说文》段注:"谓水分裂而去也。"韩愈《蓝田县丞厅壁记》:"水瀡瀡循除鸣。"

②筭(suàn):通"算"。谋划。陆机《吊魏武帝文》:"长筭屈于短日,远迹顿于促路。"

顾炎武

见五绝部分作者小传。

重谒孝陵[①]

旧识中官及老僧，相看多怪往来曾。
问君何事三千里，春谒长陵秋孝陵[②]。

【注释】①孝陵：明太祖朱元璋陵墓，在今南京市钟山南麓。

②长陵：明成祖朱棣陵墓，在今北京市昌平区北天寿山中峰笔架山下。

悼　亡（五首录三）

独坐寒窗望藁砧[①]，宜言偕老记初心。
谁知游子天涯别，一任闺芜日夜深[②]。

贞姑马鬣在江村[③]，送汝黄泉六岁孙。
地下相烦告公姥，遗民犹有一人存。

摩天黄鹄自常饥，但惜流光不可追。
他日乐羊来旧里，何人更与断机丝[4]。

【注释】①藁砧：古乐府："藁砧今何在，山上更有山。"李白《代美人愁镜》诗："藁砧一别若箭弦，去有日，来无年。"《名义考》：古有者，席藁伏于椹上，以铁斩之，言藁椹则兼言鈇矣。鈇与夫同音，故隐语藁砧为夫也。藁，禾秆。"椹"俗作"砧"。鈇，斧也。

②江淹《悼亡诗》："窗尘岁时隔，闺芜日夜深。"

③贞姑：顾炎武之养母。顾炎武《亭林馀集》有《先妣王硕人行状》，其中记县人张大复为之传，其记曰贞孝王氏者，昆山儒生顾同吉未婚妻也。生年十八夭。贞孝守节，侍翁姑。清兵入南京，常熟陷，炎武之母绝粒死。马鬣：即马鬣封，坟墓上封土的一种形状。白居易《哭崔二十四常侍》诗："貂冠初别九重门，马鬣新封四尺坟。"

④乐羊：《后汉书·列女传》：乐羊子，河南人，羊子远寻师学，一年来归，妻问其故，羊子曰："久行怀思，无他异也。"妻乃引刀趋机而言曰："夫子积学，若中道而归，何异断斯机乎？"羊子遂复还终业。

曹　溶

曹溶（1613—1685），字洁躬，号秋岳，浙江嘉兴人。明崇祯十年丁丑（1637）进士，官御史。入清，历官户部侍郎。康熙十七年戊午（1678）举博学鸿词，以丁忧未赴。李天生亟称其五七古，又云：其五七律根柢浣花，间涉昆体，魄力深厚，故能奄有众长。主诗坛者数十年，才士归之，如水赴壑。时有"北海宾朋、东山丝竹”之目。著有《静惕堂集》。

送周月如守瑞州[①]

沙飞柳色怨春还，醉泊吴关复楚关。
差慰故乡离别梦，乱云黄叶似燕山[②]。

【注释】①周月如：周之恒，字月如，曹溶好友。瑞州：府名。故治即今江西省高安县。

②燕山：山名。横贯河北北部蜿蜒至海滨，延袤数万里。

宋琬

见五绝部分作者小传。

舟中见猎犬有感

秋水芦花一片明，难同鹰隼共功名。
樯边饱饭垂头睡，也似英雄髀肉生[①]。

【注释】①髀肉生：《三国志·蜀书》先主传注：《九州春秋》曰：（刘）备住荆州数年，尝于表坐起至厕，见髀里肉生，慨然流涕。还坐，表怪问备，备曰：“吾常身不离鞍，髀肉皆消。今不复骑，髀里肉生，日月若驰，老将至矣，而功业不建，是以悲耳。”此诗以猎犬作譬，颇见风趣。

彭孙贻

彭孙贻（1612—1673），字仲谋，号羿仁，浙江海盐人。有《茗斋集》。诗沉壮郁勃，七古间作初唐体，律诗亦偶涉宋法。嘉庆间同里张伯魁刻其诗，长短句列入《别下斋丛书》。

桐江夜泊①

一路春山江影空，雨添新翠落孤篷。
微茫小径入云去，寺在半天疏树中。

【注释】①桐江：浙江流经桐庐、建德一段江名。

龚鼎孳

龚鼎孳（1615—1673），字孝升，号芝麓，合肥（今属安徽）人。明崇祯进士，授兵科给事中。顺治初迎阡，以原官起用，康熙间官至礼部尚书。洽闻博学，诗词、古文并工。芝麓为文下笔数千言立就，不加点窜，世祖尝于禁中赏叹其才。诗刻意摹杜，古体多用韵，绝句尤佳。清初与吴伟业、钱谦益齐名，号“江左三大家”。有《定山堂集》。

园　居

云霞深处有柴荆，客里图书绕屋清。
看郑玉钩临细字[①]，手香常似破新橙[②]。

玉钩风起涨红楼，蝉翼轻罗冷似秋。
幽阁债多缘笔墨，却输小妹早梳头。

虚堂客散独依依，绮阁谈深夜解围[③]。
山鸟不知人意懒，晓偏唤起暮催归[④]。

【注释】①玉钩：此处喻手指。《宋书·符瑞志》上：汉武帝赵婕妤，家在河间，生而两手皆拳，不可开。武帝披其手，得一玉钩。

②周美成《少年游》：“纤指破新橙。”

③绮阁：有绮窗之阁。按“绮阁”，《晚晴簃诗汇》卷二十作“倚槛”。

④唤起暮催归：韩愈《赠同游》诗：“唤起窗全曙，催归日未西。”唤起、催归，二禽名也。催归：子规也。唤起：声如人络丝，圆转清亮，偏于春晓鸣，江南谓之“春唤”。

乌江怀古[①]

一增不用岂天亡[②]，倾国何当罪艳妆。

试看八千齐解甲，虞兮曾不负君王[3]。

【注释】①乌江：在安徽和县东北四十里。《史记·项羽本纪》：羽欲东渡乌江，乌江亭长权船待，羽不果渡，自刎死。

②一增：指范增。范增劝项羽杀刘邦，羽不听。羽兵败垓下时云："此天之亡我也。"

③虞兮：见前吴伟业《虞兮》注。

上巳将过金陵[1]

绮阁春愁玉树飘[2]，空江铁锁野烟销[3]。
兴亡何限兰亭感[4]，流水青山送六朝。

【注释】①上巳：阴历三月三日，为上巳节，旧有修禊之俗。《后汉书·礼仪志》：是月上巳，官民皆洁于东流水上，曰：洗濯祛除去宿垢疢为大洁。

②玉树：陈后主有《玉树后庭花》曲。

③铁锁：刘禹锡《西塞山怀古》诗："千寻铁锁沉江底。"

④何限：无限。兰亭感：晋王羲之《兰亭集序》："……向之所欣，俯仰之间，已为陈迹，犹不能不以之兴怀。……"

将抵京口以风阻登陆宿荒驿

孤枕难支破壁风，江城浊酒慰飞蓬。
海天何限荒寒梦，收拾残灯古驿中。

题墨画荷花

花何袅袅叶田田，露质烟心晚自怜。
倩取墨光描鬟影，美人兼许号青莲①。

【注释】①青莲：冒襄《影梅庵忆语》："亡妾董氏，原名白，字小宛，复字青莲，籍秦淮，徙吴门。"按龚鼎孳与冒襄过从甚密，此处青莲可能即指董小宛。用李白号青莲居士之典故耳。

王馀佑

王馀佑（1615—1684），字介祺，一字申之，新城（今属河北）人。明诸生。王所著由门人李兴祖编为《五公山人集》十六卷。入清后流寓献县，主讲献陵书院。论诗谓子美入蜀，子瞻海外，忠君爱国之念肫然于中，触景流连，遂为咏歌，嗟叹不已。

偶　感

春来万木绿芳齐，多少游人听鸟啼。
可惜城南红杏发，无人载酒上唐堤①。

【注释】①唐堤：即塘堤。"唐"通"塘"。

余 怀

余怀(1616—?),字澹心,别号鬘持老人,福建莆田人。侨居江宁,尝赋《金陵怀古》诗,王士禛以为不减刘禹锡。撰《板桥杂记》,记狭邪事,哀感顽艳。又有《东山谈苑》《味外轩稿》。

谢安墩①

高卧东山四十年②,一堂丝竹败苻坚③。
至今墩下潇潇雨,犹唱当时奈何许④。

【注释】①谢安墩:在今江苏南京城北。晋谢安尝居于此,故名。李白《登金陵谢安墩》诗:"冶城访古迹,犹有谢安墩。"王安石《谢公墩》诗:"我名公字偶相同,我屋公墩在眼中。公去我来墩属我,不应墩姓尚随公。"

②"高卧"句:谢安初为著作佐郎,因病辞官,隐居会稽东山,朝廷屡诏不仕。年四十余,桓温请为司马,将发新亭,朝士咸送,中丞高崧戏之曰:"卿累违朝旨,高卧东山。"参见《晋书·谢安传》。

③丝竹:谓弦管乐器。谢安性好音乐。败苻坚:晋太元八年,苻坚兵百万攻晋,次淮淝,京师震恐,安为征讨大都督,指挥将帅,大破之,以功进太保。

④奈何许:古乐府《奈何许》:"石阙生口中,衔碑不得语。"韩愈《感春四首》:"三杯取醉不复论,一生长恨奈何许。"此诗两句一韵,为七绝中之新格。

雨花台①

雨花台上草青青，落日犹衔木末亭。
一线长江三里寺，千年鹤唳九秋萤。

【注释】①雨花台：在南京聚宝山上，传梁武帝时有法师讲经此处，感天雨花，故名。

孙楚酒楼①

江南城西酒楼红，无数杨柳迎春风。
孙楚去后李白醉②，千年不见紫髯公③。

【注释】①孙楚：东晋诗人。孙楚酒楼在南京城西，与莫愁湖相近。

②李白《玩月金陵城西孙楚酒楼》诗："朝沽金陵酒，歌吹孙楚楼。"王庭珪《和胡观光登酒楼》诗："李白夜登孙楚楼，楼中玩月苦淹留。"

③紫髯公：《吴志·孙权传》注：张辽问吴降人："向有紫髯将军，长上短下，便马善射，是谁？"曰："是孙会稽。"

张　勇

张勇(1616—1684)，字非熊，湖北咸宁了。明官副将。入清，官至靖逆将军，管甘肃提督事，封一等侯。性好吟咏，当时诗人如李天生等集中多有赠答。惟遗作罕见，仅于随笔诗话见一绝句，豪情伟抱，略窥一斑。

过崆峒[1]

蚩尤战后久销兵[2]，此处犹存访道名。
万里山河尘不起，松风常带凤鸾声。

【注释】①崆峒（kōng tóng）：山名。在今河南省临汝县西南六十里。《庄子·在宥》：黄帝闻广成子在于空同之上，故往见之。《唐汝州刺史卢贞碑》：庄子述黄帝问道崆峒，遂言游襄城，登具茨，访大隗，皆与此山接壤。

②蚩尤：《史记·五帝纪》：蚩尤作乱，黄帝征师诸侯，与蚩尤战于涿鹿之野，遂禽杀蚩尤。

魏允枚

魏允枚，字卜臣，号功父，浙江嘉善人。顺治五年戊子（1648）举人。

淮上送人归睦州[1]

野渡青青杨柳新，自怜为客久风尘。

送君远向严陵去，七里涛声落富春[2]。

【注释】①睦州:隋置。明清时为严州府,治所在今浙江省建德梅城镇,辖境相当建德、桐庐、淳安三县地。

②严陵:指严陵滩。在浙江桐庐县南。后汉严光(子陵)隐居于此,后人因名之。七里:七里滩,一名七里泷。起自建德梅城,止于桐庐严子陵钓台。富春:指富春江。

曹尔堪

曹尔堪(1617—1679),字子顾,号顾庵,浙江嘉善人。顺治九年壬辰(1652)进士,改庶吉士,授维修,历官侍讲学士。有《杜鹃亭》《南溪》《里音》等集。尤西堂、沈归愚亟称其诗,以为品格在眉山、渭南之间。

谷雨后二日过镜槛小憩[1]

春深乔木绿阴齐，北舍南村只隔溪。
孤艇随风独来往，杨花扑过小桥西。

【注释】①谷雨:节气名。阴历四月二十或二十一日为谷雨。镜槛:近水栏杆。李商隐《镜槛》诗:“镜槛芙蓉入,香台翡翠过。”注:镜槛,水槛也,水光如镜,故曰镜槛。

王永命

王永命，字九如，号劬庵，山西临汾人。顺治五年戊子(1648)举人，官迁安知县，擢行人。有《有怀堂笔》《松韵堂笔》《边工漫记》。

和觉老菊花韵

不寄篱边不系阑，远移香气雨花寒。
秋深此日题知己，淡淡烟姿醉里看。

侯方域

侯方域(1618—1654)，字朝宗，河南商丘人。朝宗生长世家，开朗通博。明季尝佐史可法幕，世传可法答多尔衮书为朝宗笔；以《壮悔堂集》中文例之，可信。诗沿云间馀派，声采蔚然。有《四忆堂诗集》。

家书附绝句

送别西园翡翠楼，开帆十月到苏州。
为君寄讯枫桥港，丘嫂迎门已白头①。

问君衣带近如何？我道思乡减去多。
况是王孙芳草外，休添离恨画双螺②。

【注释】①枫桥：在苏州阊门西九里。丘嫂：大嫂、长嫂。《汉书·楚元王传》："初，高祖微时，常避事，时时与宾客过其丘嫂食。"注：丘，大也，长嫂称也。李俊民诗："欲向田文弹铗去，恐因丘嫂颉羹还。"

②王孙芳草：《楚辞·招隐士》："王孙游兮不归，春草生兮萋萋。"此处指"君"之出外日久。双螺：双眉。螺，螺黛也。陈旅白《画眉图》诗："隋家宫妓扫长蛾，销尽波斯万斛螺。"按《南部烟花记》："炀帝宫中多画长蛾，司宫吏日给螺子黛五斛，出波斯国。"螺黛语本此。

宋徵舆

见五绝部分作者小传。

冬闺夜怨

落尽飞云暮色寒，黄昏北斗照阑干。

可怜一片如霜月，惟有深闺独自看[1]。

【注释】①杜甫《月夜》诗："今夜鄜州月，闺中只独看。"

吴嘉纪

见五绝部分作者小传。

绝　句

白头灶户低草房，六月煎盐烈火旁。
走出门前炎日里，偷闲一刻是乘凉。

题张良进履图[1]

大怒椎秦博浪中[2]，壮心急遽笑英雄。
人前双履殷勤进，喜煞桥头黄石公。

【注释】①张良进履：良尝闲从容步游下邳圯上，有一老父，堕其履圯下，顾谓良曰："下取履！"良愕然，欲殴之，为其老强忍，下取履。父曰："履我！"良为取履，因长跪履之。父以足受，笑而去。良殊大惊，随目之。父去里所，复还，曰："孺子可教矣。后五日平明，与我会此。"后果授良一编书，曰："读此则为王者师矣。后十年兴。十三年孺子见我济北，谷城山下黄石即我矣。”遂去。旦日视其书,乃《太公兵法》也。事见《史论·留侯世家》。

②《史记·留侯世家》:良尝学礼淮阳。东见仓海君。得力士,为铁椎重百二十斤。秦皇帝东游,良与客狙击秦皇帝博浪沙中,误中副车。秦皇帝大怒,大索天下,求贼甚急,为张良故也。良乃更名姓,亡匿下邳。

题卓文君当垆图①

听罢清琴傍绿樽,如花丽色照当门。
临邛日暮酒徒散,笑视夫君犊鼻裈②。

【注释】①卓文君当垆:《史记·司马相如列传》:卓王孙有女文君新寡,好音,相如以琴心挑之。文君夜亡奔相如,相如乃与驰归成都。家居徒四壁立。卓王孙大怒曰:“女至不材,我不忍杀,不分一钱也。”文君久之不乐,曰:“长卿第俱如临邛,从昆弟假贷犹足为生,何至自苦如此!”相如与俱之临邛,尽卖其车骑,买一酒舍酤酒,而令文君当垆。

②犊鼻裈:围裙。形似犊鼻,故名。

赋得对镜赠汪琨随新婚

临物浑如秋水鲜,扬州镜子使人怜。
盘龙在底无波浪,稳泛鸳鸯一百年。

洞房深处绝氛埃,一朵芙蓉冉冉开。
顾盼忽惊成并蒂,郎君背后觑侬来。

荒城病中谢吴彦怀寄敬亭茶叶[1]

授衣时节霜频下，消渴人眠日欲斜。
客路凄其谁倚赖，宛陵棉布敬亭茶[2]。

【注释】①吴彦怀：浙江嘉兴人，顺治辛丑，曾读书于吴嘉纪之陋轩中。彦怀为郝羽吉甥。敬亭：山名，在宣城市北十二里。敬亭山产绿茶，有“敬亭绿云”之称。

②宛陵：古县名，治所在今安徽宣城市。棉布出宣城东门渡者为佳，名为“东门阔”。

送吴仁趾[1]

凤凰台北路迢遥[2]，冷驿荒陂打暮潮。
汝放扁舟去怀古，白门秋柳正萧萧[3]。

【注释】①吴仁趾：名麐，安徽新安人。仁趾与吴嘉纪有二吴之目。嘉纪以性灵见，仁趾以情韵见，几于莫能相尚。

②凤凰台：在南京市南。李白《凤凰台》诗：“凤凰台上凤凰游，凤去台空江自流。”

③白门：即今南京市。见前丘象升《江上杂兴》注①。

尤 侗

尤侗(1618—1704),字同人,更字展成,号悔庵,晚号艮斋,又号西堂老人,长洲(今江苏苏州)人。顺治间以拔贡除永平府推官。康熙十八年己未(1679)召试博学鸿词,官翰林院检讨。世祖见其文,叹为真才子。少岁诗近温、李,迨及晚年,开阖动荡,轩昂顿挫,纯从盛唐诸公中揣摩而出。著有《西堂全集》等书。

闻鹧鸪

鹧鸪声里夕阳西,陌上征人首尽低。
遍地关山行不得①,为谁辛苦尽情啼②。

【注释】①行不得:《本草》:今俗谓鹧鸪啼曰:“行不得也哥哥。”

②沈德潜评云:“行不得”意,人所共知;此更翻进一层,便觉百端交集。

施闰章

见五绝部分作者小传。

铁笛亭①

溪光漠漠树冥冥，胜事犹传石上亭。
樵唱数声人静后，松风吹出片云青。

【注释】①铁笛亭：朱熹《铁笛亭诗序》：山前旧有夺秀亭，故侍郎胡公明仲尝与山之隐者刘君兼道游涉而赋诗焉。刘少豪勇，游侠使气，晚更晦迹，自放山水间。善吹铁笛，有穿云裂石之声。亭今废久，一日与客寻其故址，适有笛声发于林外，悲壮回郁，岩石皆震，追感旧事，因复作亭以识其处，仍改今名。

临江杂咏

红柑白笋不论钱，淳朴山川剧可怜。
一亩官租三亩谷，农夫翻厌说丰年。

【注释】①临江：府名。治所在今江西省清江县西临江镇。

上接笋峰至隐民间绝顶[1]

蹑尽危梯倚翠微，松风岩屋坐忘归。
云从天柱峰头过，雨向卧龙潭上飞[2]。

【注释】①接笋峰:在福建崇安县武夷山仙掌峰之南,高齐仙掌,而险怪特甚,旧有木梯可升,梯尽则沿崖凿级,斜倚凌云,路险难以度越。隐屏,即大隐屏峰,接笋峰之南峰。其首稍削,竹木苍翠。前对天柱峰。

②天柱峰:在武夷山九曲溪口,一名大王峰。峰高数百仞,登其巅,放眼四望,武夷三十六峰皆朝拱于此峰,有"王者之尊"。卧龙潭,在天柱峰。后两句一作"雨从天柱峰头过,云向卧龙潭上飞"。

三十六湾(湘阴)

湘水行来转楫频，回波荡漾送残春。
低头错认乡园水，欲唤青莎渡口人。

书西山丁道人壁[1]

山豆花开野菊秋，隔林茅屋是丹邱。
客来问道惟摇手，随意清泉绕屋流。

【注释】①丁道人:丁澎,仁和人,字飞涛,号药园。通籍后,与宋琬、施闰章等,酬唱白下。又号燕台七子。后以事牵累,谪居塞上五年。卜筑南冈,躬自饭牛,吟啸自答。所著有《扶荔堂集》。

夜为虫声所聒口号[1]

重垣深锁夜漫漫，人似鸡栖梦欲阑[2]。
无奈啼声穿四壁，秋虫全不畏秋官[3]。

【注释】①聒（guō）：声音吵闹。口号：信口作诗，不起草稿为口号。

②阑：将尽。亦可作醒觉解。

③秋官：周置六官之一。《周礼》："乃阐释官司寇，使帅其属，而掌邦禁，以佐王刑邦国。"唐武后光宅元年，改刑部为秋官。作者曾官刑部主事，故末句有此诙谐语。

申涵光

申涵光（1620—1677），字孚孟，一字和孟，号凫盟，永年（今属河北）人。贡生。有《聪山诗集》。性简傲，以诗名河朔间。魏石生云："凫盟之于诗，一以少陵为宗，而沐浴于高、岑、王、孟，若李空同、何大复，亦兼采所长，其他兢如也。"王渔洋怀人绝句："广平申大今词杰，未识容颜眼便青。远寄新诗向隋苑，怀人偏在竹西亭。"

答　人

日日秋阴命笋舆[1]，故人天上落双鱼[2]。

荷花未老村醪熟[3],为道无闲作报书。

【注释】①笋舆:竹舆也。《公羊传·文公十五年》:"笋将而来也。"注:笋者竹箯,一名编舆,齐鲁以北名之曰笋。

②双鱼:书札也。《琅嬛记》:试莺以朝鲜厚茧纸作鲤鱼函,两面俱画鳞甲,腹下令可以藏书,此古人尺素结鱼之遗制也。

③醪(láo):浊酒。又醇酒亦名醪。

溪　上

微霜昨夜下庭槐，水畔闲登万里台。
两岸芦花飞白雪，午桥烟里一舟来[1]。

【注释】①午桥:午桥庄,在河南洛阳南十里,即唐裴度所居之绿野堂。宋张齐贤致政后居之,有诗云:"德梅今得晋公庐,水竹烟花兴有馀。"

泛舟明湖[1]

女墙倒影下寒空，树杪飞桥渡远虹。
历下人家十万户[2],秋来俱在雁声中。

【注释】①明湖:即大明湖,在今山东济南。

②历下:春秋齐邑,清时为济南府治。今山东省济南市。《三齐记》:历下城,南对历山,城在山下,故名。

王夫之

见五绝部分作者小传。

山月歌

船山山半月垂湾[1],太白光连夕照间。
白发故人愁不见，天西无数五溪山[2]。

【注释】①船山:湖南衡阳有石船山,为王夫之归隐之地。
②五溪山:在湖南益阳北五十八里。

初度日占辛丑[1](六首录四)

横风斜雨掠荒丘，十五年来老楚囚[2]。
垂死病中魂一缕，迷离唯记汉家秋。

一万五千三百三，愁丝日日缠春蚕。
天涯地窟知音少，新剪牛衣对雨谈[3]。

十载每添新鬼哭，泪如江水亦干流。

青髭无伴难除雪，白发多情苦恋头。

陈抟驴背笑难禁④，龚胜床上饿称心⑤。
雪搅九微香炬暗⑥，未知除夕是晴阴。

【注释】①辛丑：顺治十八（1661）。作者四十三岁生日作此诗。

②楚囚：《左传》成公九年：晋侯观于军府，见钟仪，问之曰：“南冠而挚者谁也？”有司对曰：“郑人所献楚囚也。”按作者湖南人，以明遗民入清，历十五年，故以楚囚自比。

③牛衣：《汉书·王章传》：“章疾病无被，卧牛衣中。”注：牛衣，编乱麻或草为之。王先谦补注引《演繁露》：牛衣编草使暖，以被牛体，盖蓑衣之类。

④陈抟：宋初隐士。尝乘白驴，欲入汴，中途闻太祖登极，大笑而堕驴，曰：“天下于是定矣。”

⑤龚胜：汉彭城人。哀帝时征为谏大夫，徙光禄大夫。王莽秉政，乞归。莽使人征之，胜谓门人曰：“吾受汉家厚恩，岂以一身事两姓哉！”遂绝食死。年七十有九。

⑥九微：灯名。何逊《七夕》诗：“月映九微火，风吹百和香。”王维《洛阳女儿行》：“春窗曙灭九微火，九微片片飞花琐。”

水　仙（甲子①）

乱拥绿云可奈何，不知人世有春波。
凡心洗尽留香影，娇小冰肌玉一梭②。

【注释】①甲子：康熙二十三年（1684）。

②一梭：《辍耕录》：孟蜀主一锦被，其阔犹今之三幅帛而一梭织成。

王建《织锦曲》:“一梭声尽重一梭,玉腕百停罗袖卷。”玉一梭,形容水仙花娇小玲珑。

梅花

墟里寒烟罩断桥，年来春色最萧条。
船山半曲清溪里，霜日黄曛一树遥。

不知浅素更轻红，遥望长疑烟霭中。
除取梅花心自省，看花人隔小桥东。

开从小雪入新年，雪妒霜侵不损妍。
珍重深寒禁冻蝶[1],低飞不过浅阑边。

【注释】①冻蝶:刘仲尹诗:“晚芳留冻蝶,疏木立饥禽。”

张宸

张宸(1619—1678),字青琱,华亭(今上海松江)人。由中书历官后部郎中。青琱长于应奉,文字多存清初掌故。龚定盦得其集,称罕觏,谓所作在陈卧子、吴梅村之间。传诗极少。汪钝翁谓梅村每推青琱长歌,今已不可见矣。

楚中秋思

日落长沙枫树红，断猿啼处暮云空。
可知昨夜乡关梦，身在寒烟万点中。

八月江潮起暮寒，青枫浦口角声残[1]。
更吹龙笛家家雨[2]，一夜巴陵去住难。

【注释】①青枫浦：今湖南省浏阳市有此地名。一名“双枫浦”。张若虚《春江花月夜》：“青枫浦上不胜愁。”

②龙笛：曲名。乐府清商曲辞名。《江南弄》七曲之一，梁武帝制。《乐府诗集》：《古今乐录》曰：龙笛曲和云：“江南音，一唱直千金。”马融《长笛赋》曰：“龙鸣水中不见己，截竹吹之声相似。”然则《龙笛曲》，盖因声如龙鸣而名曲。又后世有龙笛，其制如笛，七孔，横吹。

吴　绮

见五绝部分作者小传。

入　署

平明初下紫宸班[1]，锦署无营昼掩关。

闲拂案尘思往事，一杯凉雪祭椒山②。

【注释】①紫宸：唐殿名。《唐六典》："大明宫北曰紫宸门，其内紫宸殿，殿之南面紫宸门。"《唐会要》："龙朔三年四月，始御紫宸殿听政。"

②椒山：杨继盛号。杨继盛（1516—1555），明容城人，字仲芳，号椒山。嘉靖二十六年进士，官吏部员外郎。时严嵩用事，继盛劾嵩十大罪。嵩搆之，遂下狱，坐系三载，竟弃西市。临刑赋诗，天下传诵。

题　画

怪石颓云势不平，西风卷出大江声。
渔郎醉卧芦花里，笑指何人触浪行。

茉　莉

香清粉淡海南来，夏晚争持傍镜台。
摘得含苞郎最爱，向侬头上看花开。

水　仙

乌几红窗小贮春，盈盈罗袜净无尘。
不知子建缘何事，却向烟波赋洛神①。

【注释】①"不知"两句：魏曹植，字子建。黄初三年，朝京师还济洛川，作《洛神赋》。赋中有"陵波微步，罗袜生尘"等句。注：陵波而袜生尘，言神人异也。

夏日偶泊西子湖戏赠笑公[1]

修竹高梧半榻前，老僧白发影萧然。
十年着眼南屏路[2],看尽西湖歌舞船。

【注释】①西子湖:即杭州西湖。笑公:寺中僧人名。
②南屏路:在杭州南屏山下,净慈寺在焉。

过友人斋头看竹

北郭东门访隐沦，琅玕万个碧无尘。
邻家莫把王猷拟[1],看竹还应为主人[2]。

【注释】①王猷:即王子猷。晋王徽之字子猷,尝暂寄人空宅住,便令种竹。或问:“暂住,何烦尔?”王啸咏良久,直指竹曰:“何可一日无此君!”见《世说新语·任诞》。
②“看竹”句:王维《春日与裴迪过新昌里访吕逸人不遇》有“看竹何须问主人”之句。此诗一反其意。

水村春晓图

水竹平生少定居，每看烟树兴萧疏。
无端偶逐轻风去，长忆桃花好鳜鱼[1]。

【注释】①张志和《渔父歌》:“西塞山前白鹭飞,桃花流水鳜鱼肥。”杨公远《学渔》诗:“秋风莼菜鲈堪脍,春水桃花鳜正肥。”鳜(guì)鱼,口大,鳞片细小,背部黄绿色。全身有默默色斑点,生活在淡水中。是名贵食用鱼。

琵琶亭①

芦花枫叶雨萧森②,寂寞空亭遂至今。
自是逐臣又泪尽,不关商妇少知音。

【注释】①琵琶亭:亭名。在今江西九江,前临江,左枕湓浦,地尤胜绝。白居易于此赋《琵琶行》,用商妇被弃故事与己之沦谪江州作对比。亭以白诗得名。

②“芦花枫叶”句:白居易《琵琶行》:“浔阳江头夜送客,枫叶荻花秋瑟瑟。”

咏史五首

李 白

才子从来定异常,天教供奉救汾阳①。
可怜酒醉沉香后,独自崎岖向夜郎②。

杜 牧

司勋才气迥难俦③,寄托寻花作冶游。
十六卫原无识者④,直须明月梦青楼⑤。

白居易

江上秋来月满林，香山送客为沾襟[6]。
同归白首须臾事，一曲琵琶独至今。

苏　轼

怒骂能将嬉笑侔，子瞻千古擅风流[7]。
奇才但得君王叹[8]，饱看何妨到惠州[9]。

陆　游

壮气雄才不易删，渭南词客老投闲。
平生多少凄凉志，铁骑西风大散关[10]。

【注释】①供奉：李白天宝初为供奉翰林，世称李供奉。汾阳：郭子仪封汾阳郡王。《新唐书·文艺列传》："初，游并州，见郭子仪，奇之。子仪尝犯法，白为救免。"

②沉香：指沉香亭，在宫中兴庆池东。夜郎：指夜郎国，在今贵州桐梓县东。安史乱起，李白从永王李璘，及璘败，白受牵连，被流放夜郎。

③司勋：杜牧官司勋员外郎。李商隐《杜司勋》诗："刻意伤春复伤别，人间惟有杜司勋。"

④十六卫：唐掌管宫禁宿卫的禁军。即卫、骁骑、武卫、威卫、领军、金吾、监门、千牛，各分左右，共十六卫，左右卫各置大将军一人。又有羽林、龙武、神武，也分左右，称为六军。合称六军十六卫。参见《新唐书·百官志》。

⑤青楼：杜牧《遣怀》："十年一觉扬州梦，赢得青楼薄幸名。"此诗写自己无聊之行为，但读来见其傲兀不平之态。世称杜牧诗情豪迈，又谓其不为龊龊小谨。即此诗亦可见一斑。

⑥香山：唐白居易号香山居士。白居易《琵琶行》起句："浔阳江头夜送客。"又结尾有"座中泣下谁最多，江州司马青衫湿"之句。

⑦"怒骂"两句：苏轼（字子瞻）文章纵横自如，向有"嬉笑怒骂皆成文章"之说。

⑧"奇才"句：宋英宗自藩邸闻苏轼名，欲以唐故事召入翰林知制诰。见《宋史》本传。

⑨惠州：故治在今广东惠州市，苏轼贬谪地。有《惠州一绝》云："罗浮山下四时春，卢橘黄梅次第新。日啖荔枝三百颗，不辞长作岭南人。"

⑩渭南：陆游晚封渭南伯，其文集亦以渭南名。陆游《书愤》："楼船夜雪瓜州渡，铁马秋风大散关。"

春　寒

何处春寒入谢家[①]，春衣绵薄又重加。
无端一夜东园雨，迟放海棠三日花。

【注释】①谢家：指晋谢道韫之家。道韫有咏雪名句。

梅花书屋图

漠漠寒林影不分，啁啾幺凤晓来闻[①]。
梅花万树香多少，熏透前山岭上云。

【注释】①啁啾（zhōu　jiū）：鸟鸣声。白居易《燕诗》："却入空巢里，啁啾终夜悲。"幺凤：鸟名。羽毛五色，常集于桐花上，也称桐花凤。

京口即事[1]

江风江雨独登台，听罢琵琶首重回。
不使客囊留一物，也知原为看山来。

木叶萧萧秋气新，江声直下更无尘。
平生来往谁能识，只有金焦是故人[2]。

【注释】①京口：今江苏镇江。

②金焦：金，金山，在镇江西北江岸。焦，焦山，在镇江东面江中，与金山遥相对峙。

孙枝蔚

见五绝部分作者小传。

过亚父冢作[1]

亚父存亡总抱惭，君臣情分久难堪[2]。
年虽七十成何事[3]，不及舍人儿十三[4]。

【注释】①亚父：指范增。《史记·项羽本纪》："亚父者，范增也。"范增冢在今安徽巢县城东，巢县并有亚父井及亚父祠。

②自注："不堪义帝之死，盖范增实义帝之臣，非项羽之臣也。"

③范增年七十，数为项羽献计，羽不听，反而怀疑范增，范增悲愤而死。

④《史记·项羽本纪》：外黄不下。数日，已降，项王怒，悉令男子年十五已上诣城东，欲阬（坑）之。外黄令舍人儿年十三，往说项王曰："彭越强劫外黄，外黄恐，故且降，待大王。大王至，又皆阬之，百姓岂有归心？从此以东，梁地十馀城皆恐，莫肯下矣！"项王然其言，乃赦外黄当阬者。

漂母庙[1]

凄凉古庙映斜晖，壮志经过泪满衣。
既是千金酬一饭[2]，如何漂母至今稀？

【注释】①漂母庙：在今江苏省淮安县北，韩信钓台附近。《清一统志》："韩侯钓台与漂母祠为邻。"

②《史记·淮阴侯列传》：韩信钓于城下，诸母漂，有一母见信饥，饭信，竟数十日。信喜，谓漂母曰："吾必有以报母。"母怒曰："大丈夫不能自食，吾哀王孙而进食，岂望报乎！"后韩信受封齐王，召所从食漂母，赐千金。

冬　雨

寒日初疑布被成，今宵风雨不须惊。
梅花尚早菊花尽，任尔潇潇滴到明。

苏州杂兴

四方巧手输姑苏，札札机声亦太劬[1]。
不信隆冬有寒者，鹑衣百结对妻孥[2]。

【注释】①劬(qú):劳苦。

②鹑(chún)衣:鹑尾秃,若衣之短结,故敝衣曰鹑衣。《荀子·大略》:“子夏贫,衣若悬鹑。”

毛先舒

毛先舒(1620—1688),字稚黄,一名骙,字驰黄,江浙钱塘(今杭州)人。明诸生。从陈子龙游。其诗音节浏亮,为西泠十子之首。与奇龄、际可齐名,时人语曰:“浙中三毛,文中三豪。”有《声韵丛说》《韵学通指》《东苑诗文钞》等。

吴宫词

苏台月出夜乌栖[1],宴罢吴王醉似泥。
别有深恩醉不得，对君鼓舞背君啼[2]。

【注释】①苏台：即姑苏台。在今江苏苏州灵岩山。《越绝书》：吴王夫差破越，越进西施，请退军，吴王筑姑苏台，五年乃成，高二百丈。

②鼓舞：一本作“歌舞”。

魏际瑞

魏际瑞（1620—1677），原名祥，字善伯，一字伯子，江西宁都人。工古文，韵语非其所长，然造语时有生气。著有《魏伯子集》。

江头别

白石山过紫石山，鸬鹚滩子鲤鱼滩。
山山远近滩滩急，游子南行何日还？

宗元鼎

宗元鼎（1620—1698），字定九，号梅岑，江都（今江苏扬州）人。有《芙蓉斋》《新柳堂》等集。梅岑诗最擅风调，著籍王渔洋门下。其绝句咏古诸作，多有寄托，意味深长，以神韵论，可称得髓者。

登吴陵城楼[1](二首录一)

独倚层阑欲望休，江南烟月动春愁。
青山碧水无穷尽，卷入吴云去不收。

【注释】①吴陵:汉吴县地,又名吴会。元陈基诗:“吴陵古名邦,利尽扬州域。”

吴音曲

璧月庭花夜夜重[1],隋兵已断曲阿冲[2]。
丽华膝上能多记，偏忘床前告急封[3]。

【注释】①璧月庭花:陈后主有《璧月》诗,又有《玉树后庭花》曲。

②曲阿:秦置曲阿县,梁改兰陵,隋复为曲阿,唐改丹阳。即今江苏镇江。

③隋兵攻金陵:台城陷,陈后主妃张丽华,容色端丽,常靓妆临轩。宫中遥望,飘若神仙。百官启奏,后主置丽华于膝上共决之。隋后入城,丽华与后主俱入景阳井,隋军出之,斩于青溪中。

宋实颖

宋实颖(1621—1705),字既庭,号湘尹,长洲(今江苏苏州)人。顺治八年辛卯(1651)举人。康熙十八年己未(1679)举博学鸿词,官兴化教谕。有《读书堂》《老易轩》《玉磐山房》等集。

和钝庵岁暮杂感[①]

年少才名也自雄,老来城北半飘蓬。
闭门种菜浑闲事[②],输与人间霹雳弓[③]。

五十谁能读五车[④],黄庭白帖任冬馀[⑤]。
江门老子诗偏好,只对青山不著书。

【注释】①钝庵:海宁张次仲,字元岵,号待轩,一号钝庵,明天启举人,入清不仕。有《周易玩辞》《困学记》《待轩集》等。

②种菜:《三国志·蜀志》卷二注:曹公(操)数遣亲近密觇诸将有宾客酒食者,辄因事害之。(刘)备时闭门,将人种芜菁。曹公使人窥门。既去,备谓张飞、关羽曰:"吾岂种菜者乎?曹公必有疑意,不可复留。"其夜,开后棚与飞等轻骑俱去,所得赐遗衣服,悉封留之,乃往小沛,收拾兵众。

③霹雳:雷之急击者为霹雳。"霹雳弓"谓急击手也。

④五车:《庄子·天下》:"惠施多方,其书五车。"言书之多以五车载之

也。后因称读书多者曰“学富五车”。鲍照《拟古》诗：“两说穷舌端，五车摧笔锋。”

⑤黄庭：《黄庭经》的简称，道经名。《云笈七签》十一《上清黄庭内景经释题》云：“黄者，中央之色也；庭者，四方之中也。外指事即天中、人中、地中，内指事即脑中、心中、脾中。故曰黄庭。”盖道家言养生之书也。白帖：类书名。亦称《唐宋白孔六帖》。《白氏六帖》三十卷，又名《白氏经史事类六帖》，唐白居易撰；杂采成语、典故，或摘句，或提要，分类编次，为文者选录辞藻之用。宋孔传续辑，亦三十卷。后人合称《白孔六帖》，分作一百卷。冬馀：董遇尝语学者读书当以三馀，曰：冬者，岁之馀；夜者，日之馀；阴雨者，时之馀也。见《三国志·魏志·王肃传》注引《魏略》。

李邺嗣

李邺嗣（1622—1680），原名文胤，以字行，一字杲堂，浙江鄞县（今属宁波）人。明诸生。入清，弃巾服，日以著书为务。诗品刊落凡庸。黄梨洲称其胸中流出，无比拟皮毛之习，盖破除王、李、钟、谭之窠臼而毅然自为者也。有《笑读斋集》。又辑甬上耆旧诗。《四库全书总目》卷一八二著其《杲堂文钞》六卷、《诗钞》七卷。

西陵绝句[①]（录二首）

几处楼船湖上逢，半闲丞相有遗踪[②]。
天教秋壑生瑶草[③]，重牧吴山第一峰[④]。

司马坟前客过频[5],灰飞常见纸钱新。
岂为哭祭文山客,只有西台甲乙人[6]。

【注释】①西陵:一名西泠,在杭州西湖孤山下,为里西湖与外西湖之界。

②半闲丞相:南宋丞相贾似道筑半闲堂于西湖葛岭,以斗蟋蟀为乐。

③秋壑:贾似道号秋壑。瑶草:明马士英,字瑶草,万历进士,崇祯时累官右佥都御史,坐事废。北京陷,士英等立福王于南京,升东阁大学士,进太保,与阮大铖相结,专权昏愦,日事报复,名器猬滥。清王应奎《柳南续笔》卷一:"马士英在弘光朝,为人极似贾秋壑,其声色货利无一不同,羽书仓皇,犹以斗蟋蟀为戏,一时目为'蟋蟀相公'。"

④吴山第一峰:金主完颜亮有"立马吴山第一峰"之语。

⑤司马坟:即张苍水坟,在西湖三台山下。司马,古代官名,后世用作兵部尚书的别称。苍水官南明兵部尚书。

⑥西台:在浙江桐庐富春山。宋末谢翱闻文天祥(文山)死节,悲不自禁,乃之严陵,登西台,设天祥主,酬尊号泣,持竹如意击石作楚歌以招魂,歌讫,竹石俱碎,因自为文以记之。

绝　句

几年迁客厌空侯[1],才唱从军泪欲流[2]。
今日故乡重听曲,吴姬尽度小凉州[3]。

【注释】①空侯:同"箜篌",乐器名。又《箜篌引》,乐府相和歌辞,一名《公无渡河》。

②从军:《从军行》。乐府平调曲名。唐吴兢《乐府古题要解》下:"从军行,皆述军旅苦辛之词也。"

③度:度曲,按曲谱歌唱。凉州:《凉州词》,乐府近代曲名。《新唐书·礼乐志》:天宝间乐曲,皆以边地为名,若《凉州》《甘州》《伊州》之类。

题斋壁

仙客壶中日月春，壶中应自更无人。
如何直用天为幕，只覆刘伶六尺身①。

【注释】①刘伶:晋沛国人,字伯伦,尝仕建威参军。泰始初对策,盛言无为。报罢,与阮籍、嵇康同隐,为"竹林七贤"之一。放情肆志,性尤好酒,尝携酒乘车,使人荷锸随之,曰:"死便埋我!"妻切谏,不从。著《酒德颂》,有"大人先生,以天地为一朝,万期为须臾""幕天席地,纵意所如"等语。

龚佳育

龚佳育(1622—1685),字祖锡,号介岭,浙江钱塘(今杭州)人。历官光禄寺卿。工诗,分巡通永时,招朱竹垞客其幕,相与唱酬。

题垂钓图

无心随处便为家，渺渺伊人水一涯①。

翻笑秦民太多事，沿溪何必种桃花[2]。

【注释】①《诗·秦风·蒹葭》:“蒹葭苍苍,白露为霜。所霜伊人,在水一方。”

②陶潜《桃花源记》述及秦民所居桃花源口植有桃花林,因此被渔人发现。

徐　枋

徐枋(1622—1694),字昭法,号俟斋,长洲(今江苏苏州)人。明崇祯十五年壬午(1642)举人。工书画。明亡,以父殉难,隐居不出,守约固穷,四十年如一日。有《居易堂集》《俊斋集》。集中文辞健拔,多扶植世教之作。朱彝尊称孝廉高蹈者吴越居多,始终裹足不入城府者李潜夫、巢端明及徐昭法。昭法殁最晚,故名尤重。

题　画(五首录二)

欹树寒崖空复春，横波天末照闲身。
胸中会可吞云梦[1],安得人间有片尘!

山围空翠扑人来，松起寒涛去复回。
尽日看山浑不厌，茅斋低傍白云隈。

【注释】①云梦：古泽薮名。《尔雅·释地》："楚有云梦。"按古云梦本为二泽，分跨今湖北省境大江南北，江南为梦，江北为云，广九百里。后世淤为陆地，遂并称云梦。今曹湖、洪湖等数十湖泊，棋布星罗，若连若断，即古云梦之遗迹。

耿　介

耿介(1623—1693)，字介石，号逸庵，河南登封人。顺治九年壬辰(1652)进士，改庶吉士，授检讨。历官少詹事。有《敬恕堂存稿》。

嵩阳书院送窦敏修先生①

古道于今叹式微②，临歧执手更依依。
山灵似有留行意，一片停云久不飞。

【注释】①嵩阳书院：在河南省登封市嵩山上。窦敏修：窦克勤字敏修，号遁斋，一号静庵，柘城堡。遍治诸经，从耿介于嵩阳。中康熙乡举，为泌阳教谕，旋以进士授检讨，逾年归。创立朱阳书院，倡导正学及卒。著有《寻乐堂家规》《泌阳学条规》《理学正宗》等。

②式微：式，发语辞。微，衰落。《诗·邶风·式微》："式微式微，胡不归？"式微，天将暮的意思。后来泛称事物由盛而衰。

笪重光

笪重光(1623—1692),字在辛,号江上,丹徒(今江苏镇江)人。顺治九年壬辰(1662)进士,官御史。有《江上集》。江上劾明珠、余国柱,直声震海内,弃官而隐。工画,为世所重。诗自然清隽,有句云:“只因鸣遂斥,不道直难容。”可见其怀抱。

偶　题

银筝玉柱拂暗霞,红烛金尊照鬓鸦。
不是浔阳江上客,莫将双泪落琵琶①。

【注释】①借用唐白居易《琵琶行》故事。

沈钦圻

沈钦圻,字德舆,一作得舆,长洲(今江苏苏州)人。邑诸生。赠内阁学士兼礼部侍郎。能诗,沉浸陶、杜,自抒胸臆,未尝求工而自中绳削。

送杨曰补南还[1]

去年春尽同为客，此日君归又暮春。
最是客中偏送远。况堪更送故乡人。

【注释】①杨曰补：杨补字曰补，又字无补，号古农，长洲人。工诗善画。明亡，隐居邓尉山。

梅 清

梅清（1623—1697），字润公，号瞿山，宣城（今属安徽）人。顺治十一年甲午（1654）举人。有《天延阁删后诗》，又辑《梅氏诗略》。瞿山诗凡数变，少年气盛，援笔成篇，后删旧作过半，乃见深怀。尤擅书画，王士禛称其山水入妙品，松入神品。

题画杂诗

寒云寒树护山家，岩壑无人一径斜。
策杖行吟独惆怅，几枝春色到梅花。

秋空漠漠晓岚清，落水萧萧野水平。

愁向疏林停短棹，天边鸿雁最关情。

上去江陵下石城[1]，乱帆都向夕阳明。
诗人好为江干写，莫使青莲独擅名[2]。

朝来松响拂溪流，六月寒声似晚秋。
不是临湖亭上客，谁容此下一科头[3]？

【注释】①江陵：今湖北江陵县。石城：石头城，在今江苏南京。

②青莲：李白自号青莲居士。李白《早发白帝城》诗："朝辞白帝彩云间，千里江陵一日还。两岸猿声啼不住，轻舟已过万重山。"

③科头：不冠为科头。一科头，谓不冠者。

越中漫兴

秋风一骑越山清，客路东来移我情。
梅市逢人仙是吏[1]，乌程作县酒为名[2]。

【注释】①"梅市"句：汉梅福，寿春人，王莽专政，福弃家出游。之九江，传已仙去。后有人见之于会稽，变姓名为吴市门卒云。府西相传以梅福得名。孟浩然《久滞越中贻南池会稽贺少府》诗："怀仙梅福市，访旧若邪溪。"

②乌程：县名。战国楚菰城地，秦并楚，改乌程，以其地有乌、程二氏皆善酿酒而名。清为湖州府治。今浙江湖州市。

杨应标

杨应标，字胜林，号南城，浙江嘉善人。顺治十二年乙未（1655）进士。由推官历官剑州知州。有《永思堂集》。

东明河上口占[1]

重重堤岸绕东明，尽是黄金力筑成。
不用防河桑柘老，老农带月荷锄耕。

【注释】①东明：县名。在今山东西南部，黄河南岸。

曹伟谟

曹伟谟，字次典，号南陔，浙江平湖籍，金山（今属上海市）人。岁贡生，候选训导。有《南陔集》。次典生当明季，有声几社。康熙中，贡入国子监，忽忆故乡菱角，遂归。与从兄顾庵续举小兰亭诗社。

秦淮竹枝词

秦淮春水绿迢迢，杨柳千条更万条。
每过珠帘停打桨，惹他帘内罢吹箫。

戏演鱼龙夜不眠①,梨园牌号阮家编②。
轻轻断送南朝事，一曲春灯燕子笺③。

藩底初来乐府奢④,中官四出选良家⑤。
一朝马上琵琶去，井底曾无张丽华⑥。

【注释】①鱼龙:鱼龙漫衍,戏术也。《汉书·西域传赞》注:漫衍者,即张衡《西京赋》所云“巨兽百寻,是为漫延”者也。鱼龙者,为舍利之兽,先戏于庭极,毕乃入殿前激水,化成比目鱼,跳跃漱水,作雾障日,毕,化成黄龙八丈,出水敖戏于庭,炫耀日光。《西京赋》云“海鳞变而成龙”,即为此色也。

②阮家:指阮大铖,字圆海,怀宁人。崇祯时,因附魏忠贤,名列逆案,失职。后由马士英荐,任南明政权后部尚书。

③春灯:阮大铖作有《春灯谜》(一名《十错认》)戏曲。中有一阕写韦节度与宇文生元宵打灯谜,生出无限波澜。故名灯谜。亦隐彼时朝局人情云。燕子笺:亦为阮大铖所作戏曲,演唐代霍都梁与妓女华行云及郦学士女飞云遇合事,以燕子衔笺作关目,故名。

④藩底:底应作“邸”;藩邸为王府宅第。

⑤“中官”句:南明弘光帝在南京即位后,派太监在南京、杭州等地选美女。中官,太监。

⑥张丽华：陈后主妃。台城陷，丽华与后主俱入景阳井，隋军出之，斩于青溪中。

王志道

王志道，字觉先，浙江钱塘（今杭州）人。

杜茶村留饮书斋时有故宫人在坐①

浣花溪上话残春，诗句文章老更真。
酒半一声何满子，不堪重见孟才人②。

【注释】①杜茶村：杜濬（1611—1687），字于皇，号逢源，又号茶村。明季诸生。入清，隐居金陵不出，诗文豪健。有《变雅堂集》。

②何满子：词牌名。本唐教坊曲名。相传以乐人何满而名。白居易《何满子》诗："世传满子是人名，临就刑时曲始成。一曲四调歌八叠，从头便是断肠声。"《古今词话》：《何满子》，一名《断肠词》，相传文宗病亟，目孟才人，孟请歌毕，指笙囊就缢，爰歌《何满子》，一声肠断而殒。张祜为诗以吊之曰：一声何满子，双泪落君前。按才人，宫闱才女。

杨继经

杨继经,字传人,湖北蕲水(今浠水)人。顺治十二年乙未(1655)进士,官大理寺评事。有《菊庐诗集》。

忆蕲上旧居[①]

五柳思归不得归[②],桃花开后鳜鱼肥[③]。
几时为棹轻舟去,自到湖边放鹤归[④]。

【注释】①蕲(qí)上:此指蕲水,作者故里。

②五柳:陶潜《五柳先生传》:"宅边有五柳树,因以为号焉。"此处指代故居。

③张志和《渔歌子》:"桃花流水鳜鱼肥。"

④放鹤:用宋林逋故事。逋隐居杭州西湖孤山,蓄两鹤。逋常泛舟出游,若遇客至,童即开笼放鹤,翱翔天空,逋见之,即归。

严绳孙

严绳孙(1623—1702),字荪友,无锡(今属江苏)人。康熙十八年己未(1679)召试博学鸿词,官翰林院检讨。著有《秋水集》。

湖上竹枝词

白头渔父见承平，吹笛孤山舴艋轻①。
且说天家钱又赵②,恼人湖水不分明。

堤边闸口水如罗，月满风生相应歌。
但得欢情似湖水，更无时少更无多。

【注释】①舴艋(zé měng):小舟也。《玉篇》:小舟谓之舴艋,小蝗谓之蚱蜢,义相近也。李清照《武陵春》词:"只恐双溪舴艋舟,载不动,许多愁。"

②钱又赵:钱指临安人钱镠,唐昭宗时拥兵两浙,统十四州,旋封越王,又封吴王。唐亡,受后梁太祖之封,称吴越国王,是为十国之一。赵指南宋徽宗之子赵构,即位临安,是为宋高宗。

吴王井①

银床玉甃总成尘②,不及军持汲尚频③。
试看一泓清未已④,铅华先老沼吴人⑤。

【注释】①吴王井:吴王夫差所开之井,在今苏州灵岩。

②银床玉甃(zhòu):井上饰物。银床,银饰之井栏,《晋书·乐志》下《淮南王篇》:"后园凿井银作床,金瓶素绠汲寒浆。"甃,井壁。段玉裁《说

文解字注·瓦部》:“谓用砖为井垣也。”

③军持:梵语。亦作“君迟”。《大唐西域记》作“招稚迦”。义译为“净瓶”,即水瓶。僧人游方时皆携带之,以贮水备饮及净手等。陆游诗:“取水一军持。”

④一泓:清水一潭或一片谓一泓。

⑤铅华:指代宫女。沼吴:《左传》哀公元年:越十年生聚,而十年教训,二十年之外,吴其为沼乎!注:谓吴宫室废坏,当为污池。

王孙蔚

王孙蔚,字茂衍,陕西临潼人。顺治九年壬辰(1652)进士,历官福建布政使、湖广提学道佥事。视学湖广,卒于官。茂衍孝友端亮,诗格高音雅,与李天生、王幼华在伯仲间。有《韶香集》。

早发峡石驿

西岩马首向层霄,秋树平明烟未消。
寂寂空亭人不见,霜吹红叶过山桥。

【注释】①峡石驿:在今河南陕县东七十里峡石镇。

湘行绝句

羃历湖云带晚烟[1],渔灯明灭大堤边。
风声夜半幽篁里,疑是湘灵廿五弦[2]。

万里晴江落照迟,琵琶峰下小舟移。
枫林日暮寒鸦影,飞入长沙贾傅祠[3]。

【注释】①羃历:覆被遮布貌。豆卢田诗:"羃历野烟起。"

②湘灵:《后汉书·马融传》:"湘灵下,汉女游。"注:湘灵,舜妃,溺于湘水,为湘夫人也。廿五弦:二十五弦的琴。《淮南子·泰族》:"琴不鸣而廿五弦各以其声应。"钱起《归雁》诗:"潇湘何事等闲回,水碧沙明两岸苔。二十五弦弹夜月,不胜清怨却飞来。"

③贾傅祠:汉贾谊为长沙王太傅,故称贾太傅。贾太傅祠在长沙西区福胜街三条巷,存祠屋一间,传为贾谊故宅。

毛奇龄

见五绝部分作者小传。

赠柳生

流落人间柳敬亭[1],消除豪气鬓星星[2]。

江南多少前朝事，说与人间不忍听。

【注释】①柳敬亭：见前冒襄《小秦淮曲》注③。

②豪气：许汜尝谓刘备曰："陈元龙湖海之士，豪气不除。"见《三国志·魏志·陈登传》。此诗起二句一本作"扶病未看柳敬亭，秋花开满石榴屏。"

除夕作

旅馆椒花红欲燃，椒盘愁向客中传[1]。
如何才听金鸡唱，便唤今宵是客年[2]。

【注释】①椒花、椒盘：杜甫《杜位宅守岁》诗："守岁阿戎家，椒盘已颂花。"古时正月初一日用盘进椒，饮酒则取椒置酒中，称椒盘。周处《风土记》：正旦，俗人拜寿，上五辛盘、松柏颂、椒花酒。

②客年：指去年。

吊姜贞毅诗[1]

曾披阊阖扣天关[2]，垂死孤臣未赐环[3]。
遗命一棺何处葬，宣州城外敬亭山[4]。

唱尽门生薤上歌[5]，道傍虞殡已无多[6]。
殿廷若个能攀槛[7]，图画依然是荷戈[8]。

【注释】①姜贞毅:名埰,字如农,山东莱阳人。崇祯三年庚午(1680)举于乡。明年举进士。因敢言直谏,触怒贪污宰相及宦官,受极刑。后被赦,避地徽州。

②阊阖:天门,借指皇宫门。

③赐环:《荀子·大略》:"绝人以玦,反绝以环。"注:"左臣有罪,待放于境,三年不敢去,与之环则还,与之玦则绝,皆所以见意也。"后因谓放逐之臣蒙赦召还曰"赐环"。

④姜埰自号"宣州老兵",尝欲结庐敬亭山,未果。临死曰:"死必埋我敬亭之麓。"口吟《易箦歌》一章,呕血数升而殁。

⑤薤(xiè)上歌:即《薤露歌》。乐府相和曲名,古挽歌也。崔豹《古今注》:薤露、蒿里并丧歌,本出田横门人,横自杀,门人伤之,为作悲歌,言人命奄忽,如薤上之露,易晞灭也。

⑥虞殡:送葬歌。《左传》哀公十一年:"公孙夏命其徒歌虞殡。"注:虞殡,送葬歌曲。蔬:礼,启殡而葬,葬即下棺,反,日中而虞(祭),盖以启殡将虞之歌,谓之虞歌;送葬得有歌者,挽引之人,为歌声以助哀,今之挽歌是也。

⑦攀槛:汉朱云上书成帝,愿借上方剑,斩佞臣张禹。帝怒,欲斩之,御史将云去,云攀折殿槛呼曰:"臣得从龙逄、比干游地下足矣。"帝赦之,命勿易槛,以旌直臣。此以朱云比喻姜埰。

⑧荷戈:《诗·曹风·候人》:"彼候人兮,荷戈与祋。"《旧唐书·刘蕡传》:"居闲岁则櫜弓力穑,将有事则释耒荷戈。"荷,一作"何"。

长门怨①

玉殿金釭晚色新,殿前少使绣麒麟②。
夜来恐索长门锦,要赐平阳歌舞人③。

【注释】①长门:汉宫名。长门怨:乐府楚调曲名。一曰《阿娇怨》。

《乐府解题》:长门怨者,为汉武陈皇后作也。后退居长门宫,愁闷悲思。闻蜀郡司马相如天下工文章,奉黄金百斤,令为解愁之辞,相如为作《长门赋》。帝见而伤之,复得亲幸。后人因其赋而为《长门怨》也。

②自注:"汉内职有少使之号。"

③平阳歌舞:王昌龄《春宫曲》:"平阳歌舞新承宠,帘外春寒赐锦袍。"指汉武帝宠幸平阳主歌者卫子夫故事。见《汉书·孝武卫皇后传》。

秦淮老人

秦淮高阁拟临春①,中有仙翁鬓似银。
话到陪京行乐处②,尚疑身是太平人。

【注释】①临春:阁名。陈后主作。《南史·张贵妃传》:至德二年于当昭阁前起临春、结绮、望仙三阁,高数十丈,窗牖栏槛之类,皆以沉檀香木为之,饰以金玉,间以珠翠,每微风暂至,香闻数里。后主自居临春,张贵妃居结绮,龚、孔二贵嫔居望仙,并有复道交相往来。按故址当在今南京市。

②陪京:即指陪都。在首都以外另立的都城。如周代的洛邑,宋的建康等。

华盖山①

清江百里绕仙关, 华盖山头村寨还。
橘树蕉花天半路, 洞箫吹出暮云间。

【注释】①华盖山:在浙江省永嘉县东。山形遥望如华盖,故名。下有容成洞,道家名曰容成太玉天。道书称华盖山为"第十八洞天"。

先　著

先著,字迁夫,四川泸州人,迁居金陵。工书。

病　起

移植甘蕉为绿阴，经年长大已成林。
天寒霜落休轻剪，恐有秋来未死心。

周稚廉

周稚廉,字冰持,华亭(今上海松江)人。

送冯窦初

木末花开柿叶稀，旗亭分手泪沾衣[①]。
怜君身似江南雁，又逐秋风望北飞。

【注释】①旗亭:指酒楼。陆游《初春感事》诗:“百钱不办旗亭醉,空爱鹅儿似酒黄。”

蒋　超

蒋超(1624—1673),字虎臣,一字岵慎,自号华阳山人。金坛(今属江苏省)人。顺治四年丁亥(1647)赐进士第三人,授编修。后乞病归,遍游名山,卒于峨眉伏虎寺。临终有诗云:“偶向镬中求避热,那从大海去翻身。”著有《绥庵集》。

金陵旧院

锦绣歌残翠黛尘[①],楼台已尽曲池湮[②]。
荒园一种瓢儿菜,独占秦淮旧日春[③]。

【注释】①翠黛:翠色的画眉,指代美人。尘:用如动词,谓化为灰尘。

②湮(yān):淤塞。

③瓢儿菜:叶如瓢的青菜。按此诗对于古时繁华浓丽之地,偏写得如此荒凉,感慨系之。

文殊院[①]

紫玉屏风敬佛筵,诸峰如笏上青天。

偶来山寺空无主，惊起白猿松际眠。

【注释】①文殊院：旧址在安徽黄山玉屏峰。左有狮石，右有象石，势若守门，立院前可观天都、莲花及前海诸峰。徐霞客誉为“黄山绝胜处。”明万历间释普门至此，忆所梦文殊端坐石台情景与此景恰合，遂构筑文殊院，悬文殊像。

山行咏红叶(三首录一)

谁把丹青抹树阴，冷香红玉碧云深。
天公醉后横拖笔，颠倒春秋花木心。

程可则

程可则(1624—1673)，字周量，广东南海(今广州)人。顺治进士，官内阁中书，出知桂林府。与宋琬、施闰章、王士禛、汪琬齐名。有《海日堂集》。

闻　筝[①]

清歌本是秦楼曲，急调遥疑赵女弹[②]。
一十三弦何处尽，月明秋色满阑干。

【注释】①筝：乐器名。《玉篇》：筝似瑟，十三弦。《隋书·乐志》：筝十三弦，所谓秦声，蒙恬所作者也。

②唐徐安贞诗："忽闻画阁秦筝逸，知是邻家赵女弹。"赵女，赵州之女，善弹秦地之筝，盖乐籍也。

初　月

一钩初月照凭栏，浅浅寒光黛未残。
遥忆翠眉深处锁，无人画向镜中看。

题　画

一片江风吹白蘋，凫鹥漾漾水粼粼[1]。
不知古渡斜阳外，谁刺归帆及暮春[2]。

【注释】①凫（fú）：野鸭。鹥（yī）：鸥。粼粼：清澈貌。翁卷《题东池》诗："一池寒水绿粼粼。"

②刺：撑也，撑船也。《史记·陈丞相世家》：乃解衣裸而佐刺船。

杨柳青[1]

初月空明荡晚汀，天风吹面更扬舲[2]。
数声欸乃夕阳暮[3]，一曲烟村杨柳青。

【注释】①杨柳青：地名。今天津市西三十里，地濒运河，水道便利，沿堤一带多植杨柳,风景颇佳。

②舲:有窗牖之小船。《楚辞·九章·涉江》:"乘舲船余上沅兮。"

③欸(ǎi)乃:行船摇橹声。

题老将骑马图

一骑凭陵大漠风[1],据鞍谁识伏波雄[2]?
平生白草黄云意[3],犹在萧萧落日中。

【注释】①凭陵:侵陵,进逼。一作"冯陵"。李白《大鹏赋》:"凭陵乎昆仑。"张耒诗:"酒病年年慵把笔,新文寄我苦冯陵。"

②伏波:后汉马援,字文渊,茂陵人。王莽以为新城大尹。莽败,依隗嚣。后归汉光武,破隗嚣。建武中,拜伏波将军。时年八十馀。尝谓嚣曰:"丈夫立志,穷当益坚,老当益壮。"又言:"男儿要当死于边野,以马革裹尸还葬,何能卧床上在儿女子手中耶?"后果卒于军。

③白草:岑参《白雪歌送武判官归京》诗:"北风卷地白草折。"耿沣《陇西行》:"白草三冬色,黄云万里愁。"黄云:黄色尘埃。高适《别董大》诗:"千里黄云白日曛,北风吹雁雪纷纷。"白草、黄云,指边地而言。

九日发广陵答别王十一贻上[1]

昨听砧声与雁声,故人相见广陵城。
菊花满地才同醉,风雨重阳又送君[2]。

【注释】①广陵:即扬州。王十一贻上,王士禛,字贻上,见前五绝部分王士禛小传。

②风雨重阳:潘大临诗:"满城风雨近重阳。"

范承谟

范承谟(1624—1676),字觐公,号螺山,又自号蒙谷,汉军旗人。顺治九年壬辰(1652)进士,改庶吉士,授编修,官至福建总督,殉难。赠太子少保后部尚书,谥忠贞。有《范忠贞公集》。承谟督闽,值耿精忠叛,被幽囚七百馀日,不屈遇害。今所传之《百苦吟》《画壁诗》,可与文天祥《正气歌》后先辉映。长诗《勾留吟》《武彝曲》皆传诵于世。

绝命词

连宵乌鹊南噪,晓闻王师已逾仙霞,耿、刘二逆,初谋携装泛海,继以众情弗顺,始议投诚。禁卒侦知其情,密以慰余,余笑曰:“二逆即投诚,终不免,然必先杀我以灭口。”因口占示之。

一笑襟间万怒平,龙兴有寺葬真卿①。
执旗厉鬼争前导,扫尽穿墙穴壁鼪②。

【注释】①真卿:颜真卿,字清臣,唐京兆万年人。开元进士,官御史,为杨国忠所恶,出为平原太守。度安禄山必反,乃阴为备。禄山叛,平原独完。官至吏部尚书,封鲁郡公。世称颜鲁公。德宗立,卢杞恶之,改太子太师。会李希烈反,杞建言遣真卿往谕。希烈胁之,始终不屈。遇害于龙兴寺。有《颜鲁公集》。

②鼪(shēng):或作“狌”。鼠属。《尔雅·释兽》“鼬鼠”注:今鼬似貂,赤黄色。大尾,啖鼠,江东呼为鼪。

魏 禧

魏禧(1624—1680),字冰叔,号裕斋,又号叔子,又字勺庭,伯子之弟。康熙十八年己未(1679)举博学鸿词,不就。与兄际瑞、弟礼,在翠微峰筑易堂以居,提倡古文实学,开一时风气。诗虽非专家,但思深语隽,如幽泉咽涧,迥异尘音。

灵岩杂咏①

琴台如髻绕烟环,学得新声手自弹。
七十二峰看不尽,烟波纯浸洞庭山②。

【注释】①灵岩:山名。在今江苏省苏州市西,位天平山南。

②洞庭山:在江苏苏州西南太湖中,有东西二山。旧传有太湖七十二峰名。

顾祖禹

顾祖禹(1624—1680),字景范,无锡(今属江苏)人。侨居常熟之钓渚,故以宛溪自号。晚年昆山徐司寇聘修《一统志》。自著有《读史方舆纪要》。遗集《宛溪集》,久佚不传,仅于《梁溪诗钞》《海虞诗话》中略见片羽。

过石谷秦淮水阁看鹊华秋色图①

辋川六月写沧浪②,梦入平津逸兴长。
却忆挥毫千万里,风生腕底为君凉。

【注释】①石谷:王翚,字石谷。久居南京。见前五绝宋荦《题王翚画》注。

②辋川:水名。在陕西省蓝田县南。唐王维有别墅在此。

王　澐

王澐,原名溥,字胜时,号僧士,华亭(今属上海市松江区)

人。明贡生。有《瓠园集》《辋川诗钞》。

仲春大雪漫效元人体题顾寄园仿右丞江上七树[1]

七十风流老画师，练裙纨扇竹枝辞。
无端催却春归去，独剪孤灯对墨池。

我家右丞江上树，近在沧洲尺幅间。
今日为君重设色，满天春雪点春山。

【注释】①仲春:阴历二月曰仲春,为春季之中。顾寄园:顾胤光,号寄园,明画师。右丞:王维开元初累迁尚书右丞,世称王右丞。画山水为画家南宗之祖。

赠孙锡黄移居

小山招隐野人家[1],丛桂森森猗槛斜[2]。
客至不知谁是客，登楼闲坐看飞花。

【注释】①小山招隐:《楚辞·招隐士》为淮南小山所作。

②丛桂:《楚辞·招隐士》有“桂树丛生兮山之幽”句。猗,通“倚”。《诗·卫风·淇奥》:“猗重较兮。”释文:猗,依也。

汪　琬

五见绝部分作者小传。

姑苏杨柳枝词[①]

腊尽寒威尚未消，浅黄轻碧影迢迢。
费他烟雨知何限，只替东风染柳条。

白玉堂前发数枝，妆成每日下阶墀。
中庭不是无花看，独为清阴立少时。

【注释】①姑苏:姑苏城,即今苏州市。以其地有姑苏山而得名。杨柳枝词:汉横吹曲有《折杨柳枝》。唐变作新声,教坊曲有《杨柳枝曲》此本唐人七绝,自刘禹锡、白居易倡和以后,为此词者甚多,皆赋柳枝本意。

过石坞

主宾无语似想望，净扫青苔坐夕阳。
乳燕飞飞蛙阁阁[①],楚萍谢絮满池塘[②]。

【注释】①阁阁:蛙鸣声。韩维《和象之夜饮》诗:“阁阁蛙乱鸣”。

②楚萍:陈坩《谢人惠三峰朱柿》诗:“浆冷夜凝仙掌露,味甘秋到楚江萍。”谢絮:晋谢道韫咏雪有“未若柳絮因风起”句。

董文骥

董文骥(1624—1686),字玉虬,号易农,又号云和,武进(今江苏常州)人。顺治六年己丑(1679)进士。历官甘肃陇右道,有《微泉阁集》。玉虬怀古诸作,苍浑激楚,有节短韵长之妙。渔洋激赏其《汾阳道中咏梨花》诗:“待人雪夜寒无栗,骑马平明淡扫眉。”以为用事无迹,风韵绝佳。

骊山温泉①

山上千门山下池,玉环何处洗奚儿②?
野人分得温泉水,菜甲红于锦荔枝③。

【注释】①骊山:在陕西省西安市临潼区东南。古骊戎居此山,因名。山下有温泉。唐玄宗(明皇)就置华清宫,即杨贵妃浴池也。白居易《长恨歌》:“温泉水滑洗凝脂。”即指此处温泉。

②玉环:杨贵妃名玉环。奚儿:安禄山为奚族人,杨贵妃曾认他为义子,故名之曰奚儿。《资治通鉴》二一六唐天宝十载:(安)禄山生日,上及贵妃赐衣服、宝器、酒馔甚厚。后三日,召禄山入禁中,贵妃以锦绣为大襁褓,裹禄山,使宫人以彩舆舁之。上闻后宫欢笑,问其故,左右以贵妃三日

洗禄儿对。上自往观之,喜,赐贵妃洗儿金银钱。

③菜甲:菜初出叶曰菜甲。杜甫《宾至》诗:“自锄稀菜甲,小摘为情亲。”荔枝:《新唐书·杨贵妃传》:妃嗜荔枝,必欲生致之,乃置骑传送,走数千里,味未变,已至京师。杜牧《过华清宫绝句》:“一骑红尘妃子笑,无人知是荔枝来。”苏轼《荔枝叹》:“宫中美人一破颜,惊尘溅血流千载。”

李　柏

李柏(1624—1694),字雪木,陕西眉县人。结庐太白山中,读书学道,与中孚(李颙)、子德(李因笃)齐名,称关中三李。诗自成一家,而声韵颇与陶彭泽相近。有《槲叶集》。

山　行

漫道桃源路不通①,溪行十里道心空②。
鸟啼流水落花外，人在春山暮雨中。

【注释】①陶渊明《桃花源记》:(渔人)诣太守说(桃源)如此,太守即遣人随其往,寻向所志,遂迷不复得路。

②道心:发于义理之心,对人心而言。《书·大禹谟》:人心惟危,道心惟危。《朱子全书·尚书》:人心,人欲也;道心,天理也。所谓人心者,是血气和合做成;道心,是本来禀受仁义礼智之心。

姚启圣

姚启圣(1624—1683),字熙止,号忧庵,汉军旗人。康熙二年癸卯(1663)举人,官至福建总督,加尚书太子太保。有《忧畏轩遗诗》。启圣与靖海侯施琅平台湾,盛有声誉。闽人多祠祀之。摘句如《黄村看梅》云:“正宜明月上,不碍白云归”,亦娴雅可诵。

视　师

提师渡海极沧溟①,万里波涛枕上听。
此际梦回银汉转②,千峰明月一孤舲③。

【注释】①沧溟:谓海水也。《武帝内传》:诸仙玉女,聚居沧溟,其名难测,其实分明。

②银汉:即银河。鲍照《夜听妓》诗之一:“夜来坐几时,银汉倾露落。”

③舲(líng):有窗的小船。

徐 倬

徐倬(1624—1713),字方虎,号蘋村,浙江德清人。康熙十二年癸丑(1673)进士,改庶吉士;授编修,官至礼部侍郎。有《应制集》《蒖村集》。尝进《全唐诗录》百卷。后敕编《全唐诗》,以季沧苇所编为蓝本,扩而广之。

舟中戏题

雪后微风卷浪迟,缓摇柔橹怕鸥知。
舟中倦客闲凭几,不见舟移见岸移。

丁 澎

丁澎,字飞涛,号药园,浙江和仁(今杭州)人。顺治十二年乙未(1655)进士,官礼部郎中,为"西泠十子"之一。吴下士女争书其《白燕楼诗》于衫袖。与宋琬、施闰章辈称"燕台七子"。有《扶荔堂集》及《信美堂诗选》。

望天寿山[1]

高峰突兀散流霞，天外钟声一径斜。
认道前朝功德寺[2]，老僧还着旧袈裟。

【注释】①天寿山：在今北京市则是平县东北。俗名黄土山，为军都诸山之冈阜，群峰连亘，中以石门、宝山、莲花诸峰为最著。明十三陵在此三山之麓。叶盛《水东日记》：旧名东榨子山，明永乐七年卜建山陵，因改名天寿。

②功德寺：明刘侗、于奕正撰《帝京景物略》卷七：寺故金护圣寺，寺七殿，殿九楹，楹以金地，彩其上。宣德中，板庵禅师重建也。宣宗召入，赐金钱，遂建巨刹，曰功德寺，时临幸焉。为累朝驻跸地。世宗幸景陵，经过此，怒金刚狰狞，命撤毁。

听旧宫人弹筝

银甲斜抛雁柱飞[1]，玉熙宫里尚依稀[2]。
不须弹到回波曲[3]，说着先皇泪满衣。

【注释】①银甲：银制的假指甲，用以弹筝、琵琶等弦乐器，亦称“拨”。唐杜甫《陪郑广文游何将军山林》诗：“银甲弹筝用，金钱换酒来。”雁柱：古筝的弦柱斜列，如飞雁一般，故称雁柱。宋张先《生查子咏筝》：“雁柱十三弦，一一春莺语。”

②玉熙宫：一名玉华宫。《太平寰宇记》：玉华宫在坊州宜君县西，贞观十七年置。杜甫有《玉华宫》诗。又苏轼诗：“仙家多住玉华宫。”

③回波曲：一作“回波词”，亦名“回波乐”。乐府商调曲名。六言绝句

体。第一句皆用“回波尔时”四字起。刘肃《大唐新语》:景龙中,中宗尝游兴庆池,侍宴者递起鼓舞,并回波词。给事中李景伯亦起舞,歌“回波尔时酒卮”云云。《乐府诗集》:回波,商调曲,唐中宗时造,盖出于曲水引流泛觞也。后亦为舞曲。

塞上曲

百战洮河西备羌①,合黎山外月如霜②。
白头老将沙场卧,尚说弯乌从武皇③。

【注释】①洮河:即洮水,源出甘肃省碌曲县西北西倾山,曲折东北流,经岷县,入临洮县,注黄河。羌:种族名。本三苗之裔,舜时流于三危。东汉时,分为东西羌,东羌居安定、北地、上郡、西河等地。西羌居漠阳、金城等地。后散居于今甘肃省临潭、岷县及四川省松潘、茂汶等地。

②合黎:山名。《书·禹贡》:“导弱水,至于合黎。”《元和志》:合黎山在张掖郡删丹县。今甘肃张掖、山丹、高台、酒泉四县之北,延长三百馀里。亦作“合离”。

③武皇:汉武帝。杜甫《兵车行》:“武皇开边意未已。”王昌龄诗:“白马金鞍从武皇,旌旗十万宿长杨。”

计 东

计东(1625—1676),字甫草,号改亭,吴江(今属江苏省)人。顺治十四年(1657)举人。有《改亭集》。沈德潜《论诗绝句》:“眇目山人(按指谢榛)足性灵,诗盟寒后苦飘零。后来谁吊荒坟者,只有吴江计改亭。”

豫让桥[1]

秋尽蓬山惨不骄，流泉夹岸夕阳遥。
伤心国土酬恩地，瘦马单衫豫让桥。

【注释】①豫让桥:在河北邢台北,俗呼为板桥。春秋时豫让刺赵襄子处。豫让:战国晋人。初事范中行氏,无所知名,去而事智伯,甚见尊宠。赵襄子灭智伯,豫让漆身为癞子,灭须去眉,以变其容;吞炭为哑,以变其音。伏于桥下,谋刺襄子,不中,被执。襄子面数让曰:“子不尝事范中行氏乎?智伯灭范中行氏而子不为报仇,反委质事智伯。智伯已死,子独何为报仇之深也?”让曰:“范中行氏以众人遇臣,臣以众人报之;智伯以国士遇臣,臣故以国士报之。”请击襄子之衣。呼天曰:“可以报智伯矣。”遂伏剑而死。

陈维崧

见五绝部分作者小传。

扬州红桥[1]

雨馀垂柳鸭头绿，日落吴天卵色红。

绝似浓家罨画里[2],几层春水几层风。

【注释】①红桥:见前五绝部分王士禛《红桥》注。

②罨画:画家谓杂彩色之画曰罨画。《丹青总录》引吴莱《倭画扇歌》:“锦屏罨画散红青”。

题孙豹人小像[1]

月黑山深射虎还[2],酒酣豪气露樽前。
秦关陇水三千里,流落孙郎二十年。

【注释】①孙豹人:孙枝蔚字豹人,见前五绝部分孙枝蔚小传。

②射虎:借用孙权故事。《三国志·吴志·孙权传》:(建安)二十三年十月,权将如吴,亲乘马射虎于庱亭,马为虎所伤,权投以双戟,虎却废。苏轼《江城子·密州出猎》:“为报倾城随太守,亲射虎,看孙郎。”

同诸子夜坐巢民先生宅观剧各得四绝句[1](录二首)

欲翻新句咏回波[2],搦管沉吟唤奈何。
淡月轻烟犹易写,最难摹拟是清歌。

少日魂销汤义仍[3],而今老去意如冰。
听歌忽忆当年事,月照中门第几层。

【注释】①巢民:冒襄号巢民。见前冒襄小传。

②回波:见前丁澎《听旧宫人弹筝》注③。

③汤义仍:汤显祖(1550—1617),字义仍,江西临川人,著有《临川四梦》,《牡丹亭》最有名。

得阮亭渔阳道中花朝四绝句和韵却寄[①](录三首)

前年寒食春无赖,人在红桥唤奈何[②]?
记得璧郎偷擫笛[③],鹧鸪天破定风波[④]。

今年高歌阖闾城[⑤],君在渔阳草未生。
春暖春寒人去久,更何情绪度清明。

柳丝着水细于烟,檀板银罂二月天[⑥]。
忽接王郎诗一纸,春光好处倍凄然。

【注释】①按王士禛(阮亭)《渔洋山人精华录》卷六有《花朝道中有感寄陈其年三首》:"渔阳三月无芳草,客思离情不奈何。此日淮南好天气,青骢尾蘸鸭头波。""三月嬉春射雉城,钵池新水縠纹生。紫云低唱灵雏拍,爱忍春寒坐到明。""风俗淮南古禁烟,红桥解禊雨晴天。酒徒散尽杨枝别,说着花朝一惘然。"渔阳:郡名。秦置。今北京市以东,天津市以北及长城以南,丰润、遵化诸县以西皆其地。汉治渔阳县,故城在今密云区西南,城在渔水之阳,故名。

②红桥:在江苏扬州北门外。

③璧郎:指陈维崧所恋之艺人紫云而言。亦作"璧人",谓其仪容美如玉也。擫(yè):按也。《文选·张衡〈南都赋〉》:"弹琴擫籥。"(籥同笛)

④鹧鸪天:词牌名。采郑嵎诗"家在鹧鸪天"句以名。双调,五十五

字。又曲牌名,字数与词调同。《定风波》:词牌名。本唐教坊曲名。敦煌曲子词有此调。五代欧阳炯所作,句律稍异,宋人依之,双调六十二字,平韵仄韵互用。

⑤阖闾:春秋吴王。阖闾城,吴都,今苏州。

⑥檀板:檀木拍板。欧阳修《答通判吕太傅》诗:“舞踏落晖留醉客,歌迟檀板换新声。”罂(yīng):盛酒器,小口大腹。

塞外词

阿那环歌变徵高①,前营猎火彻临洮②。
蠕蠕公主霜弧燥③,一箭能穿两皂雕。

【注释】①阿那环:乐府杂曲歌名。《乐府诗集》:《北史》曰:阿那环,蠕蠕国主也。变徵(zhǐ):七音之一。《后汉书·律历志》:“以黄钟为宫,太簇为商,姑洗为角,林钟为徵,南吕为羽,应钟为变宫,蕤宾为变徵。”

②临洮:古县名。秦置。治所在今甘肃岷县,以临洮水得名。秦筑长城西起于此。李白诗:“发愤去函谷,从军向临洮。”杜甫诗:“近闻犬戎远遁逃,牧马不敢过临洮。”

③蠕蠕(ruán):古代北方种族名。《魏书·蠕蠕传》:蠕蠕,东胡之苗裔也。世祖以其无知状类于虫,故改其号为蠕蠕。《南史·夷貊传》:蠕蠕为族,盖匈奴之别种也。魏自南迁,因擅其地,故无城郭,随水草畜牧,以穹庐居,辫发衣锦,小袖袍,小口裤,深雍靴。

别紫云①

二度牵衣送我行,并州才唱泪纵横②。
生憎一片江南月,不是离筵不肯明。

【注释】①紫云:陈维崧所眷恋之歌者。

②并州:贾岛《渡桑乾》诗:"客舍并州已十霜,归心日夜忆咸阳。无端更渡桑乾水,却望并州是故乡。"此处"并州"指送别歌。

钞唐人七言律竟辄题数断句楮尾[①](九首)

沈宋才高擅景龙[②],诗成评骘费昭容[③]。
流苏七宝殊端丽[④],闭置车中愁杀侬。

长鸣万马皆喑日[⑤],独立六宫无色时[⑥]。
湖海高楼无长物,龙门列传辋川诗[⑦]。

神韵天然高达夫[⑧],嘉州格调也应无[⑨]。
更怜绝代东川李[⑩],七首吟成万颗珠[⑪]。

三唐作者细如毛[⑫],杜老波澜一代豪[⑬]。
吟到安时殊细腻,体当拗处更风骚。

汶上相逢殊蔚跂[⑭],郑公樗散太委佗[⑮]。
饱吟此老七言律,字字公孙剑器歌[⑯]。

大历诗人刘长卿[⑰],净如秋水滑如莺。
闲窗吟写无人会,老向随州过此生。

弇州善喻唐寅作[18]，荡子中年是乞儿。
何似韩翃知制诰[19]，一生玉勒与金羁。

浣花翁死诗人少[20]，商隐篇章剧老成[21]。
却怪后来多傅会，金荃那抵玉溪生[22]。

大能感慨许丁卯[23]，别有心情赵倚楼[24]。
谁说晚唐无妙语，二公才调也风流[25]。

【注释】①楮：纸面。楮尾：书其后也。

②沈宋：沈佺期（约656—714）与宋之问（约656—712），作诗音韵相和，约句准篇，号沈宋诗。景龙：中宗年号（707—709）。

③昭容：即上官婉儿，唐陕州人。辨慧能文，年十四，武后召见，内掌诏命。中宗立，进拜昭容，劝帝侈大书馆，增学士员，赐宴赋诗，词旨益新，朝廷靡然成风。韦后之败，斩于阙下。

④流苏：古以五彩羽为垂饰，谓之流苏。七宝：旧时宝物多以七宝为名，如汉武帝有七宝床、唐有七宝砚炉。

⑤喑（yīn 音）：失音，不能出声。

⑥六宫无色：白居易《长恨歌》："六宫粉黛无颜色。"

⑦辋川诗：王维（701—761）居辋川，尝集其所作诗，号为《辋川集》。

⑧高达夫：高适（706—765）字达夫。有《高常侍集》。

⑨嘉州：岑参（约715—770）字至嘉州刺史。有《岑嘉州集》。

⑩东川李：李颀（690—751），东川人。开元进士，官新乡尉。

⑪作者自注："李颀七律止七首。"

⑫三唐：论唐人诗格，多分初唐、盛唐、晚唐。清王士禛同人诗问答，每以三唐标目。

⑬杜老：即杜甫。杜甫七律诗有用拗韵，故末句云。

⑭汶上:汶水之滨。杜甫《奉寄高常侍》诗:“汶上相逢年颇多,飞腾无那故人何。”蔚跂:绵密超脱貌。杜甫《观公孙大娘弟子舞剑器行序》:见临颍李十二娘舞剑器,壮其蔚跂。问其所师,曰:余公孙大娘弟子也。

⑮郑公樗(chū)散:杜甫《送郑十八虔贬台州司户伤其临老陷贼之故阙为面别情见于诗》:“郑公樗散鬓成丝,酒后常称老画师。”樗散,言不为世用,如樗木之为散材也。委佗(yí):同“逶迤”,曲折貌。

⑯公孙剑器歌:杜甫《观公孙大娘弟子舞剑器行》:“昔有佳人公孙氏,一舞剑器动四方。”

⑰大历:唐代宗年号(766—779)。刘长卿(709? —780),字文房,河间人。有《刘随州集》。

⑱弇州:王世贞(1526—1590),字元美,号凤洲,又号弇州山人,明太仓人。嘉靖进士,官至南京刑部侍郎。与李攀龙同为“后七子”首领。唐寅(1470—1524),字伯虎,一字子畏,自号六如居士,明吴县人。性放荡不羁,有才华。画与沈周、文徵明、仇英齐名,合称“明四家”。亦能诗文,有《六如居士全集》。

⑲韩翃:字君平,南阳人。“大历十才子”之一。以驾部郎中知制诰,时有两韩翃,其一为刺史,宰相请孰与,德宗曰:与诗人韩翃。终中书舍人。有《韩君平集》。知制诰:官名,唐置。原为中书舍人之职,凡翰林学士入学士院一岁,则迁知制诰,专掌内命,典司诏诰。

⑳浣花翁:指杜甫。杜甫客蜀,居浣花里,建草堂。浣花溪在四川成都市西郊,溪畔有杜甫故居浣花草堂。

㉑商隐:李商隐(约813—约858),字义山,号玉溪生。有诗云:“桐花万里丹山路,雏凤清于老凤声。”

㉒温庭筠(约812—866)有《金荃词》。此句说温庭筠不及李商隐。

㉓许丁卯:许浑,字用晦,丹阳人,有《丁卯集》。

㉔赵倚楼:赵嘏,字承祐,会昌进士,官渭南慰。有《渭南诗集》。《长安秋望》诗云:“残星几点雁横塞,长笛一声人倚楼。”杜牧酷爱“长笛”句,称他“赵倚楼”。

㉕二公:指许浑与赵嘏。

黄　庭

黄庭(1625—1704),字蕺山,一字守中,长洲(今江苏苏州)人。康熙二十六年丁卯(1687)举人。

马　嵬[①]

方士钿钩何处得[②],农夫罗袜此间收[③]。
蒙尘莫慢尤倾国,犹剩唐家土半邱[④]。

【注释】①马嵬:在陕西兴平市西二十五里。唐时安禄山乱,玄宗西幸,军次马嵬,赐杨贵妃死,即此地。

②"方士"句:陈鸿《长恨歌传》:适有道士自蜀来,知上皇心念杨妃如是,自言有李少君之术。玄宗大喜,命致其神,方士乃竭其术以索之,不至,又能游神驭气,出天界、汉地府以求之,不见,又旁求四虚上下,东极大海,跨蓬壶,见最高仙山,上多楼阙,西厢下有洞户,东向阖其门,署曰玉妃太真院。

③洪昇《长生殿》传奇载有农夫拾得杨贵妃死后遗留罗袜的故事。

④唐家土半邱:指马嵬坡那一点小地方,足为李唐仅剩之土地而言。见《长生殿》传奇。

潘 高

见五绝部分作者小传。

寒 食[1]

黄鸦谷谷雨疏疏[2]，燕麦风轻上鲎鱼[3]。
记得去年寒食节，全家上冢泊船初。

【注释】①题一作《忆得》。《渔洋诗话》谓陈其年与予书云："有潘高者，贫而工诗，久别无可言者，止此一物奉献。"下即举此《寒食》诗，盖言其风调可听也。

②谷谷：鸦鸣声。陆游《坑头晚兴》诗："篝炉火暖床敷稳，卧听黄鸦谷谷声。"黄鸦，一作"寒鸦"。

③燕麦：多年生草本，茎细，叶狭长，花穗状花序，有短芒，结实可食。鲎(zī)鱼：《山海经·南山经》：茈水出于其阴，北流注于具区，其中多鲎鱼。注：鲎鱼迣狭薄而长，头大者尺馀，太湖中今饶之，一名刀鱼。苏轼《和文与可洋川园地寒芦港》诗："还有江南风物否？桃花流水鲎鱼肥。"

竹枝词

一种沙禽一种啼，鹧鸪格格洞庭西[1]。

行人早到黄陵庙[2]，莎草连天日又西[3]。

【注释】①格格：鹧鸪鸣声也。

②黄陵庙：在湖南湘阴县北四十里。唐韩愈有祭文。《水经注》：大湖水西流径二妃庙前，世谓之黄陵庙。二妃从征，溺于湘江，故民为立祠于水侧。

③莎草：多年生草本，生原野沙地，地下具细长之根茎，地上茎高尺余。叶狭长，夏日开小穗状花。

郑日奎

郑日奎，字次公，号静庵，江西贵溪人。顺治十六年己亥(1659)进士，改庶吉士，历官礼部郎中。有《蓉浦别集》《静庵》《南溪》《虎阜》诸集。

游嵩山寺[1]

十里溪声五里山，数椽梵刹万松间[2]。
老僧扫地不为客，待有白云时往还。

【注释】①嵩山：在河南省登封市北。为五岳之中岳。

②梵刹：本言佛土佛国，后转为寺庙之称。

诸嗣郢

诸嗣郢,字乾乙,号松槎,一号勿庵,青浦(今属上海市)人。顺治十八年辛丑(1661)进士,有《九峰山人集》《溪上吟》。吴伟业为作《九峰草堂歌》。

九峰草堂同吴梅村先生夜话①

名花美酒共婆娑,月落乌啼奈晓何。
如遇浔阳旧供奉②,殷勤重唱渭城歌③。

【注释】①九峰草堂:诸嗣郢的别墅。诸中进士后,未仕,著书九峰山下,每峰皆有卜筑,而神山为最。其详参《九峰志》。吴梅村:吴伟业号梅村,见五绝部分吴伟业小传。

②供奉:李白官翰林院供奉。浔阳:李白与郭子仪相值地。李白识郭子仪于行伍间,为免脱其刑责而奖重之。后李白坐法,子仪以功成官爵请赎翰林,上许之,因免诛。

③渭城歌:乐曲名。一曰阳关曲。唐王维作。本送人使安西诗,后遂被于弦歌。刘禹锡《与歌者何戡》诗:"旧人唯有何戡在,更与殷勤唱渭城。"

孙 蕙

孙蕙，字树百，号泰岩，又号笠山，山东淄川（今属淄博市）人。顺治十八年辛丑（1661）进士，由知县历官户部给事中。有《笠山诗选》。诗沿明七子声律，而出以隐秀、安详、流美，蔚然成家。

太华绝句①

绝顶青冥露掌开，仙人凤迹隐楼台。
云间忽敞中原色，俯看黄河一线来。

【注释】①太华：即华山，以其西南有少华，故称太华，在陕西省华阴市南，世以为五岳中之西岳。

刘逢源

刘逢源，字资深，号津逮，曲周（今属河北省）人。贡生。有《积书岩诗》《学迂轩稿》。逢源与申凫盟诸人唱和，时称高士。

其诗功力颇深，品格在大历之间。

郭 泰[1]

博带雍容七尺身，遨游郡国擅人伦[2]。
如何下士惊相慕，只仿先生折角巾[3]？

【注释】①郭泰：即郭太，字林宗，后汉界休人。名震京都，后归乡里，诸儒送者车千乘，泰独与李膺同舟而济，众宾望之，以为神仙。

②《后汉书·郭太传》：性明知人，好奖训士类，身长八尺，容貌魁伟，褒衣博带，周游郡国。

③《后汉书·郭太传》：尝于陈梁间行，遇雨，巾一角垫，时人乃故折一角，以为"林宗巾"。

补锅匠

高隐昔传磨镜客[1]，奇踪今见补锅人。
若将姓字留天地，虽作巢由亦外臣[2]。

【注释】①磨镜：《传灯录》：让禅师一日在马祖庵前磨砖，祖问：要作甚么？让云：欲得成镜。祖云：难成。让曰：既不成镜，坐禅岂得作佛耶？

②巢由：巢父、许由，尧时隐士。

马敬思

马敬思，字一公，桐城（今属安徽）人。诸生。有《虎岑集》。一公为正谊长子。承过庭之训，致力于诗。与方尔止有往还。所作五律，风格雅近晚唐。七律清和宛转，无雕琢之迹。

宿僧房即事

老僧留我西窗宿，夜劈松薪煮新竹。
起来云薄晓山青，几处疏烟出茅屋。

周在浚

周在浚，字雪客，河南祥符（今开封市）人。栎园周亮工之子。雪客著述精博，《南唐书注》最有名。有《梨庄》《遗谷》诸集。邓孝威采其诗入《诗观初集》。

秦淮竹枝词

布幔朱阑饰彩舟，少年箕踞放中流[1]。
三弦拨动凉州调[2]，故老听来尽白头。

端阳节近说青溪，芳草门前踏作泥。
到得秋来人寂寞，月明衰柳夜乌啼。

北人才得解征鞍，也学吴侬事事酸。
金碗银盘都不用，素磁月下试龙团[3]。

【注释】①箕踞：坐时两脚叉开，形似簸箕，是一种狂放的姿态。

②凉州调：即凉州词。乐府近代曲词。《乐府诗集》引《乐苑》：《凉州》，宫调曲，开元中西凉府都督郭知运进。凉州，在今甘肃武威。

③龙团：茶名。即龙凤团。宋时制茶为圆饼形，上印龙凤形图纹，岁贡皇帝饮用。

田　登

见五绝部分作者小传。

丁卯客都门值予初度示姚叶二子①

百战乾坤乘此身，今宵重对启祯人②。
白头红烛千行泪，重向尊前话甲申③。

【注释】①丁卯：康熙廿六年(1687)。初度：生日。姚叶二子：姚仲潜、叶方蔼。

②启祯：明熹宗年号天启(1621—1627)，思宗年号崇祯(1628—1644)。

③甲申：清顺治元年(1644)，亦即明思宗自缢于煤山(景山)之年。

天寿山①

十里春山入杳冥，残碑断瓦杂苔青。
江南漠北浑如此②，不信当年石马灵。

【注释】①天寿山：在今北京昌平东北。明十三陵在此。

②江南：指南京之孝陵。漠北：指天寿山。

黄与坚

黄与坚，字庭表，号忍庵，太仓(今属江苏)人。顺治十六年己亥(1659)进士,官知县。康熙十八年己未(1669)召试博学鸿词,授编修,历官赞善。有《忍庵集》。其诗为钱牧斋(谦益)、吴梅村(伟业)所称,名列"太仓十子"中。

婆留井[1]

绿莎萦绕水澄清,荒井翻因得大名。
怪道真王身不死,水犀万弩射潮平[2]。

【注释】①婆留:五代吴越王钱镠小名。镠生时,父欲不育,拟投井中淹死,祖母(一说邻媪)强留之,因名婆留。《清诗别裁集》二九孙贻武《吴越王》:"凤舞龙飞地脉优,挺生人杰说婆留。"婆留井在馀杭。

②水犀:《国语·越语》:"今夫差衣水犀之甲者,亿有三千。"苏轼《八月十五日看潮》诗:"安得夫差水犀手,三千强弩射潮低。"射潮:宋孙光宪《北梦琐言》:杭州连岁潮头直打罗刹石,吴越钱尚父(镠)俾张弓弩,候潮至,逆而射之,由是潮退。

李自郁

李自郁,字文叔。顺治十八年辛丑(1661)进士。文叔本姓黄,侨寓湖北松滋,依妇家以居,遂从其姓。相传为黄忠壸裔云。

桃花源

旧梦荒唐说避秦，桃花辜负几千春。
人间那有仙源路，多事刘郎枉问津①。

【注释】①刘郎：陶潜作《桃花源记》末云：南阳刘子骥，高尚士也。闻之，欣然规往，未果，寻病终。后遂无问津者。

鞠逊行

鞠逊行，字谦叔，号未峰，山东海阳人。康熙四年己未(1739)进士，改庶吉士，授编修。有《核实书屋诗草》。

泊燕子矶①

倒影涵波返照红，动摇金碧大江空。
锦帆一片寺前落，入李将军图画中②。

【注释】①燕子矶：在江苏南京市北郊观音山上，山石直立江上，三面临空，形似燕子展翅欲飞，因称燕子矶。

②李将军：唐李思训，字建景，开元间进武卫大将军。思训善画金碧山水，世称李将军山水。有《江帆楼阁图》，“锦帆”两句似即指此图而言。

虞黄昊

虞黄昊，字景明，浙江石门（今属桐乡市）人。康熙五年丙午（1666）举人。官临安教谕。

杨柳枝词

杨花如雪扑征衣，马上征夫苦忆归。
曾向曲中回首望，而今真在路傍飞。

贺振能

贺振能，字蓬仙，河南获嘉人。康熙五年丙午（1666）举人。有《窥园稿》。

亦园事寄怀孙征君钟元先生①

病起秋原学闭关，转从风雨见幽闲。

最怜小圃新锄后，独立空亭对远山。

【注释】①孙征君钟元:即孙奇逢,号钟远。见五绝部分孙奇逢小传。

何天宠

何天宠,字昭侯,号素园,宛平(今属北京市)人。康熙六年丁未(1667)进士。官吏部员外郎。有《紫来阁集》。

归义驿①

岳阳路径绕烟环②,拟见湘娥竹上斑③。
一曲罗江千叠嶂④,云深何处九疑山⑤?

【注释】①归义驿:在今湖南省汨罗市汨水口,即古汨罗戍,后为归义镇,明置巡司,后复改为驿。

②岳阳:今湖南省岳阳市。

③湘娥竹上斑:《博物志》:尧之二女,舜之二妃,曰湘夫人。舜崩,二妃啼,以涕挥竹,竹尽斑。《群芳谱》:斑竹即吴地称湘妃竹者,其斑如痕,世传二妃将沉湘水,望苍梧而泣,洒泪成斑。

④罗江:此指汨罗江。

⑤九疑山:在河南宁远县南六十里。《史记·五帝纪》:"(舜)葬于江南九疑。"《水经注·湘水注》:九疑山蟠基苍梧之野,峰秀数郡之间;罗岩九峰,各导一溪,岫壑负阻,异岭同势,游者疑焉,故曰九疑山。

王　樛

王樛(1627—1665),字子下,号息轩,籍贯山东淄川(今属淄博),汉军旗人。荫生。历官通政使,有《息轩草》。诗浏漓沉郁,兼渭南(陆游)、沧溟(李攀龙)之胜。

夏　日

暑气侵人难久卧,夕阳故故度窗纱①。
不如散发浓阴下②,细看游鱼饵落花。

【注释】①故故:故意,偏偏。徐铉《九月三十夜雨寄故人》诗:“别念纷纷起,寒更故故迟。”

②散发:头发披散。孟浩然《夏日南亭怀辛大》诗:“散发乘夜凉,开轩卧闲敞。”

缪　彤

缪彤(1627—1697),字念斋,又字歌起,长洲(今江苏苏州)

人。康熙六年丁未(1667)赐进士第一人,官侍讲。

东台望海峰[1]

层层峭石拥高台，就里藤萝百道开。
身在云中天水合，更于何处见蓬莱[2]?

【注释】①望海峰:即山西五台县五台山之东台。势极高耸,有望海寺。

②蓬莱:传为海上三仙山之一。见《史记·封禅书》。

叶　燮

见五绝部分作者小传。

题扇头黄山图次韵[1]

才展湘纹第一重，眼前了了万芙蓉[2]。
从今无复青鞋兴[3],只在毫端认旧峰。

【注释】①自注:"余游黄山已十年矣。"

②了了:清清楚楚。万芙蓉:言山峰之多。

③青鞋:杜甫《奉先刘少府新画山水障歌》:"吾独胡为在泥滓?青鞋

布袜从此始。”青鞋,平民之履。

竹民开士山房牡丹[1](六首录一)

野草闲花自一方，平章国色付空王[2]。
知音却笑如霜鬓，枉对临风骨体香。

【注释】①竹民开士:清陆立的号。开士:菩萨的异名。以能自开觉,又可开他人生信心,故称开士。后来作为对僧人的敬称。

②平章:品评。陆游《自笑》诗:“平章春韭秋菘味,拆补天吴紫凤图。”空王:诸佛之通称。诸佛之证涅槃,以空无一切邪执之故,故称空王。《圆觉经》:“佛为万法之王,又曰空王。”《观佛三宝经》:“昔过去久远,有佛出世,号曰空王。”沈佺期《乐城白鹤寺》诗:“无言通居远,清净得空王。”

杨　花

小蛮腰瘦不胜情[1],断粉飘云殢舞茵。
莫使漫天飞不住，楼中尚有未归人。

【注释】①小蛮:白居易侍姬。唐孟棨《本事诗·事感》:白尚书姬人樊素善歌,妓人小蛮善舞,尝为诗曰:“樱桃樊素口,杨柳小蛮腰。”

梅花开到九分

亚枝低拂碧窗纱，镂月烘霞日日加。

祝汝一分留作伴，可怜处士已无家。

即　事

到来风日无冰雪，赢得长埋千丈尘。
却喜河鲂鲜彻骨[①],朝朝先饱把竿人。

【注释】①鲂：鱼名。体形似鳊而背部隆起，银灰色，长五十馀厘米。近缘种"团头鲂"，即武昌鱼，肉味腴美。

客发苕溪[①]

客心如水水如愁，容易归帆趁疾流。
忽讶船窗送吴语，故山月已挂船头。

【注释】①苕溪：一名苕水。有二源：一曰东苕，出浙江东天目山，一曰西苕，出西天目山。两溪至湖州合流，东北流入太湖。相传夹岸多苕花，秋时飘散水上如飞雪，故名。

奉和宋大中丞绵津先生过访二弃草堂不值原韵[①]

吴宫兰叶径飘香，车骑遥临背郭堂[②]。
闻道疏泉通碧落[③],人间那更有沧浪[④]?

高情入汉片云奇，远听风瓢信马之[⑤]。

若到桂丛花发候[⑥]，曾语小径又秋时。

【注释】①宋大中丞绵津先生：即宋荦。见前五绝部分宋荦小传。二弃草堂：叶燮所筑之别墅。按宋荦原作："柴门寂历豆花香，一曲清池对草堂。常日观鱼人似鹄，也应唤作小沧浪。"（自注：余署中有小沧浪。）"别浦幽幽境愈奇，春风篮舆尔何之。小山丛桂清阴下，想见苍茫独立时。"（自注：书室题"独立苍茫处"。）

②背郭堂：背城郭而筑之堂，谓背郭堂。杜甫《堂成》："背郭堂成荫白茅。"

③碧落：谓天界也。《度人经》注：东方第一天，有碧霞遍满，是云碧落。白居易《长恨歌》："上穷碧落下黄泉，两处茫茫皆不见。"

④沧浪：见注①宋荦原作之注。

⑤风瓢：许棠诗："旧林无处问风瓢。"韩维诗："风瓢空挂篱。"

⑥桂丛：参见注①引宋荦原作。

夏宗沂

夏宗沂，字兰台，江阴（今属江苏）人。有《浣花集》。

昭　君[①]

千秋塞北传青冢[②]，万壑归州有旧村[③]。
不是琵琶成远嫁[④]，年年明镜老长门[⑤]。

【注释】①昭君：即王嫱。见前五绝部分陈恭尹《明妃怨》注①。

②青冢：昭君墓。见陈恭尹《明妃犯》注②。

③归州：在今湖北省秭归县。《汉书》注：昭君，本蜀郡秭归人也。《一统志》：村在归州东北。杜甫《咏怀古迹》之三："群山万壑赴荆门，生长明妃尚有村。"

④琵琶：石崇《昭君词序》："昔公主嫁乌孙，令琵琶与上作乐，其送明君亦必尔也。"《琴操》："昭君作怨思之歌。"

⑤长门：汉宫名。见前毛奇龄《长门怨》注：此诗末二句说：王昭君若不远嫁匈奴，长住宫中，也会像其他宫女一样老死长门宫中。

傅昂霄

傅昂霄，字龙翰，吴县（今属江苏）人。康熙八年己酉（1669）举人。

凉州词[①]

九月霜高塞草腓[②]，征鸿无数向南飞。
深闺莫道秋砧冷，夜夜寒光满铁衣。

①凉州词：见前周在浚《秦淮竹枝词》注①。

②腓（fēi）：草木枯萎。《诗·小雅·四月》："百卉具腓。"

潘柽章

潘柽章(1628—1663),字力田,吴江(今属江苏省)人。明诸生。有《观物草庐焚馀稿》。力田专精史事,顾亭林服其精审。庄廷鑨修《明史》,以力田名重,于卷首列入参阅。遂被祸。亭林时客汾州,赋诗遥祭,又寄力田弟次耕诗,有云:“犹存太史弟,莫作嗣书人。”

军城早秋

西风猎猎臂鹰轻①,不见平原雉兔横。
玉帐丁宁无一事②,只须高起受降城③。

【注释】①猎猎:风声。鲍照《还都道中作》诗:“鳞鳞夕云起,猎猎晚风遒。”

②玉帐:征战时主将所居的军帐。李白《司马将军歌》:“身居玉帐临河魁,紫髯若戟冠崔嵬。”

③受降城:汉武帝派公孙列入所筑。故址在今内蒙古乌拉特旗北。

白云泉①

白公遗碣菉苔生, 落日空亭见一泓②。

借问涓流争到海，何如终古在山清[3]？

【注释】①自注:“是白太传题诗处。”按白太傅即白居易,《白香山诗集·补遗》卷上有《白云泉》一绝云:“天平山上白云泉,云自无心水自闲。何必奔冲山下去,更添波浪在人间。”

②一泓:此指白云泉。

③涓流:细小的水流。在山清:杜甫《佳人》诗:“在山泉水清,出山泉水浊。”

李基和

李基和,字协万,丹徒(今江苏镇江)人。康熙十二年癸丑(1673)进士。有《梅厓诗意》。

过鹤汀侍读斋观董文敏画[1]

晓雨初晴烟未收，江云一带引轻舟。
模糊认得南徐树[2],不到家山十六秋[3]。

【注释】①鹤汀侍读:贺洁,别字鹤汀,丹阳人,官翰林侍读。侍读,一作“内史”。董文敏:明董其昌谥文敏公,作画集诸家之长,潇洒生动。

②南徐:古地名。东晋侨置徐州于京口,南朝宋改曰南徐。隋废。即今江苏镇江市。

③作者李基和为镇江府丹徒人,宦游在外已十六年,从董其昌画上仿

佛见到家乡面貌。

姜宸英

姜宸英（1628—1699），字西溟，浙江慈溪人。康熙三十六年丁丑（1697）赐进士第三人。官翰林院编修。著有《苇间诗集》。学者称湛园先生。全祖望撰《翰林院编修湛园姜先生墓表》。

惜　花

一春强半是春愁①，浅白长红付乱流。
乘有垂杨吹不断，丝丝绾恨上高楼②。

【注释】①强（qiǎng）半：过半。白居易《冬夜对酒寄皇甫十》诗：“十月苦长夜，百年强半时。”杜牧《题池州贵池亭》诗：“蜀江雪浪西江满，强半春寒去却来。”

②绾（wǎn）：系也。见《广韵》。绾恨，是说柳丝牵引人们的愁怀。

项景襄

项景襄(1628—1681),字眉山,一字去浮,浙江秀水(今嘉兴)人。顺治十二年乙未(1655)进士,官至后部侍郎。

题　画

闲来结得小茅亭,但识烟云月露形。
历日不书藤叶纸[1],年年只记柳条青。

【注释】①藤叶纸:唐宋时,越中多以古藤制纸,名藤纸。李肇《翰林志》:凡赐与、征召、宣索、处分曰诏,用白藤纸,凡道观荐告词文,用青藤纸,书朱字,谓之青词。陆游诗:"藤纸静临新获帖。"

柯维桢

柯维桢,字翰周,浙江嘉善人。康熙十四年乙卯(1675)举人。举博学鸿词。有《澄烟阁集》。

途中杂咏

山开隆虑容驰马①,路入韩陵好射雕②。
满饮酡酥人不醉③,邺城东望正萧条④。

【注释】①隆虑:县名。即今河南林县。隆虑山在林县西。

②韩陵:山名。在河南省安阳县东北。俗名七里冈。《朝野佥载》:温子升作韩陵山寺碑,庾信读而写其本。南人问信曰:北方文士何如?信曰:唯有韩陵山一片石堪共语。

③酡(túo)酥:同"酴酥",酒名。亦作屠酥,屠苏。

④邺城:即三国时魏国都城。在今河北省临漳县西。

邓汉仪

邓汉仪,字孝威,泰州(今属江苏)人。康熙十八年己未(1679)召试博学鸿词,以年老授正字回籍。淹洽通敏,贯穿经史百家之言。尤工诗。尝编近代名人诗为《诗观》,自著有《过岭集》,王士禛激赏之。

枕烟亭听白三琵琶(录三首)

寒日林园尊酒陈,琵琶急响似西秦。

赤眉铜马千秋恨[1],谱入鹍弦最感人[2]。

北极诸陵黯落晖，南朝流水照青衣。
都将写入霓裳里[3],弹向空园雪乱飞。

白狼山下白三郎[4],酒后偏能说战场。
飒飒悲风飘瓦砾，座间人似到昆阳[5]。

【注释】①赤眉:农民起义军。西汉末,王莽篡汉,琅琊樊崇起兵于莒,朱其眉,以与莽兵别,号曰赤眉。击败刘玄,立刘盆子为帝,横行江淮间,声势颇盛。后为光武帝平。铜马:新莽末年,河北诸义军纷起,尤以铜马军为最强盛,后为光武帝击破,馀部与各路馀众共立孙登为帝,后亦败。

②鹍弦:《乐府杂记》:开元中有贺怀智,其乐器以石为槽,鹍鸡筋作琵琶弦,用铁拔弹之。阴铿《侯司空宅咏妓》诗:“妙曲动鹍弦。”

③霓裳:琵琶大曲名,即《月儿高》。

④白狼山:古山名,即今白鹿山。在今辽宁喀喇沁左翼蒙古族自治县东境。《汉书·地理志》:白狼县有白狼山,故以名县。

⑤昆阳:昆阳之战,光武大破王莽于昆阳(今河南叶县一带)。《后汉书·光武纪》:光武与敢死者三千人从城西水上冲其中坚,寻邑阵乱,乘锐崩之,遂杀王寻,城中亦鼓噪而出,中外合势,震呼动天地,莽兵大溃,走者相腾践。奔殪百馀里间。会大雷雨,屋瓦皆飞,雨下如注,滍川盛溢,虎豹皆股战,士卒争赴,溺死者以万数,水为不流。

题息夫人庙[1]

楚宫慵扫黛眉新，只自无言对暮春。

千古艰难惟一死，伤心岂独息夫人②！

【注释】①息:春秋国名,故城在今河南息县内。息夫人:春秋息侯之夫人。姓妫,亦称息妫。楚文王灭息,以息妫归,生堵敖及成王。夫人不言,王问之,对曰:“吾一妇人,则事二夫,纵弗能死,其又奚言!”见《左传》庄公十四年。按刘向《列女传》谓楚灭息,虏其君,使守门,纳其夫于宫,楚王出游,夫人出见息君曰:“醮生离于地上,岂如死归地下。”遂自杀。息君亦自杀。与《左传》异。息夫人又称桃花夫人。息夫人庙在今湖北汉阳北,有桃花洞,上有桃花夫人祠。

②诗意当于言外领取。寄托史事,非仅为息夫人而言也。

江行杂咏

江州解缆客途长，三日西风逼建康①。
试问谁人镇姑孰，青山牛渚满斜阳②。

十载游踪冷燕矶③,今来旅棹复将归。
却怜亭子空青极，无限鸡鶄自在飞④。

【注释】①江州:今江西九江市。建康:今江苏南京市。

②姑孰:今安徽当涂县城,以濒姑孰溪而名。东晋时始筑城。晋桓温镇守于此。其后常为重镇。牛渚:即牛渚矶。一名采石矶。在安徽当涂西北长江边。

③燕矶:即燕子矶。在江苏南京北郊。

④䴔鶄(jiāo　jīng):水鸟名。喙长脚高,翼长八九寸。俗称茭鸡。

田　霡

田霡，字子益，号乐园，山东德州人。康熙二十五年丙寅(1686)拔贡，官堂邑教谕。有《鬲津草堂诗》。乐园与两兄山薑侍郎、鹿关编修齐名。王渔洋为叙其集，谓于司空图《诗品》中兼冲淡、自然、清奇三境，七言绝句尤擅胜场。好艺菊，又号菊隐。

历下亭①

阶下芰荷香正浓，竹边小榭水云封。
钩帘差怪岚光远，欲向华山借一峰。

【注释】①历下亭：在今山东济南大明湖西，面山背湖，实为胜绝。

宏济寺①

初入长干第一关②，果然幽境出尘寰。
西风黄叶南朝寺，前面长江后面山。

【注释】①宏济寺：旧址在江苏省南京市长江边。②长干：里巷名，在今江苏南京市。《舆地纪胜》：长干，是秣陵县里巷名。建康南五里有山冈,其间平地。庶民杂居大长干、小长干。

陵　州[1]

陵州多菊由吾始，同好新添数十家。
谁谓潜夫无妙用[2]，能移风尚到黄花。

【注释】①陵州:元置,明降为陵县。后移德州于此。即今山东德州市。

②潜夫:谓隐者。此处作者自指。

黄虞稷

黄虞稷(1629—1691),字俞邰,福建晋江人。徙江宁,称江苏上元(今南京)人。七岁能诗,号神童。年十六,补诸生。与江左诸名士为经史会。康熙十八年己未(1679)举博学鸿词,不与试,旋充《明史·一统志》纂修官。家富藏书,至八万馀卷。有《千顷堂书目》。又有《楮园杂志》《我贵轩》《朝爽阁》《蝉窠》诸集。为同时名辈姜西溟、毛西河等所推重。

赠王石谷[1]

松老钟山废苑空，六朝遗迹散飞鸿。

冬晴几日闲驴背[2],写出荒寒落木中。

【注释】①王石谷:名翚,见前五绝宋荦《题王翚画》注。

②驴背:《全唐诗话》:相国郑綮善诗,或曰:“相国近为新诗否?”对曰:“诗思在灞桥风雪中驴子背上,此何以得之。”

书《影梅庵忆语》后[1]

珊瑚枕薄透嫣红[2],桂冷霜清夜色空。
自是愁人多不寐,不关天外有哀鸿。
半床明月残书伴,一室昏灯雾阁缄。
最是夜深凄绝处,薄寒吹动茜红衫[3]。

【注释】①《影梅庵忆语》:冒襄撰。追忆姬人董小宛事。此诗题一作《悼冒辟疆姬人董小宛》。

②珊瑚枕:此指精美的红色枕头。

③茜(qiàn):茜草,根可作大红色染料,因借指大红色。茜红衫,即大红衫。

题马士英画[1]

半闲亭上草离离[2],尚有遗踪寄墨池。
犹胜当年林甫辈,弄獐贻笑误书时[3]。

【注释】①马士英:参见李邺嗣《西陵绝句》注③。士英好作画,其遗墨流传人间者,世人丑之。往往改其名为冯玉英。②半闲亭:一作半闲堂。

在浙江杭州西湖葛岭，宋贾似道在葛岭筑厅堂，与宾客斗蟋蟀为戏。

③林甫：李林甫，唐玄宗时累拜兵部尚书，性柔妄狡黠，有权术。弄獐：《旧唐书·李林甫传》：太常少卿姜度，林甫舅子，度妻诞子，林甫手书庆之曰："闻有弄獐之庆。"客为掩口大笑。按璋为美玉，獐为野兽名。林甫误"璋"为"獐"。弄璋，妇女生男孩。《诗·小雅·斯干》："乃生男子，载寝之床。载衣之裳，载弄之璋。"

钱　曾

钱曾（1629—1701），字遵王，号也是翁，常熟（今属江苏省）人。牧斋族孙，为牧斋注《初学》《有学》二集。承绛云楼馀绪，家有藏书，撰《读书敏求记》，收藏家讲板本者不能出其范围。尝秋夜宿破山寺赋绝句十二首，牧斋甚赏之。著有《述古堂书目》《也是园书目》。

秋夜宿破山寺绝句①

空庭月白树阴多，崖石巉岩似钵罗。
莫取琉璃笼眼界，举头争忍见山河。

【注释】①破山寺：即兴福寺，在江苏常熟之虞山。齐彬州刺史倪德光舍宅为寺。唐常建诗"曲径通幽处"即写此。

朱彝尊

见五绝部分作者小传。

来青轩[1]

天书稠叠此山亭[2],往事犹传翠辇经[3]。
莫倚危栏频北望，十三陵树几曾青[4]?

【注释】①来青轩:在新乡市西山。见前王崇简《西山即事》注⑤。

②天书:谓御书题词。

③翠辇:插青雀羽之帝王车驾。《北史·突厥传》:启人奉觞上寿,跪伏甚恭。帝大悦,赋诗曰:“鹿塞鸿旗驻,龙庭翠辇回。”

④十三陵:在今北京市昌平区天寿山,俱明帝陵墓。此诗从一青字生出故国兴亡之感。语愈蕴藉,意愈深长。

送柯大崇朴还里兼寄周筼[1]

渡淮三月滞江都[2],送尔归寻旧酒徒。
十幅蒲帆乡树杪，夜船听雨到南湖[3]。

【注释】①柯崇朴:浙江嘉善人。康熙间副贡,官内阁中书。有《振雅堂集》。周篔(1623—1687):字青士,别字筜谷,浙江嘉兴人。少遭明末兵乱,弃举子业。工诗,为朱彝尊所赏。有《采山堂集》《词综》《析津日记》等。

②江都:今江苏省扬州市。

③南湖:在浙江省嘉兴城南,即鸳鸯湖。湖中有烟雨楼、钓鳌矶、鱼乐国诸景。

送孙处士默还黄山①

芜城客散乱乌啼,别业黄山路不迷。
后夜相思秋色远,月明三十二峰西。

【注释】①孙默:字无言,号桴菴,休宁人。客广陵,贫而好客。其归黄山,以诗文赠行者遍海宇。有《笛松阁集》。

曝书亭偶然作①(九首录四)

垞南宜得翠�看②,上番移来近百竿。
昨夜疾风吹拔木,老夫差喜竹平安③。

蒲萄煎浓注酒瓶,酒阑荷叶香满汀。
新凉枕簟不妨设,时有北风吹我亭。

槿花本与佛桑同④,也向篱边吐白红。
试待来年根尽活,编成着色短屏风。

雨里芭蕉风外杨，水中菡萏岸篔筜[5]。
衰翁爱植易生物，不愿七年栽豫章[6]。

【注释】①曝书亭：在浙江嘉兴市王店镇。清康熙三十五年（1696）朱彝尊建。

②垞（chá）：小土山。翠筠（yún）：翠竹。

③竹平安：唐段成式《酉阳杂俎》：卫公（李德裕）言北都惟童子寺有竹一窠，才长数尺，相传其寺纲维，每日报竹平安。

④槿花：指木槿，落叶灌木，夏秋开花，花冠紫红或白色。栽培供观赏，兼作绿篱。佛桑：即扶桑，著名观赏植物。花冠大型，红色或白色。

⑤菡萏（hàn dàn）：荷花。篔筜（yún dāng）：高竹名。汉杨孚《异物志》："篔筜生水边，长数丈，围一尺一门寸，一节相去六七尺，或相去一丈。卢陵界有之。"

⑥豫章：木名。《史记·司马相如列传》："其北则有阿林巨树，楩柟豫章。"张守节正义：按温活人云：豫，今之枕木也；章，今之樟木也。二木生至七年，豫、章乃可分别。

兰溪道中怀远[1]

近郭开门一水居，别来消息近何如？
银丝细鲙兰江鲤，不见佳人锦字书[2]。

【注释】①兰溪：今浙江省兰溪市。东阳江和衢江汇合处。水名亦称兰江、兰溪。

②鲤：旧谓书札也。古乐府："呼童烹鲤鱼，中有尺素书。"

红　桥[1]

春芜小雨满城隈，茅屋疏篱两岸开。
行到红桥转深曲，绿杨如荠酒船来。

【注释】①红桥：在今江苏扬州市。见前五绝王士禛《红桥》注。

出居庸关[1]

居庸关上子规啼，饮马流泉落日低。
雨雪自飞千嶂外，榆林只隔数峰西[2]。

【注释】①居庸关：在北京市昌平区西北。为长城重要关口。
②榆林：即榆林堡，在居庸关西四十里。

题李检讨澄中所藏明月芦雁图三首[1]（录一首）

吾家水阁傍江斜，风荻侵檐一丈花。
连雁低飞浑不见，只听拍拍响圆沙。

【注释】①李澄中：字渭清，康熙间举博学鸿词，授检讨。有《渔村集》。

鸳鸯湖棹歌[1]（百首录七）

百尺红楼四面窗，石梁一道锁晴江。
自从湖有鸳鸯目[2]，水鸟飞来定自双。

桃花新水涌吴艚[3]，十五渔娃橹自操。
网得钱塘一双鲤，不知鱼腹有瓜刀[4]。

穆湖莲叶小于钱[5]，卧柳虽多不碍船。
两岸新苗才过雨，夕阳沟水响溪田。

绿烟初洗兔华秋[6]，片片鱼云静不流。
山月池边看未足，移船买酒弄珠楼[7]。

轻船三板过南亭[8]，蚕女提笼两岸经。
曲罢残阳人不见，阴阴桑柘石门青[9]。

怀苏亭子草成蹊，六鹤空堂旧迹迷。
惟有清香楼上月，夜深长照子城西[10]。

槛边花外尽重湖，到处杯觞兴不孤。
安得家家寻画手，溪堂遍写读书图[11]。

【注释】①鸳鸯湖：即诗人故乡嘉兴之南湖。原诗有序云："甲寅(1674)岁暮，旅食潞河，言归未遂，爰忆土风，成绝句百首。语无诠次，以其多言舟楫之事，题曰《鸳鸯湖棹歌》，聊比《竹枝》《浪淘沙》之调，冀同里诸君子见而和之云尔。"

②《名胜志》：湖中多鸳鸯，或云东南两湖相接如鸳鸯然，故名。

③艚(cáo)：船的一种。唐刘方平《乌栖曲》："画舸双艚锦为缆，芙蓉花发莲叶暗。"

④自注："钱塘杜子恭，就人借瓜刀，其主求之曰：当即相还耳。既而刀主行至嘉兴，有鱼跃入船中，破鱼腹，得瓜刀。见《搜神后记》。"

⑤穆湖：也叫穆溪，在嘉兴东北。

⑥兔华：月华，月光。旧传月中有白兔，因称月为玉兔。

⑦自注："山月池在平湖德藏寺。城东有弄珠楼。"

⑧三板：小船名。南亭：自注："崇德古南亭。"按崇德，旧县名，今属浙江桐乡市。

⑨自注："石门，春秋时吴垒石以拒越。"

⑩自注："怀苏亭在府治。六鹤堂，宋知州邓根建。府廨有清香楼。"

⑪自注："黄子久有由拳读书图。"

陶　惇

陶惇，字冰修，浙江嘉善人。顺治十一年甲午(1654)举人。官天台教谕。

晓渡钱塘

夏雨初收潮欲生，江空人静露华清。

扁舟此去寻仙侣，天外芙蓉是赤城[1]。

【注释】①赤城:即赤城山。在浙江天台县北。山色皆赤,状如城堞,故名。

屈大均

见五绝部分作者小传。

蜀冈怀古和卓子任[1]

玉槛珠帘总一丘，春魂多半在迷楼[2]。
蘼芜亦爱雷塘路[3],十月青春不肯秋。

【注释】①蜀冈:在江苏扬州西北四里。上有蜀井,传地脉通蜀。

②迷楼:隋炀帝时,浙人项昇进新宫图。帝令扬州依图起造,经年始成。回环四合,上下金碧,工巧宏丽,自古无有,费用金玉,帑库为之一空。人误入者虽终日不能出。帝顾左右曰:“使真仙游其中,亦当自迷也。可目之曰迷楼。”隋炀帝选后宫女数千居其中,穷极淫侈荒乱。唐帝入京焚之,火经数月不灭。故址在今扬州西北。

③雷塘:在扬州城北,汉曰雷陂。唐平江南之后,改葬隋炀帝于此。杜牧《扬州》诗:“炀帝雷塘土,迷藏有旧楼。”

客雁门作①

三年作客傍滹沱②，听尽哀笳出塞歌。
白发不惊明镜满，秋霜只怨雁门多。

【注释】①雁门：在今山西代县西北。《山海经·海内西经》：雁门山，雁出其间。

②滹沱：河名。出山西繁峙县东之泰戏山，经代县，东流入河北平原，汇为子牙河，经天津入海。

沈守正

沈守正，字在士，号小楼，浙江仁和（今杭州）人。诸生。有《远复斋集》。

高邮道中①

浓淡云容顷刻非，雨丝丝里日光微。
粘天甓社湖中水②，坐看风帆叶叶飞。

【注释】①高邮：今江苏省高邮市。

②甓（pì）社湖：《一统志》：在扬州府高邮。孙莘老家于湖阴，夜坐觉

窗明如昼,循湖求之,见一大珠,其光烛天,是年莘老登第。张翥诗:“广陵琼树春仍在,甓社珠光夜不明。”

偶　成

望里平林高复低，征车兀兀走长堤[①]。
杨花似欲留人住，乱向东风裹马蹄。

【注释】①兀(wù)兀:昏沉貌。

吴兆骞

吴兆骞(1631—1684),字汉槎,吴江(今属江苏)人。顺治十四年丁酉(1657年)乡试中式,以科场事谪戍宁古塔。兆骞在塞外二十馀年,日与羁臣逐客饮酒赋诗,气壮而才丽。徐乾学为言于纳兰性德,顾贞观亦为乞援,性德未即许,贞观乃作《金缕曲》二阕寄兆骞,性德见之泣下,言于父明珠,得纳锾赎归,逾年卒。有《秋笳集》。

三月十二日河上口号

三月归鸿满塞天，流澌日暮尚凄然[①]。

自从身逐乌龙戍[2],不识春风二十年。

【注释】①流澌:解冻时随水流动的冰。《楚辞·九歌·河伯》:“流澌纷兮将来下。”

②乌龙戍:此指作者放逐地宁古塔。今吉林省宁安市。

陈恭尹

见五绝部分作者小传。

读秦纪[1]

谤声易弭怨难除[2],秦法虽严亦甚疏。
夜半桥边呼孺子,人间犹有未烧书[3]。

【注释】①《秦纪》:《史记·秦始皇本纪》有云:天下敢有藏诗、书、百家语者,悉诣守尉杂烧之。有敢偶语诗书者弃市。以古非今者族。吏见知不举者与同罪。令下三十日不烧,黥为城旦。所不去者,医药、卜筮、种树之书。若欲有学法令,以吏为师。

②弭:止息,消除。

③“夜半”两句:圯上老人授张良兵书故事。见前吴嘉纪《题张良进履图》注。

彭孙遹

彭孙遹(1631—1684),字羡门,又字骏孙,浙江海盐人。顺治十六年己亥(1659)进士,康熙十七年戊午(1678)召试博学鸿词,授编修。著有《松桂堂》《南淮》《香奁唱和》等集。

广州竹枝

木绵花上鹧鸪啼[①],木绵花下牵郎衣。
欲行未行不忍别,落红没尽郎马蹄。

【注释】①木绵:常绿乔木,产热带。高数十丈,红花,种子生长毛,色白质软,可制茵褥,亦可纺织,惟不及草棉之佳。鹧鸪啼:啼声如曰“行不得也哥哥。”

春日忆山中故居(十首录三)

柳叶梅丛感岁华,薄游何事滞天涯?
三年不到香陉舍[①],芳树无人自作花。

秦径山光翠黛愁[②],永安湖上白蘋秋[③]。

也应山水长无恙，只恐归来人白头。

岫幌高褰最上头④，雪林云海望悠悠。
远山依旧青如髻，向夕何人更倚楼？

【注释】①香陉舍：彭孙遹故居之名。在浙江海盐。

②秦径：山名。在海盐县，秦始皇东巡尝经此。故事。

③永安湖：在海盐县澉浦西六里，湖上四围皆山，号小西湖。见《海盐县志》。

④岫（xiù）幌：此谓居山中以峰峦为帷幔。孔稚珪《北山移文》："扃岫幌，掩云关。"褰（qiān）：把帷幔卷起来。

王士祜

王士祜（1632—1681），字叔子，一字子测，别号东亭，山东新城（今桓台）人。康熙九年庚戌（1670）进士，未仕卒。其弟士禛搜其诗文为《古钵山人遗集》。

早过奔牛①

枫叶萧萧露气清，菰蒲猎猎早潮生②。
扁舟跂脚闻风水③，便有长江万里情。

【注释】①奔牛：镇名。在江苏常州西北三十里，亦曰奔牛塘。地当孟河与运河会口，商业繁盛。《九域志》：县有奔牛镇，又有奔牛堰，相传古有金牛奔此，故名。

②猎猎：此处形容菰蒲在风中摇曳之状。

③跂脚：踮起脚跟。与“跂踵”同。因望之切而跂其足也。

冯云骕

冯云骕，字懿生，山西代州（今代县）人。康熙十五年丙辰（1676）进士，历官礼科给事中。有《翠滴楼诗集》。

题　画

轻云漠漠暮烟飞，树色冥濛暗翠微。
遥见汀洲最深处，一江风雨钓船归。

李经垓

见五绝部分作者小传。

旅夜闻笛

乡梦难成付酒杯，谁家长笛耳边催。
愁人不听伤心曲，说与邻家莫送来。

恽　格

见五绝部分作者小传。

同李非夏湖山眺望[①]（四首录二）

旧梦湖南春雨空，高歌无地望崆峒[②]。
囊中自有江山在，乱采莺花入变风[③]。

天地容吾未老身，烟云不改旧时贫。
西湖四月无游女，独采蘋花待故人[④]。

【注释】①李非夏：李因笃（1633—？），字天生，一字子德，号非夏，陕西富平人。康熙中试博学鸿词，授检讨。有《受祺堂集》。

②崆峒：山名。

③变风：旧说《诗》者指《诗经》中《邶风》至《豳风》一百三十五篇为变

风,以别于《周南》《召南》自《关雎》至《驺虞》二十五篇之正风。

④采蘋:《诗·召南·采蘋》:“于以采蘋,南涧之滨;于以采藻,于彼行潦。”《左传》:“风有采蘩、采蘋,雅有行苇、泂酌,昭忠信也。”

海昌东门望海①

海老神蛟入夜哀,观涛曾见水云开。
奔雷欲散连鳌雪②,一线横空白练来③。

海气苍茫冷罽袍④,几看明月蜃楼高⑤。
可怜精卫当年影⑥,片石犹悬大海涛。

【注释】①海昌:三国吴盐官县地,陆逊为海昌屯田都尉,治此。故城在今浙江海宁市盐官镇。自来为观潮胜地。

②奔雷:形容海涛奔腾之声。连鳌:李白诗:“钓水路非远,连鳌意何深。”。

③白练:形容海潮洁白如练。

④罽(jì):一种毛织品。

⑤蜃楼:即海市蜃楼。《史记·天官书》:“海旁蜃气象楼台。”《本草纲目·介部》:车螯生海中,是大蛤,即蜃也,能吐气为楼台。

⑥精卫:鸟名。见五绝部分来季奴《同洵芳航海作》注①。

题杨柳(八首录二)

何处香车紫陌尘①,枝枝斜堕落花津。
美人独立东风里,半为春愁翠黛颦。

弱缕风前未送寒，和烟和雨上阑干。
当年歌舞消魂地，深院沉沉独自看。

【注释】①紫陌：指帝都郊野的道路。李白《南都行》："高楼对紫陌，甲第连青山。"刘禹锡《元和十年自朗州承召至京戏赠看花诸君子》诗："紫陌红尘拂面来，无人不道看花回。"

陈锡嘏

陈锡嘏（1634—1687），字介眉，号怡亭，浙江鄞县（今属宁波）人。康熙十五年丙辰（1676）进士，官翰林院编修。著有《兼山堂集》《西堂诗集》。

送汤西崖归西泠①

马蹄经岁踏京华，忽逐征帆去路赊。
何物关心归思危，孤山开遍早梅花。

【注释】①汤西崖：汤右曾，字西崖，浙江仁和（今杭州）人。见后汤右曾小传。

王士禛

见五绝部分作者小传。

秦淮杂诗[1]（十四首录六）

年来肠断秣陵舟[2]，梦绕秦淮水上楼。
十日雨丝风片里[3]，浓春烟景似残秋。

潮落秦淮春复秋，莫愁好作石城游。
年来愁与春潮满，不信湖名尚莫愁[4]。

新歌细字写冰纨[5]，小部君王带笑看[6]。
千载秦淮呜咽水，不应仍恨孔都官[7]。

旧院风流数顿杨[8]，梨园往事泪沾裳。
樽前白发谈天宝[9]，零落人间脱十娘[10]。

傅寿清歌沙嫩箫[11]，红牙紫玉夜相邀[12]。
而今明月空如水，不见青溪长板桥[13]。

玉窗清晓拂多罗⑭,处处凭栏更踏歌。
尽日凝妆明镜里，水晶帘影映横波。

【注释】①秦淮:河名。流经南京市入长江。旧时南京之歌楼舞馆骈列两岸。画舫游艇纷集其间。

②秣陵:即今南京市。

③雨丝风片:喻春日之风雨。汤显祖《牡丹亭·惊梦》:“朝飞暮卷,云霞翠轩,雨丝风片,烟波画船,锦屏人、忒看的这韶光贱。”

④莫愁:见前阎尔梅《游莫愁湖》注。

⑤自注:“福王时,阮司马以吴绫作朱丝阑书《燕子笺》诸剧进宫中。”新歌:指阮大铖进献《燕子笺》《双金榜》《忠孝环》等。冰纨:指素绢。

⑥小部:梨园小部。《太真外传》,上命小部音声。小部者,梨园法部所置,凡三十人,皆十五以下,于长征殿奏新曲。

⑦孔都官:南朝陈后主的都官尚书孔范。《南史·恩幸传》:孔范,字法言,后主即位,为都官尚书,与江总等并为狎客。奸佞谄惑,后主任之以亡国。

⑧顿、杨:顿,顿老,善琵琶。杨,杨玉香,金陵名妓。

⑨天宝:唐玄宗年号(712—755)。唐元稹《行宫》:“寥落古行宫,宫花寂寞红。白头宫女在,闲坐说玄宗。”

⑩脱十娘:《池北偶谈》:顺治末,余在江宁,闻脱十娘年已八十,万历中北里之尤。

⑪傅寿:《白门集注》:傅寿,字灵修,旧院妓。能弦索。沙嫩:沙宛在,字嫩儿,桃叶女郎。有《蝶香集》。

⑫红牙:调节乐曲节拍的拍板。多用檀木做成,色红,故名。紫玉:箫也。杜甫《陈旅》诗:“仙女乘鸾吹紫玉。”

⑬青溪:古水名。发源于江苏南京钟山西南,入秦淮,逶迤九曲。板桥:在今南京西南。清初余怀有《板桥杂记》,记金陵冶游之事。

⑭多罗:《御览》引《纂文》曰:多罗,粉器。《康泰扶南传》曰:“扶南国

王以纯金多罗遗毗骞王。”杨慎《谢华启秀》:多罗,奁器名,本脂盏之讹也。

真州绝句[①](五首录二)

晓上江楼最上层，去帆婀娜意难胜[②]。
白沙亭下潮千尺[③],直送离心到秣陵[④]。

江干多是钓人居，柳陌菱塘一带疏。
好是日斜风定后，半江红树卖鲈鱼[⑤]。

【注释】①真州:即江苏仪征市。元为真州地,故称。
②婀娜:此处形容风帆轻盈。
③白沙亭:在仪征市白沙洲上。
④秣陵:今南京市。
⑤鲈鱼:身体上部青灰色,两侧和背鳍有黑斑,肉味鲜美。

江　上

吴头楚尾路如何[①],烟雨秋深暗白波。
晚趁寒潮渡江去，满林黄叶雁声多。

【注释】①吴头楚尾:江西南昌的代称。南昌位于吴地上游,楚地下游,如首尾相衔接,故称吴头楚尾。洪刍《职方乘》:“豫章之地,为吴头楚尾。”《方舆胜览》:“豫章之地,为楚尾吴头。”

灞桥寄内[①]

太华终南万里遥[②]，西来无处不魂销。
闺中若问金钱卜[③]，秋雨秋风过灞桥。

【注释】①灞桥：在今陕西省西安市东，桥横灞水上，古人多于此送别，故又乐销魂桥。历代屡经修建。

②太华：山名，即西岳华山，在陕西省华阴市城南，因其西有少华山，故又称太华。崔颢《行经华阴》："岧峣太华俯咸京，天外三峰削不成。"终南：山名，在今陕西省西安市南四十里处。又称太乙山

③金钱卜：以金钱问卜，唐诗中已见之，于鹄《江南曲》："众中不敢分明语，暗掷金钱卜远人。"

夜雨题寒山寺寄西樵礼吉二首[①]

日暮东塘正落潮，孤篷泊处雨潇潇。
疏钟夜火寒山寺，记过吴枫第几桥[②]。

枫叶萧条水驿空，离居千里怅难同。
十年旧约江南梦，独听寒山夜半钟。

【注释】①西樵：王士禄字子底，号西樵，士禛之兄。工诗，与弟士祜、士禛号"三王"。礼吉：王士禧，字礼吉，与兄士禄、弟士祜、士禛，自幼以诗唱和。其诗绰有风调。参见五绝部分王士禄、王士禧小传。寒山寺：在苏州阊门西十里，相传名僧寒山、拾得曾居此。故名。按：此诗为作者题寒

山寺图寄兄长，并非在苏州寒山寺题诗。

②唐张继《枫桥夜泊》诗："月落乌啼霜满天，江枫渔火对愁眠。姑苏城外寒山寺，夜半钟声到客船。"

虎山擅胜阁眺光福以雨阻不得往[①]

虎山桥畔尽层松，掩映寒流古寺红。
却上重楼看邓尉[②]，太湖西去雨濛濛。

【注释】①虎山：即虎丘山。在苏州西北七里。光福：山名。在苏州西三十五里。上有光福寺。

②邓尉：《姑苏志》以光福为邓尉山之俗名，明《一统志》则以玄墓为邓尉。此诗即以光福为邓尉。

大风渡江三首（录二首）

凿翠流丹杳霭间[①]，银涛雪浪急潺湲[②]。
布帆十尺如飞鸟，卧看金陵两岸山。

红襟双燕掠波轻[③]，夹岸飞花细浪生。
南北船过不得语，风帆一霎剪江行。

【注释】①凿翠流丹：杨慎《艺林伐山》："开窗凿翠，飞阁流丹。"王勃《滕王阁序》："飞阁流丹，下临无地。"

②潺湲（chán　yuán）：水流貌。

③红襟燕：《丹铅总录》：《玄中记》："胡燕斑胸声小，越燕红襟声大。"

丁仙芝诗:“晓映红襟燕。”

赵北口见秋柳感成二首[①]

十二年前乍到时，板桥一曲柳千丝。
而今满目金城感[②],不见柔条踠地垂[③]。

六载隋堤送客骖，树犹如此我何堪。
销魂桥上重相见，一树依依似汉南[④]。

【注释】①赵北口:在今河北任丘市北五十里。

②金城感:《晋书·桓温传》:温自江陵北伐,行经金城,见少为琅玡时所种柳皆已十围,慨然曰:“木犹如此,人何以堪!”攀枝执条,泫然流涕。

③踠(wǎn):屈,曲。此处“踠地垂”,是说嫩柳曳在地面上。

④庾信《枯树赋》:“昔年移柳,依依汉南,今看摇落,凄怆江潭。树犹如此,我何以堪!”杜甫《柳边》诗:“汉南应老尽,霸上远愁人。”

再过露筋祠[①]

翠羽明珰尚俨然[②],湖去祠树碧于烟[③]。
行人系缆月初堕，门外野外开白莲[④]。

【注释】①自注:祠在江苏高邮县。米芾碑记:“有女子随嫂过此,是夜天阴蚊盛,嫂借宿田家,女不从,独宿草莽,遂以蚊死,其筋露焉。”

②翠羽:《异物志》:翡赤而翠青,其羽可以为饰。明珰:耳珠曰珰。曹植《洛神赋》:“献江南之明珰。”翠羽明珰,皆妇人之饰。

③高邮境内有三十六湖。

④高邮远近俱种白莲,白莲象征贞洁。

宋　荦

见五绝部分作者小传。

乌　江[①]

落日乌江系小船，拔山气势想当年[②]。
一间古庙荒烟外，野鼠衔髭上几筵。

【注释】①乌江:在安徽和县东北四十里,今名乌江浦。《史记·项羽本纪》:“项王乃欲东渡乌江,乌江亭长檥船待。”

②《史记·项羽本纪》:项王乃悲歌慷慨,自为诗有云:“力拔山兮气盖世。”

江　行

船尾红旗猎猎斜[①],江天遥度几云沙。
风轻日暖篷窗启，稳坐中流看九华[②]。

【注释】①猎猎:旗在风中飘动声。李白《永王东巡歌》:“云旗猎猎过浔阳。”

②九华：山名。在安徽省青阳县南。原名九子山，唐李白游江汉，见九峰如莲花削成，改名九华。

题《桃花扇传奇》①

血作桃花寄孤怨，天涯把扇几长吁。
不知壮悔高堂下②，入骨相思悔得无？

陈吴名士镇周旋③，狎客追欢向酒边。
何意尘扬东海日，江南留得李龟年④。

【注释】①《桃花扇传奇》：清孔尚任撰。传奇以南都为背景，以侯方域与名妓李香君故事为线索，而重在抒写明王朝覆亡之惨痛，语语征实，即纤细科诨，亦皆有所本。以传奇而可作信史读，洵为杰构。

②壮悔堂：侯方域的室名，在河南商丘。侯有《壮悔堂文集》。

③陈吴：陈贞慧、吴应箕，皆当时名士。陈贞慧，字定生，明末宜兴人。万历间廪生，与侯方域、冒襄、方以智称四公子。福王时，被阮大铖陷害入狱。明亡，隐居不出。著有《皇明语林》《山阳录》等。吴应箕，字次尾，明末贵池人。善古文。被阮大铖陷害入狱，慷慨而死。有《楼山堂集》《读书止观录》等。

④李龟年：唐李龟年尝至岐王宅闻琴，曰：此秦声。良久，又曰：此楚声。主人入问，则前弹者陇西沈所，后弹者扬州薛满。

马之骧

马之骧，字右白，灵寿（今属河北）人。康熙十七年戊午（1678）举人。官乐平知县。有《午梦堂诗稿》。

春　暮

昨夜轻黄上柳枝，东风吹出一丝丝。
明知春色留难住，不解流莺恰怨谁。

征人曲

日暮边城画角哀①，千群铁骑猎初回。
辽阳不是衡阳郡②，一纸曾无雁寄来③。

【注释】①画角：古乐器。出自西羌。形如竹筒，本细末大。以竹木或皮革制成，因外加彩绘，故名。发声哀厉高亢。古时军中多用之，以警昏晓。杜甫《奉送王信州崟北归》诗："壤歌唯海甸，画角自山楼。"

②辽阳：在今辽宁省辽阳市。衡阳：在今湖南省衡阳市。

③梁刘孝引申《赋得始归雁》诗："洞庭春水绿，衡阳旅雁归。"隋王胄《送周员外充戍岭表赋得雁》诗："旅雁别衡阳，天寒关路长。"

傅燮詷

傅燮詷，字去异，号绳庵，灵寿（今属河北）人。官邛州知州。有《绳庵诗稿》。

山中绝句

文山突兀接晴空[1]，俯瞰群山培塿同[2]。
昨日市城西望处，此峰正是夕阳中。

【注释】①文山：江西吉安东南十五里有文山，宋文天祥取以为号。又山东、福建亦有文山。

②培（pǒu）塿：小土丘。《晋书·刘元海载记》："当为崇冈峻阜，何能为培塿乎？"

郑　炎

郑炎，原名渠，字清源，浙江秀水（今嘉兴）人。诸生。有《雪杖山人集》。

灯　下

草草劳心逼岁除[1]，莎庭人静四更馀。
消磨白发三千丈[2]，手剔银钉读异书[3]。

【注释】①草草：劳心之状。《诗·小雅·巷伯》："劳人草草。"逼岁除：近除夕也。

②李白《秋浦歌》："白发三千丈，缘愁似个长。"

③银釭（gāng）：银灯。釭，油灯。南朝梁元帝《草名》诗："金钱买含笑，银釭影梳头。"

曹申吉

曹申吉（1635—1680），字锡馀，号淡馀，山东安丘人。顺治十七年庚子（1660）解元，历官礼部员外郎、贵州巡抚。申吉文章清遒粹美，尤长于歌诗。申吉与贞吉为同胞兄弟。著有《淡馀南行》《黔行》《黔寄》诸集。

清明同人雅集送朱锡鬯之扬州[1]

酒旗歌扇间流莺，路入郊原送客行。
一带寒芜迷远近，天涯何处不清明。

【注释】①朱锡鬯:朱彝尊字锡鬯。见五绝部分朱彝尊小传。

楚　南

偶向潇湘听断猿[1],斑斑千载泣龙孙[2]。
楚南近日苍生泪, 不是当年帝子痕。

【注释】①潇湘:湖南省境之湘水,在零陵县西合潇水,世称潇湘。

②龙孙:竹名。《东斋纪事》:辰州有一种小竹,曰龙孙竹,生山谷涧,高不盈尺,细如针。此言斑竹,参前何天宠《归义驿》注③。

田　雯

田雯(1635—1704),字子纶,号山蘁,晚号蒙斋,山东德州人。康熙三年甲辰(1664)进士,官至户部侍郎,出抚江苏,兴水利,恤漕弊,有德于民。又移贵州,定土舍,振文教,民尤感之,为塑像阳明书院。诗以瑰伟雄迈胜。好山蘁花,屡见于诗,因以自号。

仪真县[1]

松簰丝网架江头[2],丛绿新篁傍水楼。
一片风帆三十里, 卖鱼煮笋到真州。

【注释】①仪真县:即今江苏仪征市。为真州故治。
②簰(bēi):竹制捕鱼具。

颜　元

颜元(1635—1704),字浑然,号习斋,博野(今属河北)人。习斋著书繁富,其要旨存人、存性、存学、存治。京师设存学会,附设四存学校。尝谓宋人好言习静,今日正当习动。学以经世为宗,切实可行,不囿于汉宋家言。诗其馀事。

题荆轲山[1]

峰顶浮屠挂晓晴[2],当年匕首入强嬴。
燕图未染秦王血，山色于今尚不平。

【注释】①荆轲山:在今河北省易县西。荆轲刺秦王嬴政事,见前五绝庞垲《渡易水》注②。按《水经注》:濡水东南经樊于斯馆西,是其授首于荆轲处也。又东南流径荆轲馆北。昔燕丹尊轲为上卿。
②浮屠:佛塔。

赵　俞

赵俞(1635—1713),字文饶,嘉定(今属上海市)人。康熙二十七年戊辰(1688)进士。

溪　声

结庐何日住深山[1],竹月松风相对闲。
却笑溪声忙底事,奔流偏欲到人间[2]。

【注释】①结庐:构屋以居。陶潜《饮酒》二十首之一:“结庐在人境,而无车马喧。”

②此借题发挥之作,讥山中隐士不能久居山中而欲出山求仕也。二十八字可作一篇《北山移文》读。

梅　庚

梅庚,字耦长,一字子长,宣城(今属安徽)人。康熙二十年辛酉(1681)举人。泰顺知县。工诗画。有《天逸阁集》《玉笥游草》《吴市吟》。

落　梅

背城花坞得春迟，冻省衔残尚未知。
闻说绿珠殊绝世，我来偏见坠楼时[①]。

【注释】①绿珠：晋石崇歌妓。孙秀求之，崇不许。秀诬以罪，收崇，绿珠堕楼死。此诗以绿珠堕楼喻梅花飘落，颇耐吟赏。参见唐杜牧《金谷园》诗："落花犹似堕楼人。"

史　夔

史夔，字胄司，江苏溧阳人。康熙二十一年壬戌（1683）进士，改庶吉士，授编修。

林处士墓[①]

四壁垣衣绝点尘，茶经酒谱尚纷陈[②]。
茂陵封禅无遗稿[③]，始信文章到老醇。

【注释】①林处士：林逋，字君复，宋钱塘人。隐居西湖孤山，垂二十年，足不履城市。卒谥和靖先生。墓在杭州西湖孤山。

②《茶经》:唐陆羽著。《酒谱》:宋朱翼中著《酒经》,亦称《酒谱》,明周履靖校勘。见《夷门广牍》。

③茂陵封禅:汉司马相如病免,家居茂陵,天子曰:“司马相如病甚,可往从悉取其书;若不然,后失之矣。”使所忠往,而相如已死。家无书,问其妻,对曰:“长卿固未尝有书也。时时著书,人又取去,即空居。长卿未死时,为一卷书,曰:有使者来求书,奏之无他书。”其遗札书言封禅事,奏所忠。忠奏其书,天子异之。按林逋《自作寿堂因书一绝以志之》诗有云:“茂陵他日求遗稿,犹喜曾无封禅书。”

徐　釚

徐釚(1636—1708),字电发,吴江(今属江苏)人。监生。康熙十八年己未(1679)召试博学鸿词,授检讨。釚博学多能,其文叙述有法,诗尤华秀。拟唐人《上皇西巡歌》《凉州词》《长门怨》诸诗,疑皆为世祖作。即《落花篇》《题道旁梅》二诗,亦咏宫人之遣嫁者。顺康之际,诗人喜作宫词,皆有所指,非漫然拟古。釚罢官在康熙二十五年丙寅(1686)。著有《南州草堂集》。

十八滩①

万壑千峰送客舟，槎牙怪石水交流②。
岭猿莫更啼深树，只听滩声已白头。

【注释】①十八滩：赣江在赣县、万家之境，有滩十八。在赣县者九，曰：白涧、天柱、小湖、鳖滩、大湖、铜盆、落濑、青洲、梁口。在万安县者亦九，曰：昆仑、晓滩、武朔、昂邦、小蓼、大蓼、绵滩、漂神、惶恐。水性湍险，惶恐滩尤甚。

②槎牙：错杂不齐貌。苏轼《江上看山》诗："前山槎牙忽变态，后岭杂沓如惊奔。"

纪　灵

纪灵，字朏庵，号仲霁，文安（今属河北省）人。诸生。康熙十八年己未（1679）举博学鸿词。有《桂山堂集》。仲霁性好游览，行踪几遍天下。所传题咏最富。

九　日

黄花白酒住柴桑[①]，冷雁凄云九月霜。
只有义熙陶靖节，年年甲子记重阳[②]。

【注释】①柴桑：古县名。在今江西省九江市西南。晋陶潜居此。

②义熙：东晋安帝年号（405—418）。陶潜元嘉初卒，年六十三，世称靖节先生。潜以曾祖晋世寄辅，耻复屈身后代。所著文章，皆题其年月。义熙以前，明书晋代年号。自刘宋永初以来，惟云甲子而已。重阳：农历九月九日为重阳节。

丘象随

丘象随，字季贞，号西轩，江苏淮安人。康熙十八年己未（1679）召试博学鸿词，官洗马。性孝友，以积俸置义田。有《西山纪年集》。

赠程穆倩[1]

病后相逢邗水涯[2]，岁寒雪压客庐斜。
纵然谈尽人间事，又写青山过酒家。

【注释】①程穆倩：名邃，号垢区，又号垢道人，自称江东布衣。安徽歙县人，居扬州。明诸生。长于金石考证，刻石印，精深汉法而能自见笔意。擅名一代。善画山水，多用干笔。工诗，有《会心吟》。

②邗（hán）水：邗沟水，春秋吴开。今扬州至淮安之运河，即古邗沟水。

黎　骞

黎骞，字子鸿，号潇云，江西清江人。康熙十八年己未

(1679)召试博学鸿词,授检讨。有《玉堂集》。

七夕作①

灯掩香雪坠宝花，龙膏照影月笼纱②。
尊前便是明河路③,一访支机又岁华④。

【注释】①七夕:农历七月廿一日晚。相传七夕牛郎织女会天河。

②龙膏:《宣室志》:安南有玉龙膏,南人用之,能化银液。

③明河:即银河、天河。唐宋之问《明河篇》:“明河可望不可亲,愿得乘槎一问津。”

④支机:即支机石。《集林》:昔有一人寻河源,见妇人浣纱,以问之,曰:“此天河也。”乃与一石而归。问严君平,君平曰:“此织女支机石也。”宋之问《明河篇》:“更将织女支机石,还访成都卖卜人。”杜甫《天池》:“欲问支机石,如临献宝宫。”

许　友

许友,字有介,又名眉,字介寿,福建侯官(今福州)人。有《米友堂集》。有介诗淡秀苍坚。王渔洋称有介“野航人远雁声低”与胡石庄“楚人们巷潇湘色”并为名句。朱彝尊亦职责推许之。有介兼善书画,喜摹米襄阳,因构米友堂,奉瓣香焉。生卒年不详,应在屈大均、孙枝蔚之后,黄与坚之前。

读书夜静闻钟声从白月来

石楼隐向白云封，知在苕荛第几重[1]？
残夜读书人未卧，万山明月一声钟。

【注释】①苕荛（tiáo　yáo）：形容高峻。曹植《九愁赋》：“践蹊隧之危阻，登苕荛之高岑。”

春日园居

两树松涛酿细风，数竿青竹石桥东。
午眠方足新茶苦，啄木声移嫩叶中。

但得幽居草木安，小园数步较能宽。
芭蕉叶下闲来往，一卷残书断续看。

群花下土在清明，菊种分苗著水轻。
还见荔阴颓瓦里，乳鸠傍母习春声。

张　英

张英（1637—1708），字敦复，号乐圃，桐城（今属安徽）人。

康熙六年丁未(1667)进士,改庶吉士,授编修。官至文华殿大学士,兼礼部尚书,谥文瑞。雍正初,赠太子太傅。有《存诚堂诗集》。文瑞久值禁廷,不忘丘壑。尝以乐天、放翁自拟。《四库全书提要》称其鼓吹升平,黼黻廊庙,无不典雅和平。至于言情赋景之作,又多清微淡远,抒写性灵。台阁、山林二体,古难兼擅,文瑞乃兼而有之。

四郊杂诗(录一首)

不须桃李斗夭斜①,底事芙蕖飐晚霞②。
最是野田芳草畔,一枝闲淡女儿花。

【注释】①夭斜:形容桃李树枝弯曲斜出。
②底事:何事。芙蕖:即荷花。飐(zhǎn):风吹颤动。

郑　梁

郑梁(1637—1713),字禹梅,号寒村,浙江慈溪人。顺治十五年戊戌(1658)进士,改庶吉士,授户部主事,历官高州知府。有《寒村集》。

早发沭阳①

立春早起沭阳程，衾薄空舆梦不成。
浅水无桥牵马渡，晓星如月照人行。

【注释】①沭阳:县名。以沭水之阳而名。清属海州。今江苏沭阳县。

陈廷敬

陈廷敬(1639—1710)字子端,山西泽州人。顺治对正 五年戊戌(1658)进士。官至文渊阁大学士,兼吏部尚书。谥文贞。著有《午亭文编》《尊闻堂集》。

邯郸道上①

炊熟黄粱已是迟②,海门归路几人知。
却怜朝市纷纷客，怕说卢生梦醒时③。

【注释】①邯郸:清属广平府。故址即今河北省邯郸市。

②炊熟黄粱:唐沈既济《枕中记》载,卢生在邯郸客店昼寝入梦。历尽富贵繁华。及醒,主人炊黄粱尚未熟。

③沈归愚评曰:卢生之梦,终有醒时,"怕说"殊无谓也。此等诗可当

禅家棒喝。

闻　笛

一片长安秋月明[①]，谁吹玉笛夜多情。
关山万古无消息，肠断风前入破声[②]。

【注释】①李白《子夜吴歌》："长安一片月，万户捣衣声。"

②入破：唐宋大曲的专用语。大曲每套都有十馀遍，分别归入散序、中序、破三大段。入破即为破这一段的第一遍。《新唐书·礼乐志》："天宝后，乐曲多以边地为名，有伊州、甘州、凉州等，至其曲遍繁声，皆谓之入破。"按《中山诗话》但云："重头、入破，皆弦管家语。"而其说不详，盖繁弦急响，喻为破碎，故名入破也。

周朱耒

周朱耒，字象益，号潜叔，诸生。云南试用知州。潜叔本吴江人。幼孤，朱竹垞太史教诲成立，入秀水学。稍长，以能诗文、工笺注鸣。入都馆大学士陈廷敬家，由是益知名。康熙五十一年癸巳(1713)诏举海内实学之士，李寿、郝林会疏荐举，未及用。雍正三年乙巳(1725)两江总督查弼纳荐称品端才练。时已见命往云南试用，中道卒。著有《童初堂集》。

东湖春游词①

红牙急拍舞前溪②,惊起乳鸦啼复啼。
不向柁楼高处望③,那知日在杏花西。

【注释】①东湖:以东湖名者甚多。湖北省武汉市武昌东湖最有名。《舆地纪胜》:上有东园,为近城登览之胜。

②红牙:乐器名。指调节曲板眼的拍板或牙板。以檀木制成,色红,故名。

③柁楼:操舵之室。杜甫《陪郑广文游何将军山林》诗:"翻疑柁楼底,晚饭越中行。"柁,同"舵"。

汪懋麟

汪懋麟(1640—1688),字季角,号蛟门,江都(今江苏扬州)人。康熙六年丁未(1667)进士。官刑部主事。受业于王士禛,才气纵横。与汪楫同有诗名,时称"二汪"。著有《百尺梧桐阁集》。

湖上晚归

水上箫声绕翠微,晚风吹絮恋人衣。

无端催促城中去，暮雨吴山独自归[1]。

【注释】①吴山：在浙江杭州市西南隅。春秋时为吴南界，故名。俗称城隍山。

颜光敏

颜光敏（1640—1686），字修来，一字逊甫，号乐圃，山东曲阜人。康熙六年丁未（1667）进士。历官吏部郎中。与兄光敩、光猷称“曲阜三颜”。著有《乐圃集》等。

昭君曲[1]

一辞宫阙出秦关，长得丹青识旧颜。
为报君王休爱惜，汉家征戍几人还？

【注释】①昭君：汉王嫱。见五绝部分陈恭尹《明妃怨》注。

蒲松龄

见五绝部分作者小传。

流 民

男子携筐妻负雏，女儿卖别哭呜呜。
郑公迁后流民死①，更有何人为画图？

春夏无苗百里赪②，忍将枵腹望秋成③。
籴米糠核炊榆屑④，又买阎浮一日生⑤。

【注释】①郑公：郑侠，字介夫，宋福清人。英宗治平进士。时久旱，流民扶携塞道，身无完衣，被锁械，犹负瓦揭木，卖以偿官。侠悉绘所见为图。神宗览图长叹，翌日下诏，悉罢青苗新法。

②赪(chēng)：赤色。百里赪，犹言赤地千里。

③枵(xiāo)腹：空腹，饥饿。范成大《次韵陈季陵求砚》："宝玩何曾救枵腹。"

④籴(dí)：买进粮食。与粜相反。糠核(hé)：糠里的粗屑，指粗食。《汉书·陈平传》：人或谓平贫，何食而肥若是？其嫂疾平之不视家生产，曰："亦食糠核耳。"榆屑：指榆树皮，晒干磨碎后可食，味涩。

⑤阎浮：亦作"阎扶"，梵语。《因本经》："月宫中有影者，须弥山大洲中，有阎扶提树，因此树故名阎浮洲，其树高大，影见月轮，因此有影。"

告 灾

大旱三百五十日，垅上安能有麦禾？
报到公庭犹不信，为言庭树尚婆娑①。

【注释】①娑娑(suō):形容枝叶茂盛。张籍《新桃》诗:“桃生叶娑娑,枝叶四面多。”

田间口号[1]

日望饱雨足秋田,雨足谁知倍黯然。
完成官粮新谷尽,来朝依旧是凶年。

【注释】①此诗作于康熙十一年壬子(1672)。

蜚虫害稼[1]

细虫蠕蠕满平田[2],遥望禾苗亦俨然。
一亩芟来无斗粒[3],奇荒何处吁青天!

【注释】①此诗作于康熙四十二年癸未(1703)。蜚:虫名,属蜡类,一种有害的小飞虫,形椭圆,发恶臭,生草中,食稻花。见《尔雅·释虫》。

②蠕(ruǎn)蠕:昆虫爬动貌。李贺《感讽》诗:“越妇未织作,吴蚕始蠕蠕。”

③芟(shān):收割。

口　号[1]

青苗遍野麦输忙,南北流人道路僵。
为问播迁何自苦,日中传说要征粮。

【注释】①此诗作于康熙四十三年甲申(1704)。

次韵答王司寇阮亭先生见赠[1]

志异书成共笑之，布袍萧索鬓如丝。
十年颇得黄州意[2]，冷雨寒灯夜话时。

【注释】①王司寇：王士禛，字阮亭，官司寇。详见前王士禛小传。士禛原作云："姑妄言之姑听之(下'姑'字一本作'妄')，豆棚瓜架雨如丝。料应厌作人间语，爱听秋坟鬼唱时。"("时"一作"诗"，误。)

②黄州：宋王禹偁与修《太祖实录》，以直书史事，为宰相所不喜，出知黄州。禹偁素以直道自任，屡遭摈斥。诗文亦多涉规讽。又苏轼以乌台诗案贬谪黄州。按，黄州故治即今湖北黄冈市。

沈　心

沈心，字房仲，浙江仁和(今杭州)人。诸生。有《孤石山房集》《房仲诗选》。

看山口占

江上晴光暖翠熏，几峰回合几峰分。
濛濛俄失峰无数，腾起樵夫脚底云。

张玉书

张玉书(1672—1711),字素存,丹徒(今江苏镇江)人。顺治十八年辛丑(1661)进士,官至大学士,谥文贞。玉书治黄河有功。三十五年,帝亲征噶尔丹,玉书扈从,预参帷幄。三十八年帝南巡,玉书迎谒,赐赍有加。四十年扈驾南巡,驻跸江宁,召试士子,命为阅卷官。五十年从幸热河,甫至疾作,遂卒,年七十。

过金陵某将军营

六纛双旌隐画扉[①],月明霜白路人稀。
燕归不识将军垒,犹认乌衣旧宅归[②]。

【注释】①六纛(dú):纛,军中大旗。六纛,唐代节度使军中使用。《新唐书·百官志下》:“节度使掌总军旅,……辞曰,赐双旌双节,行则建节,树六纛。”白居易《送令狐相公赴太原》诗:“六纛双旌万铁衣,并汾旧路满光辉。”

②乌衣:即乌衣巷。在今南京城内。刘禹锡《乌衣巷》诗:“旧时王谢堂前燕,飞入寻常百姓家。”

吴雯炯

见五绝部分作者小传。

白水涧

小滩大滩船逆上，朝雨暮雨天晴稀。
还是水穷云起处，乱山青断白鹇飞①。

【注释】①白鹇：鸟名，一名银雉，以山鸡而白色，产于我国南部。李白《赠黄山胡公求白鹇》："请以双白璧，贾君双白鹇。"

张实居

见五绝部分作者小传。

初秋偶题

飒飒西风吹薜罗①，炎天伏枕一时过。

山中事事秋来好，只恐浮云变态多。

【注释】①飒飒(sà)：形容风声。薜罗：薜荔、女萝，皆植物名。

夜　雪

斗室香添小篆烟[①]，一灯静对似枯禅。
忽惊夜半寒侵骨，流水无声山皓然[②]。

【注释】①斗室：谓极小之室。卢琦《至正己亥夏予游壶山宿真净岩》："欣然坐我斗室底，满室岚气生清秋。"

②皓然：洁白貌。《后汉书·郡国志·云南县》注：广志云：五月霜雪皓然。

邵　陵

邵陵(1643—1707)，字湘南，又字湘纶，号青门，常熟(今属江苏)人。两颊多髯，人呼为邵髯，不以名字。为诗宗乐天(白居易)、务观(陆游)，有自得之趣。著有《青门集》。

西湖杂题

不上歌楼即酒楼，暖风熏白几人头。

败荷残柳无情绪，也管西湖十里秋。

洪　昇

见五绝部分作者小传。

公子行(四首录一)

春明门外酒楼高①,称体新裁蜀锦袍②。
花里一声歌子夜③,当筵脱与郑樱桃④。

【注释】①春明:《唐六典》:“京城东面三门,中曰春明。”后因称京都曰春明。唐王建《寄广文张博士》:“奏明门外作卑官,病友经年不得看。”

②蜀锦:古代丝织物的一种。杜甫《白丝行》:“缫丝须长不须白,越罗蜀锦金粟尺。”注:“赵罗蜀锦,天下之奇纹也。”元费著《蜀锦谱》云:蜀以锦名天下,故城名以锦官,江名以濯锦。

③子夜:即子夜歌。乐府吴声歌曲名。相传是晋女子子夜所作,故名。

④郑樱桃:东晋时后赵石虎(季龙)所宠优僮。季龙惑之,先后为杀二妻。《乐府诗集》卷八十五载李颀《郑樱桃歌》。歌中有“石季龙,僭天禄,擅雄豪,美人姓郑名樱桃。樱桃美颜香且泽,娥娥侍寝专宫掖。”按《晋书·载记》:“季龙宠惑优僮郑樱桃而杀郭氏,更纳清河崔氏,樱桃又谮而杀之。”

钓　台[①]（四首录一）

逃却高名远俗尘，披裘泽畔独垂纶[②]。
千秋一个刘文叔[③]，记得微时有故人。

【注释】①钓台：即严子陵钓台。在浙江桐庐县西富春山。

②“逃却高名”两句：严光（子陵）少有高名，与光武同学。及光武即位，乃变名姓，隐身不见。帝思贤，乃令以物色访之。后齐国上言：“有一男子，披羊裘钓泽中。”见《后汉书·隐逸传》。

③刘文叔：汉光武帝刘秀，字文叔，高祖九世孙。

寄恽正叔[①]

便面新图赠远游，风沙匹马到芦沟。
携来一片青山色，还见江南八月秋。

【注释】①恽正叔：恽格，字寿平，后改字正叔。见前五绝部分恽格小传。

燕　姬[①]

燕姬生小习原野，春草茸茸猎城下。
身轻不许健儿扶，提鞭自上桃花马[②]。

【注释】①燕(yān):燕本周代国名,在今河北省北部一带。

②桃花马:白毛红点的马。杜审言《戏赠越使君美人》诗:“红粉青娥映楚云,桃花马上石榴裙。”

答友人

君问西泠陆讲山[①],飘然一钵竟忘还[②]。
乘云或化孤飞鹤,来往天台雁荡间[③]。

【注释】①陆讲山:陆圻,字丽京,一字景宣,又字讲山。顺治时贡生,早负诗名,为“西泠十子”之冠。又与陈子龙等为登楼社,世号西陵体。庄廷鑨史祸作,被株连,久之得白。晚入武当为道士,不知所终。有《从同集》《旃凤堂集》《西陵新语》《新妇谱》。

②钵:钵盂。

③天台:即天台山,在浙江天台县北,蜿蜒绵亘,形势崇伟。雁荡:即雁荡山,在浙江省乐清县北,山水奇秀,号称东南第一山。

晚　泊

空江烟雨晚模糊,越峤吴峰定有无[①]?
宿鹭连拳鱼泼剌[②],败芦深处一灯孤。

【注释】①峤(jiào):尖而高的山。见《尔雅·释山》:“山锐而高,峤。”李渥《秋日登越王楼》诗:“横玉远升千峤雪,暗雷下听一江流。”

②连拳:同“联拳”“连卷”,弯曲貌。张衡《南都赋》:“微眺流睇,蛾眉连卷。”泼刺:鱼跃声。杜甫《漫成一绝》:“沙头宿鹭联拳静,船尾跳鱼泼刺

鸣。”沈与求《舟过北塘》诗:“过雁参差影,跳鱼泼剌声。”

魏　坤

魏坤(1646—1705),字禹平,号水村,浙江嘉善人。康熙三十八年己卯(1699)举人。工诗词,取材广泛,风格似唐人。著有《水村琴趣》四卷及《倚晴阁集》《秦淮杂咏》《历山唱醉集》《粤游纪程诗》。

田横岛①

蹈海谁能帝汉高,同时一死等鸿毛②。
只怜五百忠魂散,不及鸱夷有怒涛③。

【注释】①田横岛:在山东省即墨县东之海中。汉初田横率徒属五百馀人居此。田横,秦末狄人。本齐王田荣弟,荣既死,立荣之子广为齐王,自为相。居三年,广为汉将韩信所虏,横乃自立为齐王。汉灭楚,横与其从属五百馀人亡入海岛。高祖召之曰:“田横来,大者王,小者侯;不来,且举兵加诛焉。”横乃与二客诣洛阳,未至三十里,曰:“横始与汉王俱南面称孤,今奈何北面事之?”遂自杀。二客皆自刎。居海岛中之五百馀人,闻横死,亦皆自杀。见《史记》卷九十四、《汉书》卷三十三。

②鸿毛:司马迁《报任少卿书》:“人固有一死,或重于泰山,或轻于鸿毛,用之所趋异也。”

③鸱夷:革囊也。此指伍子胥。子胥屡谏吴王夫差谋越,夫差不听,

纳谗言，赐子胥死。子胥将死，曰：悬吾目于东门，以见越之入，吴国之亡也。王愠曰：孤不使大夫得有见也。乃取子胥尸，盛以鸱夷之器，投之于江中。见《国语·吴语》《史记》卷六十六。相传子胥愤气化作怒涛。

王尔膂

王尔膂，字襄哉，号止庵，又号泡斋，山东掖县（今属莱州市）人。诸生。有《止庵诗》《泡斋集》。泡斋笃学好古，覃研经史，开乾隆诸儒汉学门径。

有以琴命予者赋谢

雁行中断最堪悲[1]，壁挂青桐匣贮丝[2]。
日上晴窗闲袖手，十年心事阿谁知？

【注释】①雁行：琴上弦柱排列如雁行。

②青桐：桐的一种。可作琴。《齐民要术》曰："山石间生者，为乐器则鸣。"

潘耒

潘耒(1646—1708),字次耕,号稼堂,吴江(今属江苏)人。康熙十八年己未(1679)召试博学鸿词,授检讨。有《遂初堂集》。沈德潜称其诗笔,直达所见,浩气空行。韵语可作古文读,而登临怀古诸作,尤为光焰腾上,一时名流,几罕与俪比。

马当山①

飞帆如箭劈流开,遥奠江神酒一杯。
好风肯与王郎便②,世上惟君不妒才。

【注释】①马当山:在江西彭泽县东北四十里,北临长江,形势雄险。《九江记》:"山形似马,横枕大江,回风撼浪,舟船艰阻。"

②唐王勃于上元二年乙亥(675)往交趾省父,路过马当,道出江中,为《采莲赋》以见意,其辞甚美。相传好风一夜把王勃送到南昌,得以参加盛会,作《滕王阁序》。

刘献廷

见五绝部分作者小传。

无　题

碧纱窗外晓云轻，满手春云绾未成。
闲看青山天际隐，隔帘时听放钗声。

王昭君[①]

六奇已出陈平计[②]，五饵曾闻贾谊言[③]。
敢惜妾身归异国？汉家长策在和番。

汉主曾闻杀画师，画师何足定妍媸。
宫中多少如花女，不嫁单于君不知。

【注释】①王昭君：即王嫱，字昭君，汉元帝宫女，见前五绝部分陈恭尹《明妃怨》注。

②六奇：汉陈平所施六奇计也。《史记 · 陈丞相世家》：凡六出奇计，辄益邑，凡六益封。奇计或颇秘，世莫能闻也。《史记 · 太史公自序》：六

奇既用诸侯，宾从于汉。

③五饵：汉贾谊所论怀柔匈奴之术。《汉书·贾谊传赞》：及欲试属国，施五饵三表以系单于。注：赐之盛服车乘，以坏其目；赐之盛食珍味，以坏其口；赐之音乐、妇人，以坏其耳；赐之高堂、邃宇、仓库、奴婢，以坏其腹；于来降者，上以召幸之，相娱乐亲酌，而手食之，以坏其心。此五饵也。按元帝时匈奴已弱，帝不欲失信，非畏其强，此意诗家未曾道及。

绝句二首

东方日出胭脂色，不定阴晴防晚风。
闭上菱花双槅子①，牡丹花插玉瓶中。

分明静坐调鹦鹉，回首何人笑拍肩②。
阿姊无端弹一曲，玉琴弹断第三弦③。

【注释】①槅(gé)子：窗上用木条子做成的格子。

②拍肩：《南史·王筠传》：昭明太子抚刘孝绰肩曰：所谓"左挹浮丘袖，右拍洪崖肩"。

③玉琴：三弦的一种。唐代的云头琵琶、龙颈琵琶等均属三弦。三弦，长柄、方槽、圆角、上蒙蛇皮，架三根弦，以指拨弦而发声。

隋宫词

邗沟东下柳成阴①，水殿离宫月色深。
箫鼓后庭齐望幸，莫将金盒寄同心②。

【注释】①邗(hán)沟：水名，亦名邗江。即今江苏境内自扬州市西北至淮安县北入淮的运河。隋炀帝离宫所在。

②金盒：一作“金合”。同心：指同心结。用锦带制成的菱形连环回文结，表示恩爱之意。《隋书·宣华夫人陈氏传》：太子(炀帝)使者赍金合子，帖纸于际，亲署封字，以赐夫人。合中有同心结数枚。诸宫人咸悦，相谓曰：得免死矣！陈氏恚而却坐，不肯致谢。诸宫人共逼之，乃拜使者。

孔尚任

见五绝部分作者小传。

历下杂咏[①](七首录三)

香生荷叶散千家，堤上篱门向水斜。
数遍画船无一事，女郎相对浣银纱。

烟火凭陵鸡犬骄[②]，鱼盐满市海新潮。
齐儿夸诈今犹昔，雪藕金梨索价高。

湖上独行湖上眠，蒹葭满目乱寒烟[③]。
居民种藕同禾黍，妇馌夫耘在水田[④]。

【注释】①历下：春秋齐邑。《三齐记》：历下城，南对历山，城在山下，故名。故址在今山东历城县西。

②凭陵：侵凌，进逼。

③蒹葭(jiān jiā)蒹，荻；葭，芦苇。

④馌(yè)：为耕者送饭。《诗·豳风·七月》："同我妇子，馌彼南亩。"

久泊秦淮

里外湖光照远天，孤舱灯暗带衣眠。
千丝锦缆牵愁处，羡煞轻帆夜过船。

北固山看大江①

孤城铁瓮四山围②，绝顶高秋坐落晖。
眼见长江趋大海，青天却似向西飞。

【注释】①北固山：在江苏镇江东北。三面临水，山下临大漠，其势险固，因以为名。

②铁瓮：镇江子城，吴大帝所筑，内外甃以甓，号铁瓮城。

陈学洙

陈学洙(1648—1719)，字左原，长洲(今江苏苏州)人。康熙二十三年甲子(1684)举人。诗文负重名。为人宽厚而有特操。徐乾学主会试,先期罗致诸名士,有友约学洙往会。行至中途,忽自念曰:“半世守节,老而失身可乎?”竟不往。有《响山文集》《西田诗草》。

悼　内

簇蝶金泥杳不存[①],空箱颠倒月黄昏。
牛衣一挂浑无恙,犹有当时对泣痕[②]。

纱窗曾弄管斑斑,剩粉残脂次第删。
略记红笺留片语,一钩新月照愁颜[③]。

【注释】①簇蝶:花名。唐段成式《酉阳杂俎》续集九《支植》上:“簇蝶花,花为朵,其簇一蕊,蕊如莲房,色如退红,出温州。”又名万蝴蝶、玉蝴蝶。金泥:以金粉饰物。孟浩然《宴张记室宅》诗:“玉指调筝柱,金泥饰舞罗。”白居易《妻初授邑号告身》诗:“弘农旧县受新封,钿轴金泥诰一通。”

②“牛衣”两句:《汉书·王章传》:初,章为诸生学长安,独与妻居。章疾病,无被,卧牛衣中,与妻决,涕泣,其妻呵怒之。后章仕宦历位,及为京兆,欲上封事,妻又止之,曰:“人当知足,独不念牛衣中涕泣时耶!”按牛衣编乱麻或草为之。

③自注:“内子幼好吟咏,继以非妇事,尽毁之。顷检废簏。于纸尾得此句,为之一恸。”

汪徵远

见五绝部分作者小传。

玉屏晚望待榛公不至

洞口无人山鸟飞，寒烟一缕篆香微。
游人薄暮倚松立，眺尽落霞僧未归。

冯廷櫆

见五绝部分作者小传。

题徐电发南州草堂诗[1]

一卷南州未刻诗，清风院里读多时。
直须放过诗工拙，不怕穷人亦自奇[2]。

【注释】①徐电发:徐钪字电发。有《南州草堂集》。详见前徐钪小传。

②宋欧阳修《梅圣俞诗集序》:予闻世谓诗人少达而多穷,夫岂然哉?盖世所传诗者,多出于古穷人之辞也。

博平望东南诸山①

数点青螺缥缈间②,扶桑东望影弯环③。
分明一段天孙锦④,幻出云林水墨山⑤。

【注释】①博平:县名。在山东省西部,今并入在平县。故治在茌平西二十余里。

②青螺:皮日休《缥缈峰》诗:"似将青螺髻,撒在明月中。"此处言山形似青螺。

③扶桑:《十洲记》:扶桑在碧海中,日所出处。

④天孙:星名,即织女星。《史记·天官书》:婺女,其北织女,天女孙也。

⑤云林:倪瓒,号云林,元末无锡人。绘画以水墨居多,山水木石最有名。

查慎行

见五绝部分作者小传。

曹操疑冢[1]

分香卖履独伤神[2],歌吹声中繐帐清[3]。
到底不知埋骨地,却教台上望何人?

【注释】①《辍耕录》:曹操疑冢七十二,在漳河上。相传操恐人发掘其冢,而为此以乱真也。

②分香卖履:《魏略》:太祖顾命曰:“馀香可分与诸夫人。诸舍中无所为,学作履组卖也。”

③繐(suí)帐:设在柩前或灵前的帐幕。《文选·陆机〈吊魏武帝文〉》注:魏武帝遗命诸子曰:“吾婕好妓人,皆著铜雀台,于台堂上,施八尺床繐帐,朝晡之脯糒之属,每月朝十五,辄向帐前作妓,汝等时时登铜雀台,望吾西陵墓田。”郑玄《礼记》注:“凡布细而疏者谓之繐。”

雨　台

便从一雨望丰年,大抵人情慰目前。
我比老农还计短,只贪今夜夜凉眠。

七夕邀诸弟作真率会,先三日为芝田七秩生辰兼补寿觞,席上口占四绝[1]

一家旧注长生籍,合算今年得几何。
四个老人三百岁[2],更加百岁肯辞多?

不问宾筵与主筵，更番酌必我居先。
此觞只算屠苏酒，得岁还应让少年[3]。

人生七十古来稀，万口流传老杜诗[4]。
笑引南华为转语，行年七十似婴儿[5]。

斗牛光并老人星[6]，银汉中央界紫庭[7]。
但愿年年仍此会，借君生日倒吾瓶。

【注释】①真率会：宋司马光罢政在洛，家贫而好客，常与故老游集，相约酒不过五行，食不过五味，号真率会。其名盖本于东晋初。时拜官相饬供馔，羊曼拜丹阳尹，依例为之，客来早者得佳设，日晏则渐不复精，随客早晚而不问贵贱，时人以为真率。芝田：待考。七秩：七十岁。

②自注："四个老人三百岁，用香山成语。"按白居易《雪暮偶与梦得同致仕裴宾客王尚书饮》："黄昏惨惨雪霏霏，白首相欢本应归。四个老人三百岁（裴年九十，王八十馀，予与梦得俱七十，合三百馀岁，可谓希有之会也），人间此会亦应稀。"

③屠苏：酒名。《荆楚岁时记》：正月一日，是三元之日也。长幼以次拜贺，进屠苏酒。董勋云：正月饮酒，先小者，以小者得岁，先酒贺之；老者失岁，故后与酒。苏轼《除夜野宿常州城外》诗："但把穷愁博长健，不辞最后饮屠苏。"

④杜甫《曲江二首》之二："酒债寻常行处有，人生七十古来稀。"

⑤南华：即《南华真经》，《庄子》的别名。《庄子·齐物论》以为"莫寿于觞子，而彭祖为夭"，故此处有"七十似婴儿"之说。

⑥斗牛：谓斗宿、牛宿也，二星名。老人星：即南极星。

⑦紫庭：帝王宫廷。此指天宫。

送赵秋谷宫坊罢官归益都①(四首录二)

竿木逢场一笑成②,酒徒作计太憨生。
荆高市上重相见③,摇手休呼旧姓名。

南北分飞怅各天,输他先我着归鞭④。
欲逃世网无多语,莫遣诗名万口传⑤。

【注释】①自注:“时秋谷与余同被吏议。”按,秋谷为赵执信之号。详见五绝部分赵执信小传。

②竿木:《传灯录》:邓隐峰辞师,师云:“什么处去?”曰:“石头去。”师云:“石头路滑。”云:“竿木随身,逢场作戏。”宋范成大《题相山大施堂》诗:“若论大施门前事,竿木逢场且赋诗。”

③荆高:荆轲、高渐离。荆轲,卫人,既至燕,爱燕之狗屠及善击筑者高渐离。荆轲嗜酒,日与狗屠及高渐离饮于燕市,酒酣以往,高渐离击筑,荆轲和而歌于市中,相乐也,已而相泣,旁若无人者。参见《史记·刺客列传》。

④先我着鞭:刘琨与亲旧书曰:“吾枕戈待旦,志枭逆虏,常恐祖生先吾着鞭耳。”见《晋书·刘琨传》。此处借用。

⑤自注:“秋谷赠余诗有‘与君南北马牛风,一笑同逃世网中’之句。”

王奂曾

王奂曾(1651—1735),字元亮,号诚轩(一作诚斋),别字思显，山西太平人。康熙十五年丙辰(1676)进士，官至湖广道监察御史。有《旭华堂集》。

铅山河口即目[1]

一重芳草一重沙，几缕新烟几片霞。
雨后篷窗关不得，村村屋角有梨花。

嫩绿初生枝渐新，滩头春涨正粼粼[2]。
一群白鹭谁惊起？有个残阳唤渡人。

【注释】①铅山河口：江西省铅山县河口镇。即今县治所在。②粼粼：清澈貌。

朱昆田

朱昆田(1652—1699)，字文盎，又字西畯，浙江秀水(今嘉兴)人。竹垞之子。少有才称，京师呼为小朱十。工诗。著有《笛渔小稿》十卷，附其父《曝书亭集》之后。

落帆亭[1]

又携书卷走风尘，饯别谁行酒一巡。

惟有落帆亭畔柳，尚将青眼送愁人[2]。

【注释】①落帆亭:在浙江嘉兴北杉青堰上。宋建。今废。

②青眼:晋阮籍能为青白眼,以白眼对礼俗之士,以青眼对知己者。

春申墓[1]

江雨江风暗怆神，我来江上吊春申。
三千食客皆珠履[2],国士故应无一人[3]。

【注释】①春申:即春申君。《史记·春申君列传》:春申君者,楚人也,名歇,姓黄氏。春申墓在安徽寿州(今寿县)。

②赵平原君使人于春申君,春申君舍之于上舍。赵使欲夸楚,为玳瑁簪,刀剑室以珠玉饰之,请命春申君客,春申君客三千馀人,其上客皆蹑珠履以见赵使,赵使大惭。

③这两句是说三千食客都应命蹑珠履以炫耀宾客,可以证明他们都是庸才而非国士。

张上舍盛夸亳州牡丹远过洛下，因赋十绝以纪,且订探花之约焉[1](录五首)

洛下家家种牡丹，欧阳小谱旧曾看[2]。
年年寂寞花王国，谯邑春风绽满阑[3]。

好种曾夸九十馀，花名记得小屏书。
若于双桂堂边见，双桂楼中也不如[4]。

天生花叶出寻常，一朵倾城插晚妆⑤。
好似玉环微醉后，沉香亭下舞霓裳⑥。

小小燕支染玉盘⑦，徐熙崔白画应难⑧。
虚黄夜点宫人臂，莫作杨家一捻看。

轻红浅绿破天慳⑨，无限名花尽贬颜。
淳化街头新样好，春游不上大房山⑩。

【注释】①张上舍：清张桐，天津人。亳州：今安徽亳县。

②欧阳小谱：指欧阳修撰《洛阳牡丹记》，凡一卷，分花品、花释名、风俗说三篇。

③花王：旧时品花以牡丹为群花之首，世称花王。欧阳修《洛阳牡丹记·花释名》：钱思公尝曰："人谓牡丹花王，今姚黄真可为王，而魏花乃后也。"谯邑：春秋焦邑，秦置谯县。治所即今安徽亳县。

④自注："上舍所居双桂堂。钱思公于双桂楼小屏上戴牡丹佳者凡九十馀种。"

⑤自注："太真晚妆，亳花之上品也。"

⑥玉环：杨贵妃（太真）小名。《太真外传》：上宴诸王于木兰殿，时木兰花发，皇情不悦，妃醉中舞霓裳羽衣一曲，天颜大悦。又载：开元中，禁中重木芍药，即今牡丹也。得数本红、紫、浅红通白者，上因移植于兴庆池东，沉香亭前。会花方繁开，上乘"照夜白"，妃以步辇从，诏选梨园弟子中尤者，得乐一十六色。宣赐翰林学士李白，进《清平乐》词三章，促李龟年以歌之。太真妃持颇梨七宝杯，酌西凉州蒲桃酒，笑领歌辞，意甚厚。

⑦自注："花色如玉，有丹砂一点著于瓣上，每花一点，每点不同，土人谓之燕支点玉。"

⑧徐熙：南唐江宁人。世为江南士族。一生未仕，沈括称为"江南布

衣”。识度闲雅高放，善画花竹树木草虫之类，花果尤佳，李后主绝爱重之。宫中挂设之具，皆熙所作，谓之铺殿花，又曰装堂花。李煜降宋后，南唐所藏徐熙画迹，尽数归宋朝，宋太宗赞徐画《石榴图》曰：“花果之妙，吾独知有熙矣！”崔白：宋濠梁人，字子画。仁宗时补画院艺学，善画花竹翎毛，尤长写生。名作有《双鸟戏兔图》《寒雀图》等。

⑨天悭（qiān）：指自然界之所欠缺。

⑩自注：“绿牡丹惟大房山有之；亳州新产‘绿水红莲’，其色尤奇。”

夏日村居戏作吴中田妇诗十首（录三首）

河头杨柳弄鹅黄①，乳燕飞时日渐长。
摒挡游春衫入箧②，不辞辛苦作蚕娘③。

白纻衫轻红袜斜，吴娃生长自田家。
最怜双足浑如雪，日日河边去踏车。

门前宛转结笆篱，竹簟绳床任意移。
来往无人拘束少，豆花棚底纳凉时。

【注释】①鹅黄：淡黄色，多用以形容初春的杨柳。王安石《南浦》诗：“含风鸭绿粼粼起，弄日鹅黄袅袅垂。”杨维桢《杨柳词》：“杨柳董家桥，鹅黄万万条。”

②摒挡：同“屏当”。收拾、料理。《晋书·阮孚传》：有诣约，见正料财物，客至，屏当不尽。

③蚕娘：谓育蚕之妇女。

朱樟

朱樟，字亦纯，一字鹿田，号慕巢，晚号灌畦叟。浙江钱塘（今杭州）人。康熙三十八年己卯（1699）举人。历官泽州知府。有《白舫集》《一半勾留集》。鹿田少从毛西河游，于经学甚邃。官蜀十年，颇刺取诸书有关益部者为《蜀客馀谈》。蜀江脉缕皆以目验知之，而怪《水经注》之不相应。实事求是，本源盛大，故能于诗别开蹊径。

泊旧忠州白乐天陆宣公旧治①

香山居士无遗迹，勾引诗人泊水涯。
只有风前雌蝶喜，东坡曾见旧栽花②。

秋草寒蓑失环城，畲烟断处土微平③。
鸦啼内相厅前树④，一片天涯谪宦情。

【注释】①忠州：在今四川省忠县。白乐天（居易）于唐宪宗元和十五年为忠州刺史。陆宣公，名贽，字敬舆，唐德宗朝累迁中书侍郎同平章事，为裴延龄所谗，贬忠州别驾，卒。谥宣。有《陆宣公集》。

②《白氏长庆集》卷十一《东坡种花》诗云："持钱买花树，城东坡上栽。"

③畲(shē):指畲田。播种前烧去田中草木,以灰作肥料。

④内相:指陆贽。

保 禄

保禄,字在中,号雨村,满洲旗人。官户部笔帖式,有《野人居稿》。雨村诗纵横倔强,如枯藤怪石,李移堂为作序,许为清新老健,直追古人。

留 别

掷却毛锥望朔天[①],笑提长剑出幽燕。
终南风雪崆峒月[②],醉眼看山到酒泉[③]。

【注释】①毛锥:即毛锥子。毛笔。以束毛为笔,形状如锥,故称。《新五代史·史弘肇传》:"弘肇曰:'安朝廷,定祸乱,直须长枪大剑,若毛锥子安足用哉?'三司使王章曰:'无毛锥子,军赋何从集乎?'毛锥子盖言笔也。"

②终南:即终南山,在陕西省西安西南五十里。东至蓝田县,西至眉县,绵亘八百馀里。崆峒:山名。亦名空同。在甘肃平凉市西。《史记·五帝记》:黄帝西至空同,登鸡头。即此。

③酒泉:郡名。今甘肃省酒泉市。应劭《地理风俗记》:酒泉郡,其水若酒,故曰酒泉。

查嗣瑮

见五绝部分作者小传。

题恒昭花饮图

东堂忽报一枝开，金粟香中独举杯[1]。
闻说杏花消息早，满楼春色待人来。

【注释】①金粟：即金粟兰。常绿小灌木，叶对生，形似茶叶，初夏开小花，黄绿色，有香气，叶可代茶饮，俗呼珠兰，日本谓之茶兰。

儿辈作雪诗未快意，口占绝句开之(录三首)

百顷平铺种玉田[1]，他乡留亦要丰年。
乱山争入诗翁句，一一排空吐白莲。

高下峰峦傍玉京，参差楼堞带荒城。
灞桥驴背蓝关马[2]，好句都从冷淡生。

天山六月雪如沙，地入穷边冷倍加。

纵近长安春较暖，也应留雪看桃花。

【注释】①玉田:《搜神记》:杨公伯雍,性笃孝,葬父母无终山,遂家焉。一日,有人就饮,出石子一斗与之,云:此可种玉,且得好归。公乃种其石,后果生玉,又试求婚徐氏女,徐戏曰:得白璧一双来,当为婚。公至所种石中,得璧五双以聘,遂娶焉。天子闻而异之,拜为大夫,乃于种玉处四角作大石柱,中央一顷地,名曰“玉田”。

②灞桥驴背:见前黄虞稷《题王石谷》注②。蓝关马:唐韩愈《左迁至蓝关示侄孙湘》:“云横秦岭家何在,雪拥蓝关马不前。”

汪　森

汪森(1653—1726),字晋贤,号碧巢,浙江桐乡籍,休宁(今属安徽)人。贡生,历官户部郎中。有《小方壶存稿》。晋贤尝与朱彝尊同定《词综》。家有裘杼楼,藏书甚富,与周青士、沈山子辈讲习诗古文辞。所自为诗,五言拟陶,七言学高、岑,皆见风格。

次和过浮溪馆见绿阴之作①

春红别树动成旬，池面圆荷帖水新。
自分药栏兼竹概②，一生长作浣花人③。

斜日疏帘碎影铺，卑枝接叶坐莺雏。
醉馀客散闲吟久，翠滴蕉衫独据梧。

【注释】①浮溪馆：宋汪藻室名。汪藻著有《浮溪集》。

②药栏：种植草药的园地。穊(jì)：稠密。

③浣花：蜀人于每岁四月十九日，游宴浣花溪，谓之浣花日。见陆游《老学庵笔记》。又杜甫宅于浣花溪畔，号曰浣花草堂。

纳兰性德

纳兰性德(1655—1685)，字容若，号楞伽山人。满洲正黄旗人，一作辽阳人。康熙十二年癸丑(1672)进士，十五年丙辰(1676)殿试官侍卫。尝辑《全唐诗逸》《全唐诗选》。另著《渌水亭杂识》《陈氏礼记集说补正》等。

柳枝词

马卿苦忆红泥阁[①]，我亦伤心碧树村。
病骨沉绵词客死，更谁攀折与招魂？

池上闲房碧树围，帘纹如縠上斜晖。
生憎飞絮吹难定，一出红窗便不归[②]。

【注释】①自注:“绿杨天半红泥阁,朱槿风前翠袖人,亡友马季廉云翎《柳枝词》。”

②因柳絮而念征人,所谓“颠狂柳絮随风舞”是也。此诗妙在未曾说破。

记征人语

列幕平沙夜寂寥，楚云燕月两迢迢。
征人自是无归梦，却枕兜鍪卧听潮[1]。

【注释】①兜鍪(dōu　móu):头盔。古谓之胄,秦汉以来始名兜鍪。辛弃疾《南乡子·登京口北固亭有怀》词:“年少万兜鍪,坐断东南战未休。”

绝　句

绿槐阴转小阑干，八尺龙须玉簟寒[1]。
自把红窗开一扇，放他明月枕边看。

【注释】①龙须:草名。茎可织席。韩偓《已凉》诗:“八尺龙须方锦褥,已凉天气未寒时。”

汤右曾

汤右曾(1656—1722),字西崖,浙江仁和(今杭州)人。康熙二十七年戊辰(1688)进士,改庶吉士,授维修,官至吏部右侍郎,兼翰林院学士。有《怀清堂集》。

泊长沙西门追念旧游有感

玉砾金沙俨画图，水清了了见樗蒲。
湖南宾客今憔悴，暮雨湘西听鹧鸪。

李登瀛

李登瀛(1656—1730),字天山,一字俊升。浙江会稽(今绍兴)人。康熙五十一年壬辰(1712)进士,官至江西安仁知县。晚年自号梅溪。著《梅溪集》二十四卷,经乱尽佚;其六世孙莼客农部搜若干首,印成一帙。

自题鉴湖垂钓图①

不博蓬池斫鲙名②,不将鱼税代躬耕。
绿杨阴里垂竿坐，闲看一湖春水生。

陆家埭北贺庄东，南岸桥堤亘若虹。
独坐湖中孤屿上，爱他四面钓丝风。

细雨斜风不受欺，绿蓑乌艇最相宜。
有时贯柳入城去，人道南湖旧钓师。

【注释】①鉴湖:在浙江省绍兴城南,亦名镜湖、南湖。

②蓬池斫鲙:《三国志·吴志》注:介象,会稽人,有方术。吴主征象到武昌,论鲙鱼何者最美。象曰:鲻鱼为上。吴主曰:此出海中,安可得?象曰:可得耳。乃令人于殿庭中作方坎,汲水满之,垂纶坎中,须臾得鲻鱼。

李崧

李崧(1656—1736),字静山,号介轩,无锡(今属江苏)人。布衣。有《介轩诗集》

宴溪亭玩牡丹感旧歌者

去年清宴此花前，一串歌珠粒粒圆。
今日花前追往事，空留白发照婵娟[①]。

【注释】①婵娟：指月亮。苏轼《水调歌头》：“但愿人长久，千里共婵娟。”

施世纶

施世纶（1657—1721），字文贤，号浔江，又号静斋。汉军镶黄旗人。康熙二十四年乙丑（1685），以荫生官泰州知州，擢扬州知府，官至漕运总督。有《南堂诗钞》。文贤以严明聪察为治，民间二百年来歌颂之，比于包孝肃（拯）、海忠介（瑞）。卒于康熙六十一年，年六十五。事具《清史列传·大臣传》。世纶诗雅洁苍秀，邓孝威为作序，谓其质处皆华，淡处皆古，高处皆秀，剀切深中人心。

登华严洞[①]

高洞阴阴岁月迟，客来重读壁间词。
山川俯仰悲今昔，桃李春风又一时。

【注释】①华严洞：在北京市房山区上方山兜率寺南五里，洞口有华严楼。洞内有石钟乳结成莲花、鹦鹉、舍利等形，一一毕肖。

曹　寅

见五绝部分作者小传。

西　池

晓风吹动木兰桡，两岸无人过板桥。
几日不来春水阔，满河苇叶雨萧萧。

元宵醉后作

梅花隔座月来迟，愁里闻歌是别离。
无奈冰弦声欲断①，春风吹面酒醒时。

【注释】①冰弦：冰弦玉柱，筝的美称。洪昇《长生殿·舞盘》："冰弦玉柱声嘹亮，鸾笙众管音飘荡。"杨基诗："冰弦莫奏清商曲，满地霜华注翠蓬。"

题画三首(录一首)

群山滴翠雨初收，渡口无人灌木稠。
茅屋数间门自掩，桃花深处有行舟。

广陵同人多和《不寐》诗再叠前韵[1](四首录一)

茶熟香温得句迟，重帷未卷鹊先知。
懵腾一味谁相共[2],多在冬冬曙鼓时。

【注释】①广陵:今江苏扬州市。

②懵腾:半睡半醒,朦胧迷糊。韩偓《马上见》诗:“去带懵腾醉,归成困顿眠。”

早春泛舟至平山堂分韵[1]

遨头吟兴未嫌劳[2],城脚淮流绿满壕。
恰趁扬人看新水，红桥正月上轻舠[3]。

柳条风劲尚无尘，谁筑渔庄作近邻?
笑指林皋簇鞍马，早梅空赚路旁人。

倚天阑槛极空明，吴楚风烟画不成。

漱罢寒泉无一语，竹舆归去有钟声。

【注释】①平山堂：在江苏扬州城北蜀亭上。宋庆历间郡守欧阳修建。清康熙时重建。

②遨头：宋代成都自正月至四月浣花，太守出游，士女纵观，称太守为遨头。陆游《老学庵笔记》卷八有云："四月十九日，成熟谓之浣花，遨头宴于杜子美（甫）草堂沧浪亭，倾城皆出，锦绣夹道，自开岁宴游至是而止。"按《成都记》云："太守出游，士女则于木床观之，谓之遨床。故太守为遨头，自正月出游，至四月浣花为止。"

③红桥：在扬州北门外，一名虹桥。舠（dāo）：小船。形如刀。

王箴舆

王箴舆，字敬猗，号孟亭，江苏宝应人。康熙五十一年壬辰（1712）进士。历官卫辉知府。有《孟亭编年诗》。

立秋后一日雨

乍可秋情隔夜生[①]，风初拂拂雨初清[②]。
似将几点芭蕉上，绘出虚堂一种声。

【注释】①乍可：犹宁可或只可。高适《封丘县》诗："乍可狂歌草泽中，宁堪作吏风尘下。"

②拂拂：风吹动貌。李贺《河南府试十二月乐辞并闰月七月》诗："晓

风何拂拂，北斗光阑干。”

李予望

李予望，字岵瞻，号怡村，蔚州（一作灵丘，或作平遥）人。康熙五十年辛卯（1711）进士。有《宫岩诗集》。

秋后从北涧望南山

芒履经秋不暂闲，溪南遥望翠微间。
晚峰偏自宜斜日，青紫横分一面山。

陈景元

陈景元，字石间，汉军正红旗人。有《石间诗集》（一名《居白诗集》）。《四库全书总目》卷一八五集部著录。景元诗虽以汉为宗，而性既孤僻，思复刻峭。结习所近，乃在孟郊、贾岛之间。

边　笛

秋风吹雨过桑乾[1]，羌笛何来怨夜阑[2]。
多少健儿颜色改，荷戈齐向月中看。

【注释】①桑乾：河名，一名无定河，又名永定河。

②羌笛：乐器。陈旸《乐书》：羌笛，五孔。马融赋笛谓出于羌中，旧制四孔而已，京房加一孔，以备五音。夜阑：谓夜将尽也。

管式龙

管式龙，字南棠，浙江海宁人，寄籍海盐。康熙五十二年癸巳（1713）进士，官工部主事。吴振棫曰：南棠先生官中书时，与纂春秋及子史精华，擢都水司主事，提督宝源钱局，吏部索月例钱，作色曰："帑外安有钱？吾方稽弊，敢为弊！"叱去之。年甫强仕，呕血卒。遗稿散失，仅存《廷献先资》四卷。

中书直宿口占[1]

凤楼天半护朱霞，人直西清静不哗[2]。
坐觉夜深帘影活，一轮月照紫薇花[3]。

剪烛修书玉漏催，添香默自拨炉灰。
不须更羡花砖步，也自嫏嬛福地来④。

【注释】①中书：明清置内阁中书及中书科中书，设中书舍人，掌书写机密文书。直宿：值夜。

②西清：《汉书·司马相如传》："青龙蚴蟉于东箱，象舆婉僤于西清。"注："西清者，西箱清静之处也。"后因称宫禁燕闲之地。徐铉《茱萸》诗："长和菊花酒，高宴奉西清。"

③紫薇花：花名。白居易《紫薇花》诗："独坐黄昏谁是伴？紫薇花对紫薇郎。"

④嫏嬛福地：传说中神仙的洞府。伊士珍《嫏嬛记》："张华游于洞宫，遇一人引至一处，别是天地。每室各有奇书，华历观诸室书，皆汉以前事，多所未闻者。问其地，曰：嫏嬛福地也。"按《嫏嬛记》之命名，即取于此。

魏　基

魏基，字光初，号敬亭。浙江慈溪人。著《竹轩诗集》。

漫　兴

东风昨夜到山家，岸柳依依欲放芽。
只是春寒犹未解，一帘细雨梦梅花。

林文懋

林文懋，字昭德，象山恩贡，官天台教谕。著《梅皋集》。

则鲁上人卜居寺前庵

策杖归山卧白云，钟鸣古寺隔溪闻。
桃源径杳疑天外，腊尽春初一晤君。

史申义

史申义(1661—?)，字蕉饮，一字叔时，江都(今江苏扬州)人。康熙二十七年(1688)进士。官翰林院编修。著有《芜城集》《使滇集》《过江集》等，与汤右曾称王士禛门下二弟子。与同里顾河用齐名，称“维扬二妙”。

朝云墓①

散尽泥金蛱蝶裙，云蓝小袖剧怜君。

伤心白鹤峰前路，一树松阴盖古坟[2]。

【注释】①朝云:宋钱塘妓,姓王。苏轼官钱塘,纳为妾。初不识字,后从轼学书,粗知楷法,并略闻佛理,后轼贬惠州,数妾均辞去,独朝云相随南迁,先卒于轼,葬栖禅寺。

②末句著浅浅语,自有远神。

镇　宁[1]

古木安庄极眺平，丽谯风卷戍旗声[2]。
塔山秋草连原野[3],放马斜阳十二营。

【注释】①镇宁:县名。清属安顺府。今贵州省镇宁布依族苗族自治县。

②丽谯:高楼名。《庄子·徐无鬼》:“君亦必无盛鹤列于丽谯之间,无徒骥于锱坛之宫。”郭象注:丽谯,高楼也。王禹偁《黄冈竹楼记》:“井幹丽谯,华则华矣。”

③塔山:在贵州安顺市南。元泰定二年建塔其上,山多树木,四时青葱。

怀查夏重[1]

笑指君山一发青[2],明湖容易见春星。
思伊月黑寥天句，能使湘江泣百灵[3]。

【注释】①查夏重:查慎行字夏重。见前五绝部分查慎行小传。

②君山：在湖南岳阳西南洞庭湖中。《水经注》：洞庭湖中有君山，湘君之所游处，故曰君山。

③自注："'月黑寥天夜有光'，君洞庭湖中诗。"

王　苹

王苹（1661—1720），字秋史，号蓼谷。历城（今山东济南）人。康熙四十五年丙戌（1706）进士。有《二十四泉草堂集》。

西河沿酒家题壁

松浆初压自清浑[①]，泥饮谁家老树根[②]。
野水不知深几许，半陂秋涨别柴门。

扰扰京尘已白头，眼中难遣是勾留[③]。
日来何处无拘束，不在僧窗在酒楼。

【注释】①松浆：酒名。张籍诗："秋茶莫夜饮，新月作松浆。"压：压酒。米酒酿制将熟，压榨取酒。

②泥饮：强留饮酒。杜甫有《遭田父泥饮美严中丞》诗。陆游《怀青城旧游》诗："泥饮不容繁杏落，浩歌常送寒蝉没。"

③勾留：留连不舍。白居易《春题湖上》诗："未能抛得杭州去，一半勾留是此湖。"

读吴野人集[1]

海上吟诗到白头，菱花满地一沙鸥。
一生不出东淘路[2]，自有才名十五州。

【注释】①吴野人：吴嘉纪号野人，有《陋轩诗集》。见前五绝吴嘉纪小传。

②东海路：吴嘉纪所居之泰州盐场。

吴　暻

吴暻（1662—？）字元朗，号西斋，太仓（今属江苏）人。康熙二十七年戊辰（1688）进士。授户部主事，历官兵科给事中。有《西斋集》。沈德潜曰："西斋为梅村令嗣，工于诗笔，近体清稳，尤称雅音。"

席上赠张稚昭[1]

相府莲歌乐府春[2]，清尊檀板话穷尘。
谁传天宝凄凉曲，柳市当年旧玉人。

花前叶底贡声新，梦断昭华玉殿尘。
记得云间歌第一，贞元朝士已无人[3]。

【注释】①张稚昭:生平不详。

②相府莲:乐府近代曲名。《乐府诗集》:古诗解题曰:相府莲者,王俭为南齐相,一时所辟,皆才名之士,时人以入俭府为莲花池,谓如红莲映绿水,今号莲幕者自俭始。其后语讹为想夫怜,亦名之丑耳。

③刘禹锡《听旧宫中乐人穆氏唱歌》云:“曾随织女渡天河,记得云间第一歌。休唱贞元供奉曲,当时朝士已无多。”云间:松江,古称云间。贞元:唐德宗年号(785—804)。

赵执信

见五绝部分作者小传。

社　日[1]

浓花有信烦风伯[2],微雨何缘乞社公[3]。
莫上高楼看柳色，春愁多在暮山中。

【注释】①社日:古代祭祀土神之日。汉以前只有春社,汉以后有春秋二社。一般以立春后第五个戊日为春社,立秋后第五个戊日为秋社。

②风伯:风神也。《文选·谢固〈东都赋〉》:“雨师泛洒,风伯清尘。”

③社公:指土地神。《礼·郊特牲》疏引许慎《五经异议》:“今人谓社

神为社公。”

登州杂诗[①]

朱榜雕墙拥达官，篇章虽在姓名残。
有人齿冷君知否，静治堂中李易安[②]。

不见羲轮碾碧浔[③]，连天紫电掣黄金。
想应坚我重来约，千点苍山万里心。

【注释】①登州：汉东莱郡地，唐置登州，明清置登州府。故址在今山东省蓬莱市。

②李清照号易安居士，宋济南人。夫赵明诚，为金石考据家。静治堂：为易安与明诚在东莱时所营藏书之所。清人俞正燮《癸巳类稿·易安居士事辑》云：“今开此书，如见故人。因忆侯(按侯指赵明诚)在东莱静治堂装卷初就。……”

③羲轮：太阳。碧浔：碧水深处。杨师道《咏饮马》诗：“躞蹀依春涧，联翩度碧浔。”

听歌口占

牢落周郎发兴新[①]，管弦闲对自由身。
早知才地宜江海，不道清歌误却人[②]。

【注释】①周郎：即周瑜。《三国志·吴志》卷九《周瑜传》：“瑜少精意于音乐，虽三爵之后，其有阙误，瑜必知之，知之必顾。故时人谣曰：曲有误,周郎顾。”牢落:辽落也。司马相如《上林赋》“牢落陆离”。李善注:牢落,犹辽落也。言心旷然无所寄泊也。

②误却人:一本作“解误人”。

周起渭

周起渭(1664—1713,一作1665—1714),字渔璜,号桐野,贵州贵阳人。康熙三十三年甲戌(1694)进士,改庶吉士,授编修,历官詹事。诗学苏轼、元好问、高启诸家。有《桐野集》。

泛舟西湖夜半始归

天边明月光难并,人世西湖景不同。
若把西湖比明月,湖心亭是广寒宫①

【注释】①湖心亭:在杭州西湖中,居外湖中。广寒宫:《天宝遗事》:“明皇游月宫,见榜曰广寒清虚之府。”

周 蕃

周蕃,字昱宣,号笠石。湖南湘乡人。举人。有《碧蘅馆集》。

新　柳

张绪风神绝可怜[①],六朝金粉散寒烟[②]。
江南无限青青柳，惟有东风似往年。

【注释】①张绪风神:南齐张绪,字思曼,清简寡欲,风姿清雅。官至国子祭酒。武帝植蜀柳于灵和殿前,尝曰:此柳风流可爱,似张绪当年。可怜:可爱。

②六朝:指六朝所都建康(今南京市)。六朝金粉,指金陵多妓院,有美女而言。

徐永宣

徐永宣,字学人,一字辛斋,武进(今江苏常州)人。康熙三十九年庚辰(1700)进士,官主事。有《云溪草堂诗》三卷,曰《师竹集》、曰《春草集》、曰《力葵集》,宋牧仲作序。沈归愚《别裁》作《茶坪诗稿》,与此异。

苕　上[①]

青山淡淡水茫茫，半面蒹葭半面桑。

都有绿阴维钓艇，断云微漏夕阳黄。

【注释】①苕(tiáo)上:苕溪一带,在浙江省北境。

柯　煜

柯煜(1665—1735),字南陔,号石庵,浙江嘉善人。雍正元年癸卯(1723)进士。官宜都知县,改衢州教授。乾隆元年丙辰(1736)举博学鸿词。有《石庵樵唱》。

题金绘友江声草堂图

罗刹江边远树齐①,松寮兰畹寄幽栖。
世人不识枚乘笔，误指涛声在竹西②。

隔岁逢君又拍肩，苍茫归梦忆江边。
白虾紫蟹红莲米，横系松根听雨船。

【注释】①罗刹江:水名。即钱塘江。因风涛险恶,故又名罗刹江。罗隐《钱塘江潮》诗:“怒声汹汹势悠悠,罗刹江边地欲浮。”

②枚乘:汉淮阴人,字叔,善属文,尝作《七发》以寓讽谏,其中观涛一段,最为惊心动魄。竹西:在江苏扬州。

查克忠

查克忠(1665—?),字厚村,一字言思,浙江海宁人。康熙四十四年乙酉(1705)举人。克忠留心经济,纂述选举、河工、漕运、利弊,约举数万言。

观　鱼

逐队悠然乐自如,桃花水涨竹风徐。
无端触我濠梁兴①,莫问庄周且问鱼。

【注释】①濠梁:《庄子·秋水》:庄子与惠子游于濠梁之上。庄子曰:“儵鱼出游从容,是鱼之乐也。”惠子曰:“子非鱼,安知鱼之乐?”庄子曰:“子非我,安知我之不知鱼之乐。”

徐元禧

徐元禧,字非云,归安(今浙江湖州)人。康熙四十八年己丑(1709)进士,官四川名册知县。著《曼如诗钞》。《府志》:元禧熟谙吴兴掌故，穷年著述，辑《湖佚》四百馀卷，手自抄录所搜明人说部遗集，多世间罕觏者。当时与郑元庆《湖录》并重。

吴兴竹枝词①

苕水银鱼软若绵②，西山卢橘大于拳③。
侬家只爱菱花好④，照彻明妆满镜圆。

【注释】①吴兴：今浙江省湖州市。

②苕水：即苕溪，东西二苕溪至湖州汇合，北入太湖。

③卢橘：即金橘。《本草》金橘下：李时珍曰：此橘生时青卢色，黄熟时则如金。故有金橘、卢橘之名。

④菱花：菱花镜。《赵飞燕外传》："飞燕始加大号婕好，奏上三十六物以贺，有七尺菱花镜一奁。"

顾嗣立

顾嗣立(1665 一作 1669—1722)，字侠君，号闾丘，长洲(今江苏苏州)人。康熙五十一年壬辰(1712)进士。选庶吉士，改中书，以疾归。工诗。所居秀野草堂，极水木亭台之胜，一时名士毕集。性豪于饮，终其身无与抗，时目为酒帝。辑《元诗选》《诗林韶濩》。注韩愈、温庭筠诗，皆盛行于世。自著《秀野集》《闾丘集》。

黄陵庙①

翠帷玉佩问湘娥②,夕张佳期问九歌③。
寂寞荒祠丛竹泪,西风吹作洞庭波④。

【注释】①黄陵庙:在湖南湘阴县北四十里。为纪念湘夫人而方。

②杜甫《湘夫人祠》诗:"虫书玉佩藓,燕舞翠帷尘。"

③九歌:《楚辞》篇名。战国楚屈原本湘沅间祀神民间乐曲而作。共十一篇,其中《湘夫人》有云:"与佳期兮夕张。"注:佳谓湘夫人也。

④《九歌·湘夫人》:"袅袅兮秋风,洞庭波兮木叶下。"

董以宁

董以宁(1666—1701),字文友,号宛斋,武进(今江苏常州)人。诸生。善诗文,于历象、乐律、方舆,多所发明。晚年专事穷经,尤深于《周易》《春秋》。有《正谊堂集》。以宁与陈维崧、邹祗谟、黄永,有"毗陵四才子"之目。卒时年仅三十六。生平急友朋难,奋不顾身,亦豪士也。

闺　怨

流苏空系合欢床①,夫婿长征客断肠。

留得当时临别泪，经年不忍浣衣裳[2]。

【注释】①流苏：古以五彩羽为垂饰，谓之流苏。此指床帐之饰。合欢床：旧时泛指夫妇同睡的床为合欢床。

②浣：洗濯。此句谓不忍洗去泪痕，以为永恒纪念。诗人写泪，多无写到此者。

屈 复

屈复（1668—1744），字见心，号悔翁，陕西蒲城人。乾隆元年丙辰（1736）吏部尚书杨超曾举应博学鸿词，超曾不见复，复亦不报谢，人两重之。悔翁论诗于赋、比、兴之外，专以寄托为主。著有《楚辞新注》《李义山诗注》《弱水集》等。

王母庙[1]

秦地山河留落日，汉家宫阙见孤灯。
如今应是蟠桃熟[2]，寂寞何人见茂陵[3]？

【注释】①王母：即西王母，仙人名。《穆天子传》："吉日甲子，天子宾于西王母。"注：西王母如人，虎齿，蓬发戴胜，善啸。

②蟠桃：谓仙桃也。《十洲记》：东海有山名度索山，上有大桃树蟠屋三千里曰蟠木。汉班固《武帝内传》：七月廿一日，西王母降，以仙桃四颗与帝，帝食辄收其核，欲种之，母曰：此桃三千年一生实，中夏地薄，种之不

生。帝乃止。

③茂陵：古地名。在今陕西省兴平县东北。汉初为茂乡，属槐里县。武帝葬此，因曰茂陵。

古　寺

古寺无僧白昼阴，重来凄断百年心。
青山不改春风路，黄叶苍苔一尺深。

王乘箓

见五绝部分作者小传。

饮江上楼

画楼高起绿杨边，美酒楼中斗十千①。
醉倚江云看江水，晚风时过打渔船。

【注释】①斗十千：王维《少年行》："新丰美酒斗十千，咸阳游侠多少年。"崔敏童《宴城东花庄》诗："能向花中几回醉，十千沽酒莫辞贫。"

蕴　端

蕴端，初名岳瑞，字兼山，号红兰主人。安和亲王子。著有《玉池生稿》。

题闺秀朱柔则寄外沈用济画卷①

柳下柴门傍水隈，夭桃树树又花开。
应怜夫婿无归信，翻画家山远寄来。

【注释】①朱柔刚：字道珠，浙江钱塘人。诗人沈用济之妻。沈用济，字方舟，浙江钱塘，著有《方舟集》。方舟在广南与屈大均、梁佩兰定交，诗乃大进，游边塞，留右北平久，诗皆燕赵声，一时名流，几莫与抗行。

陈　莪

陈莪，字玉文，江苏吴江人。康熙三十六年丁丑（1697）进士。官桐庐知县。著有《雪川诗稿》。

山　行

山行风暖落花轻，雨过田间野水鸣。
自笑微官如布谷[①],年年三月劝春耕。

【注释】①布谷：鸟名。形似杜鹃而体稍大，每谷雨后始鸣，夏至后乃止，农家以为候鸟，以其声似呼布谷，故名。杜甫《洗兵马行》："田家望望惜雨干，布谷处处催春种。"

钱梦铃

钱梦铃，字祚贤，号五峰，浙江嘉善人。诸生。有《补巢书屋集》。五峰积学不遇，有论文绝句八十首。知人论世，颇征心得。诗学查初白，冲和平正，晚岁病目失明。后诗境转进，弹丸脱手，舒展自如。其追摹查氏，不徒优孟衣冠也。

抵金陵连日大雪奇寒[①]

一带西南荒陌喧，城隅东北最萧寒。
只饶雪意存公道，白屋朱楼一例看。

【注释】①金陵：今南京市。

王　柽

王柽，字雨师，一字圣木，号缄斋，山东诸城人。康熙三十八年己卯（1699）举人。官内阁中书。有《粤游草》《松籁草》。圣木与德州李圣木，名字皆同，又同岁举于乡，并为灵皋（苞）所契，目为山东二圣木。

冷水滩①

白石苍苔护板扉，人家终日住清辉。
二分翠竹三分水，时看蛮禽拍浪飞。

【注释】①冷水滩：地名。在湖南零陵县北五十里湘水西岸。

蒋廷锡

蒋廷锡（1669—1732），字扬孙，号西谷，一号南沙，江苏常熟人。康熙四十二年癸未（1703）进士。历官大学士。善画花卉。自然洽和，风神生动，意度堂堂，点缀坡石水口，无不超脱，拟其所至,直夺无人之席。著有《尚书地理今译》《青桐轩》《秋风》《片云》诸集。谥文肃。

涿　州[1]

远树微茫缀碧空，范阳驿畔塔铃风[2]。
惊回驴背江南梦，恍似金山落照中[3]。

【注释】①涿州:清属直隶顺天府。今河北省涿县。
②范阳:三国魏置范阳郡,故治即今河北涿县。
③金山:在今江苏省镇江市区西北,上有金山寺。

闵　华

闵华,字玉井,号廉风,江苏扬州人。有《澄秋阁诗集》。廉风诗学晚唐,沈南野称其佳句,如《孔北海》云:“要为鲁国奇男子,不比杨家最小儿。”《谢太傅祠》云:“且喜生儿能破敌,不妨长日但围棋。”则已骎骎入宋矣。

下尧峰[1]

上尧峰接下尧峰，石路无尘满谷松。
行尽清溪人不见，万修篁里一声钟。

【注释】①尧峰：山名。在江苏苏州市。相传尧时洪水泛滥，吴人避居于此，故又名免水山。

陈廷瑜

陈廷瑜，原名山朗，字璞庵，湖南祁阳人。

重阳前一日随家大人游浯溪[1]

天高秋迥雁初飞，预佩萸囊上翠微[2]。
落帽更寻明日约[3]，追随直待月明归。

【注释】①浯溪：源出湖南祁阳西南松山，东北流入湘江，水清石峻。元结《浯溪铭序》："浯溪在湘水之南，北汇于湘。爱其胜异，遂家溪畔。溪世无名称者也，为自爱之故，命曰浯溪。"

②萸囊：盛茱萸的佩囊。古人于重阳佩之，谓可以避邪。

③落帽：《晋书·孟嘉传》：（孟嘉）后为征西桓温参军，温甚重之。九月九日，温燕龙山，僚佐毕集。时佐吏并著戎服，有风至，吹嘉帽堕落，嘉不之觉。温使左右勿言，欲观其举止。嘉良久如厕，温令取还之，命孙盛作文嘲嘉，著嘉坐处。嘉还见，即答之，其文甚美，四坐嗟叹。李白《九日》诗："落帽醉山月，空歌怀友生。"

陈沂震

陈沂震,字起雷,江苏吴江人。康熙三十九年庚辰(1700)进士,官给事中。

涂中作

白云如絮拥苍山,肤寸能弥六合间①。
却怪纷纷频出岫②,不曾行雨竟空还。

【注释】①肤寸:古长度单位。古以一指宽为一寸,四指为肤。《公羊传》僖三十一年:"肤寸而合。"注:"侧手为肤,案指为寸。"六合:天地四方。《庄子·齐物论》:"六合之外,圣人存而不论。"此句言白云由肤雨而弥散天地四方。

②出岫(xiù):岫,山穴。陶潜《归去来辞》:"云无心以出岫。"

汪　绎

汪绎(1671—1706),字东山,号玉轮,江苏常熟人。康熙三十九年庚辰(1700)一甲一名进士,授修撰。有《秋影楼诗集》。

秦始皇

方丈瀛洲杳莫攀,金银宫阙涌烟鬟。
桃源自是人间世,却遣童男问海山[①]。

【注释】①《史记·秦始皇本纪》:齐人徐市等上书,言海中有三神山,名曰蓬莱、方丈、瀛洲,仙人居之。请得斋戒,与童男女求之。于是遣徐市发童男女数千人,入海求仙人。

沈德潜

见五绝部分作者小传。

过许州[①]

到处陂塘决决流[②],垂杨百里罨平畴[③]。
行人便觉须眉绿,一路蝉声过许州。

【注释】①许州:州名。治所即今河南省许昌市。
②决决:水流貌。韦应物《县斋》诗:"决决水泉动,忻忻众鸟鸣。"
③罨(yǎn):覆盖。畴:田地。

塞下曲

驾鹅声急半空哀[1]，风旋龙沙欲起堆[2]。
饮罢酪浆天色暮，月明独上李陵台[3]。

敕勒川头练甲兵[4]，黄羊谷口竖干旌[5]。
云昏万里难分色，需急三军不辨营。

移兵绝域出伊甘[6]，白雁金笳听不堪[7]。
二十万人回首望，河源翻在大荒南[8]。

千重砂碛万重山，三载烧荒未拟还。
流尽征夫眼中血，谁人月下唱阳关[9]。

提封远到海西头[10]，吹角能防塞外秋。
却笑唐家边境小，但教诣将取凉州[11]。

【注释】①驾（jiā）鹅：野鹅。

②龙沙：地区名。古时指我国西部、西北部沙漠地区。《后汉书·班超传赞》："定远慷慨，专功西遐。坦步葱雪，咫尺龙沙。"注："葱岭，雪山，白龙堆沙漠也。"

③李陵台：见前五绝部分陈恭尹《明妃怨》注③。

④敕勒川：《敕勒歌》："敕勒川，阴山下，天似穹庐，笼盖四野。"

⑤黄羊谷：黄羊出关西西番。黄羊谷不详。

⑥伊甘：今新疆哈密市古为伊州，甘肃张掖县古为甘州。

⑦白雁：《续墨客挥犀》：北方有白雁，似雁而小，色白，秋深则来。金笳：李颀《塞下曲》："金笳吹朔雪，铁马嘶云水。"

⑧河源：黄河之源。大荒：《山海经》：大荒之中有山，名曰大荒之山，是谓大荒之野。

⑨阳关：曲名。王维《送元二使安西》诗有"西出阳关无故人"句。

⑩提封：指管辖的封疆。《汉书·刑法志》："提封万井。"海西：西海之国。

⑪凉州：府名。故治即今甘肃武威县。

雨泊话旧

寒雨萧萧夜打篷，篷窗相对一灯红。
十年无限存亡感，并入空江话雨中。

风雪途中口号二首

漫天风雪送归程，邮吏相逢问姓名。
九十老翁何所事，三千长路雪中行。

九月辞家岁已阑，经行风雪惯眠餐。
姑苏城里京华梦，遥夜焚香祝万安。

题家骏天中峰读书图三首

读书随处有真乐，况入名山深复深。

片念集将千载事，清心证入古人心。

暮霭朝烟供卧起，钩元提要任畋渔①。
会心欲到羲轩际②，不向包山窃禹书③。

当心我亦寓中峰，听彻寒泉和古松。
只是读书输脉望④，阿蒙自笑旧吴侬⑤。

【注释】①钩元提要：读书时记下要点，探索其中事理幽义。韩愈《进学解》："纪事者必提其要，纂言者必钩其玄。"元同"玄"。畋（tián）：通"佃"。耕种，治田。《书·多方》："今尔尚宅尔宅，畋尔田。"孔达疏："治田谓之畋，犹捕鱼谓之渔。"

②羲：伏羲，羲皇上人。轩：黄帝居于轩辕之丘，故曰轩辕氏。

③包山：即洞庭西山。在今江苏省苏州市西南太湖中。郭璞《江赋》："爰有包山洞庭，巴陵地道。"禹书：禹碑。按包山之龙洞山，有林屋洞，誉为"天下第九洞天"，深数百米，传为大禹治水遗迹，内有不少古代碑刻。

④脉望：虫名。《酉阳杂俎》："何讽于书中得一发卷，规四寸许，如环而无端，用力绝之，两端滴水，方士曰：此名脉望，蠹鱼三食神仙字，则化为此。"

⑤阿蒙：谓三国吴吕蒙也。孙权尝勖蒙以好学，蒙遂笃志不倦，其所览见，旧儒不胜。后鲁肃过蒙，言议常为蒙屈，肃拊蒙背曰："吾谓大弟但有武略耳。至于今者，学识英博，非复吴下阿蒙。"蒙曰："士别三日，即更刮目相待。"见《三国志·吴志·吕蒙传》注。

张廷璐

张廷璐(1675—1745),字宝臣,号药斋,安徽桐城人。康熙十五年戊戌(1658)赐进士第二人。官至礼部侍郎。药斋工诗,然多以陈规为诗。著有《咏花轩诗》。

舟泊无锡

九龙山色何媚妩[1],坐见白云生缕缕。
空濛散作波上烟,篷窗一夜潇潇雨。

【注释】①九龙 山:即惠山,在无锡西郊,山有九峰,蜿蜒若龙,故名。

汪天兴

汪天兴,字苍孚,安徽歙县人。官刑部郎中。有《沐青楼诗》。

题雪庄和尚小照[①]

雪庄开士居雪舫[②],三十馀年不下山。
何事尘缘消未尽，尚留面目在人间。

【注释】①雪庄和尚:许承祖,清海宁人,号雪庄居士。
②开士:对僧人的尊称。雪舫:许承祖的室名。

鄂尔泰

鄂尔泰(1677—1745),字毅庵,满洲镶蓝旗人。原籍辽宁沈阳。康熙三十八年己卯(1699)举人,授侍卫。与田文镜、李卫并为雍亲王(胤禛)心腹。雍正时任军机大臣,为雍正所信重。乾隆初为保和殿大学士,加至太保。乾隆十年(1745),以病卒。著有《西林遗稿》。

经略北军吊战殁诸将佐

虫沙猿鹤总堪哀[①],持节筹边塞上来。
闻道将军期马革，几人真个裹尸回[②]?

【注释】①虫沙猿鹤:《抱朴子》:周穆王南征,一军尽化,君子为猿为鹤,小人为虫为沙。韩愈《送区弘南归》诗:“穆昔南征军不归,虫沙猿鹤伏以飞。”后引以喻从军而战死者。

②“闻道”二句:马援事汉光武,以功拜伏波将军,尝谓:男儿要当死于边野,以马革裹尸还葬。

张大受

张大受,字日容,江苏长洲(今苏州)人。少从学于朱彝尊,通经史百家。康熙四十八年己丑(1709)进士,授翰林院检讨,奉命督学贵州,教诸生读书之法,风气为之一变。世宗爱其名,命再任,未几卒于官。有《匠门书屋诗文集》。

山　居

爱看支硎一角山①,何妨身卧薜萝间。
峰头片片秋云过,不碍虚亭鹤往还②。

【注释】①支硎(xíng):山名。在江苏苏州市西南。晋支遁隐此,平石为硎;故支遁以支硎为号,而山又因支遁而得名。

②支硎山中有放鹤亭,为支遁遗迹。

周麟士

周麟士，字维桢，号思皇，浙江嘉善人。康熙五十六年丁酉(1717)举人。著有《行笈剩稿》。思皇家贫，几废学，夜读不能具膏火，聚败纸残蜡以自照。

澄江试院新柳次查仪部学庵韵①

一行官柳映虚廊，袅袅丰神浅浅妆。
好趁邻家红杏色，新阴和雨度莓墙。

斜拂低垂孰与持，风前初试小腰支。
春来容易牵情思，况是池塘嫩绿时。

【注释】①澄江：江苏江阴市之别称。《江阴县志》宋绍熙五年俞巨源序："大江自京口来，委折而南，浩漾澎湃，势益壮越，数百里聚为澄江之区。"

周定昌

周定昌，字纯伯，浙江鄞县（今属宁波）人。康熙五十九年庚子（1720）举人。定昌性严毅，重然诺。少问业于范光阳。光阳守延平，邀其课孙，逾年始归。

月湖秋泛①

潋滟湖光一鉴秋②，拗花深处月华浮。
短篙轻拨金波动，惊起鸥君过别洲。

【注释】①月湖：在今宁波市区西南，旧有月湖十景，为四明游观胜地。②潋滟（liàn　yàn）：水波荡漾貌。

黄之隽

黄之隽（1679—1760，一作1668—1748），字石牧，号唐堂，江苏华亭（今上海市松江区）人。康熙六十年辛丑（1721）进士，官翰林院编修。诗多五七排律，清人集中所罕。前辈查慎行、查嗣瑮、赵执信等，皆赏其奇才。著有《唐堂集》。

题李草亭画寒江送别图

长江风长水无波，岁晚天寒客又过。
一度送行传一画，人生那厌别离多。

王尊美

王尊美，字从斯，山东益都人。有《鹊岩斋诗》。

书卢沟店壁①

虫声切切报新秋，月落灯昏四壁愁。
残梦未成催上马，一天凉雨过卢沟。

【注释】①卢沟：河名。即桑乾河。有卢沟桥跨河上。

陈子玉

陈子玉，铁岭（今属辽宁）人，自号千仞冈樵人。

题孔东塘《桃花扇传奇》[①]（十首录三）

玉树歌残迹已陈[②]，南朝宫殿柳条新。
福王少小风流惯[③]，不爱江山爱美人。

江流滚滚抱金陵，雪鹭霜鸥讵可凭？
不见满城飞炮灭，深宫犹是赏春灯[④]。

青楼侠气解公卿[⑤]，珠翠全抛党祸成。
门外乌啼乌柏树，桃花扇底送侯生[⑥]。

【注释】①孔东塘：孔尚任之别号。见五绝部分孔尚任小传。

②陈后主（叔宝）有《玉树后庭花》歌曲。

③福王：明神宗孙，名由崧，崇祯末袭爵。京师既陷，马士英、史可法等迎入南京，称帝，建元弘光。由崧性暗弱，湛于酒色。时马士英弄权，左良玉举兵迫之，而清兵亦至，帝奔芜湖，被执北上，旋卒。

④春灯：《春灯谜》，剧曲名，亦名《十错认》，明阮大铖撰。

⑤青楼：妓院。此处指李香君。孔尚任撰《桃花扇》传奇有《访翠》

《守楼》等出。其小引中有云:"于以警世易俗,赞圣道而辅王化,最近且切。"可见旨意之深远。

⑥侯生:即侯方域,参见七绝部分侯方域小传。

石嘉吉

石嘉吉,字蔼士,江苏吴县(今属苏州)人。有《听雨楼诗》。

春日郊行

水源行尽路三叉,酒旆飏风树影遮。
茅屋数家斜照里,土墙缺处露梅花。

马朴臣

马朴臣,字相如,一字春迟,桐城(今属安徽)人。雍正举人,官内阁中书。才气豪迈,能诗。有《春迟诗稿》。

题卢雅雨出塞图①

中原山水数点耳，天诱诗人万里行。
塞雪碛云供浣笔，莫将风韵带笳声。

【注释】①卢雅雨：即卢见曾（1690—1768），字抱孙，号淡园，又号雅雨，山东德州人。康熙进士，官两淮盐运使。爱才好客，四方名士咸集，极一时之盛。刻有《雅雨丛书》《金石三例》。著有《出塞集》。

黄　任

见五绝部分作者小传。

黄　昏

乱鸦绕树雀争喧，寂寂墙阴小院门。
人自离思花自发，一庭秋色近黄昏。

题　画

桃花灼灼水潺潺①，隔断千山与万山。

生怕渔郎漏消息②,不留一片到人间。

【注释】①灼灼:鲜明光盛貌。《诗·周南·桃夭》:“桃之夭夭,灼灼其华。”潺潺(chán):形容水流声。

②渔郎漏消息:用陶潜《桃源记》故事。

西湖杂诗①(十四首录四)

珍重游人入画图，楼台绣错与茵铺。
宋家万里中原土，博得钱塘十顷湖②。

荷花十里桂三秋③,南渡衣冠足卧游。
争唱柳屯田句好④,汴州原不及杭州⑤。

画罗纨扇总如云，细草新泥簇蝶裙。
孤愤何关儿女事，踏青争上岳王坟⑥。

围香筑玉贾秋壑⑦,炼汞烧铅葛稚川⑧。
一片初阳台上月⑨,照他富贵与神仙。

【注释】①自注:“西湖隶钱塘,周回三十里,本名钱塘湖,以在县西,又名西湖。”诗题一作《西湖杂书》。

②“宋家”两句:谓宋高宗赵构偏安一隅,即胡澹庵所云“小朝廷”意。

③柳永《望海潮》词:“有三秋桂子,十里荷花。”

④柳屯田:即柳永。柳永官至屯田员外郎,故称。

⑤汴州：即汴京，北宋都城。今河南开封市。

⑥岳王坟：宋抗金名将岳飞墓，在杭州西湖边栖霞岭下岳王庙中侧。

⑦贾秋壑：南宋丞相贾似道，号秋壑。贾于西湖葛岭筑半闲堂，与姬妾斗蟋蟀烁。

⑧葛稚川：晋葛洪，字稚川。咸和间，稚川来杭，于葛岭结庐炼丹，岭以此名。今葛岭有抱朴庐、炼丹井遗址。

⑨初阳台：在葛岭顶巅。

初夏偶成

去岁黄梅雨可怜，清和第一算今年。
佛桑如血榴如火①，艳绝墙头四月天。

堆盘苦笋杂樱桃，岁序匆匆又一遭。
市上晚凉传好语，今年米价不曾高。

晓起银床露气清，梧桐树下剪刀声。
遥知渐近菖蒲节②，红绿罗纨染早成。

窗风策策响牙签，尽日无人午梦添。
梦到江南好天气，玉箫纨扇水精帘。

【注释】①佛桑：即扶桑，植物名。叶卵形，花有红、黄、白诸色。

②菖蒲节：指端午节，农历五月初五。旧俗于端午节插菖蒲叶，以驱邪气。

兰　溪[①]

如画山城瀔水滨[②]，楼台一半枕通津。
纵然不达潇湘路，香草名溪便感人[③]。

【注释】①自注："金华府兰溪县。"

②瀔水：在金华南，至西兰溪界。

③自注："杜牧兰溪诗：'楚国大夫憔悴后，应从此路去潇湘。'借用其语。"陈应魁注：杜牧咏兰溪，今黄州蕲水县，源出麻城东南，流入大江，唐亦以名县。

七里泷[①]

终日岚光湿画幢，有时松露滴篷窗。
一声橹簐千岩响[②]，知在诸峰未出泷。

【注释】①七里泷：在浙江建德东北。两岸壁立，一水中流，行舟其上，如坐天半。

②簐（zhuō）：橹上的洞孔，插在船身之上。

归舟杂诗[①]

闲人不放去投闲，日日寻闲是强颜[②]。
今日野夫闲得否？一帆双眼万千山。

落帆去陟飞来寺[3]，半日听泉亦夙因[4]。
不为归舟宁有此，溪山何负退休人。

【注释】①原诗共二十六首，此处仅选录其第一、第六两首。自注："自绥江至南雄道中行。"按：绥江，今云南省绥江县；南雄，今广东省南雄市。

②强颜：勉强表示欢欣。

③陟（zhì）：登，登高。飞来寺：在今广东清远县北飞来峡后。南朝梁建。庙宇临江，跨进山册门。传黄帝二庶子将安徽上元延祚寺飞来此处，故名。一说和尚李飞来到此地便落成寺宇，是名飞来。

④飞来寺后有飞泉亭胜迹。

夏日山行见村妇持麦草扇成诗一首

轻于楚竹薄于纱，草草裁团致自佳。
省落班妃哀怨泪[1]，一生风味野人家。

【注释】①班妃：班婕妤。汉成帝时选入宫中，后为赵飞燕所谮，退处东宫，作《怨诗行》，托辞于纨扇以自伤。

雨 歇

雨散千山未破青，粗云斑驳细云零。
小楼今日开生面[1]，十扇南宫泼墨屏[2]。

【注释】①杜甫《丹青引赠曹将军霸》："将军下笔开生面。"

②南宫：宋米芾官礼部员外郎，世称米南宫。作山水画，远宗王治，近

师董源，不求工细，多以水墨为之，别开生面。

诸　锦

诸锦（1686—1769），字襄七，号草庐，浙江秀水（今嘉兴）人。雍正二年甲辰（1724）进士，官金华教授。乾隆元年丙辰（1736）召试博学鸿词，授检讨，历官在春坊左赞善。有《绛跗阁诗稿》《毛诗说》等。草庐博学好古。勤搜耆旧著作，辑浙人诗凡十二册，题曰《国朝风雅》。法梧门谓其作诗好征引典，但如“白日午不到，清斋人独醒”，则居然王、孟之遗。

吴　侬（二首录一）

吴侬结宅临江滨，买鱼论斗酒论斤。
昨夜水添刚一尺，网鱼沽酒请比邻。

暑退坐月

火龙杳不知何处①，遗却颔间一颗珠。
挂向碧虚探不得②，老夫胸次在冰壶③。

【注释】①火龙：谓光热如火龙。陆游《苦热》诗：“万瓦鳞鳞若火龙，日车不动汗珠融。”

②碧虚:指天空。杜甫《秋野》诗:“寒光动碧虚。”

③冰壶:盛冰的玉壶。比喻洁白清净。鲍照《白头吟》:“直如朱丝绳,清如玉壶冰。”唐李周翰注:“玉壶冰,取其洁净也。”王昌龄《芙蓉楼送辛渐》诗:“洛阳亲友如相问,一片冰心在玉壶。”

叶以照

见五绝部分作者小传。

浴温泉宿紫云庵[1]

竹影萧萧纸帐悬,僧寮清绝不成眠。
白龙潭下飞流急[2],一夜泉声到枕边。

【注释】①紫云庵:在安徽黄山紫云峰下。庵后有二瀑,各长数十丈,水极清冽。山腹有温泉池,水深三尺。

②白龙潭:为黄山五龙潭之一。

方　觐

方觐,字近雯,江苏江都(今扬州)人。康熙四十八年己丑

(1709)进士。官陕西布政使。

七　夕①

佳时卧病更添愁，枕簟凉生觉早秋。
莨筐尽教尘网遍，三年不上曝衣楼。

【注释】①七夕：阴历七月七日。旧传是夜牛郎、织女会于天河。佳节悼亡，倍难为怀。沈归愚《七夕》辞亦有句云："只有生离无死别，果然天上胜人间。"与此诗有同感。

张学仁

张学仁，字治虞，号寄槎，江苏丹徒（今镇江）人。有《青苔馆诗钞》。

宿焦山自然庵和雪庐韵①

横笛高吹大海秋，与君同上海西楼。
长江万里东流水，不及尊前一夜愁。

【注释】①焦山：在江苏镇江市东北长江中，因东汉焦光隐居山中而得名。

吴让恒

吴让恒，字立言，安徽泾县人。诸生。有《消忧草》。

过桃叶渡[①]

断蔓荒烟气寂寞，渡头人去静兰桡。
多情一夜江南雨，犹涨秦淮数尺潮。

【注释】①桃叶渡：晋王献之送其妾桃叶之渡口。在今南京市秦淮与青溪合流处。

吴廷桢

吴廷桢，字山抡，号南村，江苏长洲（今苏州）人。康熙四十二年癸未（1703）进士。历官谕德。有《古剑书屋诗钞》。诗有几社馀风，骨韵兼胜，不仅以藻丽见长。

淮阴钓台[1]

惆怅王孙去不归，功成无复理蓑衣。
汉家只有桐江叟，长保秋风旧钓矶[2]。

【注释】①淮阴钓台：在今江苏淮安市。汉淮阴侯韩信贫时垂钓处。

②桐江叟：指汉严光（子陵），垂钓于富春江。今浙江桐庐县西富春山有严子陵钓台。

喻文鏊

喻文鏊，字冶存，一字石农，湖北横梅人。贡生。官竹溪教谕。有《红蕉山馆诗钞》。其诗颇饶骨力，在楚人中足为杜于皇、顾黄公诸公嗣响。晚岁自跋云："回思生平，结习不忘，拉杂摧烧，迄不能尽，愧惧之深，若坠渊谷。"盖有道之言，非世俗标榜者比也。

读《中州集》[1]

完颜豪气两河雄[2]，人物中原自不同。
若似紫薇争派别，问谁配飨杜陵翁[3]。

凉叶萧萧满目秋，迂辛短李旧风流④。
累臣白发何人在？野史亭边望蔡州⑤。

【注释】①《中州集》:诗总集名。金末元好问编。集录金代二百四十九人作品。分十卷,附《中州乐府》一卷。每人附小传,兼评其诗。其中保存有不少历史资料,有“以诗存史”的用意。

②完颜:部落名,为女真族,世居松花江之东。宋时其族强盛建金国,后为蒙古所灭。两河:谓黄河之南北也。孔颖达《毛诗正义序》:“齐魏两河之间,兹风不坠。”

③紫薇:指唐杜牧。杜牧门檐既高,神颖复隽,晚乃升署紫薇。薇,一作“微”。紫微,紫微侍郎的简称,即中书侍郎。开元元年改中书省曰紫微省,中书令曰紫微令。争派别:指张祜一案而言,杜牧袒张祜,与元白盛称李戡相反,故云争派别。杜陵翁:杜甫号少陵野老,故称杜陵翁。

④迂辛短李:白居易《代书诗一百韵寄微之》:“笑劝迂辛酒,闲吟短李诗。”自注:“辛大立度,性迂嗜酒。李二十绅,形短能诗。”

⑤累臣:旧时被拘于异国官吏对所在国的自称。元好问《淮右》诗:“空馀韩偓伤时语,留于累臣一断魂。”野史亭:元好问之亭名。《金史·元好问传》:晚年尤以著作自任,以金源氏有天下,典章法度几及汉唐,已所当任,不可令一代之迹泯而不传,乃搆亭于家,著述其上,因名曰野史。凡金源君遗言往行,采摭所闻,有所得,辄以寸纸细字为记录,至百馀万言。今所传者,有《中州集》及壬辰编若干卷。蔡州:汉汝南郡地,隋曰蔡州,金曰蔡州镇南军,今河南汝南县。

吴乃伊

吴乃伊,字莘夫,山西平阳(今临汾)人。诸生。官定海训导，著有《石屏山房吟稿》。

晚泊抚州[1]

夹岸烟光蘸碧川，轻鸥点点傍沙眠。
隔溪沽酒归来晚，芦荻滩头月满船。

【注释】①抚州：府名。府治即今江西省抚州市。

孙　周

孙周，字则庄，江苏元和（今苏州）人。有《大瓠堂诗录》。

早起偶得

诗梦如烟堕水村，前溪夜雨长新痕[1]。
晓来聊展一编尘，无数乱峰青到门。

【注释】①长：读为涨。

山中访友不值

策杖行幐上翠微[1]，白云深处扣柴扉。
美人不见碧天暮，暮鸟一声花乱飞。

【注释】①幐（téng）：行囊。翠微：指青山。

曹　焕

曹焕，字乃文，号瘦山，浙江嘉善人。贡生。

怀秋门乍浦[1]

聚感鸥群散感萍，玉箫声咽不堪听。
故人忽寄新题句，直补淮南相鹤经[2]。

【注释】①秋门：清邓方字。作者友人。乍浦：在浙江东南三十里，与海盐县接界。

②淮南：汉淮南王刘安撰《淮南子》。相鹤经：《新唐书·艺文志》：浮丘公《相鹤经》一卷。张籍《和左司元郎中秋居十首》之九："更撰居山记，惟寻相鹤经。"

张如燁

张如燁,字映璧,观城(今属山东阳谷)人。贡生。官蓬莱训导。有《松园集》。

夜过梦溪[①]

南来夜夜还家梦，行到梦溪不见溪。
漏尽更残眠未定，林间时有子规啼[②]。

【注释】①梦溪:在江苏镇江,沈括故宅在此。《舆地纪胜》:“括尝梦至一处,心乐之,后于京州得地,恍若梦游,故名梦溪。”

②子规:鸟名。即杜鹃,又名杜宇。

赵　瑾

赵瑾,字懿侯,山西太原人。

雨

潇潇烟雨思难堪，三载春愁我独谙。
寄语碧天归去雁，离人多少在江南。

李重华

李重华，字实君，江苏吴江人。雍正二年甲辰(1724)进士，官维修。工诗，性好游，入巴蜀，客江左留览秦关楚塞，诗益嵚嵚历落，得江山之助，有《玉洲诗集》。王昶《湖海诗传》称重华笔力崭然，滔滔自运，其宗法盖在杜、韩间，有《正一斋集》。

湖天杂兴

志和仙去杳忘归[①]，依旧青山拥钓矶。
但隔斜风兼细雨，柳条飏如绿蓑衣[②]。

晚洲渔笛袅纤音，飒飒蘋风动远林[③]。
无限乱云飞忽尽，洞庭空翠落湖心。

自趁溪云拨小船，沿洄几回宿湖天[④]。

烂银沙尾醉明月[5],有梦不离鸥鹭边。

【注释】①志和:张志和,唐金华人,字子同。肃宗时待诏翰林,后坐事贬南浦尉,赦还,居江湖,自称烟波钓徒。李德裕称其隐而有名,显而无事。不穷不达,严光之比。

②张志和《渔父歌》之一:“青箬笠,绿蓑衣,斜风细雨不须归。”

③飒飒(sà):风声。蘋风:《文选·宋玉〈风赋〉》:“夫风生于地,起于青蘋之末。”注:蘋,水草也。

④沿洄:谓缘流而下,或溯流而上。回:此名中应作仄声读,环绕、旋转。

⑤烂银:鲜明如银。沙尾:地名。

张安弦

张安弦,字琴父,浙江乌程(今湖州市)人。

送　燕

节届秋分社事忙[1],送君前路入苍茫。
年年不作无家别,半在他乡半故乡。

【注释】①秋分:节气名。《春秋繁露》:“阴阳出入上下。至于仲秋之月,阳在正西,阴在正东,谓之秋分,阴阳相半也。故昼夜均而寒暑平。”社事:指秋社。立秋后第五个戊日为秋社,祭祀社神,其时适在秋分前后。

吴祖命

吴祖命,字郰农,江苏吴江人。

咏　史

天禄高然太乙藜[①],玉堂东畔石渠西[②]。
君王读罢贤臣颂,偏遣王褒访碧鸡[③]。

【注释】①“天禄”句:刘向校书天禄阁事。见前钱谦益《棹歌十首为豫章刘远公题扁舟江上图》注②。

②玉堂:官署名,汉时待诏于玉堂殿。石渠:汉代朝廷藏书处所。

③王褒访碧鸡:《汉书·郊祀志》:“宣帝时,或言益州有金马碧鸡之神,于是遣谏议大夫王褒使持节而求之。”注:“金形似马,碧形似鸡。”按今云南省昆明东有金马山,县西南有碧鸡山,二山相对,相传即汉时祀金马碧鸡之神处。其上皆有神祠。

黄家凤

黄家凤,字九箫,安徽休宁人。著有《澹园集》。

舟 望

半山雨气半山晴，江上人家树作城。
插遍早秧收尽麦，枝头犹自唤催耕①。

【注释】①催耕:指布谷鸟催耕。《三国志·魏志·东夷传》裴松之注:乌丸俗识鸟兽孕乳时,以四节耕种。尝用布谷鸟为候。

张 炯

张炯,字季和,号星斋,安徽宣城人。有《黄山纪游诗》。

途中杂咏

隔生仙骨本难为，幻迹流传属子虚。
一自琴高乘赤鲤，何人解钓药渣鱼①？

【注释】①琴高:周末赵人,学修炼长生之术,浮游冀州涿郡间。后与诸弟子期,入涿水取龙子,某日当返。至期,弟子候于水旁,琴高乘赤鲤而出,留一月,复入水去。参见《搜神记》《列仙传》。药渣鱼:《清一统志》:汉琴高居泾县(今属安徽)北山岩,修炼得道,乘赤鲤上升,因名其上曰琴高山,溪曰琴溪。上有炼丹洞。每岁上巳,溪中出小鱼,传为药渣所化,因名琴高鱼。

沈青崖

沈青崖，字艮思，浙江秀水（今嘉兴）人。雍正元年癸卯（1723）举人，历官河南开封、归德道。有《寓舟诗集》。

向日葵

满院秋风敛嫩黄，扣槃扪烛望恩光[①]。
踆马万里谁知汝[②]，犹是西倾倚夕阳。

【注释】①扣槃扪烛：喻认识未真，多误会。槃同盘。苏轼《日喻说》：生而眇者不识日，问之有目者，或告之曰：日之状如铜盘。扣盘而得其声。他日闻钟，以为日也。或告之曰：日之光如烛。扪烛而得其形。他日揣籥，以为日也。

②踆（cūn）乌：传说为太阳中的神乌。借指太阳。《淮南子·精神》："日中有踆乌，而月中有蟾蜍。"注："踆犹蹲也，谓三足乌。"《春秋·元命苞》："日中有三足乌。"

朱 檠

朱檠，字海樵，浙江海宁人。雍正二年甲辰(1724)进士，官顺天永清知县。居官不挈眷属，刻苦以厉名节，主持河工学校，治绩烂然，陈文简公极器重之。《海昌备志》艺文目："朱檠著《皿书阐义》《伤寒论》《海樵题画诗》。"

题自画牡丹

江东妙句落毫端①，红蕊当心一抹檀②。
我已浮云轻富贵③，不应更写此花看。

【注释】①江东：唐罗隐，自号"江东生"，其诗集曰《江东甲乙集》。

②罗隐《牡丹》诗："艳多烟重欲开难，红蕊当心一抹檀。公子醉归灯下见，美人朝插镜中看。当庭始觉春风贵，带雨方知国色寒。日晚更将何所以？太真无力凭栏干。"抹檀：涂以浅红色。

③《论语·述而》："不义而富且贵，于我如浮云。"

张九钧

张九钧,字陶方,湖南湘潭人。雍正十一年癸丑(1733)进士。历官浙江温州、处州道。有《甄斋诗集》。

十六夜口占

水驿山邮不计程，孤檠照影酒杯倾[1]。
醉来欲作还乡梦，懊恼空滩一夜声。

【注释】①檠(qíng):灯台、蜡台。借指灯。庾信《对灯赋》:“莲帐寒檠窗拂曙,筠笼熏火香盈絮。”

尹嘉铨

尹嘉铨,字亨山,博野(今属河北)人。雍正十三年乙卯(1735)举人。历官大理寺卿。有《偶然吟》。

董子故里[1]

云寒树老隐孤村，董子帷空故迹存。
千载有人频驻马，三年兹地不窥园[2]。

【注释】①董子:董仲舒,西汉广川(今河北景县西南)人。武帝时拜江都相。再为胶西王相。生平著书讲学,抑黜百家,独尊儒术。著有《春秋繁露》等。

②董仲舒于景帝时为博士,下帷讲读,三年目不窥园。

张　索

张索,字南暎,号吟樵,上海人。有《耘书楼稿》。

旅　思

蓟北城中夜捣衣，三秋木叶雨中稀[1]。
相思频向高原望，愿逐江南一雁飞。

【注释】①三秋:秋季的第三个月,即农历九月。王勃《滕王阁序》:"时维九月,序属三秋。"

蒋国平

蒋国平,字平叔,上元(今江苏南京)人。有《平叔诗存》。

宫　怨

御沟秋水静潺湲，日暮寒鸦自往还。
水殿云房明月夜[1],玉颜低唱念家山[2]。

【注释】①“水殿”句:元王蒙《宫词》:“水殿云房三十六,不知何处月明多。”

②念家山:词曲名。宋马令《南唐书·后主书》:王妙于音律,旧曲有《念家山》,王亲演为《念家山破》,其声焦杀,而其名不祥,乃败征也。

薛　雪

薛雪(1681—1770),字生白,号一瓢,江苏吴县(今属苏州)人。诸生。乾隆元年丙辰(1736)举博学鸿词。有《一瓢斋诗存》。其诗绮丽者本飞卿,镌镵荒幻者本昌谷,平易者本乐天、东坡，而最上者则又闯入盛唐壶奥。游横山叶先生之门，渊源甚正。又以医名。同时叶天士医名最著，生白颇与立异同，故署所居曰扫叶。

寄杜太史云川①

美人芳草思飘然，分水新城两谪仙②。
今日风骚谁继绝？江南犹有杜云川。

招残别泪阳关曲③，酸尽闲心子夜歌④。
莫向乌丝阑上写⑤，隔江烟火断肠多。

【注释】①杜云川，杜诏，字紫纶，康熙进士。尝选《唐诗叩弹集》，皆中晚名作。自著有《云川阁集》等。

②两谪仙：疑指分水诗人施肩吾和新城罗隐。施肩吾，唐元和年间进士，不待除授，即归隐。罗隐，十举不第，民间有“罗隐秀才出语成谶”的传说。

③阳关曲：本名《渭城曲》。王维《送元二使安西》诗：“渭城朝雨浥轻尘，客舍青青柳色新。劝君更尽一杯酒，西出阳关无故人。”后歌入乐府，以为送别之曲，至阳关句，反复歌之，谓之阳关三叠。见《诗人玉屑》。

④子夜歌：乐府吴声歌曲。晋女子子夜作，故名。

⑤乌丝阑：于缣帛上下以乌丝织成栏，其间用朱墨界行，称为乌丝栏。后来也称有墨线格子的卷册之类为乌丝栏。陆游《雪中感成都》诗：“乌丝阑展新诗就，油壁车迎小妇归。”

符 曾

符曾(1688—?),字幼鲁,号药林,浙江钱塘(今杭州)人。监生。乾隆元年丙辰(1636)举博学鸿词。历官户部郎中,有《于役河干集》。药林诗意味淡远,自成神品。陈楞山谓"如春在花,如意在琴",足状其诗境。

高邮湖[1]

练影湖光千顷宽,蟹村鱼舍满芦滩。
烟波渺渺天无际,雪色桃花水上看。

【注释】①高邮湖:在江苏高邮市西,南通邵伯湖。天长以东之水皆汇此,达于运河。

金 农

金农(1687—1764),字寿门,号冬心,浙江钱塘(今杭州)人。乾隆元年丙辰(1736)举博学鸿词。有《冬心先生集》。王兰泉曰：冬心性情逋峭，世多以迂怪目之。然遇同志者未尝不熙怡自适。晚寓扬州，卖书画以自给。书出入楷隶，本之国山及天发神谶两碑。画梅尤工，又画马，自谓得曹韩法，善写佛像，号心出家庵粥饭僧。冬心书画诗皆神妙，固由人品绝俗，尤得力于泽古，善于脱胎。自序其诗谓所好在玉溪、天随之间，而不俗斤斤以为规范。题自录诗卷云："他年诗话添公案，不在张为主客图。"又云："只字也须辛苦得，恒河沙里觅钩金。"真甘苦之言也。

憩王屋山后十方院[①]

斗室虚无隘九州，萧条还作采真游。
黄梅花坼融朝霞，疑是铜仙铅泪流[②]。

大椿灵饵话尧年[③]，炼液升烟日驭前[④]。
玉女投壶天一笑[⑤]，人间何苦种桑田[⑥]。

【注释】①王屋山：在山西阳城县西南，南跨河南原县，西跨垣曲县界，山有三重，其状如屋，故名。《通志》：王屋山四面如削玉，名为天下第一洞天，世传轩辕访道处。②铜仙：即铜人，古多以饰宫庙门阙。《后汉书·方术传》蓟子训于长安东霸城，与一老翁共摩挲铜人，相谓曰：适见铸此，而已近五百岁矣！铅泪：泻泪如铅水倾流。李贺《金铜仙人辞汉歌》："空将汉月出宫门，忆君清泪如铅水。"张雨黄《黄蜀葵诗》："金铜仙人雨中立，铅泪恰如辞汉时。"杨维桢《承露盘赋》："感铜仙之自吊，堕铅泪于永别。"

③大椿：木名。《庄子·逍遥游》："上古有大椿者，以八千岁为春，八千岁为秋。"尧年：帝尧之年，言唐尧在位之时。每用以称盛世。徐陵《德

政碑》:“天生宰辅,尧年致白虎之祥。”

④炼液:中古时代之炼丹术,其目的在变化物质,欲由贱金属铝铜等,加以人力,使成黄金。日驭:即日御。传说中为太阳驾车的神,名羲和。屈原《离骚》:“吾令羲和弭节兮。”注:羲和,日御也。

⑤玉女:仙女。《文选·张衡〈思玄赋〉》:“载太华之玉女兮,召洛浦之宓妃。”李善注引《列仙传》曰:“毛女者,字玉姜,在华阴山中。”刘良注:“玉女,太华神女,乘车而来也。”投壶:古人宴会时的游戏。设特制之壶,宾主以次投矢其中,中多者为胜,负者饮。

⑥桑田:《神仙传》:麻姑谓王方平曰:“接侍以来,已见东海三为桑田。向到蓬莱水浅,于往者会时略半也。岂将复还为陵陆乎?”

瘦　马

古战场边数箭瘢，西风老马忆桑乾。
而今衰草斜阳里，只作牛羊一例看。

徐尔燮

徐尔燮,字会清,号调夫,浙江德清人。雍正十三年乙卯(1725)解元。官富阳教谕。著有《三恕堂诗稿》。

感　怀

委怀不为恋邱园，入世无缘且闭门。

自信平生空俗累，好留清白与儿孙。

黄　慎

黄慎(1687—1772),字公懋,又字恭寿,号瘿瓢山人。福建宁化人。有《蛟湖诗钞》。瘿瓢鬻画养亲,山水出入仲圭、子久间,恒出新意,自拔于前人畦径之外。亦善写生诗,倔强有风致。乾隆年间曾寓扬州。为扬州八怪之一。

题　画

篮内河鱼换酒钱，芦花被里醉孤眠。
每逢风雨不归去，红蓼滩头泊钓船。

马曰琯

马曰琯(1688—1755),字秋玉,号嶰谷,安徽祁门人。寓江苏江都。乾隆元年丙辰(1736)举博学鸿词。有《沙河逸老集》。嶰谷尚风雅,广交游,家有小玲珑山馆。藏书最富,与杭堇浦、厉太鸿等为友。诗萧闲淡远,雅与诸君相近。

题方邴鹤琴鹤送秋图

一声鹤唳泬寥天[①],坐对高空思渺然。
试向孤亭弹别调，白云黄叶满山前。

【注释】①唳(lì):鹤鸣。泬(xuè)寥:空旷清朗貌。《楚辞·九辩》:“泬寥兮天高而气清。”王逸注:泬寥,旷荡空虚也。或曰泬寥犹萧条无云貌。

马曰璐

马曰璐,字佩兮,号半槎,又字秋玉,安徽祁门人。寓江苏江都县。乾隆元年丙辰(1736)年举博学鸿词,不就。有《南斋集》。诗笔清削,名重一时。

杭州半山看桃花[①]

山光焰焰映明霞，燕子低飞掠酒家。
红影倒溪流不去，始知春色恋桃花。

【注释】①半山:在杭州艮山门外。距城水旱皆十五里,至其雷声应变,则两岸数里均栽桃花,城中士女观桃者,由城中坐船出水门。见清钱塘人范祖述《杭俗遗风》。

汪　祚

汪祚，字惇士，号菊田，江苏江都（今扬州）人。乾隆元年丙辰（1736）举博学鸿词。有《鹤田集》。

雁来红①

雁影空阶八月天，一枝红紫赛春前。
朱颜老去犹如此，惨绿当时是少年②。

【注释】①雁来红：草名。又名后庭花。一年生草本。《本草纲目》：雁来红茎叶穗子并与鸡冠同。其叶九月鲜红，望之如花，故名。吴人呼为老少年。

②惨绿少年：唐潘孟阳初为礼部侍郎，会同列，其妻帘中视之，问：末坐惨绿少年何人？曰：补阙杜黄裳。夫人曰：此人全别，必是有名卿相。见张固《幽闲鼓吹》。按，惨同“黪”。《说文》：黪，浅青黑也。

顾我琦

顾我琦(1688—1733),字湘南,号帆川,江苏吴江人。诸生。乾隆元年丙辰(1736)举博学鸿词。有《浣松轩诗集》。

灵佑观①

琳馆珠庭次第开②,夕阳微照郁孤台③。
道人锄药不知倦,一一鹤声松际回。

【注释】①灵佑观:在江西赣州郁孤台附近。

②琳馆:道观之美称。范祖禹《送郑闳中待制提举洞霄宫》诗:"琳馆遥瞻霄汉外,秋风一鹤上空虚。"珠庭:仙宫。卢思道《升天行》:"玉山候王母,珠庭谒老君。"

③郁孤台:在江西赣州市西北隅之田螺岭。建于唐广德、大历间。高阜郁然孤峙,故名。苏轼《虔州八境图》:"烟云缥缈郁孤台,积翠浮空雨后开。"

陈长镇

陈长镇，字宗五，号延溪，湖南武陵（今常德）人。雍正初，荐举孝廉方正。乾隆元年丙辰（1736）举博学鸿词。十三年戊辰（1748）进士，改庶吉士。有《白云山房集》。延溪诗始摹昌谷，继乃自韩入杜，沉郁深厚。才思溢发，不名一家。

湘　江

湘江南上水如烟，不尽离情薄暮天。
岳色千重万重雨，随风吹落洞庭船。

寅　保

寅保，字虎侯，号芝圃，汉军旗人。乾隆十三年戊辰（1748）进士，改庶吉士，授编修。有《秀钟堂诗集》。

渡扬子江①

望中浮玉势崔嵬②,得对名山第七回。
风伯多情解相送③,峭帆一瞥过江来。

【注释】①扬子江:即长江。

②浮玉:江苏镇江之金山,一名浮玉。周必大《杂志》:此山大江环绕,每风四起,势欲飞动,故南朝谓之浮玉。崔嵬:高貌。

③风伯:风神。《文选·班固〈东都赋〉》:“雨师泛洒,风伯清尘。”

赵 瀛

赵瀛,字筱峰,浙江山阴(今绍兴)人。著有《纫佩仙馆诗词钞》。

春初风雨经旬,兀坐斗室,中感苍茫,杂然成咏

几番芳信到梅花,春入邪溪处士家①。
茶熟香温人定后,一灯采梦读南华②。

频年羁旅暗心惊,况复南州不解兵。

未必江关诗赋重，白头愁杀庾兰成[3]。

【注释】①邪溪:同耶溪,即若耶溪。在绍兴南二十里若耶山下,北流入镜湖。

②南华:《南华真经》,《庄子》别名。《新唐书·艺文志》:天宝元年,诏号《庄子》为《南华真经》。

③庾兰成:北周庾信,字兰成。有《哀江南赋》。杜甫《咏怀古迹》:“庾信生平最萧瑟,暮年诗赋动江关。”

邓尉探梅遇雪[1]

冲寒全仗酒扶持，多饮还妨醉不支。
苇帽貂裘风雪里，万花深处立多时。

【注释】①邓尉:山名。在江苏苏州西南。以梅花著称,每值早春山梅盛开,弥漫十馀里,号“香雪海”。

厉得鹏

厉得鹏,字图南,号四庵,浙江定海廪生。著有《鸳鸯藤舍诗钞》二卷,续稿一卷。

别蓉人还家却寄

手种寒梅雪满枝，几经乡梦费寻思。
归来细数残花朵，似我临行始放时。

周康保

周康保，字少丞，浙江归安（今湖州）增生。著有《蘋香馆诗存》。

苕溪杂咏[①]

王孙遗宅已成尘[②]，银杏摧残又几春。
夜半鸥波亭下泊，丹青犹说管夫人[③]。

菰城北望是归云[④]，日暮钟声上界闻。
一自挂瓢人去后[⑤]，空劳文士吊斜曛。

芳草萋萋二月天，踏青曾上岘山巅[⑥]。
石蒲斋字多零落，犹自碑同堕泪传[⑦]。

【注释】①苕溪:在浙江省北境。东西二源至湖州合流,入太湖。

②王孙:指赵孟頫。赵为宋宗室,吴兴(今湖州)人。

③鸥波:赵孟頫之号。管夫人:即管道昇,元赵孟頫妻,字仲姬,一字瑶姬,吴兴(今湖州)人。雅善词章,兼工行楷。画墨竹兰梅,笔意清逸,山水佛像,亦能脱俗。封魏国夫人,世称管夫人。

④菰城:在浙江湖州南二十五里。《寰宇记》:楚春申君立菰城县,秦改为乌程。

⑤挂瓢:《太平御览》七六二《琴操》:"许由无杯器,常以手捧水,人以一瓢遗之。由操饮毕,以瓢挂树。风吹树,瓢动,历历有声。由以为烦扰,遂取捐之。"后遂以挂瓢指隐居清高。钱起《谒许由庙》诗:"松上挂枝瓢几变,石间洗耳水空流。"

⑥岘山:在浙江湖州南五里。本名显山,晋太守殷康在山下建显亭,因唐中宗名显,避讳改名岘山。

⑦堕泪:碑名。在湖北襄阳之岘山。晋羊祜性乐山水,镇襄阳,每造岘山,置酒言咏。及祜卒,襄阳百姓于祜平生游憩之所,建碑立庙,时时飨祭,望其碑者,莫不流涕,杜预因名为堕泪碑。见《晋书·羊祜传》。作者因湖州之岘山,联想及于襄阳之岘山,由碑石零落,引出无限悲感。

李四维

李四维,字秉之,浙江嘉兴人。有《树斋遗诗》。

蟋　蟀

山郭江村雨后凉,西风吹冷豆花香。

疏篱草径行人少，蟋蟀吟时正夕阳。

沈　鼎

沈鼎,字禹传,号玉才,浙江平湖人。

秋夕烟雨楼玩月①

一片清光照板桥，明湖如镜水迢迢。
寒烟夜幂重阴碧，柳外啼乌乱玉箫。

【注释】①烟雨楼:在浙江嘉兴鸳鸯湖(南湖)中。

李三才

李三才,字兼工,浙江嘉兴人。有《茹古阁集》。

精严寺

挈友闲行及早凉，精蓝西畔足徜徉①。

不知半日逢僧话，万树风声下夕阳。

【注释】①精蓝:梵宇也。《传灯录》:普岸禅师,宴寂林下,为四众所知。创建精蓝,号平田禅院。按蓝者伽蓝之略,义译曰众园,谓僧众所住之园林也,世因称佛寺为伽蓝;伽蓝为精进修行者所居,故曰精蓝。徜徉:此指流连徘徊。

陆元泓

陆元泓,字秋玉,江苏常熟人。

过河北刘剩庵先生墓①

曾云归去总天涯，三尺荒坟万古家。
若个年年吊寒食，半瓢清酒滴桃花。

【注释】①刘剩庵:刘永锡,字钦尔,号剩庵,魏县(今河北大名县西)人。明崇祯举人。署崇明县事,庭无留狱。入清,隐相城。率妻女织席以食。有遗之粟者,非其人,不受,竟以饿死。

陈　撰

见五绝部分作者小传。

寒食前五日蓉槎招同诸子泛舟红桥

按歌画板檀双拍，卖酒青旗竹半叉。
放艇石桥南畔去，傍篱吹尽野梅花。

曾衍先

曾衍先(1692—1759),字树本,号补之,湖南善化(今长沙)人。长沙宗圣庙奉祀生。有《话陶窗稿》。

仁儿读书鄂湖僧舍

招提萧瑟意何如[1]?遥念挑灯夜读书。
面壁长年应倍悟，达魔功胜渡江初[2]。

【注释】①招提:指僧房。梵语原作拓斗提奢,简称柘提,后误为招提。

②达魔:即达摩,亦作达磨,菩提达摩之简称。传为南天竺人,梁大通元年泛海至广州,武帝遣使迎至建业。因与武帝面谈不契,遂渡江北去。后止嵩山少林寺,终日面壁,凡九年,乃立禅宗。世称初祖。

郑　燮

见五绝部分作者小传。

访青崖和尚和壁间晴岚学士虚亭侍读原韵(四首录一)

渴疾由来亦易消，山前酒旆望非遥[1]。
夜深更饮秋潭水，带月连星舀一瓢[2]。

【注释】①渴疾:即消渴,欲饮之病。酒旆:酒旗。

②“带月”句:化用苏轼《汲江煎茶》“大瓢贮月归春瓮,小杓分江入夜瓶”句意。

山中雪后

晨起开门雪满山，雪晴云淡日光寒。
檐流未滴梅花冻，一种清孤不等闲。

法海寺访仁公[1]（三首录二）

参差楼殿密遮山，鸦雀无声树影闲。
门外秋风敲落叶，错疑人叩紫云环[2]。

树满空山叶满廊，袈裟吹透北风凉。
不知多少秋滋味，卷起湘帘问夕阳。

【注释】①法海寺：在今北京石景山区翠微山麓之模式口村。明正统四年建，历经修缮。殿宇依山势层叠而上，气度轩昂。殿内有明代巨幅神像壁画。仁公：僧人。生平不详。

②紫云环：门上的铜环。

逢客入都寄勖宗上人口号[1]

汝到京师必到山，山之西麓有禅关[2]。
为言九月吾来住，检点白云房半间。

【注释】①勖宗上人：僧人。生平事迹不详。口号：口占。作诗不用稿。

②禅关：佛门寺观之要守处。李白诗："远公爱康乐，为我开祥关。"

题屈翁山诗札，石涛、石溪、八大山人山水小幅，并白丁墨兰共一卷[1]

国破家亡鬓总皤[2]，一囊诗画作头陀[3]。
横涂竖抹千千幅，墨点无多泪点多。

【注释】①屈翁山：屈大均字翁山。见前屈大均小传。石涛（1642—约1718），本姓朱，名若极，广西全州人。明靖江王赞仪十世孙，亨嘉之子。出家为僧。释名原济，字石涛，号清湘老（陈）人、苦瓜和尚、大涤子、瞎尊者等。与八大山人同时，善画山水兰竹。石溪：即髡残（1612—?），字介丘，号石溪、白秃、石道人、残道者。本姓刘，原籍武陵（湖南常德）人。弃举子业，削发为僧。善画山水。八大山人（约1626—约1705），即朱耷，号雪个、人屋、个山、八大山人等。明朝宁王朱权后裔。明亡后，落发为僧。诗书画均有名。

②皤（pó）：白。指白发。

③头陀：梵语音译词，亦作“头陁”“杜多”。意译为抖擞、修治、浣洗等。佛教僧人行头陀时，应守十二项苦行，称头陀行。后因称僧人为头陀。《释氏稽古略》：“宗一禅师往开元寺受具，雪峰以其苦行，呼为头陀。”

题　画

两岸青山聚米多，长江窄窄一条梭。
千秋征战谁将去，都入渔家破网罗。

燕京杂诗

不烧铅汞不逃禅[①],不爱乌纱不要钱。
但愿清秋长夏日，江湖常放米家船。

偶因烦热便思家，千里江南道路赊[②]。
门外绿杨三十顷，西风吹满白莲花。

碧纱窗外绿芭蕉，书破繁阴坐寂寥。
小妇最怜消渴疾[③],玉盘红颗进冰桃。

【注释】①铅汞:道家以铅及汞入鼎炼丹,服之以求长生。因谓炼丹之事曰铅汞。《金丹大要》序:“铅汞归鼎,身心不动。”逃禅:逃避世事,皈依佛法。杜甫《饮中八仙歌》:“苏晋长斋绣佛前,醉中往往爱逃禅。”

②赊(shē):遥远。李白《扶风豪士歌》:“我亦东奔向吴国,浮云四塞道路赊。”

③消渴:病名。《史记·司马相如列传》:“相如口吃,而善著书,常有消渴疾。”王先谦补注引沈钦韩曰:《素问·奇病论》:“脾瘅者,数食甘美而多肥也,肥者令人内热,甘者令人中满,故其气上溢,转为消渴。”近人据古书所传消渴病候,谓即糖尿病。

渔　家

卖得鲜鱼百二钱，籴粮炊饮放归船[①]。

拔来湿苇烧难着，晒在垂杨古岸边。

【注释】①籴(dí):买入(粮食)。与“粜”相对。

芭　蕉

芭蕉叶叶为多情，一叶才舒一叶生。
自是相思抽不尽，却教风雨怨秋声。

小　廊

小廊茶熟已无烟，折取寒花瘦可怜。
寂寂柴门秋水阔，乱鸦揉碎夕阳天。

野　老

输罢官租不入城，秋风社酒各言情。
明年二月逢春闰，细雨长堤看耦耕①。

【注释】①耦耕:两人并耕,泛指耕种。《论语·微子》:“长沮、桀溺耦而耕。”陶潜诗:“商歌非吾事,依依在耦耕。”

张锡爵

张锡爵(1694—1775),字担伯,一字中岩,嘉定(今属上海市)人。贡生。有《吾友于斋诗钞》。担伯规抚渔洋,集中论诗绝句三十首,语中平允。于书画名迹题咏,亦具有鉴裁,笔力健拔,兰泉《湖海诗传》犹采之未尽也。

王麓台少司农画山水①

山吐秋云云锁树,阁浮溪水水生漪。
遥天一抹青如黛,恰是新凉过雨时。

【注释】①王麓台:即王原祁(1642—1715),字茂京,号麓台,太仓人。王时敏之孙。康熙九年庚戌(1670)进士,供奉内廷。工画山水,法大痴浅绛,尤称独绝。与其祖父时敏及王鉴、王翚,并称四王。工诗善文。编纂有《佩文斋书画谱》。义州李葆恂《无益有益斋论画》诗有云:“司农悟得金刚杵,落笔苍茫气有馀。尽揽名家归腕底,披图爱煞老尚书。”

胡天游

胡天游(1696—1758),曾改姓方,一名骙,字云持,一字稚威,浙江山阴(今绍兴)人。副贡。乾隆元年丙辰(1736)举博学鸿词。十四年己巳(1749)举经学。报罢。客游山西,卒于蒲州。有《石笥山房集》。天游工骈文,诗古体取径韩孟,以窥杜陵之奥。近体七律导源玉溪,思力风骨俱胜,在雍朝间故应俯视流辈。

晓　行

梦阑莺唤穆陵西[①],驿使催时雨拂衣。
行客落花心事别,无端俱趁晓风飞。

【注释】①穆陵:关名。在今山西临猗县西北七十五里。两壁对立,中间一线,为南北孔道。

杭世骏

见五绝部分作者小传。

沂州道中忆故园梅信[1]

买得梅花手自栽，清严标格共徘徊。
荒城古驿人千里，一段生香拗下来。

吾家十笏小禅龛，清境迢迢梦亦谙。
底事冰魂断消息[2]，更无天气似江南。

【注释】①沂州：府名。治所即今山东临沂县。

②冰魂：形容梅花之词，言其清也。陆游《梅花》诗："广寒宫里长生药，医得冰魂雪魄回。"

禹　城[1]

小市尘稀眼缬明[2]，一街寒日筑球声[3]。
故人传说休官处，冷骑萧萧过禹城。

【注释】①禹城：今山东省禹城市。

②眼缬：犹言眼花。李贺《蝴蝶飞》诗："龟甲屏风醉眼缬。"

③筑球：与打球 、击球义同。又名蹴鞠。晏叔原词："筑球场外独支颐。"

秋　雨

晓起屏山掩画螺[1]，惊风有意撼槐柯。
空阶几日苔痕合，脱叶飞来雨点多。

雨横风斜昼少欢，茅堂高枕轴帘看。
平阶沟水潜通甃，舄下喧涛更较寒[2]。

岩扉过雨发寒皴，石色苍凉不见人。
偶向翠廊闲倚拍，两枝红蓼漾秋鳞。

【注释】①画螺：此指青山形如螺黛。

②舄(xì)：古代一种复底鞋。崔豹《古今注·舆服》："舄，以木置履下，干腊不畏泥湿也。"

刘大櫆

刘大櫆(1698—1779)，字才甫，又字耕南，号海峰，安徽桐城人。雍正七年己酉(1729)、雍正十年壬子(1732)两举副贡。乾隆元年丙辰(1736)举博学鸿词。十五年诗人午(1750)举经学,官黟县教谕。有《海峰集》。其论次历朝诗选,上下古今,力趋正轨,与渔洋古诗选意旨略同,而门径较为扩大。其诗意兴豪迈,波澜老成,以视姚惜抱,未易轩轾。

发铜陵[①]

大江风急峭帆喧,帆影江声万马奔。
朝发铜陵未朝饭,两山如画过天门[②]。

【注释】①铜陵:今安徽省铜陵市。濒临长江。

②天门:山名。在安徽铜陵市东南四十里,耸插云表。李白有《天门山铭》:“梁山博望,关扃楚滨。夹据洪流,实为吴津。两坐错落,如鲸张鳞。惟海有若,惟川有神。”

西　山

西山过雨染朝岚,千尺平冈百顷潭。
啼鸟数声深树里,屏风十幅写江南。

送孙郎还天台[①]

孙郎昔日赋天台[②],金石音声锦秀才。
惆怅赤城霞欲尽[③],桃花如梦却归来[④]。

【注释】①天台：今浙江省天台县，县北有天台山，群峰竞秀，飞瀑如练，为浙东胜境。孙郎：生平不详。

②此孙郎指晋孙绰。《天台山赋》是其传世名作。

③赤城：在天台西北七里，山上赤石屏列如城，望之如霞。孙绰《天台山赋》有“赤城霞起而建标”句。

④桃花如梦：用东汉刘晨、阮肇入天台山采药，于桃源洞遇二仙女故事。今洞畔有石峰两座，名双女峰，传即刘阮遇仙处。洞外两峰隔溪，传为刘阮与二仙女分别处，名惆怅溪，溪岸遍植桃花。

边连宝

见五绝部分作者小传。

渡　江

一条天堑落云间①，万古滔滔逝不还。
欲问南朝香艳迹，隔江笑指秣陵山②。

【注释】①天堑：指长江。《南史·孔范传》：隋师将济江，群官请为备防，范奏曰：“长江天堑，古来限隔，虏军岂能飞渡？”

②秣陵山：即钟山，亦名金陵山、圣游山、北山等等。在今江苏南京中山门外。汉末秣陵尉蒋子文死于此。

绿　珠[1]

曼舞娇歌一旦休，萧墙祸起为明眸[2]。
感君意气同生死，不为真珠始坠楼。

【注释】①绿珠：晋石崇爱妾，美而艳。孙秀求之，崇不许，秀矫诏收崇，绿珠坠楼自尽。②萧墙：门屏，古代宫室用以分隔内外的小墙。《论语·季氏》："吾恐季孙之忧，不在颛臾而在萧墙之内也。"后人因言祸之起于内者曰萧墙之祸。

太　真[1]

黄土深深葬玉姬，九重天子泪沾颐[2]。
那堪云栈淋铃夜，却忆长生殿里时[3]。

【注释】①太真：即杨贵妃。杨贵妃名玉环，小字太真。

②唐玄宗避安禄山乱，出咸阳，次马嵬亭，宠姬杨贵妃被诛。

③云栈淋铃夜：郑处诲《明皇杂录》：帝幸蜀，南入斜谷，属霖雨弥旬，于栈道中，闻铃声与雨相应，帝悼贵妃，因采其声为《雨霖铃》曲以寄恨。长生殿：唐宫名。《唐会要》："华清宫天宝元年十月造长生殿，名曰集仙台以祀神。"白居易《长恨歌》："七月七日长生殿，夜半无人私语时。"

扬州道上口号

青裙缟袂小家妆[1]，运帚挥枷打麦忙[2]。

城里女儿应笑煞，侬原不解绣鸳鸯。

【注释】①青裙：黑色裙子。缟袂：白色生绢上衣。

②枷(jiā)：即连枷。打麦之器。

夜　景

月轮低亚玉绳斜[1]，料峭尖风战齿牙[2]。
万卉埋头都睡熟，只应冻醒玉梅花。

【注释】①玉绳：星名。《春秋纬·元命苞》："玉衡北两星为玉绳。"张衡《西京赋》："上飞闼而仰眺，正睹瑶光与玉绳。"

②料峭：风寒貌。范成大《晚步西园》诗："料峭轻寒结晚阴。"

田逢年

田逢年，字德生，山阴(今浙江绍兴)诸生。以古学受知徐学使树铭。晚年精究天文，参注七政、历象诸书，未竟而卒。

重过烂柯山有感[1]

丱角曾经此地过[2]，耆年重到鬓双皤。
沧桑世事何须问，我亦棋残欲烂柯。

【注释】①烂柯山：一名石室山。在今浙江衢州南。《述异记》：晋王质入山采樵，见二童子对弈，童子与质一物如枣核，食之不饥。局终，童子指示曰：汝柯烂矣！质归乡里，已及百岁。山名以此。

②丱（guàn）：古时儿童束发成两角的样子。《诗·齐风·甫田》："婉兮娈兮，总角丱兮。"

曹庭栋

曹庭栋（1699—1785），字楷人，号六圃，浙江嘉善人。贡生。乾隆初，举孝廉方正。有《产鹤亭诗稿》。袁子才曰：六圃，蓼怀少宰之孙，隐居不仕，自号慈山居士。著作甚富，余爱其晚年佳句，如："废书只觉心无着，少饮以教睡亦清。""病教揖让虚文减，老觉婆娑古意多。"余称其诗专主性情，六圃寄札谢，招余往，竟不遂。

遁　溪①

胜国风流宛在兹②，残山乘水忆栖迟③。
剧怜促膝须眉古，鳞月堂前话旧时。

【注释】①自注："前明钱相国塞庵筑别业于北郊之北暑圩，曰遁溪。中有鳞月堂，取李玉山'玉鳞斜月'之句。"

②胜国：被灭亡的国家。《周礼·地官·媒氏》："凡男女之阴讼，听之于胜国之社。"注："胜国，亡国也。"这里胜国指前朝。

③栖迟:游息。《诗·陈风·衡门》:“衡门之下,可以栖迟。”传:“栖迟,游息也。”

梅花渡[①]

香雪消残烟草平，鹭行桥畔鹁鸪鸣[②]。
小轩易地听春雨，寒瘦一枝墙角横。

【注释】①自注:“西郊寒字圩,明支宁别墅,名梅花渡。地广五十亩,种梅花千树,流之绕之。其渡处曰鹭行桥,有春雨轩。轩废,其曾孙期,移旧额,榜于书室。”

②鹁鸪:亦名鹁鸠。陆玑《毛诗草木鸟兽虫鱼疏》:鹁鸠,灰色,无绣项,阴则屏逐其匹,晴则呼之。语曰:“天将雨,鸠逐妇。”陆游《东园晚兴》诗:“竹鸡群号似知雨,鹁鸪相唤还疑晴。”

瑞竹居[①]

压架香添滴翠新，首时残朽咤回春。
烟枝风叶无多景，珍重栽培待后人。

【注释】①自注:“毛仲和居邑之容川,隐居奉母。庭中栽木香花一本,属竹为架,至春,枯竹忽生枝叶,更抽新笋,时称孝感。构屋三楹,颜曰瑞竹居。”

叶元坊

叶元坊，字兰言，号磊杉，浙江慈溪人。著《意云楼诗》一卷，《寄音阁吟草》一卷。

登长溪岭

独行残日下空山，树色炊烟曲水弯。
兀立孤峰一回首，万家明灭乱云间。

吴敬梓

见五绝部分作者小传。

西湖归舟有感

满地霜华满舵风，桑阴零落稻粱空。
浓沾两袖西湖雨，洒向烟波月色中。

全椒道上口占六首[①](录一首)

海燕初来塞雁归，杨花风满杏花飞。
几年白社疏行迹[②]，老树今成四十围。

【注释】①全椒：今安徽省全椒县。吴敬梓故里。

②白社：《抱朴子·杂应》："洛阳有道士董威辇常止白社中，了不食，陈子叙共守事之，从学道。"后人称隐士所居为白社。

将往平山堂风雪不果二首[①]

平山堂畔白云平，文藻偏能系客情。
不似迷楼罗绮尽[②]，只今惟有暮鸦声。

空怀迁客擅才华[③]，不见雕阑共绛纱。
却忆故人风雪里，摧残手值老梅花。

【注释】①平山堂：在江苏省扬州市西北五里蜀冈上。

②迷楼：隋炀帝楼名。见前屈大均《蜀冈怀古和卓子任》注②。

③迁客：贬谪在外者。李白《与史郎中饮听黄鹤楼上吹笛》诗："一为迁客去长沙，西望长安不见家。"

秋病四首(录一首)

女兰香细掩窗纱[①]，白袷单衣病里加[②]。

一缕药烟当水槛，寒蝉声断夕阳斜。

【注释】①女兰:《本草》:兰草一名女兰。

②白袷(jiá):白色夹衣。李商隐《春雨》诗:“帐卧新春白袷衣,白门寥落意多违。”

同　作①

月影初临树影加，茶烟将断篆烟斜。
闲凭曲录阑干立，一架秋风扁豆花。

【注释】①自注:“芜湖朱卉(草衣)。”按朱卉,芜湖人,字草衣。吴敬梓《文木山房集》卷二有《寒夜坐月示草衣二首》等诗,诗中有“忽念朱居士,耽吟夜捻髭”之句。

金德瑛

金德瑛(1701—1762),字汝白,一字慕斋,号桧门。浙江仁和(今杭州)人。乾隆元年丙辰(1736)举博学鸿词一甲一名进士,授编修。官至都察院左都御史。有《桧门诗存》。性乐佳山水,通籍二十七年,持节衡文。东历泰山,南逾江淮,穷三山五岭之奇,每登临题咏,人争传诵。桧门善书法,学赵孟頫、董其昌。尤善鉴别金石摹本及古人墨迹。

桃　源

主人耕作客人渔，说向先秦惝恍馀[1]。
好是碧溪红树里，不传数卷未焚书[2]。

【注释】①参见陶潜《桃花源记》。惝恍(chǎng　huǎng):模糊不清。《楚辞·远游》:“视儵忽而无见兮,听惝恍而无闻。”

②未焚书:未被秦始皇焚毁之书。

观　保

观保,字伯容,号补亭,满洲旗人。乾隆二年丁巳(1737)进士,改庶吉士,授编修。累官礼部尚书,罢,再起授左都御史。

山　居

苔磴萦纡石径封，断崖何处饭僧钟。
乱云满壑不归去，知在山前第几重?

乔光烈

乔光烈,字敬亭,号润斋,上海人。乾隆二年丁巳(1737)进士,官至湖南巡抚。罢,再起授甘肃布政使。有《最乐堂集》,其诗仅一卷,附文集后,气格老健,多词之作,亦足征其素蕴。

鹳鹊楼①

何处西风鹳鹊楼,烟沙萧瑟满汀洲。
人间俯仰成千古,到海黄河日夜流②。

【注释】①鹳鹊楼:即鹳雀楼。故址在山西蒲州府(今永济)。宋沈括《梦溪笔谈》卷十五:"河中府鹳鹊楼三层,前瞻中条,下瞰大河。"旧楼在郡城西南,黄河中高阜处,时有鹳雀栖其上,遂名。楼今不存。

②王之涣《登鹳雀楼》诗:"白日依山尽,黄河入海流。欲穷千里目,更上一层楼。"

苏鹤成

苏鹤成,字语年,号野汀,河北交河人。乾隆二年丁巳

(1737)进士。有《野汀诗稿》。

去年与刘艾园汲泉共饮，今年余客南皮，渡河归来，感而纪之[1]

忆酌寒泉沁齿牙，马嘶高柳避尘沙。
无端一夜霏微雨，开遍沿村苜蓿花[2]。

【注释】①南皮：今河北省南皮县。刘艾园：生平事迹不详。

②苜蓿（mùxū）：多年生草本植物，平卧地上，叶为羽状复叶。开蝶形花，黄色。可作蔬菜或饲料。俗称黄花草子。

杨　鸾

杨鸾，字子安，陕西潼关人。乾隆四年己未（1739）进士，官邵阳知县。有《邈云楼诗集》。诗高亮明秀，不为抗厉之声。

盘豆驿[1]

盘豆驿前日欲沉，高高新月映疏林。
一溪涧水数声雁，何处能消关外心？

【注释】①盘豆驿：在今河南省灵宝市西盘豆镇。为通陕大道。

孙良贵

孙良贵,字邻初,号麓门,湖南善化(今长沙)人。乾隆四年己未(1739)进士。官甘肃安化知县。有《墨樵诗钞》。

赠百四十三老人汤云山和沈宗伯

天上老人自有星①,翩然披发下炎坰②。
楼头黄鹤何年返③,骑向蓬壶访蔡经④。

【注释】①老人星:即寿星,亦名南极老人,全天第二亮星,白色。

②坰(jiōng):郊野,远野。

③崔颢《黄鹤楼》:"昔人已乘黄鹤去,此地空馀黄鹤楼。黄鹤一去不复返,白云千载空悠悠。"楼在湖北武昌城内黄鹤山上。

④蓬壶:海上三仙山之一。蔡经:后汉人,遇王方平,得道去,后十馀年还家。云:七月七日王君当来。及期,方平至,既见经,即遣人与麻姑相闻。须臾,麻姑来,经举家见之。

千首清人绝句校注

下册

陈友琴 校注

浙江古籍出版社

彭启丰

彭启丰(1701—1784),字翰文,号芝庭,江苏长洲(今苏州)人。雍正五年丁未(1727)殿试第一。官至后部尚书。有《芝庭诗稿》。

杨柳枝词和宋玉才韵[1]

白公堤畔乍飞绵[2],三月微阴淡似烟。
宛转肯随金勒骑[3],轻盈都上木兰船。

萋迷山店拂澄潭,送别思攀尚未堪。
春雨杏花零落尽,一株惆怅在江南[4]。

【注释】①宋玉才:名乐,江苏常熟人。诸生。有隽才,早殁。

②白公堤:在杭州西湖,简称白堤。本名白沙堤。俗传白居易做杭州太守时所筑,白居易诗中有"绿杨阴里白沙堤"句。后人纪念白居易,故称白公堤。

③金勒:王僧孺《白马篇》:"千里生冀北,玉鞘黄金勒。"

④虞集《风入松》词:"报道先生归也,杏花春雨江南。"又《腊日偶题》诗:"为报道人归去也,杏花春雨在江南。"

舒　瞻

舒瞻，满洲正白旗人，姓他塔喇氏，字云亭。乾隆四年己未(1739)进士。与修《八旗满洲氏族通谱》。授浙江乍浦同知。后又为平湖知县。工诗，有《兰藻堂集》。云亭诗格雅练，如"性爱登临同谢傅，志存温饱愧王曾"，"风料峭时偏抱病，月团圞夜却离家"，均可诵。

过碧浪湖①

东西苕霅水回环②，清绝吴兴占此间。
浮玉塔前摇橹过，一螺青处道场山③。

【注释】①碧浪湖：在浙江湖州城南三里，群山四匝，诸水汇聚。其西曰玉湖，以浮玉山得名。

②苕霅(zhà)：二溪名，在浙江省境，俱出天目山，流经湖州汇入太湖。《新唐书·张志和传》："愿为浮家泛宅，往来苕霅间。"

③道场山：在湖州西南十二里。峰峦秀郁，山顶有塔。

清明日铁珊招同泛舟东湖历游诸园①

芙蓉堤畔十杉亭，芳草芊芊满钓汀。

更上水明楼上望，遥山九点海门青。

五层塔影倒波心，野寺门开春水深。
剩有山僧公案在，石泉槐火斗清吟②。

【注释】①铁珊：清周彦曾，字抱孙，号美斋，海盐人。诸生。精绘事，尤长墨兰。工诗，有《铁珊吟草》。

②槐火：用槐木取火。相传古时随季节变易，燃烧不同木柴，以防时疫。《周礼·夏官》："四时变国火，以救时疫。"王勃《守岁序》："槐火灭而寒气消，芦灰用而春风起。"

朱一蜚

朱一蜚（1702—1755），字健冲，浙江嘉善人。诸生。由知县历官山西布政使。有《浣桐诗稿》。沈德潜曰："读浣桐诗钞，其志廉以洁，其辞雅以醇，丽而不佻，高而不抗，古诗规抚韩苏，近体不落大历十子后。"雍正间，以荐辟起家。才地遭际，同时与马墨麟、沈寓舟相伯仲。诗清隽疏宕，殆出两家之右。

木兰祠①

木兰花放勺梁春②，环佩空祠锁暗尘。
十二年间金鼓地，此花照见女儿身。

【注释】①木兰：乐府有《木兰诗》，历叙女子木兰扮男装代父从军出征、胜利归来故事。后来有关木兰姓氏、乡里、事迹的各种记载，多属附会，不足信。北方木兰祠颇多。

②勺梁：在河北望都县东。《竹书纪年》："燕人伐赵围浊鹿，败燕师于勺梁。"

偶　成

碧云乍合夕阳沉，石径人稀酒独斟。
万叠楼台千树雪，一绳寒雁没遥岑[①]。

【注释】①一绳：形容雁的队形。岑(cén)：小而高的山。

姚　范

姚范(1702—1771)，字南青，号姜坞，安徽桐城人。乾隆七年壬戌(1742)进士，改庶吉士，授编修。有《援鹑堂集》。姜坞为惜抱世父，世称大姚先生。其诗善于俪事，导源义山，而别开蹊径，实与西昆体不同，亦无宋人粗劲之习。

登楼怀刘三耕南[①]

水烟寥廓数峰青，何处孤鸿入杳冥。

一夜梅花江上落，天涯曾向笛中听②。

【注释】①刘三耕南：刘大櫆，字耕南，排行第三。详见前刘大櫆小传。

②李白《黄鹤楼闻笛》："黄鹤楼中吹玉笛，江城五月落梅花。"注："《梅花落》，笛中曲名。"

山　行

石道飞泉喷雨珠，春风窈窕绿蘼芜①。
山田水满秧针出，一路斜阳听鹧鸪。

【注释】①窈窕：幽闲貌。蘼芜：《本草》："蘼芜，茎叶靡弱而繁芜，故以名之。"

王又曾

王又曾（1706—1762），字受铭，号榖原，浙江秀水（今嘉兴）人。乾隆十九年甲戌（1754 年）进士，官刑部主事。有《丁辛老屋集》。榖原与钱箨石（载）侍郎同里，诗博大沉静，各成家数。尝谓侍郎子百泉编修曰："我诗适兴而已，诗家精深华妙，森严密栗之境，未能到也。然天真烂漫，随手拈得，颓唐中见风致，古人佳处，往往在是。"其自道如此。今集为其子复所刻，即由侍郎选定。观其诗镜，所谓精深华妙，森严密栗，实已无愧古人。

临平道中看白荷花同朱冰壑陈渔所①

船窗六扇拓银纱，倚桨风前正落霞。
依约前滩凉月晒②，但闻花气不看花。

皋亭来往省年时③，香饮莲筒醉不辞④。
莫怪花容浑似雪，看花人亦鬓成丝。

【注释】①临平：镇名。今属杭州。朱冰壑、陈渔所：生平不详。

②依约：隐约。白居易《答苏庶子》诗：“蓬山闲气味，依约似龙楼。”

③皋亭：山名，在馀杭区临平附近。山麓有古亭曰皋亭。山之得名以此。省(xǐng)：知觉、记忆。年时：往年此时也。

④莲筒：即碧筒杯。盛夏以荷叶所制的酒器。段成式《酉阳杂俎》七《酒食》：“历城背有使君林，魏正始中，郑公慤，三伏之际，每率宾僚避暑于此，取大莲置砚格上，盛酒二升，以簪刺叶，令与柄通，屈茎上轮菌如象鼻，传噏之，名为碧筒杯。”

书吴征君敏轩先生文木山房诗集后①

杜老惟耽旧草堂，征书一任鹤衔将②。
闲居日对钟山坐，赢得儒林外史看③。

【注释】①吴敬梓字敏轩，一字文木。著有《文木山房集》。见五绝部分吴敬梓小传。

②杜老：杜甫。杜甫流寓成都，居草堂。此处以杜老比誉敬梓。征

书:征召文书。按:安徽巡抚尝欲荐敬梓应博学鸿词,以病不赴。移居江宁,家甚贫。

③《儒林外史》:吴敬梓著章回小说。系据切身体验,暴露礼教、科举弊害,嘲讽士大夫种种丑态,笔力深刻而别饶风趣。

江行杂诗

江上丈人空复期，芦花如雪覆芦漪。
江波流尽千年事，明月白鸥都不知。

过湖上风甚不果泛舟,沿钱塘门至钱王祠,望湖上桃花[1]

今年东风太早计，正月已催黄鸟鸣[2]。
红得桃花遽如许，更将底物作清明[3]？

柳边花下马轻跑，瞥地红梢更绿梢。
可惜湖船风太急，不然摇到晚钟敲。

【注释】①钱塘门:在杭州城西,涌金门之北。为杭州西四门之一。钱王祠:吴越王钱镠之祠。即表忠观,在涌金门门外。宋熙宁年间修,元废。明嘉靖中以灵芝寺改为祠。故址在今柳浪闻莺。

②黄鸟:黄莺。《格物论》:“莺三四月间鸣,音声圆滑。”

③底物:何物。

姜恭寿

姜恭寿,字静宰,江苏如皋人。编修姜任修之子。乾隆六年辛酉(1741)举人。有《皋原集》。

题梅花

一枝璚蕊倚春风①,鹤去寒山梦已空②。
记得夜深林下过③,月玲珑又雪玲珑④。

【注释】①璚(qióng):同“琼”。一种美玉。璚蕊,美玉般的花蕊。

②鹤去:宋林逋隐居杭州西湖孤山,植梅养鹤,称“梅妻鹤子。”

③林下:高启《梅花》诗:“雪满山中高士卧,月明林下美人来。”

④玲珑:明彻貌。李白《玉阶怨》诗:“却下水晶帘,玲珑望秋月。”此句谓洁白的月光映着雪白的梅花。

傅　显

傅显,字令宜,满洲旗人。乾隆六年辛酉(1741)举人。官至漕运总督。有《卧雪堂诗稿》。

望日宿安国镇①

凄凉孤馆卸装馀，千里关山路尚纡。
最是无情天畔月，团栾时节照离居②。

【注释】①安国镇：在甘肃省平凉市西北十五里。望日：农历每月十五日。

②团栾：一作“团圞”。团圆之意。

赛开来

赛开来，字竹楼，安徽和州（今和县）人。有《种竹轩诗草》。

读四溟山人集怀计甫草先生①

眇目山翁谢四溟②，邺城风雨太飘零③。
黄金肯筑诗人墓，见说吴江计改亭④。

【注释】①四溟山人：谢榛，明表人，字茂秦，自号四溟山人，又号脱屣山人。刻意为歌诗，有闻于时。与李攀龙、王世贞等同为后七子。著有《四溟山人集》。计甫草：计东字甫草。详见五绝部分计东小传。

②四溟山人一眼失明,故称眇目山翁。

③邺城:春秋齐邑。汉置邺县,三国魏都,故城在今河北临漳县西四十里。王士禛序《四溟诗话》谓谢榛寓居邺下。

④计东《改亭集》卷五《邺城吊谢茂秦山人》:"邺中怀古正秋风,词赋深惭谢氏工。生欲移家辞白雪〔白雪楼,李于麟(攀龙)居也。于麟与茂秦中绝,茂秦自临清移家至邺中〕,殁随疑冢对青枫……"计东过邺下拜谢之墓,倾橐金为修葺,题诗而去。沈德潜(归愚)论诗绝句有云:"眇目山人足性灵,诗盟寒后苦飘零。后来谁吊荒坟者,只有吴江计改亭。"

鲍 皋

鲍皋(1708—1765),字步江,号海门,江苏丹徒(今镇江)人。乾隆元年丙辰(1736)举博学鸿词。有《海门诗钞》。海门论诗,一以盛唐诸大家为职志。刘海峰《历朝诗约选》,持择甚谨,同时人惟取海门。海门殁,为志墓,以为天才鸿丽,极驰骛之能,不劳部伍而自中于法度,近代罕有及之者。

晨登采石①

风咽深松响落潮,翠螺峰上晓岚消②。
乱花成路客声磬,残月在林僧采樵。

【注释】①采石:采石矶。在安徽当涂县西北采石山上。

②翠螺蜂:采石山又名翠螺峰,因其上峰似翠螺,故名。

游焦山回船抵甘露港江上口号[①]

天上楼台出润州[②]，连峰不断女墙头。
浑忘家是城南杜[③]，如作江山万里游。

【注释】①焦山：在江苏镇江市东北长江中。甘露港：在镇江东北北固山，临长江。因甘露寺在此地，故名甘露港。相传三国时刘备拜见吴国太于甘露寺，即此。

②润州：隋置润州，取州东润浦为名。故治即今江苏镇江市。

③城南杜：《新唐书·杜正伦传》："正伦与城南诸杜昭穆素远，求同谱，不许，衔之。"苏轼诗："闻道华阳版籍中，至今尚有城南杜。"

曹秀先

曹秀先(1708—1784)，字冰持，一字芝田，又字恒所，号地山，江西新建(今南昌市)人。乾隆元年丙辰(1736)进士，改庶吉士，授编修。官至礼部尚书。著有《赐书堂稿》《依光集》《使景集》《地上初稿》等。

途中杂咏

古道垂杨雨几巡，披襟刚是晚凉新。

平生爱读秋声赋[①],听到蝉吟亦可人[②],

【注释】①秋声赋:唐刘禹锡有《秋声赋》。

②刘禹锡《秋声赋》中有“晚枝多露蝉之思,夕草起寒螿之愁。”

钱　载

见五绝部分作者小传。

刘三妹词二首[①]

祝九为男到底非[②],读书有妹着绡衣[③]。
七日七星岩上坐,薄他蝴蝶一双飞。

秋草蝶飞情奈何[④],山木羞为倚榜歌[⑤]。
玉环肥更绿珠瘦[⑥],孰与水南村里多。

【注释】①刘三妹:亦称刘三姐,传为唐代今壮族地区农家女,聪明伶俐,善唱山歌,世称歌仙。歌词表达劳动者的感情和智慧,流传甚广。

②祝九:九如(如山如阜、如冈如陵、如川之方至、如月之恒、如日之升、如南山之寿、如松柏之茂)、三多(多福、多寿、多男子),皆为祝贺之辞。

③粤人谓唱歌为“读书”,民间歌谣:“读书便是刘三妹。”

④秋草、蝶飞:皆为刘三妹所唱之歌曲名。

⑤山木:歌唱者自喻。倚榜歌:榜(bàng),摇船用具。进船时唱歌称倚榜歌。倚榜,谐“倚傍”。

⑥玉环:唐杨贵妃名玉环。绿珠:晋石崇爱妾。

嵇　璜

嵇璜(1711—1794),字尚佐,一字黼廷,晚自号拙修。江苏长洲(今苏州)人。雍正八年庚戌(1730)进士,改庶吉士,授编修。官至文渊阁大学士,加太子太保。乾隆五十五年庚戌(17901)重宴琼林,赠太子太师。著有《锡庆堂集》。

村西放艇

丹枫醉缬暮霞天①,林外溪声答涧泉。
此际何人领秋意,偶飞一叶到渔船。

山根好着杉皮屋,寂历无人叩竹扉。
知是烟波乘兴去,小舟闲载白云归。

【注释】①醉缬(xié):一种彩色缯帛的名称,此喻枫叶。

徐世佐

徐世佐(1714—1796),字辅卿,号石亭,湖南湘阴人。雍正十三年乙卯(1735)举人。官盐大使。诗古体奔放有奇气,近体多名隽语。仕未达,又坐事戍伊犁,晚得放还。乾隆六十年乙卯(1795)重赴鹿鸣。年八十馀卒于家。

梦　断

斜月疏棂淡欲无,朔风吹梦入南湖。
不知天地缘何事,惯向津门啼夜乌。

李友棠

李友棠,字西华,江西临川(今抚州)人。乾隆十年乙丑(1745)进士。官至工部侍郎。

荆门杂咏[1]

憔悴江潭赋九歌[2],枫林叶下洞庭波[3]。
蛾眉自古伤谣诼[4],独采秋兰吊汨罗[5]。

苍茫云树隔昭邱[6],怅望秦川万里游。
迁客依人怀抱恶,不堪回首仲宣楼[7]。

【注释】①荆门:山名。在湖北荆门市南。《水经注·江水》:江水又东历荆门虎牙之间,开门在南,上下合开,暗彻山南,有门象虎牙在北,石壁色红,间有白文,类牙形。并以物象受名,此二山,楚之西塞也。李白《秋下荆门》诗:"霜落荆门江树空,布帆无恙挂秋风。"

②九歌:《楚辞》篇名。战国楚屈原作。上陈事神之敬,下见已之冤结,托之以讽谏。共十一篇。

③《九歌·湘君》:"袅袅兮秋风,洞庭波兮木叶下。"

④《离骚》:"众妇嫉余之蛾眉兮,谣诼谓余以善淫。"

⑤秋兰:《离骚》:"纫秋兰以为佩。"汨罗:江名。屈原自沉于汨罗江。

⑥昭邱:春秋时楚昭王墓。在湖北当阳市。《荆州图记》:"当阳东南七十里,有楚昭王墓,登楼则见,所谓昭丘。"

⑦仲宣楼:王粲,字仲宣,有《登楼赋》云:"北弥陶牧,西接昭丘。"

王站柱

王站柱,字晓苍,号桂舟,汉军旗人。乾隆十二年丁卯

(1747)举人。历官四川布政使。有《桂舟游草》。

读书台①

水绕吾山山绕台，留舒羊茂共徘徊②。
应刘遮莫夸同调③，终逊安乡八斗才④。

【注释】①自注："东阿县北鱼山上魏曹植读书处。鱼山一作吾山。"

②留舒：地名。春秋齐地。今山东省东阿县西。羊茂：三国魏人，为东郡太守。冬月坐白羊皮，夏月坐一榆木板床。出界，买盐豉食之。

③应刘：应瑒、刘桢，皆名列"建安七子"。遮莫：尽管；任凭。杜甫《书堂饮既夜复邀李尚书下马月下赋绝句》："久拚野鹤如霜鬓，遮莫邻鸡下五更。"注：遮莫，尽教也。盖俚语，唐宋人辄用以入诗。

④八斗才：《南史·谢灵运传》：灵运曰："天下才共一石，曹子建独得八斗，我得一斗，自古及今共用一斗。"

杨永芳

杨永芳，字慕如，号梦舫，云南昆明人。乾隆十二年丁卯(1747)举人。官湖北麻城知县。

夕阳亭①

衣涴缁尘鬓染霜②，更无心事话兴亡。

夕阳亭下一杯酒，洛水无声秋梦长。

【注释】①夕阳亭:在今河南洛阳西。古代送行饯别处。后汉安帝延光三年,杨震至雒城西夕阳亭,饮醉卒。晋泰始七年,贾充出镇关中,百僚饯之夕阳亭。唐代也以此为饯送之所,改名为河亭。

②涴(wò):沾污。缁尘:黑色灰尘。喻世俗之污垢。谢朓《酬王晋安》诗:“谁能久京洛,缁尘染素衣。”

袁　枚

见五绝部分作者小传。

寄鱼门[①]

江南江北路迢迢，同是门前水一条。
一日两家流得到，如何人不似春潮？

【注释】①鱼门:程晋芳,字鱼门,号蕺园,安徽歙县人。乾隆进士,官吏部主事,为《四库全书》纂修官,改编修。客死关中。有《勉行斋文》《蕺园诗》等。

湖　上

凤岭高登演武台[①],排衙石上大风来[②]。

钱王英武康王弱[3]，一样江山两样才。

【注释】①凤岭：即凤凰山。在浙江杭州市南。岩壑曲折，左瞰大江，形如凤凰欲飞，故名。故为吴越国治，南宋于此建行宫，演武台亦在焉。

②排衙：旧时长官升座，陈设仪仗，僚属依次参见，分立两旁，叫排衙。排衙石在杭州凤凰山顶。石如剑戟对峙，二列拱立，故名。

③钱王：五代时吴越国王钱镠。临安人，后唐乾符间，镇将董昌表为偏将，后又拜镇海节度使。昌反，受诏讨平之。天复间封越王，天祐初封吴王，梁太祖即位，又封吴越王。居临安，在位四十一年。卒，谥武肃。康王：南宋高宗赵构。徽宗之子。年号建炎。建炎三年己酉（1129）金军连陷南京、临安，高宗航海而逃。按赵构忘君父之仇，甘心和议，用秦桧，杀岳飞，为千古所唾骂，非一“弱”字可概也。

遣　兴（录四首）

今春天漏影沉沉，一日佯晴十日阴。
几树海棠红泪滴，向人似诉雨难禁。

安老原应百事休，谁知晨起便生愁。
征名索序兼题画，忙杀人间冷应酬。

爱好由来落笔难，一诗千改始心安。
阿婆还是初笄女[1]，头未梳成不许看。

但肯寻诗便有诗，灵犀一点是吾师[2]。

夕阳芳草寻常物，解用都为绝妙词。

【注释】①笄(jī)：古代女子成年之礼。《仪礼·士昏礼》："女子许嫁，笄而醴之，称字。"初笄女：古代女子年十五而笄。

②灵犀：旧说以犀为神兽，犀角有白纹，感应灵敏。因以喻心意相通。李商隐《无题》诗："身无彩凤双飞翼，心有灵犀一点通。"

谒岳王墓作十五绝句①(录四首)

一个西湖换两宫②，靖康小雅唱雍雍③。
怜他绝代英雄将，争不迟生付孝宗④？

小校桓桓道姓施⑤，涌金门外有专祠。
雄心似出将军上，不斩金人斩太师。

不依古法但横行，自有云雷绕膝生。
我论文章公论战，千秋一样斗心兵⑥。

江山也要伟人扶，神化丹青即画图。
赖有岳于双少保⑦，人间才觉重西湖。

【注释】①岳王墓：通称岳坟。在杭州西湖边栖霞岭下岳王庙中侧。南宋绍兴十一年(1141)，抗金名将岳飞因坚决抗战，反对和议而被赵构、秦桧等所害。岳飞遇害后，狱卒隗顺潜负其尸，葬于北山之湄。隆兴元年(1163)，宋孝宗即位后，以礼改葬其遗骸于此，谥武穆。岳庙始建于南宋嘉定十四年(1221)。

②两宫:指宋徽宗和宋钦宗二帝。

③靖康:宋钦宗年号。靖康二年(1127)金陷汴京,执徽、钦二帝北去。岳飞《满江红》词有“靖康耻,犹未雪,臣子恨,何时灭”等愤慨语。

④宋孝宗有中兴之志,任张浚代金。

⑤桓桓:威武貌。杜甫《北征》诗:“桓桓陈将军,仗钺奋忠烈。”施:施全,岳飞部下小校。殿司军校施全刺秦桧,不中,被擒。桧亲讯之。施对曰:“举天下皆欲杀敌人,汝独不肯,故我欲杀汝也。”桧怒,处以死刑。今众安桥、十五奎巷等处施公庙遗址尚存。

⑥岳飞用兵,不拘古法,而战无不胜。

⑦岳于:岳飞、于谦。岳飞绍兴间授少保。于谦,钱塘人。明景帝时,官至后部尚书加少保,拒也先,迎还英宗,后为石亨等谮死。谥忠肃。墓在西湖三台山。

再题马嵬驿①

万岁传呼蜀道东,鬻拳兵谏太匆匆②。
将军手把黄金钺,不管三军管六宫。

不须铃曲怨秋声③,何必仙山海上行。
只要姚崇还作相,君王妃子共长生④。

【注释】①马嵬驿:在陕西省兴平西。唐玄宗赐贵妃自尽处。

②鬻拳:春秋楚大夫。尝强谏文王,文王弗听,临之以兵,惧而从之。拳曰:“吾惧君以兵,罪莫大焉!”遂自刖。此借指唐将陈玄礼胁玄宗缢杀贵妃事。见《旧唐书·杨贵妃传》。

③铃曲怨秋声:见前边连宝《太真》注③。

④姚崇：唐硖石人，字元之。先天中，玄宗以姚崇为相，崇因奏十事，迁紫微令，封梁公，授太子少保。末二句寓“得人则昌，失人则亡”之意。

题李后主百尺楼[①]

黄花水小雨潺潺，南国楼台夕照间。
如此江山被量去，当年还唱念家山[②]。

六道戈船出上游[③]，香孩儿太不风流[④]。
关心卧榻鼾声地[⑤]，转忘燕云十六州[⑥]。

金字心经手自焚[⑦]，命灯午断九霄云。
无情最是西天佛，送过萧梁又送君[⑧]。

【注释】①李后主：即李煜。李煜，字重光，初名从嘉，号钟隐，徐州人。南唐国主。怠于政事，纵情声色。宋陷金陵，出降。被毒死。善诗文，好音律。尤长于填词。

②念家山：即《念家山破》，词曲名。见前蒋国平《宫怨》注③。

③宋太祖命曹彬等分六道下江南。

④香孩儿：宋太祖生于洛阳夹马营，异香满室，人因呼为香孩儿。

⑤卧榻鼾声：宋开宝八年，宋军进围金陵，南唐言李煜遣徐铉入朝请缓兵。宋太祖谓曰：“不须多言，江南有何罪，但天下一家，卧榻之侧，岂可许他人鼾睡？”见宋杨亿《谈苑》。

⑥燕云十六州：即幽、云、涿、蓟、檀、顺、瀛、漠、蔚、朔、应、新、妫、儒、武、寰十六州。约当今河北、山西两省北部地。石敬瑭献于契丹，终宋之世，不能恢复。

⑦心经:即佛经《般若波罗蜜多心经》的简称。以心为名,言其最重要,如同人之有心。

⑧梁武帝萧衍与李后主均酷信佛法。

赴浴汤泉见路上翁仲感而有作①

千寻华表石崔巍②,来往行人吊落晖。
六代如船摇橹去③,只留翁仲不能归。

【注释】①汤泉:温泉。翁仲:秦南海人,身长一丈三尺,始皇使守洮,威震匈奴。翁仲死,铜铸其像,置咸阳宫司马门外。故后世称铜像、石像曰翁仲。

②千寻:极言其高。寻,古代长度单位,八尺为一寻。华表:古时立于宫殿,城垣或陵墓前的石柱。崔巍:高伟貌。

③六代:即吴、东晋、宋、齐、梁、陈六朝。

甘运源

甘运源(1718—1794),字道渊,号啸岩,辽东人。文焜曾孙。性喜读书,以骑射为苦。善诗、古文词,工行草书,尤精摹刻秦汉章。生平游历半天下,留西域者四年。官至广东巡抚。有《长江万里集》《西域集》。

听弹琵琶偶成一绝

酒杯依约想当年，倦倚交床听四弦[①]。
最爱隋唐宫调稳，晚凉风定落花前。

【注释】①交床:亦名交椅、绳床。有靠背的坐具。宋程大昌《演繁露》:今之交床,本自成虏来,始名胡床,桓伊下马据胡床取笛三弄是也。隋高祖意在忌胡,器物涉胡言者,咸令改之,乃改交床。唐穆宗时又名绳床。四弦:琵琶四根弦子。

图鞈布

图鞈布,字裕轩,满洲旗人。乾隆十三年戊辰(1748)进士,改庶吉士,授检讨。历官侍读学士。有《枝巢诗草》。裕轩奉使吉林,典试四川、山东,所至皆有诗。晚以老乞休,卜居阜城门外玉河乡池水村,有园圃竹木之胜。朱文正称其诗高者逼陶、韦,次者即事言景,亦北宋之音。

远风亭

灌木崇冈共几重，太行遮断碧无踪。
远风亭上横窗里，乘见西南一两峰。

寻李廉衣不遇[1]

偶向南塍驻小车[2],叩门无犬护田家。
主人日暮不知返,零落野棠无数花。

【注释】①李廉衣:李中简,字廉衣,号文园,任丘人。清乾隆进士,官侍讲学士。有《嘉树山房集》。

②塍(chéng)田间土埂子。

刘星炜

刘星炜,字映榆,号圃三,江苏武进(今常州)人。乾隆十三年戊辰(1748)进士,官至刑部侍郎。有《思补堂集》。圃三精选学,工骈体文,于孟坚、孝治、子安三家,致力最深,而才气书卷,足以副之。其谈艺以"清转华妙"四字为宗,诗雅有此境。

赠廖古檀明府[1]

金斗城高锁绿苔,公馀携鹤往徘徊。
知君怀古多情思,定上城东鲍照台。

【注释】①廖古檀:廖景文号古檀。见后廖景文小传。明府:汉魏以来称太守曰府君或明府君，简称明府。唐时称县令为明府，清因之。

廖景文

廖景文，字觐扬，号古檀，娄县（今上海松江）人。乾隆十三年丁卯（1747）举人，官合肥知县。

舒城即事[①]

羃历烟岚到眼昏，龙眠居士迹犹存[②]。
画眉声里穿云去，碧嶂苍松别一村。

【注释】①舒城：县名。清属庐州府。今安徽省舒城县。

②龙眠居士：宋李公麟，字伯时，舒城人。元祐进士，为御史检法。好古博学，长于诗。善画山水佛像，山水似李思训，佛像近吴道子。元符三年归老，隐居龙眠山庄，自号龙眠山人。

陶金谐

陶金谐，字辉五，号适斋，江西南城人。乾隆十三年戊辰

(1748)进士,官江华知县。有《适斋诗稿》。适斋不以诗名,而其作精深隐秀,不堕窠臼,近体尤多佳句可摘。

自长沙至辰川江行绝句[①]

八月潮平大泽宽，扁舟横渡静波澜。
江空人在烟中语，天远山从画本看。

天横雕鹗秋风健[②],峡斗鼋鼍暮雨腥[③]。
却听邻舟吹铁笛，武陵哀怨此重经[④]。

【注释】①辰川:即辰溪,一名辰水。为武陵五溪之一。源出于贵州江口县,东流经湖南麻阳、辰溪二县,注入沅水。

②雕鹗:雕和鹗,皆为善飞鸷鸟。

③鼋鼍(yuán tuó):大鳖和鳄鱼。

④武陵:清为湖南常德府治。故治即今湖南常德市。

祝德麟

祝德麟,字止堂,一字芷塘,乾隆进士,官至御史。有《悦亲楼诗钞》。

咏 燕

野店江村少是非，芹泥春暖试乌衣。
如何楚楚红襟燕[1]，但向雕梁高处飞？

【注释】①红襟燕：越燕红襟，声大。见《丹铅总录》引《玄中记》。

纪达宜

纪达宜，字肖鲁，又字可亭，晚号闲云老人，文安（今属河北）人。可亭从父桂山，以诗鸣畿辅。可亭诗源出桂山，而杼轴予怀，别开生面，斐然自成一家之言。

春晚旅怀

蹑屩重来问路歧[1]，软红拂拂黯须眉[2]。
西山自立京尘外，青眼看人似昔时[3]。

【注释】①蹑屩（jué）：穿着草鞋。屩，草鞋。《史记·孟尝君列传》："蹑屩而见之。"

②软红：即软红尘。指繁华的都市。苏轼《次韵蒋颖叔钱穆父从驾景灵宫》诗："半白不羞垂领发，软红犹恋属车尘。"自注："前辈戏语：西湖风

月，不如东华软红香土。”

③青眼：眼睛正视，眼珠在中间，表示对人尊重或喜爱。

啼　乌

万年枝上淡朝晖，哑哑慈乌集翠微[1]。
闻说鼎湖龙去后[2]，哀鸣环绕紫宫飞[3]。

【注释】①慈乌：乌名。体小，嘴细狭，食壳及昆虫。以知反哺，故名。《本草》：此乌初生，母哺六十日，长则反哺六十日。可谓兹教矣。白居易《慈乌夜啼》诗："慈乌失其母，哑哑吐哀音。"

②鼎湖：黄帝铸鼎于荆山下，鼎成，有龙垂胡髯迎黄帝上天。后世因名其处曰鼎湖，以鼎湖为皇帝死亡之典。

③紫宫：紫微宫，天帝所居，借指帝王宫禁。

王　宸

王宸（1720—1767），字子凝，号蓬心，江苏太仓人。乾隆二十五年庚辰（1760）举人。由内阁中书，历官永州知府。蓬心为麓台（王原祁）曾孙。官山水之区，往来潇湘间，故其画别有一种苍润之气，非人所及。晚年罢官，依毕沅、弇山制府于武昌，以书画为生。有句云："写幅丹青闲换酒，每逢佳客便当留。"可见高志。有《蓬心诗钞》。

采　药

行过千山与万山，者回劚得茯苓还①。
白云绕足家何在？日落洞庭秋水湾。

【注释】①者:同“这”。劚(zhǔ):砍。茯苓:菌类植物。寄生于山林松根,状如块球,可入药。

童　钰

童钰(1721—1782),字二树,号璞岩,又号借庵。浙江山阴(今绍兴)人。法梧门曰:凡题画诗必诗优于画,则画才能生色,若诗不工,画反为所污。二树善画梅,画成辄题一诗,故有“万树梅花万首诗”之句,可云二绝。有《二树山人集》。

画　梅

十丈炎威十丈尘，毫端犹见雪精神①。
兼嫌拂袖多寒气，我是人间避热人②。

【注释】①雪精神:宋卢梅坡《雪梅》诗:“有梅无雪不精神,有雪无诗俗了人。”

②避热：杜甫《催宗文树鸡栅》诗：“避热时来归，问儿所为迹。”

王鸣盛

见五绝部分作者小传。

西湖葛岭有嘲

忙里能闲号半闲[①]，相公胸次本来宽。
襄樊失守成何事[②]，不抵秋虫胜负看[③]。

【注释】①半闲：宋臣相贾似道于杭州葛岭起楼阁亭榭，号半闲堂。

②襄樊失守：元军围攻襄樊多年，贾似道隐匿军情，亦不发援兵。后襄樊城被攻破。

③秋虫：指蟋蟀。贾似道在半闲堂与姬妾斗蟋蟀为乐。

纪　昀

纪昀（1724—1805），字晓岚，一字春帆，别号石云，献县（今属河北）人。乾隆十九年甲戌（1754）进士，改庶吉士，授编修，官至礼部尚书、协办大学士，加太子少保，谥文达。有《纪文达公遗集》《阅微草堂笔记》《镜烟堂十种》，曾纂修《四库全书》，并为提要。乾嘉间凡大著作，多出其手。校理秘书，博综群籍，才力宏富。馀事为诗，不求奇诡，而恢然有馀。中年谪戍塞外，所作乌鲁木齐杂诗百六十首，韵节和雅，无愁苦之音，尤为难能可贵。

富春至严陵山水甚佳①

沿江无数好山迎，才出杭州眼便明。
两岸濛濛空翠合，琉璃镜里一帆行。

浓似春云淡似烟，参差绿到大江边。
斜阳流水推篷坐，翠色随人欲上船。

烟水萧疏总画图，若非米老定倪迂②。
何须更说江山好，破屋荒林亦自殊。

【注释】①钱塘江自富阳至桐庐一段为富春江，两岸连山，风景绝秀。

②米老：谓宋米芾，善绘山水，不求工细，多以水墨点染，称米点山水、米氏云山。倪迂：元倪瓒，性好洁而迂僻，人称倪迂。擅山水，多以水墨为之，好作疏林坡岸、浅水遥岑之景，意境幽淡萧瑟。“烟水”两句是说，富春天然画图似出米芾、倪瓒手笔。

秋海棠

憔悴幽花剧可怜，斜阳院落晚秋天。
词人老大风情减，犹对残红一怅然。

题蕃骑射猎图

白草粘天野兽肥，弯弧爱尔马如飞。
何当快饮黄羊血①,一上天山雪打围②。

【注释】①黄羊:野生羊之一种。出西蕃。以其腹下带黄色,故云。或谓幼稚曰黄,此羊肥小故也。

②打围:打猎。打猎合围,故曰打围。

西　瓜

种出东陵子母瓜①,伊州佳种莫相夸②。
凉争冰雪甜争蜜，消得温暾顾渚茶③。

【注释】①东陵子母瓜:阮籍诗:“昔闻东陵瓜,近在青门外。连畛拒阡陌,子母相钩带。”东陵:秦邵平,广陵人,封东陵侯。秦亡,家贫,种瓜于长安城东。瓜美,俗称“东陵瓜”。

②伊州:今新疆哈密。哈密瓜以甜美著称。

③温暾:形容茶的微暖。一作“温炖”。顾渚茶:名茶之一,即顾渚紫

笋茶,产浙江湖州。《唐书·陆龟蒙传》:龟蒙嗜茶,置园顾渚山下,岁取租茶,自制品第。郑谷《宜春再访芳公言公幽斋写怀》诗:“顾渚一瓯春有味,中林话旧亦潸然。”

庆兰

庆兰,字似村,满洲旗人。诸生。有《小有山房诗钞》《绚春园诗钞》。似村为尹文端子,夙抱羸疾,未四十而卒。尝从随园游,诗亦近其体,而神姿高朗,吐属自是不凡。

即景

碧天云净雨初收,水满平桥却碍舟。
忽听屐声从竹里,是谁先我上层楼?

新柳才青鸟未遮,钓竿好趁夕阳斜。
园中细草凭他长,多恐锄时误去花。

金学莲

金学莲，字子青，又字青侪，号手山，江苏吴县（今属苏州）人。诸生。有《三李堂集》。子青五岁学韵言，心慕太白、长吉、义山，遂以三李颜其堂。自言无三李才，而遇穷及数倍之，其读李昌谷诗云："诗人故伤心，伤心乃如此。矧闻天上乐，那不少年死。"亦自寓其抑塞憔悴之意耳。

毗陵驿①

客子眠迟夜寂寥，短长亭畔短长桥。
行程数到毗陵驿，归梦无多第二宵。

【注释】①毗陵：汉置毗陵县，清为武进县。今江苏常州市。

王曰赓

王曰赓，字绍南，号槐亭，山东临淄（今属淄博）人。乾隆十七年壬申（1752）进士，官兴安知县。有《茂荆堂诗》。

信　阳[1]

信阳风物似南州，涧底清泉次第流。
低处稻田高处麦，松篁阴里饭耕牛。

【注释】①信阳:州职。今河南省信阳市。

武胜关[1]

鸟道迂回武胜关，篮舆攲仄马蹒跚[2]。
行来略似褒斜路[3],半面悬崖半面山。

【注释】①武胜关:关名。一名武阳关,又名澧山关。在河南信阳市境与湖北省交界处,为大别山脉重要隘口之一。

②篮舆:竹轿。蹒跚(pán　shān):跛行貌。

③褒斜(yá):即褒斜谷。陕西终南山之谷也。南口曰褒,北口曰斜。在眉县西南。长四百五十里。自古为往来要途,亦称连云栈。

胡德琳

见五绝部分作者小传。

卧佛岩

千尺高岩瀑布流，振衣五月讶深秋[①]。
莫言此子津梁倦[②]，卧听沧江日夜流。

【注释】①振衣：抖动衣服。左思《咏史》诗："振衣千仞冈，濯足万里流。"

②此子：指卧佛。

李如枚

李如枚，字怡莽，汉军旗人。历官长芦盐运使。有《怡莽诗草》。

古北口晓行[①]

千尺雄关拱蓟门[②]，曈昽晓日映长垣[③]。
双扉不锁滩头水，绕郭年年碧涨痕。

【注释】①古北口：关名。亦曰虎北口。在北京市密云区东北，长城隘口之一，古代军事要地。

②蓟门：亦名蓟丘。故地在今北京市德胜门外。《水经注·漯水》：

“昔周武王封尧后于蓟。今城内西北隅有蓟丘,因丘以名邑也。”明蒋一葵《长安客话》:“今德胜门外有土城,相传古蓟门遗址,亦曰蓟丘。”

③曈昽:日初出由暗而渐明貌。寇准诗:“曈昽初日上觚棱。”杨亿《禁直》诗:“初日曈昽艳屋梁。”

阮葵生

阮葵生(1727—1780),字安甫,又字宝诚,号唐山,江苏山阳(今淮安)人。乾隆十七年壬申(1752)举人。由内阁中书官至刑部侍郎。有《七录斋集》《茶馀客集》。

野　寺

祥扉半掩夕阳中,林外香风动塔钟。
行遍空阶人不见,一声清磬落孤松。

张邦伸

张邦伸,字石臣,号云谷,四川汉州(今广汉)人。乾隆二十四年己卯(1759)举人,官固始知县。有《云谷诗钞》。

汝阳道中遇雨[①]

水落平沙雨一痕，廉纤不断自朝昏[②]。
马前看取长堤柳，绿到淮南第几村。

【注释】①汝阳：今河南省汝南县。

②廉纤：细微，纤细。韩愈《晚雨》诗："廉纤晚雨不能晴，池岸草间蚯蚓鸣。"

庄肇奎

庄肇奎（1727—1798），字星堂，号胥园，浙江秀水（今嘉兴）人。乾隆十八年癸酉（1753）举人。历官广东布政使。有《胥园诗钞》。胥园官黔滇，为李相国侍尧所倚用。相国获罪牵连，遣戍伊犁，十年始归，数年至粤藩。诗强半在塞外所作。《无题》八首寄托最深婉。

次韵莼涘同人招饮鉴远楼

一发中原夕照斜，青山何处是吾家？
倚楼有客吹羌笛，杨柳边声怨落花。

一水西流万仞山，乱鸣风急野凫闲。
天应有尽愁无尽，故垒春寒燕未还。

赵　翼

赵翼(1727—1814)，字云崧，号瓯北，江苏阳湖(今常州)人。乾隆二十六年辛巳(1761)一甲威名 进士，历官贵西兵备道。有《瓯北集》。瓯北与袁子才、蒋心馀齐名，时人有曰：揖赵，拜袁，师蒋。袁主性情，赵主凝炼，蒋主雄健。

冬　暖

只救人寒不救饥，饥荒那可更寒威。
想天刀下留情处，尚念民间未赎衣。

山行看红叶

十月沫霜萎绿莎，翻看红锦绚山阿。
天公也有才人习，晚景诗尤绮丽多。

牡丹将开作布幔护之戏题(二首录一)

老去风情尚易撩，护花心力费连朝。
一栅布幔当金屋，惭愧书生贮阿娇[①]。

【注释】①汉武帝幼时，其姑母馆陶长公主抱置膝上，问曰:“儿欲得妇不?”曰:“欲得妇。”长公主指左右长御百馀人，皆云不用。末指其女，问曰:“阿娇好不?”于是乃笑对曰:“好！若得阿娇作妇，当作金屋贮之也。”事见《汉武故事》。此处以牡丹比阿娇。

野步

峭寒催换木棉裘，倚杖郊原作近游。
最是秋风管闲事，红他枫叶白人头。

晓起

茅屋荒鸡叫可憎，起来半醒半懵腾[①]。
分明一段劳人画[②],马啮残刍鼠瞰灯。

【注释】①懵腾:朦胧迷糊。

②劳人:忧伤之人。《诗·小雅·巷伯》:“骄人好好，劳人草草。苍天苍天，视彼骄人，矜此劳人。”

论诗五首

满眼生机转化钧[1]，天工人巧日争新。
预支五百年新意，到了千年又觉陈。

只眼须凭自主张，纷纷艺苑漫雌黄[2]。
矮人看戏何曾见，都是随人说短长[3]。

少时学语苦难圆，只道工夫半未全。
到老始觉非力取，三分人事七分天。

诗解穷人我未空，想因诗尚不曾工。
熊鱼自笑贪心甚[4]，既要工诗又怕穷。

李杜诗篇万口传，至今已觉不新鲜。
江山代有才人出，各领风骚数百年[5]。

【注释】①钧：制作陶器所用转轮。此以陶匠转轮，比喻天工化育万物。

②雌黄：原指改易文字，引申为评论，议论。

③《朱子语类》："如矮子看戏相似，见人道好，他也道好。"

④熊鱼：《孟子·告子上》："鱼，我所欲也；熊掌，亦我所欲也。"

⑤风骚：原称《诗经》《离骚》，此泛指诗。

钱大昕

见五绝部分作者小传。

江宁城外[1]

草屋金钗绿意新，平桥碧水尚粼粼。
天公也会民无褐[2]，三九居然似小春[3]。

【注释】①江宁城：今江苏南京市。

②《诗·豳风·七月》："无衣无褐，何以卒岁？"《说苑》："柱梁衣绣，士民无褐。"

③三九：从冬至次日起，每九天为一九，第三个九天称三九天。为一年中最冷时节，有"冷在三九"之说。小春：农历十月，也称小阳春，意谓十月不寒，有如初春。《岁时事要》："十月天时和暖似春，花木重花，故曰小春。"

牌湾记所见[1]

春风火迫到山家，麦穗离离竹迸芽[2]。
樵子砍薪挑入市，担头各插碧桃花。

【注释】①牌湾：地名。不详所在。
②离离：分披繁茂貌。《诗·王风·黍离》："彼黍离离，彼稷之苗。"

罗　聘

罗聘（1733—1799），字遁夫，号两峰，安徽歙县人，久住扬州。金农弟子，画入高格。王昶称其画罗汉，足与陈洪绶、崔丹颉颃，尤喜画鬼，有《鬼趣图》，为时所重。诗亦超然物外。嘉庆初以布衣终。

西湖杂诗（二十二首录四）

乍到西湖双眼明，春烟漠漠晓烟生。
携筇不定游踪迹，但拣雨丝疏处行。

淡云微雨水仙祠[①]，新绿成阴四月时。
怪底湖名号西子，春山细细画修眉。

真居香篆路能通，草履缔衣访葛翁[②]。
历历宝云山上树[③]，初阳台上夕阳红[④]。

白沙泉掬一瓢清[⑤]，吹到樵风带磬声。

更向栖霞岭上去，紫云洞里看云生[6]。

【注释】①水仙祠:即水仙王庙。旧址在西湖孤山路口。

②真居:谓实在住处也。张伯雨诗:“葛洪井上访真居”。葛翁:即晋葛洪。西湖北葛岭传即葛洪结庐炼丹处,岭以葛洪得名。山上有炼丹台、炼丹井、抱朴庐、葛仙庵等遗迹。

③宝云山:在葛岭之东。

④初阳台:在杭州葛岭顶巅,为观日胜地。

⑤白沙泉:在杭州栖霞岭北麓。

⑥栖霞岭:在杭州葛岭西。旧多桃花,开时烂然如霞,故名。岭巅妙智寺侧为紫云洞。洞穹然如屋,阴凉彻骨。

敦　敏

见五绝部分作者小传。

舟中即目

竹篱茅舍掩清溪，几处人家傍柳堤。
鸥鸟数声秋又晚，蓼花红过小桥西。

马春田

马春田，字雨耕，安徽桐城人。诸生。有《乃亨诗集》。雨耕与姚惜抱为中表兄弟，交最笃。其诗豪放处颇近青莲，奇辟处往往平揖东坡、山谷。七古音调，间有不合，而粗率之处，亦翦大醇之累。

高邮道中①

四月南风扑面迎，一舟竹篾签牵行②。
童童远树青如盖③，中有连枷打麦声④。

【注释】①高邮：今江苏省高邮市。

②竹篾签(miè niàn)：挽舟之竹索。

③童童：树荫下垂貌。《三国志·蜀志·先主传》：“舍东南角篱上有桑树生，高五丈余，遥望见童童如小车盖。”

④连枷(jiā)：打麦脱粒之器。

徐宗亮

徐宗亮，字晦甫，号苶岑，安徽桐城人。世袭骑都尉。有《善思斋诗钞》。

晚过山寺看芍药

丈室花光照暮天①，色香空尽转生妍②。
青山何处容吾隐，看到残春又一年。

【注释】①丈室：《维摩诘经》：来入维摩丈室。按室方一丈，能广容大众，因称。后用称一般寺院主持者所居之室。此指山寺。

②色香空尽：《心经》：色即是空，空即是色。此指芍药。

桂　馥

桂馥（1733—1802，一作1736—1805或1802），字冬卉，号未谷，山东曲阜人。乾隆五十五年庚戌（1790）进士，官永平知县。有《未谷集》。平日论诗多拘忌，然亦非无意于为诗者，今所存诗多骨干坚凝,风格遒上,在同时流辈中,正复未遑多让。又有《札朴》《缪篆分韵》《晚学集》等。

题　画

淡黄柳色小沙堤,昨夜微霜秋满溪。
月晓风清人未到,藉香常在钓船西。

王麓台画[①]

叠叠青山是富春[②],浮岚暖翠隔江津。
孤村十日黄梅雨,行尽松阴不见人。

【注释】①王麓台:清王原祁号麓台。见前张锡爵《王麓台少司农画山水》注。

②富春:山名。在浙江桐庐县西。

高丽海苔笺扇[①]

嫩于春草碧于烟,叠就波纹半面笺。
海气阴阴收不尽,袖中常似雨馀天。

【注释】①高丽:即今朝鲜。海苔:即海苔纸。晋王嘉《拾遗记·晋时事》:张华造《博物志》四百卷,奏于武帝。赐侧理纸万番,此南越所献。后人言"陟里"与"侧理"相乱,南人以海苔为纸,其理纵横邪侧,因以为名。

五岚问西山之胜[1]

君问山中几日留，西风立尽寺门秋。
秘魔厓下逤逻树[2]，百尺寒泉落上头。

【注释】①五岚：人名，生平不详。西山：今北京市西郊一带山名。

②秘魔厓：即秘魔岩，在北京西郊卢师山之半，大石嵌空，几二丈。一名避魔岩。逤逻（suōluó）：即桫椤。木名。茎高而直，含淀粉，可供食用。叶片大，羽状分裂。见《广韵》。

梅花堡题壁

万木阴中流水远，三家村外断云闲。
若使此身能自主，只应解带换青山。

自南宁返马龙[1]

两月南宁一日闲，归来倚槛看青山。
那知春老无寻处，犹在清阴细草间。

【注释】①南宁：府名。治所在今广西南宁市。马龙：州名。今云南省马龙县。

翁方纲

翁方纲(1733—1818),字正三,号覃溪,大兴(今属北京)人。乾隆十七年壬申(1752)进士,改庶吉士,授编修。历官内阁学士,降鸿胪寺卿。重宴鹿鸣,赐三品衔。重宴琼林,赐二品衔。有《复初斋集》。张南山曰:先生生平论诗,谓渔洋拈"神韵"二字固为超妙,但其弊恐流为空调,故特拈"肌理"二字,盖欲以实救虚也。

赵北口①

蟹簖湾湾挂布棋②,霜空老柳照横漪。
枯萍折苇萧寥意,转胜浓云蘸翠时。

【注释】①赵北口:在今河北任丘北五十里。
②蟹簖(duàn):竹制,为置于河中截流捕取鱼蟹的工具。

招隐桥

山僧送客忘言说,水自飞流石自横。
借问药苗寻径者,定知何处午鸡鸣。

敦　诚

敦诚（1734—1791），字敬亭，号松堂，满洲旗人。有《四松堂文集》。敬亭性嗜酒，别构小舍，效村肆酒垆，悬帘户外，署曰葛巾，居恒与客共饮其中。有《挽曹霑雪芹》诗云："牛鬼遗文悲李贺，鹿车荷锸葬刘伶。"雪芹为诗，喜作奇崛语，故云。

南村雨中

古析荒祠叫暮鸦，春云淡墨压平沙。
一天寒食潇潇雨，人在南村卖酒家。

馌妇家家动晚炊①，低烟不起绕荆篱。
老农贪著春耕雨，湿尽黄牛下陇迟②。

【注释】①馌（yè）：为田耕者送饭。《诗·豳风·七月》："馌彼南亩。"②陇：通"垄"。地埂。

管幹珍

管幹珍(1734—1798),字旸复,号松厓,江苏阳湖(今常州)人。乾隆三十一年丙戌(1766)进士,官至漕运总督。有《松厓集》。松厓磊落使才,不涉纤靡,在同时毗陵诗人中,自成本色。

登　城

午潮潋滟绿波盈①,春树人家雨后清。
草色满宫飞燕子,落花如雪独登城。

【注释】①潋滟(liǎn　yàn):水溢貌。见《集韵》。

谢　垣

谢垣,字再东,号东君,浙江嘉善人。乾隆三十一年丙戌(1766)进士,官刑部员外郎。有《壶领山房集》。

嘉禾寓中闻秋虫[1]

何处瓜畦络纬声[2],虚堂欹枕正三更。
旅人本少思乡梦,都被秋虫暗织成。

【注释】①嘉禾:今浙江省嘉兴市。
②络纬:虫名。至秋则鸣,声如纺线。俗称络丝娘。

朱厚章

朱厚章,字以载,号药亭,江苏长洲(今苏州)人,一作昆山人。豪于才,能五官并用。乾隆时以廪生举博学鸿词,未与试,卒。工书,著有《多师集》。

秦淮绝句

风花无力扑帘波,佳节偏从客里过。
听说儿童挑荠菜,青青只有故宫多。

观柳河东初访半野堂小像[1]

蘼芜脉脉柳疏疏[2],想见文君放诞初[3]。
谁识秋风摇落后，独将一死报尚书[4]。

【注释】①柳河东:即柳如是,清钱谦益妾,号蘼芜君。半野堂:谦益之室名。

②脉脉(mò):凝视貌。《古诗十九首》:“盈盈一水间,脉脉不得语。”

③文君:卓文君。此以柳如是比拟文君。

④尚书:钱谦益曾官礼部尚书。明亡,如是劝谦益殉职,谦益不能从。后谦益死,如是殉之。

吴寿昌

吴寿昌,字泰交,号蓉塘,浙江山阴(今绍兴)人。乾隆三十四年己丑(1769)进士,改庶吉士,授编修。历官侍讲。有《虚白斋存稿》。

严陵钓台[1]

严滩片石旧渔矶，隐士曾经入帝畿[2]。
应悔羊裘招物色[3],钓师应合着蓑衣[4]。

【注释】①严陵钓台：在今浙江桐庐县西富春江边。汉严光（子陵）垂钓于此。

②帝畿（jī）：京畿，京城。按光武帝曾派人觅访，征召严光到京，授谏议大夫。光不受，退隐富春山。

③羊裘：《后汉书·严光传》：后齐国上言，有一男子，披羊裘钓泽中。物色：谓形貌也。《后汉书·严光传》："帝思其贤，乃令以物色访之。"注："以其形貌求之。"

④此句言严光不应披羊裘，只应着蓑衣，始见渔翁本色。

田均晋

田均晋，字康侯，贵州玉屏人。乾隆三十五年庚寅（1770）举人，官中卫知县。有《鱼乐轩集》。

金城关①

惊涛急浪打城头，独上河关百尺楼。
远树不遮千里目，青崖白岭古凉州②。

【注释】①金城关：在今甘肃兰州市北。

②古凉州：西汉置，辖境相当今甘肃、宁夏一带。东汉时治所在陇县（今甘肃清河），三国魏移治姑臧（今甘肃武威）。

顾光旭

顾光旭,字华阳,号晴沙,江苏无锡人。乾隆十七年壬申(1752)进士。由户部主事历官甘肃甘凉道,署四川按察使。有《响泉集》阮芸台曰:晴沙卸川臬,赴雅川回省,携酒郊迎者数万人。迟于武侯祠下三日。乞假东归云:"可怜何事系人思,白叟黄童去后悲。寒雨郊坰三十里,西风涕泪一千卮。"晴沙由谏垣出守宁夏,后从军入川,所至有惠政。诗音节兴象,直逼唐人。以陇蜀诸作,归田后辑《梁溪诗钞》五十八卷,自汉晋至清中叶凡一千一百馀人,选毕,取诸稿埋之,号曰诗冢,作诗纪事,传为佳话。

中卫道中口占[①]

嶂叠峰攒未可攀,清时犹戍胜金关。
唐宗宋代干戈里,此地何人饱看山。

叱叱柴车黄犊轻[②],阴阴白屋爨烟生[③]。
谁知今日云中守,却听江南打麦声。

【注释】①中卫,地名。今宁夏回族自治区中卫市。
②叱叱(chì):吆喝牲口声。

③阴阴：幽暗貌，阴湿貌。爨（cuàn）：烧水煮饭。

吴廷燮

吴廷燮，字彦宣，浙江海盐人。诸生。有《小梅花馆诗集》

澄江归舟

半江斜日送归桡，楚尾吴头入望遥[1]。
今夜乡心愁绝处，芦花枫叶暮萧萧。

【注释】①楚尾吴头：洪刍《职方乘》：豫章之地，吴头楚尾。按豫章，今江西省地。

送　燕

玉娘湖畔草萋萋[1]，王谢亭台路已迷[2]。
惟有雕梁旧时月，随君直到海云西。

【注释】①玉娘湖：在今河南灵宝市盘豆镇。李商隐《出关宿盘豆馆对丛芦有感》："思子台边风自急，玉娘湖上月应沉。"清王阮亭《秦蜀驿程后记》云："过阕乡盘豆驿，涉郎水，即义山所云玉娘湖。"

②王谢：晋时贵族王导和谢安。刘禹锡《乌衣巷》："旧时王谢堂前燕，

飞入寻常百姓家。”

辛丝

辛丝，字瑟婵，山西太原人。有《瘦云馆诗》。

桃花岭遇雨

溪边茅屋两三家，双髻村娃解煮茶。
几片湿云松树顶，吹来雨点半桃花。

钱沣

钱沣(1740—1795)，字东注，号南园，云南昆明人。乾隆三十六年辛卯(1771 年)进士，改庶吉士；授检讨，历官通政司副使，复授御史。有《南园遗集》。姚惜抱谓和珅自张威福，能讼言其失于章奏者，钱侍御一人而已。又称其诗苍郁劲厚得古意。法梧门称其精深博大，非讲声律者所能窥。洪北江谓为当代第一人，即以诗论，亦不作第二人想。又云：钱通副诗如浅话桑麻，亦关治术，无意学古人，自然入古。皆笃论也。

八月十七日同徐镜秋望月[1]

脱木西风日夜飞，中庭月白见星稀。
琼楼高更知霜早，已进豳风问授衣[2]。

【注释】①徐镜秋：生平事迹不详。

②《诗·豳风·七月》："七月流火，九月授衣。"传："九月霜始降，妇功成，可以授冬衣矣。"末两句谓八月早霜，似入九月授衣时节。

张　鉴

张鉴（1742—1824），字春治，号秋水，浙江乌程（今湖州）人。嘉庆九年甲子（1804）副贡。官武义教谕。有《冬青馆集》。秋水根柢经史，兼通天算，文辞尤典雅。阮文达立诂经精舍，秋水为高材生，佐修《盐法志》《经籍纂诂》，所为自书三百馀卷。晚病风痹，遂自名为风，号贞疾居士。刘氏嘉业堂曾刻其诗文集，惜散佚尚多。

舟中望道场山[1]

瓜皮艇子荡空濛[2]，渺渺寒流瑟瑟风[3]。
白塔红亭遥望处，不知身到水晶宫[4]。

秋螺如笑几回看[5]，倚棹城根日又残。
好是浮萍吹断影，云屯浪涌作秋寒。

【注释】①道场山：在浙江湖州西南十二里。

②空濛：细雨迷茫貌。杜甫《渼陂西南台》诗："空濛辨鱼艇。"

③渺渺：水势阔远貌。

④水晶宫：亦作"水精宫"。南朝梁任昉《述异记》上："阖闾构水精宫，尤极珍怪，皆出之水府。"

⑤秋螺：谓秋山状如螺髻。

汪　中

见五绝部分作者小传。

题友人寒山晓发图

苦雾初披万木丹，严霜欲下四山寒。
天清野旷无人识，输与征夫彻晓看。

题秋江听笛图

雾气苍凉水气清，乱芦颠倒一舟横。
枯风裂竹秋江上，更有何人听此声。

秦淮杂诗

明月东西十度圆，车如流水到门前[①]。
青山黄土人多少，灯火笙歌似去年。

忆梅何日下西洲[②]?一曲清淮五月秋。
水阁画帘人独坐，乌篷阅尽泪双流[③]。

【注释】①车如流水:《后汉书·明德马皇后纪》:“前过濯龙门上,见外家问起居者,车如流水,马如游龙。”宋司马光《次韵和复古春日五绝句之一》:“车如流水马如龙,花市相逢咽不通。”

②西洲:乐府古辞《西洲曲》:“忆梅下西洲,折梅寄江北。……西洲在何处,两桨桥头渡。”

③乌篷:船名。

宋大樽

宋大樽(1746—1804),字茗香,又字左彝,浙江仁和(今杭州)人。乾隆三十九年甲午(1774)举人,为国子监助教,以母老引疾归。豪于饮酒,善喜琴,时时出游佳山水,助其诗兴。其诗由唐人而上溯之,极于古歌谣而止,才力足以相俪。有《茗香论诗》《学古集》《牧牛村舍诗钞》。

逢金大①

酒徒零落渺何之，独向春风把酒卮②。
今日花前莫辞醉，相逢不是少年时。

【注释】①金大：作者友人，生平不详。
②酒卮（zhī）：盛酒器，容量四升。

洪亮吉

见五绝部分作者小传。

钱　塘①

钱塘门外卸蒲帆，小婢相持上岸搀。
一晌当风立无奈，夕阳红透绿罗衫。

【注释】①钱塘：今浙江省杭州市。此诗见洪亮吉《北江诗话》卷二。

过水西渡

已作如尘似梦看，残春曾此一停鞍。

能迎三十年前客，只有参天竹万竿。

黎　简

黎简(1747—1799)，字简民，又字未裁，广东顺德县弼教村(今属佛山市)人。常来往于罗浮、西樵两山间，故自号二樵。乾隆拔贡。诗学杜甫，峻拔清峭，刻意新颖。洪亮吉《北江诗话》云："黎明经简诗，如怒猊饮涧，激电搜林。"著有《五百四峰草堂诗文钞》《药烟阁词钞》等。

横江词

横江渡头江水蓝，东风旗影落澄潭。
人生莫作横江吏，日日江头数别帆。

小　立

未能白夹不胜裘[①]，二月天南似晚秋。
小立柳阴凉耐得。新雷蕴藉晓风柔。

【注释】①白夹：白色夹衣。

杂忆绝句十首寄故乡诸子(录二首)

东风新水縠纹香，橘柚花多村气凉[1]。
昨夜雨晴刚月午，耸肩人影冻春霜[2]。

上下江乡三十里，都见村头高木棉[3]。
我欲醉来堆绣被[4],花深三尺尚浓眠。

【注释】①“橘柚”句:按顺德陈村、弼教村一带,居人多以种龙眼为业,弥望无际,约有数十万株。柑橙荔枝诸果居其三四,而羊额村则橘柚特多,号称“柚乡”。

②耸肩人:指诗人。韩愈《石鼎联句序》:“弥明袖手竦肩而高吟。”苏轼《是日宿水陆寺寄北山清顺僧二首》之一:“遥想后身穷贾岛,夜寒应耸作诗肩。”

③“上下”二句:按百花村口有木棉一株,高耸天际,作者曾以此为题材,绘《岭南春色图》。

④绣被:喻落花。与李商隐《牡丹》诗:“绣被犹堆越鄂君”,以“绣被”比喻绿叶,略有不同。

林澎蕃

林澎蕃(1749—1776),字于宣,号香海,福建侯官(今福州)

人。乾隆三十六年辛卯(1771)进士,改庶吉士,授编修。有《南陔集》。香海为郑荔乡外孙。少孤,母授之读,九岁能诗。十七岁举于乡,二十三岁成进士,入翰林。出典浙试,还京,遽卒。年仅二十八岁。古体诗五言拟景纯、嗣宗,七言学太白,皆能具体,近体诗骨干清遒,诣旨英迈,其所取法在文房、牧之之间。使天假以年,造诣何可限量,即所成就,同时闽中称诗者,无与抗手。

溪行杂咏

露冷烟深江树稀,孤舟夜泊橹声微。
平沙江上寒芦渚,一夕西风白雁飞①。

【注释】①白雁:宋彭乘《续墨客挥犀·白雁至则霜降》:“北方有白雁,似雁而小,色白,秋深则来,白雁至则霜降。河北人谓之霜信。杜甫诗云:‘旧国霜前白雁来。’”

湖船杂吟

迢迢帆影水云间,估客乘流意自闲①。
行到南康须刮目②,浔阳门外见庐山③。

【注释】①估(gǔ):客:同“贾客”。行商,商贩。
②南康:府名。治所在今江西省庐山市。
③浔阳:今江西省九江市。

黄景仁

见五绝部分作者小传。

少年行[①]

男儿作健向沙场，自爱登台不望乡。
太白高高天尺五[②]，宝刀明月共辉光。

【注释】①少年行：乐府杂曲歌辞。本出于《结客少年场行》，多咏少年轻生重义、任侠游乐之事。齐王融《少年子》，唐李贺《少年乐》，李白《少年行》等，多言乘肥马、衣轻裘、驰逐经过为乐。

②太白：星名，即金星。一名启明星。王维《陇头吟》诗："长安少年游侠客，夜上戍楼看太白。"尺五：言其近也。《辛氏三秦记》："城南韦杜，去天尺五。"杜甫《赠韦七赞善》："尔家最近魁三象，时论同归尺五天。"

岁暮怀郑诚斋先生[①]

打窗冻雨剪灯风，拥鼻吟残地火红[②]。
寥落故人谁得似，晓天星影暮天鸿。

当时置驿起声名[③]，老去传经倍有情[④]。

惭愧西游邴根矩，东家孤负郑康成[⑤]。

【注释】①郑诚斋:郑虎文,字炳也,号诚斋,秀水(今浙江嘉兴)人。乾隆七年壬戌(1742)进士,官左赞善,有《吞松阁集》。

②拥鼻吟:《晋书·谢安传》:"安能为洛下书生咏,有鼻疾,故其音浊。名流爱之,不能及,或以手握鼻以效之。"林逋诗:"屐齿遍庭深,时为拥鼻吟。"地火:在地之火,谓炉灰。

③置驿:郑当时,西汉人,以任侠自喜,好宾客,常置驿马四郊,存问故人,惟恐不遍。

④传经:指汉儒郑玄,玄所注书有《易》《诗》《书》《礼》《仪礼》《论语》《孝经》《尚书大传》等。

⑤邴根矩:邴原字根矩,东汉朱虚人。《邴原别传》:原远游学,诣安丘孙崧,崧辞曰:"君乡里郑君,学者之师模也。君乃舍之,蹑屣千里,所谓以郑为东家丘者也。"按孔子西家有愚夫,不知孔子为圣人,乃曰:彼东家丘者,吾知之矣。郑康成:郑玄字康成。此诗所称康成、当时,皆以誉诚斋,而以邴原自谦。

岁暮怀袁简斋太史[①]

兴来词赋谐兼则[②],老去风情宦即家[③]。
建业临安通一水[④],年年来往为梅花。

【注释】①袁简斋:袁枚号简斋。见前五绝袁枚小传。

②谐:戏谑诙谐。则:遵循法则。此谓其所作亦庄亦谐。

③袁枚知江宁,后遂遁居江宁随园以终。

④建业:三国吴都,今江苏南京市。临安:南宋为临安府,今浙江杭州市,简斋故里。

别老母

搴帷别母河梁去[①],白发愁看泪眼枯[②]。
惨惨柴门风雪夜，此时有子不如无。

【注释】①河梁:桥梁。李陵《与苏武诗》之三:“携手上河梁,游子暮何之?”

②泪眼枯:杜甫《新安吏》:“莫自使眼枯,收汝泪纵横。眼枯即见骨,天地终无情。”

别　内

几回契阔喜生还[①],人老凄风苦雨间。
今夜别君无一语，但看堂上有衰颜。

【注释】①契阔:聚散,离合。《诗·邶风·击鼓》:“死生契阔,与子成说。”

癸巳除夕偶成二首[①]

千家笑语漏迟迟[②],忧患潜从物外移[③]。
悄立市桥人不识，一星如月看多时。

年年此夕费吟呻，儿女灯前窃笑频。

汝辈何知吾自悔，枉抛心力作诗人。

【注释】①癸巳：乾隆三十八年(1773)。

②漏：指漏刻，古计时之器，以铜壶盛水，底穿一孔，壶中立箭上刻度数，壶中水以漏渐减，箭上所刻，亦以次显露，即可知时。

③物外：谓世俗之外。晁补之《书鲁直题高求父扬清亭诗后》：“陶渊明泊然物外，故其语言多物外意。”移：一作“知”。

春　兴

夜来风雨梦难成，是处溪头听卖饧。
怪底桃花半零落，江村明日是清明。

出都过芦沟桥

九馗车马暮骎骎[①]，几曲浑河落日阴。
来似闲云去流水，此桥原不变人心。

【注释】①九馗(kuí)：四通八达之大道。《说文》：馗，九达道也。《字汇》：古者涂方九轨，故从九首，一道为一首。骎骎(qīn)：马行迅疾貌。

江　行

江花江草故乡情，两岸青山夹镜明[①]。

一夜雨丝风片里，轻舟已渡秣陵城[②]。

【注释】①李白《秋登宣城谢朓北楼》:“两水夹明镜,双桥落彩虹。”夹明镜,谓江水也。

②秣陵城:今江苏南京市。

山寺偶题

得得千山引去程[①],精蓝小住一牵情[②]。
十年怀刺侯门下[③],不及山僧有送迎。

【注释】①得得:特特,特地。僧贯休《陈情献蜀皇帝》诗:“一瓶一钵垂垂老,万水千山得得来。”

②精蓝:谓佛寺。

③怀刺:怀藏名片,准备有所谒见。后汉祢衡之颍州,阴怀一刺,即而无所之适,至于刺字漫灭。

题明人画蕉阴宫女郎次徐文长题诗韵[①]

记调弦索住深宫，手种芭蕉绿几丛。
行过蕉阴却回顾，美人心事怕秋风。

【注释】①徐文长:徐渭字文长,号青藤道士,明山阴人。善古文辞。书画亦超逸。有《徐文长全集》。

山塘杂诗[1]

中酒春宵怯薄罗[2],酒阑春尽系愁多。
年年到此沉沉醉，如此苏州奈若何!

寒山迢递镜铺蓝[3],小泊游仙一枕酣[4]。
夜半钟声敲不醒[5],别来怎不梦江南!

【注释】①山塘:水名。在江苏苏州市西北。白居易为苏州刺史时所凿。

②中酒:酒酣。《史记·樊哙列传》:“项羽既飨军士,中酒,亚父谋欲杀沛公。”后多以中酒称醉酒。唐杜牧《陆州四韵》诗:“残春杜陵客,中酒落花前。”薄罗:罗衣质地稀疏,故称薄罗。

③镜铺蓝:状山塘水色。

④游仙:《清异录》:“左宫枕青玉为之,体方平,长可寝二人。冬温夏凉,醉者破醒,梦者游仙。”

⑤唐张继《枫桥夜泊》:“姑苏城外寒山寺,夜半钟声到客船。”

题　画(录一首)

上净烟空点欲无，一花一叶若秋芜[1]。
水晶宫里王孙画[2],憔悴何曾似左徒[3]。

【注释】①秋芜:李贺《恼公》诗:“秋芜扫绮栊。”

②水晶:吴兴赵孟𫖯,字子昂,号松雪道人,自号水晶宫人。

③左徒:战国楚官名。楚国屈原为楚怀王左徒。按此谓子昂屈节事元,不似《离骚》之兰,终能芬芳千古也。

宋小茗

见五绝部分作者小传。

西湖秋柳

秋风不管别离难，萧瑟旗亭戒晓寒。
莫复归来怨摇落，有人犹在异乡看。

赠金道士云麓

往日雄心草漫论，老耽幽寂弃儿孙。
四山风雨不知处，虎尾如人夜打门。

咏魴婢[1]

岁岁骊歌不可听[2],归来拟补种鱼经。
碧天桥外春流暖，千点桃花一点青。

【注释】①鲂魮:鱼名。桃花开时味尤佳。脊有翠鳞如豆,过桃花时翠即褪,味亦渐减。以其似鲂而小,故曰鲂魮。俗名一点青,亦名桃花鲂魮。

②骊歌:古代告别时歌《骊驹》。

魏大文

魏大文,字叔明,号松轩,平越(今贵州省贵定县)人。乾隆二十二年丁丑(1757)进士,改庶吉士,授检讨。

楚游杂咏

草绿湖南马足轻，雨丝风片近清明。
青山到眼都奇绝，小李将军画里行①。

沿渠春水只容刀②,理楫逢迎不惮劳。
渔罾闲挂绿杨高③,欸乃一声烟际语④。

【注释】①小李将军:唐李昭道,世训之子。世训称李将军,因称昭道为小李将军。擅画金碧山水,变父之势,妙又过之。有《春山行旅图》传世。

②刀:小船。《诗·卫风·河广》:“曾不容刀。”释文:“刀,字书作‘舠’。”

③罾(zēng):渔网。《楚辞·九歌·湘夫人》:“罾何为兮木上?”

④欸(aǐ)乃:摇橹声。

朱　颖

朱颖,字嘉德,号云浦,江苏吴县人。有《秋蝉吟草》。

贫居自励

秋空野鹤任翱翔，不复朱门恋稻粱。
记得渭南诗句好，书生饿死亦寻常[1]。

【注释】①渭南:宋陆游晚年封渭南伯。其《醉歌》有云:“如今老且病,鬓秃牙齿落。仰天少吐气,饿死实堪乐。壮心理不朽,千载犹可作。”

王棨华

王棨华,字达亭,定州(今河北定县)人。有《退室诗》。

种　花

种花心与爱花殊，日掩重门一事无。

随意栽培随意长，何须检点费工夫。

蒋　浩

蒋浩，字充之，号华阴，浙江吴兴（今湖州）人。诸生。有《思无邪斋诗钞》。

渔　父

雪后初归塞北鸿，荻芽抽碧软东风。
收罢钓丝渡湖去，一枝柔橹月明中。

铁　保

铁保（1752—1824），姓栋鄂氏，字冶亭，一字铁卿，号梅庵，满洲正黄旗人。乾隆三十七壬辰（1772）翰林。官两江总督。书法宗晋唐。诗与百龄、法式善齐名，称"三才子"。刻有《惟清斋帖》。著有《惟清斋全集》。

无　题

黄鹤楼头写此君[①],满窗松影弄斜曛。
一时豪气全飞出，人在空中扫白云。

【注释】①黄鹤楼:在湖北省武昌蛇山的黄鹤矶头,俯瞰江汉,极目千里。《南齐书·州郡志》谓山人王子安乘黄鹤过此,因名。《寰宇记》谓费文祎登仙,尝驾黄鹤憩此,故名。其说稍异。唐人崔颢以《黄鹤楼》七律著称。

黄凯钧

黄凯钧(1752—1820),字南熏,号退庵,浙江嘉善人。有《友渔斋集》。

夏日幽居

白芨花残半夏生[①],经时不向市中行。
一双啄木忽飞至，和我山房捣药声。

【注释】①白芨:兰科,栽培于园圃。多年生草本,高一二尺。地下有块茎,可供药用。名见《本草》。半夏:植物名。天南草科。多年生草本,高七八寸,地下有白色球形小块茎,供药用。

范广城

范广城,字希皋,陕西西安廪生。著有《哨云山房诗课》。

山居杂咏

衔泥燕子蹴花枝①,病起兼旬泛酒时。
独自垂帘无一事,焚香细读剑南诗②。

细缚山棕成麈尾③,闲收败叶写虫书。
客来不用寻佳馔,为取池塘自养鱼。

【注释】①蹴(cù):踩;踏。

②剑南诗:宋陆游有《剑南诗稿》,凡八十五卷。其子子虡编。收诗九千馀首,各体皆备。陆游留蜀十年,爱蜀中风土,故名其诗曰《剑南诗稿》。其诗寄托遥深,风骨遒上。

③麈(zhǔ)尾:拂尘。古时谈论者执麈尾以为谈助。《世说新语·容止》:王夷甫容貌整丽,妙于谈玄。恒捉白玉柄麈尾,与手都无分别。

李华春

李华春,字实之,号坦庵,甘肃狄道(今甘肃临洮县)人。乾隆四十二年丁酉(1777)举人。官清涧训导。有《坦庵诗钞》。

盘豆驿①

疏雨生凉夕照开,高梧丛竹净尘埃。
归程喜近秦关外,太华苍茫拂面来②。

数株高柳乱鸣蝉,一带丛芦罥晚烟③。
为底今宵归思切,玉娘湖上月婵娟④。

【注释】①盘豆驿:在今河南灵宝市。为通陕大道。
②太华:即西岳华山。在盘豆驿西南八十里。
③罥(juàn):挂。
④玉娘湖:在灵宝市盘豆镇。

吴文溥

吴文溥，字博如，号澹川，浙江袁澄。恩贡生。有《南野堂讲稿》。毕弇山（沅）、阮仪徵（元）并重之。阮元谓澹川诗为浙土之冠。《闽游编》《关中草》尤为直逼古人。应召试、未遇。老于幕府。著笔记十二卷，评骘同时作者，持论不苟。

春暮金陵寓舍书怀

问讯青溪长板桥[①]，到来花月旅魂销。
美人短命青山老，草草春风过六朝。

琅琊幕府倚天开[②]，结绮临春旧绿苔[③]。
忙杀石头城下水，降帆才过战帆来[④]。

【注释】①青溪：在南京市东北。板桥：旧时冶游处。

②琅琊（láng　yá）：一作“琅玡”。郡名。秦置，地在今山东胶南诸城一带。东晋尽失江淮以北地，太兴三年于白下（今南京市北）侨置琅琊郡，至陈废。南京城北有幕府山。

③结绮、临春：南朝陈后主楼阁名。见前毛奇龄《秦淮老人》注①。刘禹锡《台城》诗：“台城六代竞豪华，结绮临春事最奢。万户千门成野草，只缘一曲《后庭花》。”

④降帆：同“降幡”。指晋灭吴。刘禹锡《西塞山怀古》诗：“千寻铁锁沉江底，一片降幡出石头。”战帆：指隋灭陈。

庄述祖

庄述祖（？—1816），字葆琛，江苏武进（今常州）人。乾隆四十五年庚子（1780）进士。官山东潍县知县。署曹州同知。有《珍艺宧诗钞》。

咏　画

米家泼墨擅风华①，宜有莺啼更落花。
小艇夕阳春色里，半天新雨醉晴霞。

【注释】①宋米芾善水墨画，不求工细，多信笔为之，意似便已。以《襄阳泼墨图》为最有名。其长子友仁，继承父法，自称“墨戏”。世称“米家山”“米氏云山”。

施　澐

施澐，字君珊，江苏长洲（今苏州）人。秀水于源辛伯所著《柳隐丛谈》

录其作品颇多。

题南湖柳隐图①

一楼烟雨荡轻波，中有诗人载酒过。
筑个渔庄此间住，醉敲铜斗和高歌②。

直北孤亭按落帆，满湖空翠嫩烟嵌。
听莺爱掰双柑坐③，罨地浓阴上碧衫④。

苏小南齐好卜邻⑤，全家如占武林春⑥。
莫教误唤烟波叟⑦，此是灵和殿里人⑧。

【注释】①南湖：在浙江嘉兴东南。湖中有烟雨楼。

②铜斗：用铜制成的斗。《北史·赵煚传》：煚出为冀州刺史，市多奸诈，煚为铜斗、铁尺置于肆，百姓便之。韦镒诗："岂不固金汤，终闻击铜斗。"

③双柑：唐冯贽《云仙杂记·俗耳针砭诗肠鼓吹》："戴颙春携双柑斗酒，人问何之，曰：'往听黄鹂声，此俗耳针砭，诗肠鼓吹，汝知之乎？'"

④罨（yǎn）：覆盖。

⑤自注："《吴地记》：苏小墓在嘉兴县前。"

⑥武林：山名，在杭州市西，杭州以此称武林。杭州亦有苏小墓。

⑦烟波叟：唐张志和去官后，舟居江湖间，泛宅浮家，自号烟波钓徒。

⑧灵和殿：南朝时齐国宫殿。《南史·张绪传》载：刘悛之为益州，献蜀柳数株，枝条甚长，状如丝缕。时旧宫芳林苑始成，萧赜（武帝）以植于太昌灵和殿前，常赏玩咨嗟，曰："此杨柳风流可爱，似张绪当年时。"

文　翰

文翰,初名文宁,字远皋,满洲旗人。乾隆四十九年甲辰(1784)进士,官至刑部侍郎。有《精勤堂遗稿》。

塞　马

塞马无声啮草根，春寒野旷步黄昏。
谁家豆栈难忘却①,又逐牛羊入远村。

【注释】①豆栈:即栈豆,马房豆料。陆游《恩封渭南伯》诗:“栈豆十年沾病马,烟波万顷著浮鸥。”

沈　峰

沈峰,字东岩,号简庵,天津人。乾隆五十一年丙午(1786)举人。有《莺鸣集》。

《板桥杂记》题词[1]

红粉成灰怨未消，香魂无数哭前朝。
低徊却忆江南梦，巷里分明旧板桥。

杜牧风怀宋玉词[2],诗人例许惜蛾眉。
樽前试与秋娘唱[3],凄绝云昏月暗时。

【注释】①《板桥杂记》:书名,三卷。清余怀撰。明季士气以风流相尚,南京尤冶游之场。此记南京妓院旧闻,上卷为雅游,中卷为丽品,下卷为轶事。文章凄缛,足以导欲增悲,亦唐人《北里志》之类。

②杜牧:字牧之,唐京兆万年人。诗有以冶游为题材者。宋玉:战国楚人,屈原弟子,为楚大夫。曾作《高唐赋》《神女赋》。

③秋娘:喻美人。白居易《琵琶行》:“妆成每被秋娘妒。”

顾　铨

危铨(1755—1798),字式度,号蓉庄,江苏无锡人。乾隆五十二年丁未(1787)进士,改庶吉士,授礼部主事,历官御史。有《蓉庄遗稿》。

昭君怨[1]

红妆千里为和亲，倾国芳姿画未真。
不恨妾身投塞外，却怜汉室竟无人！

【注释】①昭君：即王昭君。见前五绝部分陈恭尹《昭君怨》注。

胡　滨

胡滨，字石泉，浙江镇海人。《养自然斋诗话》：石泉杜门息影，肆力于诗，所居濒芦江，据林木川原之秀，时与田父樵叟行歌互答，故其诗多清旷之音。

晚　春

晓霁空庭独立闲，苍苍烟霭满松关。
一声啼鸟万山绿，无数白云相往还。

胡昌基

胡昌基，字星禄，号云伫，浙江平湖人。乾隆五十四年己酉(1789)副贡，有《石濑山房诗集》。云伫博综经史，尤工诗文，尝继沈客子《槜李诗系》辑康熙后至嘉庆初诗为续编，与二子昕夕搜讨。二子皆前卒。云伫丧明，几不能成书。晚年目自愈，乃编次为三十九卷。宣统间邑人始醵资付梓，析为四十卷。

泉南十柳田家图

占得幽居泖一湾[1]，门前垂柳绿阴环。
晚潮过后桔槔静[2]，坐听蝉声出树间。

白板双扉黄土墙，场开碌碡午风凉[3]。
故人有约来相访，家在珠溪第几庄。

【注释】①泖(mǎo)：湖塘。倪瓒《正月廿六日漫题》诗："泖云汀树晚离离，饮罢人归野渡迟。"

②桔槔：井上汲水器。《淮南子·泛论》："斧柯而樵，桔皋而汲。"

③碌碡：农具，用石滚及枢架构成，以牛马或人力牵引，用以轧谷或平场地。范成大《春日田园杂兴》诗："繁牛莫碍门前路，移系门西碌碡边。"

沈庆慈

沈庆慈,字仲田,学诗之子。浙江平湖诸生。官仁和训导。

中秋夜怀刘蕴山①

寒螀唧唧思悠悠②,百转离愁总未休。
料得故人同此夜,冰轮凉浣一襟秋③。

【注释】①刘蕴山:生平不详。
②寒螀(jiāng):虫名。似蝉而小,青赤色。
③冰轮:喻月也。陆游《月下诗》:“玉钩定谁挂,冰轮了无辙。”

陈寿璐

陈寿璐,字雪达,太平岁贡。著《乐吾乐斋诗稿》。

消夏词

拟将小筑近林隈，十二疏窗面面开。
隔岸绿阴人送酒，橹声伊轧傍桥来[①]。

两堤杨柳夹成行，架得茅亭古野塘。
倚石读书依袂绿，直疑身在画中央。

披襟好趁夜深宜，风定回廊月落时。
知己二三情款洽，分曹瓜战故迟迟[②]。

细雨如酥膏绿塘，霏霏十里藕花香。
等闲荡桨湖心去，沁入诗脾自在凉。

【注释】①伊轧(yà):象声词。形容摇船声。

②分曹:分队,分批。宋玉《招魂》:“分曹并进。”瓜战:猜瓜子的游戏。宋陶穀《清异录·百果》:“钱氏子弟逃暑,取一瓜,各言子之的数,言定剖观,负者张宴,谓之瓜战。”

金孝槐

金孝槐,字荫山,号屏碧,浙江嘉兴人。乾隆五十九年甲寅(1794)举人。有《小山阁吟稿》。

晓起长安道中

野店鸡声唱晓寒，一钩残月堕林端。
红楼梦里何曾识，付与行人马上看。

王　钺

王钺，字西耕，浙江归安（今湖州）人。《柳隐丛谈》（秀水于源辛析著）云：西耕侨寓乍浦，性嗜吟咏，沈浪仙数称之。

即　事

日长小院画帘斜，手汲清泉试早茶。
一枕松风春睡足，夕阳红过海棠花。

马　惠

马惠，字秋水，号梦桥，安徽祁门人。乾隆六十年乙卯

(1795)举人。官海州训导。有《小草山房诗钞》。

金陵杂诗

秦淮流水暮生烟，桃叶桃根镇可怜[①]。
最是秋心降不得，湘妃帘外月如弦[②]。

【注释】①桃叶、桃根：晋王之妾名桃叶。献之尝临渡作歌赠之，桃叶作团扇歌以答。其妹名桃根。见《古今乐录》。按献之送桃叶处在今南京市秦淮河与青溪合流处，后人名其地曰桃叶渡。镇：常，久。可怜：可爱。

②湘妃帘：亦名湘帘。斑竹编成的帘子。范成大《夜宴曲》："明琼锦带湘帘斑，风帏绣浪千飞莺。"

耿玉函

耿玉函，字抱冲，号梅溪，山东长清人。乾隆六十年乙卯(1795)举人。官山东临朐教谕。有《抱冲山房集》。

秋日游鹊华两山[①]

鹊华两点暮云中，缭绕秋光望不穷。
几缕晴烟遮欲断，半沉林表半浮空。

【注释】①鹊华：鹊山和华不注山。鹊山在山东济南市北二十里泺口镇。扁鹊炼丹于此，故名。华不注山，在济南市东北。《伏琛齐记》：不，读如跗，谓花蒂。言此山孤秀如花跗之著于水也。

陈廷桂

陈廷桂(1759—1832)，字子犀，号梦湖，又号花谷，安徽和州(今和县)人。乾隆六十年乙卯(1795)进士。历官奉天府丞。有《香草堂诗略》。

枫桥泊舟①

山寺昏钟隔水清，溪烟渐暝阖闾城②。
吴波不动酒船出，终夜月明闻橹声。

【注释】①枫桥：在今江苏省苏州西郊。
②阖闾城：今苏州市。吴王阖闾于此建都，故名。

杨辛浦

杨辛浦，字秉桂，江苏吴江人。

绝　句

远山如画隔长堤，春水方生涨绿漪。
时有鸣榔出烟外[①]，棹歌声里雨丝丝。

【注释】①鸣榔：船上唱歌时，敲船舷作节拍。李白《送殷述》诗："惜别耐取醉，鸣榔且长谣。"王琦注：击船以为歌声之节，犹叩舷而歌之也。

严保庸

严保庸，字问樵，江苏丹徒（今镇江）人。

堤　上

满堤柳影碧如流，红叶青萍相映秋。
为有故人此中住，几番打桨到湖头。

一尊相与坐苔矶，如画溪光对竹扉。
好句联成忘日暮，满头蒙得柳花归。

孙　燮

孙燮，字愈愚，浙江乌程（今湖州）人。

无　题

一条水隔世间埃，柳浪高高翠作堆。
不比桃花红太艳，引他俗子问津来[1]。

【注释】①用陶渊明《桃花源记》故事。

韩　崇

韩崇，字元芝，号履卿，江苏元和（今苏州）人。官山东雒口批验所大使。有《宝铁斋诗录》。

过弇山尚书废园[1]

月沼有波曾照影，风亭无主倩谁扶。

墙东瘦石如人立，阅尽兴衰一语无。

经训堂成书万卷，灵岩馆辟树千章②。
功名炙手才华盛，付与游人话夕阳。

【注释】①弇山尚书：即王世贞，明太仓人，字元美，自号凤洲，又号弇州山人。嘉靖进士，累官至南京刑部尚书。诗文与李攀龙齐名，世称王、李。攀龙殁，世贞主盟文坛二十年。著有《弇州山人四部稿》及《弇州山人续稿》。

②经训堂：王世贞藏书处。灵岩馆：王世贞在苏州之别墅。

江　恂

见五绝部分作者小传。

秋日湖上

一枝柔橹认前滩，露柳霜莲弄影残。
却是无人领萧寂，水风吹雨昼生寒。

鸥外陂塘百亩宽，波光罨尽镜中看。
西风似与芦花约，妆点秋容上钓竿。

吴声槐

吴声槐,字音木。浙江钱塘(今杭州)人。《退塘诗话》:音木工为长短句,直欲上追宋人,诗亦清新可诵。

秋芳杂咏

晚香玉[1]

漫从花渡赋遨游，素体凉生枕簟秋。
最是晚风禁不得，暗香吹下玉搔头[2]。

凤　仙[3]

前身金凤漫相猜，合是群仙下九垓[4]。
一自吹箫人去后，至今不复向秦台[5]。

老少年[6]

候雁声声霜满天，一枝红艳草中仙。
莫嫌老去风怀恶，着得绯衣便少年。

鸡　冠[7]

好花也喜占群雄，绛帻亭亭小苑东[8]。

应是前身贪报晓，夜深犹自立西风。

抹　丽[⑨]

问名却称小南强，雪斗玲珑玉作妆。
凉月一天人倦后，梦魂犹滞鬓边香。

【注释】①晚香玉：俗称“夜来香”。多年生草本，夏秋开花，花白色，香气浓郁，入晚更甚，故名。

②玉搔头：女子首饰。即玉簪。汉刘歆《西京杂记》二：“武帝过李夫人，就取玉簪搔头，自此后宫人搔头皆用玉，玉价倍贵焉。”唐刘禹锡《春词》：“行到中庭数花朵，蜻蜓飞上玉搔头。”

③凤仙：花名。桠间作花，头翘尾足皆具，如凤之形，故又名金凤花，有红白紫碧诸色。

④九垓：犹言九州。梁简文武《南郊颂》：“九垓同轨，四海无波。”

⑤吹箫人：弄玉，春秋秦穆公女，有萧史善吹箫作凤鸣，穆公以弄玉妻之，萧史遂教弄玉吹箫。后弄玉乘凤，萧史乘龙飞升去。

⑥老少年：草名。又名雁来红。至秋深，叶脚深紫而顶红，纯红者为老少年。

⑦鸡冠：植物名。花状如雄鸡冠。故名。

⑧绛帻：汉宿卫士所穿的红色服装。《汉官仪》：“卫士于朱雀门外，著绛帻，传鸡鸣。”王维《和贾舍人早朝大明宫之作》诗：“绛帻鸡人报晓筹，尚衣方进翠云裘。”

⑨抹丽：即茉莉。《本草》：茉莉原出波斯，移植南海。今滇广人栽之，其性畏寒，不宜中土。《洛阳名园记》作“抹厉”，佛经作“抹利”，王十朋集作“没利”，洪迈集作“末丽”。盖本胡语，无正字，随人会意而已。

邵葆祺

邵葆祺，字寿民，号屿春，大兴(今属北京市)人。嘉庆元年丙辰(1796)进士，历官吏部员外郎。有《桥东诗草》，集中多纪事之作。寿民与张船山太守友善。船山题其诗集，比之长爪郎、玉川子。又曰："我爱君诗无管束，忽然儿女忽风云。"今观其诗雅令妥帖，斤斤矩矱，不甚鞭驱险句也。

歌　场

歌场冷落旧朱门，适景园西暮霭春。
忍听琵琶重下泪，刘琨家伎属桓温①。

羽林早行孤儿队②，戟府新传异姓王③。
见说梨园旧子弟，舞裙歌袂又飞扬。

【注释】①《晋书·桓温列传》：初，温自以雄姿风气是宣帝、刘琨之俦。有以其比王敦者，意甚不平。及是征还，于北方得一巧作老婢，访之，乃琨伎女也。一见温，便潸然而泣。温问其故，答曰："公甚似刘司空。"温大悦，出外整理衣冠，又呼婢问。婢云："面甚似，恨薄；眼甚似，恨小；须甚似，恨赤；形甚似，恨短；声甚似，恨雌。"温于是褫冠解带，昏然而睡，不怡者数日。

②羽林:皇帝禁卫军名称。汉武帝时置建章营骑,后更名羽林。宣帝令中郎将骑都尉监羽林,领郎百人,谓之羽林郎。取从军死事之子孙养之,羽林官教以五兵,号曰羽林孤儿。

③戟府:即戟门。古宫门皆立戟。唐制,官、阶、勋俱三品得立戟于门,因称显贵之家为戟门。白居易《裴五》诗:“莫怪相逢无笑语,感今思旧戟门前。”

赵文楷

赵文楷,字逸书,号介山,安徽太湖人。嘉庆元年丙辰(1796)一甲一名进士,授修撰。历官山西雁平道。有《石柏山房诗存》。介山尝充琉球册封使者,其国致馈,坚却不受,敬其廉洁,特为立祠。集中有《槎上存稿》,皆奉使时所为诗也。

过那霸人家①

编蒲席地竹帘栊,六扇屏开面面风。
一种清香消不得,佛桑围在蛎墙中②。

【注释】①那霸:在琉球岛西南隅,旧为岛上唯一商港。冲绳治所在焉。

②佛桑:灌木名,又名朱槿、扶桑。蛎墙:牡蛎烧灰粉壁谓之蛎墙。

孙原湘

孙原湘(1760—1829),字子潇,晚号心青,又号天真,江苏常熟人。嘉庆十年乙丑(1805)进士,改庶吉士。有《天真阁集》。法时帆祭酒以之配舒铁云、王仲瞿,为作《三君咏》。论者谓子潇诗沉郁不及船山,却无其叫嚣;敏赡不及随园,却无其游戏云。洪稚存评其诗如玉树浮花,金茎滴露。

晓　窗

风急窗棂细雨弹，起扶残梦急凭栏。
平生事事缘情误，又为看花著早寒。

恽寿平秋海棠菊花小幅①

同是秋花得气迟，冷香未许蝶蜂知。
天生一种萧疏致，多在哀蝉落叶时。

【注释】①恽寿平:恽格字寿平,见前五绝部分恽格小传。

画　兰

离骚一种旧根苗，湘水湘云绿共摇。
认取春风双影子，不闻香气也魂销。

自题画梅绝句

拈毫随意缀珠胎[1],随手圈成烂漫开。
开到山坳云缺处，水边横过一枝来。

梅花取直不取曲，此理世人多未推。
诗人独得花情性，不画庭梅画野梅。

【注释】①珠胎：喻珠在蚌壳中。此指梅花含苞未放。

画　梅

新年无客到山家，雨洒幽窗鼎沸茶。
最是称心清绝事，对梅花恰画梅花。

观钓者

橛头艇子傍渔矶[1],滴翠山光欲上衣。

昨夜江南春雨足，桃花瘦了鳜鱼肥[②]。

【注释】①橛(jué)头:小木船。张元幹《渔家傲·题玄真子图》:“钓笠披云青障绕,橛头雨细春江渺。”

②张志和《渔歌子》:“桃花流水鳜鱼肥。”

沈玉书

沈玉书,字素庭,浙江会稽(今绍兴)人。诸生。有《常自耕斋诗稿》。

剑

丰城一剑阅千秋，跃跃寒光射斗牛[①]。
却笑功成终弃掷，替人空自报恩仇[②]。

【注释】①丰城:县名。晋置,故治在今江西丰城市西南。晋雷焕为丰城令,得宝剑于此。见前五绝罗泽南《古剑》注。

②末两句含“飞鸟尽,良弓藏;狡兔死,走狗烹”之意。

方应纶

方应纶，字绰书，号雪浦，湖南巴陵（今岳阳）人。嘉庆四年己未（1799）进士。历官浙江盐运使。有《憩园诗稿》。

春　游

策杖寻春路转赊[1]，青山缺处见人家。
茅亭尽日柔风暖，开遍红栏木笔花[2]。

【注释】①赊（shē）：长，远。韩愈《赠泽经僧》诗："万里休言道路赊。"

②木笔花：即辛夷。以恭敬有毛尖长如笔，故名。《楚辞·九歌·湘夫人》"辛夷楣兮药房"注："辛夷花初发如笔，北方人呼为木笔花。"陆游《幽居初夏》："箨龙已过头番笋，木笔犹开第一花。"

旺都特那木济勒

旺都特那木济勒，字衡斋，蒙古旗人。喀喇沁札萨克郡王。有《如许斋诗稿》。

观　水

傍岸携筇独步行，秋来一色碧澄清。
无情水与人情似，随处翻波随处平。

昇寅马佳氏

昇寅马佳氏，字宾旭，满洲旗人。嘉庆五年庚申(1800)举人。官至礼部尚书。有《晋斋诗存》。

夜　雨

薄暮油云野径遮，飞泉竟夜响檐牙。
晓来梦断芭蕉雨，开户一庭红蓼花。

程同义

程同义，字春庐，浙江桐乡人。嘉庆四年己未(1799)进士，户部主事;历官顺天府丞。有《密斋诗集》。

桐庐道中杂诗①

春风吹客又天涯，帆转青山一叶斜。
日暮愁生江水急，荒亭细雨湿梅花。

江边艇子小于梭，雪洒乌篷白渐多。
水浅更无鱼可网，老渔昼卧抱寒蓑。

【注释】①桐庐:在今浙江省桐庐县。

潘恭辰

潘恭辰,字抚凝,浙江钱塘(今杭州)人。嘉庆六年辛酉(1801)进士,改庶吉士,授编修。官云南布政使。有《红茶吟稿》。

西湖春词

丝丝社雨湿湖涯①,簇蝶罗裙小队阶。
一径靡芜春不归，风前齐试踏青鞋。

酒家半住绿杨津，日日湖头采紫莼。
画出醉乡烟景好，柳花风满一帘春。

【注释】①社雨：指春社日之雨。时当春分前后。

孔昭虔

孔昭虔，字元敬，号荃溪，山东曲阜人。嘉庆六年辛酉(1801)进士，改庶吉士，授编修。历官贵、川布政使。有《镜虹吟室遗集》。

车中偶成

城角寒烟冷暮鸦，乱山霜叶锁残霞。
夕阳影里人家晚，秋在一村荞麦花。

夏翼朝

夏翼朝，字循陔，一字秫芗，江苏江阴人。嘉庆六年辛酉(1801)举人，官淮安教授。有《蠊庐诗集》。

书刘文清公家言长卷后[①]

（公视学直隶时，寄姬人月华居士手札共二十馀通，卷长丈馀。今藏安丘刘庄年观察家。）

油螺松饼谙乡味，巢屑家言一一搜[②]。
缄付月华居士读，不教韦陟擅风流[③]。

中闺才调更清腴，笔法簪花妙不殊[④]。
冀北衡文宵漏永，轻寒半臂寄曾无[⑤]？

【注释】①刘文清公：清刘墉（1719—1803），字崇如，号石庵，谥文清。统勋之子，山东诸城人。工书法，亦善诗。有《遗诗》二十卷，道光初年从孙喜海刻。

②璅屑：同“琐屑”。

③韦陟：唐韦安石子，字殷卿，幼而风格方整，善文辞，鉴裁精审。铨综公平，风采门品。有台辅之望。陟常以五彩笺为书记。使侍妾主之，陟惟署名。自谓所书陟字若五朵云，时称郇公五云体。

④簪花：旧称书法娟秀工整者为簪花格。谓书如插花美女云。王彦泓《即事诗》之五：“含毫爱学簪花格，展画惭看出浴图。”

⑤半臂：短袖或无袖之单上衣。《新唐书·王皇后传》：“陛下独不念阿忠脱紫半臂，易斗面为生日汤饼耶?”后亦指背心。

周珠生

周珠生,字小白,江苏吴县人。小白工书画,精星学,善骑射。以诗与当代名士相唱和。著有《出塞吟》《瓣香阁诗钞》。

出居庸关书所见①

风悲日淡奏金笳,毳幕临关四五家②。
春色忽从天外至,跨驼边女帽簪花。

【注释】①居庸关:在今北京市昌平县西北长城上。

②毳(cuì 翠)幕:毡帐。《文选·李陵答苏武书》:"韦韝毳幕,以御风雨;膻肉酪浆,以充饥渴。"

刘嗣绾

见五绝部分作者小传。

过平原①

且过平原半日留，邮尘如梦入乡愁。
一杯冷酒无浇处，鞭影匆匆过赵州②。

走马邯郸已暮春③，不堪重拜路旁尘④。
劳劳似此君应笑，我亦当时十九人⑤。

【注释】①平原：平原君赵胜。战国赵武灵王子，惠文王弟。三任赵相。辛有食客三千，与孟尝君、信陵君、春申君称四公子。按此处平原指赵国故地。

②赵州：今河北省赵县。

③邯郸：今河北省邯郸市。战国时赵国国都。

④《晋书·石崇传》：石崇与潘岳谄事贾谧，广成君每出，崇降车路左，望尘而拜。

⑤末句用平原君客毛遂故事。毛遂为平原君食客。秦攻赵，平原君求救于楚，毛遂自请随往。既至楚，按剑历阶而上，持盘血与楚王结盟。秦军为之却三十里。毛遂谓同行十九人曰："公等录录，所谓因人成事也。"

题水阁

一程春雨一程愁，小阁重帘水上头。
依约晓窗人未起①，卖花声里到苏州。

【注释】①依约：隐约。白居易《答苏庶子》诗："蓬山闲气味，依约似龙楼。"

钱　林

钱林(1762—1828)，字东生，一字叔雅，号金粟，浙江仁和(今杭州)人。嘉庆十三年戊辰(1808)进士，改庶吉士，授编修，万官庶子。有《玉山草堂诗集》。金粟著《文献征存录》，搜采勤审。阮文达称其综览经籍，兼工词翰，下笔机速，刻晷可待，华实并茂之士，此为翘楚。

笛　思

斜日西楼笛思凉，无端洗马恨茫茫①。
天涯即在阑干外，岭色江声未是长。

【注释】①洗马：官名。属东宫，太子出则前驱。陈康祺《郎潜纪闻初笔》卷十"坊局升迁之滞"条："坊局官僚升转定例：洗马名次讲读后。长沙刘文恪公权之官洗马十六年而后迁，时称'老马'。……康祺初入京，尚闻有'一洗万古'之谑，盖取杜句嘲之，以见升迁迟钝也。"作者因此而"恨茫茫"。

张问安

见五绝部分作者小传。

出黄牛峡①

青山影里倒尊罍②，绝壁腾波郁不开。
豁眼夷陵城下路③，万峰才尽大江来。

【注释】①黄牛峡：在湖北宜昌市西八十里。以长江南岸黄牛山得名。《水经注·江水》：江水东径黄牛山下，有滩名黄牛滩。南岸重岭叠起，最外高崖间有色如人负力牵牛。人黑牛黄，成就分明。江湍迂回，虽途经信宿，犹望见此物，故行者谣云："朝发黄牛，暮宿黄牛。三朝三暮，黄牛如故。"

②尊罍：饮酒器，形似壶。《诗·周南·卷耳》："我姑酌彼金罍。"

③夷陵：古县名。故治在今湖北宜昌市。

焦　循

焦循（1763—1820），字里堂，江苏甘泉（今扬州）人，一作江都人。嘉庆六年辛酉(1801)举人。有《雕菰楼集》。里堂诗质而有味,一洗俗韵,亦无经生肤廓之习。集中与人论诗云:“雕镂易工,高旷难学。勿卑齐梁,其格非弱。古律之间,实为之籥。”自道所得之言也。子虎玉诗,亦有渊源。

买　菊

重阳风雨遍扬州，买得秋花又一秋。
说是傲霜吾不得[①],朝来篱下总垂头。

【注释】①傲霜:谓菊性之坚劲,不为寒霜所屈也。苏轼《赠刘景文》诗:“荷尽已无擎雨盖,菊残犹有傲霜枝。”

赠渔父

烟水菰芦一钓横，偶然相遇说平生。
姓名本未传人世，不用逢人变姓名。

张问陶

见五绝部分作者小传。

庚戌九月三日移居松筠庵四首[①]

旃檀香净好移居[②],家具何曾满一车。
留得累人身外物，半肩行李半肩书。

浮生一粟海茫茫[③],到底他乡异故乡。
我与黄花同冷落，卜居最称古重阳[④]。

诛茅独取临江宅[⑤],踏雪还留印爪痕[⑥]。
此后闭门无一事，呕心黑夜吊忠魂[⑦]。

雾阁云房幻景新[⑧],偶然小住亦前因。
映门一树常孤立，疑是兰成赋里人[⑨]。

【注释】①庚戌：乾隆五十五年(1790)。自注:“庵为杨椒山先生故宅。”故址在今北京市宣武门外达智桥,为明杨继盛(椒山)故宅,后人修为禅院。继盛旧有谏马市、劾严嵩两疏草稿藏于家。清道光二十七年,其九世孙承泽持至北京。适嘉兴张受之(辛)寓松筠庵,为之刻石。次年二月石刻成,三月,受之病死,住持僧心良特为建屋,将所刻石碑嵌于壁上,题为谏草庐。江阴吴俊(冠英)画受之遗像,并存庵内。

②旃(zhān)檀：梵语“旃檀那”之略称。即檀香。玄应《众经音义》:旃檀那,外国香木也。有赤、白、紫等数种。按《酉阳杂俎》:一木四香：根曰旃檀,节曰沉香,花曰鸡舌,胶曰熏陆。

③浮生一粟：言人生于世,如一粟在沧海中也。苏轼《前赤壁赋》:“寄蜉蝣于天地,渺沧海之一粟。哀吾生之须臾,羡长江之无穷。”

④卜居：择地居住。萧子良《行宅》诗："访宇北山啊，卜居西野外。"

⑤诛茅：剪茅为屋。《梁书·沈约传·郊居赋》："或诛茅而剪棘，或既西而复东。"杜甫《柟树为风雨所拔叹》："诛茅卜居总为此，五月仿佛闻寒蝉。"

⑥苏轼《了笔由渑池怀旧》："人生到处知何似？应是飞鸿踏雪泥。泥上偶然留指爪，鸿飞那复计东西。"

⑦呕心：《新唐书·文艺列传》：李贺每旦出，遇所得，书投锦囊中，及归，母见所书多，即怒曰：是儿要呕出心乃已耳。忠魂：谓杨椒山。椒山官后部员外郎，嘉靖中以忠谏被杀。

⑧雾阁云房：韩愈《华山女》诗："云窗雾阁事恍惚，重重翠幕深金屏。"

⑨兰成：北周庾信，小字兰成。《枯树赋》是其名作。

出　栈①

马嘶人语乱斜阳，漠漠连阡水稻香。
送险亭边一回首，万峰飞舞下陈仓②。

天彭井络指螺收③，险语惊魂逐处留。
明日题诗归梦稳，淡烟乔木是绵州④。

【注释】①栈：栈道。山路险处，架木为路以通行人者。

②陈仓：古地名。故城在陕西宝鸡东。其地有陈仓山（亦名宝鸡山），有水出于山，名曰陈仓水。汉高祖用韩信计，暗度陈仓，定三秦，即此。《元曲选》缺名《赚蒯通》四："一不合明修栈道，暗度陈仓。"

③天彭：阙名。今四川灌县灌口山西岭有天彭阙，亦曰天彭门。两石相对如阙，故名。井络：星名。左思《蜀都赋》："岷山之精，上为井络。"《河图括地象》："岷山之地，上为井络。"李商隐《井络》诗："井络天彭一掌中，

漫夸天设剑为峰。”

④绵州：今四川省绵阳市。

题椒畦牡丹小幅[①]

色娇香重费支持，斜倚浓香笑一枝。
莫羡此花真富贵，有人为画欲残时。

【注释】①椒畦：王学浩之号。王学浩，清江苏昆山人，字孟养，号椒畦。乾隆举人。善诗，能画，于书无不工，篆隶尤古劲，直追秦汉。

嘉定舟中[①]

平羌江水绿迢遥[②]，梦冷峨眉雪未消[③]。
爱看汉嘉山万叠[④]，一山奇处一停桡。

【注释】①嘉定：府名。府治在今四川省乐山市。

②平羌江：即古沬水，亦曰青衣水。源出四川芦山，东南流，至乐山，会大渡河入岷江。

③峨眉：山名。在乐山西八十里。雄踞四川盆地西南缘。山势逶迤，如螓首蛾眉，细而长，美而艳，故名。

④汉嘉：古县名。在今四川雅安县北。

蝉

风蝉清响亦天生，未必鸣秋尽不平[①]。

却笑今年成畏友[2]，最高枝上一声声。

【注释】①韩愈《送孟东野序》："大凡物不得其平则鸣。……维天之于时也亦然，择其善鸣者而假之鸣，是故以鸟鸣春，以雷鸣夏，以虫鸣秋，以风鸣冬。"

②畏友：品德端重之友，足起敬畏之心，故谓之畏友。陆游《王深有书简跋》："此书朝午观之，使人若居严师畏友之间，不敢萌一毫不善意。"

车中赠内

春衣互覆五更寒，铃语遥遥梦转安。
一笑车中稳如屋，闭门终日坐相看。

阮　元

见五绝部分作者小传。

听福祜孔厚诸儿夜读[1]

秋斋展卷一灯青，儿辈须教此得情。
且向今宵探消息，东窗西户读书声。

【注释】①福祜、孔厚：阮元之子。

雨后泛舟登汇波楼[1]

急雨才过水上楼，门前争解木兰舟。
垂杨小屋菰蒲岸，不听凉蝉已觉秋。

湖里荷花百顷田，湿香如雾绿如天。
会须尽剪青芦叶，顿放花光上客船。

就树营巢湖上家，罾鱼小彴水三叉[2]。
南丰祠下无人到[3]，篱落闲开木槿花[4]。

鹊华清翠近城多[5]，十里泉田足稻荷。
楼外斜阳秋色早，更从何处觅鸥波？

【注释】①汇波楼：在山东济南之大明湖。

②罾（zēng）：渔网。此处作动词用。彴（zhuó）：独木桥。

③南丰：宋曾巩，字子固，江西南丰人，世称曾南丰。曾巩曾知齐州（今济南），济南大明湖东之南丰祠，即为纪念曾巩而设。

④木槿花：木槿，植物名。高七、八尺，花大，朝开午萎，花瓣有红、紫、白等色。

⑤鹊华：桥名。在济南大明湖南岸，古名百花桥，元易今名。

小沧浪杂诗[1]

独泛沧浪平底船，荷花面面叶田田[2]。

风光谁许平分得，人与池心四照莲③。

小艇穿池不碍花，种花人借艇为家。
收来荷叶青盘露，刚足今朝七碗茶④。

笔床书箧向池摊，池上荷花高过栏。
搘起乌篷遮午日⑤，一双银蒜压青竿⑥。

【注释】①小沧浪：山东济南大明湖西北岸亭园。乾隆五十七年(1792)建。面山傍水，绕以长廊，湖水穿渠引入庭中，小沧浪亭踞园中临湖处，三面荷池，境界清幽。登亭四眺，全湖在目。

②田田：鲜碧貌。陈造《早夏》诗：“凉荷高叶碧田田。”

③四照莲：参见骆宾王诗：“七尺龙文回照莲。”

④七碗茶：卢仝《走笔谢孟谏议寄新茶》诗：“一碗喉吻润，二碗破孤闷。三碗搜枯肠，唯有文字五千卷。四碗发轻汗，平生不平事，尽向毛孔散。五碗肌骨清，六碗通仙灵。七碗吃不得也，唯觉两腋习习清风生。”

⑤搘(zhī)：支撑。

⑥银蒜：帘押。以银为之，铸为蒜形，故名。苏轼《东坡词·哨遍》：“睡起画堂，银蒜押帘，珠幕云垂地。”青竿：李群玉《钓鱼》诗：“七尺青竿一丈丝，菰蒲叶里逐风吹。”

钱　杜

见五绝部分作者小传。

西溪棹月图

一夜东风吹雪霁，前山空翠已模糊。
扁舟记得西溪渚，无数沙鸥伴老夫。

洞庭张帆[1]

岳阳楼上日初落[2]，庙口寒鸦送客啼。
多谢春风似相识，吹人直过洞庭西。

【注释】①洞庭：即洞庭湖。在湖南北境。
②岳阳楼：在湖南岳阳市西门城楼上，临洞庭湖。

峨眉山月

（巴江秋老，泛舟瞿塘三峡间[1]，薄暮辄举杯看峨眉山月，沙鸟自来亲人，平生壮游，自此始矣！）

嘉陵城边树万层，黄牛峡里上秋灯[2]。
沽得郫筒好春酒[3]，不辞风露下巴陵[4]。

出岭入岭山钟声，上滩下滩萤火明。
一支鸬鹚引人去，自欹风篷看潮生。

巫山巫峡满秋烟，山木苍苍冷到天。
两岸猿声休太苦，青溪归客未曾眠。

【注释】①瞿塘三峡：即瞿塘峡、巫峡、西陵峡。为长江天险。西起四川奉节白帝城，东迄湖北宜昌南津关。《水经注》：三峡七百里中，两岸连山，略无阙处，重岩叠嶂，隐天蔽日。

②黄牛峡：在湖北省宜昌西，长江北岸。见前张问安《出黄牛峡》注①。

③郫（pí）筒：盛酒具。郫人截大竹长二尺以上，留一节为底，刻其外为花纹，或朱或黑或不漆，用以盛酒。杜甫《将赴成都草堂途中有作先寄严郑公》五之一："鱼知丙穴由来美，酒忆郫筒不用沽。"

④巴陵：今湖南省岳阳市。

题团扇

碧天凉影乱啼鸦，水调玲珑唱落霞。
梦入小红桥外路，四周风柳一湖花。

仿文伯仁《秋峦叠翠》①

霜叶围村返照初，野禽格磔路生疏②。
此身合住西溪未？青笠红衫秃尾驴③。

【注释】①文伯仁（1502—1575）：明文徵明从子，字德承，号五峰。诸生。善画山水人物。

②格磔（zhé）：鸟叫声。钱起《无题》诗："格磔鹧鸪啼。"

③末二句系自陆游《剑门道中遇微雨》后二句“此身合是诗人未？细雨骑驴入剑门”脱化而出。

写竹与莱友太守乞园中新笋①

湖港阴阴野水平，江乡花事逼清明。
斋厨烟起有人语，正是一园春笋生。

篱落雨晴人未扫，苔阶泥破燕仍衔。
且须拄杖敲门去，一讯清贫太守馋。

【注释】①莱友：清沈清任之号。此二诗见《松湖画赘》卷上。

仿唐子畏①

一个茅亭竹万竿，读书床上午犹寒。
茶声闲沸南风里，纱帽笼来胜冷官。

【注释】①唐子畏：明唐寅，字伯虎，一字子畏，号六如，江苏吴县（今属苏州）人。筑室桃花坞，日与客饮其中。画入神品。

舒　位

见五绝部分作者小传。

舟过山塘闻笛[①]

红穗疏灯水上楼，笛声纤远指痕留。
定知吹笛人双髻，可惜湘帘不上钩。

【注释】①山塘：水名。在江苏苏州西北。

渡江望金山寺有作二首[①]

借得东风一角天，平明来上渡江船。
浮云变幻江潮涨，只有青山似旧年。

青山应笑我频来，如此春风一霎开。
可怪布帆能几幅，便教遮住妙高台[②]。

【注释】①金山寺：在江苏省镇江市西北金山上。
②妙高台：在金山顶上。宋僧了元所建。

六月二十四日荷花荡泛舟作二首①

吴门桥外荡轻舻②，流管清丝泛玉凫③。
应是花神避生日，万人如海一花无④。

栏花风老意阑珊⑤，难觅吴王销夏湾⑥。
肠断采莲人去后，殉央飞过洞庭山⑦。

【注释】①荷花荡：在江苏苏州城外。相传六月二十四日为观莲节。亦名荷花生日。《吴郡记》：荷花荡在葑门之外，每年六月二十四日游人最盛。

②舻(lú)：船头。泛指船只。

③管：乐器，以竹为之。丝：谓琴瑟之属。流与清，状其声之流转清越。凫：谓凫尊。铸酒尊为凫形也。

④"万人"句：借用苏轼诗句而加以变化。苏轼《病中闻子由得告不赴商州》诗："惟有王城最堪隐，万人如海一身藏。"

⑤阑珊：犹言衰落。李煜《浪淘沙》词："帘外雨潺潺，春意阑珊。"

⑥消夏湾：在苏州城外西洞庭缥缈峰之南。湾可十馀里，三面皆山，独南面为门阙。旧传吴王避暑处。

⑦采莲：《苏州府志》：采莲泾在郡城东南运河之阳，今尚可通舟，两岸皆居民，间有蔬圃荒地，即种莲旧迹也。殉央：即"鸳鸯"。栖息于池沼之上。雄曰鸳，雌曰鸯，常偶居不离。洞庭山：苏州西南太湖中有东西二洞庭山。

月夜出西太湖作

风来云去月当头，销夏湾边接素秋①。

如此烟波如此夜，居然著我一扁舟。

不抽帆子不安桅，两桨霜花细细开[②]。
半夜横风吹不断，青山飞过太湖来。

瑶娥明镜淡摩空[③]，龙女烟绡熨贴工[④]。
倒卷银潢东注海[⑤]，广寒宫对水晶宫[⑥]。

星星渔火近吴江[⑦]，听唱流人水调腔[⑧]。
一角红楼深树杪，为谁风露夜开窗？

【注释】①素秋：秋季。《梁元帝纂要》："秋曰白藏，亦曰素秋。"

②霜花：浪花迸溅，色白如霜也。

③瑶娥：即嫦娥。明镜：状满月。

④龙女：岑参《龙女祠》诗："龙女何处来，来时乘风雨。"烟绡：状云烟。

⑤银潢：银河。

⑥广寒宫：《天宝遗事》：明皇游月宫，见榜曰"广寒清虚之府"。胡宿诗："杯酒易消残梦断，却疑身在广寒宫。"水晶宫：《述异记》：阖闾水晶宫，备极珍巧，皆出自水府。后人因谓龙宫为水晶宫。

⑦吴江：今江苏吴江县。

⑧流人：谓船夫。以其浮家泛宅，故云流人。水调：曲调名。萨都剌诗："吴姬水调新腔改。"

元日题画菜(二首录一)

夜鲤晨凫未足夸，书生骨相野人家[①]。

年来读遍群芳谱[2],只爱青山出菜花。

【注释】①骨相:谓骨格与相貌。黄庭坚诗:“从来国器重,见谓骨相奇。”

②《群芳谱》:书名,凡三十卷,明王象晋撰。清康熙四十七年撰《广群芳谱》,因王书增改,较为精核,记花卉品种至为详备。

春 寒

今年瓦雪溜檐冰,春在诸天第几层?
闻道菜花先怕冻,思量减我读书灯[1]。

【注释】①旧时贫者读书,以菜油点灯。作者因春寒想到菜花受冻,菜油生产困难,进而想到要减少点灯以免费油。

又题元白长庆集后[1]

谁识香山绝妙词,女歌妪解伎弹丝[2]。
再除一个鸡林相,肯把黄金买白诗[3]。

元九才情逊乐天,梦游春曲太缠绵[4]。
白头宫女闲能说,何必连昌又一篇[5]。

【注释】①唐元稹有《元氏长庆集》,白居易有《白氏长庆集》。

②妪解:白居易诗有老妪能解之说。

③元稹《白氏长庆集序》中有云："鸡林贾人，求市颇切。自云：本国宰相每以百金换一篇，其甚伪者，宰相辄能辨别之。"鸡林，即"新罗"。朝鲜古国名。

④《梦游春》七十韵，《元氏长庆集》未收，见韦縠《才调集》第五。中华书局新版《元稹集》外集卷第一《补遗》收此诗。

⑤元稹有《行宫》五绝云："寥落古行宫，宫花寂寞红。白头宫女在，闲坐说玄宗。"又有《连昌宫词》乐府七言长诗一首。

宋士冕

宋士冕，字頫之，湖南桃源人。诸生。有《寸草吟》。

山中杂句

霜痕深染一林殷，岁暮人家各自闲。
酒琖熏炉收拾了[1]，邻翁约看雪中山。

【注释】①琖(zhǎn)：同"盏"。熏炉：用来取暖或熏香的炉子。

郭 麐

郭麐(1767—1831),字祥伯,一字蘧庵,又字复庵,号频伽(迦),江苏吴江人。诸生。嘉庆间,频伽以诗名吴越,与金学莲手山、吴嵩梁兰雪称三才子。其诗以清隽明秀为主,正如王谢家子弟,衣冠子弟,故自不凡。洪北江拟以“大堤游女,顾影自怜”,要未足以尽频伽也。频伽诗学李长吉、沈下贤,词尤清婉。著有《灵芬馆集》。

宿灵鹫山家

山深时有百虫鸣，欹枕危楼酒半醒。
忽地西风催落叶，急呼灯起听秋声。

汪秀峰

汪秀峰,名启淑,安徽歙县人。官至工部郎中。黄景仁《两当轩集》有《题江民部秀峰诗集》:“积寸心香臮玉蕤,雪青霞绀见瑰辞。水曹例合归风雅。武库才应领度支。金石文章关掌故，琰琴姬扇感心知。一编自有千秋在，馀事分明亦我师。”

咏　蚊

乍停纨扇便成团①，隐隐雷声夜未阑②。
漫道纱厨凉似水③，明中易避暗中难。

【注释】①纨扇：细绢制成的团扇。

②隐隐雷声：《汉书·中山靖王传》：“聚蚊成雷。”注：言众蚊飞声有若雷也。

③纱厨：即纱帐。司空图《王官》诗：“尽日无人只高卧，一双白鸟隔纱厨。”宋陆游《芒种后若雨》诗：“芒种初过及时雨，纱厨睡起角巾欹。”

彭兆荪

彭兆荪（1769—1821），字湘涵，号甘亭，江苏太仓人。诸生。有《小谟觞馆集》。甘亭故工骈俪，在曾宾谷幕中撰定《骈体正宗》，标示轨范，传诵于时。兼通考订校雠之学。客胡果泉所，与顾千里同校《通鉴》《文选》，并为善本。道光初举孝廉方正，未赴卒。

夜　起（二首录一）

羌笛惯飞边柳叶，霜笳能说落星心。

四更虎气出城角，风色怒来声满林。

扬州郡斋杂诗二十五首(录五首)

昨打横江橹一枝，断风零雨叶飞时。
工愁惯读芜城赋[①],不解嬉春杜牧之[②]。

过江名士多如鲫，我是看花最后人。
浩态狂香零落尽，芙蓉虽好不成春。

衙参喧不到宾寮，官鼓遥遥隔丽谯[③]。
一树梅花二分月，尽人风露立中宵。

寓公杭厉道山去[④],别馆玲珑碧藓滋[⑤]。
黄河乐府旗亭曲，此是开天最盛时[⑥]。

生爱西江乐元淑[⑦],清才花骨绮情深。
如何纵酒酣歌地，都是离骚屈宋心[⑧]。

【注释】①芜城赋:南朝宋鲍照作。见《文选》。芜城,指扬州。

②杜牧之:唐杜牧爱冶游,有“十年一觉扬州梦,赢得青楼薄幸名”之名在。嬉春:指生活放浪不检,纵情酒色。

③自注:“予所寓斋在郡廨最僻处。”丽谯(qiáo):高楼。《庄子·徐无鬼》:“君亦必无盛鹤列于丽谯之间。”郭象注:“鹤列,陈兵也;丽谯,高楼

也。”成玄英疏:“言其华丽谯峣也。”

④杭厉:自注:“大宗、樊榭。”按杭世骏字大宗,见前五绝杭世骏小传。厉鹗号樊榭,见前五绝厉鹗小传。

⑤玲珑:馆名。自注:“马氏秋玉昆仲所居。”按马曰琯,字秋玉,与弟曰璐同以诗名。所居园亭曰小玲珑山馆,详见七绝马曰琯、马曰璐小传。

⑥黄河乐府:唐王之涣《凉州词》:“黄河远上白云间,一片孤城万仞山。羌笛何须怨杨柳,春风不度玉门关。”旗亭曲:《集异记》云:之涣与王昌龄、高适共诣旗亭,有梨园伶官十馀人会饮,三人拥垆以观。俄有妙妓四辈奏乐,皆当时名部。三人私相约曰:我等各擅诗名,不定甲乙,令诸伶所讴,以诗多者为优。初讴昌龄诗,次讴适诗,又次复讴昌龄诗。之涣指诸妓中最佳者曰:待此子所唱,如非我诗,终身避席矣。次至双环发声,果讴“黄河远上”云云,因大谐笑,诸伶诣问,因语之,乃竟拜,乞就筵席。开天:开元、天宝。唐玄宗年号。

⑦乐元淑:自注:“莲裳”。按乐钧初名宫谱,字元淑,号莲裳,江西临川人。嘉庆举人。工诗。与吴嵩梁同为翁方纲弟子,以才名遨游王侯公卿间。有《青芝山馆诗集》。

⑧屈原著《离骚》。宋玉,屈原弟子,为楚大夫。悲其师放逐,作《九辨》述其志,又作《神女》《高唐》等赋,皆寓言托兴之作。

野　老

插棘编篱野老家，纷纷红雨恼芳华。
兔葵燕麦休删了[①],留与风前衬落花。

【注释】①兔葵:亦作菟葵。多年生草本,茎高三四雨,三四月间,开五瓣小白花。燕麦:多年生草本,结实可食。

老圃

草痕如毯水平池，攲倒疏篱竹几枝。
老圃一方荒亦好，夕阳容得照多时。

春馀

坠欢谁解拾春馀①,一片林亭画不如。
浓绿渐肥红渐瘦②,怪他花叶有乘除。

【注释】①坠欢:《后汉书·光武郭皇后纪编》:“爱升,则天下足容其高,欢队,故九族无所逃其命。”队同坠。坠欢原指失宠。此处引申为春意阑珊,花木飘零。

②李清照《漱玉词·如梦令》:“昨夜雨疏风骤,浓睡不消残酒。试问卷帘人,却道海棠依旧。知否,知否?应是绿肥红瘦。”

陈鸿寿

陈鸿寿(1768—1822),字子萨,号曼生,浙江钱塘(今杭州)人。嘉庆六年辛酉(1801)拔贡,历官南河海防同知。有《种榆仙馆诗集》。曼生与从弟云伯,同受知于阮文达,招致幕中。文达称其诗才亚于云伯而峭拔秀逸过之。生平以书名,诗不多作,反为书掩。晚官南河时，与万廉山、郭频伽诸人提倡风雅。远近名士来游者几满宾馆。集中所存，仍以早年之作为多。

塞上曲

白骨青磷瀚海头[1]，琵琶一曲起边愁。
眼前滴尽征人泪，并作黄河地底流。

弓桨霹雳射天狐[2]，惊落双雕万众呼。
好语将军休见妒，凌烟曾见几人图[3]。

【注释】①青磷：磷火，俗称“鬼火”。瀚海：今蒙古之大沙漠，古称瀚海。

②天狐：《玄中记》：狐千岁即与天通为天狐。《六帖》：天狐，九尾、金色，役于日月宫，洞达阴阳。陆游《醉舞》：“自是先生眼根钝，天狐伎俩本无多。”

③凌烟：即凌烟阁。《大唐新语》：贞观十七年，太宗图画太原倡义及秦府功臣长孙无忌等二十四人于凌烟阁。太宗亲为之赞，褚遂良题阁，阎立本画。《清一统志》：凌烟阁在西安府城中。

漆　璘

漆璘（1768—1831），字仲琛，又字龙渊，号东樵，广东番禺

(今广州)人。嘉庆三年戊午(1798)举人。有《思古堂诗钞》。

金陵怀古

江水滔滔去不归，后庭花谢美人非①。
多情只有台城柳②,犹自东风作絮飞。

【注释】①后庭花:祯明初,陈后主作新歌,其辞曰:“玉树后庭花,花开不复久。”

②韦庄《金陵图》诗:“无情最是台城柳,依旧烟笼十里堤。”作者反其“无情”之意而作“多情”。按晋之台城,在今南京市鸡鸣山南乾河沿北。亦曰苑城。咸和中修缮,亦曰新宫。宋、齐、梁、陈皆因以为宫。

陆宗潍

陆宗维,字维水,嘉定(今属上海市)人。翼王侄。

维扬舟次遇乡人南归①

忽听乡音唤阿蒙②,月明桥畔此浮踪。
乘君上水归帆便，寄我平安第一封。

【注释】①维扬:谓扬州也。《梁溪漫志》:古今称扬州为惟扬。盖取

《禹贡》“淮海惟扬州”之语。今则易“惟”作“维”。

②阿蒙：谓吕蒙也。蒙为三国吴人，旧称“吴下阿蒙”。见前沈德潜《题家骏天中峰读书图》注⑥。

英　和

英和（1771—1840），字树琴，号煦斋，晚号胥叟，满洲旗人，乾隆五十八年癸丑（1793）进士，改庶吉士，授维修，官至户部尚书、协办大学士，有《恩福堂诗钞》。嘉道之际，阴雨坚冰，胥叟以大司农入相，奋欲有所建白。坐事迁谪戍黑龙江三年。召还，得刁公岩园居，筑别业，题曰观颐山墅。居十年，乃卒。终未再起，论者惜之。

书韩苏桃花源诗后①

曾闻涿君有三坡，纳赋年年父老过。
莫认桃花源旧路，满山风雨落英多②。

【注释】①唐韩愈《昌黎先生集》卷三有《桃源图》，宋苏轼《苏文忠公诗集》卷四十三有《和桃源诗序》。

②涿郡：汉置郡，即今河北省涿县治。境内有涿水，又称桃水。注入圣水，圣水有三坡。

③陶渊明《桃源记》有“落英缤纷”句。

朱为弼

朱为弼(1771—1840),字右甫,号茮堂,浙江平湖人,嘉庆十年乙丑(1805)进士,官至漕运总督,有《蕉声馆集》。

过乌衣巷故址①

夕照无言下水滨，故家池馆半荆榛②。
眼前多少山丘感③,不独伤心为古人。

【注释】①乌衣巷:在江苏南京城内。晋南渡后,王、谢两大家族居此,因其子弟多乌衣,故名。刘禹锡《乌衣巷》诗:“朱雀桥边野草花,乌衣巷口夕阳斜。”

②荆榛:指荒芜之草木。李白《古风五十九首》之一:“王风委蔓草,战国多荆榛。”

③山丘感:李白《江上吟》诗:“屈平词赋悬日月,楚王台榭空山丘。”

陈文述

见五绝部分作者小传。

拥　髻

拥髻谈深小阁虚，春灯红浅晕流苏[1]。
不知窗外团圞月[2]，白到梅花第几株。

【注释】①流苏：帐幕之饰。以五彩羽为之。
②团圞：圆貌。

画屏士女（十首录二）

木　兰[1]

梦隔黄河水一涯，明驼十载送还家。
沙场百战横戈后，如此英雄却姓花。

莫　愁[2]

湖水盈盈绕石头，美人打桨荡轻舟。
莫愁两字空珍重，一片春潮我亦愁。

【注释】①木兰：见前朱一蜚《木兰祠》注。
②莫愁：见前阎尔梅《游莫愁湖》注。

西溪水仙祠[1]（十首录四）

琼楼明月玉阶花，十二珠帘卷暮霞。

礼罢瑶坛归路近，碧城原是旧儿家[2]。

小谪红尘亦偶然，此身曾住有情天。
而今绮业消除尽，管领梅花作水仙。

轻黄月落照娇鬟，淡扫蛾眉学远山[3]。
不信回肠如涧曲，仍流幽恨到人间。

芳魂应已化寒梅，郁郁埋香土一堆。
不尽人间儿女恨，年年花落与花开。

【注释】①西溪：在浙江杭州市西北松木场水口，沿山十八里。昔时沿岸居民多以植梅为业。

②碧城：仙人所居之城。《太平御览》六七四《上清经》："元始（天尊）居紫云之阙，碧霞为城。"李商隐《碧城》之一："碧城十二曲阑干，犀辟尘埃玉辟寒。"

③远山：《西京杂记》卷二："文君姣好，眉色如望远山。"

紫　箫[1]

团扇风微绛烛烧，碧水如天易魂销。
玉人肯诉相思意，我愿随身作紫箫。

【注释】①紫箫：杜牧《秋娘》诗："金阶露新重，闲捻紫箫吹。"皮日休《病孔雀》诗："强听紫箫如欲舞，困眠红树似依屏。"

一　重

一重帘影一重纱，一半香痕一半花。
玉齿灿然成浅笑，上元回首语凌华[①]。

微闻笑语隔花飘，花暗春屏绛蜡销。
朱鸟窗前惯偷觑[②]，关心第一是灵箫[③]。

【注释】①上元:《类书纂要》:“正月十五日曰上元。”亦称元宵节。凌华:《武帝内传》:“王母命侍女婉凌华拊五灵之石。”

②朱鸟:一称朱雀。燕颔下色赤,中。汉扬雄《法言·问明》:“朱鸟翾翾,归其肆矣。”

③灵箫:《真诰》:“九华安妃即金台李夫人少子,道成,受太上书署赐姓安,名郁嫔,字灵箫。”按《云笈七签》作“虚箫”。

周际华

周际华(1773—1846)字石藩,贵州贵阳人。嘉庆六年辛酉(1801)进士,授中书,改教授,历官江都知县。有《嘉荫堂诗钞》。

扬 州

香风冉冉透禅关，水榭云亭紫翠环。
我欲传花携酒去，最留人是小金山[1]。

【注释】①小金山：在扬州北门外。圆如伏釜，四围环水。

吕兆麒

吕兆麒，字星泉，安徽旌德人。嘉庆七年(1802)进士，官西昌知县。有《宦蜀诗钞》。

读书有感

欲采秾花可自由，春林多是不宜秋。
相如解作长门赋[1]，竟遣文君怨白头[2]。

惆怅春情为惘然，秋风团扇不须捐[3]。
归来收得盈车果，应是安仁最少年[4]。

【注释】①长门赋：见前毛奇龄《长门怨》注。

②《西京杂记》载：司马相如将聘茂陵人女为妾，卓文君作《白头吟》以自绝，相如乃止。

③团扇：汉班婕妤《怨诗行》："裁成合欢扇，团团似明月。出入君怀袖，动摇微风发。常恐秋节至，凉飙夺炎热。弃捐箧笥中，恩情中道绝。"

④安仁：晋潘岳字。《晋书·潘岳传》：岳美姿仪。少时，常挟弹出洛阳道，妇人遇之者，皆连手萦绕，投之以果，送满载以归。

黄培芳

黄培芳，字子实，号香石，广东香山（今中山）人。嘉庆九年甲子（1804）副贡，官陵水教谕。有《香石诗钞》。

三到罗浮口号①

名山似约我长来，四百芙蓉拂面开②。
傥遇麻姑话尘世，三番清浅见蓬莱③。

【注释】①罗浮：山名。在广东省增城市东。瑰奇灵秀，为粤中名山。

②四百芙蓉：指罗浮山四百三十二个大小峰峦。

③《神仙传》：麻姑自说云：接侍以来，已见东海三为桑田。蓬莱：海上三仙山之一。此借指罗浮山。

石葆元

石葆元，字镜心，安徽宿松人。嘉庆十年乙丑（1805）进士，改庶吉士，授编修。有《清贻馆遗稿》。

磁州道中①

两岸垂杨印碧痕，一湾新涨护柴门。
青畴过雨浓如画②，疑是江南水竹村。

【注释】①磁州：州名。今河北省磁县。
②畴：田地。陶潜《归去来兮辞》："农人告余以春及，将有事于西畴。"

刘宝树

刘宝树，字幼度，号鹤汀，江苏宝应县人。嘉庆十二年丁卯（1806）举人，官五河教谕。有《娱景堂集》。

偶　成

浓春烟景尽销沉，槐夏风光归思深[1]。
最不可人花里菊[2]，十分秋意似侬心。

【注释】①槐夏：欧阳修《六一诗话》：龙图赵学士师民以醇儒硕学名重当时，为人沉厚端默似不能言，而于文章之外，诗思尤精，如“麦天晨气润，槐夏午阴清。”前世名流未到也。

②可人：使人满意。黄庭坚《次韵师厚食蟹》诗：“趋跄虽入笑，风味极可人。”

沈钦韩

沈钦韩(1775—1831)，字文起，号小宛，江苏吴县(今属苏州)人。嘉庆十二年丁卯(1807)举人，官宁国教谕。有《幼学堂集》《金元宫词》各百首。

秦中早秋[1]

渭水西风一夕寒，鸳机新月盼刀环[2]。
炉香蜡泪谁家思，乞画江南数叠山。

【注释】①秦中：指今陕西中部平原地区。因陕西为古之秦国，故称秦中。白居易有《秦中吟》。

②鸳机：绣具。唐上官仪《八咏应制》诗："方移花影入鸳机。"刀环：环，隐"还"。见五绝马世俊《古意》注②。

陶　梁

陶梁，字宁求，号凫乡，江苏长洲（今苏州）人。嘉庆十三年戊辰（1808）进士，改庶吉士，授维修，官至礼部侍郎。有《红豆树馆诗稿》。有诗云："八十朝班同辈少，三千矩步圣人知。"自注："余日行三千步，寒暑不辍，曾于召对时，仰蒙垂询，甚悉。"卒年八十六。

直庐即事①

一室跏趺学坐忘②，高槐古井欲生凉。
秋蝉也合伤迟暮，不噪朝阳噪夕阳。

【注释】①直庐：值宿处。晋傅咸《桑树赋·序》："世祖昔为中垒将军，于直庐种桑一株。"

②跏趺：结跏趺坐。佛徒坐禅的一种姿势，即交叠左右足背于左右股上而坐。南朝宋法显《佛国记》："菩萨入中，西向结跏趺坐，心念若我成道，当有神验。"

吴慈鹤

吴慈鹤(1778—1826),字韵皋,号巢松,江苏吴县(今属苏州)人。嘉庆十四年己巳(1809)进士,改庶吉士,授编修,历官侍讲。有《岑华居士兰鲸录》《凤巢山樵求是录》。

湖州竹枝词[1]

太湖西去白波翻，新涨龙溪七里滩[2]。
烟雨万家春翠里，开门不见小雷山。

【注释】①湖州:府名。治所即今浙江湖州市。地滨太湖,故名。
②自注:“龙溪在郡城西门外七里,至杨家庄,折而为湾,曰龙湾。”

范　新

范新,字云望,浙江仁和(今杭州)诸生。

客中寄杭州往还

故乡茶笋熟年年，自驾春骊久未旋[①]。
上巳清明都过尽[②],怀人多在杏花前。

武穆英名肃愍忠，拜坟曾此过桥东[③]。
腰间双剑今寥落，但有新诗付短筒。

【注释】①骊:马名。毛色纯黑者。《诗·鲁颂·駉》:“有骊有黄。”旋:回,还。

②上巳:节日名。古时以阴历三月上旬巳日为上巳。

③武穆:宋岳飞谥武穆。肃愍:明于谦谥肃愍。岳飞、于谦墓均在杭州西湖边。

洪昌寿

洪昌寿,字继贤,同元之子。仁和(今杭州)诸生。性极敏,目数行下,十龄能文,十二补诸生,博涉群籍,其父贞甫著《说文拾遗》,未竟而殁,昌寿为纂续之,成《说文拾遗续集》五卷,卒年仅二十一。

和友人题壁韵

天风霏屑灿珠玑[①],腕走灵蛇字欲飞。
一曲阳春和应寡[②],恍流馀响绕云扉。

【注释】①霏屑:雨雪貌。

②一曲阳春:宋玉《对楚王问》:客有歌于郢中者,其为《阳春》《白雪》,国中属而和者,不过数十人,是其曲弥高,其和弥寡。

张冈

张冈,字昆南,号古樵,江苏长洲(今苏州)人。有《鹤健庐集》。

少年行

玉勒金羁百万钱,五陵车骑日翩翩[①]。
乐游原畔争相问[②],一曲胡姬酒肆眠。

【注释】①五陵:汉代高祖长陵、惠帝安陵、景帝阳陵、武帝茂陵、昭帝平陵合称五陵。均在渭水北岸今咸阳市附近。

②乐游原:在今陕西西安市郊。《长安志》:乐游原居京城较高处,四

望宽敞，春秋佳日，京城士女，咸就此登赏禊祓。李白《忆秦娥》："乐游原上清秋节，咸阳古道音尘绝。"

曹　昕

曹昕，字旸谷，号绮庄，景州（今河北景县）人。有《田间吟》。

春日杂感

渴鸟啄冰冰尽开，飞飞争唤好春来。
谁人为忆孤山鹤，独唤东风怨落梅。

沙维杓

沙维杓，字斗初，长洲（今江苏苏州）人。布衣。《蒲褐山房诗话》：斗初与张昆南皆居下津桥，自号两布衣，斗初隐于商，来往江西、湖北间。长髯巨颡，如酒豪剑客，诗亦多悲壮激发之音。有《耕道堂集》。

月夜渡太湖

湖水接天天不分，水禽夜呼烟际闻。
满船明月唱歌去，七十二峰皆白云。

吴兰修

吴兰修，字石华，广东口应州（今梅县）人。嘉庆十三年戊辰（1808）举人，官信宜训导。有《荔村吟草》。石华诗清新俊逸，尤长倚声。有《桐华阁词》。宗姜白石、张玉田，婉约轻灵，天然雅韵。

山庄即事

白云深处古田家，谷雨新晴课种麻[①]。
我亦芒鞋闲不得[②]，满山开遍碧桐花。

【注释】①谷雨：节气名，每年四月二十日或二十一日为谷雨。②芒鞋：即草鞋。陈师道诗："芒鞋竹杖最关身。"

吴　镔

吴镔，字铁士，号石屋山人，晚号达安老人。浙江海盐诸生。许濉祥曰：铁士丹青，善写花卉，深得（恽）南田笔法。

七十自述（八首录二）

烧丹炼汞竟何成，海上神山浪得名。
有药可医人不死，秦皇汉武竟长生①。

矍铄精神七十年②，旁人唤作地行仙③。
一端恐被仙人笑，尚要人间卖画钱。

【注释】①传蓬莱、方丈、瀛洲为海上三仙山，上有仙人及长生不老药。史载秦始皇、汉武帝均曾派人前往求仙觅药。

②矍铄：形容老人精神健旺。《后汉书·马援传》："援据鞍顾盼，以示可用。帝笑曰：'矍铄哉，是翁也！'"

③地行仙：仙人之一种。《楞严经》："有十种仙，阿难，彼诸众生，坚固服饵，而不休息，食道圆成，名地行仙。"也用来比喻闲散享乐无所事事的人。苏轼《乐全先生生日以铁柱杖为寿》之一："先生真是地行仙，住世因循五百年。"

丁士谔

丁士谔,字子羽,号野鹤,浙江归安(今湖州)诸生。著《双桐轩诗钞》。

偶　成

看春异地最愁予，谁向吴江问起居①。
忆得故乡风味好，冰盘三月卖鲥鱼。

【注释】①吴江:今江苏吴江市。

崇　祐

崇祐,字辅心,汉军旗人。由笔帖式历官内务府郎中,有《养志书屋诗存》。

泛舟遇雨

满天风雨促舟回，万顷波涛雪浪堆。
半幅蒲帆两枝桨[1],诗人已自画中来。

【注释】①蒲帆:船帆。李端诗:“海雨细如丝,蒲帆轻似叶。”

文景瑞

文景瑞,字树臣,江西萍乡人,官廉州知府。有《哨剑山房诗草》。

珠江春泛[1]

冶游风景似江南，佳节欣逢三月三[2]。
千队红妆万枝桨，桃花春水白鹅潭[3]。

【注释】①珠江:在广东省广州市南,江中有沙洲形圆如珠,名曰海珠,江名以此。

②三月三:农历三月初三,即上巳节。《荆楚岁时记》:三月三日,士人并出水渚,为流杯曲水之饮。

③白鹅潭:在广州西南,上承石门水,东流即珠江。

刘本杰

刘本杰，字霞隐，湖南湘潭人。候选知县。有《霞隐诗钞》。霞隐博览强记，尝与人诗云：“莫道草茅无壮志，古来投笔总书生。”又云：“漫言海底珊瑚少，几见人间铁网来。”

舟过西湖

天涯地角客星孤①，身是高阳旧酒徒②。
一叶扁舟双画桨，载将归梦过西湖。

【注释】①客星：《观象玩占》：“客星，非常之星，其出也无恒时，其居也无定所，忽见忽没，或行或止，不可推算，寓于星辰之间者，如客，故谓之客星。”此处谓漂泊在外者，诗人自喻。

②高阳酒徒：汉高祖为沛公时，引兵过陈留，高阳儒生郦食其踵军门上谒，使者入通，沛公问：“何如人也?”使者曰：“状貌类大儒。”沛公曰：“为我谢之，言我方以天下为事，未暇见儒人也。”使者如言出谢，郦生按剑叱使者曰：“走！复入言沛公，吾高阳酒徒也，非儒人也。”见《史记》卷九七。

齐彦槐

齐彦槐(1774—1841),字梦树,号梅麓,婺源(今属江西省)人。嘉庆十四年己巳(1808)进士,改庶吉士,历官苏州同知。有《梅麓诗钞》。梅麓诗原本风雅,脱息于杜,出入韩、苏,抚时感事有为而作者居多。近体雅健,绝去雕琢摹拟,才力故自过人。

燕子矶

翠壁丹岩两翼开,飞翔百尺有楼台。
横江一只红襟燕,六代兴亡尽见来。

【注释】①燕子矶:在南京市北观音山上,俯瞰大漠,形如飞燕,故名。

张维屏

张维屏(1780—1859),字子树,号南山,广东番禺(今广州)人。与龚自珍同时,有唱和。著《听松庐诗钞》《松心诗集》《松心十录》等。维屏晚年家居,以所见所闻作《三元里行》《三将军歌》诸作,激昂悲愤,爱国抗英情绪极为强烈。又有《国朝诗人征略》。

海门

七省边隅接海疆①,海门锁钥费周防。
贾生一掬忧时泪②,岂独关心在梓桑③。

【注释】①七省:指沿海广东、福建、浙江、江苏、山东、直隶、盛京诸省。

②贾生:汉贾谊忧国,有《治安策》等名作。

③梓桑:同“桑梓”。《诗 · 小雅 · 小弁》:“维桑与梓,必恭敬止。”后以桑梓为乡里之称。此处指作者忧虑全国将遭英军侵略,不仅仅为广东一省而忧心也。

新雷

造物无言却有情,每于寒尽觉春生。
千红万紫安排着,只待春雷第一声。

夜行

风里村春未肯停,隔林灯火远逾青。
野田月落路能辨,荞麦一畦花似星。

屠倬

屠倬（1781—1828），字孟昭，又字琴坞，晚史潜园，浙江钱塘（今杭州）人。嘉庆十三年戊辰（1808）进士。历官九江知府。有《是程堂集》。工诗能画。阮文达论文以陈云伯、查伯葵与屠孟昭称为浙西三人。法梧门言，郭频诗清雄，查梅诗瑰丽，孟昭年减于二君，所为诗则弗减。少时才气亢爽，入官后诗境淡远，盖其胸襟高旷，故与年俱进焉。

晚眺

扁舟初卸落帆风，独立江亭指断虹。
东面夕阳西面雨，春阴只在半江中。

陈沅

陈沅（1781—1851），字昆水，号芷谷，浙江鄞县（今属宁波）人，诸生。著《卧云楼诗稿》。

塞下曲四首(录二首)

局促毡车梦易醒，高天寒露夜冥冥。
家园柳亦应摇落，玉笛吹残不忍听。

朔风秋卷铁衣寒，人到龙城未解鞍[①]。
木叶山头一片月，停车犹作故乡看。

【注释】①龙城:汉时匈奴大会祭天之所。《汉书·匈奴传》:五月大会龙城。按:《史记·匈奴传》作茏城。索隐:崔浩云:西方胡皆事龙神,故名大会处为龙城。地在今蒙古鄂尔浑河西侧。

赵本扬

赵本扬(1787—1836),原名本敬,字直夫,一字靖庵,贵州瓮安人。嘉庆十三年戊辰(1808)举人,官江宁知县。有《学道堂诗》。直夫少读书太华山中,诗酒自豪,道光丙戌省亲游白下,曰:来饮建业水耳。既官江南,多异政,仍不废诗酒。卒年五十。诗才力雄俊。书法瘦硬,亦有时名。

金陵秋夜怀月亭

杨柳西风暮雨垂，白门秋色起相思[①]。
酒醒残梦知何处，潮落秦淮月上时。

【注释】①白门：旧称金陵，即今南京。

臧寿恭

臧寿恭(1788—1846)，原光耀，字眉卿，浙江长兴人。嘉庆十二年丁卯(1807)举人。眉卿精《春秋》之学，成《左氏吉谊》六卷，尤长史才，著有《南都事略》。

读《南宋杂事诗》题后[①]

宗社犹存半壁支，可如西晋渡江时。
怜他宗岳皆名将[②]，只逊温陶被主知[③]。

一代兴亡事可寻，兰莸区别费初心[④]。
如何绝代芳华手，但向丛残捡碎金。

【注释】①《南宋杂事诗》:书名。七卷。清仁和人沈嘉辙、吴焯、陈芝光、符曾、赵昱、厉鹗、赵信等撰。

②宗岳:宗泽、岳飞。宋朝抗金将领。

③温陶:晋桓温、陶侃,皆当时名将。

④兰莸:兰,香草。莸,臭草。《本草纲目》:其气瘖臭,故谓之莸,莸者瘖也,朽木臭也。此草茎颇似蕙而臭,故《左传》云:"一薰一莸,十年尚犹有臭。"

陆费瑔

陆费瑔,原名恩洪,字玉泉,号春飒,浙江桐乡人。嘉庆十三年戊辰(1808)副贡。官至湖南巡抚。有《真息斋诗钞》。春飒力追唐贤,尤工五古。《与许三夜话》云:"月气凉到门,不觉人影湿。"《夜访同人清玉山堂》云:"静极不知永,孤灯如有情。"皆古淡幽秀,深得左司神理。馀体微嫌着迹。

春游杂兴

一角红楼飏柳烟,水栏花鸭抱雏眠。
钓丝风里瓜皮稳,不上吴江赤马船[1]。

【注释】①瓜皮:小艇之名。赤马船:《释名·释船》:轻疾者曰赤马,其体正赤,疾如马也。

周之琦

周之琦(1782—1862),字稚圭,河南祥符(今开封)人。嘉庆十三年戊辰(1808)进士,改庶吉士,授编修,官至广西巡抚。稚圭专精倚声,有《金梁梦月词》《怀梦词》《鸿雪词》《退葊词》,合为《心日斋词集》。咸丰十年庚申(1860)以捐助京饷,卖开封旧宅,移居文殊寺庵,年已八十,作数绝句,从《退葊词》附注辑录,自谓蜗角蚊睫,亦足相容,可以觇清节矣。

移居日偶得小诗

旧宅移来柳一枝，连番膏雨助生机。
可能身作桓宣武，看得腰支到十围[①]。

一枝柽柳两分身[②],移植南墙便隔邻。
根到重泉会相见，未应忘是一家春。

棠梨今后为谁开[③],也许移根别院栽。
盼得明年花信早[④],春风来似故人来。

狭巷萧条隔市尘，泥涂往往欲摧轮。

平津莫讶回车早，此地曾无牧豖人⑤。

【注释】①桓宣武：晋桓温谥宣武。温北伐，行经金城，见少时所种柳，皆已十围，慨然曰："木犹如此，人何以堪！"

②柽柳：植物名。高丈馀，枝细长，叶小密生如鳞。夏日，花轴自枝梢出，开小花成穗状。至秋，新枝上复出花轴。一年开花两次。见《本草》。

③棠梨：植物名。似梨而小，叶似苍术，叶亦有团者，三叉者。叶边有锯齿，色颇黪白，二月开白花，结实如小楝子大，霜后可食，其树接梨甚佳。见《本草》。

④花信：犹言花期。范成大《元夕后连阴》诗："谁能腰鼓催花信，快打《凉州》百回雷。"

⑤牧豖人：即牧猪奴。《晋书·陶侃传》："樗蒲者，牧猪奴戏耳！"旧用为对赌徒的鄙称。朱熹《观双陆谱》诗："只恐分阴闲过了，更教人诮牧猪奴。"

钱仪吉

钱仪吉（1783—1850），字蔼人，号新梧，又号衎石，浙江嘉兴人。嘉庆十三年戊辰（1808）进士，改庶吉士，历官工科给事中。有《飏山楼集》《闽游》《北郭》《澄观》《定庐》《刻楮》诸集。另有《旅逸小稿》《后稿》。诗托兴高远，造意密微，绝无巉削深刻之迹，而自远于流俗。集中酬李杏邨诗，谓予恒读梅圣俞诗，杏邨见予诗以为似梅《片言中隐》，诗有云："都官郁奇节，约气为深沉。人物皆饮羽，随风自鸣琴。"又云："落笔自造意，只字防前侵。”盖即自状其诗境也。

樾亭弟至京夜话

瞿塘江峡桂林山①,已惯操心道路艰。
北上焉知苦霖潦,店门争掩楚兵还。

元年忆尔赴官初,全盛门风逝不居。
白首朝饥兄弟散,秋灯忍泪读家书。

心短正如汲眢井②,事难常若上青天。
家风莫以艰危失,犹仗诸公器汝贤③。

忧来各瘦讵关贫,相慰相扶勉卧薪④。
况是奇荒今目击,临觞不御话流民⑤。

【注释】①瞿塘:峡名,三峡之一。在四川省奉节县东南长江中,两岸峻壁高峙,灌水激怒。全蜀江路以此为门户。桂林:清为广西省治,今广西桂林市。境内山川明秀,世有“桂林山水甲天下”之称。

②眢(yuān)井:枯井。《左传·宣公十二年》:“目于眢井而拯之。”释文:“眢井,废井也。《字林》云:井无水也。”

③自注:“竹农、稚圭、梅梁诸君子皆称弟当官有守。”

④卧薪:卧薪示不敢自安。传为越王句践故事。苏轼《拟孙权答曹操书》:“仆受遣以来,卧薪尝胆。”

⑤流民:受自然灾害或战乱,流亡在外不能归家的人。

姚　莹

姚莹(1785—1852),字石甫,一字明叔,号展如,安徽桐城人。嘉庆十三年戊辰(1808)进士,历官湖南按察使。有《后湘诗集》。石甫濡染家学,才思飙发,其从祖惜抱先生(姚鼐)尝评其诗,谓其求进于声色臭味之外,然不可速成,俟其自至;此关未透,则只在寻常境界耳。所以期许之者正厚。惜抱平日论诗,排律宗杜少陵,七律拟黄山谷。观石甫所作,于此旨殊多悟入。

吴桥暮雨①

江燕飞飞暮雨时,吴娘打桨惜春迟。
可怜无数长桥柳,都为春风踠地垂②。

【注释】①吴桥:在江苏无锡城西,跨运河之上,与黄埠墩遥对。风景绝佳。

②踠(wǎn):屈曲也。

张心渊

张心渊,字达泉,浙江嘉善人。嘉庆十五年庚午(1810)举人,历官邳州知州。有《脉望斋诗稿》。

横塘曲[1]

妾家生小住横塘，柳映茅檐竹靠墙。
郎若船来轻荡桨，水边时宿两鸳鸯。

【注释】①横塘:在今江苏南京市西南。崔颢《长干行》诗:“君家住何处,妾住在横塘。”

顾　翰

顾翰,字木天,号兼塘,江苏无锡人。嘉庆十五年庚午(1810)举人,官宣城知县。有《拜石山房集》。兼塘诗浏漓浑脱,一气盘旋。尤工倚声,谨守姜白石、张玉田轨范。

渡江口占

佛狸城外雨丝丝[1],正值寒潮欲上时。
愁煞篷窗倦游客，敧帆重写渡江诗。

浮玉山高木叶稀[2],南田画本见依微[3]。
舟中不合回头望，如此茫茫一雁飞。

【注释】①佛狸城:即江苏扬州南之瓜洲镇。佛狸为北魏太武帝拓跋焘的小字,瓜洲有佛狸祠,故称瓜洲为佛狸城。

②浮玉山:即江苏镇江之金山。金山旧时为大江环绕,每风四起,势欲飞动,故名浮玉。

③南田:恽格号南田。见前五绝恽格小传。

方　坰

方坰,字思臧,号子春,又号朔夫,浙江平湖人。嘉庆二十一年丙子(1816)举人,官钱塘训导。有《生斋诗集》。诗自王、孟人,芬华明婉,无讲学家习气。

野　眺

疏林茅屋动炊烟，旱稻初花香满田。
柔橹咿哑答人语，一湖秋水卖菱船。

凌泰封

凌泰封,字瑞臻,号东园,安徽定远人。嘉庆二十二年丁丑

(1817)一甲二名进士,授编修。历官湖州知府。有《东园诗钞》。

夜雨过山阴[①]

几日春江正上潮，晚峰两岸去迢迢。
篷窗睡足三更雨，知过山阴第几桥。

【注释】①山阴:今浙江绍兴。因在会稽山之阴得名。

方履篯

方履篯(1790—1831),字彦闻,一字术民。大兴(今属北京市)人,一作江苏阳湖(今常州)人。嘉庆二十三年戊寅(1818)举人。官闽县知县。彦闻工骈体诗,亦浸淫于六朝,色彩斑璘,音节谐协。有《万善花室诗集》。

江上纪程

明波瑟瑟浪如环，晓泊江州正闭关[①]。
万顷碧烟飞入梦，不知满眼是庐山。

【注释】①江州：今江西省九江市。市南五十里即庐山胜地。

麟　庆

麟庆(1791—1846)，字伯馀，号见亭，满洲旗人。嘉庆十四年己巳(1809)进士。历官南河洒道总督，授库伦办事大臣。有《凝香室诗集》。生平所历事多为记，记必有图，题曰"鸿雪因缘"。记中杂出诗篇，时承平已久，宦辙所经，登临抒写，皆和平雅正之音。

忆西湖

迎熏阁外绿波肥，十里荷香人未归。
若许梦中身化蝶①，今宵应傍藕花飞。

曾为寻春试马蹄，苏公堤接白公堤②。
香山已去东坡老③，芳树流莺故故啼④。

【注释】①《庄子·齐物论》：昔者，庄周梦为蝴蝶，栩栩然蝴蝶也。

②苏公堤：宋苏轼出知杭州时浚湖筑之，因名苏公堤。白公堤：原名白沙堤。唐白居易任杭州刺史，有诗咏之。后人纪念白居易，改称白公堤，简称白堤。

③白居易号香山居士。苏轼号东坡居士。

④故故:象声词。白居易《人定》诗:“谁家教鹦鹉,故故语相惊。”

王家相

王家相,字宗旦,号艺斋,江苏常熟人。嘉庆十四年己巳(1809)进士,改庶吉士,授维修,历官河南南汝、光道。有《茗香堂集》。

袁浦登舟①

风柔水滑橹声轻,人在江南画里行。
两岸绿荫舟一叶,果然云树尽多情。

月色江光漫泝洄②,邻舟何处拨鹍弦③。
可怜暮雨潇潇夜,不听吴歌已一年。

【注释】①袁浦:在今上海市松江区东南柘林镇。

②泝洄:逆流而上曰泝洄。见《尔雅 · 释水》。

③鹍弦:段安节《乐府杂录 · 琵琶》:开元中有贺怀智,其乐器以石为槽,鹍鸡筋作弦,用铁拨弹之。

陈功建

陈功建，字菊生，浙江秀水（今嘉兴）诸生。《白岳庵诗话》：茂才所居即故金陀别业，吴少宰存义视学浙江，亲至曝书亭，倡捐廉俸，为建祠宇，置祭田，并镌戴笠小像，勒于石。属茂才董其事，落成，赋诗纪事，有“泉石顷怀新笠屐，沧桑重话旧亭台”句。

题余啃松白岳庵图①

帘泉石室旧岩扉，松竹萧萧削啄稀②。
一事知君尤快意，峰头危立看飞云。

【注释】①自注：“‘白岳飞云’为海阳八景之一。”按白岳山在安徽休宁县西四十里。周三十五里，奇峰四起，石壁五彩，状若楼台。白岳庵即在山上。余啃松：画家名，生平不详。

②剥啄：象声词。叩门声。高适《重阳》诗：“岂有白衣来削啄，亦从乌帽自欹斜。”

何豫培

何豫培，字墨珊，浙江海盐诸生。有《醉红山馆诗集》。

画图诗

杨柳荫中昼掩门，一庭细雨送黄昏。
自知懒问谁何事，检点阴符课子孙[①]。

垦得山田一二区，只教遍地种春疏。
凭他甘旨寻常物，只是黄粱一梦馀。

【注释】①阴符：经名。凡一卷，旧题黄帝撰。言虚无之道，修炼之术。《隋书·经籍志》兵家类有《太公阴符钤录》一卷，《周书·阴符》九卷。历代史志则以《周书·阴符》著录兵家，而以《太公阴符》入道家。今本有太公、范蠡、鬼谷子、张良、诸葛亮、李筌六家注，即所谓《太公阴符》也。

褚瑞椿

褚瑞椿，号篠园，浙江桐乡人。

三径草堂[1]

碧梧翠竹淡寒烟，三径秋高月正圆。
拟向山人搜轶事，残编还订甲申年[2]。

名流题字壁苔侵，犹数当年著述心。
手注离骚风雨夜，如闻孤剑作龙吟。

【注释】①三径草堂：自注："处士蒋石林读书处。"按秀水蒋之翘，字楚稚，又字石林。明末避盗村居，搜名人遗集数十种，辑《甲申前后集》，又尝重纂《晋书》，校注韩昌黎、柳河东集。自著有《天启宫词》。

②甲申：明崇祯末年，清顺治元年(1644)。

柳瀛选

柳瀛选，字莕轩，浙江慈溪诸生。候选同知。有《锄月居待存草》。

塞下曲

生长幽燕意气豪，酪浆饮罢醉蒲桃。

将军昨日阴山下[1],夜戮鲸鲵血洗刀[2]。

【注释】①阴山:今河套以北、大漠以南诸山的统称。王昌龄《出塞》诗:“但使龙城飞将在,不教胡马度阴山。”

②鲸鲵:鲸鱼。雄曰鲸,雌曰鲵。以喻凶恶之敌。

朱定基

朱定基,字伯鼎,逌然子,浙江馀姚诸生。有《留云馆诗词》各一卷。

一

山行绝句

白云深处树霏微,树里村居尽掩扉。
最是山风好相谑,乱飘红叶点征衣。

云气迷山水墨新,斜风作意慢欺人。
莫嫌细雨沾衣湿,已胜燕京拂面尘。

蔡振龙

蔡振龙，字海澜，浙江仁和（今杭州）诸生。喜吟咏，精篆刻，好摹钟鼎文字，有神似处，以攻苦得疾，弱冠卒。

晚香玉

风飘翠叶娟娟静，露浥琼蕤薄薄寒。
良夜月明香满室，卷帘人倚碧阑干。

王　鼎

王鼎，字祖锡，号香浦，一号条山，华亭（今上海松江）人。诸生。有《兰绮堂诗钞》。

泛舟太湖

双帆剪破碧玻璃，秋色空濛望欲迷。

七十二峰何处好，夕阳一角洞庭西[1]。

【注释】①洞庭：太湖中之山名。有东西两山。

梁绍壬

梁绍壬（1792—?），字应来，号晋竹，浙江钱塘（今杭州）人。道光举人，官内阁中书。有《两般秋雨盦随笔》及诗集。晋竹工填词，惜客死粤东，全稿为居停主人所留，家无副本，不能校付雕板。道光庚子秋，其表弟汪适孙有《两般秋雨盦诗选》。宣统二年，南陵徐乃昌重刊振绮堂本。

吴门杂诗

秾桃艳李几番春，零落脂痕又粉痕。
一片金阊门外水[1]，年年明月照销魂。

何处啼乌吊故宫，青山憔悴玉颜空。
君王也被多情误，竟把苏台唤甬东[2]。

五人墓下泣悲风[3]，碧葬离离草数丛。
一片销金歌舞地，也教儿女吊英雄。

元龙湖海启吟楼[4],迟我平原十日留[5]。
明夜抽帆复东下，一篷冷月梦杭州。

【注释】①金阊:江苏苏州阊门内,古有金阊亭。后以金阊为苏州别名。

②苏台:指苏州。甬东:古地名。越王句践既灭吴,欲封吴王夫差于一,夫差自杀。《左传》杜注育甬东为东海中洲。即今浙江省舟山市。

③五人墓:明颜佩书、杨念如、马杰、沈扬、周文元五人,因阉党魏忠贤矫旨逮周顺昌,遂公愤倡众,击缇骑至死,终被害。墓在江苏吴县(今属苏州)虎岳塘。张溥作《五人墓碑记》述其事。

④元龙湖海:东汉陈登,字元龙。为人忠亮高爽,有扶世救民之志。在广陵,有威名,以诛吕布有功,加伏波将军。后许汜与刘备在刘表坐,共论天下人物,汜曰:“阮元龙湖海之士,豪气不除。”备曰:“若元龙文武胆志,当求之千古耳。”见《三国志》七。黄庭坚诗:“今年贫到骨,豪气似元龙。”

⑤平原十日留:《史记·范睢传》:秦昭王与平原君书:“寡人闻君之高义,愿与君为布衣之友。君幸过寡人。寡人愿与君为十日饮。”后因以指朋友暂住欢聚。陆韩卿《奉答内兄希叙》诗:“平原十日饮,中散千里游。”

偶　成

湘帘不卷篆烟斜，薄雾浓阴透绮纱。
燕子惺忪胡蝶梦[1],一庭红雨合欢花。

【注释】①惺忪:苏醒貌。胡蝶梦:《庄子·齐物》有庄周梦为蝴蝶故事。

寄朱二泉孝廉瀚(十一首录三)

抵家几日别匆匆，雨横风狂雪又浓。
辜负南山前度约，理安寺里一声钟[①]。

濒行饯我话绸缪，高宴吴山第一楼[②]。
襟上酒痕犹点点，教人那不忆杭州。

桃花潭下两汪伦[③]，丁卯桥边一许浑[④]。
若使垆头相邂逅[⑤]，为侬一一问寒温。

【注释】①理安寺：在浙江杭州九溪东北岸山麓。旧名法雨寺，宋理宗改题今名。

②绸缪：谓情意深厚殷勤。吴山：在杭州城南。春秋时为吴南界，故名。

③两汪伦：自注："虚谷、东木。"按桃花潭在安徽泾县西南。李白游此，村人汪伦酿美酒以待白。李白《赠汪伦》诗有云："桃花潭水深千尺，不及汪伦送我情。"

④一许浑：自注："保斋。"按丁卯桥在江苏镇江城南。唐许浑尝建于其侧，故其诗集名《丁卯集》。⑤垆头：谓酒垆边，酒肆。邂逅(xiè hòu)：不期而遇。

龚自珍

见五绝部分作者小传。

己亥杂诗[1]（录十七首）

一（原五）

浩荡离愁白日斜[2]，吟鞭东指即天涯[3]。
落红不是无情物，化作春泥更护花。

【注释】①己亥即道光十九年(1839)。时诗人四十八岁，辞官南归；后又北上迎眷属。南北往返途中，杂述见闻、感想、回忆，得诗三百十五首。

②浩荡离愁：杜甫《秦州杂诗》："浩荡及关愁。"

③东指：谓出京城东之广渠门。天涯：刘禹锡《和令狐相公别牡丹》诗："春明门外即天涯。"

二（原二八）

不是逢人苦誉君，亦狂亦侠亦温文。
照人胆似秦时月，送我情如岭上云[1]。

【注释】①本诗自注："别黄蓉石比部玉阶。蓉石，番禺人。"按：黄玉阶，字季升，一字蓉石，广东番禺人。道光十六年进士，官刑部主事。著有《韵陀山房诗文集》。秦时月：王昌龄《出塞》："秦时明月汉时关。"

三（原三三）

少慕颜曾管乐非[1]，胸中海岳梦中飞。
近来不信长安隘，城曲深藏此布衣[2]。

【注释】①颜曾：颜渊、曾参，皆孔丘贤弟子。管：管仲，春秋时齐国相。乐：乐毅，战国时燕国名将，后被谗，逃至赵国。

②本诗自注："别会稽少白山人潘谘。"按潘谘，字诲叔，一字少白，浙江会稽人。道光时布衣。好游天下奇山水。足迹逾数万里。有《常语》及诗文集。

四（原三五）

丱角春明入塾年[1]，丈人摩我道崭然[2]。
恍从魏晋纷纭后，为溯黄农浩渺前[3]。

【注释】①丱（guàn）角：儿童束发成两丫角。春明：唐代都城长安，城东有三门，中门名春明门。后人因称京城为春明。

②崭然：高峻特出貌。韩愈《柳子厚墓志铭》："虽少年，已自成人，能取进士第，崭然露头角。"

③黄农：黄帝和神农氏。《史记·伯夷列传》："黄农虞夏，忽焉没兮。"本诗自注："别大兴周丈之彦。"

五（原三六）

多君媕雅数论心[1]，文字缘同骨肉深。
别有樽前挥涕语，英雄迟暮感黄金。

【注释】①多:推崇。《汉书·灌夫传》:"士亦以此多之。"媕(ān)雅:轻柔文雅之意。本诗自注:"别王秋畹大令继兰。秋畹,济宁人。"按王继兰,字秋畹,山东济宁人。嘉庆十八年举人。知平定州,有惠政。

六(原四〇)

北方学者君第一,江左所闻君毕闻。
土厚水深词气重,烦君他日定吾文[1]。

【注释】①本诗自注:"别许印林孝廉瀚。印林,日照人。"按:许瀚,字印林,山东日照人,道光十五年举人。以校勘古籍版本,研究《说文》著称。《清史稿》四八一卷有传。土厚水深:《左传》成公六年:"晋人谋去故绛,诸大夫皆曰:必居郇瑕氏之地。献之曰:不如新田,土厚水深,居之不疾。"定吾文:《南史·任昉传》:王俭乃出自作文,令昉点正。昉因定数字。俭拊几叹曰:"后世谁知子定吾文者耶?"其见知如此。

七(原八三)

只筹一缆十夫多[1],细算千艘渡此河。
我亦曾糜太仓粟[2],夜闻邪许泪滂沱[3]。

【注释】①筹:谓算。缆:拉纤所用绳。

②糜:糜费,谓损耗也。太仓:京城储粮大仓。

③邪许(yěhǔ):齐心用力时所发号子声。《淮南子·道应》:"今夫举大木者,前呼邪许,后亦应之,此举重劝力之歌也。"滂沱:涕泗多流貌。《诗·陈风·泽陂》:"寤寐无为,涕泗滂沱。"本诗自注:"五月十二日抵淮浦作。"

八(原一〇三)

梨园爨本募谁修[1]?亦是风花一代愁。

我替尊前深惋惜，文人珠玉女儿喉[②]。

【注释】①爨本:剧本。金元时有种戏剧,通常由五种角色演出,称“五花爨弄”。

②本诗自注:“元人百种,临川四种,悉遭伶师窜改。昆曲俚鄙极矣。酒座中有征歌者,子辄挠阻。”按:元人百种,指明末臧晋叔编《元曲选》,计一百种。临川四种,指明汤显祖所作“临川四梦”传奇,即《牡丹亭》《紫钗记》《南柯记》《邯郸记》。

九(原一〇七)

少年揽辔澄清意[①],倦矣应怜缩手时[②]。
今日不挥闲涕泪，渡江只怨别蛾眉。

【注释】①揽辔:《后汉书·范滂传》:“时冀州饥荒,盗贼群起,乃以滂为清诏使,按察之。滂登车揽辔,慨然有澄清天下之志。”辔,马缰绳。

②缩手:不干预其事称缩手,指弃官归隐。韩愈《祭柳子厚文》:“不善为斫,血指汗颜。巧匠旁观,缩手袖间。”

十(原一一四)

诗人瓶水与谟觞，郁怒清深两擅场[①]。
如此高才胜高第，头衔追赠薄三唐。

【注释】①自注:“郁怒横逸,舒铁云瓶水斋之诗也;清深渊雅,彭甘亭小谟觞馆之诗也。两君死皆一纪矣。”按:舒位,号铁云;彭兆荪,字甘亭。分别参见五绝部分舒位小传、七绝部分彭兆荪小传。

十一(原一二五)

九州生气恃风雷[①],万马齐喑究可哀[②]。

我劝天公重抖擞，不拘一格降人才[3]。

【注释】①九州:《禹贡》分我国为九州,即冀、兖、青、徐、扬、荆、豫、梁、雍,后因以九州指中国。

②喑(yīn):哑也。苏轼《三马图赞》:“振鬣长鸣,万马皆喑。”

③本诗自注:“过镇江,见赛玉皇及风神、雷神者,祷祠万数。道士乞撰青词。”按:青词,祭神时所用祝祷文,用青藤纸以朱字写之。

十二(原一二九)

陶潜诗喜说荆轲，想见停云发浩歌[1]。
吟到恩仇心事涌，江湖侠骨恐无多。

【注释】①本诗自注:“舟中读陶诗三首。”按陶潜有《咏荆轲》等诗,又有《停云》四首,自序称:“停云,思亲友也。”

十三(原一三〇)

陶潜酷似卧龙豪[1],万古浔阳松菊高[2]。
莫信诗人竟平淡，二分梁甫一分骚[3]。

【注释】①“陶潜”句:自注:“语意本辛弃疾。”按辛弃疾《贺新郎》词:“把酒长亭说,看渊明风流,酷似卧龙诸葛。”

②浔阳:郡名。晋时治柴桑,在今江西九江西南。为陶潜故里。

③梁甫:即《梁甫吟》。古乐府曲名。《三国志·诸葛亮传》:“亮躬耕陇亩,好为《梁父吟》。”甫,同“父”。骚:指屈原《离骚》。后两句谓陶潜为人作诗看似平淡,实则深有抱负,情怀激烈。

十四(原二一四)

男儿解读韩愈诗[1],女儿好读姜夔词[2]。

一家倘评圆鸥梦，昼课男儿夜女儿[3]。

【注释】①韩愈：字退之，唐昌黎人。有《韩昌黎集》。韩诗以雄豪奇崛著称，境界独辟。

②姜夔：字尧章，号白石道人，南宋鄱阳人。有《白石道人歌曲》。白石词重格律，音节谐美，部分作品流于伤感。

③自注："时眷属敞露留滞北方。近人郭频伽画《鸥梦圆图》，予以仿之。"按：郭麐，号频伽。见前郭麐小传。

十五（原三〇二）

虽然大器晚年成，卓荦全凭弱冠争[1]。
多识前言畜其德[2]，莫抛心力贸才名[3]。

【注释】①大器晚年成：《老子》："大方无隅，大器晚成。"卓荦：超众特出。《三国志·魏志·陈矫传》："博闻强记，奇逸卓荦。"弱冠：《礼·曲礼上》："二十曰弱冠。"

②《易·大畜象辞》："多识前言往行，以蓄其德。"

③莫抛心力贸才名：化用温庭筠《过蔡中郎坟》诗"莫抛心力作词人"句意。

十六（原三一一）

画禅有女定清真，合配琳琅万轴身[1]。
百里畿南风雪路，我来着手竟成春[2]。

【注释】①本诗自注："铁珊有女及笄，笠雨丧偶，使予为蹇修焉。"按：铁珊，姓方，名廷瑚，官参军。铁珊得父方薰画学传授，故称之为画禅。笠雨：陈希敬，字笠渔（雨），浙江海盐人，道光进士。有《菰芦老屋吟稿》《退耕堂诗集》。“琳琅万轴身”,誉笠渔饱学也。蹇修,媒人。

②着手成春:司空图《诗品 · 自然》:“俯拾即是,不取诸邻。俱道适往,着手成春。”此处谓成就姻缘。

十七(原三一五)

吟罢江山气不灵,万千种话一灯青。
忽然阁笔无言说①,重礼天台七卷经②。

【注释】①阁笔:同“搁笔”。无言说:《华严经》:“无有言说,而转法轮,知一切法不可说故。”

②天台七卷经:指佛教天台宗所宗《妙法莲华经》,有鸠摩罗什所译七卷本。

吴振棫

吴振棫(1792—1870),字毅甫,一字仲云,号再翁,浙江钱塘(今杭州)人。嘉庆十九年甲戌(1814)进士,改庶吉士,授编修,官至云贵总督。有《花宜馆诗钞》。贺耦庚曰:仲云少时已斐然有作,入官以后,乃愈老愈朴,其目之所触,身之所历,有关民生疾苦者,累欷重噫,长言咏叹;间及边防国计,则援古剀今,惩前毖后,盖躬其事则虑之也周,历其难则言之也痛。其诗思深力厚,风格老苍,嘉道以还,为一大家,同年祁文端尤推重之。

云　里

云里嶙峋见翠微[①],山山都爱白云围。
上坡廿里穿云出，更有白云头上飞。

【注释】①嶙峋:山峰重叠高耸貌。翠微:山气青葱色。

滹　沱[①]

平沙枯木晓鸦多，隔岸连群卧橐驼。
水上坚冰冰上雪，挥鞭容易过滹沱。

【注释】①滹沱:河名。源出山西繁峙东,穿太行山,东入河北平原,汇子牙河、北运河入海。

嘉陵江[①]

分水岭前江水长，朝天关下估帆张[②]。
料得江头孤馆梦，随风一夜下钱塘[③]。

【注释】①嘉陵江:源出陕西凤县北嘉陵谷,至四川重庆入长江。为四川大江之一。

②朝天关:在四川省广元市北五十里。

③钱塘:今浙江杭州市。又为江名,在杭州市南。

滇中十月后梅已作花而绿叶满枝未落也。

重重如裹碧绡衣，掩映仙肤万玉妃。
毕竟春情瞒不住，灵香先逐晓云飞。

花格何曾瘦更寒，看花还带绿阴看。
画师读尽梅花谱，如此春光画却难。

祁寯藻

祁寯藻(1793—1866),字叔颖,又字淳甫,改实甫,又号春圃,山西寿阳人。嘉庆十九年甲戌(1814)进士,官至体仁阁大学士,谥文端。有《䜩䜪亭集》。

立夏后一日长椿寺牡丹初开漫题①

纵无风雨晓犹寒，尚有芦棚护曲阑。
培植一年开十日，人间富贵作花看。

【注释】①立夏:节气名。阳历五月六日前后。长椿寺:在北京市。明万历中,归空和尚入京,誉者众,孝定皇太后闻而创寺,神宗赐额曰“长椿”。见刘侗、于奕正著《帝京景物略》卷三《长椿寺》。

山村夜雨

山村寂历夜深清，梦醒凉云枕簟生。
三百人家灯火里，一时齐听酒窗声。

魏　源

见五绝部分作者小传。

钱塘江舟行

湖平风定雾全开，帆转青山四面来。
西上潮头东下舫，一时相遇富春台①。

一棹桐江带雨回，顺流竹箭绿如醅②。
榜人语客须晨起③，前头无数好山来。

【注释】①富春台：指严子陵钓台。在浙江桐庐西富春山上。

②醅（pēi）：醅面，酒面碧色浮沫。喻指绿水。范成大《立春日郊行》："醅面初明浅浅波。"

③榜人：撑船人。张协《七命》："渊客唱淮南之曲，榜人奏采菱之歌。"

黄山绝顶题文殊院[1]

峰奇石奇松更奇，云飞水飞山亦飞。
华山忽向江南峙，十丈花开一万围。

不知何处是尘埃，竟踏青天顶上来。
欲觅寺僧无向导，山门空待白云回。

一线天开透出厓[2]，为人堕地眼初开。
莲花仙掌撑空起，直是重游太华来[3]。

【注释】①文殊院：故址在安徽黄山玉屏峰。

②一线天：为登玉屏峰之要道。道在两峰间，狭长如巷，仅容一人，仰望高空，蓝天一线，故名。

③太华：即西岳华山。按华山西峰曰莲花峰，东峰有仙掌崖。黄山最高峰亦称莲花峰，黄山亦有仙掌峰。

张际亮

张际亮（1799—1843），字亨甫，福建建宁（今建瓯）人。有《张亨甫全集》，同邑孔庆衢校刊。亨甫诗七古第一，足与舒位七古争美。宋湘称亨甫:“外人拟君以黄仲则、吴兰雪,二人何能及君!”

无　锡

淡烟浓翠映城头，画里风樯水上楼。
到眼依然有秋思，惠山云气一江流①。

【注释】①惠山:一作慧山。在江苏省无锡市西郊。西域僧慧照居此山,故名。

扬州杂诗(录一首)

欧苏已往风流歇，不见渔洋更百年①。
廿四桥头明月尽，吹箫声里雨如烟②。

【注释】①欧苏:宋和欧阳修和苏轼。渔洋:王士禛号渔洋山人。见前五绝王士禛小传。

②杜牧《寄扬州韩绰判官》诗:“二十四桥明月夜,玉人何处教吹箫。”廿四桥:详见五绝部分孔尚任《二十四桥》注。

托浑布

托浑布(1799—1843),字子元,号爱山,蒙古旗人。嘉庆二十四年己卯(1819)进士,官至山东巡抚。有《瑞榴堂集》。

江山道中杂诗①

一舟四面浸澄空，月色波光上下同。
怪底邻船筝籧静②,怕他龙女出珠宫③。

蘸波嫩柳绿堪怜，舞向东风态更妍。
眼底桃花逐流水，不知春思在鸥边。

【注释】①江山:县名。今浙江省江山市。

②筝:古代弦乐器,有弦十三根至十六根。《玉篇》:"筝似瑟,十三弦。"籧:管乐器。朱载堉《律吕精义》:"籧与笛音义并同,古文作籧,今文作笛。"

③珠宫:指龙宫。苏轼诗:"海石来珠宫,秀色如蛾绿。"

刘永济

刘永济,字湛之,号浤江,春字弟,继美子。诗载《宝应刘氏清芬集》,世续堂藏板,道光年间进士刘宝楠录。

近月楼即事[1]

湖海元龙意气豪[2]，萧萧白发不堪搔。
凭栏忽觉松篁短，始识闲身占地高。

【注释】①自注："楼为先镇江公筑。《掩关集》有《楼成示孙》诗，故址在东城大街。"

②湖海元龙：谓东汉陈登（元龙），见前梁绍壬《吴门杂诗》注④。

何绍基

何绍基（1799—1873），字子贞，号东洲，一号猨叟，湖南道州（今道县）人。道光十六年丙申（1836）埋，改庶吉士，授编修。子贞诗根柢深厚，盘郁而有奇气，多可传之作。自序云："性既平拙，复守庭训，一切豪诞语、牢骚语、绮艳语、疵贬语，皆所不喜。"其严于自律如此。书法为世所重。有《东洲草堂诗钞》。

柬魏默深[1]

蕙抱兰怀只自怜，美人遥在碧云边。
东风不救红颜老，恐误青春又一年。

【注释】①魏默深:魏源字默深。见前五绝魏源小传。

逆　风

寒雨连江又逆风，舟人怪我屡开篷。
老夫不为青山色，何事欹斜白浪中。

慈仁寺荷花池

泊船先戒榜人哗[①],避热来寻古佛家。
好是净因香火地[②],有三十六亩荷花。

坐看倒影浸天河，风过栏干水不波。
想见夜深人散后，满湖灯火比星多。

【注释】①榜人:舟子,撑船人。

②净因:佛家语。《观无量寿经》:“此三种业,过去、未来、现在三世诸佛净业正因。”按三种业者,一、孝养父母,奉事师长,慈心不杀;二、具诸戒行;三、发菩提心,深信因果,读大乘经。梁武帝《净业赋》:“见净业之爱,果以不杀为因。”

钟　兰

钟兰(1799—1874),字纫香,一字雪樵,号息巢,浙江会稽(今绍兴)人。候选县丞。

自题画梅立轴

雪霁庭空月影斜，老梅开到老逋家[①]。
魏徵妩媚今谁见[②],为拂生绡写此花。

【注释】①老逋:宋林逋字和靖,隐杭州孤山,所居遍植梅树。

②魏徵:曲城人,字玄成。唐太宗时,官至左光禄大夫,封郑国公。魏徵屡谏唐太宗,太宗曰:"人言魏徵疏慢,我视之更为妩媚,正为此耳。"见《通鉴》卷一九四。

作竹里馆图赠女夫孙寄龛,时辛酉九月,方偕长女奉母避寇余家,扫榻居之[①]

心远由来地自偏[②],馆甥新辟屋三椽[③]。
为君闲展王维集，笑染浓青画辋川[④]。

万木萧森暗绿阴，宵深应有老龙吟。
凭君试作公和啸[5]，灵鹊无声月满琴[6]。

【注释】①竹里馆：唐王维居室名。辛酉：咸丰十一年(1861)。

②陶潜《饮酒》诗："心远地自偏。"

③馆甥：留宿女婿。馆作动词用。《孟子·万章下》："帝馆甥于贰室。"

④辋川：在陕西蓝田南，王维别业在此。

⑤公和啸：晋孙登字公和，隐于苏门山，为土窟，夏则编草为裳，冬则披发自覆。好读《易》，善长啸。阮籍往观，与商略终古及栖神道气之术，登皆不应，籍因长啸而退。至半岭，闻其声若鸾凤之音响于岩谷，乃登之啸也。

⑥自注："余手抚古琴，为赵王孙故物，'凤池''灵鹊'二篆，松雪所自署也。"按赵王孙指赵孟頫。孟頫著有《琴原》《乐原》，得律吕不传之妙。

曹衔达

曹衔达，字仲行，号子安，浙江嘉善人。道光十三年癸巳(1833)进士。历官漳州同知署知府。有《听钟山房集》。

舟行和铁梅[1]

金戈铁马共秋声[2]，酾酒灯前剑欲鸣[3]。
人自寂寥滩黯淡，疏星残月远山明。

【注释】①铁梅：李嘉瑞，字吉臣，号铁梅，大兴人。道光进士，累官安徽巡抚，坐事夺职，一生正直无所依傍，人呼为“铁大人”。

②金戈铁马：谓战事。辛弃疾《永遇乐·京口北固亭怀古》词：“想当年，金戈铁马，气吞万里如虎。”

③酾（shī）酒：斟酒。苏轼《赤壁赋》：“酾酒临江，横槊赋诗。”

韩　超

韩超，字万仲，号南溪，昌黎（今属河北）人。道光十四年甲午（1834）副贡，官至贵州巡抚。谥果靖。有《果靖遗诗》。

病　中

九试匡衡一丙科[①]，暂凭百战挽天河。
君恩留得沙场骨，且买黄牛荷笠蓑。

【注释】①匡衡：字稚圭，汉东海承人。匡衡才下，数射策不中，至九，乃中丙科。见《史记》九十六。按丙科，汉时考试的第三等科目。此处诗人以匡衡自比。

郑　珍

郑珍(1806—1864),字子尹,号柴翁,贵州遵义人。道光十七年丁酉(1837)举人。同治间以荔波教谕,补江苏知县,未赴而卒。有《巢经巢诗钞》。子尹诗简穆深厚,时见才气,亦有风致,诗于苏、黄为近。

留别樾峰①(二首录一)

半月相从榕树阴，苦将秋雨挽离襟。
男儿要去直须去，那复愁干愁滑心！

【注释】①樾峰:平翰,字樾峰,浙江山阴人。官贵州知府。工书,刻《求青阁帖》行世。

书樾峰诗稿后

乾坤清气一枝笔，不落人间得意场。
官退却惊诗力进，晚凉携卷语山光。

二茗季弟哀词(二十首录五)

鸡鸣呼我屋西头，永诀空馀息在喉。
目指三儿含哽付，一生兄弟片时休。

伤心吾道老尤非，长饿何由手足肥。
致汝苦生还苦死，敛时犹是阿兄衣[①]。

屡期游蜀屡徘徊，前月无端去又回。
只说相生有天意，岂知为要送终来。

飒飒秋涛风雨哀，绕山松树尽渠栽[②]。
一根不死吾弟死，不为先坟都斩来。

四十三龄亦考终[③],固知死乐胜生穷。
思量不作多时别，我已今成六九翁[④]。

【注释】①敛:同殡殓之“殓”。经传皆作“敛”。为死者易衣曰小敛，入棺曰大敛。

②渠:其,他。谓季弟也。

③考终:善终。自慰之辞。

④“思量”二句:谓我亦行将去世,不久当在地下与季弟相逢。

罗泽南

见五绝部分作者小传。

补裘痛怀先祖

冷雪凝阶二月初，羊裘补得胜华裾。
风霜记否当年苦，典尽春袍送读书。

李佐贤

李佐贤，字竹朋，山东利津人。道光十五年乙未（1835）进士，改庶吉士，授编修。官汀州知府。竹朋中岁辞官，以书画金石自娱。所编《古泉汇》搜罗宏富，号为专家之学。何子贞尝曰："君有诗人之性情，而不为诗，何也？"有《石泉书尾诗钞》。

登严子陵钓台[①]

千里江山一钓竿，高台终古拥巑岏[②]。
经过热客知多少，都被先生冷眼看。

【注释】①严子陵钓台:在浙江桐庐县富春山,传为汉严光(子陵)隐居垂钓处。

②巑岏(cuán wán):峻峭的山峰。《楚辞·九叹·惜贤》:"登巑岏以长企兮。"王逸注:"巑岏,锐山也。"

祁　琳

祁琳,字景纯,陕西咸宁(今西安)人。有《芳茵园诗集》。

杜　曲[①]

杜曲回看十里霞，杏花村里酒帘斜。
漫夸尺五风流地[②],已属城南处士家。

【注释】①杜曲:地名。唐时贵族杜氏世居于此,故名。在今陕西长安县东南。

②尺五:唐时京都有杜、韦两大家族,地位极高,接近皇帝。时谓:"城

南韦杜，去天尺五。”

斌　椿

斌椿，字友松，满洲旗人。官郎中，有《海国胜游草》《天外归帆草》。友松奉使海西，周历诸邦，破浪乘风，行九万里，海国胜游，形诸歌咏。《天外归帆》则东还时所作也。

寄杨简侯表弟①

五年林下纵清谈，策马西陲我未堪。
今日定教君艳羡，杏花时节在江南②。

【注释】①杨简侯：杨能格，字简侯，清汉军正红旗人。道光进士，官至江宁布政使。工书。

②“杏花”句：袭用杜牧《寓言》诗：“何事明朝独惆怅，杏花时节在江南。”虞集《风入松》词：“为报先生归也，杏花春雨江南。”

徐志源

徐志源，字伯英，江苏武进（今常州）人。官国子监监丞。

有《吟香草堂遗诗》。

闻　雁

已是萧萧落叶声，更闻孤雁客心惊。
关山到处多矰缴[①],冷月凄风况独征。

【注释】①矰(zēng)缴:射鸟之具。《淮南子·说山》:“好弋者先具矰与缴。”注:“矰,短矢;缴,所以系者。”

邢世铭

邢世铭,字子膺,号柳汀,湖北兴国州(今阳新)人。官知州。有《南湖草堂诗存》。

怀兄子贞盐城官舍[①]

草堂如水夜将阑，晓雁声中梦未安。
忆得孤篷残醉客，秋风卧听海潮寒。

【注释】①盐城:旧县名。故治即今江苏省盐城市。

许宗衡

许宗衡(1811—1869),字海秋,江苏上元(今南京)人。咸丰二年壬子(1852)进士,改庶吉士,历官起居注主事。有《玉井山馆诗集》。

雨中过兖州[①]

风旗拂帽过荒台,断戍春阴黯不开。
一片孤城千树雨,桃花红向马头来。

【注释】①兖州:府名,治所在今山东兖州市。

薛时雨

薛时雨(1818—1885),字慰农,一字澍生,晚号桑根老人,安徽全椒人。咸丰三年癸丑(1853)进士,历官杭州知府。有《藤香馆诗删存》。

故乡避难来善者络绎不绝，衙斋之屦满矣，外及漕仓旅店，半住椒人，感赋二绝

白裘杜厦古人心[①]，桑梓交游谊更深[②]。
鹤俸但期苏涸辙[③]，腰缠原不羡多金[④]。

频年潘令赋闲居[⑤]，奉檄人争说上腴[⑥]。
天为故乡救残喘，廉泉假我活鲂鱼[⑦]。

【注释】①白裘：白居易《新制绫袄成感而有咏》："争得大裘长万丈，与君都盖洛阳城。"杜厦：杜甫《茅屋为秋风所破歌》："安得广厦千万间，大庇天下寒士俱欢颜。"

②桑梓：指故乡。语出《诗·小雅·小弁》。

③鹤俸：谓官俸也。唐代幕府官俸谓之鹤料。见张邦基《墨庄漫录》卷六。涸（hé）辙：《庄子·外物》：庄周家贫，故往贷粟于监河侯。监河侯曰："诺。我将得邑金，将贷子三百金，可乎？"庄周忿然作色曰："周昨来，有中道而呼者，周视车辙中，有鲋鱼焉。周问之曰：鲋鱼来，子何为者邪？对曰：我东海之波臣也。君岂有斗升之水而活我哉？周曰：诺，我且南游吴越之王，激西江之水而迎子，可乎？鲋鱼忿然作色曰，吾失我常与，我无所处。吾得斗升之水然活耳。君乃言此，曾不如早索我于枯鱼之肆！"后因以涸辙之鲋喻身陷困境，急待救援者。李白诗："涸辙思流水，浮云失旧居。"

④腰缠：《商芸小说》：有客相从，各言所志，或愿为扬州刺史，或愿多资财，或愿骑鹤上升，其一人曰："腰缠十万贯，骑鹤上扬州。"欲兼三者。后因称随身所携之资财曰腰缠。

⑤潘令赋闲居：晋潘岳尝官河阳令。《文选》卷十六有潘岳《闲居赋》

一首。

⑥奉檄：同“捧檄”。谓受命就任官职。

⑦廉泉：《南史·胡谐之传》：范柏年，梓潼人，为州将刘亮使出都询谘事，见宋明帝，帝言及广州贪泉，因问柏年：“卿州复有此水否？”曰：“梁州有文川武乡，廉泉让水。”又问：“卿宅在何处？”曰：“臣所居在廉让之间。”鲂鱼：一名鳊。

金　和

金和（1818—1885），字弓叔，号亚匏，江苏上元（今南京）人。邑增生。有《秋蟪吟馆诗钞》。

饲蚕词[①]（五首录一）

阿娘辛苦养蚕天，娇女陪娘瞋不眠。
含笑许缝新袜裤，待娘五月卖丝钱。

【注释】①作于咸丰十年（1852）。

西施咏

溪水溪花一样春，东施偏让入宫人。
自家未必无颜色，错绝当时是效颦[①]。

【注释】①效颦：酬谢病心而颦，东施见而效之，人皆避之。彼知颦美，而不知颦之所以为美。末句“当时”，一作“当年”。

嘲燕

海燕将雏分外忙，呢喃终日向华堂[①]。
生儿尽学江南语，秋后如何返故乡？

【注释】①呢喃：燕子鸣叫声。

春闺曲

也卷重帘也倚阑，暗缄柳絮寄人看。
东风用尽开花力，吹上侬衣只是寒。

王星诚

王星诚，字孟调，浙江山阴（今绍兴）人。咸丰九年己未（1859）副贡。著《西岛残草》。李慈铭传略：“君本名章，字平子，幼颖异，目多白眉，有奇采，成童为文，即刻意自异。为诗歌，镂心鉥肾，见者敛手。”

李　忆

素月银霞淡处工，兰芽生小不禁风。
绣云山下杨花老，规范东州盛小丛[1]。

冬郎惯赋懊侬歌[2]，梅尉祠边酒债多[3]。
记得春船扶醉别，一灯花雨渡曹娥[4]。

【注释】①盛小丛：唐越妓，李讷为浙东廉使，夜登城楼，闻歌声召至，乃小丛也。时崔侍御元范至府幕赴阙，讷饯之，命小丛歌饯，在坐各赋诗赠之。

②冬郎：唐韩偓，字致尧，小字冬郎。昭宗时官兵部侍郎，翰林学士承旨。懊侬歌：乐府吴声歌曲名。多写儿女间感情受挫所生苦恼。

③梅尉：汉梅福，字子真，曾为南昌尉，后弃官居家。王莽专政，福弃妻子去，之九江，传以为仙。后有人于会稽见福者，变姓名为吴市门卒。绍兴旧有祠祀梅福。

④曹娥：江名，在浙江绍兴东。有剡溪、东溪二源，至嵊州合流，北流经曹娥镇，入杭州湾。

七　陵[1]

洛水湛湛晚欲澄，虎牢秋色尚崚嶒[2]。
年前一掬冬青泪[3]，又整残衫过七陵。

【注释】①七陵：《文选·班孟坚〈西都赋〉》："三选七迁。"注：七迁谓迁于七陵也。注又谓始不迁人陪陵。自汉以上正有七帝也。

②虎牢：虎牢关。在今河南荥阳汜水西关。传周穆王畜虎于此，故名。此关地处东西咽喉，山岭颊寺，形势险要，为兵家必争之地。崚嶒：高峻突兀貌。

③冬青泪：蒋士铨《九种曲》之一，演文天祥及谢枋得事迹。此处借用，指忧国忧民之泪。

邯郸旅店

满衣尘土晚停车，洗脚升堂一碗茶。
自捡松枝蒸粟饭，不知清梦落天涯。

崇　实

崇实（1820—1876），字朴山，号惕盦，满洲旗人。道光三十年庚戌（1850）进士，改庶吉士，授编修。官至刑部尚书，署盛京将军。有《适斋诗集》。

广远道上①

千佛岩边景物幽②，飞仙岭上更堪游③。
山青水绿嘉陵道④，处处野花开石榴。

【注释】①广元:今四川省广元市。

②千佛岩:一名千佛崖。在广元县北十里,嘉陵江东岸。

③飞仙岭:在广元市西南,剑阁县北,一名飞仙阁。

④嘉陵江自北至南,贯穿广元市。

俞　樾

俞樾(1821—1907),字荫甫,号曲园,浙江德清人。道光三十年庚戌(1850)进士,授翰林院编修。有《群经平议》《诸子平议》《古书疑义举例》《曲园杂纂》《春在堂随笔》《右台仙馆笔记》等。

内子和梅花诗云:“耐得人间雪与霜,百花头上尔先香;清风自有神仙骨,冷艳偏宜到玉堂。”余喜而和之

庭院无尘夜有霜,风来不是等闲香。
寒宵同作罗浮梦①,绝胜东坡在雪堂②。

【注释】①罗浮梦:《龙城录》载:隋开皇间,睢阳人赵师雄被贬至广东,过罗浮山,日暮于松林酒肆旁见一美人淡妆素服,因与诣酒家共饮。师雄醉寝起视,大梅树下月落参横,但见翠羽啾啾而已。

②东坡在雪堂:苏东坡《大雪青州道上有怀东武园亭寄交代孔周翰》诗有云:“就中山堂雪更奇。”

齐物诗[1]（七首录五）

休将憔悴感平生，眼底荣枯颇不惊。
万蜡高烧终是夜，一灯孤对也能明。

莫与痴人细较量，吾生何处不徜徉。
出门一步便为远，作客十年未是长。

呼马呼牛总此身[2]，悠悠欲论未为真。
周公也有流言日，盗跖非无慕义人[3]。

忘机底事更疑猜[4]，私智难将造化推。
麟出何尝皆是瑞，蝝生亦或不为灾[5]。

覆雨翻云幻蜃楼[6]，人生何处总恩仇。
戏场亦有真歌泣，骨肉非无假应酬。

【注释】①齐物:《庄子》内篇有《齐物论》。主张齐是非、齐彼此、齐物我、齐夭寿。反映庄子对人生所持相对主义态度。

②呼马呼牛:《庄子·天道》:“昔者子呼我牛也,而谓之牛;呼我马也,而谓之马。”

③周公:周武王弟,名旦。成王时,周公摄政,管叔造流言谓其将篡位。白居易《放言》之三:“周公恐惧流言日。”盗跖:人名,春秋时鲁柳下惠之弟。旧时被认为是大盗。《庄子·胠箧》:跖之徒问于跖曰:“盗亦有道

乎?”跖曰:“何适而无有道邪!”

④忘机:指清静无为的心境。李白《下终南山过斛斯山人宿置酒》诗:“我醉君复乐,陶然共忘机。”底事:何事。

⑤麟:麒麟。旧时以为祥瑞之兆。韩愈《获麟解》:“若麟之出,不待圣人,则谓之不详也亦宜。”蝝(yuán):《尔雅·释虫》:“蝝,蝮蜪。”注:“蝗子,未有翅者。”此泛指蝗虫。

⑥覆雨翻云:杜甫《贫交行》:“翻手作云覆手雨,纷纷轻薄何须数!”顾贞观《金缕曲》:“魑魅择人应见惯,总输他覆雨翻云手。”

舟中三君子诗

(三君子者,舵也,篙也,纤也。一之不具,则无以行。余嘉其为用不同,而同力以济,有君子之德,为赋三君子诗。若帆之功,出于天幸,正如小人因时立功,或有过于君子,时去即委之去矣,故不列云。)

舵

路当平处能持重,势到穷时妙转移。
只惜功多人不见,艰难惟有后人知。

篙

深山风雪炼奇材,入世偏工挽与推。
指点教人深处去,支持出我险中来。

纤

挽得茫茫既倒澜,旁人误作系援看。

但令直上扶摇易，那识居高汲引难[①]。

【注释】①扶摇：急剧盘旋而上。汲引：此谓牵引。

李鸿章

李鸿章（1823—1901），字渐甫，又字少荃，号仪叟，安徽合肥人。道光十五年乙未（1835）进士，二十七年丁未（1847）改庶吉士，授编修，官至文华殿大学士、直隶总督，封肃毅伯，进一等侯，赠太傅，谥文忠。有《李文忠公遗集》。

雪霁登程将至宿松二首[①]

积雪沙堤似掌平，香泥浅趁马蹄轻。
朔风来自阴崖畔，犹带枯林踏叶声。

三月寒逾九九深[②]，炎凉历惯不惊心。
菜花满地黄金色，憔悴相看半不禁。

【注释】①宿松：今安徽省宿松县。

②九九：自冬至次日起数，历八十一日曰九九。苏轼《汉庙祈雨回阳春亭有怀》诗："九九已从南至尽，芊芊初傍北篱新。"按南至即冬至。

费锡璜

费锡璜(1825—1913)字滋衡,号苏生,武强(今属河北)人。熟古乐府,苍莽中时有古音。生平豪迈不羁,尝登之罘,投其诗于海中,痛哭而返。有《掣鲸堂诗集》。

吴姬劝酒

吴姬十五发鬖鬖①,玉腕蒲桃劝客酣②。
但过黄河风色冷,更无春酒似江南。

【注释】①鬖(sān)鬖:毛发下垂貌。

②蒲桃:同“蒲萄”“葡萄”。此指葡萄酒。王翰《凉州曲》:“蒲萄美酒夜光杯。”

易佩绅

易佩绅(1826—1906),字子笏,一字笏山,湖南龙阳(今汉寿)人。咸丰五年乙卯(1855)优贡,历官江苏布政使。子笏治军察吏,颇负干才。诗亦抗爽,有奇气。惟晚年溺情仙道,不免颓唐。有《函楼诗钞》。

华阴风雨[①]

二十年前匹马行，三峰向我最分明[②]。
而今隐约风云里，只听群仙笑语声。

我有奇珍玉井莲[③],携来旧地证前缘。
洗头盆水一弹指[④],散作甘霖洒大千[⑤]。

【注释】①华阴:今陕西华阴县。地在华山之北,故名。

②三峰:华山主峰有三,为落雁(南峰)、朝阳(东峰)、莲花(西峰)。

③玉井莲:韩愈《古意》诗:“太华峰头玉井莲,开花十丈藕如船。”苏轼《和陶诗》:“遥知玉井莲,落蕊不相传。”

④洗头盆:指玉女洗头盆,华山玉女峰名胜之一。《集仙录》:“玉女洞前有五石臼,号曰玉女洗头盆。”《诗含神雾》:“华山上有明星玉女手执玉浆。”杜甫《望岳》诗:“安得仙人九节杖,拄到玉女洗头盆。”

⑤大千:大千世界,佛家语。又称三千大千世界。指广大无边的世界。详见《智度论》及《俱舍论》。

薛廷文

薛廷文,字卤斋,浙江秀水(今嘉兴)人。工画荷、梅,里人雅重之,称其薛荷。著有《听雪斋集》。

画　荷

净洗铅华点绿芜，碧筒初放水平铺①。
红衣不肯轻狼藉，莫遣秋风到画图。

【注释】①碧筒:此指荷叶卷而未舒之形状。后人卷荷叶为筒以饮酒，亦称碧筒。

刘履芬

刘履芬(1827—1879),字彦清,又号泖生,浙江江山人。有《古红梅阁诗集》。

寒夜有感

轻笼翠袖倚香篝①,檐铁风前响未休。
不愿得卿颦更甚，年来夫婿正工愁。

持筹障簏亦才能②,疏散深惭我未曾③。
零杂米盐翻絮絮④,满窗寒雨替银灯⑤。

【注释】①香篝:熏笼。陆游《五月十一日睡起》诗:"茶碗嫩汤初得乳,香篝微火未成灰。"

②持筹:筹划。《文选·枚乘〈七发〉》:"孔老览观,孟子持筹而算之,万不失一。"障簏:《世说新语·雅量》:祖约好财,人有诣祖,见料视财物,客至,屏当未尽,馀两小簏着背后,倾身障之,意未能平。此处障簏借料理财物。

③疏散:闲散。谢灵运《过白岸亭》诗:"未若长疏散,万事恒抱朴。"

④絮絮:唠叨不休。此句谓为柴米油盐等生活琐事唠叨不休。

⑤替:此有衰落之意。

闺　词

粉额暄妍绿鬓娇①,帘波筛碎竹烟销。
玉鬟含意分明处,坐对银釭绛蜡烧②。

【注释】①暄妍:谓鲜艳明媚。

②银釭:银灯。绛蜡:红烛。

赵之谦

赵之谦(1829—1884),字㧑叔,浙江会稽(今绍兴)人。咸丰九年己未(1859)举人。著有《悲庵居士诗剩》。潘祖荫曰:"荫交㧑叔近十年,未见其与近之诗人唱和也,今见其所为诗,则非今之所谓诗人也。'矜此七品官,远过万里程。'读此二语,能无三叹！扔叔书画刻石，并卓绝一时，记诵亦实有胜人处，固不必以体格绳检之也。”

画梅作

老干槎枒酒气魄[①]，疏花圆满鹤精神。
空山安用和羹手[②]，独立苍茫揽古春。

【注释】①槎枒：枝干错落不齐貌。

②和羹：原指为羹汤调味。《书·说命下》：“若作和羹，尔惟盐梅。”孔安国传：“盐，咸；梅，醋。羹须咸醋以和之。”后喻指宰臣辅佐帝王总理朝政。

潘慎生

见五绝部分作者小传。

晚过采石[①]

楼阁参差隐暮鸦，秋江澂练散馀霞[②]。
消魂斜日青山里，画里新诗属谢家[③]。

【注释】①采石：在安徽当涂县北。

②谢朓《晚登三山还望京邑》诗:“馀霞散成绮,澄江静如练。”澂,同“澄”。

③谢家:后世以谢朓与谢灵运对举,称大小谢。谢朓为“小谢”。

施应藻

施应藻,字仲文,号筝秋,浙江仁和(今杭州)人。咸丰九年己未(1859)进士,官兵部主事。

题丁寿桥庆成锄经图小影

觅得桃源别有天,欣欣鸡犬亦皆仙。
披图便觉归耕乐,拟脱朝衫学种田。

周向辰

周向辰,号肖岩,仁和(今浙江杭州)人。咸丰九年己未(1859)举人,官分水训导。著有《摩兜坚室诗草》。

桐江道中[①]

归来海上路迢迢，又逐东风上画桡。
眼底别开诗境界，富阳山水浙江潮。

谁教柔橹响咿哑，惊觉林梢隔宿鸦。
早起不知风雪冷，开窗一路看梅花。

【注释】①桐江：水名。即浙江中游自建德至桐庐一段别称。两岸重山复岭，青崖翠发，江水澄碧，云影岚光，上下一色。吴均称“奇山异水，天下独绝”。

包如春

包如春（？—1861），字笑山，浙江仁和（今杭州）诸生。钟骏声曰：笑山事亲以孝闻，与人交，无急言遽色。咸丰十一年殉职。

绝　句

长日闲门春意舒，风摇花影忽疏疏。

研朱点墨无馀事，手拔牙签读旧书[1]。

【注释】①牙签：象牙制的图书标签。《旧唐书·经籍志》：其集贤院御书：经库皆钿白牙轴，黄缥带，红牙签；史书库钿青牙轴，缥带，绿牙签；子库皆雕紫檀轴，紫带，碧牙签；集库皆绿牙轴，朱带，白牙签，以分别之。

丁兆奎

丁兆奎（？—1861），字松浦，仁和（今浙江杭州）诸生。咸丰十一年殉职。

题次闲画竹

大叶疏枝出自然，乱头粗服舞风前。
铺来十丈鹅溪绢[1]，横扫淋漓笔似椽[2]。

雨叶风条更露梢，两三竿亚势凌霄。
写真能写虚心意，压倒疏狂郑板桥[3]。

【注释】①鹅溪：在今四川盐亭县西北，产绢地。唐时以绢为贡品。苏轼《次韵答文与可见寄》诗："为爱鹅溪白茧光，扫残鸡距紫毫芒。"

②淋漓：沾湿或流滴貌。韩愈《醉后》诗："淋漓身上衣，颠倒笔下字。"笔似椽：晋王列梦人以大笔如椽与之，既觉，语人云："此当有大手笔事。"

俄而帝崩，哀册谥议，皆珣所草。

③郑板桥：郑燮号板桥，善画兰竹，自成一家。

陈　魁

陈魁，字经邦，江苏长洲（今苏州）人。诸生。

秦筝曲[①]

珠箔初开急柱鸣[②]，锦衣画阁坐弹筝。
十年梦断伊州月[③]，犹带凄凉陇上声。

【注释】①秦筝：古弦乐器，似瑟。传为秦国蒙恬所造，故名。

②珠箔：即珠帘。白居易诗："珠箔银屏迤逦开。"

③伊州：州名，唐置。故城在今新疆哈密县。又唐有《伊州曲》，以地为名。

姚斌敏

姚斌敏，字子廉，汉军旗人。同治四年乙丑（1865）进士，官漳浦知县。有《木瘿庵诗存》。

早至鄱阳一昼夜行四百馀里矣[1]

西风直欲撼天河，水入江心九派多[2]。
一夜扁舟落何处？万重山翠万重波。

【注释】①鄱阳：鄱阳湖。在江西省北部、长江以南。

②九派：相传长江流经江西、湖北一段有九个支流。鲍照《登黄鹤矶》："九派引沧流。"

李慈铭

见五绝部分作者小传。

寓庭今年花事极盛得绝句四首

六年栽树今幸成，红紫浓香各擅名。
为照主人头似雪，夕阳相映更多情。

常拟娱亲辟小园，卜居难定一枝安。
即今半亩垂垂朵，不及闲居奉母看。

回环小径绿生莎，别占春风绵一窠。
赢得隶人沿路说，吟官无事种花多。

海棠粉褪柳丝斜，一树秾桃烂似霞。
蜂蝶不知人迹断，也寻花事到贫家。

翁同龢

翁同龢(1830—1904)，字叔平，号松禅，江苏常熟人。咸丰六年丙辰(1856)状元。穆宗、德宗两朝，皆值弘德殿，为师傅，宏奖士类，屡掌文衡，官至协办大学士、户部尚书，参机务。光绪戊戌(1898)，以赞助德宗变法罢职。宣统初，复原官，谥文恭。诗文皆简重有度。工书，以董、赵意而参以平原，气魄足继刘墉。亦善绘事。有《瓶庐诗稿》《松禅手札》《翁文恭手书日记》等。

咏菜糊涂三首

(江淮间屑麦和菜入釜调之，曰菜糊涂。先祖在海州①时，举家所常食者。同龢熟其名而未知其味。一日，燮臣以此见饷，既荐于寝，追忆八十年旧事，感叹不已。)

再拜惊呼麦一盂，老来才识菜糊涂。

海州学舍斋厨味，柔滑香甘似此无？

一饭艰难世岂知，当年豆屑杂麸皮[②]。
孤儿有泪无从咽，不见爷娘吃粥时。

隔巷儿孙德有邻[③]，炊藜饷我倍情亲[④]。
夜长月落兴风紧，多少穷榈忍饿人[⑤]。

【注释】①海州：州名。治所在今江苏连云港市西南。

②自注："道光三年，吾邑大水，母执爨以米奉大母，而全家食糠核。"按麸皮，小麦屑皮也。

③德有邻：《论语·里仁》："子曰：德不孤，必有邻。"

④藜：草名。嫩叶可食。

⑤穷榈(yán)：穷人所居之处。《荀子·儒效》："虽隐于穷榈漏屋，人莫不贵之，道诚存也。"注："穷榈，穷僻之处。"榈，里门。

谭　献

见五绝部分作者小传。

峡口晓发[①]

征人落叶各飞扬，木末云阴幂晓光[②]。

岭色千重留不得，满天风雨别江郎[3]。

【注释】①峡口:镇名。在浙江江山市西南六十里。当南北孔道。南出即仙霞关。

②幂(mì):遮盖。

③江郎:山名。在浙江省江山市南。上有三峰。相传昔有江氏兄弟三人,登山巅化为石,因名。俗呼江郎三片石。

登　楼

日上高楼倚夕阳，望穷云树更苍茫。
今年海国伤春色，独有青山似故乡。

近　闻

雨暗家山入渺芒，近闻烽火复苍黄[1]。
凉浆麦饭寻常事[2],岁岁清明在异乡。

【注释】①苍黄:翻覆之喻。孔稚珪《北山移文》:"岂期终始参差,苍黄翻覆。"

②麦饭:麦屑饭。《急就篇》:"饼饵麦饭,甘豆羹。"注:麦饭,磨麦合皮而炊之也。野人农夫之食耳。

高　邮[1]

兰桨盈盈动水滨，栖鸦点点度湖湄[2]。

便从衰草微云里，想见风流淮海人[③]。

秦邮驿前夕照沉[④]，露筋祠下天阴阴[⑤]。
明珰翠羽无消息[⑥]，一片珠湖是此心[⑦]。

【注释】①高邮：今江苏省高邮市。

②漘(chún)：水边。《诗·魏风、伐檀》："寘之河之漘兮。"

③秦观，字少游，号淮海居士，宋高邮人。见苏轼于徐，为赋黄楼，轼以为有屈宋才。有《淮海集》。世称秦淮海。秦观《满庭芳》词："山抹微云，天粘衰草。"

④秦邮：即高邮。秦于此置高邮亭，故名。

⑤露筋祠：见前王士禛《再过露筋祠》注①。

⑥翠羽明珰：《异物志》：翡赤而翠青，其羽可以为饰。耳珠曰珰。曹植《洛神赋》："无微情以效爱兮，献江南之明珰。"翠羽明珰，皆妇人之饰，指代眷属。

⑦高邮境内有三十六湖，故称"一片珠湖"。

王闿运

王闿运(1833—1916)，字壬秋，湖南湘潭人。咸丰五年乙卯(1855)举人。晚年赐翰林院检讨。有《湘绮楼诗》《楚辞释》《八代诗选》等。陈衍《石遗室诗话》：湘绮五言古沉酣于汉魏六朝者至深，七言古体必歌行，律必杜陵、秦川诸作，七言绝句则以为本应五句，故不作，存者不足为训。

晓上空泠峡绝句[①]

猎猎南风拂驿亭，五更牵缆上空泠。
惯行不解愁风水，瀑布滩头只卧听。

【注释】①本诗自注："未刊稿，为陈伯弢书屏之什也。"空泠峡：在湖北秭归县东南四十里。明改称空舲峡。《水经注》：江水自建平至东界峡，盛宏之谓空泠峡。峡甚高峻，即宜都、建平二县界也。有五六峰，参差互出，上有奇石如二人形，攘袂相对。

邓　绎

邓绎（1833—1899），字保之，湖南武冈人。诸生，候选知府。有《藻川堂诗集》。保之从曾国藩游，参佐戎幕，书檄之暇，不废著述。诗苍莽中时有隽语。

洛　城

大堤河水向东流，杨柳芙蓉映画楼。
几度洛城回首望，最怜山色似扬州。

徐同善

徐同善，字公可，汉军旗人。广州驻防四川试用通判，有《小南海诗集》。

荔枝湾①

历历桐庐江上景②，问名却是荔枝湾。
唐园载酒知何日③，客思乡愁两不闲。

【注释】①荔枝湾：在广东广州市城西珠江之湾，也称荔枝洲。洲上荔枝林夹岸，冬夏不凋，中有溪流，风景独胜。为南汉昌华园故址。旧羊城八景有"荔枝渔唱"。

②桐庐江：浙江中游一段，以奇山异水著名。

③唐园：即唐荔园，在荔枝湾，为清时名园。

沈景修

沈景修(1835—1899)，字汲民，号蒙叔，秀水(今浙江嘉兴)

人。咸丰十一年辛酉(1861)拔贡。官寿昌教谕。有《蒙庐诗存》。蒙叔潜研声诗。有《读国朝诗集百绝句》尤工,又有《论国朝书家八十首》。谭复堂极称赏。

出钱唐门寻旧日酒楼,蔓草荒烟,绝无人迹,怆然有感[1]

新愁白发三千丈[2],旧梦黄垆二十年[3]。
今日凄凉重过此,湖云如絮柳如烟。

【注释】①钱唐门:为杭州城西濒湖旧城门之一。

②李白《秋浦歌》:“白发三千丈,缘愁似个长。”

③黄垆:《世说新语·伤逝》:王濬冲为尚书令,著公服,乘轺车,经黄公酒垆下过。顾谓后车客:“吾昔与嵇叔夜、阮嗣宗共酣饮于此垆。竹林之游,亦预其末。自嵇生夭、阮公亡以来,便为时所羁绁。今日视此虽近,邈若山河。”

蔡 璠

蔡璠,字瑜卿,号述堂,浙江德清诸生。著《述堂诗稿》二卷。

狮子林[1]

福地洞天何处是？烟云变化有无间。
谁知善画倪高士，不爱真山爱假山[2]。

【注释】①狮子林：在今江苏省苏州市东北隅。中有古松五株，又名五松园。上有翘林秀木，下有奇石假山，人游其中，迷于往复。

②倪高士：指倪瓒。瓒字元镇，号云林，元无锡人。擅山水画。尝隐居狮子林，绘为图。

项守亨

项守亨，字嘉甫，永嘉（今浙江温州）廪贡。著有《渔樵半席诗集》二卷、文集二卷、外集一卷。

自题《渔樵半席图》

吾生昂藏七尺躯，梅花压雪形影癯[1]。
江湖浪迹谁招手，明月清风与子俱。

【注释】①昂藏：谓器度轩昂。癯（qú）：清瘦。陆游《射的山观梅》诗："凌厉冰霜节愈坚，人间乃有此癯仙。"

金　弼

金弼，字仲玉，号右轩，浙江仁和（今杭州）人。同治十年辛未（1871）进士，官翰林院庶吉士。有《痁枕草》《劳劳吟》。

湖　州①

如此溪光忍独醒，开尊明月正前汀。
我来孤负吴兴水，不读茶经读酒经②。

唤起帆张十幅蒲，才过荻蒲又蔆湖③。
浮家泛宅人多少，可有烟波旧钓徒④？

【注释】①湖州：三国吴为吴兴郡治。今浙江省湖州市。

②茶经：唐陆羽撰。三卷。论茶之性状、产地、采制烹饮等，记载翔实，为我国最早的论茶专著。　酒经：书名。《新唐书·王绩传》："追述（焦）革酒法为经，又采杜康、仪狄以来善酒者为谱。"《宋史·艺文志》四有无求子《酒经》一卷、大隐翁《酒经》一卷。苏轼有《东坡酒经》。

③荻浦：在湖州。　蔆湖：一名菱湖。在湖州东南，以产菱而名。

④浮家泛宅：谓以船为家，到处漂泊。《新唐书·张志和传》："颜真卿为湖州刺史，志和来谒，真卿以舟敝漏，请更之。志和曰：'愿为浮家泛宅，往来苕霅间。'"陆游《秋夜怀吴中》诗："更堪临水登山处，正是浮家泛宅

时。” 烟波旧钓徒：唐张志和去官后，舟居江湖间，自称烟波钓徒。

富乐贺

富乐贺，字崇轩，杭州驻防，满洲正蓝旗人。官福建知府。有《闽游草》。《杭郡诗三辑》云：崇轩性豪迈，绰有家风，善隶书，广蓄古玩及名人书画。以知府铨赴福建，创复梅青书院，未竟，盛凯廷观察续成之。

自题春宵听雨图(录二首)

官海韶华廿载过，嚼残鸡肋味如何①？
雨窗旅思如新柳，丝逐深春日日多。

晚风料峭漏声沉，静拥瑶编阅古今②。
为爱剑南诗意好，小楼听雨到更深③。

【注释】①鸡肋：喻乏味又不忍舍弃之物。《三国志·魏志·武帝纪》裴松之注引《九州春秋》：时王欲还，出令曰“鸡肋”，官属不知所谓。主簿杨修便自严装，人惊问修：“何以知之？”修曰：“夫鸡肋，弃之如可惜，食之无所得，以比汉中，知王欲还也。”

②瑶编：喻指珍贵的书籍。

③陆游有《剑南诗稿》。其《临安春雨初霁》诗云：“小楼一夜听春雨，

深巷明朝卖杏花。”

王维翰

见五绝部分作者小传。

读张芸叟《画墁集》①(录二首)

浮休居士漫归休②,万里西征事远游。
白骨似沙沙似雪,关山满目异乡秋。

回首长安东复东,夕阳都为别离红。
往来元气豪无敌,误入东坡别集中。

【注释】①张芸叟:张舜民字芸叟,宋邠州人。第进士,官至礼部侍郎,坐元祐党,商州安置。舜民慷慨喜论时事,嗜画,题评精确。为文豪迈有理致,尤长于诗。《画墁集》是其文集。

②浮休居士:张舜民自号浮休居士。

刘大观

刘大观，字松岚，邱县（今属河北）人。拔贡，历官山西河东道布政使。有《玉磬山房集》。

桂林即事

白云长护孔明台①，台上扶桑花自开。
一夕东风天骤暖，梧州已送荔支来②。

【注释】①孔明台：即诸葛武侯祠，在广西桂林市宝积山南端，俗称孔明台。

②梧州：府名，府治即今广西梧州市。梧州土产有荔枝之属。 荔支：即荔枝。杜牧《过华清宫绝句》："一骑红尘妃子笑，无人知是荔枝来。"

张之洞

张之洞（1837—1909），字孝达，号芗涛（一作香涛）、香岩，又号无竞居士。南皮（今属河北）人。同治二年癸亥（1863）进士，授翰林院编修。同治六年丁卯(1867)出任湖北学政。后历任翰林院侍讲学士、内阁学士等职。自光绪十年起先后任两广、两江、湖广总督，近三十年。在两湖最久，京汉铁道、汉阳铁厂、萍乡煤矿等皆为其所创办。光绪末召京入阁，任军机大臣，掌管学部事务，官至体仁阁大学士。卒谥文襄。有《张文襄公全集》《广雅堂集》《劝学篇》《抱冰堂集》《辅轩语》《书目答问》等。

人日游草堂寺①

人日残梅作雪飘，出城携酒碧溪遥。
无端杜老同心事，四海风尘万里桥②。

【注释】①人日：农历正月初七为人日。　草堂寺：在四川成都西郊浣花溪畔，为杜甫成都故宅旧址。

②杜甫《狂夫》诗云："万里桥西一草堂。"桥在成都城南锦江上。

济南杂诗

齐疆多海鲁多山①，风土中和是此间。
济汶黄河三水会，重扃不在穆陵关②。

龙山行尽麦田青，沙路无泥十里亭。
山色双双齐入画，泉声步步尽堪听。

伏生亲授济南经③，杜甫留题历下亭④。

十里明湖成苇荡⑤，百年名士等晨星。

曾图清济贯洪河，一线萦纡十丈多。
今日黄流全入济，愁心谁会濯缨歌⑥。

【注释】①齐：周国名，今山东北部及河北东南部地。　鲁：今山东曲阜一带。

②重扃(jiōng)：重锁，谓门户森严。　穆陵关：在山东临朐县南一百里大岘山上，道径危恶，山谷峻狭，仅容一轨，古称“齐南天险”。

③伏生：即伏胜，汉济南人，字子贱，故为秦博士。文帝时，求能治《尚书》者，胜时年九十馀，老不能行，使晁错往受之，得二十八篇，即今文《尚书》。见《史记》卷一百二十一。

④杜甫《历下亭》诗：“海右此亭古，济南名士多。”

⑤明湖：即大明湖。在济南旧城北。一湖烟水，绿树蔽空，碧波间荷花映日，景色佳丽。

⑥濯缨歌：《孟子·离娄上》：有孺子歌曰：“沧浪之水清兮，可以濯吾缨；沧浪之水浊兮，可以濯吾足。”

金陵杂诗之一

兵力无如刘宋强，厉精政事数萧梁。
何因不享百年祚，酖毒山川是建康①。

【注释】①酖毒：酖通“鸩”。鸩羽有毒，入酒饮之，能杀人。此言溺于游乐之为害，犹鸩之有毒。　建康：即金陵。古都名。南朝宋、齐、梁、陈皆都于此。故地在今南京市。

施补华

施补华(1835—1890),原名份,字均甫(父),浙江乌程(今湖州)人。同治九年庚午(1870)举人。山东补用道。著《岘佣说诗》二卷,《泽雅堂古文》八卷,古今体诗初集八卷、二集八卷。《复堂日记》为均父摘句。汤寿潜亦盛称之。

九　日①

九日山村乏酒钱，孤城北望隐寒烟。
西风满眼登高泪，只有黄花似去年。

【注释】①九日:指阴历九月九日重阳节。旧有登高、饮菊花酒习俗。

陈　书

陈书(1838—1905),字伯初,号俶玉,晚号木庵。福建侯官(今福州)人。光绪元年乙亥(1875)举人,官博野知县。木庵雅才旷抱,诗近白、苏,于(皮)袭美、(陆)鲁望、(黄)山谷、(陈)后山、(陆)放翁诸家,皆有神契。晚年诗律尤细,纵笔为之,格严气肆。有《木庵居士诗》。

听水居士贻诗画扇即次其绝句天字韵①

诗沾沧趣益逌然②,画貌龙身与榻悬。
想叩岩扃了无分,蹉过百八暮钟天。

【注释】①听水居士:清末陈宝琛之别号。陈为福建闽县人,有诗名。

②逌(yóu)然:怡然自得貌。《列子·为命》:"终身逌然。"释文:"逌然,自得貌。"

宝　廷

宝廷(1840—1890),字竹坡,和硕郑亲王济尔哈朗八世孙。同治七年戊辰(1868)进士,官至礼部侍郎。有《偶斋诗草》。竹坡以典试福建差竣,过浙买船妓为妾,上疏自劾,吏议罢职,数经论荐,终未开复。竹坡本放荡不羁,至是益颓然自放,论者惜之。

石门舟中即景①

风翻轻浪碧悠悠,两岸桑林送客舟。
莫讶此间风景异,水光山色近杭州。

【注释】①石门：旧县名。县治在今浙江桐乡市崇福镇。

蔡鸿鉴

蔡鸿鉴，字季白，浙江鄞县（今属宁波）人。候选员外郎。著有《二百八十峰草堂诗稿》。

黄鹤楼题壁[①]

三楚南来第一楼[②]，仙踪韵事两悠悠。
一从骑鹤人归后，笛冷梅花几度秋[③]。

蟹屿螺州夕照荒，孤霞一片水中央。
隔江催到渔舟笛，惊断平沙雁几行。

【注释】①黄鹤楼：在湖北武汉市黄鹤山上，楼因山而名。三国吴黄武年间建，各代迭经兴废。后人多有神话传说。崔颢《黄鹤楼》诗："昔人已乘黄鹤去，此地空馀黄鹤楼。"

②三楚：战国楚地。旧有西楚、东楚、南楚之分。后泛指湘鄂一带。阮籍《咏怀》诗之十七："三楚多秀士。"

③"笛冷梅花"句：用李白《与史郎中饮听黄鹤楼上吹笛》诗"黄鹤楼中吹玉笛，江城五月落梅花"句意。

张经铭

张经铭，字梦馨，浙江义乌人。著有《愚稼庵稿》。

旅　客

茫茫千里倦风尘，花草扬州几度春。
认得酒旗重驻马，当垆仍是旧时人[①]。

【注释】①当垆：谓卖酒。垆，置酒坛之土墩。《汉书·司马相如传》：尽卖车骑，买酒舍，乃令文君当卢(垆)。

王振声

王振声，字劭农，通州(今北京市通州区)人。同治十三年甲戌(1874)进士，授工部主事。历官徽州知府。有《心清室诗存》。

张船山先生嘉庆庚午出守莱州[①]，冬日履任，次岁辛未冬乞休，壬申春二月解组归，时年四十有九。予光绪乙巳出守徽州[②]，冬日履任，次年丙午冬乞休，丁未春解组归，与先生若合符节，然予年已六十有六矣！因赋二绝志之

蓬山云海一年游[③]，冬住春归太自由。
诗画兴浓官兴淡，徽州颇不让莱州。

一到蓬莱即告归，早知四十九年非[④]。
我今周甲才回首，愧听旁人说见几[⑤]。

【注释】①张船山：张问陶号船山。详见五绝张问陶小传。　嘉庆庚午：嘉庆十五年(1810)。　莱州：府名。故治在今山东莱州市。

②光绪乙巳：光绪三十一年(1905)。　徽州：府名。故治在今安徽歙县。

③蓬山：指张船山所守莱州一带。旧传蓬莱等三神山，在渤海中，近此。　云海：指作者所守之徽州，有黄山云海之胜。

④四十九年非：《淮南子·原道训》："凡人中岁七十岁，然而趋舍指凑，日以月悔也，以至于死。故蘧伯玉年五十，而知四十九年非。何者？先者难为知，而后者易为攻也。"

⑤周甲：满一个甲子，合六十年。　见几：谓事前明察事物之细微变化。《易·系辞下》："几者，动之微，吉之先见者也。君子见几而作，不俟终日。"

秦树敏

秦树敏,初名树铦,字秋伊,号娱园,浙江会稽(今绍兴)人。同治十二年癸酉(1873)举人。秋伊能诗善画,居小皋埠,有园亭之胜,是曰娱园。

舟行绝句

凉砭诗骨怯秋衣,小艇冲波过钓矶。
一路蘋花香不断,红蜻蜓傍桨牙飞。

纪钜维

纪钜维,字香聪,一字伯驹,号悔轩,晚号泊居,献县(今属河北)人。同治十二年癸酉(1873)拔贡。官内阁中书。有《泊居剩稿》。

饲　鹤

朱顶玄睛旧缟衣，芝田有梦未能归①。
区区莫羡潭皋粟②，上相从来不要肥③。

鸡骛群争尽日忙，一声清唳晚风长。
怪渠本具凌霄翮④，苦傍人家觅稻粱。

【注释】①朱顶：红冠。　玄睛：黑眼珠。　缟衣：白衣，指鹤一身白羽毛。　芝田：谓仙人种芝草之处。《文选·鲍照〈舞鹤赋〉》："朝戏于芝田，夕饮乎瑶池。"注引《十洲记》曰：钟山在北海之中，地仙家数千万，耕田，种芝草。

②谭皋粟：据《拾遗记》载，周昭王时，涂修国献青凤、丹鹊，一雌一雄，饲以潭皋之粟，饮以溶溪之水。

③"上相"句：白居易《池鹤八绝句》之一（鹤答鹅）云："未必牺牲及吾辈，大都我瘦胜君肥。"

④渠：其，此指鸡骛。　翮（hé）：翅膀。

王麟书

王麟书（？—1887），字松溪，浙江钱塘（今杭州）人。同治十三年甲戌（1874）进士，官江西万安知县。著《慕陔堂集》。丁丙曰："松溪性倜傥，工诗赋，历官广丰、庐陵、万安。循声卓著，宦游十六年，飘然解组归。”

岁暮怀人三首

李莼客[①]

越缦才华锦不如，红尘十丈闭门居。
诸公衮衮登台甫[②]，口吃扬雄自著书[③]。

施均甫[④]

施子酒酣耳热时，茫茫四顾欲何之？
往年仗剑入秦陇，有约岁寒倾一卮。

谭仲修[⑤]

少岁才名倾万里，才过四十鬓如霜。
皖中离我一千里，铁屑鞭丝听擅场[⑥]。

【注释】①李莼客：李慈铭号莼客，有《越缦堂集》。见前五绝李慈铭小传。

②杜甫《醉时歌》：“诸公衮衮登台省，广文先生官独冷。” 衮衮：相继不绝。

③汉扬雄为人简易佚荡，口吃不能剧谈，默而好深湛之思。著有《法言》《太玄》《方言》等。此以扬雄比莼客。

④施均甫：施补华，字均甫。见前施补华小传。

⑤谭仲修：谭献字仲修。见前五绝谭献小传。

⑥皖中：仲修曾官安徽歙县知县。 铁屑鞭丝：《齐书·傅琰传》：以

琰为山阴令，卖针、卖糖老姥争团丝，来诣琰，琰不辨核，缚团丝于柱，鞭之，密视有铁屑，乃罚卖糖者。此借言种修为官明察公正。

查善和

查善和，字用咸，号东轩，宛平(今属北京)人。有《东轩诗草》。

雨　声

轻阴细雨作新凉，点滴闲阶引兴长。
准拟明年北窗下，绿蕉斜种两三行。

丁尧臣

丁尧臣，字又香，浙江会稽(今绍兴)人。有《蕉雨山房诗钞》。

阿　房[1]

百里骊山一炬焦[2],劫灰何处认前朝?
诗书焚后今犹在[3],到底阿房不耐烧。

【注释】①阿房(ē páng):阿房宫。秦始皇建。故址在陕西省西安市南阿旁村。《史记・秦始皇本纪》:始皇以为咸阳人多,先王之宫庭小,乃营作朝宫渭南上林苑中。天下谓之阿房宫。

②骊山:在陕西西安市东南。《长安志》:"骊戎来居此山,故名。"秦二世葬始皇骊山。《史记・项羽本纪》:"项羽引兵西屠咸阳,杀秦降王子婴,烧秦宫室,火三月不灭。"杜牧《阿房宫赋》:"楚人一炬,可怜焦土。"

③《史记・秦始皇本纪》:"非博士官所职,天下敢有藏诗、书、百家语者,悉诣守尉杂烧之。"

萧　雄

萧雄,字皋谟,湖南益阳人。候选直隶州知州。有《西疆杂述诗》。

奇　台[1]

西经谷鏊出平芜,城倚阴山俯壮图。

隔浦沙陀馀故垒②,月明风冷夜吹芦。

【注释】①奇台:县名。清乾隆间置,属古城。光绪间改属迪化府。故治在今新疆奇台县东南。

②沙陀:西突厥之别名。今新疆和布克赛尔南之哲克得里克境内有沙碛,长五百里,广三百里,称古尔班通古特沙地。即唐所谓沙陀者也。

风　洞

深谷崖边一窍开,汹汹橐籥走奔雷①。
呼号乱卷长川石②,算是乾坤鼓荡才。

【注释】①汹汹:风声喧嚣貌。　橐籥(tuó yuè)古代冶炼时鼓风吹火之具。《老子》:“天地之间,其犹橐籥乎? 虚而不屈,动而愈出。”此处喻指风洞。

②岑参《走马川行奉送出师西征》诗:“轮台九月风夜吼,一川碎石大如斗,随风满地石乱走。”

王若济

王若济,字万里,号秋舫,浙江馀杭(今属杭州)人。光绪元年乙亥(1875)顺天举人。性慷慨,好读经济书,熟谙水利,兼精歧黄。襄办山东河工,以劳保知县,寻卒。

踏　青

烟花无恙年年好，芳草天涯著色青。
蜡屐一双踪欲寄①,寻春闲步短长亭②。

【注释】①蜡屐:以蜡涂屐。《世说新语·雅量》:"或有诣阮(孚),见自吹火蜡屐。"

②短长亭:设于路旁饯别之处。《自孔六帖》卷九:"十里一长亭,五里一短亭。"

沈怀芬

沈怀芬,字亲仁,号清臣,浙江平湖人。光绪二年丙子(1876)举人。

题　扇

屋下流泉屋外山，山前乔木更回环。
画馀再著闲中笔，添上遥峰翠一湾。

邓嘉纯

邓嘉纯,字笏臣,江苏江宁(今南京)人。光绪六年庚辰(1880)进士。官历处州知府。

题　画

瓜皮艇子系江干①,江水茫茫江月寒。
人与沙鸥齐睡熟,芦花偷上钓鱼竿。

【注释】①瓜皮艇子:即瓜皮船,小舟名。《北堂书钞》一三七《晋王瓒集·杂讼》:“瓜皮船本图以仓卒用之耳,宁可以深入敌境耶!”

冯　煦

冯煦(1843—1927),字梦华,号蒿庵,江苏金坛人。光绪十二年丙戌(1886)进士,官至安徽巡抚。著有《蒿庵类稿》《随笔》《杂俎》《宋六十一家词选》等。

瓜　步[1]

瓜步荒烟上远墟，金焦南望赋归与[2]。
乱鸦正掠斜帆过，寒柳黄于二月初。

【注释】①瓜步：山名，在江苏南京市六合区东南，东临大江。南朝宋元嘉二十七年，魏主至六合登瓜步，隔江望秣陵（今南京）才数十里。

②金焦：即金山、焦山，在江苏镇江。

留坝道中

青羊河水碧潺潺，绝磴千盘曲似环。
峡里松杉青不断，冷猿啼过画眉关。

【注释】①留坝：留坝厅，故治即今陕西省留坝县。

剑州闻蝉[1]

列柏西台寂不鸣，九天风露持凄清[2]。
剑南雨过延新爽，始得疏林第一声。

【注释】①剑州：今四川省剑阁县。

②九天：言高不可测也。李白《望庐山瀑布》："飞流直下三千尺，疑是银河落九天。"

寄拂青[1]

阴阴凉翠沁尊边，又是栖鸦流水天。
忆向城东踏黄叶，一襟残月淡于烟。

与君建业相逢日[2]，潮急空城落水时[3]。
一种兴亡南渡恨，更披衰草觅残碑。

故园回首陇云低，日落阴崖猿狖啼[4]。
万里悲歌归亦得，秋风匹马夜郎西[5]。

斜月如弦梦旧游，麻衣弹泪下芦沟[6]。
输君意气纵横甚，遍眦燕云十六州[7]。

暗风吹雨夜潺潺，门外青溪又几湾。
一卧空堂秋色晚，妒君饱看六朝山。

【注释】①本诗自注:“仆雅不善断句,濒湘强仆题赵荓江诗,因得五首。质之濒湘,不知竟何如也?”

②建业:三国吴孙权改秣陵为建业。今南京市。

③空城:刘禹锡《石头城》诗:“潮打空城寂寞回。”

④狖(yòu):长尾猿,黑色,昂鼻。

⑤夜郎:汉时南夷国名。今贵州西北境地。　自注:“荓江,黔人。癖于碑碣,游屐所至,日蹋烟榛野蔓中。”

⑥自注："甲子仆游于燕，未几，以母忧归。"芦沟：河名，即永定河。在北京西南，河上有桥。"芦沟晓月"为燕京八景之一。

⑦眦(zì)：眼眶。此处作动用词，望也，观光游历也。　燕云十六州：今河北、山西北部地。见前袁枚《题李后主百尺楼》注⑥。

陶方琦

陶方琦(1845—1884)，字子珍，号兰当，浙江会稽(今绍兴)人。光绪二年丙子(1876)进士，官翰林院编修。有《漢庐诗稿》。谭献传略："子珍淡雅，综群籍，好淮南书，治经究心郑康成氏，文章绝丽，下笔滔滔如泉。性尤服善，讽其失，辄迁改。既上第，退然劬学如初，爱友朋山水，悠然有千古之想。……年甫四十，赍志以终。"

题画梅为从弟芑田作

缛粉疏香浣俗埃①，槎枒风骨破寒来②。
莫因高格无人赏，只向空山老此材。

【注释】①缛(rù)：繁采也。《文选·郭璞〈江赋〉》："缛组争映。"

②槎枒(chá yá)：同"楂枒""杈枒"。歧枝错出貌。方岳《雪后梅边》诗："半身苍藓雪楂枒。"

郭庆藩

郭庆藩(1845—1891),字子瀞,一字孟纯,一字岵瞻,湖南湘阴人。诸生。官浙江知府。有《十二梅花书屋诗集》。

新　霁

纤云四卷碧天遥，雾散江清冻未消。
万树梅花香似海，因风吹送过溪桥。

唐际虞

唐际虞,字赞襄,浙江嘉善人。贡生。有《春星草堂集》。

题　扇

花雾冥冥动远思，春葱按遍玉参差①。
银河不隔红窗路，坐到东溟月上时②。

【注释】①春葱：旧时比喻女子纤细的手指。白居易《筝》诗："双眸剪秋水，十指剥春葱。"玉参差：玉箫。《楚辞·九歌·湘君》："望夫君兮不来，吹参差兮谁思？"王逸注："参差，洞箫也。"

②东溟：东海。李白《古风》之十一："黄河走东溟，白日落西海。"

蒋兰畬

蒋兰畬，字香农，滦州（今河北滦县）人。有《寿云堂诗集》。

通州道中[①]

五里人家十里村，微茫烟树欲黄昏。
潇潇秋雨槐花路，独策疲驴上蓟门[②]。

【注释】①通州：即今北京市通州区。

②蓟门：北京德胜门外有古蓟门遗址。此处借指京门，京城。

缪荃孙

缪荃孙（1844—1919），字炎之，号筱珊，晚号艺风，江苏江阴人。光绪二年（1876）丙子进士，改庶吉士，授编修。历官学部候补参议。有《辛壬稿》。

题竹垞图[1]

舍南舍北尽牙签[2],万竹阴阴绿到檐。
欲望九峰山色好,小楼一角几时添。

簪笔曾经侍玉銮[3],承恩毕竟少孤寒。
著书翻是还家乐,我亦归田七品官。

【注释】①竹垞:清朱彝尊园宅名。彝尊亦号竹垞。

②牙签:旧时藏书者所用牙制书签。韩愈《送诸葛觉往随州读书》诗:"邺侯家多书,插架三万轴。一一悬牙签,新若手未触。"

③簪笔:古代朝见,插笔于冠,以备记事。《史记·滑稽列传》:"西门豹簪笔磬折。" 玉銮:谓皇宫。按朱彝尊于康熙时应博学鸿词,授翰林院检讨,充明史纂修官。

袁昶

袁昶(1846—1900),字重黎,又字爽秋,浙江桐庐人。光绪六年庚辰(1880)进士,官至太常寺卿。庚子年被诛。寻追复原职,谥忠节。有《浙西村人集》。

省　夜[1]

秋林夜黑鹊惊枝，残灯荧然蝙蝠语。
摊书兀兀人籁寂[2]，飞虫打窗似风雨。

【注释】①省：官署名。禁省。尚书、中书、门下各官署皆设于禁中，称省。

②兀（wù）兀：用心劳苦貌。　人籁：人声。

江　上

江上撑空千叠山，江风吹度暝帆还。
浪淘人物前朝去，虎踞龙盘只等闲[1]。

江上枫丹叶渐无，南来日日饭雕胡[2]。
只输一事城南杜[3]，诗律穷年晚更粗[4]。

【注释】①浪淘人物：苏轼《念奴娇·赤壁怀古》："大江东去，浪淘尽、千古风流人物。"　虎踞龙盘：喻形势之雄壮。《六朝事迹》：诸葛亮论金陵地形云："钟阜龙蟠，石城虎踞，真帝王之宅。"蟠，亦作"盘"。庾信《哀江南赋》："昔之虎踞龙盘，加以黄旗紫气。"

②雕胡：菰米。《广雅·释草》：菰，蒋也。其米谓之雕胡。

③城南杜：指杜陵，在今陕西长安东南，秦为杜县，汉宣帝筑陵葬此，故名。其东南又有一陵，差小，谓之少陵。唐杜甫居此，自称杜陵布衣、少陵野老。此处城南杜即指杜甫。

④杜甫《遣闷戏呈路十九曹长》诗:“晚节渐于诗律细,谁家数去酒杯宽?”袁昶反言诗律粗,盖自谦也。

樊增祥

见五绝部分作者小传。

过辛兴滩数十里,夹路皆山桃花,孝达师抚晋时所种也,感赋二诗①

东风融雪水明沙,到此行人不忆家。
七十二滩等闲度,夕阳如火看桃花。

黄泥裹核事何如?看到仙花结子初。
锦幛如云二十里,风流长忆老尚书②。

【注释】①辛兴滩:河北省蠡县有辛兴镇,滩疑在附近。　孝达:张之洞字孝达,尝为山西巡抚。见前张之洞小传。

②老尚书:谓张之洞。

除夕写怀

誓逐班生出玉门①,不然奇服返江村②。

谁能一世青衫底，银烛青灯照泪痕[3]。

【注释】①班生：汉班超，字仲升，父卒，家贫，钞书养母，尝投笔叹曰："大丈夫无它志略，当效傅介子、张骞立功异域，以取封侯，安能久事笔砚间乎！"明、章两帝时出征西域，历官军司马，西域都护。安集五十馀国，封定远侯。

②奇服：屈原《涉江》："余幼好此奇服兮，年既老而不衰。"

③青衫：白居易《琵琶行》："座中泣下谁最多，江州司马青衫湿。"

张佩纶

见五绝部分作者小传。

夜梦遍阅名人书画，得一幅波浪掀天，一舟由上游急下，作收帆之状，余于梦中吟其题句，醒后但记末二句矣，因足成之，醒语究不如梦语也

一梦扁舟一粟身，风帆到处易迷津[1]。
能从急浪滩头转，便是清凉界里人。

【注释】①迷津：谓迷于津梁，无从觅路。孟浩然《南还舟中寄袁太祝》

诗:“桃源何处是?游子正迷津。”

孝达前辈致海南香雷州葛[1]

惊雷飞雹起天端,五月披裘怯夜阑[2]。
独有故人知傲骨,葛衣能敌九边寒[3]。

【注释】①孝达:张之洞字。详见前张之洞小传。

②五月披裘:借用后汉严光披羊裘钓泽中故事。

③九边:明代北方的九处要镇。初设辽江、宣府、大同、延绥四镇,继设宁夏、甘肃、蓟州三镇,太原总兵治偏头,三边制府固原,也称二镇,合为九边。

黄遵宪

黄遵宪(1848—1905),字公度,广东嘉应州(今梅县)人。以举人捐道员。光绪六年(1880)任驻日使馆参赞。后出任驻美国、新加坡、英国等领事。1894年回上海。次年参加强学会,结识康有为,与汪康年创办《时务报》。1897年以长宝盐法道署湖南按察使,襄助湖南巡抚陈宝箴办新政,并任《湘学报》督办;参加戊戌变法。变法失败后,回乡不再出。诗长于古体,形式多变。有《人境庐诗草》十一卷、《日本国志》四十卷、《日本杂事诗》等。

三十初度

学书学剑无一可[①],摩抄两鬓渐成丝[②]。
爹娘欢喜亲朋贺，三十年前堕地时。

【注释】①《史记·项羽本纪》:项籍少时,学书不成,去学剑,又不成。项梁怒之。籍曰:“书足以记名姓而已。剑一人敌,不足学,学万人敌。”

②摩抄(suō):同“摩挲”“摩娑”。抚摸。

又寄内子

十年欢聚不知愁[①],今日分行独远游。
知否吾妻桥上望[②],淡烟疏柳数行秋。

【注释】①不知愁:王昌龄《闺怨》诗:“闺中少妇不知愁,春日凝妆上翠楼。”

②自注:“日本东京有吾妻桥。”

夜泊高陂其地多竹[①]

一篷凉月冷于秋，万竹潇潇俯碧流。
欲拟勾留留不得，明年何处梦黄州[②]。

【注释】①高陂:村名,在今广东省大埔县。

②黄州：即今湖北省黄冈市。王禹偁《黄冈竹楼记》："四年之间，奔走不暇，未知明年又在何处，岂惧竹楼之易朽乎？"

己亥杂诗[①]（八十九首录十三）

一（原一）

我是东西南北人[②]，平生自号风波民[③]。
百年过半洲游四[④]，留得家园五十春。

【注释】①梁启超《饮冰室诗话》："龚定庵有《己亥杂诗》三百六十首（按，应作三百十五首）。言近世文学者喜诵之。近顷见人境庐主人亦有《己亥杂诗》数十首，盖主人一生历史之小影也。"己亥：光绪二十五年（1899），时公度五十二岁。

②东西南北人：《礼记·檀弓上》："今丘也，东西南北之人也。"注："东西南北言居无常处也。"

③风波民：《庄子·天地》："天下之非誉无损益焉，是谓全德之人哉，我谓之风波之民。"

④公度游历亚、欧、美、非四洲。

二（原四）

斜阳桥背立多时，偶有人过偶颔之[①]。
商略雨晴旋散去[②]，不曾相识亦忘谁。

【注释】①颔：点头。《左传》襄公二十六年："逆于门者，颔之而已。"

②商略：商讨。《晋书·阮籍传》：籍尝于苏门山遇孙登，与商略终古及栖神导气之术，登皆不应。

三(原一一)

天下英雄聊种菜[①],山中高士爱锄瓜。
无心我亦如云懒[②],偶尔栽花偶看花。

【注释】①种菜:用刘备故事。见前宋实颖《和钝庵岁暮杂感》注②。

②王安石诗:"云尚无心能出岫,不应君更懒于云。"按陶潜《归去来辞》:"云无心以出岫。"

四(原二〇)

乱草删除绿几丛,旧花别换日新红。
去留一一归天择,物自争存我大公[①]。

【注释】①本诗自注:"种月季花。"严复译《天演论》:"以天演为体,而其用有二,曰物竞,曰天择,此万物莫不然,而是地有生之类为尤著。物竞者,物争自存也。以一物与物物争,或存或亡,而其效则归于天择。天择者,物争而独存。"

五(原二二)

三千年上旧花枝,颇怪风人不入诗[①]。
我向秦时明月问,古时花可似今时[②]?

【注释】①风人:诗人。《三国志·魏志·陈思王植传》:"雍雍穆穆,风人咏之。"

②本诗自注:"《诗》有桃李花,有梅实,而不及梅花。赋咏梅花,始于六朝,极盛于唐。以植物之理推之,古时花未必佳,后接以他树而后盛耳。"

六(原三〇)

一声声道妹相思[1],夜月哀猿和竹枝[2]。
欢是团圆悲是别,总应肠断妃呼豨[3]。

【注释】①妹相思:王士禛《池北偶谈》:同年睢阳吴冉渠淇为浔州推官,采录其歌为续九。吴侏儒之音,时与乐府《子夜》《读曲》相近。民歌曰:“妹相思,不作风流待几时。只见风吹花落地,不见风吹花上枝。妹相思,妹有真心弟也知。蜘蛛结网三江口,水推不断是真丝。”

②竹枝:竹枝词。乐府近代曲名。唐刘禹锡据民歌改作。

③妃呼豨:自注:“土人旧有山歌,多男女相思之辞。当系僚、蛋遗俗,今松口、松源各乡,尚相沿不改,每一辞毕,辄间以无辞之声。正如妃呼豨,甚哀厉而长。”按《古乐府·有所思》:“妃呼豨,秋风肃肃晨风飔,东方须臾高知之。”

七(原四四)

长恨古人吾不见[1],又疑诸史半欺谩[2]。
女王铜镜委奴印[3],亲手摩挲对面看[4]。

【注释】①《南史·张融传》:常叹云:“不恨我不见古人,所恨古人又不见我。”

②欺谩:诳骗。《汉书·宣帝纪》:“务为欺谩。”

③《日本杂事诗》注:“镰仓八缙宫有古铜镜一,古色斑驳,住僧云:神功皇后物也,一千七百馀年矣。《日本国志·邻交志》注:日本天明四年,筑前那珂郡人掘地得一石室,上覆巨石,下以小石为柱,中有金印一,蛇纽方寸,文曰‘汉委奴国王’。余尝于博览会中亲见之。”又注:“考《后汉书》建武中,委奴国奉贡朝贺,光武赐以印绶,盖即此物也。”

④自注:"委奴国主之印,神功皇后之镜,皆现存博物馆中。"

八(原四九)

赫赫红轮上大空[1],摇天海绿化为虹[2]。
从今要约黄人捧[3],此是扶桑东海东[4]。

【注释】①赫赫:光显辉耀貌。大空:同"太空"。

②摇天海绿:《古乐府·西洲曲》:"卷帘天自高,海水摇空绿。"

③黄人捧:古时传说,天下太平则黄人守日。《太平御览》八七二《符瑞》:"日二黄人守者,外国人方自降来也。"宋祁诗:"黄人捧日故迟迟。"

④本诗自注:"归舟行太平洋,明日到日本矣。五更起坐舵楼中待日出,极目所际,惟见水耳。俄顷,有万道虹光,上下照映,而日出矣,大如五车轮,顷刻已圆,势极迅速。"

九(原五七)

眼底尘掠世界微[1],天风浩浩吹人衣。
便当御气乘球去[2],饱看环瀛跨海归[3]。

【注释】①本诗自注:"巴黎铁塔,高一千尺。"李圭《环游地球新录》:巴黎铁塔,高一百三十四尺,内筑以石,外包以铁,中有梯盘旋而上,顶有拿破仑第一像。云当年用轰敌之炮改铸。世界微:《金刚经》:以三千大千世界,碎为微尘。

②御气乘球:无名氏《气球考》:我朝乾隆时,法国有孟姓弟季行,始以布缝制为球,以轻气纳球体,遂能游泳空中。

③环瀛:《史记·孟子荀卿列传》:中国名曰赤县神州。赤县神州内有九州,禹之序九州是也,不得为州数。中国外如赤县神州者九,乃所谓九州也。于是有裨海环之,人民禽兽莫能相通者,如一区中者,乃为一州。

如此者九，乃有大瀛海环其外，天地之际焉。

十(原五九)

云为四壁水为家[1]，分付名山改姓佘[2]。
瘦菊清莲艳桃李，一瓶同供四时花。

【注释】①本诗自注："潮州富豪佘家，于新嘉坡之潴水池边，筑一楼，三画皆水。余借居养疴。主人索楼名，余因江南有佘山。名之曰佘山楼。杂花满树，无冬无夏，余手摘莲菊桃李同供瓶中，亦奇观也。"按此诗首句化用陆游诗："花为四壁船为家。"

②《清一统志》："佘山在青浦县，旧传有佘氏居此。故名。"

十一(原六〇)

上山如画重累人[1]，结屋绝无东西邻。
襟间海上一丸月[2]，屐底人间万斛尘[3]。

【注释】①"上山"句：《续汉书·祭祀志》注："应劭《汉官仪》：马第伯《封禅仪记》曰：'遂至天门之下，仰视天门，窔辽如从穴中视天，直上七里，两从者扶挟，前人相牵，后人见前人履底，前人见后人顶，如画重累人矣。'"

②一丸月：《慎子》："月如银丸。"

③本诗自注："余养疴至槟榔屿，有谢姓者，邀余住竹士居，居在万山顶，初用土人舁篮舆而往，至峻绝处，则用手攀援而上，如猿猱然，再用一人护余足到山顶，绝巘俯海，一无所见，惟月初出时，若在我襟带间矣。"

十二(原六一)

甑蒸汗雨郁如珠[1]，两腋清风习习俱[2]。

浴过凉波三百斗，才知灌顶妙醍醐[3]。

【注释】①甑(zèng)：古代蒸食炊器，类似现代蒸笼。韩愈诗："自从五月困暑湿，如坐深甑遭蒸炊。"

②"两腋"句：卢仝《走笔谢孟谏议新茶》诗："七碗吃不得也，唯觉两腋习习清风生。"

③本诗自注："客南洋群岛者，每晨起，辄灌顶，用水数十斛。考《北史·徐之才传》，曾以此治伏热病，盖以水制汗，使不敢出。久之，则并所受郁热滂沛而出，觉竟体清凉矣。"按顾况《行路难》之二："岂知灌顶有醍醐，能使清凉头不热。"

十三(原七九)

寒灯说鬼鬼啾啾[1]，夜雨言愁我欲愁[2]。
只有蓬山万重隔[3]，未容海客说瀛洲[4]。

【注释】①叶梦得《避暑录话》："子瞻在黄州及岭表，所与游者，各随其人高下，谈谐放荡，不复为畛畦。有不能谈者，则强之说鬼。"杜甫《兵车行》："新鬼烦冤旧鬼哭，天阴雨湿声啾啾。"

②《晋书·王湛传》："湛子安期至下邳，登山北望，叹曰：人言愁，我将欲愁矣。"

③李商隐诗："更隔蓬山一万重。"

④海客：李白《梦游天姥吟留别》："海客谈瀛洲，烟涛微茫信难求。"

杨深秀

杨深秀(1849—1898)，字猗村，山西闻喜人，光绪进士，戊戌变法时参预新政，屡次上疏弹劾守旧派官僚。后因主张政归光绪帝而被捕，与谭嗣同等五人同时被杀害。陈衍评其诗“根柢盘深，笔力荡快”，在六君子中为第一。有《雪虚声堂诗钞》等。

汤阴夜过，未能瞻礼岳祠，用店壁韵书意[1]（三首录一）

直抵黄龙奏凯歌[2]，金牌不受奈君何[3]。
太行无限英雄骨[4]，化石犹然望渡河。

【注释】①汤阴：岳飞为河南汤阴人，明初汤阴建岳飞庙，庙在县城西南隅。

②黄龙：黄龙府。岳飞曾对部下说：“直抵黄龙府，与诸君痛饮。”

③金牌：秦桧阴谋卖国，一日奉十二金字牌，逼令岳飞班师撤军。

④“太行”句：岳飞在郾城大败金兵，太行山及两河抗金义军纷起响应。

初应童试，以默经能赋入学，学使江夏彭子嘉师赐手书《观世音经》因题后[1]

蚕眠细字妙花簪，手写高王观世音。
我似善财童子否[2]？旃檀一瓣答婆心[3]。

【注释】①观世音经：佛经名。《法华经》中观世音菩萨普门品别行者，称为《观世音经》。

②善财童子：佛弟子名。据《华严经》，善财生时，种种珍宝自然涌出，故名善财。善财童子先于文殊师利菩萨所发心，历参五十三善知识，最后见弥勒菩萨而得度。按佛寺观音大士像左侧，多设善财童子像，盖以观音为善财所参五十三知识之一故也。

③旃檀：香木名。梵语旃檀那之略称。《玄应音义》：“旃檀那，外国香木也。有赤、白、紫等诸种。”婆心：慈爱之心。《景德传灯录》十二《临济义玄禅师》：黄蘗问云：“汝回太速生？”师云：“只为老婆心切。”

自题所作画

泉声濄濄破平芜[①]，大好岚光淡欲无。
政有高人支脚坐，一窗松影读阴符[②]。

【注释】①濄濄（guó）：水流声。韩愈《蓝田县丞厅壁记》：“水濄濄循除鸣。”

②阴符：即《阴符经》。一卷。言虚无之道，修炼之术。

沈曾植

沈曾植（1850—1922），字子培，号乙盦，又字寐叟，浙江嘉兴人。光绪六年庚辰（1880）进士。历官安徽布政使署巡抚。乙盦治经精小学，治史熟辽、金、元三史。西北地理，融通贯串，探讨所得，多出前人畦径之外。诗自梅宛陵、黄山谷诸家入而跻其奥，不域其藩，旁薄郁积，缮性鞠情，卓然自辟门庭。不失为清末名家。有《寐叟题跋》《海日楼诗文集》《曼陀罗寱词》等。

乙卯五月重至西湖口号(录一首)

来趁西湖五月凉，凭阑尽日醉湖光。
圣因寺古佛无语①,一杵残钟摇夕阳。

【注释】①圣因寺:在浙江杭州孤山之麓,旧为清圣祖行宫,乃康熙四十四年圣祖南巡驻跸之所。雍正时改为圣因寺。今辟为中山公园。

杂　题(录三首)

榆叶干青柳叶黄，淡云斜日蜀东冈①。
秋心总在无人处，坐看凫翁没野塘②。

鹿车鸦轧上堤头③,南去真州北楚州④。
不是田间无下泽，泠然谁遣驭风游⑤。

江湖只是爱平流，帆自从容橹自柔。
至竟海门原咫尺，浪花何事白人头。

【注释】①蜀东冈:在今江苏扬州西北,接仪征、六合两县界。上有蜀井,相传地脉通蜀,因名。

②凫翁:野凫颈上毛。《急就篇》:“春草鸡翘凫翁濯。”颜注:凫者,水中之鸟,翁,颈上毛也。

③鹿车：有人力推挽的小车。《后汉书·赵熹传》："载以鹿车，身自推之。"注引《风俗通》："俗说鹿车窄小，裁（才）容一鹿。"鸦轧：器物相挤擦声。此指车行声。

④真州：今江苏仪征市。楚州：今江苏淮安市。

⑤下泽：即下泽车。古代一种短车轴的车子，适宜于沼泽地行驶。《后汉书·马援传》："乘下泽车，御款段马。"泠然：轻妙貌。《庄子·逍遥游》："夫列子御风而行，泠然善也。"御风：同"驭风"。

夜雨二绝

点滴空阶不忍闻，太清何事缀微云①。
断肠最是芳菲节，一例摧残竟未分。

清魂几度托深山，为恋东风不自闲。
亭馆凄迷灯影乱，惹他蜂蝶满人间。

【注释】①太清：天空。古人以为天由清轻之气构成，故称太清。《楚辞·九叹·远游》："譬若王乔之乘云兮，载赤霄而凌太清。"

西湖杂诗（录五首）

残年泛泛住虚舟，也作西湖十日留。
卅载童心凄不返，余官巷北阿姨楼①。

湖上波光罨雪光，张祠清绝胜刘庄②。

仙人自爱楼居好，六面山屏晓镜妆。

山僧自说宾王裔[3]，墓祭都归处士家[4]。
天壤偶然名氏纪，南枝雪绽岳坟花[5]。

雪湖游罢思月湖，月来可惜云模糊。
天公不请亦饶假，放汝烟波充钓徒[6]。

过眼沧桑记总难，酒悲万事触汍澜[7]。
西湖犹是销金窟[8]，一勺谁知沧海宽。

【注释】①自注："辛巳(1881)东游，馆于余官巷金氏姨母家。今后人移湖墅矣。"

②张祠：即张苍水祠。在浙江杭州南屏山北荔枝峰下。张苍水墓在焉。张煌言(1620—1664)，字玄著，号苍水，二十六岁起投入抗清斗争，历时十九载，后为清兵所执，见杀于杭州弼教坊。万斯大等遵其遗嘱，收其遗骸，葬于南屏山麓。刘庄：在杭州西湖丁家山畔。原是广东省香山刘学洵别墅。临湖依山，幽雅清新。现改为西湖宾馆。

③宾王：骆宾王，初唐四杰之一。传宾王曾入杭州灵隐寺为僧。

④处士：宋林逋，字和靖，隐居西湖孤山，人称林处士。

⑤岳坟：宋岳飞墓，在西湖边栖霞岭下岳王庙中。

⑥烟波钓徒：唐张志和自称"烟波钓徒。"

⑦汍澜：流泪貌。《后汉书·冯衍传》："泪汍澜而雨集兮。"

⑧销金：《武林旧事》：西湖天下景，朝昏晴雨，四序总宜，杭人亦无时不游，而春游特盛。日糜金钱，靡有纪极，故杭谚有"销金锅儿"之号。

林　纾

林纾(1852—1924),原名群玉,字琴南,号畏庐,别号冷红生,晚号践卓翁。福建闽县(今福州)人。光绪八年壬午(1882)举人。其诗文有反帝爱国倾向,晚年思想渐趋保守。有《畏庐文集》《畏庐诗存》《畏庐论文》《韩柳文研究法》,译有《茶花女遗事》《块肉馀生述》《吟边燕语》《黑奴吁天录》等欧美名著一百七十馀种。

为太夷作画①

曾从留下过秦亭②,无数云松作队青。
饭饱僧寮无别事,长廊坐看少微星③。

年来酷似蓝田叔④,复社诗流颇见知⑤。
写寄汉阳江上客,看山莫待晚秋时。

【注释】①太夷:郑孝胥字太夷,见前五绝郑孝胥小传。

②留下:地名,在浙江省杭州市西北西湖北山之阴,地形爽垲。宋高宗南渡后,将建行宫于此,后卜地于凤凰山,高宗览图指此地"且留下",故遂以名之。

③少微星:星名。一名处士星。共四星,在太微西南,今属狮子座。

《晋书·天文志》:“少微四星在太微西,士大夫之位也。一名处士。”

④蓝田叔:蓝瑛,字田叔,号蝶叟,晚号石头陀。明末清初钱塘人。擅山水画,法宋元诸家,笔笔入古,晚年笔益老苍。亦工花鸟兰竹。人推为浙派之最。

⑤复社:明天启时,张溥、陈贞慧等初结应社,崇祯时又集合南北文社中人于吴县,继东林讲学,名曰复社。盖取兴复绝学之义。已而声势大盛,为众所忌。福王时,阮大铖秉政,修复旧怨,遂兴党祸,株连甚众。复社遂亡。

题明湖小隐图①

疏苇摇凉月满汀,明湖柳色似西泠②。
至今历下亭如昨③,身世偏非王阮亭④。

吾乡十砚隐闽南⑤,亦有藤花半亩庵⑥。
竟与诗人同样本,画楼斜日柳鬖鬖。

粉本新翻戴鹿床⑦,碧云摇曳竹间庄。
故居忆在莲塘路,尽日杨花入草堂。

老树无声水不烟,危峰一白欲穷天。
任他微骨寒威重,不到袁安卧榻边⑧。

【注释】①明湖:又名大明湖。在今山东济南市旧城北。由珍珠泉、王府池等泉水汇集而成。周十馀里,古历亭即在其中。《明一统志》:大明湖占府城三分之一,弥漫无际,遥望华不注峰如在水中,盖历城绝胜之处也。

②西泠:杭州西湖有西泠桥。

③历下亭:一称古历亭,在大明湖西,面山背湖,实为胜绝。杜甫诗所谓“海右此亭古”是也。

④王士禛字阮亭。详见王士禛小传。

⑤十砚:谓黄任,清福建永福人,别号十砚斋,有《十砚斋诗集》。

⑥藤花:藤花吟馆。清无锡杨揆及长乐梁章钜所建,此处似指梁章钜。

⑦粉本:谓画稿。见前五绝宋荦《题王翚画》注②。戴鹿床:戴熙,字鹿床,清钱塘人,道光进士,官至兵部右侍郎。诗书画并有名于时,画尤入神品。著有《画絮》,其《粤雅集》,尤巉削雄健。

⑧袁安:东汉汝阳人。未达时,洛阳大雪,人多出乞食,安独僵卧不起,洛阳令按行至安门,见而贤,举为孝廉。

杂　题

时时昭庆寺前过①,三两梧桐荫酒庐。
我自关心南宋局,傍人只说重西湖。

【注释】①昭庆寺:旧址在杭州西湖六公园西北角。《西湖游览志》:“出钱塘门,折而西,过溜水桥,为昭庆律寺。”

题　画

夹岸桃花似渥丹①,渔郎清晓冒春寒。
仙源不画非无意,正面文章着笔难。

【注释】①渥丹：涂以赤色。谓红而有光泽。《诗·秦风·终南》："颜如渥丹。"郑玄笺："渥，厚渍也，颜色如厚渍之丹，言赤而泽也。"

陈三立

陈三立(1853—1937)，字伯严，室名散原精舍。故号散原，江西义宁(今修水)人，光绪十五年己丑(1889)进士。曾助戊戌新政，提倡新学。其诗风初学韩愈，后学黄庭坚，作诗多用僻词拗句，是同光体诗人中的大家。有《散原精舍诗》《续集》《别集》《散原精舍文集》。

后园晚步(录一首)

隐隐砧声落叶声①，晚风墙角自凄清。
闲吟刚在啼乌外，衔去江城一片晴②。

【注释】①砧声：捣衣时砧杵相击声。

②江城：此指南京。作者戊戌政变后移居南京。一片晴：谓一片月。因夜晚晴空月朗，故有此称。

张　謇

张謇(1853—1926),字季直,号啬庵,江苏南通人。光绪二十年甲午(1894)状元,官翰林院修撰。有《张季子九录》《张謇函稿》《张謇日记》《啬翁自订年谱》。

从孙观察公奉差淮安纪行(录二首)

湖田处处鸭阑遮,一片菱花间藕花。
养得鸭肥菱藕足,一年生计抵桑麻。

一城烟雨足蒲荷,台榭临流结构多。
最爱蒹葭秋水馆,晚风月上听渔歌。

平安馆寄衣至沪

孤楼灯火夜萧萧,千里书来道路遥。
知我无穷相感意,一回好语一魂销。

孤楼独坐夜寒天,检点冬裘付使传。

若把心肠较寒暖，心肠暖过百重棉。

雨中望上饶诸山云气[①]

将雨山云忽际天，有时山忽上云颠。
晚来更被横风扰，万点青苍尽化烟。

东崦才晴西崦雨[②]，南峰旋没北峰明。
不知休息云无事，坐听滩头新涨声。

【注释】①上饶：县名。故治在今江西省上饶市。
②崦(yàn)：山。

题松鹤图

养鹤先增二顷田，种松绕屋长风烟。
纵教此事都难得。画里婆娑也自贤。

范当世

范当世(1854—1904)，初名铸，字肯堂，江苏南通人。岁贡生。光绪间入直隶李鸿章幕，有才名。古文师张裕钊，友吴汝纶，尤工诗，能合苏、黄之长。有《范伯子诗集》。

湖北通志馆闻妻丧，于时方修列女志，稍整齐而后行，悲哀之馀，犹缗故志，停笔写哀，遂成四绝（录一首）

迢迢江汉泪滂沱[①]，秉烛修书且奈何！
读罢五千嫠妇传[②]，可知男子负心多。

【注释】①滂沱：形容泪下如雨。《诗·陈风·泽陂》："寤寐无为，涕泗滂沱。"

②嫠（lí）妇：寡妇。《左传·昭公十九年》："莒有妇女，莒子杀其夫，已为嫠妇。"

黄绍箕

黄绍箕（1854—1907），字仲弢；号鲜庵，浙江瑞安人。光绪六年庚辰（1880）进士，改庶吉士，授编修。有《鲜庵遗稿》。康有为未遇时，绍箕力为延誉。戊戌政变失败后，韬晦自全。丙午（1906）以考察学务赴日本，为其国学者所推重。后归国为湖北提学使，卒于官。殁后，如皋冒广生辑录其诗。

题恽南田像[1]

流离生是拔心草[2]，穷老犹摹没骨花[3]。
京洛贵人争购画[4]，谁知忠孝旧传家。

绝艺同时石谷翁[5]，曾看侔色尺绡中。
两家神逸谁高下？多恐吴生是画工[6]。

【注释】①恽南田：恽格号南田，详见五绝恽格小传。

②拔心草：卷施的别名。相传此草拔心不死，故名。见《尔雅·释草》。骆宾王《艳情代郭氏答卢照邻》诗："芳沼徒游比目鱼，幽径还生拔心草。"

③没骨花：即没骨画。国画花鸟的一种画法，绘时布彩肖物，不用双钩，类似今之水彩画。创始于宋徐崇嗣。其后画家仿效，成为一种流派，清恽南田所绘全用没骨画法。

④京洛：即洛阳。东周、东汉曾建都于洛阳，故有京洛之称。

⑤石谷：王翚字石谷，山水画最有名，见前五绝宋荦《题王翚画》注。

⑥吴生：指吴历，与石谷同为常熟人。见前五绝吴历小传。张庚《国朝画征录》中云："渔山（吴历字）笔墨功力，尚未抵石谷之半。"

题顾亭林像[1]

审韵探碑绝业馀[2]，子云后世竟何如[3]。
荐绅坐论裨瀛外[4]，辛苦亲编肇域书[5]。

河朔江南几大师，百年儒术渐支离[6]。
夏峰不作南雷死[7]，瞻仰神姿一涕洟[8]。

【注释】①顾亭林：顾炎武号亭林。详见五绝顾炎武小传。

②审韵探碑：指顾炎武精于音韵学及金石文字。清全祖望《亭林先生神道表》："（亭林先生）最精韵学，……则有曰《音学五书》。性喜金石之文，到处即搜访，……则有曰《金石文字记》。"

③子云：扬雄，字子云，汉成都人。汉成帝时为给事黄门郎。王莽时校书天禄阁，后官为大夫。著有《方言》《法言》《太玄》及《扬子云集》。此喻指顾亭林。

④荐绅：同"搢绅""缙绅"。旧时称士大夫。《史记·五帝本纪赞》："荐绅先生难言之。"裨瀛：即裨海，小海。《史记·孟子荀卿列传》："中国外如赤县神州者九，乃所谓九州也。于是有裨海环之。"索隐："裨海，小海也。"

⑤肇域书：顾炎武著有《肇域志》《天下郡国利病书》等。

⑥支离：衰弱，残缺。

⑦夏峰：指孙奇逢，世称夏峰先生，见前五绝孙奇逢小传。南雷：指黄宗羲，学者称南雷先生，见前五绝黄宗羲小传。

⑧涕洟（yí）：涕，眼泪；洟，鼻液。《礼·檀弓》上："待于庙，垂涕洟。"《释文》："自目曰涕，自鼻曰洟。"

文廷式

见五绝部分作者小传。

岳阳楼题壁[1]

平生不解希文乐[2],对此能令叔宝愁[3]。
侠气仙心同一醉,江风湖浪自千秋。

【注释】①岳阳楼:在湖南岳阳西门城楼上。

②希文:范仲淹字希文。范仲淹所作《岳阳楼记》有"先天下之忧而忧,后天下之乐而乐"名言。

③叔宝:南朝陈后主名叔宝。隋文帝谓叔宝全无心肝。

论　诗

风雅而还读楚辞[1],纫兰佩芷不相师[2]。
洪炉自有陶钧术[3],怕看人间集字诗。

莫宗李杜效钱郎[4],别调元人旧擅场。
我友郑生持此说[5],出门一笑咏沧浪。

【注释】①风雅:指《诗经》的国风、大雅、小雅。

②屈原《离骚》:"扈江离与辟芷兮,纫秋兰以为佩。"

③陶钧:制陶器的转轮。《史记·鲁仲连邹阳列传》:"是以圣王制世御俗,独化于陶钧之上。"索隐:张娄云:陶,冶;钧,范也。作器下能转者名钧。

④李杜:李白、杜甫。钱郎:钱起、郎士元。钱起,字仲文,唐吴兴人。天宝进士,官至尚书考功郎中,大历中为翰林学士。有《钱考功集》。郎士

元，字君胄，中山人，天宝末进士，记至郢州刺史。诗与钱起齐名。

⑤郑生：指郑孝胥。

登　山

山鸟招人信口呼，登山还问意何如。
凌云直上三千尺，犹觉迢迢与我疏。

郑文焯

郑文焯（1856—1918），字叔问，一字小坡，汉军正白旗人。光绪元年乙亥（1875）举人，官内阁中书。早年工于书画，晚尤以词得名。著有《大鹤山人诗集》。

杨　柳

绿尘帐殿晚阴移，舞袖飘零怨楚姬。
莫把长条赠歧路，故宫犹得妒腰支。

杨　锐

杨锐(1857—1898),字叔峤,又字钝叔,四川绵竹人。光绪二年丙子(1876)举人,授内阁中书,鲠直尚名节,以陈宝箴荐,加四品卿衔,充军机章京,参与新政。孝钦后再听政,被诛,为戊戌六君子之一。有《说经堂诗草》。

腊月十五夜月

锦官城里暂停鞍①,红粉楼头独倚阑。
一十二回明月夜,可怜都向客中看。

【注释】①锦官城:指成都城。杜甫《春夜喜雨》诗:“晓看红湿处,花重锦官城。”

西海子①

方丈蓬壶到眼前②,团城雨过亦翛然③。
夕阳欲下舭棱去④,遥见晴空水碧天。

碧波黄瓦接瀛台⑤,秋色芙蓉镜殿开。

十刹海边人散尽，水禽飞过苑墙来。

【注释】①西海子：在北京地安门西北，即今积水潭。与后海、前海合称什(十)刹海，俗称后三海。

②方丈、蓬壶：均为传说中的海上仙山。

③团城：宫殿名。在北京北海南门外西侧。状如高台，周围之墙作圆形，中为承光殿，故称团城。翛(xiāo)然：自然超脱貌。

④觚棱：殿堂屋角之瓦脊，以其成方角棱瓣之状，故名。杜牧《杜秋娘》诗："觚棱拂斗极，回首尚迟迟。"

⑤瀛台：在北京故宫西苑太液池(即今中南海)中，亦名南台、趯台。三面临水，中有勤政、涵光、香扆三殿，康熙、乾隆两朝常作为夏日听政之所。

易顺鼎

见五绝部分作者小传。

钱塘杂感

陌上有歌归缓缓[1]，江东天气郁葱葱。
北人自昔难归北，西子而今尚住西[2]。

【注释】①苏轼《陌上花诗引》：吴越王妃每岁春必归临安，王以书遗妃云："陌上花开，可缓缓归矣！"

②苏轼《饮湖上初晴后雨》诗:“欲把西湖比西子,淡妆浓抹总相宜。”

西湖柳枝词

天替湖山聘阿娇[①],唐宫眉样楚宫腰[②]。
侬家第六桥边往[③],让与梅花住断桥[④]。

千年岁月百年人，一样湖山两样春。
输与杨枝管哀乐，送完南渡又南巡[⑤]。

【注释】①阿娇:陈阿娇。汉武帝后。李白《妾薄命》:“汉帝宠阿娇,贮之黄金屋。”

②唐宫眉样:唐宫人善画眉。如“柳叶双眉。”杜甫《清明》诗:“渡头翠柳艳明眉。”楚宫腰:楚国宫人多细腰。杜牧《遣怀》诗:“楚腰纤细掌中轻。”

③六桥:苏轼为杭州太守时,建有映波、锁澜、望山、压堤、东浦、跨虹六桥。在今西湖苏堤上。

④断桥:在杭州西湖。本名段家桥。以孤山之路至此而断,自唐以来皆呼为断桥。

⑤南渡:宋徽、钦二宗,为金人所虏,高宗渡江,迁都于临安(今杭州),称南渡。南巡:清乾隆帝四次巡游江浙,每驻跸于杭州。有《南巡盛典》记其事。

十一日夜坐

人间不过隔关山，天上楼台远莫攀。

今夜举头唯见月，才知最远是人间。

丙戌十二月二十四日雪中游邓尉[①](录一首)

湖天光景入空濛，海立云垂暝望中。
记取僧楼听雪夜，万山如墨一灯红。

【注释】①丙戌:光绪十二年(1886)。邓尉:山名。在江苏苏州西南，以梅花著称。

康有为

康有为(1858—1927),原名祖诒,号长素,广东南海(今广州)人。光绪二十一年乙未(1895)进士,官工部主事。光绪二十四年戊戌(1898)领导“戊戌政变”,失败后,逃亡海外。后期思想渐趋保守。著有《大同书》《康南海先生诗集》《十一国游记》等书。

种　菜

茄花已紫豆棚青，廿种瓜薯未识名。
老大英雄惟种菜[①],日科长镵伴园丁[②]。

【注释】①"老大"句:用齐备闭门种菜故事。见前宋实颖《和钝庵岁暮杂感》注②。②镵(chán):古代的一种犁头。杜甫《乾元中寓居同谷县作歌》:"长镵长镵白木柄,我生托子以为命。"

书任公箑三绝句①

神鬼天龙日夜围②,六时说法万花飞③。
金轮千转不相动④,紫府灯光宝焰微⑤。

华严国土时时见⑥,大地光明无语言。
只是众生同一气,要将悲悯塞乾坤。

鲲鹏变化且随风⑦,出入千重云水中。
行到光间应少住⑧,铿锵天乐海云红⑨。

【注释】①任公:梁启超字任公。箑(shà):竹制的扇子。

②天龙:谓诸天和龙神。《法华经序品》:"天龙恭敬,不以为喜。"

③六时:佛教分一昼夜为六时。谓晨朝、日中、日没、初夜、中夜、后夜。《阿弥陀经》:"昼夜六时,天雨曼陀罗华。"

④金轮:佛家语。此世界最下层为风轮,其上为水轮,最为上金轮,金轮即地纶,谓大地。见《俱舍论》十一。

⑤紫府:道家称仙人居所。《抱朴子·祛惑》:"及到天上,先过紫府,金床玉几,晃晃昱昱,真贵处也。"北周庾信《道士步虚词》之七:"五香芬紫府,千灯照赤城。"

⑥华严:佛家语。佛经有《华严经》。华严,喻佛也。因位之万行如华,以此华壮严果地。故曰华严。又佛果地之万德如华,以此华壮严法

身，故曰华严。

⑦鲲鹏变化：《庄子·逍遥游》："北冥有鱼，其名为鲲。鲲之大不知其几千里也，化为鸟，其名为鹏。鹏之背不知其几千里也，怒而飞，其翼若垂天之云。"

⑧光音：《法苑珠林》："三灾上际云何：若火灾起时，至光音天为际；若水灾起时，至遍净天为际；若风灾起时，至果实天为际。"

⑨铿锵：乐器声。《风俗通·声音》："汉兴，制氏世掌大乐，颇能纪其铿锵，而不能说其义。"《文选·王子渊〈四子讲德论〉》："夫雷霆必发，而潜底震动；枹鼓铿锵，而介士奋竦。"

游罗浮①

万紫千红总是春②，升天入地不犹人。
曲径危桥都历遍，出来依旧一吟身。

【注释】①罗浮：山名。在广东增城市东，跨博罗县界，袤直五百里，瑰奇灵秀，为粤中名山。

②袭用朱熹《春日》诗："等闲识得东风面，万紫千红总是春。"

刘光第

刘光第（1859—1898），字裴邨，四川富顺人。博学能诗文，工书，尤重气节。光绪年间进士，官刑部主事，以陈宝箴荐，加四品卿衔，参预新政。孝钦后垂帘，被诛，为"戊戌六君子"之一。

有《介白堂诗集》。

沪上舟中

四边水底见繁星，远望吴淞夜火青[①]。
江静忽闻船角动，西风吹帽酒人醒。

【注释】①吴淞：在今上海市宝山县东南，当黄浦、吴淞二江合流入海之口，为上海之咽喉。

顾印愚

顾印愚（1855—1913），字印伯，号所持，四川华阳（今成都）人。光绪五年己卯（1879）举人。官湖北知县。印伯为张文襄所赏拔，诗苍秀隽雅，自宋入唐，不作凡近语。

晚眺明月桥南石步间偶题

沙坪残草伏雏双，明月杯湖带石矼[①]。
我酌长瓢从漫叟[②]，天然秘色旧鸡缸[③]。

【注释】①杯湖：在湖北鄂城西樊山郎亭之间，方约一二里。唐元结作杯湖铭,招孟士源隐此。石矼:石桥。

②漫叟:唐元结,字次山,号漫叟,天宝进士。有《元次山集》。

③鸡缸:酒杯之一。成窑酒杯,种类甚多,以鸡缸为最。程哲《窑器说》:“上画牡丹,下有子母鸡,跃跃欲动。”或以鸡缸为宣窑。

毓　俊

毓俊,字赞臣,满洲旗人。光绪五年己卯(1879)举人。陕西候补道。有《松吟馆诗钞》。

宝珠洞晚眺①

清秋曳杖登翠微,野客闲逐孤云飞。
绝顶古寺磬声寂,夕阳在山僧未归。

【注释】①宝珠洞:在北京市西山八大处中第七处。据刘侗、于奕正《帝京景物略》卷六载,西山有平坡寺,其上一里,有宝珠洞,洞石黑,白点糁之,珠名以此。僧乃说夜有珠光照岩也。

叶维幹

叶维幹，字槐生，浙江仁和（今杭州）人。光绪六年庚辰（1880）进士。博闻强记，经史、小学、词章以及清朝掌故，靡不兼综条贯，平生精力专治晋书及欧薛二史。年仅四十有三，以病卒。

北河杂咏（录四首）

（庚辰五月出都，自通州循会通河南下，至临清登陆，舟中无事，以所见闻，日课一诗，行十六日，遂得十六绝句，因以北河杂咏名之。）

临水成村乐趣多，天生燕赵好悲歌。
风来一片喧歌吹，知有人家在隔河[①]。

薄日烘云酿晚阴，船头小坐快披襟。
沧州狮子东光佛[②]，闻听舟人话古今。

缉槿编茆自结庐，渔家大半绕堤居。
网来得鲜人争羡，有客停舟唤买鱼[③]。

闲烹佳茗助清谈，水味居然判北南。
优劣自缘来脉异，潞河不及卫河甘[④]。

【注释】①自注："杨村河西务一带向晚辄闻歌管。犹有京师馀风。"

②自注："相传沧州有大石狮，东光有大铁佛，均以风厉不得泊，未之睹。"按沧州在今河北省沧州市；东光，县名，在沧州西南，运河东岸。

③自注："德州鲤鱼鳞鬣作金色者，土人呼为德鲤，其味尤美。"按德州，今山东省德州市，邻接河北省。

④卫河：古水名，源出河北灵寿县，南流合滹沱河。潞河：在今北京市通州区东。卫河源自百泉，水味极甘，潞河不逮也。

夏葆彝

夏葆彝，字子琴，号文宿，湖北黄冈人。光绪十二年丙戌(1886)进士。有《井字山人诗存》。

舟次归州[①]

峡江春水碧如油，楚客来时又泛舟。
烟雨一帆三月暮，子规声里过归州。

【注释】①归州：在今湖北省秭归县。

丘逢甲

丘逢甲(1864—1912),字仙根,号蛰仙,别号仓海君。原籍广东镇平(今蕉岭),台湾彰化人。光绪十五年己丑(1889)赐二甲进士出身,授兵部主事。逢甲无意仕途,告假归隐,在台中衡文书院、台南罗山书院、嘉义崇文书院主讲,颇负盛名。光绪二十一年乙未(1895),联合台湾爱国官绅,反对清政府割让台湾,推唐景崧为台湾民主国总统,自任副总统。著有《岭云海日楼诗钞》。

离台诗①

宰相有权能割地，孤臣无力可回天。
扁舟去作鸱夷子②,回首河山意黯然。

卷土重来未可知，江山亦要伟人持。
成名竖子知多少③,海上谁来建义旗?

英雄退步即成仙，火气消除道德编④。
我不神仙聊剑侠，仇头斩尽再升天。

【注释】①逢甲曾祖仕俊，以郑成功开辟台湾，始由广东迁台湾彰化县。1895 年，清政府在中日甲午战争中大败后第二年，派李鸿章与日本签订了《马关条约》，把台湾、澎湖列岛割让给日本，丧权辱国，举国哗然。逢甲遂发动台湾各界爱国人士，联名向清廷“刺血三上书”，要求废约，清廷不顾。逢甲高举义旗，宣传抗敌，捐助家产，组织义军，身体力行，英勇抗战。台中不幸沦陷后，逢甲退居大陆，与妹夫张君等离别时，作此诗。

②鸱夷子：《史记·越世家》：“范蠡浮海出齐，自号鸱夷子皮。”《汉书·范蠡传》注：“范蠡自号鸱夷子皮者，言若盛酒之鸱夷，多所容受，而可卷怀，与时张弛也。鸱夷，皮之所为，故曰子皮。”

③竖子名：竖子，对人的鄙称，犹谓“小子”。《晋书·阮籍列传》：籍尝登广武，观楚汉战处，叹曰：“时无英雄，使竖子成名！”

④道德编：指老子著《道德经》五千言。

春　愁[①]

春愁难遣强看山，往事惊心泪欲潸[②]。
四百万人同一哭[③]，去年今日割台湾。

【注释】①此诗亦激于《马关条约》而作。

②潸(shān)：泪流貌。《诗·小雅·大东》：“潸焉出涕。”

③自注：“四百万人，台湾人口合闽粤籍约四百万人也。”

谭嗣同

见五绝部分作者小传。

潼　关[1]

终古高云簇此城，秋风吹散马蹄声。
河流大野犹嫌束，山入潼关不解平。

【注释】①潼关：故址在今陕西省潼关县港口。雄踞陕西、山西、河南三省要冲，形势峻极，为古代关隘重地。

潇湘晚景图二篇

袅袅箫声袅袅风，潇湘水绿楚天空。
向人指点山深处，家在兰烟竹雨中。

我所思兮隔野烟，画中情绪最凄然。
悬知一叶扁舟上，凉月满湖秋梦圆。

画　兰

雁声吹梦下江皋，楚竹湘舲起暮涛[1]。
帝子不来山鬼哭[2]，一天风雨写离骚[3]。

【注释】①江皋：江边的高地。舲（líng）：有窗户之船。
②山鬼：山神。屈原《九歌》有《山鬼》篇，写山鬼待君而不至之忧。
③离骚：屈原作。离骚者，离忧也。

马　鸣

边城苜蓿自秋深，何事长随画角鸣。
差胜排班三品料，玉阶春曙悄无闻①。

【注释】①此诗借食苜蓿而长鸣之马以讥刺尸位素餐之官僚。

汉口遇风二篇

波揉浪簸一舟轻，呼吸之间辨死生。
十二年来无此险，布帆重挂武昌城①。

白浪舡头聒旱雷②,逆风犹自片帆开。
他年击楫浑闲事，曾向中流炼胆来③。

【注释】①自注:“十二年前从瓣姜师过此遇历风也。”按瓣姜，张之洞别字。

②舡(chuán):船。聒旱雷:船迎风发出雷一般的响声。

③击楫:祖逖北伐,中流击楫而誓曰:“祖逖不能清中原而复济者,有如大江!”见《晋书·祖逖传》。此处作者以中流击楫表示维新意志。

甘肃布政使署憩园秋日七绝

小楼人影倚高空，目尽疏林夕照中。

为问西风竟何著，轻轻吹上雁来红[①]。

【注释】①雁来红:植物名,栽培庭园间,茎高二、三尺。《本草纲目》:雁来红,茎叶穗子,并与鸡冠同。其叶九月鲜红,望之如花,故名。吴人呼为“老少年”。

分州七绝[①]

棠梨树下鸟呼风，桃李蹊边白复红[②]。
一百里间春似海，孤城掩映万花中。

【注释】①分州:州名。故治在今陕西彬县。

②蹊:小路。《史记·李将军传论》:“桃李不言,下自成蹊。”

狱中题壁

望门投止思张俭[①],忍死须臾待杜根[②]。
我自横刀向天笑，去留肝胆两昆仑[③]。

【注释】①张俭:后汉高平人,字元节,延熹中,太守翟超请为东部督邮,尝劾中常侯览不轨。览怒,诬以党事。遁去,望门投止,人重其名行,多破家相容。见《后汉书·张俭传》。

②杜根:后汉安帝初举孝廉,为郎中,时邓太后临朝,权在外戚。乃与同时郎上书直谏归政。太后大怒,执根等,令盛以缣囊,于殿上扑杀之。得苏,逃为酒家保。邓氏诛,拜侍御史。谭嗣同被慈禧置于狱中,因以张俭、杜根自比。

③两昆仑：昆仑奴，唐宋时有以昆仑种族之人为奴者，谓之昆仑奴。按梁启超《饮冰室诗话》第一八条，谓两昆仑，一指南海（康有为），一指侠客大刀王五。浏阳少年（谭嗣同）尝从王五受剑术，以道义相期许。戊戌之变，浏阳被逮，王五怀此志不衰。

姚永概

姚永概（1866—1923），字叔节，安徽桐城人。莹孙。家学渊源。光绪十四年戊子（1888）解元。有《慎宜轩集》。

偶　题

西风吹雨似轻埃，零落残芳尚乱开。
秋蝶向花无意兴，绕丛三匝却飞回。

吴沃尧

吴沃尧（1866—1910），字茧人，后改趼人，广东南海（今广州）人。居佛山镇，故自称我佛山人。所作小说颇多，有《九命奇冤》《二十年目睹之怪现状》等。

之杭州

唱彻骊歌莫浪愁[①],天风吹我到杭州。
此行别有雄心在,要射江潮不许流[②]。

【注释】①骊歌:古人告别时歌《骊驹》。

②射江潮:用吴越钱镠故事。《北梦琐言》:杭州连岁潮头直打罗刹石,吴越钱尚父俾张弓弩候潮至,逆而射之,由是渐退,罗刹石化而为陆地,遂列廪庾焉。

丁惠康

丁惠康(1869—1909),字叔雅,广东丰顺人。

病中偶成(录三首)

生生翠绿影如潮,啼鴂伤春惨不骄[①]。
别有曼声荡孤绪,邻家幽咽卖饧箫[②]。

逃名未得暂逃虚,散发斜簪讽道书[③]。
不信吾庐在人境[④],万花如海闭门居。

丝竹中年除跌宕⑤，儒冠半世与销磨。
逢人自道幽忧子，毕竟文章涕泪多⑥。

【注释】①啼鴂(jué)：亦作鶗鴂，指杜鹃鸟，三月始鸣，夏末乃止。释皎然《顾渚行寄裴方舟》诗："鶗鴂鸣时芳草死，山家渐欲收茶子。"

②饧(xíng)：今亦谓之糖浆。饧箫：卖者所吹之箫也。《诗·周颂·有瞽》："箫管备举。"笺："箫，编小竹管，如今卖之人吹箫以自表也。"宋祁《寒食》诗："箫声吹暖卖饧天。"

③讽：讽诵，背诵。道书：道家之书。

④陶渊明《饮酒》之五："结庐在人境，而无车马喧。"

⑤丝竹：谓琴瑟箫管之属。《礼·乐记》："金石丝竹，乐器之也。"跌宕：谓行为无检束。

⑥幽忧子：唐卢照邻，字昇之，号幽忧子，幽州范阳人。"初唐四杰"之一。曾任新教尉。后得风疾，手足挛废，著《五悲文》以自伤，病既久，投颍水死。平生所为文大抵欢寡愁殷。有《幽忧子集》及文集。

徐锡麟

徐锡麟(1873—1907)，字伯荪，浙江山阴(今绍兴)人。年少劬学，尤精算术。光绪间游学日本，力谋革命。归国后以道员发安徽，办巡警学校。击毙巡抚恩铭。事败，与其党陈伯平、马宗汉等均被害。章炳麟等为作传。

军　歌

军歌应唱大刀环[①],誓灭胡奴出玉关[②]。
只解沙场为国死，何须马革裹尸还[③]！

【注释】①大刀环:喻“还”也。“环”借作“还”义。
②玉关:谓玉门关也。在今甘肃敦煌西北,古为通西域要道。
③马革裹尸:汉马援语。

梁启超

梁启超(1873—1929),字卓如,号任公,又号饮冰室主人。广东新会人。光绪十五年己丑(1889)举人。1896 年在上海主编《时务报》,编辑《西政丛书》。1898 年入京,以六品衔办京师大学堂、译书局。康梁变法失败后逃亡日本。辛亥革命后回国,郁郁不得志。晚年在清华研究院讲学。著有《中国历史研究法》《清代学术概论》《近三百年中国学术史》《饮冰室合集》等。

谢掞东惠寄唐人写《维摩经》二首[①]

雷音居士不宿饱[②],日抱唐人手写经。
因想上方香积国[③],饭馀毛孔出芳馨。

敦煌石室森宝书，随风散堕天一隅[4]。
故人多情远相饷，吉光夜夜生吾庐[5]。

【注释】①掞东:作者之友,生平事迹不详。维摩经:佛在世时之大居士维摩诘所说之经。今存《维摩经》译本有三种,以后秦鸠摩罗什译本为最流行。

②雷音:如来五种声之一。《维摩诘所说经》上:“演法无畏,犹师子吼,其所讲说,乃如雷震。”雷音居士,谓说佛法之居士,此指掞东。

③香积国:亦称香国,佛国名。有国名众香,佛号香积,其界一切以香作楼阁,经行香地,苑园皆香。其食香气,周流十方无量世界。

④敦煌石室:甘肃省敦煌市东南之鸣沙山,有石室无数,俗名千佛洞。石室之一为书库,内藏唐人手写佛教经典及其他美术品等甚富,发现于清光绪二十六年庚子(1900),所藏自为英国人斯坦因、法国人伯希和先后择要运载而去,始为我国政府所注意,因搜求其剩馀杂物;据近人整理所得,其中藏籍,于我国文学艺术关系至大。近有《敦煌石室遗书》《鸣沙石室古佚书》行世,盖据法人伯希和所得本而影印者也。

⑤吉光:古代传说中的一种神兽,或曰神马。《抱朴子·对俗》:“腾黄之马,吉光之兽。”《十洲记》:“吉光毛裘,黄色,盖神马之类也。”后世称艺术珍品之残馀者曰“吉光片羽”。

读陆放翁诗[1]

诗界千年靡靡风[2],兵魂销尽国魂空。
集中什九从军乐，亘古男儿一放翁[3]。

辜负胸中十万兵[4],百无聊赖以诗鸣。
谁怜爱国千行泪，说到胡尘意不平[5]。

叹老嗟卑却未曾⑥,转因贫病气崚嶒⑦。
英雄学道当如此,笑尔儒冠怨杜陵⑧。

朝朝起作桐江钓,昔昔梦随辽海尘⑨。
恨煞南朝学道盛,缚将奇士作诗人⑩。

【注释】①1899年(光绪二十五年)作于日本。陆游,字务观,号放翁,宋山阴(今浙江绍兴)人。平生作诗万首,多清新圆润之作;其政治诗发抒爱国抗金义愤,关心民生疾苦,风格雄浑豪迈,为南宋一大家。以爱蜀中风土,题其诗集曰《剑南诗稿》。

②靡靡:萎弱不振貌。

③本诗自注:"中国诗家无不言从军苦者,惟放翁则慕为国殇,至老不衰。"

④胸中十万兵:陆游《弋阳道中遇大雪》:"起倾斗酒歌出塞,弹压胸中十万兵。"

⑤自注:"放翁集中'胡尘'等字凡数十见,盖南渡之音也。"

⑥自注:"用放翁原句。"

⑦崚嶒:山势高峻重叠貌,以喻胸中不平之气。

⑧杜陵:杜甫自称杜陵布衣。本诗自注:"放翁集中只有夸老颂卑,未尝一叹嗟,诚不愧其言也。"

⑨桐江钓:用汉严子陵垂钓故事。辽海尘:陆游《长歌行》:"黄头汝小丑,污我全会篇。尽诛非无名,不足烦戈铤,还汝以旧职,牧羊辽海边。"

⑩自注:"宋南渡后,爱国之士欲以功名心提倡一世者亦不少,如陈龙川、叶水心等亦其人也。然道学盛行,掩袭天下,士皆奄奄无生气矣。一二人岂足振之。"

纪事诗

猛忆中原事可哀,苍黄天地入蒿莱。

何必更作喁喁语[①],起趁荒鸡舞一回[②]。

【注释】①喁(yóng):低语声。

②《晋书·祖逖传》:逖与司空刘琨俱为司州主簿,情好绸缪,共被同寝。中夜闻荒鸡鸣,蹴琨觉曰:“此非恶声也。”因起舞。

林 旭

见五绝部分作者小传。

约游西山,会文学士宅,闻和议成,学士愤甚,余辈亦罢去[①]

都言踏破西山石,我望西山势不行。
争怪忧时文学士,但看烟翠亦何言!

【注释】①文学士:即文廷式,光绪进士,官至翰林院侍读学士。参见五绝部分文廷式小传。和议:指光绪二十一年乙未(1895)清廷派议和大臣李鸿章与日本首相伊藤博文签订的丧权辱国的《马关条约》。

荷叶洲杂诗[①]

云绕青山山绕江,一洲中著四淙淙[②]。

登楼忽忆青龙阁[3],清景原来亦有双。

新建词中唱卖盐[4],雕镌荷叶我犹嫌。
只从和悦渠侬语[5],春尽潺潺不卷帘[6]。

【注释】①荷叶洲:在安徽大通县江心中。

②淙淙:水流声。白居易《草堂前新开一池》诗:“淙淙三峡水,浩浩万顷陂。”

③青龙阁:宜昌盐局临江一小阁,名青龙。

④新建:作者自注:“勒中丞方锜。”

⑤和悦:荷叶,土人音转为“和悦”。渠侬:犹“他们”。

⑥自注:“来此未尝见月。”李煜《浪淘沙》词:“帘外雨潺潺,春意阑珊。”

屠寄

屠寄(1856—1921),初名庾,字敬山,江苏武进(今常州)人。光绪十八年壬辰(1892)进士,改庶吉士,授淳安知县。有《结一宧诗略》。

归梦

故园露冷客心惊,夜色黄楼有雁声。

寥落楚天斜月里，西风吹梦过江城。

却　忆

玉河烟柳接金台[①],水畔香车宛转来。
却忆江南碧桃树，东风愁寂为谁开?

【注释】①玉河:源出北京西北之玉泉山,东南分流经皇城,亦名御河,又称金水河,东流注大通河。金台:即黄金台,在北京东南。任昉《述异记》:燕昭王为郭隗策台,在幽州燕王故城中,亦谓招贤台。

王鸿銧

王鸿銧,字啸龙,又号无离,福建闽县(今福州)人。光绪三十年甲辰(1904)进士。历官邮传部员外郎。

车中口占

十旬十走京津道，忙里云山眼倦看。
今日坐窗识清旷，万林如醉一雕盘[①]。

【注释】①雕:猛禽名。似鹰而大,羽灰褐色,上嘴钩曲,能捕食山羊、野兔等。

闵孙奭

闵孙奭，字元召，江苏江都（今扬州）人。著有《说文段注摘例》《二陆年谱》等。善书石鼓文，诗亦清逸。殁后，其师顺德黄晦闻（节）哭以诗云："风雪催元夜，先成哭汝诗。春灯寒不焰，贤辈晚难期。体弱功多废，亲劳语亦悲。步阑相过说，今日付哀辞。"

黑龙潭

数家村舍黑龙潭，行药重来路已谙。
松影泉声两清绝，买邻我欲结茅庵。

黄文旸

黄文旸，字秋平，甘泉（今江苏扬州）人。贡生。有《扫垢山房集》。秋平所为诗绰有风调，绝句尤佳。《懊恼曲》云："春草碧如玉，郎行车辘辘。恨妾不如草，随郎马前绿。"又《渡桐江》云："天水浑湘涵，中有青山影。"皆不减古人。妻号净因，亦工诗画。子金号小秋,诗能继善。

自金陵返武林寓室同净因夜话[1]

别来清课如闲闲,读罢新诗又闭关。
红烛一枝双白发,客窗细话六朝山。

【注释】①金陵:今南京市,古称金陵。武林:杭州别称。以灵隐、天竺诸山总名武林,故称。

宁调元

宁调元(1873—1913),字仙霞,号太一,湖南醴陵人。光绪三十一年乙巳(1905)留学日本时参加同盟会。1906年创办《洞庭波》杂志,宣传革命。乡浏阳醴陵起义,调元赶往参加,在岳州(今岳阳)被捕,囚长沙狱,三年后获释,出狱后即至北京办《帝国日报》,宣传民主革命。1913年,因反对袁世凯篡政,在武汉被捕入狱,不久遇害。有《太一遗书》,内收《朗吟诗草》《明夷诗钞》《南幽百绝句》《太一诗存》等。

早梅叠韵[1](二首录一)

姹紫嫣红耻效颦,独从末路见精神。

溪山深处苍崖下，数点开来不借春。

【注释】①作于 1903 年(光绪二十九年)以前,为作者早年咏物抒怀之作。

黄　节

见五绝部分作者小传。

楼　阴

惜花秋思比春深，湖菊霜初晚独寻。
剩与西风增一叹，乱蝉如呓过楼阴。

折枝临水悔教迟，照影今怜鬓有丝。
已负芡菱消夏约，白荷垂尽再来时。

对月归作

凉宵负汝去依依[①],低逐车灯独自归。
清景背人浑不觉，二更园露满单衣。

【注释】①依依：依恋貌。王维《渭川田家》诗："田夫荷锄至，相见语依依。"

西　楼

晨炊残月挂西楼，树顶朝阳绿尚稠。
短短秋风才领略，困人烦暑又淹留。

秋　瑾

见五绝部分作者小传。

梅(十首录二)

一度相逢一度思，最多情处最情痴。
孤山林下三千树，耐得寒霜是此枝。

冰姿不怕雪霜侵，羞傍琼楼傍古岑。
标格原因独立好，肯教富贵负初心？

王国维

王国维(1877—1927),字伯隅,号静安,又号观堂、永观,浙江海宁人。光绪二十四年(1898)到上海,充《时务报》书记,业馀入东大学社习日文。1901年赴日,入东京物理学校,次年回国。1904年随罗振玉去江苏师范学堂,任心理、论理及社会学教员。1907年随罗入京,先任学部总务司衔,后任图书馆编译、名词馆协修、京师大学堂教习。民国十六年(1927)自沉于北京颐和园之昆明湖。著有《宋元戏曲史》《人间词话》《观堂集林》等书。平生著作共六十二种,收入《海宁王静安先生遗书》。

将理归装得马湘兰画幅喜而赋此①

旧苑风流独擅场,土苴当日睨侯王②。
书生归舸真奇绝,载得金陵马四娘③。

小石丛兰别样清,朱丝细字亦精神。
君家宰相成何事,羞杀千秋冯玉英④。

【注释】①马湘兰:明金陵妓,名守贞,工诗,善画兰。居秦淮胜处,风流放诞,善伺人意,欲委身王穉登,穉登不可。万历中,穉登年七十,湘兰往置酒为寿,燕饮累月,为金阊胜事。既归而病,礼佛端坐而逝。有诗二卷，稺登为之序。

②土苴（chá）：《庄子·让王》："道以真以治身，其绪馀以为国家，其土苴以治天下。"注："土苴，如粪草也。"睨（nì）：斜视。此句谓当年蔑视王侯如粪草。

③马四娘：湘兰行四，故称。

④君家宰相：指马士英。马士英善绘事，其遗墨流传人间者，世人丑之，往往改其名为冯玉英云。

赵金鉴

赵金鉴，字劲修，湖北宜阳人。光绪二十三年丁酉（1897）拔贡，历官昭通镇总兵。有《瓢沧诗稿》。劲修作令蜀中，政声卓著，后从锡清弼制军，至滇，以战功擢授总戎。在军时所作诗有"闲云出谷众山低"之句，为忌者所谮。制军知之深，不为所中。诗多称心而出，间有镵刻深至、诙诡自喜者，则山川之助也。

春　寒

溪畔碧桃手自栽，幽居端为避秦来[①]。
春寒花与人俱懒，红朵枝闲不肯开。

【注释】①避秦：典出陶潜《桃源记》。

刘毓盘

见五绝部分作者小传。

别　友

安能郁郁久居此，抖擞缁尘白纻衫[1]。
转捩中流多涉险[2]，东风虽好不张帆。

【注释】①缁(zī)尘：本谓尘污，用以喻世俗之污垢。《文选·谢朓〈酬王晋安诗〉》："谁能久京洛，淄尘染素衣。"

②捩(lì)：扭转。

苏曼殊

见五绝部分作者小传。

寄晦闻[1]

忽闻邻女艳阳歌，南国诗人近若何？
欲寄数行相问讯，落花如雨乱愁多。

【注释】①晦闻:黄节字。见五绝部分黄节小传。

西湖韬光庵夜闻鹃声简刘三[1]

刘三旧是多情种，浪迹烟波又一年。
近日诗肠饶几许，何妨伴我听啼鹃。

【注释】①韬光:在杭州北高峰南巢枸坞中。唐建,旧称广福庵。中唐时有僧人韬光来此说法,宋时改名韬光庵。刘三:号季平,别号江南,上海人。与苏曼殊在日本同学,后又曾同事。工诗词。两人交谊甚笃。

题拜伦集

(西班牙雪鸿女诗人过存病榻,亲持玉照一幅、拜伦遗诗一卷、曼陀罗花共含羞草一束见贻,且殷殷勖以归计。嗟夫！予早岁披鬀,学道无成,思维身世,有难言之痛。爰扶病书二十八字于拜伦卷首,此意雪鸿大家能知之耳[1]！)

秋风海上已黄昏，独向遗编吊拜伦。
词客飘蓬君与我，可能异域为招魂。

【注释】①拜伦(1788—1824)，英国大诗人，有《唐璜》《东方叙事诗》等。曼殊曾迻译拜伦作品。雪鸿：苏曼殊的老师西班牙人罗弼庄湘之五女，工文学，罗弼庄相曾拟以雪鸿嫁曼殊。

周　实

周实(1885—1911)，字实丹，号无尽，江苏山阳(今淮安)人。1909年(宣统元年)参加南社，又和同邑友阮式(字梦式)共创淮南社，以为南社声援。1911年武昌起义后，与阮式共谋响应于淮安，不幸被山阳县令和城中劣绅杀害。有《无尽庵遗集》。

登　山[①](六首录一)

长江浩浩日夜东，豪杰落落古今同[②]。
四顾寂寥万籁绝，众山皆小天地空[③]。

【注释】①作于1905年(光绪三十一年)。

②落落：孤傲难合。《后汉书·耿弇传》：帝谓弇曰："将军前在南阳建此大策，常以为落落难合，有志者事竟成也！"注：落落，犹疏也。

③众山皆小：杜甫《望岳》诗："会当凌绝顶，一览众山小。"

睹江北流民有感[①](三首录一)

江南塞北路茫茫，一听嗷嗷一断肠[②]。
无限哀鸿蜚不尽[③]，月明如水满天霜。

【注释】①江北：此指苏北。

②嗷嗷(áo)：鸿雁哀鸣声。《诗·小雅·鸿雁》："鸿雁于飞，哀鸣嗷嗷。"以哀喻流民。

③蜚：同"飞"。蜚不尽，喻流民络绎不绝于道。

《桃花扇》题辞[①](五首录一)

千古勾栏仅见之[②]，楼头慷慨却奁时[③]。
中原万里无生气，侠骨刚肠剩女儿。

【注释】①《桃花扇》：清孔尚任所作传奇剧本。以复社文人侯方域和秦淮名妓李香君的爱情离合为主线，反映明末弘光王朝覆亡的悲剧历史。

②勾栏：旧称妓院为勾栏。

③《桃花扇》第七出《却奁》，突出表现李香君刚正的气性。

感　事(三首录一)

薪胆生涯剧苦辛[①]，莫忧孱弱莫忧贫。

要从棘地荆天里，还我金刚不坏身[2]。

【注释】①薪胆生涯：用越王勾践卧薪尝胆，报仇雪恨事。见《国语·越语》及《史记·越王勾践世家》等。

②金刚不坏身：即佛身。《涅槃经·金刚身品》："如来身者，是常住身，不可坏身，金刚之身。"

康同璧

康同璧，康有为之第二女，研精史籍，深通英文。年十九岁，省亲去印度。写绝句二首。见梁启超《饮冰室诗话》。

绝句二首

舍卫山河历劫尘[1]，布金环殿数三巡。
若化女士西游者，我是支那第一人[2]。

灵鹫高峰照暮霞[3]，凄迷塔树万人家。
恒河落日滔滔尽[4]，祇树雷音付落花[5]。

【注释】①舍卫：北印度城名。传释迦牟尼曾居此二十五年。《法苑珠林》："佛在舍卫国祇树园时，彼城中豪富长者，皆共聚集，见尊相好，光明普耀，如百千日。"

②支那:旧时某些国家对中国的称呼。

③灵鹫:即灵鹫山,在中印度摩揭陀国上茅城附近,简称灵山或灵峰。山形似鹫头,又以山中多鹫,故名灵鹫。如来尝讲《法华》等经于此。

④恒河:印度之大河。一译冈底斯河,佛经谓之恒河。源出喜马拉雅山脉南麓,东南流入孟加拉湾。

⑤祇树:祇树给孤独园,又称祇园。佛在王舍城说法时,给孤独长者,乞佛来舍卫城弘法,欲购祇陀太子园林献佛,祇陀戏言布金遍地乃卖,给孤独竟如其言。然园地虽为给孤独所购,林树仍属祇陀,故称祇树给孤独园。给孤独于园中建精舍,请佛居之说法,所谓祇园精舍是也。

雷音:如来五种声之一。《维摩诘所说经》上:"演法无畏,犹师子吼,其所讲说,乃如雷震。"

柳亚子

柳亚子(1887—1958),名弃疾,江苏吴江人。1903 年加入上海爱国学社,与章炳麟、邹容等宣扬反清的民族革命。1906 年加入中国同盟会,进行民主革命活动。1909 年与陈去病、高天梅等共创南社,宣扬革命。有《磨剑室诗集》《词集》《文集》。

题张苍水集[①](四首录一)

北望中原涕泪多,胡尘惨淡叹山河。
盲风晦雨凄其夜,起读先生正气歌[②]。

【注释】①作于1904年(光绪三十年)。

②正气歌:宋文天祥作。天祥为元兵所执,作此歌以见志。此借指张苍水诗作。

朱中楣

朱中楣,字远山,江西庐陵(今吉安市)人。明宗室议汶女。兵部侍郎吉水李元鼎妻。户部侍郎振裕之母。著有《石园随草》《文江唱和集》《镜阁新集》。

舟泊鸠兹①

水阔春回接楚湘,学啼娇鸟未调簧。
起来卷幔看江色,一抹青山带夕阳。

【注释】①鸠兹:春秋吴邑。故地在安徽芜湖县东勾兹港。

张凌仙

见五绝部分作者小传。

岁暮感怀

灯前课子诵芸编[①]，百事萦心逼岁阑。
泉路十年音信断[②]，空山风雪一家寒。

【注释】①芸编：指书籍。古人以芸（香草）夹于书页内，防虫蠹，故名。陆游《夏日杂题》诗："天随手不去朱黄，辟蠹芸编细细香。"

②泉路：黄泉路。赵嘏《悼亡》诗："明月萧萧海上风，君归泉路我飘蓬。"

吴　山

见五绝部分作者小传。

广陵杂咏二首[①]（录一首）

检点游装问有无，欲呼双鹿驾柴车。
一椽傍水留新句[②]，几担移家只旧书。

【注释】①广陵：江苏扬州旧称广陵。

②一椽：一间屋。朱熹《次张彦辅西原之作》诗："无处堪投壶，空山寄一椽。"

钱凤纶

见五绝部分作者小传。

采莲曲二首

芙蓉灼灼斗红妆①,双桨中流荡夕阳。
频嘱小姑轻笑语，莫教惊起宿鸳鸯。

尽日轻风泛画船，波摇翠袖舞翩跹②。
何缘花里忘归路？贪看湖心并蒂莲③。

【注释】①灼灼:鲜明貌。《诗·周南·桃夭》:“桃之夭夭,灼灼其华。”

②翩跹(piān qiān):轻扬飘逸貌。常用以形容舞姿。

③并蒂莲:两花共一蒂的荷花。常用为男女好合的象征。杜甫《进艇》诗:“俱飞蛱蝶元相逐,并蒂芙蓉本自双。”

吴若冰

吴若冰,字莹仙,江西南城人。有《悟雪堂诗钞》。

周家渡晓发[1]

二月春光上柳腰，一堤红尽失双桥。
板舟昨夜横塘泊，小水新添尺五潮。

【注释】①周家渡:在江西临川西北汝水上。为县西北乡交通要津。

姚世鉴

姚世鉴,字金心,浙江归安(今湖州)人。王豫之妻。

卧　病

卧病逾时岁又新，衡门两版绝嚣尘[1]。

垂帘怕放东风入，春到贫家不当春。

【注释】①衡门：横木为门，言浅陋也。《诗·陈风·衡门》："衡门之下，可以栖迟。"

吴　巽

见五绝部分作者小传。

绿牡丹和韵①

平台冉冉黛初匀，不逐邻园斗丽春。
金谷荒凉成往事，风前犹想坠楼人②。

【注释】①商丘宋荦任江左屏藩时，《咏绿牡丹》二律，和者几于盈千。然皆刻画景状，馀韵无存也。此妙在不即不离。巾帼得此，洵异才也。

②金谷：金谷园，晋石崇所筑，故址在河南洛阳西北。坠楼人：谓晋石崇爱姬绿珠。见《晋书·石崇传》。杜牧《金谷园》："日暮东风怨啼鸟，落花犹似坠楼人。"

毛秀惠

毛秀惠，字山辉，江苏太仓人。诸生王悰之妻。

乙卯秋，外赴金陵省试，不售，诗以慰之

新妆竞扫学轻盈，俗艳由来易目成。
谁识天寒倚修竹①，亭亭日暮最孤清②。

重阳风雨滞幽斋，失意人难作遣怀。
篱菊已花还觅醉，便须沽酒拔金钗③。

【注释】①天寒倚修竹：杜甫《佳人》诗："天寒翠袖薄，日暮倚修竹。"②亭亭：耸立貌。孔稚珪《北山移文》："若其亭亭物表，皎皎霞外。"③元稹《三遣悲怀》之一："顾我无衣搜荩箧，泥他沽酒拔金钗。"

顾横波

顾横波（1619—1664），原名媚，后以字行，一字眉生，又字

智珠，又字眉庄。上元（今江苏南京）人。本金陵妓女，合肥龚鼎孳纳为妾，能诗词，风格幽婉。又以画兰著名。陈迦陵曰："顾夫人识局明拔，尤擅画。"按顾横波所写墨兰，独出已意，不袭前人，尤为难得。著有《柳花阁集》。

咏醉杨妃菊

一枝篱下晚含香，不肯随时作淡妆。
自是太真酣宴罢[①]，半偏云髻学轻狂[②]。

舞衣初著紫罗裳，别擅风流作艳妆。
长夜傲霜悬槛畔，恍疑沉醉倚三郎[③]。

【注释】①太真：唐杨贵妃名。

②半偏云髻：白居易《长恨歌》："云髻半偏新睡觉，花冠不整下堂来。"

③三郎：唐玄宗（明皇）行三，称三郎。《唐诗纪事》六二郑嵎《津阳门》："三郎紫笛弄烟月，怨如别鹤呼羁雌。"自注："内中皆以上为三郎。"

汪韫玉

汪韫玉，字潜辉，一字兰雪，休宁（今属安徽）人。归安诸生金潮之妻。有《听月楼遗草》。

秋日寄外二首

送君时节绿阴肥，转瞬山城木叶稀。
怪底高楼鸿雁过，故书人字向南飞。

纱窗如雪月华明，刀剪方闲已二更。
才欲天涯寻旧梦，邻家又送捣衣声。

纪映淮

纪映淮，字阿男，江宁（今江苏南京）人。纪映钟之妹，杜某之妻。早寡，以节闻。

秦淮竹枝词①

栖鸦流水点秋光，爱此萧疏树几行。
不与行人绾离别②，赋成谢女雪飞香③。

【注释】①题一作《咏秋柳》。王士祯闻此诗，因作《秦淮杂诗》云："十里秦淮水蔚蓝，板桥斜日柳毵毵。栖鸦流水空萧瑟，不见题诗纪阿男。"盖赏其风神也。

②绾(wǎn):系,盘结。

③谢女:晋谢安侄女名道韫,尝以“柳絮因风起”咏雪,世称咏絮才。

毛　媞

毛媞,字安芳,浙江钱塘(今杭州)人。先舒女,徐邺之妻。有《静好集》。

秋　夜

漏永银河影渐低，楼头明月又沉西。
五更展转不成寐，四壁虫声几样啼。

毕　著

毕著,字韬文,歙县(今属安徽)人。昆山王圣开妻。韬文诗风雅韵绝。能与其夫安贫乐道,真属难能可贵。有《韬文诗稿》。

村　居

席门闲傍水之涯[1]，夫婿安贫不作家。
明日断炊何暇问，且推鸦觜种梅花[2]。

【注释】①席门：以席为门，喻家贫。《史记·陈丞相世家》：家乃负郭穷巷，以敝席为门，然门外多有长者车辙。

②鸦觜：形如鸦嘴的轻便小锄。觜同"嘴"。陆游《南堂杂兴》诗："题诗又满牛腰束，采药常携鸦嘴锄。"

徐　氏

徐氏，山东新城（今属桓台）人。侍御耿鸣世之妻，都御史庭柏母。

寄子诗[1]

家内平安报尔知，田园岁入有馀资。
丝毫不用南中物，好作清官答圣时。

【注释】①录自王士禛《渔洋诗话》。

张　氏

张氏，山东德州人。丽水知县田绪宗妻，刑部侍郎雯母，封太恭人。有《茹荼集》。

示　儿

一部楞严户昼扃[1]，木鱼竹杖倚围屏。
老人自觉修斋好，不为儿曹讲佛经。

【注释】①楞严：佛经名。全称《大佛顶如来密因修证了义诸菩萨万行首楞严经》。十卷。经名"首楞严"，华语乃"一切事究竟巩固"。经中阐述心性本体，属大乘秘密部。后人对其真伪有争议。扃（jiōng）：门窗上的插关。此作动词用，谓闭关门户。

丁　渝

丁渝，字静娴，浙江长兴人。进士臧眉锡之妻。有《皆渌轩诗》。

家　居

木石风花结四邻，寂寥门巷久无人。
暮年燕子今重到，始信交情尔独真。

张令仪

张令仪,字柔嘉,桐城(今属安徽)人。姚湘门之妻。有《蠹窗诗集》。

病中口占

珍重余生劫后身，却怜孤负一分春。
殷勤好与东风约，留取馀花待病人。

顾　姒

顾姒,字启姬,浙江钱塘(今杭州)人。诸生鄂曾之妻。启姬工诗，并精音律。与柴季娴、林亚清、钱云仪、冯又令、张槎云、毛安芳称“蕉园七子”，结社吟诗，有“花怜昨夜雨，茶忆故山泉”之句，都人传诵。宋牧仲《赠鄂友舆》诗：“闺中有良友，茶忆故山泉”之句。启姬诗，渔洋甚赏之。

题林亚清[1]

梅花竹叶互交加，濡墨淋漓整复斜。
忆得昨宵明月下，横拖疏影上窗纱。

【注释】①林亚清：即林以宁，字亚清，钱塘人。见前五绝部分林以宁小传。

林以宁

见五绝部分作者小传。

落花诗

寂寞春林覆碧塘，杜鹃啼彻月昏黄。
长门有泪无由达[1]，化作飞红入未央[2]。

小园风雨夜来添，剩得残枝手自拈。
只恐芳华零落尽，收将馀泽在香奁。

【注释】①长门:汉宫名。陈皇后失宠于汉武帝,别在长门宫,即此。

②未央:西汉宫殿名。故址在今陕西西安市西北长安故城内西南角。高祖七年萧何主持营造。周二十八里,极壮丽。

金若兰

见五绝部分作者小传。

水仙花

渺渺江波漠漠烟，瑶华风格自天然。
灵均不作长沙死[①],更有何人吊水仙[②]?

【注释】①灵均:屈原字。《楚辞·离骚》:“名余曰正则兮,字余曰灵均。”长沙:汉贾谊为长沙王太傅,渡湘水,自伤不遇,为赋以吊屈原。

②水仙:晋王嘉《拾遗记·洞庭山》:屈原以忠见斥,隐于沅湘,披蓁茹草,混同禽兽,不交世务,采柏实以合桂膏,用养心神。被王逼逐,乃赴清泠之水。楚人思慕,谓之水仙。

金　逸

见五绝部分作者小传。

夏闺即事

绣帘风影警花铃，庄蝶才分梦亦醒[1]。
一缕茶烟人不到，绿阴如水泻空庭。

【注释】①庄蝶:庄周梦花蝴蝶,见《庄子·齐物论》。

舟中即目

绣帘双卷水窗开，一叶风帆镜里回。
天意似怜人寂寞，青山移近画船来。

和　韵

枯杨池馆响栖鸦，招得姮娥做一家[1]。
绿绮携来横膝上[2],夜凉弹醒水仙花。

【注释】①姮娥:即嫦娥,此指月光。

②绿绮:古琴名。傅玄《琴赋序》:“齐桓公有鸣琴曰号钟,楚庄公有鸣琴曰绕梁,司马相如有琴曰绿绮,蔡邕有琴曰焦尾,皆名器也。”后用为琴的代称。

许孟昭

许孟昭,字景班,江苏元和(今苏州)人。许廷鑅之女。景班绝句有李义山绝句风味。

寒夜曲

金剪生寒夜漏长,玉人纤手懒缝裳。
素娥偏耐秋光冷①,来照鸳鸯瓦上霜②。

【注释】①素娥:月中女神嫦娥。李商隐《霜月》诗:“青女素娥俱耐冷,月中霜里斗婵娟。”

②鸳鸯瓦:两片瓦一仰一俯,构成一对,为鸳鸯瓦。白居易《长恨歌》:“鸳鸯瓦冷霜华重,翡翠衾寒谁与共?”

杭　澄

杭澄，字清之，一字筠圃，浙江仁和（今杭州）人。编修世骏妹，赵万曝之妻。以清节称。有《卧雪轩吟草》等。

追　感

牛衣未暖别离催[①]，贫贱夫妻乐亦哀。
遗札可怜犹在箧，夜台那复一缄来[②]！

【注释】①朱衣：亦称牛被。《汉书·王章传》："章疾病无被，卧牛衣中。"颜师古注："牛衣，编乱麻为之，即今呼为龙具者。"

②夜台：墓穴。《文选·陆机〈挽歌〉》："送子长夜台。"李周翰注：坟墓一闭，无复见明，故云长夜台。

骆绮兰

骆绮兰，字佩香，一字秋亭，江苏句容人。江宁龚世治之妻。有《听秋轩诗稿》四卷。

三月四日过云根山馆，时畹乡夫人归宁，见千叶桃盛开，题壁一绝

寂寂园林月未斜，一庭红影上窗纱。
主人难免花枝笑，如此春光不在家。

王　倩

见五绝部分作者小传。

赠村女

汲水舂粮气力微，伴人小语自依依。
不知机上鸳鸯锦，剪作谁家嫁女衣。

清波为锦竹为钗，尘垢难将光泽埋。
说道采桑蚕事紧，不曾制得踏青鞋。

孙荪意

孙荪意，字秀芬，一字苕玉，浙江仁和（今杭州）人。萧山高弟之妻。有《贻砚斋诗稿》。

听 莺

空庭过雨晓烟新，恰恰莺啼杨柳春[1]。
好语如簧须自惜[2]，世间识曲已无人。

【注释】①恰恰：形容声音自然和谐。杜甫《江畔独步寻花七绝》："自在娇莺恰恰啼。"

②簧：乐器中用以发声的片状振动体。《诗·小雅·鹿鸣》："吹笙鼓簧。"

方芳佩

见五绝部分作者小传。

纸　鸢

剪纸为形骨相寒，常依稚子博悲欢。
偶然得藉微风力，却要旁人仰面看。

郭佩兰

郭佩兰，字芳谷，湖南湘潭人。有《贮月轩诗稿》。

雪美人

是谁巧夺天工手，恍惚瑶台月下魂①。
莫怪冰肌寒彻骨，平生原不解温存。

【注释】①瑶台：神话中为神仙所居之地。昆仑山第九层有瑶台十二，各广千步，皆五色玉为台基。见《拾遗记》。李商隐《无题》诗："如何雪月交光夜，更在瑶台十二层。"

朱景素

见五绝部分作者小传。

樵夫词

白云堆里检青槐，惯入深林鸟不猜。
无意带将花数朵，意挑蝴蝶下山来。

蔡紫琼

蔡紫琼，字绣卿，江西德化（今九江市）人。周文麟之妻。有《花凤楼吟稿》。

秋夜杂诗（四首录一）

晚风轻处挂帘钩，一片凉云淡欲流。
为爱中天好明月①，悄扶花影上妆楼。

【注释】①中天：天空之中。杜甫《宿府》诗："永夜角声悲自语，中天月色好谁看。"又《后出塞》："中天悬明月，令严夜寂寥。"

席佩兰

席佩兰，字道华，一字韵芬，吴县（今属江苏）人。孙原湘之妻。与原湘皆工诗，为一时佳偶。著有《长真阁诗稿》。

寄衣曲

欲制寒衣下剪难，几回冰泪洒霜纨[1]。
去时宽窄难凭准，梦里寻君作样看。

【注释】①纨：细绢。霜纨，谓其白如霜。沈约《谢赐珍绸绢等启》："霜纨雪委，雾縠冰鲜。"

暮　春

十树花开九树空，一番疏雨一番风。
蜘蛛也解留春住，宛转抽丝网落红。

夏夜示外[1]

夜深衣薄露华凝，屡欲催眠恐未应。
恰有天风解人意，窗前吹灭读书灯。

【注释】①外：外子。指作者之夫孙原湘。

万梦丹

见五绝部分作者小传。

月夜听外子弹琴

西风吹放木樨花，绿绮携来月未斜[1]。
弹到夜深香气袭，一双人影上窗纱。

【注释】①木樨花：桂花的别称。以木材纹理如犀，故名。绿绮：古琴名。汉司马相如有琴名绿绮。

林佩环

林佩环，宛平（今属北京市）人。张船山（问陶）之妻。

答　外

爱君笔底有烟霞，自拔金钗付酒家。
修到人间才子妇，不辞清瘦似梅花。

何慧生

何慧生，字莲因，湖南善化（今长沙）人。龙翰臣启瑞之妻。有《梅神吟馆诗词集》。

寒　夜

寒风萧萧响修竹，抱琴间作水仙曲。
月明天际鹤归来，夜半独伴梅花宿。

郭六芳

郭六芳，字漱玉，湖南湘潭人。有《绣珠轩诗钞》。

舟还长沙

依家家住雨湖东①，十二珠帘夕照红。
今日忽从江上望，始知家在画图中。

【注释】①雨湖：在湖南湘潭市。今湘潭有雨湖公园。

徐畹芝

徐畹芝，江阴（今属江苏）人，宜兴任东阆妻。

借　书

玉剪堂前万卷储，一编许读乐何如。

浮生愿向书中老，不惜将身化蠹鱼。

王甥稙

王甥稙,字伯颖,江苏江阴人。季芝昌妻。有《茗韵轩遗诗》。

水窗夜坐和外子

遥林微抹暝烟生，云与澄心一样平。
便是共君消夏处，枣花邻院晚香清。

金　顺

金顺,字德人,吴县(今属江苏)人。中书汪曾裕之妻。

题管夫人画竹①

墨妙由来数仲姬，闺房静对写风枝。

王孙若解凌霜节，合署鸥波老画师[2]。

【注释】①管夫人:管道升,字仲姬,元赵孟頫之妻,封魏国夫人。画墨竹兰梅,笔意清绝。

②鸥波:赵孟頫之号。孟頫以赵宋宗室仕元,故后二句刺之。沈德潜《清诗别裁集》评此诗云:“题仲姬画,却从竹上讽谕王孙,用意微婉。”

陈　珮

见五绝部分作者小传。

哭程夫人

忽驾青鸾返碧虚[1],琼花吹折痛何如。
修文应是才人尽[2],征到姮娥旧侍书[3]。

【注释】①青鸾:传说中的神鸟。碧虚:天空,太空。李端《巫山高》诗:“巫山十二重,皆在碧虚中。”

②修文:传晋苏韶死而苏云:“颜渊、卜商为地下修文郎。”见《太平御览》八八三。

③姮娥:即嫦娥。侍书:官名。

杨珊珊

杨珊珊，字佩声，浙江山阴（今绍兴）人。布衣杨宾女，观察金祖静之妻。

乡思楼

旅寓金阊五十秋[1]，亲年多半老依刘[2]。
嗟予未识乡关路，廿载空登乡思楼。

【注释】①金阊：江苏苏州阊门外，旧有金阊亭，后多用为苏州之别称。

②依刘：晋李密，字令伯，犍为武阳人，父早亡，母何氏更适人，密见养于祖母刘氏，以孝闻。晋武帝征为太子洗马。诏书累下，郡县逼迫，密上《陈情表》。

李婉兮

李婉兮，名嬍，陆昶之妻。有《琴好楼集》。

秋　夕

十二层楼夜月明，美人帘底坐吹笙。
芙蓉露冷秋衣薄，翻到霓裳第几声[①]。

【注释】①霓裳：即《霓裳羽衣曲》。见前五绝部分王正谊《春夜闺词》注①。

朱翠娟

朱翠娟，名宗淑，长洲（今江苏苏州）人。有《修竹庐吟稿》。

月夜闻笛怀清溪

天寒露重不胜情，遥夜披衣坐月明。
何处楼中还弄笛，落梅如雪满江城[①]。

【注释】①李白《与史郎中钦听黄鹤楼上吹笛》："黄鹤楼中吹玉笛，江城五月落梅花。"

宋凌云

见五绝部分作者小传。

忆　父

吴树燕云断尺书[1],迢迢两地恨何如。
梦魂不惮长安远，几度乘风问起居。

欲归未得怅空囊，儿女相思泪数行。
苦忆寝门双白鬓，朝朝扶杖倚闾望[2]。

【注释】①尺书:书信。骆宾王《从军中行路难》诗:“雁门迢递尺书稀。”

②倚闾:《战国策》齐六:王孙贾母曰:“汝朝出而晚来,则吾倚门而望;汝暮出而不还,则吾倚闾而望。”“望”此处读平声。

杨惺惺

见五绝部分作者小传。

分种牡丹

馀杭带得牡丹归[1],栽向墙阴土力肥。
怪底红颜称绝色,由来花好子应稀。

【注释】①馀杭:今属杭州。

竹枝词

渡头渔火一星星,郎贩鱼回过酒亭。
醉倒袒衣阶石卧,恐伤风露唤郎醒。

倪瑞璿

倪瑞璿,江苏宿迁人。徐起泰继室。有《静香阁诗草》。

忆　母

河广难杭莫我过[1],未知安否近如何?
暗中时滴思亲泪,只恐思儿泪更多。

【注释】①河广难杭:《诗·卫风·河广》:“谁谓河广,一苇杭之。”注:“杭,度也。”

顾有容

顾有容,字香圃,江苏吴县(今属苏州)人。兵部侍郎吴玉纶妾。诗附《玉纶香亭诗稿》。

赋得月如弓

新月盈盈挂晚晴[①],人从小院忆边情。
长空射处旄头落[②],好卜滇池奏太平[③]。

【注释】①盈盈:美好貌。

②旄(máo)头:亦作“髦头”。星名,即昴宿。古时以为旄头星特别亮的时候,预兆有战争发生。李白《幽州胡马客歌》:“旄头四光芒,争战如蜂攒。”

③滇池:在云南省昆明南,亦名昆明池。

曹鉴冰

曹鉴冰，字苇坚，号月娥，金山（今属上海）人。娄县张殷六之妻。家贫，授徒自给，能书善画。人称苇坚先生。

莲　花

红藕花开夏日长，熏风吹动满湖香。
清标自合称君子①，却把姿容比六郎②。

【注释】①周敦颐《爱莲说》："莲，花之君子者也。"

②六郎：唐武则天宠臣张昌宗，排行第六，貌美，杨再思奉承他说："人言六郎似莲花，非也，正谓莲花似六郎耳。"见《新唐书·杨再思传》。

储　慧

储慧，字啸凤，江苏宜兴人。有《哦月楼诗存》。

归　梦

云山迎我画溪隈[①],蓦被流莺唤醒来。
不识晓风残月里[②],梦魂真否渡江回。

【注释】①隈:溪水弯曲处。《淮南子·览冥训》:"渔者不争隈。"
②柳永《雨霖铃》词:"今宵酒醒何处,杨柳岸、晓风残月。"

龚静仪

龚静仪,字蕖仙,江宁(今江苏南京)人。宛平工部侍郎龚自闳子妇,当禄寺署正家和之妻。有《绛云楼诗草》。

渔　人

日斜风定数峰青,白鹭冲破掠翠萍。
独倚垂杨竿不动,蓑衣飞上几蜻蜓。

晚　眺

野色苍茫欲暮天,几家茅屋起炊烟。

日斜唤渡人声急，浅水芦花泊钓船。

孙佩兰

孙佩兰，字谱香，浙江钱塘（今杭州）人。同县胡学纶妻。谱香为诒经姐。学纶于咸丰十年庚申（1860）死难，谱香投河殉，援起复苏。抚孤成立。后为诗，多思亲、痛夫、教子之作。

寄怀沈畹香弟妇①

晓起看花小立时，一重帘外雨如丝。
天公鉴我思君意，催取新裁第一诗。

【注释】①沈畹香：钱塘人，同县侍郎孙诒经之妻。有《寄生馆诗稿》。

蒋佩玉

蒋佩玉，字湘纹，江苏长洲（今苏州）人。兵部侍郎元益女，镇洋诸生王洲之妻。有《湘纹吟草》。

题　画

几点青山杳霭中[①],柴门引水带烟笼。
结庐谁在幽篁里[②],半贮朝霞半晚风。

【注释】①杳霭:深远。韦应物《往云门郊居涂经回流作》诗:“明灭泛孤景,杳霭舍夕虚。”

②结庐:谓构屋居住。陶潜《杂诗》:“结庐在人境,而无车马喧。”

祁德琼

祁德琼,字修嫣,忠惠女,诸生王鳄叔妻。修嫣诗骨清遒,自是闺中作手。

采菱和黄皆令[①]

采菱歌逐绿云飞，画舫轻随暮色归。
枫叶两堤摇碧水，湖光一带入罗衣。

【注释】①黄皆令:名媛,字皆令,秀水人。工诗赋,善画山水,得吴仲圭法。太仓张溥闻其名,往求之。时皆令已许杨氏,杨久客不归,黄终待之,为夫妇。尝为王士禛写山水小幅。

祁德茝

祁德茝，字湘君，忠惠女，诸生沈莘祉之妻。湘君诗学盛唐，精究格律，与修嫣异。有《寄云草》。

惜 花

花事阑珊又一年[1]，当门岩壑总依然。
落红满地休轻扫，也算留春在目前。

【注释】①阑珊：衰落，将尽。白居易《咏怀》诗："白发满头归得也，诗情酒兴渐阑珊。"

董 文

董文，字学舒，四川阆中人。焦士宏之妻。

书　感

机杼声中络纬鸣[①],未亡人已久忘情。
玉楼赴召今何在[②]?不问三生问再生[③]。

【注释】①络纬:虫名。栖草间,至秋则鸣,声如纺线,俗称络丝娘。

②玉楼:李商隐《李贺小传》:贺将死,忽昼见一绯衣人,持版书篆曰:帝成白玉楼,立召君为记。贺旋卒。后称青年文人之死为“玉楼赴召”或“玉楼修记”。

③三生:佛教称前生、今生、来生。白居易《赠张处士山人》诗:“世说三生如不谬,共疑巢许是前身。”

彭玉嵌

彭玉嵌,浙江海盐人。平湖诸生陆煊妻。

春夜琴兴

杜鹃声里一灯昏,感旧思乡不可论。
独取焦桐横膝上[①],夜寒弹月下花村。

【注释】①焦桐:即焦尾琴。

赵景淑

赵景淑，字�湄，安徽合肥人。都司鹊棠女。筠湄喜读史，尝集古今名媛百数十人各为小传，名曰《壶史》。又有《香奁杂考》一卷、《延秋阁剩稿》一卷。

瓯　江[1]

瓯江烟定浪初回，饱趁西风一棹开。
十尺布帆悬未稳，青山斜压短篷来。

【注释】①瓯江：在浙江省东南部。

西湖泛月

临湖一带淡斜晖，向晚寒鸦倦不飞。
明月一轮秋水碧，藕花香里放船归。

偶　成

落叶声中梦不成，卷帘依旧晓寒轻。

不知近日秋如许，只觉遥山太瘦生。

卢德仪

卢德仪，字俪兰，一字梅邻，浙江黄岩人。举人卢埙孙女，肃炡女，同县王维龄妻。同治九年庚午(1870)举人、太常寺少卿彦威，诸生彦澂，通判彦载，彦武，彦戬之母。有《焦尾阁遗稿》。

秋夜课廉儿读诗

良宵闲雅与诗宜，清课从头莫告疲。
矮屋数椽灯一点，我家喜有读书儿。

出　城

最佳风日是新晴，随意梳妆趁晓行。
薄雾濛濛天欲白，流莺声里出春城。

和夫子游委羽山诗[①]

危峰缥缈矗云间，薄雾初开路几弯。
清磬一声声破晓，闲花如雨下春山。

神仙曾此荡精灵[2],山水为缘感夙因。
鹤自翩翩梅自瘦,教侬无福作闲人。

【注释】①委羽山:在浙江黄岩南五里,一名俱依山。

②自注:"元时刘奉林炼丹于此,今土人采山时得方石,黝而有光,相传为丹鼎之遗。"

大　灯

大灯,字同岑,浙江嘉兴人。本姓项,洞庭西山僧。有《洞庭诗稿》。

秋夜宿八峰山房[1]

黄花篱下乱蛩鸣,古寺秋高岭月明。
夜半石床清睡去,不知枕上落泉声。

【注释】①八峰山房:在太湖洞庭山。

祖　琴

祖琴，字古音，安东（今江苏涟水）人。邓孝威曰：古公精佛典，兼通风雅，住山数十年，云影江声，与为晨夕，论者以为在远公、皎然之间。

雨后待汪扶苍啜茗不至有怀

草色青青门未关，茶铛闲煞曲廊间。
应知不下松边阁，坐看江南雨后山。

海　遐

海遐，字介旭，江苏宜兴人。

送友之吴门

东风吹柳拭烟轻，折赠柔条空复情。

一望吴山千万叠，知君只在此中行。

高云和尚

高云和尚，本名元宏，号石庭。有《高云诗集》《红雪秋声词》。

秋日怀红兰主人①

病老无聊客况难，死生情重忆红兰。
梦中犹喜分明见，淡写黄花带雨看。

【注释】①红兰主人：岳瑞，或作蕴瑞，字正子，一字蒹山，号玉池生，又号红兰室主人。清宗室。有《玉池生稿》《红兰集》《蓼汀集》《出塞诗》等。

寄　人

北窗松树尽成龙，尘外高眠鹤梦空。
一径飞花春雪白，半帘疏雨夕阳红。

僧　鉴

僧鉴，吴县（今属江苏）寒山庵尼。僧鉴丝竹俱精，诙谐入妙。见《七十二峰足征集》。

初　夏

落尽红芳入夏初，槐阴绕屋竹扶疏[1]。
清风一室闲钟磬，疏雨幽窗自看书。

【注释】①扶疏：枝叶茂盛分披貌。陶潜《谈山海经》诗："孟夏草木长，绕屋树扶疏。"

明　修

明修，字可尚，号东悟，常熟（今属江苏）人。高氏女。维摩寺尼。有《鉴云留迹》。东悟生而茹素，既长，矢志不出嫁，以奉养老母。母殁，受戒说法，不废吟咏。历年朝拜峨眉、普陀、五台诸名山。有《语录》一卷。

泊　舟

渔水村灯雨黯然，暮云空隙见长天。
波平江面光微动，瑞霭轻摇不是烟。

性道人

性道人，吴江（今属江苏）人，周氏女，原名琼，字羽步，一字飞卿。陈迦陵曰：羽步诗才清俊。尤长七言绝句，居如皋冒先生深翠山房八阅月，吟咏甚多，不得志，归空门，与吴蕊仙著有《比玉新声集》，黄皆令序之。

将归江南次答邓孝威[1]

扬袂狂歌归去来[2]，五湖烟月冷苏台。
遥怜竹屋分题处，花落重门草似苔。

野草菰蒲一径通，短篷江上趁春风。
乱鸦惊起投巢去，人在遥林落照中。

几许关心总不平，飘然湖海托馀生。

闲云好伴孤帆去，祖道何人唱渭城[3]。

【注释】①邓孝威：邓汉仪字孝威。见前七绝邓汉仪小传。

②晋陶潜去彭泽职，作《归去来辞》。

③祖道：旧时为出行者祭祀路神，并饮宴送行。《汉书·刘屈氂传》：贰师将军李广利将兵出击匈奴，丞相为祖道，送至渭桥。渭城：唐王维有《渭城曲》。

觉　诠

觉诠，字性源，上元（今江苏南京）人。本性王，主焦山定慧寺。

观音崖晚眺[1]

悬崖峭壁石玲珑，入竹穿云一径通。
行到别峰回望处，半江潮带夕阳红。

【注释】①观音崖：在江苏南京市北大江边。西引幕府诸山，东连临沂、衡阳诸山，形如绣错，皆悬崖峭壁，共捍大江，为天设之险。

宗元

宗元，字扫叶，扬州（今属江苏）人。清凉山僧。查二瞻有赠扫公诗云："拈花久豁天人眼，扫叶常留解脱心。何似无花并无叶，千山明月一空林。"诵此诗想见其人品之高。

柬魏惟度

小雨山楼不断飞，问君何事掩双扉。
少焉雨歇钟初起，送得书声过翠微。

函可

函可，字祖心，号剩人，广东博罗人。本姓韩，名宗騋，沈阳千山僧。有《千山诗集》。朱彝尊称函可诗七篇，入《明诗综》。然集刻于康熙五十二年癸巳（1713），竹垞未及见。

寄讯堡中吴子

莫为饥寒瘦不禁，三人惟尔绝来音。
孤僧有梦还应入，辜负寒灯夜夜心。

函　昰

函昰，字丽中，别字天然，广东番禺（今广州）人。本姓曾，名起莘，明崇祯六年癸酉（1633）举人。十二年己卯（1639）落发。甲申（1644）后，避地雷峰，历华首、没幢、丹霞诸刹，有《瞎堂诗集》。

入齐云[①]

深山高卧白云屯，闲听林莺尽日喧。
不为痴呆宁有此，肝肠空向石头论。

【注释】①齐云：即齐云山。在安徽休宁县西四十馀里。中峰有峻岩，凭梯而上，三面并绝壁秀峭，峰顶广四十亩，有石室，学道者居之。

读　彻

读彻，字苍雪，云南呈贡人。本姓赵，长洲中峰僧。有《南来尝稿》。王渔洋曰：近日释子诗以滇南苍雪为第一。如“一夜花开湖上路，半春家在雪中山”“乱流落叶声兼下，听彻寒扉不上关”，皆警句。

自云栖过湖上杂咏①

春水平湖绿映堤，六桥芳草正萋萋②。
东风不为游人待，催尽桃花初马蹄。

【注释】①云栖：在杭州五云山之西。相传古时有五色彩云飞集坞中，因而得名。吴越时建云栖寺，寺在山最深处，石径两旁编篱界竹，竹皆一尺围。明隆庆时僧袾宏结庵于此，据地有碑，即古云栖寺。

②六桥：杭州西湖苏堤上有桥六座，宋苏轼建，名曰映波、锁澜、望山、压堤、东浦、跨虹。